乡村志

民意是天

贺享雍 著

四川文艺出版社

图书在版编目（CIP）数据

乡村志. 民意是天/贺享雍著. —2 版. —成都：四川文艺出版社，
2019.7（2023.1 重印）

ISBN 978-7-5411-5448-5

Ⅰ．①乡… Ⅱ．①贺… Ⅲ．①长篇小说—中国—当代
Ⅳ．①I247.5

中国版本图书馆 CIP 数据核字（2019）第 125942 号

XIANGCUN ZHI MINYI SHI TIAN

乡村志·民意是天

贺享雍　著

编辑统筹　罗月婷　王梓画
责任编辑　朱 兰　蔡 曦
内文设计　史小燕
封面设计　叶 茂
责任校对　汪 平

出版发行　四川文艺出版社（成都市锦江区三色路 238 号）
网　　址　www.scwys.com
电　　话　028-86361802（发行部）　028-86361781（编辑部）

排　　版　四川胜翔数码印务设计有限公司
印　　刷　三河市嵩川印刷有限公司
成品尺寸　168mm×238mm　　　开　本　16 开
印　　张　22.5　　　　　　　　字　数　370 千
版　　次　2019 年 7 月第二版　　印　次　2023 年 1 月第二次印刷
书　　号　ISBN 978-7-5411-5448-5
定　　价　58.00 元

目录

■ CONTENTS

第一部

第一章

一

吃过晚饭，李正秀怕冷，便早早上床钻进铺盖窝里了。贺端阳无所事事，看看时间还不到八点半钟，便歪在椅子上，拿着电视遥控器漫不经心地翻看起电视节目来。换了一个又一个频道，电视里的人不是长袍马褂，头上顶着一根大辫子，说话一口一个"喳"字，就是疯疯癫癫，哭哭啼啼，全不似今天的人的样子。端阳觉得电视里演的这些与自己的生活相差甚远，甚是无趣，便将遥控器一通乱按。最后按到了本县的有线节目频道上，只见一名稍胖中年的男子，像是刚刚美过容似的，衣着一丝不苟，神情不喜不怒，两眼直视前方，有如菩萨一般。贺端阳认出这人是余副县长。端阳经常从县有线电视上，和县委书记、县长、县委副书记、副县长们亲切会面。只要他们一出现，贺端阳不但能马上认出他们，还晓得是分管哪一块工作的。端阳一看余副县长在电视屏幕上这副端庄打坐模样，便明白他马上就要发表重要讲话了。果然，没过一会儿，余副县长便像平时开会那样拖长声音喊了一句"同志们"，便两眼平视前方，像念书一般，不快不慢地念了起来："根据《中华人民共和国村民委员会组织法》的规定和省、市的安排部署，我县第五次村委会换届选举工作，即将正式启动。下面，我就做好这次换届选举工作，讲如下几方面的意见……"

端阳一听到这里，犹如勇士听到号角，浑身的血液顿时沸腾起来了，一下从椅子上跳了起来。却没提防把旁边一根板凳哐啷一声撞倒了。

李正秀正在闭目养神，听到堂屋响声，猛地睁开眼，侧了身子对儿子问道："你个毛手毛脚的，把啥子弄倒了？"端阳听到，急忙一边去扶板凳，一边冲里屋回答："妈，没有什么，板凳倒了。"李正秀说："这样大晚上了，天气又冷，还不早点去睡觉，那电视里的人影影儿，有什么看头？"

端阳内心仍然被一股激流给冲撞着，有些不能自持。将凳子扶好以后，又兴奋地在屋子里似是寻找什么一样，转了两个圈，然后才走进李正秀的屋子，对母亲大声说道："妈，村委会又要换届了！"李正秀目光落到儿子脸上，看了半天，才口气淡淡地道："他们换他们的，又不选你当村主任，你讨口子唱歌——穷开心什么？"

端阳嘴里"嘛"了一声，想说什么，却一时觉得神经短了路，不知说点什么好了。李正秀见儿子没吭声，便又道："该操心的不操心，不该你操心的，又咸吃萝卜淡操心！舅母给你说的那门亲事，过了这样久了，你也不吭个声。你老汉像你这样大的年龄，都有你了！"端阳一听这话，便有些不耐烦了，道："妈，你一说就是这些！我说过，我要先干事业，后结婚！"李正秀不高兴道："你一辈子干不出事业，一辈子就不结婚？看你又能够干出个什么事业……"一语未完，听见从柴草房里传来一阵鸡的咯咯叫声和扑翅声。李正秀忙打住了前面的话，叫了一声："糟了，鸡圈门我刚才忘了关，你快去看看，别让什么野物钻进去了！"端阳心里虽有千言万语，却见一时半会儿没法和母亲说到一块儿，又听得那鸡们慌乱的叫声，只得把满腹的心思，暂时放下，转身跑出去了。

到了柴房，端阳打开鸡圈，将鸡们检查了一遍，发现鸡们在圈内走动的走动，抖羽毛的抖羽毛，还没从惊慌中安定下来，却并无损伤。端阳便知道刚才一定是耗子钻进了鸡笼，将鸡们吓着了。以前也曾经发生过这样的事。见鸡们完好无损，端阳才放了心，去盖了鸡圈门，又回到了堂屋。原打算再接着听听余副县长的电视讲话，却没想到余副县长已经讲完。电视屏幕上，现在打出的是两句口号，另一句是："搞好换届选举，推进农村民主政治建设！"另一句是："加强村民自治，实现依法治国！"口号在电视屏幕上停留了一会儿，换上了一则药品推销广告。端阳就关了电视，进自己屋里去了。可贺端阳并无睡意，从枕头旁边的书堆里，翻出一本叫《〈中华人民共和国村民委员会组织法〉学习问答》的书，靠在床头，细细读了起来。

　　贺端阳究竟是何等样的人儿？他如此关心被村民们称之为"烂事"的村委会换届选举，又是什么意思？

　　说起来，这贺端阳也是不幸的人儿。十岁那年，他老汉贺世春，活蹦乱跳的人，突然丢下他和母亲离开了人世。端阳的舅舅叫李正林，原是邻县老林乡老林村的支部书记。贺端阳九岁那年，上级号召发展乡镇企业，要求乡乡要有工程，村村要有项目，家家都要点火冒烟，集体、个人一齐上。老林乡峰峦叠嶂，山重着山，地下埋得有黑得发亮的"乌金"。大集体时代，一些生产队就在半山腰上开了一些小矿井。不过受当时的条件和政策限制，不敢开得很大。这时政府号召大力发展乡镇企业，乡上便决定靠山吃山，动员各村扩大煤炭生产。并且要求村干部带头，每人必须领办或承包一个矿井。李正林听了上级的话，也承包了村里一口旧矿。他从信用社贷了一笔钱，把矿井稍加修整和扩大，便开始招兵买马。那时打工还没有形成热潮，加上庄稼人都明白，煤窑的活计十分辛苦，且又不安全。即使有人愿意离开土地外出打工，也早奔沿海地区去了。李正林招了一个多月工，也没招到几个人。那时，贺世春虽有妻子、儿子一家三口，但因为土地承包时，端阳还未出生，因而没分到土地。两口子种着两个人的地，闲暇时间自然很多，李正林也正想隔三岔五出去挣点现钱补贴家用。一见舅老倌的煤窑招不到人，便萌生了去下窑的念头。一则郎舅间不是外人，目前他在难处，权当帮他一把。二则到外面打工是挣钱，到舅老倌的煤窑打工同样是挣钱，何况肥水不流外人田呢！三则老林乡虽说是外县，却离自己的家不远，地里有了什么活儿，或想他们娘儿母子了，说回来就回来了，也方便。这样一想，两口子一商量，贺世春便往舅子的煤窑来了。

　　李正林一见贺世春要来下煤窑，像是没想到似的，愣了半天，方才说道："姐夫，我打开窗子说亮话，我这煤窑确实需要人，但从来就没想过让三亲六戚来干这活！"贺世春是个豁达人，喜欢和舅子开玩笑，一听这话，便笑着说道："说你妈些见外的话！你是怕三亲六戚来占了你的便宜不是？"李正林急忙道："你想到哪儿去了，我是一毛不拔的人吗？我是说这活儿太苦！"贺世春听了李正林的话，马上撩起右手衣袖，将手肘支在桌上，五指往手心一握，随着指关节一阵嘎嘣嘎嘣的响动，手臂便鼓突出一坨一坨的肌肉。然后左手拍了右手手臂几下，才对李正林说道："你好好瞧瞧，我是不是哪儿的公子少爷？"说完放下手臂，才又接着道："就是想当公子少爷，祖坟也没有埋对地方呢！"李正林道："就算你不怕吃苦，可挖煤危险！你没听挖煤的人说吗？那是脚踏阴阳两界呢！要是你出了什么事，我怎么对得起我姐？"贺世春说："看你说的，哪里豌豆滚进屁眼里，就那么遇缘？那么多人都不怕出事，单单我怕出事了？不瞒你说，我来这里，正是你姐姐的主意！"李正林知道贺世春是个实诚人，又听说姐姐同意他来，想了一想，便让贺世春留下了。

就这样，贺世春成了舅老倌手下的一名工人。虽然名义上是姐夫在为舅子打工，但到底是郎舅之间，不是外人。李正林每每看见贺世春裹着遮羞的布片，从矿井里爬出来，心里都十分内疚，从没把他当打工仔和苦力看待。姐夫就是姐夫，安排活儿时，不但尽量照顾，让他少干重活、苦活，而且十天半月，要放贺世春两天假，让他回去看看姐姐和外甥，尽享天伦之乐。工资待遇不但月月兑现，而且还比其他矿工高出一些。贺世春自是明白这一切。他本是怀着帮舅子一把来的，现在又承蒙了他的照顾，又怎的不感恩？因此，对舅子和舅子的煤矿，不但特别巴心巴肠，仿佛那矿就是自己的一般，爱矿如爱家。而且干起活来，也更舍得出力了。如此干了一年，一个得了钱，一个得了人，郎舅二人，内心俱是欢喜不提。

然而，真应了"天有不测风云"这句古话。这日，贺世春和十几个工人，坐着斗车往井下降，一工人打趣说："我们又下基层了！"贺世春一听，便想起了一个故事来，道："说起下基层，我这里倒有一个龙门阵！我们湾里有个贺贵，是个肚子里有点墨水的人，最看不惯干部搞腐败。一天，看见乡上书记和几个当官的到村上来了。贺贵忽然从屋里拿出了一只破盆子，一边敲打，一边喊叫：干部'吓'基层了！干部'吓'基层了！乡上书记见他这样，有些不明白，便叫住他问：贺贵，你这是什么意思？贺贵回答：回禀领导，没有别的意思，我只是想告诉大家一声，领导'吓'基层了！乡书记以为贺贵是夸他们的，便笑着说：下基层，这是我们应该的，应该的！谁知贺贵一听，却说：我说的不是你们说的那个'下'！我那个字，比你们那个字前边多一个'口'字！你们一来，要扒那些欠款户的房子，挑人家的谷子，牵人家的猪儿羊子，岂有不被吓倒的？不但人被你们吓倒，连鸡鸭也怕你们。你们一来，保不准它们的命就没有了！昨晚上我就听见圈里的鸡在互相提醒，说今天乡上有干部到村里来，大家可要提防一点！乡上书记一听，才知道贺贵这是在挖苦他们！"先前那人说："真有这事？"贺世春说："你要不信，有时间跟我一起到贺家湾去，称二两棉花纺（访）一纺（访）！贺贵的龙门阵，摆三天三夜都摆不完！"人们就说："那你以后空了，就跟我们慢慢摆！"

说着话，吊斗车降到了矿井下面，停住了。贺世春和工人走出来，沿着巷道往掌子面走。正走着，忽然从头顶传来咯吱咯吱的响声，接着便有煤灰和煤块簌簌地直往下掉。当中一个在大集体时就挖过煤的老工人一听这声音，便大叫了一声："不好，塌顶了！"说罢，转过身来便往巷道口跑，一群人也跟着往外面跑去。正跑着，只听得"轰隆"一声，那顶就塌了下来，巷道里立时被一股浓烟笼住。幸好，那十几个工人已经跑过了塌方地段，因而全躲过了这一劫，掉下来的煤块，却独独把贺世春给压住了。

噩耗传来，李正秀哭得死去活来，拿头去撞墙壁，恨不得要和丈夫同去。被人千劝万劝，方打消了寻死的念头，随娘家报信的人来到了弟弟的矿上。姐弟相见，相拥而泣，一个悲痛欲绝，一个愧疚不已。但不论怎么着，人都是没法哭活过来的了，只得商量着如何把死人的后事办了。贺世春是死在舅子的煤矿里，李正林自然是应该按规定付给姐姐一笔姐夫的死亡赔偿金和外甥的抚养费的。怎奈李正林的煤矿承包时间不长，采掘方式落后，加上那时煤炭价低，赚的两个钱又都投入到矿井的改造中去了，现今还欠着信用社一大笔贷款没还，实在没钱支付姐夫的赔偿金和外甥的扶养费。李正秀是清楚弟弟的困难的。退一万步说，即使李正林手里有钱，李正秀又怎么好像外人一样张口向弟弟要钱？因此，姐弟俩各怀心事，不争不吵，把贺世春的后事给办了。

过了两年，李正秀慢慢从悲痛中走了出来。李正林夫妇像是要弥补李正秀什么一样，就忙着为姐姐再找一个丈夫。可李正秀却是铁了心不嫁。李正林不解，过来对姐姐问道："姐，你是不是还记恨着我们？"李正秀道："我记恨你们做什么？生死有命，端阳他爸，生就是短命鬼！"李正林道："那我们打起灯笼火把都想为你再找一个合适的人家，可你总是冷水烫猪不来气，又为的什么？"李正秀冷笑一声，看着弟弟问："难道再嫁就硬是那样好？"李正林说："一个女人，总得有个依靠。不为这时想，也要为老了想一想，是不是？"李正秀鼻孔里又冷笑一声道："你不要说老了，我就是看到老了，才死了再嫁这个心的！远的不说，我说一个人，就是我们湾里的黄二娘，也是年轻时死了丈夫改的嫁。三十多岁嫁给俊田二叔填房时，俊田二叔的儿子还在横起揩鼻子。黄二娘和前夫没有生养，把俊田二叔的儿子当成心肝宝贝，巴心巴肠地带。可现在怎么样？前几年俊田二叔死了，黄二娘也老了，儿子不养她不说，骂的那些话牛都踩不烂！有一回，我都听不下去了，过去说他：端阳他叔，你都是吃饭不长的人了，骂人也要想一想，她好歹还是你娘！你猜他怎么回答我？他说：她是我什么娘？我娘早就死了！后来黄二娘怄不过，悄悄喝了农药。你说这当后娘的，有什么意思？"李正林道："难道所有当后娘的，都是那样？就是亲生的，也有不孝的呢！"李正秀说："自己生的，再不孝也不会那样骂他娘！"又说："你存心跟你外甥找个后爹，要是那老汉儿对端阳不好，又怎么对得起他的死鬼老汉？"说着，就抹起眼泪来。李正林一见，也红了一阵眼圈儿，半天才说："姐，我看出来了！说一千，道一万，你心里还是没有放下姐夫！好，姐，你既然吃了秤砣铁了心，不改嫁，我们也不劝你了！你就只在家里种那点包产地，能种多少种多少。其余的，有我这个当兄弟一口吃的，就有你和端阳一口吃的！外甥今后读书和结婚的费用，我这个当舅舅的全包了！别说他上大学，只要他娃儿有那个出息，就是到外国留学，该花多少，我供他多少！"说完便回去了。

自此以后，李正林再没有劝过姐姐改嫁了。李正秀种着两个人的庄稼，倒也不觉得怎么困难，只是那家里的日用开支，因少了贺世春这个挣钱的汉子，显得有些紧张起来。幸亏李正林没食言，一则姐弟情深，二则心有愧疚，将母子二人的一应花销，全承揽了下来。有时三五百，有时七八千，随着煤矿效益愈好，出手也便愈大方。李正秀也是会过日子的人，无论弟弟给多少钱，该花的则花，不该花的一个子儿也不花，精打细算过着日子。十来年下来，孤儿寡母的日子过得不但不比旁人差，还用攒起来的钱将丈夫生前的三间旧房子扒了，盖起了一楼一底的三间新房，只待儿媳妇进门来了。

万事顺意，却有一点不足，无论是母亲还是舅舅，都一心指望贺端阳好好念书，将来不说光宗耀祖，最低也能够混出一点样子来。可端阳念书的成绩总是差得很，特别是数理化，每次考试都不及格。初中毕业连高中都没考上，只考了县里的一所职业学校。端阳见自己考得不好，先自灰了心，不打算去读了，却遭到了母亲和舅舅强烈的反对。母亲说："你才十几岁，不读书回来做什么？混也把人混大点嘛！"舅舅也说："就是！管它什么学校，考起了就去读，它总要教点知识给你，你总不得教点知识给他！"端阳怕母亲伤心，舅舅生气，只得去了。到了学校一看，因为缺少师资和教学设备，学校开的专业极少，只有果树栽培和管理、缝纫、电器维修等几个专业。端阳认为缝纫裁裁剪剪，蹬蹬机器，是女孩子们的事，不适合他这种大男子干。电器维修学了也没什么用处，因为那个时候，农村的家用电器还没普及。想那果树栽培和管理，学了可能还有点用处。即使别处用不上，以后在自己房前屋后栽上几棵果树总是用得上的，于是便胡乱报了这个专业。真真是天生一人，必有一路，端阳过去面对书本上那些公式、定义、原理什么的，一直是浑浑噩噩、糊里糊涂，可如今一听老师讲那些嫁接、治虫、打枝等知识，竟一下来了兴趣。这也难怪，端阳生在农村，长在乡下，从小就看惯了那树呀、果呀、花呀、木呀什么的，有些道理，已是知其然，只是不知其所以然罢了。如今听老师一讲，哪有不豁然开朗的？职业技术学校又与一般学校不同，强调的是动手能力。学校旁边有几十亩县茶果站的苗圃基地，老师每个星期便会带了学生来实习。端阳用脑子想问题不行，可用手做事情是他的专长。没多久，他便迷上了那些嫁接、移栽、打枝、杀虫、疏花、压枝等活计，几天不去干这些活儿心里便觉得失落。一个学期不到，不但老师，就连苗圃里的工人都喜欢起他这个不要钱白干活的学生来。第二学期，端阳不但被选为班长，还成了学校团委的干部。

三年后，贺端阳以优异的成绩从县职中毕业了。一回到家里，端阳面对现实便犯了愁。本来，按照端阳自己对人生的设计，一毕业，他也就和同学一起到外面打工。天高任鸟飞，海阔凭鱼跃，挣钱不挣钱且不说，年轻人哪个又不羡慕外面的世界呢？可端阳还没把心里的想法给母亲说完，李正秀却又是抹眼泪，又是唠叨数落。端阳再说，李正秀干脆就去寻了一瓶农药来，抬头就要喝，唬得端阳扑过去就抢了。端阳明白，母亲的千滴眼泪万般情怀，就是不放心他外出，都只为把他拴在家里，使母子二人能够朝夕相守。端阳走不是，不走也不是，便请来舅舅裁决。李正林明白李正秀的心情，陪着姐姐流了一会儿眼泪后，便把端阳喊到一边，说："既然你妈不答应你出去打工，你就先委屈两年，如何？"说完又道："你还年轻，不懂女人。女人一辈子，做姑娘时父母就是她的天；嫁了人时丈夫就是她的天；老了儿子就是她的天！你十岁老汉就死了，她一直守着你不嫁人，靠的就是你。要是你出去又出点什么事，她的天不就塌了？活着还有什么意思？"又道："舅舅知道你想出去看看世界，可你还年轻，以后还有的是机会！等你结了婚，生了儿子，那时有个大胖孙子在她身上爬上爬下，她又有了新的希望，你再提出来到外面打工，说不定她就不得拦你了！这两年你就在屋里尽份孝心，没有钱到舅舅这儿来拿。反正舅舅这辈子，再怎么还也没法把你们母子的账还清！"

端阳听舅舅说得如此动情，还能说什么？便答应留下来，和母亲一起下地。母子俩种着两个人的地，闲暇的时间便很多。端阳除了看点书以外，便找不到别的事干。年轻人本来不太安分，何况好歹又读过几年书？一闲下来，就觉得日子不该这样过。可究竟还应该做点什么？心里又是十分茫然。这日，地里没活，端阳看了一阵书，觉得无聊，便出来瞎转。屋侧边的一块地里，一群鸡一边咯咯叫着，一边东一嘴、西一嘴地啄着地里的菜叶。端阳的眼睛落在地里，猛地想起入学时曾经萌生过的计划。心想：这屋团屋转的鸡啄地，种什么都没有收成，不正好可以栽果树吗？一想到这里，端阳禁不住激动起来，急忙回到家里，把自己的想法跟母亲说了。李正秀道："反正那地种什么都是给鸡预备的饲料，你想试手脚，就去试吧！"端阳听后，果然在第二天就跑到原来学校旁边县茶果站的苗圃里，买了几十株良种果苗回来栽到了地里。

那几十株柑橘、雪梨和葡萄栽到地里，端阳全身心地投入到了管理之中，不是给果苗杀虫、施肥、松土，就是除草、剪枝……仿佛那几十株果苗，都成了他的情人，一日照顾不到，便会亏欠了它们一般。果苗让端阳安静，从此不再提说打工的话，也从此觉得日子充实，对未来充满了希望。那几十株果树，也像是要报答主人似的，栽下去时都不足半尺高，可才一个多春秋过去，竟然都长到了半人多高，生意盎然，煞是可爱。虽然离挂果还有些时日，但哪个庄稼人看了，都会高兴。

一日，端阳在地里，用细篾丝捆住一些直直往上生长的果树枝条，把它们斜拉到一定的高度，然后将篾丝固定在地上的木桩上。正干着，猛听见一个声音问："娃儿，你这是干什么？那枝条长得好好的，怎么要把它们拉来趴起？"端阳抬头一看，原来是自己房子旁边住的世福叔放牛归来，便道："世福叔你不晓得，这丫丫对直往天上长，长高了，既不好杀虫、打枝，以后结起果子了，也不好摘。还不利于果树采光、通风，影响产量！"世福一听，说："果然是读过书的，我活了几十年，还是头一回听说果树的丫丫趴起长比对直朝天上长要好！"说完不等端阳回答，便又说："看你娃儿年龄不大，本事还不小，等不到两年，这些树一结果，就该你娃儿发财了！你娃儿既然有这样的本事，怎么不多栽一些，把全湾都栽上，让大家都跟到你发财？"端阳听了这话，心里像被什么敲打了一下，有些不安地躁动起来，却对贺世福道："世福叔，我有什么本事，瞎猫碰到死耗子呗！"贺世福道："有本事就是有本事嘛，鲢巴郎过河——牵须（谦虚）什么？"说毕，在牛屁股上打了一鞭，自顾去了。

言者无意，听者有心，端阳听了贺世福的话后，竟忘了干活，抬起头，看着天边。天边一抹红霞，十分艳丽，似乎在向他发出召唤。端阳不禁心想：是呀，这几十株果树，规模委实太小了，远不够自己施展才华！真要让每家都栽上几十棵，不，最好是全村的土地都栽上果树，贺家湾要不上几年，就会春天花团锦簇，夏天绿树成荫，秋天硕果累累，变成花果之乡！那可比种粮食不知要强多少倍呢！到那时，家家户户可都要像电视里说的那样，过上幸福的小康生活……端阳沉浸在自己的遐想里，越想越激动，像是真看到了那富裕、美好的景象似的。正想着，贺世福院子里猛的一声牛哞，打断了他的沉思。贺端阳不禁哑然一笑，回到了现实中。他知道自己这想法虽好，却有如癞蛤蟆想吃天鹅肉，不过是异想天开罢了。

又做了一会儿活，天色已晚，端阳才收了剩下的篾丝，往家里走。一边走，一边还想着刚才贺世福的话，心里难免一会儿热、一会儿冷的。回到家里，李正秀正在灶房做饭，端阳放下手里的东西，便去开了电视看。没想到的是，电视里正播一档励志节目，说的是一个大学生毕业后不贪恋城里灯红酒绿的生活，却立志回家乡创业，带领乡亲们致富。回到村里，村民选了他做村委会主任，从此那大学生便利用自己所学知识，在村里办企业、建果园、发展大棚蔬菜等。没几年时间，一个贫穷落后的村子变成了远近闻名的富裕村。大学生不但入了党，还被选为了省人大代表。要在平时，贺端阳肯定不会关注到这一类节目，觉得自己和这类节目中的主人差距很大，遥不可及。可此时因了刚才贺世福几句无心的话，丢了一粒火种在他心里，如今，这电视和电视节目忽然像是一股东风，将贺世福丢的那粒火种呼地一下刮燃了,使原本看起来遥不可及的事,一下子变得不那么神秘,似乎也伸手可得。因此,贺端阳一看完节目,便禁不住思忖开了。他在心里道:"是呀,要是我当了村主任,不就可以让全村的人,都在地里栽上果树吗?"又道:"母亲不让我出去打工,这辈子,注定便只能面朝黄土背朝天,背一辈子太阳过山了!倘若真能做个村主任什么的,即使不能像电视里那个大学生,当个什么代表,多少也有一点面子,不枉做了一世人,且又遂了母亲的愿!"这样一想,又觉得想法很荒唐,那村主任,怎么想当就能当上呢?可他接着又推翻了自己的怀疑,想:"为什么我就不能当村主任?我虽然不是大学生,可也算一个有文化的人!我虽然不会办工厂,可我却懂得果树栽培和管理!我虽然年轻,可我有带领乡亲们致富的决心!党中央号召建设新农村,但念过书的年轻人都到外面打工去了,像我贺端阳这样还留在土地上的年轻人,比癞儿脑壳上的头发还少,我愿意做村主任,说不定上级和村民会举起双手欢迎呢!"这样一想,端阳禁不住全身的血液都突突地在血管里奔涌起来了。可巧的是,贺家湾上届的村主任贺国华,因为和村支书贺春乾不合,两个多月前撂了担子,到沿海打工去了。村主任的位子这时正空着,平时的工作都由支书一肩担着。端阳被电视上的榜样激励着,又经过自己一番分析,便觉得老天爷分明也在帮助他。要不然,为什么国华叔端端地就辞了职,空出了那村主任的位子?端阳越想越激动,越想越以为事情是这么回事,一时豪情满怀,也不觉得自己幼稚,所以在那心里,竟坚定了做村主任的理想。但端阳毕竟念过书,又早已进入了成人之列,知道那村委会主任自己再够条件,也是要经过村民选举的,所以不可张狂。要是张狂了,选不上,岂不是会被村民耻笑?因而,端阳尽管有了想做村主任的想法,而且志存高远,却因为离选举时间尚远,不可随便说与人,只是去县里书店悄悄买回一本有关村委会组织法的学习材料和一本《怎样当好村干部》的书,一面细细研读,一面等待时机。时机一到,他端阳便要腾空而起,一飞冲天,让村里人明白,他贺端阳岂是蓬蒿之人?

二

得知了村委会换届已经启动的消息，贺端阳怀着一种兴奋和躁动不安的心情，温习了一遍早已烂熟于胸的《村民委员会组织法》上的条条款款，方才把那书重新放到枕头边，躺在被窝里，打算睡去。可是大脑里的细胞像是跑马一样，赶着他的意识一会儿东一会儿西，鸡零狗碎，又全是和实现自己理想相关的事。一时睡意全无，躺着又难受，于是干脆又坐了起来，披上衣服，眼睛看着墙壁，口里数着数字，将脑海里的意念慢慢往一处聚集。过了一阵，方感觉好了一些，正欲重新躺下，又猛地想起先前因为换届工作没有启动，自己一直把想做村主任的想法压在心底，不敢张狂。现在选举既已开始，就不该羞羞答答，藏而不露了！这样一想，就决定明天先去找支书贺春乾，把自己的想法说出来。村委会换届本是在村党支部的领导下进行，自己想做村委会主任，迟早是要经过贺春乾这一关的！早点去对他说了，一则让他心里有个底，二则也可探探他的口气。端阳沉浸在他美好的想象之中，觉得贺春乾听了他的想法和打算，一定会伸出大拇指表扬他不但是一个有文化，还是一个有远大理想的青年，以后一定能干出一番大事业，造福贺家湾的父老乡亲！一想起贺春乾和党支部会支持自己的事业，端阳心里一阵轻快，睡意也便袭来，于是躺下，不一时便鼾声香甜，沉入梦乡里了。

第二日醒来，天色已是大亮，屋后竹林里，两只鸟儿不知藏在哪丛竹叶间，啾啾直鸣。端阳又赖在被窝里躺了一阵，直待到一缕霞光从窗口泻进房内方才起来。穿好衣服出门一看，李正秀正在灶屋里忙活。此时一手拿了铲子，一手拿了猪食瓢，正从锅里往猪食桶里舀给架子猪吃的青饲料。同一口大铁锅里煮着两样猪食，一样是专门给年底就要宰杀的肥猪吃的，一样是给明年才会出槽的架子猪吃的。给肥猪的食主要是红苕，给架子猪的食则是青饲料。端阳见母亲已把猪食煮好，便有些不好意思，就一边笑，一边对李正秀道："妈，天气冷了，我说过让我起来煮早饭，你怎么这样早就起来了？"

大铁锅里的水还在"咕咕"开着，从红苕疙瘩的缝里，不断往上冒着泡儿。热气遮住了李正秀的脸。端阳没看清母亲的面孔，却听见李正秀说："等你起来煮早饭，只怕要等到中午两顿合到一顿来吃了！"端阳听了，更觉得不好意思，道："妈，我瞌睡大，你可以喊我嘛！"李正秀道："我有喊你的时候，还不如自己起来了！"端阳一听也是这个理，便拍了自己脑袋一下，道："也是这样，妈，你来喊我，还要穿一道衣服！不过以后你也莫这样早起来了，我自己知道醒！"李正秀道："我知道你知道醒，可太阳不晒到屁股你醒得过来？"端阳听了这话，只嘿嘿笑着，不再在母亲面前说些假仁假义好听的话了。过了一会儿，才又对李正秀道："妈，你把猪食瓢给我，我来舀吧！"说着伸手要去接母亲手里的铲子和猪食瓢。李正秀没把东西给他，却说："我都舀得要完了，要你舀什么？缸里没水了，你要没事，去跟妈挑两挑水回来，今天有太阳，妈把那些床单被罩拆下来洗一洗！"

端阳听了母亲这话，走到缸前一看，果真缸里没多少水了，就取下墙壁上的扁担，挑上水桶往外走了。刚走到院子里，家里那条叫黄尔的公狗，忽然从阶沿下的柴草窝里钻出来，弓着背，伸了一个懒腰，然后抖了抖身子，把一身的柴灰和狗毛抖得满院子飞舞。抖毕，才摇着尾巴朝端阳跑了过来。端阳正挑了水桶往水井走去，看见黄狗跑来，便叱着："你来干什么？"那狗一边继续摆尾巴，一边围着端阳转了一个圈，像带路一般，朝前跑去了。水井在房屋底下一块田的侧边，用石头砌了井沿，井口还没有一只簸箕大，看不见井水。但水桶落下去，却听到咕咚有声。端阳打了水，提起来，端阳将水桶挑在肩头，狗又跑前跑后陪着主人回去了。

端阳把水缸挑满，李正秀也把早饭盛好放在了桌子上。吃饭时，李正秀忽然对端阳道："上午你有什么事？"端阳听见母亲这样问，便想起了昨天晚上的事，于是说："我打算吃过早饭，去找一下春乾哥，有点事跟他说说。"端阳以为母亲马上会问他有什么事，但李正秀却没问，只说："上午你还找得着贺春乾？"端阳马上停下筷子问："春乾做什么去了？"李正秀道："我起来刚刚打开门，就看到春乾夹只包包从门口路过。我问他：'春乾这样早你往哪里去？'他说：'乡上上午开村支书会，迟到了，又要挨伍书记的批评了！'"说完又对端阳道："你要找他，除非到乡上去！"端阳哦了一声，说："原来是开会去了！"说完，还是害怕母亲追问他有什么事，不待李正秀回话，便先转移了话题，道："妈，你有什么事？"

李正秀停了一会儿，才道："你李红嫂子今天生日，也不知道有没有客，你等会儿过去看看，如果他们要招呼客，我们该还别个的人情呢！"端阳一听是这事，便道："没有看见他们来请，总不会招呼客吧！"李正秀道："又不是满十，人家怎么好来请？管她有没有客，你去看一下不得错。如果有客，中午你就去坐席，我在屋里把罩子被单洗了！"端阳不再说什么，只问："如果招呼客，送好多钱？"李正秀道："昨年我的生日，兴成来送的五十块钱……"一语未完，端阳道："妈，我知道了，那我还他们五十块钱的情就是了！"李正秀却道："别个送五十，你就还五十？"端阳问："那送好多？"李正秀道："前年兴成生日，我去送的四十，昨年我生日，别个还的五十。你今年还情，也要送六十才好意思！比到箍箍买鸭蛋，别个还要说你硬是小气！"端阳道："也不知道是哪个兴的这个规矩？要是这样涨下去，过两年吃个生日酒，那不是要送一百两百才出得了手？"李正秀说："管它怎么涨，反正你以后结婚，别个也要跟你还回来的！"端阳听到这里，便又有些不耐烦起来，说："妈，你又来了！"李正秀听了儿子的话，也做出了生气的样子，说："又来了又来了，妈就说不得这话了，是不是？"端阳听见妈的口气，这才不说什么。

母子俩吃完了饭，李正秀要趁天气好，赶紧把该洗的东西洗出来。一放下碗，便去卸蚊帐、拆被单，端阳便收了两个人的碗去洗刷了。去瓦缸里舀了一瓢米糠和大麦面倒在架子猪的青饲料里，又舀了几瓢潲水在桶里将米糠、大麦面和青饲料搅拌均匀了，往猪圈前提去。猪听到主人拌食的声音，早爬了起来，将前爪搭在猪圈的木栏上，可着声直叫唤。端阳把猪食提到猪圈前，猪才把前爪放了下去。端阳把猪头拍了一下，舀了一瓢猪食在槽里，猪的两只大耳朵一扇一扇的，便狼吞虎咽地吃了起来。这边的一只肥猪听得响声，嘴里"哼哼"两声，才慢慢爬起来，显得十分绅士的样子。端阳又去另一只缸里，舀了两瓢苞谷面，倒在大铁锅的红苔里，搅拌均匀了，也不兑潲水，直接舀到那只肥猪的槽里。

端阳喂完了猪，李正秀也从儿子和自己床上卸了罩子，拆了被单，拿出来泡在了阶沿上一只大木盆里。端阳正要往外走，却又被李正秀叫住了，道："把你身上的衣服裤子脱下来，我一下洗了！"端阳朝自己身上看了看，说："妈，我身上的衣服裤子没有好醒醒，就算了吧！"李正秀说："没有好醒醒就穿一辈子？趁天气好，不脱下来我洗了，以后莫得太阳了几天都不干！"端阳听了这话，只得进屋，去衣柜里找起衣服来。

正找着，忽然听见一个妇人一边尖声叫着，一边从屋旁边的小路上朝院子跑了过来。那声音道："青天大老爷，你睁开眼睛看一看，他们这样欺负人，你怎么不管一管呀！天啦，我们没法活了呀……"说罢又哭。端阳一听那声音，像是善怀哥家里的董大嫂董秀莲，正准备出去看个究竟，却听见母亲已经和妇人说上话了，果然是董大嫂。因为听得母亲道："他董嫂子，出了什么事，你这样眼泪汪汪的？"妇人先是哭了几声，接着便忍住悲痛，急急忙忙道："婶子，你给我评评理，世界上哪有这样欺负人的？简直像是土匪一样了……"说罢又是一阵抽泣。母亲道："他董嫂子，哪个欺负你们了？你好好说！"那董秀莲终于止住了哭声，道："除了贺良礼、贺良毅这几个挨刀的，还有哪个敢这样欺负人？"母亲听后，停了一会儿，方道："哦，他们又是因为什么事，光天化日之下欺负你这个弱门小户？"董秀莲从喉咙里发出一个响亮的嗝声，似乎又要哭出声来，却又强忍住了，一边低声抽泣，一边道："婶子，你还不知道呀？怪就怪我屋里那条背时的狗，前天中午也不知道撞到什么鬼，把贺良毅的一只母鸡咬死了，贺良毅要我们赔他两百块钱。我们说，你到我们家里来，看上哪只鸡就把哪只鸡抓去。可贺良毅不答应，说如果还鸡的话，他只要原来那只鸡！婶婶你给评评道理，咬都咬死了，我们怎么给他还得出来，不是逼着牯牛下儿吗？我们还不出，他就整死个人要两百块钱。我们没把钱给他，刚才我们正吃早饭，贺良毅、贺良礼、贺良全几个砍脑壳的跑到我们屋里来，看见什么打什么，把桌子板凳、杯子碗筷，打得稀炉烂，还说不把钱拿去，还要来打！婶子，你说，这不是明摆着敲诈我们吗……"说着便又抽抽搭搭起来。

端阳和善怀虽说不上有多亲，却知道善怀是一个本分人。听得外面一番话，连衣服也顾不得换了，便走出来大义凛然地道："嫂子，这明摆着是他们仗着弟兄多，故意欺负人！他那是金鸡还是银鸡，就值那么多钱？"说完又道："打人都不过百步，他们有什么理由跑到你们屋里来砸东西？善怀哥就让他们砸？"董秀莲看见端阳，道："端阳兄弟原来还在家里！你知道你那善怀哥是个老实人，他倒是抓根扁担要和他们拼命，被我抱住了！我说，三拳难敌四手，别个有几弟兄，你一个人怎么拼得过人家？"端阳道："你们就不赔他，看他们敢不敢把你们吃了？"董秀莲还没答话，李正秀便瞪了他一眼，问："你换的衣服呢？"端阳道："我还没有换！"李正秀道："那你出来鸡一嘴鸭一嘴的干什么？还不快进去换来我洗！"说毕又掉头对妇人问："他嫂子，你这是打算往哪去呀？"董秀莲抹着眼泪道："婶子，我还能到哪里去？我去找贺春乾，叫他这个当支书的来评评理，看他怎么说！"李正秀听了道："找贺春乾，那我就劝你别跑冤枉路了！贺春乾一早就到乡上开会去了……"董秀莲一听，便立即着急地叫了起来："那怎么办，难道我们就白让他们欺负了？"说着，看见端阳站到大门口还没走，便又央求道："端阳兄弟，你也是知书识礼的人，要不你去给我们评评理，说句公道话！"

妇人的话刚完，还没听见端阳回答，李正秀就忙说："他嫂子，夜蚊子叮木脑壳——你可找错人了！他还是一个细娃儿，知道评什么理？再说他也不是干部，说的话哪个会听？"说罢，又瞪着儿子，生气地道："叫你换个衣服，你看你挨了好久，又不是挨杀场，还不进去快点换来！"端阳明白，母亲是不愿意他去管善怀这一档事，只得反身又往自己的房间走去。刚转过身，便听得母亲在对董秀莲说："他嫂子，你听我说，遇都遇着那么不要脸的人了，只当是赶场被扒手摸了。蚀财免灾，你就赔他两百块钱算了，当给他吃药！你找这个解决找那个评理，还不知道那几兄弟是一不要脸、二不要命的角色，哪个能够跟你说句公道话？赔了他，以后离他们远点就是！"那董秀莲如何回答，端阳没有听清楚，因为他已经进了自己的房间。

换罢衣服出来，董秀莲已经不在院子里了。端阳便问："妈，董嫂子走了？"李正秀乜斜了端阳一眼，不满地道："刚才哪个叫你多言多语的？"端阳明白母亲指的是什么，便道："妈，大路不平旁人铲，贺良毅、贺良礼几弟兄也太可恶了！"李正秀道："他们可恶不可恶，关你什么事？你又不是南天门的土地，管得着那么多？"端阳道："大家都不管，恶人的尾巴更会翘上天了！"李正秀一下生了气，道："你管，你能干就去管嘛！也不吐泡口水照照自己有几斤几两？别个不但弟兄多势力大，打架是打出了名的。连干部对他们都是睁只眼闭只眼，装眼睛瞎，你算老几？以后少去跟我管闲事。别个没有欺负到我们孤儿寡母脑壳上，都是好的！"说罢，从端阳手里接过脏衣服，往木盆里狠狠一扔，又道："还不赶快去你李红嫂子家里问问！"端阳听了这话，果然一边往外面走，一边嘀咕着说：

"哼，他们欺负我，我才不怕!"说着，便转过屋角，朝中湾的方向去了。

原来这贺家湾，分为老湾和新湾。老湾便是老祖宗最早来时落住的地方，像一把巨大的椅子形状。正对着椅背的院子，叫大院子，又叫老院子。椅背两边的院子，左边的叫作上边院子，右边的叫作下边院子，是老院子后来发的苑苑。每个院子里，住了六七十户人家。后来人们觉得叫上边院子、下边院子拗口，干脆便从左至右，分别叫了上湾、中湾和下湾，每个自然湾一个村民小组。除了老湾以外，还有一个新湾，就在老湾背后的塝上，又是老湾后来发的苑苑，也有两个院子，一个叫新房子，一个叫大房子。两个院子加起来也有三百多人。老湾对面的塝上，有些零星的住房，分别住着一些杂姓人家，有郑、刘、王、余氏等，也有二百多人。因郑姓居多，因而那塝便叫了郑家塝，也划给了贺家湾村管辖。因而，贺家湾村如今共有六个村民小组，一千三百余人，算是一个不大也不小的村子。

贺端阳从家里出来拐过两个弯，走过约一里多路，就到了老院子。老院子不是原来的老院子了。原来，土地承包到户以后，一则人多了住不下，二则人们手里有钱了，许多人便从老院子搬到老院子周围建了楼房。兴成的父亲世龙老汉，早在兴成结婚以前，就在老房子旁边自己的竹林地里给兴成盖了一幢新房。虽然盖的是平房，却是十分宽敞。端阳沿着小路朝兴成的新房走去，刚到屋边，却见兴成两口子说笑着从屋里出来了。兴成三十多岁，一张黄瓜脸，有些瘦长，一见端阳，便笑眯眯地问："哦，端阳老弟，你这是到哪里去?"端阳听了，也笑着说道："哎呀，你们还问我，我还要问你们呢?"说罢，目光就落到了李红脸上，开玩笑地问道："嫂子今天生日，招不招呼客呀?"兴成和李红一听，方知是这样一回事，李红便道："招呼什么客，一个散生，腊月三十天的磨子——早就推了的!怎么，忘了给你们说?"端阳又笑嘻嘻地说："哦，我知道了，嫂子是怕我们肚子大，舍不得给我们吃!"李红道："倒不是怕你们吃多了，是年年都招呼客，麻烦，不如安安静静耍一下。"

端阳听了这话，深以为然，便说："说得也是，有个什么事，累的是主人!"说罢又对兴成问："你们两口子这是打算到哪里去耍呀?"兴成道："除了打麻将，还能有什么耍的?"端阳道："打麻将也是耍呀?"兴成道："这寒冬腊月，活儿也做完了，打麻将没意思，不打麻将更没有意思，只有打麻将才混得到日子呢!"

说完，又对端阳道："走嘛，和我们一起去打麻将。"

端阳不好意思地笑了一下，红了脸，回答兴成说："你知道我连麻将牌都认不全，更别说去打了。"兴成便笑着说："认不到不要紧，我教你！"说着便要拉端阳走。端阳躲避开了，道："算了，我不学，你们去打吧！"兴成说："年纪轻轻的麻将都不会打，知道的说你是好人，不知道的还说你和大家不合群！"端阳听了这话，更像是做错了事一般，脸更红了。李红看见，便对丈夫说："人家不愿意打，你逼到牯牛下儿干什么？别个端阳老弟是有大志向的人！你看他栽的果树茂活活的，等不到两年就挂果了，这才是能干的人嘛，哪像你就知道打麻将。"端阳听了，忙说："嫂子不能这样说，兴成哥才是不简单！文化虽然不高，却是他把农机具引到湾里，实现了湾里的农业机械化！"李红道："那是哪年的事了！要说能干，还是端阳老弟。明年，我也打算去买些果树苗回来，老弟也来给我们当个老师，你答不答应？"端阳一听这话，便马上想起了村委会换届选举的事，想对兴成说说，却不好开口，于是便说："只要嫂子和兴成哥看得起，当然没有问题！"话音刚落，就听得大院子里有人喊："兴成，你们还不来，就等你们了！"端阳知是别人正等着兴成两口子去配搭子，便又马上说："你们去吧！以后嫂子生日可一定要给我们吃了哟！"李红还没答话，便听到兴成说："放心，我们又不是外人，以后有了什么事，肯定要先给你和大母说！"说着等不及似的，两口子匆匆走了。兴成和端阳都是一个祖上下来的，还没有出五服。过去贺世春在世时，和兴成的父辈贺世龙、贺世凤、贺世海几家人在年头岁节、红白喜事时，你来我往，都走得很亲。贺世春一死，李正秀又铁了心不改嫁，孤儿寡母要长期在这湾里生存下去，无论从精神上、劳力上都需寻个依靠。庄稼人本是十分重视宗族观念的，既然贺世龙三弟兄和贺世春还没出五服，自然算是亲房了，因而几家来往更勤，关系更亲。

闲话少叙，且说端阳见贺兴成两口子忙着打麻将去了，自己也转过身来顺原路返回。贺端阳的家在上湾的西头，需要穿过大院子。打从东头经过时，却突然看见贺贵戴着一副比啤酒瓶底还厚的眼镜，靠在自己门前，一边晒太阳一边拿着一张《文摘周报》看，脸几乎伏在了报纸上。那贺贵六十多岁，一头花白头发，满脸苦瓜皱褶，个子很高，却又干瘦，但精神倒还矍铄。说起此人，不但在贺家湾，就是在全乡的知名度和伍书记比起来也是不相上下。他是贺家湾出了名的牢骚大王、意见领袖，也是一个传奇人物。他和贺家湾的大知识分子贺世普同年同月同日生，被人称为是"真老庚"。两人打小一起发蒙读书，成绩优异，过目能诵，十分了得。不幸的是土改时，贺家湾真正的大地主贺银庭突然从人间蒸发了。贺家湾因为没有地主可斗，那声势浩大、轰轰烈烈的土改运动和其他地方比起来便稍逊一筹。土改工作队和农会主席贺老跶不甘落后，便发动群众从贺家湾除贺银庭外的日子稍好的人里面选几个地主出来。贺贵的父亲贺茂富，因有几十亩薄地和一座油坊，便被工作队和农会荣幸地选上了。在斗争贺茂富时，又遭人诬陷被工作队拉出去枪毙了。当时，贺贵才念到小学三年级，贺茂富被工作队一镇压，自然就没有上学了。而"老庚"贺世普则继续上学，后来做了县中校长，成为贺家湾最著名的文化人。贺贵却穷愁潦倒一生。他曾讨过三个老婆，可第一个老婆跟他没过多久，便离婚了。第二个和他过了两年，带着孩子跟别人跑了。第三个老婆在二十多年前上吊自杀。这位妇女姓贾，娘家在小板桥，办丧事那天娘家一个姓的人都来了。虽说娘家姓不大，可也是好几十个人。当地风俗，从外面嫁过来的媳妇如果非正常死亡的话，其娘家家族的人便会来其夫家大吃大喝，摆出寻衅滋事的态势。虽然那老婆的死贺贵没有直接责任，但他觉得理屈，接待妻子娘家人不敢有丝毫的怠慢。但其娘家来的人还不满足，一天三顿都要贺贵买肉来吃。那时还是在大集体干活，物资匮乏，那贺贵哪能天天都去买肉来给老婆的娘家人吃？娘家人便砸东西。贺家湾人看不下去了，一声吆喝，将那伙人给赶了出去。三个老婆先后离开贺贵的原因，皆是因为贺贵不会过日子，不像一个正经的庄稼人。明明只有小学三年级的文化，却异想天开，成天戴着一副比啤酒瓶底还厚的近视眼镜，在家里搞研究、做学问，著书立说。据说他在大集体时期，就曾经写了四部巨著，这四部巨著的书名，分别叫作《天与地》《人与神》《日与月》《生与死》。四部书的手稿，整整装了一麻袋。他将书稿背到县文化馆，请文化馆的专家"斧正"。文化馆的专家翻开书稿看了两页，便道："不得了，不得了！旷世名作，不得了！"说完又道："以我等的能力，怎么能斧正如此大作？老先生还是寄给出版社的高人指点吧！"说毕，将书稿合上，完璧归赵。贺贵信以为真，背了麻袋乐颠颠地出了文化馆专家的门。文化馆专家等他走出了好长一截，方才盯着贺贵的背影道："神经病！"便关了门。贺贵将书稿背到邮局，果真寄给了一家出版社，回家等着出版社的佳音。可一连几年，也没等到出版社只言片语，便灰了心，逢人便感叹自己生不逢时，又骂出版社聚的都是一帮蠢材，有眼无珠。骂归骂，贺贵却毫无办法。前两年，贺贵又写了一本书，叫《中华历代整人术》，听说这本书写成之后，贺贵吸取了前车之鉴，没把书寄给出版社，而是直接寄给了中南海，又认真地写了书信一封，道草民辛苦多年方成一家之言，万望领导人能于百忙之中，给草民之拙作阅示一二，草民万分感激云云。此为贺家湾人之传说，真假亦未可知，反正贺贵后来也从未对人提起过这事。两次著书立说失败，贺贵最近已不著书，而改为搞研究发明了。据说贺贵最近搞的一项研究，是准备发明一部 GDP 增长机。他说现在全民都在为 GDP 奋斗，不过那些招商引资，实在麻烦，还有就是太慢了，效果亦不明显。他这部机器一发明出来，根本就用不着像现在这样招商引资，盖房子修铁路什么的，只要一开机器，那GDP 就会成倍增长，美元黄金就会从机器里源源不断滚出来。不过这里面要解决两个技术难题，一个是从国家元首到普通民众，必须心诚，心诚则灵，在操作这部机器时，必须一门心思想到 GDP，不能想到别的，否则就不灵，这有点像信神一样。另一个是从上到下，到时人人都是 GDP 增长机的操作手，所以，什么政治家、军事家、思想家、哲学家、文学家、科学家等，都没有必要存在，因为一旦有这些称谓存在，人们难免走神，就会影响到 GDP 的增长。贺贵曾经把自己的伟大构想，给乡上伍书记汇报过。伍书记还没听完，便骂他是神经病。这让贺贵的热情备受打击。但他并不甘心，他正在写一份可行性分析报告，据说有二十多万字，写好以后，拿到城里打印出来，还是打算寄给中南海。是否如此，没人敢肯定，因为贺贵也未把自己的计划付诸实行。贺贵最后一个老婆，给他留下一女，目前在海南打工，且在海南和当地人结了婚，也不常回来，只偶尔给他寄三五百块钱回来。贺贵拿了女儿的钱，不正经花在柴米油盐酱醋茶上，却花在了订报纸和买闲书上。为著书立说，贺贵已是翻烂了好几本《新华字典》。他是村里唯一没有电视的人，所以贺贵从来不看电视。但他因为订得有《文摘周报》《参考消息》，对天下大事，却是比村里人谁都清楚。也从没有村民到他家里串过门，因为听说到了他家里，很难找到下脚的地方。因为没钱，他从没请过兴成和村里其他有农机具的人用机器给他耕过地，收过粮食，都是自己用锄去翻地种地，用人力去收割庄稼。他的庄稼始终种不过别人，收的粮食也仅够糊口。不仅如此，贺贵还特别愤世嫉俗，对历任村干部都不满，飞语不断，包括现任的贺春乾。今年大年初一，他到乡政府张贴贺春乾的大字报，被值班的乡政府工作人员赶了出来。为此，贺贵十分生气，转而气咻咻跑到县城，闯进县委办公室要拜访县委书记，反映村干部和乡干部的问题。又被县委书记手下一干人等把他轰了出来。贺贵见县委书记不成，心里又生了县委书记的气，回到家里，贺家湾有好事者故意对他问道："贵叔，见到县委书记了？"贺贵生气道："见到个鬼！"好事者道："怎么没见着？"贺贵道："县委书记很忙！"好事者道："县委书记忙什么？"贺贵道："忙着数钱！"说罢扬长而去。村民都知道贺贵行为怪异，疯疯癫癫，他说过的话，也没人和他计较，只在心里可怜他而已。

　　说也奇怪，满村的人都觉得贺贵是个不正常的人，唯独贺端阳对他却崇敬有加，不但不觉得他神经有毛病，反认为他是全湾最有智慧的人。只要一有时间，便喜欢去和贺贵聊天，说些在别人听来毫无用处的话。这时，端阳见贺贵一边在自己房前晒太阳，一边拿着一张报纸看，便走过去猛地喊了一声："贵叔，看报纸呀！"贺贵听到喊声，急忙将头从报纸上挪开，那比啤酒瓶底还厚的镜片后面的眼睛闪了几闪，看清了是端阳，方才回道："孺子无礼，既然知道我看的报纸，还多问什么？"端阳故意道："我以为你看的不是报纸呢！"贺贵听了便盯了端阳问："不是报纸，你说是什么？"端阳说："是书！"贺贵大声道："胡说！"

　　端阳听了，也不生气，在贺贵面前蹲了下来，想起昨晚电视里余副县长的讲话，不知这报纸上登没登村委会换届选举的消息，于是便问："贵叔，报纸上登了些啥，你看得那么专心？"贺贵道："学习岂可三心二意？"端阳道："贵叔说得对，我要向你学习！"说罢才又说："贵叔把报纸给我看看上面登了些什么？"说着，也不等贺贵回答行与不行，就从他手里抢过报纸，看了正面又看背面，迅速把报纸上的标题浏览了一遍，见没有自己需要的内容，便把报纸还与贺贵，然后轻声对贺贵道："贵叔，村委会又要换届选举了，你听说了没有？"

　　贺贵听了端阳的话，收了报纸，一边摇头一边连声说道："不新鲜不新鲜，李杜文章万古长，而今已是不新鲜，不新鲜也！"端阳等他感慨完毕，才道："贵叔，换届选举是村民政治生活中的一件大事，怎么会不新鲜？"贺贵道："孺子无知，鹦鹉学舌，一派陈词滥调！"端阳不服，分辩说道："贵叔，怎么是陈词滥调？"贺贵道："上面定官，百姓画圈，何新鲜之有？"端阳一听，觉得贺贵说得确有一点道理，便又说道："这回《村民委员会组织法》正式颁布实施了，可不会再像原来那样候选人由上面来定，老百姓只是画圈圈了！这回可真是实行民主，让村民民主来选了！"贺贵听后，将头摇得像是拨浪鼓似的，直道："非也，非也！民主喊叫了这么多年，何曾有真正的民主？孺子切不可发迂腐之论！"

端阳听了这话，明白自己说不过贺贵，便住了声。可过了一刻，便又忍不住问道："贵叔，我讨教你一个问题，假如有个人想竞选村委会主任，怎么才能顺利当选？"说完，便紧紧盯着贺贵。贺贵看了端阳一眼，道："我为什么要告诉你？"端阳道："你老人家为人民服务嘛！"贺贵说："屁话！如今领导都为人民币服务了，还有谁在为人民服务？"端阳央求道："我说了，只有你老人家还在为人民服务！你是活雷锋，比雷锋还雷锋，你就告诉我吧！"贺贵道："我告诉了你，你拿什么谢我？"端阳道："你老人家要什么？"贺贵想了一想，才道："你屋里有什么好书，借几本给我看看！"端阳一听，忙说："行！不过我那些书，不知道贵叔喜不喜欢？"贺贵道："是些什么书，报上名来。"端阳想了一想，道："我有一本《怎样栽培果树》，贵叔看不？"贺贵道："倒是一本有用之书，只是我已年老体衰，栽不动果树了！"

贺贵果然上了端阳的套，便道："不知便问，孺子可教！那我便告诉你了，那人如果要顺利当选，须把握一个根本，一个关键，一个保证，一个手段是也！"端阳道："哎呀，还这样复杂呀？贵叔诲人不倦，你倒好好跟我讲讲，什么是根本？什么是关键？那保证是怎么回事？手段又是如何？"贺贵道："小子这都不懂？根本者，即是乡上和村上党组织的态度是也！尤其是乡上党委的意见，叫作组织意图。只要组织意图明确了，他们让选谁，谁就能选上，因而这是根本！"端阳道："那关键呢？"贺贵道："那关键就是陪选之人，须要是窝囊废，不能让此公对组织意图之人构成威胁。如此，也才能保证组织意图实现，此便为关键也！"端阳听罢，又问："那第三个保证又怎么解释？"贺贵道："保证者，即监、计票人员，必须政治上可靠，需要对组织铁杆之忠心者……"端阳听到这里，打断了贺贵的话，道："这就怪了，那监票计票人员，本是选举时的一个工作人员，只需秉公办事，何来你说的那政治上可靠？"贺贵着："孺子无知，少见多怪！那监票计票人员政治上不可靠，在关键时刻不能和组织保持高度一致，岂不会坏了组织的事？"端阳听到这里，还是糊涂，正想再问，却听那贺贵说到第四点上来了："那手段是什么？流动票箱是也！选举时，会场人来不齐最好……"端阳听

023

说，又急忙打断了贺贵的话："怎么人来不齐还最好？"贺贵听了也没生气，继续道："人来不齐才好设流动票箱呀！流动流动，流动到哪家的猪圈旮旯里、柴草垛边，就把该做的活儿几下就做好了……"

端阳毕竟年轻，听到这里，先是忽然扑哧一笑，接着便说道："贵叔，我不信，我不信，这样严肃的事，被你一说倒像一场儿戏了，我不信！"贺贵脖子蹿上一条青筋来，像是受了辱般，生气地道："孺子只知其一，不知其二。这世界上有一种游戏，便叫作严肃的儿戏！我和你不可为谋，各自去吧！"端阳见贺贵生了气，便又急忙说："贵叔见多识广，说得对，小侄得罪贵叔了，贵叔不要生气！"说着果真站了起来，半信半疑地离去了。

三

冬天日短，端阳回到家里的时候已到晌午。李正秀已经将洗好的帐子和被单晾在了院子里的竹竿上，此时正滴滴答答地往下滴水。端阳便对还在给他漂洗衣服的母亲说："妈，这样水流滴答的，莫说今天一个太阳，就是明天再出一个太阳，也不得干嘛！"李正秀听了这话，便有些生起气来，回答道："你还好说得，等你回来跟妈拧水，左等你不回来，右等你也不回来，哪个把你扯了了？"端阳听完，咧开嘴嘿嘿地笑了两声，然后才不好意思地道："我和贺贵叔摆了一会儿龙门阵，好像没有耽搁到好久嘛，怎么就这样晚了？"李正秀道："你呀，看到冷土地都要说半天话，你和他有什么摆的？"端阳听了正经说道："妈，你们总认为贵叔脑子有毛病，我才不那么看！你没听见他说的那些话，没有半斤也有八两，越想越有意思，那叫智慧！"说着，过去从竹竿上取下帐子和被单，和李正秀一人握一端，分别往相反的方向用力拧。拧得再没有水往下滴了，端阳才把它们抖开，重新晾到了竹竿上。一边晾，一边把李红嫂子今年生日不招呼客的事对李正秀说了。

李正秀听了儿子的话，一边在水里漂洗着端阳的衣服，一边说："今年不招呼就算了嘛，什么时候他们有事要记住还别个的情！"端阳说："我知道，妈！"

说完又道:"我去烧火煮午饭!"说完就往屋里走。李正秀道:"我马上就要洗完了,要你去煮什么?"端阳道:"妈你辛苦了,就歇一会儿嘛!"李正秀道:"妈给你煮了一辈子的饭,什么时候说过辛苦了?你要真心孝顺妈,就给妈找一个煮饭的回来,让妈也享几天清福!"端阳一听这话便又道:"妈,你这话都说起茧巴了,还说!"李正秀听罢道:"什么话妈不能说啊?你要想耳根清净,就给妈带一个回来,我就不说了!"端阳见母亲生了气,便急忙道:"好,好,妈,儿子又不是讨不到婆娘,以后给你带一个回来就是!"

　　说罢,端阳便进了屋,开始刷锅洗菜,准备生火做饭。刚把火生起来,李正秀便进来了,道:"哪个要你做饭,笨手笨脚的!"说着从儿子手里接过火钳,在灶膛前的凳子上坐下了。端阳一时没了活儿,一看时间正好是县有线电视台的午间新闻时间,想起昨晚上余副县长的电视讲话没听完,这时正好接着听。于是端阳便又去开了电视,认真地看了起来。电视里正播着县委书记到某某地方调研的消息,身后跟着一大帮随从人员,浩浩荡荡,游行似的。端阳明白,这条新闻完毕过后,如果还有其他类似新闻,就一定会是县长的。如果还有,分别会是县委副书记、常务副县长、副县长等的。不但领导们出场的顺序老百姓记得一清二楚,他们后面要说的话老百姓也能猜得八九不离十。端阳对领导们这类作秀和大多数老百姓一样十分反感,要在平时打死他也不会浪费时间来看这类无聊的新闻的。可今日为了听余副县长的电视讲话,只得耐着性子看下去。偏那地方有线电视台播出新闻的时间长度又没个固定,全随领导活动的多少而定。又是巧了,昨日县委吴书记陪同市委谢副书记考察了 A 部门党员先进性教育开展情况;贾县长到了县工业园调研;人大李副主任检查了 B 镇《动物防疫法》执行情况;政协汤主席视察了滨江河堤建设工程;县委江副书记参加了全县组织工作干部会,常务副县长视察了县现代农业园;余副县长到 C 乡养老院慰问孤寡老人;杨副县长到学校检查校园安全工作;陈副县长到龙王峡调研旅游工作;肖副县长参加省上食品安全卫生电视电话会议;林副县长召开南区危房拆迁改造工作会议……另外还有宣传部长、组织部长、政法委书记诸位常委也分别有些活动。如此众多领导人的重要活动,在这日的午间新闻中都要一一向全县人民报道。偏那记者又生怕遗漏了领导人活动细节引起父母官们不满,报道得又十分详尽。如此拉拉杂杂下来,那新闻便播了差不多一个小时。端阳好不容易熬到新闻结束,正打算看余副县长讲话时，电却突然停了，恼得那端阳恨不得一锤子砸了电视机。过了一会儿，电又来了，端阳重新打开电视机，却没有余副县长的讲话了。

没一时，李正秀就端上了午饭，见端阳黑着一张脸盯着电视机神情呆痴，便道："发什么呆呀，哪个惹着你了？还不快吃饭！"端阳因为受了半天精神折磨，也没有听见余副县长的电视讲话，心里欠欠的，也不说话，端过母亲手里的碗便吃起来。

正吃着，忽听见村里的大喇叭响了起来，先是播放了一首歌，一个女人像是没吃过饭似的，在有气无力地唱。一曲唱完，噗噗吹了两声，便响起了村支书贺春乾的叫声："各位村民小组长和村干部注意了，吃过午饭到村办公室开会！下面再播送一遍！"接着就又将先前广播的内容重复了一遍，然后喇叭就像咽了气似的没声音了。端阳一听广播却高兴了，道："春乾哥回来了！"李正秀不明白儿子的心思，嗔怪地道："回来了又怎么？别个开别个的干部会，跟你一点儿相干也没有！"端阳一听母亲这话不吭声了，只埋头往嘴里扒着饭。没多大的工夫一碗饭便下了肚，也不再和李正秀说什么，将嘴巴一抹就急急地朝外面走去。

李正秀也不知道儿子有什么事这样忙，便冲着端阳问："你是三脚猫呀？饭还在喉咙管又要往哪里去？"端阳一边往外走，一边回答道："我去找春乾哥说点儿事。"李正秀道："什么事急得这样火烧眉毛的？"说完见端阳没有答应，便又道："要说事也不选个时候，别个要开会，哪有心思听你去说东道西！"端阳一听这话真的站住了，心想："妈说得也是，中午时间短，他又要开会，与其这样急急忙忙地去跟他说几句话，还不如放到晚上再细细地跟他说呢！再说，要是春乾哥已经到村办公室开会去了，我又岂不是白跑了？"这样一想，站了一会儿便又反身进屋去了。李正秀见端阳又回来了，便追问他究竟有什么事要找贺春乾。端阳只是笑而不答。李正秀问急了，端阳便道："妈，你急什么？反正我到时候要跟你说的嘛！"李正秀听了这话，果然不再问了。

吃过晚饭，端阳拿了一支手电筒，和李正秀打了一声招呼便出门往贺春乾家里走去。冬日的天气，尽管白天有太阳，可一到夜晚天地便都像苦了脸，黑沉沉一片。冬虫又都躲进了泥土深处，只顾贪睡去了，四野静寂一片。远处偶有一两声狗吠，叫得也似漫不经心。端阳走着走着，忽然想道："下午开的会，会不会就是关于村委会换届选举的？如果是，会议开了些什么？上面有没有新的规定？

如果有新的精神，这精神又是什么？我如果连这些都没弄清，就直接去对贺春乾说我想当村主任，岂不唐突？"这样一想，便又站了下来。又想了一阵，决定先去找贺荣叔了解一下下午的会议精神再说。于是便马上转过身，顺原路走了回来。

贺荣五十多岁，是上湾这个组的村民小组长，住在大院子的东北角。端阳晃着手电筒，走到贺荣的房子前。贺荣家的那只杂毛狗，对着手电筒的光叫了两声。可那畜生很快就听出了熟悉的脚步声，不但住了声，还摇头摆尾地跑了过来迎接。端阳在那畜生头上拍了拍，畜生愈发得意，在端阳身边又跑又跳。端阳随着它走上台阶敲起门来。贺荣的女人姓向，端阳叫她向大娘，向大娘过来开了门，一见是端阳，便道："哦，是端阳呀，有什么事呀？"端阳道："向大娘，我荣叔在屋里吗？"贺荣的女人道："在屋里喝马尿水呢！"端阳道："我找荣叔问点儿事。"说罢便进了屋。

到了堂屋，端阳一看桌子上空荡荡的，心里正在疑惑，贺荣的女人道："在灶屋里呢！"话音刚落，便听得从灶屋传来贺荣的声音："是哪个呀？"端阳听得贺荣问，一边往灶屋走一边回答："是我，荣叔！"说着已经到了灶屋。见屋子里摆着一张小桌子，桌子上放着一碗面条，已经没了热气，一捧花生，大半玻璃杯白酒，颜色发红，上面浮着几粒泡胀的枸杞子。贺荣正悠闲自得地一边慢悠悠地喝着小酒，一边嚼着花生米。一看是端阳，便开玩笑地道："是端阳呀，来，陪老子喝一杯！"端阳忙道："对不起荣叔，你知道我不会喝酒得嘛！"贺荣又剥了一颗花生，丢进嘴里才道："莫尿得出息，不喝酒，叫什么男人？"端阳的脸马上红了起来。贺荣的女人见了，便对丈夫斥道："是人都像你，离了马尿水就不活了！"可说完却对端阳说："大侄儿又不喝酒，又不抽烟，又不打牌，光是挣钱，以后要挣好多钱哟。"端阳脸更红了，道："向大娘莫讽刺我了，我能挣啥子钱。"贺荣的女人道："怎么挣不到钱？你那果树眼看就要挂果了，一挂果就是钱，是不是？"端阳还没答话，却听见贺荣道："你娃儿不错，勤人做起懒人爱，大家都眼红你那果树呢！"说完也没等端阳回答，便又问道："你娃儿好久都没有到我屋里来踩过脚印了，还以为你把老子忘了呢！说吧，今晚上来找老子有什么事？"端阳本想马上就问一问贺荣下午村上开会的内容，可想了一想却说："不忙，荣叔，等你把酒喝好了，面吃了，我们两叔侄再慢慢摆龙门阵。"贺荣道："那你娃儿就要等一会儿哟！"说罢不再说话，只顾喝自己的小酒了。贺荣的儿子媳妇都到外面打工去了，留下一对儿女给他们带，那女孩九岁，男孩六岁，先时也在桌边呼哧呼哧地吃面，一见端阳进来，就全停下筷子，瞪起一双好奇的眼睛看着端阳。贺荣的女人一见孩子发愣的样子，便喝了一声："还不快点吃了我好洗碗，也跟到老东西学呀？"两个孩子听了，又低下头呼哧呼哧地往嘴里吸溜起面条来。那条跟随端阳进屋的杂毛狗在桌子底下嗅了两下，没嗅出任何东西，狗毛上却沾上了贺荣扔下的花生壳。嗅了一阵，便失望地从灶屋门坊下面的墙洞钻出去了。

也不知过了好久，端阳都等得有些不耐烦了，贺荣才将杯里最后一点酒倒进嘴里，将嘴一抹，站起来说："走吧，我们堂屋里说话！"端阳见了，忙道："荣叔，不忙，你还是吃点面条，我等你。"贺荣道："吃什么面条了？我喝酒从不吃饭！"端阳道："那你肚子不饿？"贺荣道："笑话，肚子怎么会饿？你知道酒是什么酿出来的？酒是粮食精，越喝越年轻！"一边说，一边往堂屋走去。端阳见了，只得在后面跟着道："荣叔好身体！你现在一天喝得到好多酒？"贺荣道："没试过，反正没有喝醉过！"

说着，就到了堂屋，叔侄两人面对面在桌子前坐下。贺荣又掏出一支烟来点燃，一边吸一边对端阳道："说吧，什么事？"端阳这才进入主题，问道："荣叔，村里下午开会了？"贺荣喷出了一口烟道："嗯，开会了。"端阳身子立即往贺荣跟前凑了一点儿，又道："开的什么内容，荣叔能不能跟我说一下？"贺荣道："有什么不能说的，又不保密。"端阳道："那开的什么？"贺荣道："还有什么，又要搞那些烂事了！"端阳一听，心里已经明白了一大半，却还装作不懂的样子问："什么烂事？"贺荣道："这你娃儿都不知道，上面又要叫我们画圈圈了！"端阳还是装糊涂地道："画什么圈圈？"贺荣道："说了半天，你娃儿还没有经历过，就是选举，村委会又要换届选举了！"端阳道："哦，原来村委会又要换届选举了！荣叔，那你能不能告诉我，春乾哥在会上是怎么部署我们村的选举的？"

贺荣抽完了烟，把烟屁股丢到地上，又用脚踩熄了，才道："他能够怎么部署？还不是上面怎么说，他跟着怎么做就是！"端阳道："他总有一个说法。"贺荣道："说法倒是也有。反正从现在开始，这村委会换届选举的事就算正式启动了。这几天是宣传发动，成立选委会，过了这几天就是登记选民。选民登记了就是提候选人。候选人提出来了，就是画圈圈。具体哪天做什么，我记性孬，也懒得记。反正我们就像木脑壳，上头怎么扯，我们怎么动就是了！"说到这里，忽然想起啥似的，突然盯着端阳问："哎，你娃儿来关心这些事做什么？"端阳道："荣叔，我就是想来听听！"说完也马上看着贺荣问："荣叔，这样说，那选委会什么时候成立？"那贺荣道："什么哪时成立？今下午就成立了！"端阳心里吃了一惊，道："什么？村民会议都没有开，也没听到征求村民意见，这么快就把选委会成立了？那都是些什么人在里面？"贺荣道："还有些什么人？贺春乾点的将，他本人做主任，贺国藩做副主任，贺劲松、贺贤明、贺通良做委员……"端阳还没听完，便叫了起来："这些人不都是村里的主要干部吗？"贺荣道："可不是那几个木脑壳！"端阳的脸涨得红了起来，忽然气呼呼地在桌子上擂了一拳，接着便像是受了辱一般叫道："荣叔，他们怎么能这样？这样做是违法的！"贺荣抬起头将端阳看了一会儿，才道："违什么法？"端阳道："违反了《村民委员会组织法》！《村民委员会组织法》规定，选委会应由村民大会或各村民小组推选产生，任何个人和组织都不能指派！"贺荣见端阳怒气冲冲的样子，便道："你管它合法不合法，你娃儿又不当那村主任，管它这些烂事捞屁！"

　　端阳脸憋得发紫，又过了一阵，终于才像忍不住了似的对贺荣愤愤地说道："荣叔也不是外人，我就对你打开窗子说亮话，我就是想要竞选村主任！"贺荣听了这话，像是不认识似的看了端阳半晌，才道："你娃儿要当村主任？"端阳道："怎么，荣叔以为我不是当村主任的料是不是？"贺荣一听，有些讥讽地道："老子倒没有认为你不是当村主任的料，老子是看你娃儿的祖坟没有当官的风水！上头没有叫你当，你想当就当得上？"端阳不服气地道："《村民委员会组织法》里面说了，村主任是由村民选举的，跟上头有什么相干？"贺荣道："我说你娃儿没有吃过油，还没有听到过榨响？那法是这样说了，可这些年哪回选举不是上面先定了人才拿给群众画圈圈的？没有听过这样一首顺口溜吗？'选举是玩笑，上边戴着帽，定了候选人，圈儿画一道！'"说完也不等端阳回答，便又马上接着说："我实话跟你娃儿说嘛，我们湾里的村主任别个早就定了，还等得到你娃儿来当！"端阳一听这话，便急忙道："定了，那是哪个？"贺荣听了也没忙着回答，却对灶房里叫了一声："贺潇潇，给爷爷倒杯开水来！"

　　端阳听贺荣叫孙女给他倒开水，便忙说："我去！"正欲起身，贺荣的女人已经端了一杯开水，走了进来，道："潇潇睡都睡了，你瞎叫啥子？"贺荣没有回答，接过杯子喝了一口，觉得烫又放下了，抹了一下嘴才回答端阳的话，道："你以为是哪个？贺国藩！"端阳一听这话又叫了起来："什么，贺国藩做村主任？"贺荣道："贺国藩就做不得村主任？"端阳道："他五十多岁了，又没多少文化，说也说不出什么，写也写不出什么，就晓得当好好先生，当个组长都没当好，怎么能当村主任？"贺荣道："那人家怎么又不能当村主任？不哄到你说，昨年贺世忠被你世凤叔他们告下台后，乡上一时找不着合适的人当村支书，到过年的时候伍书记才找着贺春乾当。贺春乾当时就对伍书记说了要我当支书可以，但要答应我一个条件，就是要贺国藩当村主任！伍书记问他为什么？贺春乾说贺国华是三房的人，又是在贺世海手里提起来当的村主任，资格比他老，怕他打翻天印不好领导。乡上伍书记当时就答应了。过了不久，贺春乾就把贺国藩提起来当了副支书，就是为今年换届做准备的。贺国华知道今年换届他要下台，所以才先把担子撂了，免得在选举时被选掉丢了面子。不然贺国华还没到换届时间，又干得好好的，怎么就要撂挑子？"端阳听了仍红紫着脸道："原来是这么回事！我明白了，他们是想把村里的大权都掌握在大房人手里，排挤我们小房的人！"贺荣道："你明白了就好，就别去说想当村主任的话了！免得到时候羊肉没吃到反惹一身膻，让人笑话。再说，你娃儿还嫩，莫得三个六月四个夏，即使让你当上了村主任，你坐得稳当那个位子？"端阳道："荣叔，你说句良心话，侄儿除了年轻点，哪点比不上他贺国藩？再说，我想干一番事业，如果我当了村主任，就可以在村里发展果树，让全村人都过上富裕的生活……"贺荣没等端阳继续说下去，打断了他的话道："我说你娃儿嫩，你娃儿就是嫩！你以为你比得上贺国藩，你就能够当村主任？关键的关键是别人不让你当……"

　　端阳听到这里，也没等贺荣继续说下去，便也气鼓鼓地道："他不让我当，我就和他们争！"贺荣听后，又盯了端阳一阵，才像是不相信地摇头道："你娃儿和哪个争？"端阳道："哪个不依法办事，我就和哪个争。"贺荣道："你争个屁！"端阳道："荣叔你是谅我不敢去和他们争是不是？老实跟你说，我才不怕！我手里有法律，我就不相信争不过他们！按照《村民委员会组织法》，他们不经村民会议和村民小组推选就指定几个人成立选委会，是完全错误的，我这就去找他们！"说着，贺端阳果真气冲冲地站了起来，要往外走。贺荣忙道："听到风便是雨，别个成都成立了，你找有什么用？"端阳道："才开头他们就敢违法，如果不制止，以后他们哪还会把法律放到眼里？"贺荣道："你吃多了！"端阳道："荣叔，你不要劝我了！即使我不参加村委会主任选举，也不能在大房面前输这一口气！他贺春乾凭什么一个人就可以指定选委会成员？又凭什么就内定了村委会主任候选人？"说罢，也不等贺荣再说什么，真的一头冲出了门外。贺荣急忙追到门边叫喊："端阳你娃儿跟老子回来！"可端阳没有答应，只顾咚咚地往外面走去。不一会儿便转过屋角不见了。贺荣盯着黑咕隆咚的夜空，发了半天呆，说了一句："龟儿子犟拐拐，比他爹还犟！"然后关了门，过去端起桌子上已经凉了的开水，咕嘟咕嘟地喝了下去，一抹嘴，自去睡觉了。

端阳走出来，心里气鼓鼓的甚是不平，果然打着手电筒，气咻咻地去找贺春乾了。贺春乾住在下湾，端阳要沿着弯弯曲曲的村道，走长长的一段路，还要经过中湾老院子后面的贺家祖坟。但年轻人气盛，又因为心里藏着几分怨恨，一心只想找到贺春乾让他把事情说个明白，也便不觉得路长。走了约莫二十多分钟，便到了贺春乾的屋子前。端阳用手电照了一下屋子大门，见大门关着，屋里也熄了灯，一片寂静，以为他们两口子已经睡了，心里便拿不定主意是敲门还是不敲门。如果敲门喊醒他们，定会打扰他们两口子睡觉，惹得他们心里不高兴。如果不喊醒他们，黑天摸地的自己又岂不白跑一趟？更重要的是如果不问个明白，心里也是欠着的，回去睡觉也不踏实，明天还得来问。但又不知道明天贺春乾在不在家里？罢罢罢，不高兴就不高兴，还是把贺春乾给喊起来！这样一想，端阳便不再犹豫，上去敲起门来。

敲了几声，便见屋子里灯亮了，接着听见一个女人热情的声音："这样快就回来了，你不是说要打到十二点吗？"说话间，大门哗的一下拉开，灯光泻到门外照到端阳身上。端阳方看见开门的是贺春乾的女人邓丽娟。邓丽娟蓬松着头，趿拉着一双拖鞋，身上披着一件棉袄，贴身只穿了一件纯棉衬衫，一对松弛的大奶子在里面晃荡着。端阳忙叫了一声："嫂子，对不起，打扰了！"邓丽娟也看清了是端阳，便道："哦，是端阳呀，这样大晚上了，还没睡觉，有什么事？"端阳道："我来找春乾哥，有点事要问他。"邓丽娟把端阳上下看了一遍，像是替男人把关地道："什么事？"端阳道："等见了春乾哥，你就知道了！"邓丽娟见端阳不肯说，过了一会儿，方才如实说道："他没在家里，到贺国藩家里打麻将去了！"端阳道："真的？"邓丽娟说："我哄你做什么？"端阳想了想，便说："那我到那里去找他!"说罢转过身,便走下了台阶。邓丽娟在端阳背后叫了一声:"那你慢走啊!"说罢关了门。

贺国藩的家,也是从下湾的大院子里搬出来的,却是建在离大院子有半里路远的扇子坪上,独门独院,十分僻静。端阳才走到院子里,果然见那屋子里面一片灯火通明,又听得一派"稀里哗啦"的麻将声音中混合着人的说话声,便知邓丽娟所说不假。端阳便又走上台阶,举手敲起门来。

不一时,便有人过来开了门,端阳一看,原来是村委会副主任兼下湾村民小组的小组长贺贤明。端阳不等他问,便道:"贤明哥,春乾哥可在里面?"贺贤明四十多岁,小时候害病把脚害跛了,因此才没有出去打工。他将端阳看了一会儿,才道:"在楼上打麻将呢,老弟有什么事情?"端阳道:"我找他有点儿事!"说着,也不等贺贤明答应,便进去了。贺贤明朝里面喊了一声:"贺支书,有人找你!"说罢关上门,一瘸一拐地跟在端阳后面,也进来了。

端阳上了楼,果然见屋子里贺春乾、贺国藩、贺劲松、贺通良几个人围在一张桌子上。每个人的面前都摆着一盒烟,烟下面压着几张零零碎碎的票子,身旁的方凳上各摆着一只茶盅,不过里面的茶已经凉了,压根儿没像喝过的样子。听到楼梯响,几个人都一齐回过头朝楼梯口看,手上却没有停下活儿。一见是端阳,贺劲松和贺国藩马上把头掉了过去,只有贺春乾和贺通良不约而同地说了一声:"我道是哪个呀,原来是你!"说罢,也没问什么,就急忙地把头回过去,眼睛落在麻将牌上,贺通良碰出一个牌来。端阳见他们打得如此专心,屋里也没凳子坐,一时显得有些尴尬。幸好贺贤明上来了,把贺劲松身边方凳上的茶盅端到桌子上,腾出方凳让端阳靠到桌子边坐下。端阳却端起方凳,打算到一边坐去。

端阳刚要走,便听见贺通良道:"哎,端阳,走什么?也来搓两把叫!"端阳停了下来,道:"我搓不来!"贺通良一边往外出牌,一边道:"搓不来就学嘛,这有什么难的!"端阳没有答话,把凳子端到一边,坐下了,等着贺春乾问他。贺春乾却不问,只顾碰贺劲松的牌。其他人也只看着自己面前的牌,像是压根儿没有他贺端阳存在一样。过了一会儿,贺贤明才一边走动着,察看他们几家手里的牌,一边漫不经心地对端阳问:"端阳老弟,你喝茶不?"端阳答应了一声:"不喝。"贺贤明听后也不再问。终于等到一轮打完,贺国藩洗起牌来,春乾才问:"端阳,你找我?"

端阳正思忖着该怎么开口说话，听见春乾问，便马上站了起来说："是!"春乾道："什么事这样急，黑天瞎火地赶来?"端阳顿了一下，像是自己跟自己打气似的，过了一会儿才道："听说村里成立了选举委员会?"春乾听见这话愣了一下，似乎有点儿吃惊的样子。正要答话，却听见贺通良在催促他："支书，该你摸牌了!"贺春乾听了，果然伸出手去桌上抓起牌来。将一张牌抓到手后，方才慢悠悠地回答："是呀。"端阳又道："听说就是你们几个人?"春乾听端阳话中有点火气的样子，抬起眼睛朝他望了一下，又一边摸牌一边懒洋洋地答道："是呀。"端阳以为贺春乾还要说点儿什么，可贺春乾说完这两个字又不说什么了，一心一意地去碰上家贺劲松的牌。碰毕才又对端阳问："怎么，端阳，你是不是听到什么议论了? 听到啥议论，就对党支部说啊!"

　　端阳一听这话，急忙红了脸道："议论倒是没有听到，不过我倒是有些看法想对你说说!"这话一完，贺国藩、贺劲松、贺通良都抬头看了端阳一眼，并没说什么，倒是贺春乾一边出牌，一边拉长声音哦了一声，道："你有什么看法?"端阳开始生起气来了，说："你们这样做是违法的!"一语未了，仿佛收音机被人按了暂停键，屋子里一下安静下来。几个人像是受惊了样张着嘴望着端阳，手也停止了活动。端阳也看着他们，等着贺春乾回答。过了一会儿，贺春乾回过了神，却没有回答端阳的话，只对众人说："来来来，打牌打牌! 说的打到十二点，还有两三个钟头呢!"贺通良也说："对，接着打!"说着，几个人又摸起牌来。倒是贺劲松忍不住了，对端阳道："端阳，你娃儿是不是喝了马尿水了，说胡话? 成立个选举委员会，哪点又违了法?"

　　端阳一见贺春乾压根儿没把他放到眼的样子，更生气了，便大声道："《村民委员会组织法》规定，选委会应由村民会议或各村民小组推选产生，任何人和任何组织都不能指派! 你们开个干部会，就把人定了，怎么没有违法?"贺劲松正要回答，却听得贺通良道："端阳你说什么? 任何组织都不能指派，党支部也不能指派了哟? 连党支部也不能指派了，还把党的领导放到哪个地方?"端阳没想到这一层，听了这话想了一会儿，便硬邦邦地回答道："反正《村民委员会组织法》是这样规定的，不信，你们去翻开《村民委员会组织法》看!"贺劲松听了这话，道："你娃儿以为是多大一回事? 我跟你说，哪个也没有把这事当回事，不过是像过去那么走一下过场。又不发工资，又不给饭吃，叫你当你怕还不得当呢!"端阳正准备答话,却听见贺国藩在催贺劲松:"贺会计,快点摸牌!"贺劲松一听,果真马上就去摸牌了。贺贤明见端阳愣在那里,有些手足无措的样子,便一瘸一拐过来道:"端阳老弟,你就是为这点事呀?要为这点事,话已经说明白了,回去睡觉吧!"说着扯了端阳的衣服一下。端阳明白贺贤明的意思,却还站在那里,气咻咻地犟道:"睡觉忙什么,贺支书还没有跟我把话说清楚呢!"

贺春乾听到这里,突然生气了,啪地放下手里的牌道:"贺端阳,你这是什么意思?我要怎么跟你说清楚?你是不是以为我贺春乾懦弱,好欺负,跑来跟我兴师问罪?"端阳道:"哪个是跟你兴师问罪?难道你违法了,我们连问也不能问?"贺春乾盯着端阳,目光咄咄逼人,道:"我今晚上倒要弄个清楚,不然死了也会做个冤死鬼!你说我违法了,我怎么就违法了?老支书过去就是这样做的!我也只不过是依样画葫芦,老支书这样做不违法,我这样做就违法了?"端阳没想到贺春乾会拿贺世忠来做挡箭牌,加上贺世忠这样做的时候,他还在学校念书,自然不知道什么。好在他脑子活络,猛地想起《村民委员会组织法》过去只是试行阶段,便说道:"那时是那时,那时《村民委员会组织法》是试行阶段,宣传得不深入,世忠叔这样做了也就做了!可现在《村民委员会组织法》是正式颁布实施了,我们可不能违法!"

春乾听了这话,更显出不高兴的样子,说:"伍书记在会上反复强调党支部必须加强对换届选举工作的领导,难道我们不该贯彻乡党委的指示精神?"端阳道:"领导不等于就一定得包办!"春乾哪能甘心败在一个年纪比他小二十多岁的年轻人手上,又马上凌厉地道:"都是会议上定的,我怎么包办了?"端阳一点儿也不相让,说:"没有经村民会议和各小组推选,就是包办!"贺春乾有些恼羞成怒了,大声道:"那些村民小组长难道还不能代表他们村民小组?"端阳道:"当然不能代表,要不然《村民委员会组织法》为什么要那么规定?"

贺春乾一听脸都气白了,贺国藩、贺通良见了忙劝着说:"打牌打牌,你跟一个蛋黄还没干的小子计较做什么?他知道个屁!"端阳正要答应,只见贺劲松一边对他眨眼,一边说道:"端阳,不是老叔说你,你娃儿嘴巴两张皮,说话不费力,就只知道扛死八字!你以为开个村民会就那么容易?"贺贤明听了这话,也道:"就是,端阳老弟,你以为像你们学校那样老师一吹哨子,学生娃儿就来集合了?再说,就是开会也是个形式,到时还不是听支书的!"端阳听了,却还是认死理地说："有形式和没形式是不一样的！"贺贤明道："有什么不一样？"端阳说："前者是民主，后者是独裁！"贺春乾听了这话，铁青着脸没吭声，贺通良却像是忍不住了，对端阳大声嚷道："贺端阳你今天晚上究竟想做什么？是不是你也想当选委会委员嘛？"端阳一听这话，更像是受了侮辱似的，也大声道："我才没想当什么选委会委员！"贺通良道："那你麻布口袋——拧不干的样子！"端阳正要回答，却见贺春乾端起身旁方凳上的茶盅，喝了一口，又突然噗的一声吐了出来，道："水冷了，看看那上面的水开没开？"贺贤明听了就跛着脚朝屋角跑去。端阳这才看见原来屋角还烧着一个炭炉子，上面放着一只开水壶。贺贤明去看了一遍，回来复道："水还没响，还要等一会儿。"

　　话音刚落，忽听得贺通良道："哦，我明白了，有人不想当选委会成员，怕是想当村主任！真是这样，哪还没想（响），我看早就怕在想（响）了！"端阳晓得贺通良是在说他，一张脸便涨得紫红，大声地脱口说道："我就是想当村委会主任又怎么样？"贺通良便笑道："我说嘛，不想吃油滓会在锅边转？不过，即使是想，也恐怕是癞蛤蟆想吞灵芝草——痴心妄想！"端阳一时气得说不出话来，面孔也变成了青乌的颜色，胸膛起伏，鼻孔里呼哧呼哧往外喘粗气，红着一双眼睛，龇牙咧嘴地看着贺通良。贺通良是村里的计生专干，平时带着人落实计划生育措施，也是一恶二牯惯了的，见端阳这时一副要和自己打架的样子，站了起来道："怎么，我还怕了你不成？"贺劲松和贺贤明真怕他们打了起来，立即过来抱住了端阳。贺劲松一边把他往楼下推，一边生气地道："这样大晚上了，你娃儿还不回去，让你老妈一个人在屋里牵心挂肠的！"贺贤明也道："就是，我们打一阵也要回去困觉了！"两人说着把贺端阳推到了楼梯上。贺端阳虽说心里还不服气，却觉得贺劲松说得也对，便也不再说什么，往楼下走去。还没下完楼梯，却听见贺春乾在上面愤愤地说："贺家湾贺贵这个老疯子还没死，又出了一个小疯子，贺家湾的疯子不得绝种了！"端阳听了这话，又要上楼来，却见贺劲松板起了一副脸，狠狠地在端阳肩膀上打了一下，凶道："跟他一般见识做什么？以为读了几天书，就不得了了是不是？你娃儿还嫩得很，不熬几年，你知道什么厉害？"说着，用力推了一把，将端阳推到了下面屋子里。贺贤明过去开了门，贺劲松又将端阳推到门外，叫贺贤明关了门。端阳在门外气鼓鼓地站了一阵，没办法，只得把一肚子怒气装着回家去了。

第二章

一

贺端阳一边往家里走，一边想起在贺国藩家里受的那些气，尤其是贺通良讥讽的神情和贺春乾说他是小疯子的话，浑身的血液便直往头上涌来，冲得鬓角的两条青筋直跳动，恨不得一刀将这两个不依法办事的人劈了似的。"吱嘎吱嘎"地咬着牙，走到自家的院子里，那条叫黄尔的黄狗听到主人的脚步声，又从窝里跑了出来，摇头摆尾地围着端阳献殷勤。端阳心里的气正没处出，便一脚向黄狗踹去，道："滚！"那一脚正踹在黄狗的大腿上，只听得那畜生惨叫一声，便拖着腿一瘸一瘸地往一边去了。

李正秀还没入睡，正和衣倚靠在床头等着儿子回来。听见外面院子里有狗的惨叫声，便在屋子里大声问道："哪个打狗做什么？"端阳听见也不回答，跨上台阶，便去推门。门没闩，端阳一推，门"吱呀"一声便开了。端阳进去后顺手将门重重地往后一甩，门板碰到门框上，咴地发出的声响如雷霆一般，震得李正秀背后的墙壁都簌簌地抖动起来。李正秀知是端阳回来了，便责怪地道："你轻点嘛，哪里鬼打起来了？"端阳也不回答，径直走到自己屋里，同样将门重重一甩。然后走到床前，也没拉灯，两只脚交换着蹭掉鞋子，也不脱衣服，就往床上一躺，睡下了。

李正秀见端阳回来头不是头，脸不是脸，问他话也不回答，一副怒气冲天的样子，心里自是不安。于是便下床来，跋上鞋，向儿子房间走过来，拉亮了灯。端阳见母亲来了，急忙将被子拉上来连头带脸都盖上了。李正秀一见，便生气地道："你躲什么？哪个又把你惹到了？"端阳闭了眼，鼻孔在被窝里呼呼出气，仍是不回答李正秀的话。李正秀又道："出去跑了一趟回来，就像是哪个借了你的谷子，还了你的糠一样，又是哪股水发了嘛？"说完，见端阳还是一副不理睬她的样子，便去掀儿子的被子。端阳突然吼了一声："你烦不烦？"说罢猛地一个翻身，头朝里睡下，把一个宽阔的脊背对着母亲，又拉上被子睡去了。

李正秀也生起气来，踢了旁边的柜子一脚，大声数落道："你嫌我烦，你怕不怕遭五雷轰啊？你筷子一放就跑出去了，你老妈在屋里又是洗碗又是喂猪，挨冻受冷等你这样一大晚上，你回来不但没有给你老妈个好脸色，你是从岩石里蹦出来的是不？"端阳仍是没吭声，却也没有顶撞母亲了。李正秀等了一会儿，见端阳没答应，口气便柔和了一些，道："你又不是三岁小孩子了，有什么话就不能跟你老妈说？你老妈再没有出息，也是你的娘嘛！"说完在端阳的床边坐了下来，手落在儿子的被盖上，像是抚慰一只受伤的小动物似的，抚摸着儿子的身子道："哪个给你气受了啊？"

一语未了，忽见端阳猛地掀开被子坐了起来，眼里噙着泪水，嘴唇像风中树叶似的簌簌抖动，十分伤心委屈的样子。李正秀见儿子这副样子，正待问，却猛地听见端阳从嘴里迸出一句话来，道："他们太不像样子了！"一边说，一边那眼泪继续在眼眶里打着转。李正秀听了儿子这话，一面看着他一面说道："这样大个人了，还哭兮兮的干什么？没有出息！把眼泪水儿揩了，给妈好好说说，哪个不像样子？"

端阳听了这话，果然呼哧一声吸了一下鼻子，又撩起被单角将眼眶周围的泪水擦了，方才继续气呼呼地道："还有哪些？贺春乾他们呗！"李正秀耐了性子道："他们怎么不像样子？"端阳停了一下才愤愤地道："他们不依法办事，乱来！"李正秀两道目光落到儿子身上，停了片刻才又打破砂锅地问："他们什么事乱来？"端阳抬起头瞪了李正秀一眼，回说："选举呗！"说完又像是解释地补道："村委会换届选举，他们不依法办事！"

李正秀听到这里，心里算是明白了，忽地笑了起来，道："我说你个傻瓜娃儿，该操心的你不去操心，不该你操心的你偏要咸吃萝卜淡操心！你又不去当那个村主任，他们依法不依法关你什么事啊？"话音刚落，端阳像是实在憋不住了似的，猛地冲李正秀大叫了起来，说："哪个说我不想当村主任，我就是要当村主任！"李正秀像是被吓住了似的，呆呆地看了儿子一阵方才说："怪不得你这两天，一听见换届选举的消息，就跟丢了魂似的，原来是打的这个主意……"端阳不等母亲说完，便怒气难平地冲李正秀道："我难道就当不得村主任？村主任又不是他们拿钱买的？"李正秀见儿子气昂昂的样子，便道："没有哪个说你当不得村主任，但你娃儿说话舌头和牙齿也不商量一下，你想当就能当得成？你连婆娘都没讨，在别个眼里你还是个小娃儿……"端阳仍是没等母亲话完，便又气咻咻地道："哪个还说我是小娃儿？我早就是国家公民了！《选举法》规定，年满十八岁的国家公民就有选举权和被选举权！我今年二十二岁了，好多人在战争年代，这个年龄都当将军了！"李正秀道："我不管你是公民还是母民，我只知道这些年一会儿选什么村委会，一会儿又选什么人民代表，从来都是上头定几个人，拿来让老百姓画几个圈。有的什么代表，老百姓连人都没见过，可叫你画你就得画！俗话说得好，朝里有人好做官，你朝里连野舅舅都莫得一个，就轻易把官当到了？"端阳听了母亲的话，心里的气稍微平息了一些，但仍是不服气地道："照你这样说起来，我就只能平平庸庸地过一辈子了？我要出去打工，你又不肯，硬要把我留到屋里。我这样年纪轻轻的，就不想做点事？不想我做事，那你送我读书做什么？"李正秀道："照你这样说来，好像是你老妈不让你当这个村主任一样。哪有当娘的不望儿子有出息？别说你想当村主任，你就是想当县长，当省长，当的官越大，你老妈越高兴呢！"端阳听了李正秀这话，急忙说："那妈你就别拉我后腿，反正这村主任我和他们争定了！"说完又说："你要是拉我后腿，我明天就出去打工！"

李正秀听了儿子这话，生怕端阳会马上离开她一样，急忙回答说："你这样大一个人了，你妈拉得到你什么后腿？"说完抬起头，目光看着对面墙壁，像是发呆的样子。过了一会儿才回头看着端阳道："妈一个农村老婆婆，也不知道个什么，既拉不到你的后腿，也帮不到你的什么忙，就凭你的运气去闯了！"端阳听了这话，忙俯过身来对李正秀说："妈，你不拉我后腿就是在帮我的忙了！"李正秀道："你今晚的话让我想起你九岁的时候，那时你才开始读小学二年级，我们贺家湾第一回开大会选村委会干部，你说过的话，你记不记得了？"端阳道：

"什么话？"李正秀说："那天下午你放学回来，把书包一放，你就要出去滚铁环。我说：你不做作业？你说：妈，明天学校放半天假，说要开大会选举。说完你又问我：妈，什么叫选举？我也不知道什么选举，便说：选举就是选举，就是选几个人出来当干部！你听了，突然对我说：妈，我长大了也要当干部！我听了这话心里喜欢得不得了，却说：你要当干部，就看你祖坟往不往外冒青烟！你听了这话又问我：妈，怎么一定要祖坟往外冒青烟才能当干部呢？我被你问住了，说：我怎么知道，祖坟冒青烟，就是你科科都得一百分，你长大了就能当干部！你听了后说：妈，我知道了，我以后科科都得一百分！你看那时说的话，十多年后终于应验了，别是你老汉的坟真的在往外冒青烟了！"李正秀说着，禁不住眼圈儿慢慢红了。

　　端阳听母亲说起了往事，又见母亲的眼里闪起了泪花儿，心里也涌起一股酸楚来，忙把话题转到一边，道："妈，你说这些，我一点也记不得了。那可能是《村民委员会组织法》试行后湾里的第一回选举，我那时还小。第二回选举的时候我就有些印象了，因为那时我都读五年级了。我记得那天的选举会就在学校旁边的黄葛树下进行，乡上来了几个工作同志，那些标语我都记得，就和今天的内容一模一样，什么'珍惜民主权利，投好庄严一票'，'选好村委会，是全体村民的神圣权利'等。我印象最深的是乡上来的干部讲话，讲着讲着突然断电了，那干部就换了一只干电池喇叭讲，可那喇叭接触不好，讲的话时断时续的，底下的村民就叫：'算了，别讲了，你那东西不好，像放屁一样地放一下，听也听不明白！'后来就画票了，场面乱哄哄的，好像猪儿市场一样。"李正秀听了，道："哪回选举不是这样！第三回选举，你在乡上读初中了，那天学校放了假，你又跟到我一起去看热闹。画圈圈的时候，我叫你帮我画票，你问我画哪一个？我说看你画哪一个都要得，反正都是那几个现木脑壳！结果你一画，好多人都把票伸过来，叫你画……"李正秀还没说完，端阳一下笑了起来，道："我记起来了，那天我起码画了一百多张票，用现在的话说，一个人画那么多票是违法的。好在从《村民委员会组织法》试行的一至三届村委会选举，都是等额选举，只是从第四届选举开始，才实行竞选。不过第四届选举时，我在职中念书，没有回来，不知道是怎么选的。我还记得有一回选县人大代表，县里有一个姓翁的局长放到我们村里来选。这个姓翁的局长，大家都没有见到过，可乡上来的干部在大会上讲一定要保证他选起。贺贵叔便对乡上干部问：那姓翁的是蹲到撒尿的，还是立起撒尿的？乡上干部回答：你管他呢，反正叫你画圈你就画圈！贺贵叔道：非也，非也，隔着布袋买猫，岂能让我们口服心服？说罢，撕了选票就扬长而去了。"

李正秀见儿子说起往事，心情有些好起来了，便道："时间过得好快，说到说到你也想去争那个村主任当了。我知道你的性子比你那死老汉还要犟，认准了的事妈即使想拉你也把你拉不回来！不过你到底还是年轻，也没有经历过这些事，这里头的水到底有多深，你也不知道！依我想来，你真的吃了秤砣铁了心要去和人家争，别人信不过，也该去问问你舅舅！姜老才辣，他虽然现在没当村干部了，可到底做过那么多年支书，知道里面的道道，让他给你出出主意！"端阳一听，脑海里突然亮堂起来，立即高兴地道："妈，你说得是，我正愁没人给我出主意，怎么就把舅舅给忘了呢？"李正秀道："你这两天像丢了魂似的，哪能想到这些！"端阳道："妈，我明天就去舅舅的煤矿上，舅舅肯定会支持我的！"李正秀道："管他支持不支持你，反正舅舅怎么说你就怎么听，他不会害你的！"端阳说："行，妈，你也是我的好军师……"

正说着，忽然听到有人叫门，又轻声唤着端阳的名字。母子俩以为听错了，侧耳细听了一阵，的确有人在叫门。端阳疑惑道："这样大一晚上了，哪个还来找我？"说罢要起床，李正秀忽按住了他，道："你别出去，我去开了门看看！"说罢站起来。端阳嘱咐道："妈，你小心些！"李正秀道："我知道，你关了灯睡你的瞌睡，我不喊你，你不要起来！"说着，就走出去，随手关上了儿子房间的门。端阳等母亲一走，果然熄了灯，几下脱了外面的衣服，把身子躺在被窝里，却睁着眼睛，竖起耳朵，仔细捕捉着外面的动静。

李正秀走到堂屋，敲门声越来越响了，李正秀便拉亮了灯，大声问了一声："哪个？"只听见外面那人说："他婶子，是我。"李正秀听出是贺劲松的声音，急忙应道："哦，是他劲松叔呀，来了来了！"说着过去抽开了门闩。门外站着的果然是贺劲松，见了李正秀，道："他婶子，端阳睡没睡？"李正秀说："才睡一会儿，不知道睡没睡着？"说完又道："这大晚上了，他叔有什么事？"贺劲松听了这话，立即道："进了屋我再跟你们说！"说着，回过头去朝周围看了一遍，才做贼似的一闪身进了屋。然后才道："你把他喊起来，我跟他说点事。"说着，在桌子旁边的板凳上坐下了。

李正秀果真去敲了敲儿子的门，一边敲一边道："端阳，是你劲松叔找你！"端阳早已听出门外是贺劲松的声音，心里便又有些生起气来，于是便大声道："睡了，不想起来了！"贺劲松听了这话，明白贺端阳心里的气还没消，不待李正秀说什么，便道："算了，我知道他今晚上受了气，心里不高兴，把我也当外人了。我们当长辈的不和他一般见识。他不想见我，我去见他就是！"说着，就去推开了门。端阳见贺劲松进来了，只好从床上坐了起来，把羽绒服披到身上，不冷不热地道："你们说要打到十二点，时间还没到怎么就不打了？"贺劲松便笑着回答说："我以为你娃儿硬是不和我说话了呢，你还是开了金口！贺国藩和我两个包里的子弹都抖完了，还打个屁呀！"端阳听了这话，又嘲笑道："不是打屁，是放屁，满嘴的臭屁！"贺劲松一边摇着手，一边还是正了颜色说："好好，看你娃儿怎么说，老叔一只耳朵进，一只耳朵出！我知道你娃儿今晚上受了气，把老叔也当成了和他们一条道上的人，老叔也不生气。不过，你娃儿不要狗咬吕洞宾，不识好人心啊！老叔这样大晚上来，没有正经事跟你说，吃多了呀？"李正秀听了这话，也对儿子道："你劲松叔叔是为你好，你好好听着！"端阳这才把脸色放和气了一些，看了贺劲松道："我没把劲松叔当外人，只是心里有些想不开。"

　　贺劲松听后，停了一会儿方才说道："我就是为这事来的！也不是我说你娃儿的话，你今晚上确实鲁莽了！你来跟贺春乾争什么？不是我在你面前说帮贺春乾长志气的话，你娃儿穿双草鞋从他肚子里钻三趟，一点把他绊不到什么？你也不想一想，顶撞他有啥子好处？"端阳听了这话，又不服气地道："劲松叔，我也没有想顶撞他们，只是要求他们按《村民委员会组织法》的规定办事……"贺劲松没等端阳话说完，便盯着他说："我说你娃儿嫩，你娃儿还不服气！我活了几十年，过的桥比你走的路多，算是看明白了。你说的那个法是死的，可还有一个法是活的，这个法就是办法的法。你看这世界上，凡是日子滋润的都是靠了后面这个法才混成人上人的！你看那些只知道抠死法的人，哪一个的日子会有那些脑袋瓜子灵光、会想办法的人过好？所以我说你娃儿，要想办成事，不要光知道去抠死法，还要会想办法才行！"李正秀听了贺劲松一番话，急忙道："他叔，你这话说得好，你侄儿他年轻，就是只知道守死八字，你就多给他想想办法啊！"

　　贺劲松听罢，又朝李正秀摇了摇手，道："他婶子，要不是这样，这黑天摸地的我来干什么？"说罢，又回头对端阳道："先个在贺国藩的屋里，你娃儿说了一句你就是想当村主任！我也不知道你娃儿是当真的，还是一时的气话。不过你走后，我一边打牌一边在心里想，要是你娃儿真的能当村主任，倒是不错的！我不是当着你的面，就给你娃儿戴高帽子。怎么的呢？你看看现在我们湾里的干部，文化最高的才是一个初中毕业，又全是半蔫子老头。湾里虽然有几个也读了高中的，可都到外头打工赚钱去了。你娃儿虽然年轻了一点儿，但自从接生婆把你脐带剪断，我们就是看着你长大的。觉得你娃儿从小就耿直，老汉死得早，受过难，吃得苦，又读了中专，当个村主任，现在虽说经验不足，也是锻炼得出来的！不过你娃儿知道不知道，那村主任别个心里早就有人了……"端阳听了贺劲松一番长篇大论，登时便对他另眼相看了，不等他说完，便马上插话道："我知道，劲松叔，听说贺春乾要贺国藩当。"贺劲松听后笑了一笑，道："我还以为你娃儿不知道呢，原来你娃儿已经听到点风声了！"说罢收敛了笑容又问："你娃儿虽然知道贺春乾要把村主任给贺国藩当，却不一定知道这中间的原因！"端阳道："有什么不知道的？因为他们是一房人嘛！"贺劲松又笑着道："这只是其中一个原因，还不是主要的。"端阳便有些不明白了，道："那主要的是什么？"贺劲松道："你还没看出来，贺春乾野心大得很，想把村里的大权都抓到自己一个人手里。贺国藩和贺春乾既是一房人，又生得十分本分，贺春乾叫他往东他就要往东，叫他当村主任，实际上就是叫他当个傀儡，贺春乾才能一手遮天。"

端阳听到这里，一下明白了，说："原来是这样！我说嘛，贺国藩一个小学毕业生，又没什么能力，怎么贺春乾就看上他了？"贺劲松道："还不光这样！贺春乾原先连我也要换的，让贺通良接我的会计。他去给乡上管组织的向书记说，向书记说你换了村主任，又要换会计，三个主要干部，老班子的人一个都没有了，不怕别人说你搞任人唯亲？再说，贺劲松是全乡业务最好的一个老会计，又没有犯什么错误，你有什么理由换他？还有一点，现在新任的会计，必须要通过县上的会计资格证考试才能上岗。听说了这话后，贺春乾才打消了换我的念头。如果把我换了，这湾里就真的全部由大房当家了！这个事，他以为我还不知道。可坛子口好封，人口不好封，我还是知道了。不过，我一直把它闷到肚子里，今晚上才第一个跟你们说。你们听到了，也当没有听到一样，心里明白就行，千万不要跟人说！"李正秀忙道："他叔，你放心，你侄儿和我都不是搬弄是非的人，我们跟哪个都不说！"贺劲松道："我只是一个算账搞业务的人，倒不是怕哪个，只是担心传到贺春乾耳朵里，就会像俗话说的割卵子敬神，人得罪了，神也玷污了！"

端阳听完贺劲松的话，沉思了一会儿，才道："劲松叔，照你这样说来，只有让贺春乾一手遮天了？"贺劲松听后，马上道："那也不尽然！"端阳问："怎么才能不让他一手遮天呢？"贺劲松笑道："你不是想当村主任吗？"端阳道："你不是说我没有希望了吗？"贺劲松道："哪个在说你没有希望？你要真的一点儿希望都没有，我今晚上还来干什么？"端阳一听这话，便立即道："劲松叔，那你快说说，我该怎么办？"李正秀也道："就是，他叔，你是老辈子，有经验，你就点拨他一下，免得他愁死了！"

贺劲松沉吟了一会儿，才道："虾有虾道，蟹有蟹道，其实这事找准了门道，一点儿也不难。你们知道这村干部，又不是国家发工资，也不吃国家的商品粮，碗里那点饭是从村民那里挤出来的，是村民的血汗，关国家什么事？可偏偏乡上抢着来端碗。他们把碗端给哪个人，哪个人便成了村干部。这么多年来选举搞了好几回，至今还是没有突破'党委定人选，村民画圈圈'的方式。这回选举，我看要改变这种方式怕是很难！所以我提醒你娃儿，如果你真要当这个村主任，趁选举才启动，赶快去乡上伍书记那里活动……"说到这里，贺劲松见端阳想插话，急忙挥了一下手，接着道："你听我把话说完了再说不迟！虽说贺春乾定了贺国藩做村主任，乡上伍书记那儿也同意了。但据我所知，姓伍的同意贺春乾的意见，并不是得了贺国藩什么好处，说不定到现在认不认得到贺国藩还不见得。他同意贺春乾的意见，是因为贺春乾是在他手里提起来的，这一年多工作得也还不错，他虽然是上级，也要给下级一点儿面子。因此，如果你在这时能够去说动姓伍的改变主意，那是再好不过了。只要姓伍的答应让你做村主任，贺春乾心里再不情愿，也得听乡上的不是？如果不走这一条路，你只把希望寄托在村民选举上，湾里大房的人就占了一半多，即使小房的人全投你的票，你也过不了半，要想选上比登天还难！"

李正秀听完，急忙皱了眉头道："他叔，你说的何尝不是这样！可是你也知道，我们孤儿寡母的都只知道挖泥盘土，怎么能够去让姓伍的改变主意？再说，他连我们认都不认识，我们去找他，茅坑边捡根帕子——怎么好开（揩）口？"贺劲松道："你们去找，别个当然不得理睬你们。你们没有那个能力，难道不知道找个人去帮你们说?"李正秀一听这话,立即高兴地说:"他叔,你经常在乡上走动,在伍书记面前也算是个有头有脸的人,你就帮我们去说说,事成了我们娘儿俩一定重谢你……"话音刚落,贺劲松正了脸色道:"他婶子,你怎么说这样的话?我在姓伍的面前,算个什么有头有脸的人物?我跟你们说,你们要找的人一是面子要比贺春乾大,二是要能管得到姓伍的,那姓伍的才会听他的!"一听这话,李正秀立即泄了气,道:"他叔,你这话算是白说了,我们打起灯笼火把去找,也找不到这样的人嘛!"端阳也道:"就是,我们也没个当官的亲戚……"

贺劲松没等端阳说完,便笑着道:"怎么没得?现成的一个人你们倒把他忘了!"李正秀忙道:"你说的是哪个?"贺劲松道:"县中的世普哥,他不是和端阳的老汉是一房人吗?况且佳兰大妹子在家里种地时,婶子和她不是好得像亲妯娌一样吗?你们怎么连他也忘了?"端阳听后顿了一下,才道:"他?他只是一个学校校长,也不是当官的,姓伍的哪里会听他的!"李正秀也道:"他叔你说得不错,人倒是一房的人,还没有出五服,现在隔三岔五也在走动,只是不知道他得行不得行?"贺劲松道:"你们差了!你们以为贺世普只是个一般的校长哟?我跟你们说,他这个校长比起别个那些校长要高几个级别!我问你们,全县有几个国家重点中学,就他那个学校一个,他现在的级别,是正县级待遇!这且不说,我跟你们说,现在县里好多部门的负责人,什么局长副局长,全是他的学生。他本人也是县人大常委会的委员,别说其他人,就是县委书记、县长也要尊重他几分!说话管用得很。即使姓伍的没在他手里读过书,他也没直接管到姓伍的,但只要他肯帮忙,找他哪个部门的学生给姓伍的打个招呼,姓伍的敢不听吗?姓伍的一买账,你这个村主任不就轻而易举地当上了?"李正秀一听贺劲松说得这样肯定,一下高兴起来了,道:"他叔,真像俗话说的人在事中迷,就怕没人提,你这样一说,把我心里都说活泛了!那好,明天我就进城去找他婶子和老叔,说不定他老叔真就把这事情办成了呢!"贺劲松道:"就是,他婶子!所以我刚才说,只要找准了门道,再难的事也会觉得不难!不过我有言在先,他婶子,你去找世普的时候千万不要说是我的主意,也不要跟人说我今晚上到你们屋里来过!如果贺春乾知道是我在给你们背后出主意,不知道会怎么恨死我了!"李正秀立即起誓道:"他叔,你把心放到肚子里好了,如果我们向外人说了今晚上的半个字,不烂牙腔都烂舌头!"贺劲松道:"那就好,他婶子,有你这话我就放心了!"

说完，又对端阳说了一会儿打气的话，才起身告辞。这儿端阳和李正秀母子俩又把明日的事情商量了一番，方各自回房睡去。

二

端阳听了贺劲松一番点拨，兴奋得一晚没睡好觉，又挂念着第二天要到舅舅的煤矿上去，便很早就起来了。刚"吱呀"一声把大门打开，昨晚被他踢过的黄尔又从窝里跑过来，围着他亲热地摆尾不止。端阳见黄尔走路还有点瘸，便知昨晚自己那一脚踢得有些重了，心下就有些懊悔，忙蹲下身子，拍了拍黄尔的头说："对不起黄尔，昨晚上我不该踢你！"那畜生伸出粉红色舌头，似乎想去舔端阳的手背，端阳又拍了拍它的头，道："算了，你一边去吧！"畜生果然一边摇尾一边又回窝里躺下了。端阳又去将盖鸡圈门的石板移开，一窝鸡咯咯地叫着，从墙洞口钻出来跳到院子里，一边欢叫一边扑扇着翅膀，扑得那空气里一股鸡粪味道。

端阳刚把鸡放出去，李正秀也起来了，母子二人忙着去烧火做饭。吃罢饭，端阳要等母亲一起走。李正秀道："我忙什么？我到了县城就不走了，你还要从县城赶车到老林乡，下了车还要走几里路才到得了你舅舅的煤矿，你先走吧！"说完又道："我难道打起空手去求你老叔和兰婶？总得拿点遮手的东西吧！拿什么我还没准备呢！"端阳听了这话，想想也是这个道理，便嘱咐了母亲一通，诸如到了城里过马路要走斑马线，不要随地吐痰等。李正秀也免不了对儿子一番叮咛，道："如果你舅舅再给你钱，你可千万不能要了！这些年，我们娘儿母子用你舅舅的钱，已经够多的了！"又道："上车下车的小心一些，别和人去挤！今天能回来就回来，不能回来就在舅舅家里住一晚上，反正这阵也没有什么活路！"端阳答应了一声，便自个儿去了。

李正秀等儿子走后，不慌不忙地去喂了猪，洗了碗，又将中午的猪食拌好舀进桶里，提到猪圈栏边。然后才去从墙上摘下一只篮子，先在篮子底下撒上一层米糠，接着去坛子里摸出五十个鸡蛋，一只一只地放在米糠上。放满一层又撒上一层米糠，这样放了三层多，把五十个鸡蛋放完了，马上又去找了一根尼龙口袋，从仓里装出半袋花生。又去拿了一根布口袋，从一只坛子里舀出十多盅红苕粉，倒进布袋里，拿秤把花生和红苕粉称了。共是花生十斤，红苕粉五斤，称好后，扎了袋口，放进一只专门用于赶集买卖东西的小背篓里。做完这一切，李正秀才去细细地梳了头，用两根发夹将左右两边的鬓发齐耳处夹了，方去衣柜里找出一件藕荷色的新衣服，将身上那件淡青色的、糊了几处油渍的脏衣服换了。一切收拾停当，便去锁了楼上和里面房间的门，只拿了大门钥匙，走进旁边贺世福家里，朝贺世福的女人道："他婶子，中午还是帮我喂一下猪！"

贺世福的女人叫肖琴，和贺世福正端了碗吃饭，见了李正秀这样一身打扮，便道："他婶，穿得这样舒气，是不是去看儿媳妇呀？"李正秀听了这话，便笑吟吟地道："哎呀，他婶，如果真到了那一天，我又请你了哟！跟你说嘛，好久都没赶过场了，收了点小东西，想到城里卖了，看能不能买点过年货回来！"贺世福道："这样早就准备过年货了？"李正秀道："也只是去看看！"说毕便又对肖琴说："他婶，猪食我已经舀到桶里，就在猪槽前，中午时帮我去舀一下就是！"说完又道："就麻烦他婶子了！"肖琴道："一堆一块儿的，麻烦什么？我们走了，还不是你帮我们喂猪喂鸡！只要你放心，他婶你把钥匙给我就是！"李正秀道："有什么不放心的？不放心就不得来麻烦他婶子了哟！"说着把钥匙给了肖琴，回来背上背篓，提了篮子，出得门来反身将大门锁上，便放心去了。

从贺家湾到县城，有两条路可走，一是出村口，沿着机耕道直走到乡上乘车，或直接到九根黄葛树垭口的公路上赶过路车进城。还有一条路便是小路，从和尚坝到杜家长田，又到盐井沟、范家梁子，再经板凳垭直达县城，有二十里路左右。走得快的一般两个多小时也就到了。李正秀方才四十来岁，平日在地里劳作，锻炼出了一副好身板，腰壮腿健，舍不得到乡上赶车花那几元钱。加上又没背负多少东西，所以一出门，便奔和尚坝的小路去了。一边走着一边想着儿子昨晚回来那副哭兮兮的样子，心里就如有万箭穿心，五脏六腑也像被人揉碎了一般。及至听了儿子说这村主任他争定了，不然就要出去打工，那心里又添了一急。她晓得自己的儿子虽然年轻，还有些不懂事，却不是那种急躁、做事不顾后果的人，也不是那种无所用心的人，他如果没有想明白，绝不得随便说些不负责、办不到的话。现在，他既然说出了这样的话，那就说明就是有十条大牯牛，也怕把他拉不回头了。并且做娘的还清楚儿子有一个德行，那就是他一旦认定了的事，哪个想凭人多势众欺负他，他愈是要和人家拼个你死我活、鱼死网破。李正秀想劝儿子放弃，老老实实、安安心心做一辈子农民，又恐儿子一怒之下真的离开她，远走高飞了去了。想鼓励他去和人争，自己又帮不上他一丁点儿忙。要是儿子争不过人家，乐得别人看笑话不说，要是吃了亏，又怎么对得住他死去的老汉？所以李正秀劝也不是，又帮不上，担心得要死，因而那心便如在油锅里煎一般，却又不好在儿子面前说出来。幸好贺劲松四两拨千斤，一番话让李正秀茅塞顿开，如那沉沉黑夜里猛然见到一片光明。回到自己房里，李正秀也如儿子一样，大脑的神经亢奋了半夜方才迷糊睡去，天刚擦粉粉儿亮时，却又醒来了。

现在，李正秀一面走一面想着儿子当了村主任，不仅他可以出人头地，而且也可以守着自己一辈子不走了。到时候讨个儿媳妇回来，给自己生一对大胖孙子，让她一只手牵一个，哈哈，她这辈子就心满意足了，也对得起那地下的死鬼了！李正秀这样想着，心里一高兴，竟觉得眼睛里起了一层潮湿的雾罩。正欲伸手去揩，忽听得旁边田里一个声音道："婶子，赶场呀？"

李正秀听见有人叫她，暗自吃了一惊，抬头一看，原来是贺善怀腰里拴着一根青不青、蓝不蓝的围裙，左手挎着一只篾篼，篾篼里是拌了人尿的草木灰，右手的五指正一撮一撮地抓着草木灰给旁边地里的油菜上肥。油菜有一根筷子高了，煞是嫩绿可爱。贺家湾小春这季作物，过去本是以小麦为主的，可这两年农人却不种小麦了，争先恐后地种起了油菜。原来，现今种小麦既费时费力，成本也高，收获后却卖不起价钱。加上现在哪家哪户仓里都储满了粮食，也无饿肚子之忧。而那油菜不但比小麦省工省时省肥，而且比小麦卖得起价钱，因此家家户户都把大块大块的地拿来栽植油菜了。一开春，漫山遍野全是金黄色的油菜花，偶有城里人下乡来，无不啧啧称叹。如今李正秀见贺善怀叫她，便也停了脚步，对他说道："善怀，你这样早就在给油菜丢肥了，不怕长不出角角来呀？"贺善怀小时候头上生过癞子，后来贺万山虽然给他治好了，有几处头皮上却没长出头发，因而不分冬夏，头上都戴着帽子。此时，也许头皮上哪个地方有些痒起来了，听了李正秀的话，忙将右手手指在围裙上擦了擦，便伸进帽子里搔了起来。搔了几下后，才对李正秀回道："我丢点草木灰，糠头不肥田，只图松个脚！"李正秀道："人尿和草木灰还是糠头呀？你看你这油菜，这样大一窝一窝的了，我看了都眼红!"说完走了两步，忽地想起他家和贺良毅的纠纷来，便又站住了，对贺善怀问道："善怀，昨天佺儿媳妇跟我说，你屋里的狗咬死了贺良毅的鸡，贺良毅要你们赔二百块钱，你们赔没有?"

贺善怀一听这话，脸就立即红了起来，愤愤地道："婶，你快别提这回事了，提起我脸都没有地方放，恨不得找个水坑就去淹死!不赔有什么法?别个人多，又那么不要脸，知道把我们这些小门小户欺压得倒!给了他二百块钱，拿给他去吃药!"李正秀道："你说得对，善怀，昨天佺儿媳妇来跟我说时，我就劝她遇都遇到那号扯横筋的人了，就当赶场被扒儿客摸了!蚀财免灾，你就别去气了!"贺善怀却仍是气鼓鼓地道："婶，话是那么说，可这口气我怎么咽得下去?跌倒不生气，爬起来生气!钱赔了不算，屋里的东西也被几个砍脑壳的砸烂了，还没有人帮我说句公道话。婶你不知道，昨天你佺儿媳妇听你说贺春乾没在家里，一路哭回来，实在想不通，知道贺国藩在家里，便去找他，你猜贺国藩怎么说……"李正秀忙问："他说什么?"贺善怀说："婶，你万年都猜不到!他说，现在是市场经济，你说他那鸡值不到二百块钱，可要是拿到市场上说不定还真卖得到二百块钱呢，你叫我怎么去给你解决?"李正秀道："你怎么去叫他解决嘛?难道你还不知道他和贺良毅是堂兄堂弟?加上贺国藩本身就是个缩头乌龟，像这号得罪人的事他怎么会出头露面?"贺善怀道："我心想他是支部副书记，大小也是个干部，哪个知道他才是个不中用的人!以后再有事，也不得去找他了!"

李正秀听到这里，想起了儿子和他争村主任的事，便故意拿话去试探道："你娃儿大话别说早了!你说以后不去找他，恐怕找都找不赢呢!"说着朝周围看了看，方才压低了声音说："你知不知道他要做村主任了!"贺善怀一听立即瞪圆了眼睛，道："什么，他当村主任?贺家湾的人都死绝了，硬是找不到人当村主任的人了?"李正秀道："人家朝里有人嘛!"贺善怀道："哦，我明白了，他是大房的，是贺春乾要他当的，是不是?"李正秀道："管他是不是，我反正听到一点风声，说等不了多久，就要叫大家画圈圈。"贺善怀从鼻孔里喷出了一股粗气，道："我就不画他的圈圈!"李正秀道："其实昨天你端阳兄弟倒是要来给你评个理的!你知道他这个人，眼睛里揉不得沙子，又喜欢打个黑脸，听说贺良毅兄弟把你们家东西砸了，气得不行!可我想他又不是干部，来说了话别个也不会听，还把人得罪了，就没让他来。如果他是干部，比如说村主任什么的，他一定要出来唱这个黑脑壳了!"贺善怀一听这话,便道:"那大兄弟怎么不来当这个村主任呢? 他要是当了村主任,我们小房的人也少受些气嘛!"李正秀听罢,心里十分受用,却道:"他还是个小娃儿,当什么村主任? 再说,别个也没打算要他当,他怎么当得到?"善怀道:"婶,怎么当不到? 只要大家画他的圈圈,他就当得到!"说完又道:"要是贺国藩当了村主任,贺良毅那几个狼心狗肺的东西还不知道要怎么凶,恐怕连衣襟角都要打死人了!"李正秀道:"你说得倒也是!"贺善怀道:"以后选举时,我就画端阳兄弟的圈圈!"李正秀笑道:"画吧善怀,反正你想画哪个就画哪个,也没人把你手捆绑到!"说罢,又对贺善怀说了一通"想开些"和"慢些做活儿"的话,这才走了。

　　李正秀赶到县城,正是晌午时候。虽然背的东西不多,但因为走得急,身上还是出了一点毛毛汗。偏那贺世普住的楼层又高,小县城的住房都没有电梯,李正秀一层一层楼梯爬上来,也禁不住气喘吁吁了。敲开门,贾佳兰正要烧锅做饭,一见了李正秀,便叫了起来:"哎呀,正秀你又背的什么?"似有责备之意。一边说一边去接李正秀肩上的背篓。李正秀一面擦汗,一边把手里的篮子放到茶几上,又让贾佳兰把背篓接了过去,方说道:"大嫂,庄稼人除了地里产的,还有个什么? 拿点不值钱的东西,不过有个遮手的。"贾佳兰道:"你没有遮手的就不上我这个门来了?"说着,把篮子提到厨房,将鸡蛋捡出来,放到冰箱里,正要将篮子里的米糠倒进垃圾桶,李正秀忽然叫了起来:"大嫂,糠不要倒了,你给我找个塑料袋,我把它装回去还可以拌一顿猪饲料!"贾佳兰果然不倒了,去找出一个塑料袋,李正秀自己去将篮子里的米糠倒进塑料袋,扎上袋口,重新放进篮子里,等下午带回去。这儿贾佳兰又将背篓端到储藏室,将里面的花生和红苕粉,倒进自己家的两只口袋里,才出来对李正秀说:"不是我说你,正秀,又不是外人,你来就是! 每回你都背些东西来,叫我们怎么好意思?"李正秀现在歇过气来了,一边扣衣服的扣子一边道:"看大嫂说的好像是什么值钱的东西似的! 我知道现在的城里人,好的吃腻了就喜欢农村的土东西。"贾佳兰笑道:"这倒是不假! 城里人对我们农村人千般万般的看不起,嫌农民土气,可是对农村那些土货却当稀奇宝贝。正秀你没看见,一大早城里的老头老太太,就提起篮篮筐筐子,到菜市场去买土鸡蛋、土鸡土鸭,简直就像是抢一般。也不怕正秀你笑话,你知道我那个外孙,才一岁多点,吃过土鸡蛋的蛋黄糊后,喂那笼养鸡产的蛋黄糊就往外吐。我说，你挑剔个屁，那时你外婆在屋里种庄稼时，有个鸡蛋都舍不得吃，还要拿去卖钱呢！正秀，你说现在的娃儿怪不怪？都能尝出土鸡蛋和笼养鸡蛋的味道了！"李正秀立即道："大嫂，娃儿喜欢吃土鸡蛋你就跟我说一声。你知道的，我们每天都能捡得到几个蛋！"贾佳兰一边往厨房走，一边又忙道："正秀，你别多心，我是摆龙门阵的。虽然你们是每天都捡得到几个蛋，可屋里称盐打油、日杂开支也要靠它，光是送了人情你们怎么办？"

说着，贾佳兰进厨房做起饭来。李正秀也跟着走进厨房里，道："大嫂，有什么做的，我来做。"贾佳兰一边往电饭煲里加水一边说："没什么做的，你坐着！"说完又道："城里就这点好，煮饭不用人烧火，干干净净的，不像农村煮顿饭灰包尘天的。"李正秀听了这话，果然从饭厅里扯了一把椅子过来，在饭厅和厨房间的门口坐下了，看着贾佳兰接通电饭煲电源，说："就是，要不现在的年轻人怎么会全往城里跑呢？"说完又接着道："还是大嫂的命好，过去辛苦，现在就享福了。不像我们一辈子都是挖泥盘土背太阳过山的命。"贾佳兰盖好电饭煲，这时也过来坐下，说："命好什么？说起来是进城享福，实际上是给他们爷儿父子当老保姆。说心里话，正秀，我还想回农村种地呢！我和你大哥都说好了，等他退了休我们就回老家来种点菜，养点鸡，过点清静日子！"说完又说："你现在也不用发愁了，端阳也长大了，日子再苦都不会像过去那么苦了！"

李正秀一听这话，就忙把话题引到正题上来了，皱了眉头说："哎呀，大嫂，话是这样说，可儿子大了也有大了的难处，比小时候还令人担心些！"贾佳兰忙道："有啥担心的？儿女大了，无非是愁他们的婚姻大事嘛！你去愁他们这些做啥？儿孙自有儿孙福，现在自由恋爱，当父母的想跟他们做主，也做不了，还遭他们恨，你去担心啥嘛？"李正秀道："大嫂，我才不是为他的婚姻呢！管他以后找个什么样的，他带回来我煮给他们吃就是了，一点儿都不得替他担心呢！"贾佳兰道："那你愁什么呢？端阳这娃儿，我是看着长大的，他是个懂事听话的娃儿，又不和那些二流子混，你还怕他学坏了不是？"李正秀道："那也不是，大嫂，我的娃儿我知道，他不是学坏的人。"贾佳兰便露出了解的样子，道："那又是为啥？"

李正秀听了贾佳兰问，没立即回答，却去看了看墙上的钟，然后才对贾佳兰问道："大哥怎么还没回来？"贾佳兰先没明白李正秀的意思，道："他呀，学生娃儿不走完他是不得回来的！"说完这话，才仿佛明白过来，问："你是有事对他说？"李正秀急忙说："哎，不不不，大嫂……"贾佳兰见李正秀遮遮掩掩不好意思的样子，更确信了她心里有事，便道："正秀，又不是外人，你有什么事就尽管说，别猴子捡片姜，吞吞吐吐的。我们帮得到的，一定帮你们。"李正秀一听这话，便去拉了贾佳兰的手，直道："大嫂，有你这句话，我就放心了！我也不瞒你，我就是为你侄儿的事才厚起脸皮找上门来的。大嫂不看僧面看佛面，看到我们孤儿寡母面上，一定要在大哥面前替我说句话。"说着，便把村里换届端阳想和贺国藩竞选村主任的事，先对贾佳兰说了一遍。

贾佳兰听了没立即答话，眼睛却看着从电饭煲里冒出的袅袅蒸气，说道："我去炒菜了！"说罢起身去刷了锅，打燃燃气灶，将锅烧红了，倒进花生调和油，然后将李正秀来前就切好的菜倒进锅里，然后一边用锅铲翻动一边对李正秀说："按说来，这不是什么大事，不过我也不知道他办不办得到。一会儿他回来了，你跟他说，我在旁边该给你帮腔的时候，我给你帮就是！"李正秀忙道："那我就多谢他大娘了！"贾佳兰说："谢什么，八字还没一撇呢！"说着，将菜铲在盆子里，又去烧汤。把水加进锅里后又回头对李正秀说："这人长得硬是快！生端阳那天，我记得上午天气很热，你生不下来，在床上接二连三地喊，急得郑虹和万山也是满头冒汗。正在这时，天空中突然打了一个炸雷，娃儿一下就生出来了。我们出门一看，才知道天上堆起了厚厚的瓦子云，不一会儿就下起了暴雨。郑虹和万山剪了娃儿的脐带，包好后还说这娃儿可能是东海龙王的龙子托的生，不得了。要不，怎么生了半天生不下来，一打雷下雨就生下来了？"李正秀听了这番话，突然抿紧了嘴唇，半晌才说："大嫂，你还没有忘记这些陈时八百年的事？我有时在铺盖窝窝里也经常想起这些！从怀他到生，从打三朝到满月，再从学走路到发蒙读书，就像发生在昨天一样。可看到看到，娃儿已经是大人了……"

正说着，忽然防盗门一阵咯吱响，贺世普推门走了进来。贺世普五十开外，高挑个儿，一张国字脸，白白胖胖。蓄着一个自然式的发型，戴一副金属无框眼镜，着一套浅灰色西装，打一根粉红色斜纹领带，左胸的西装上别一枚县中的校徽，显得十分精神。看上去一点不像是五十多岁的人。他原先就在贺家湾的村小教书，喜欢拉胡琴和吹笛子。那时，贺家湾大队每年春节都要组织文艺宣传队，贺世普除了替宣传队写写画画，还帮着伴奏，是宣传队的一个积极分子。他和贾佳兰的婚姻便是通过公社文艺调演认识的。贾佳兰是八大队宣传队的一个台柱子演员，虽然只有小学文化，歌却唱得十分动听，舞也跳得不错，人又很漂亮。贺世普那时是吃商品粮的，小伙子也非常标致，没费多少力便把贾佳兰追到手了。结婚以后，贾佳兰在家里种庄稼，贺世普却很快到了乡中心校做校长，后来又到区教办做主任，到教育局做副局长，最后到了县中做副校长、校长，可贾佳兰因为是农业户口，始终在贺家湾种地。前几年贾佳兰还在家里种地，直到前年，在贺世普和儿女的千说万说下才舍了土地进城来。贺世普后来虽说发达了，又进了城，几十年来和贾佳兰却是恩恩爱爱，相敬如宾，一点没因自己地位的变化而嫌弃糟糠之妻。这一点，市上电视台还来做了专题报道，世普和佳兰也被县妇联、县工会、县民政局、县文明办、县广播局、县教育局等诸多单位，联合授予了"模范夫妻"称号。此时，世普一见李正秀，便十分热情地道："哦，正秀来了？"贺世普毕竟是大伯子，李正秀听见他也和贾佳兰一样叫她正秀，有些不好意思起来，忙腼腆地站起来道："他叔下班了？"

贺世普一见，忙道："坐坐，又不是外人，有什么不好意思的？"说罢又对贾佳兰匆匆忙忙道："饭好没有？好了就吃，吃了我还要去忙事！"贾佳兰道："反正你一回来就是吵着要吃饭，像是饿死鬼变的！"说完，才又道："怎么没好呢？只是正秀来的时候，我菜都备办好了，也没去买其他菜，吃点家常便饭。"李正秀忙说："大嫂快别这样说，家常便饭就最好！"说罢，见贾佳兰去盛饭，李正秀便也帮她往桌上端。贾佳兰等李正秀再来端汤时，便附在她耳边轻声说："他吃了饭就要走，等会儿吃饭时，你就把自己的事赶紧说了。"李正秀嗯了一声，算是回答。

说话间，饭菜就端上了桌，三个人围桌坐了。贺世普虽说做了堂堂县中校长，可一点儿也没改过去在农村时吃饭的习惯，端起碗便大口大口地狼吞虎咽，嘴里发出吧嗒吧嗒的响声。贾佳兰见了道："你慢点嘛，又没有哪个跟你抢，你吃那么快干啥子？"贺世普道："我有事呢！"贾佳兰朝李正秀使了一个眼色。李正秀知道贾佳兰催她快说，张了张嘴，没发出声音，却先红了脸。贾佳兰明白李正秀还是有些不好开口，想了一想，便先替李正秀说了："你吃慢点，听我跟你说点事。正秀今天来，有件事想跟你说！"贺世普一听，并没放慢了筷子，也没有从饭碗上抬起头来，只瓮声瓮气地道："哦，什么事？"李正秀鼓起勇气，正想把话说起来，一见贺世普只顾吃饭的样子，勇气便泄了，嘴里一边嗫嚅："这……"一边又拿眼光乞求地看着贾佳兰。贾佳兰一见便对丈夫道："村委会又要换届了，端阳想当村委会主任……"

一语未了，贺世普猛地抬起头，对李正秀道："好哇！这是好事嘛！年轻人就该有理想，有抱负！别看村官官不大，可是很锻炼人的，他有这个想法，说明他不安于现状。这是光明正大的事，你有什么不好说的？"李正秀一听这话，高兴了，立即眉开眼笑地道："哦，他叔，你说他当村主任是件好事？"贺世普道："我跟你说一个人，这个人叫拿破仑，你当然不知道他是谁，但他说过一句话，鼓舞了很多人。他说，不想当将军的士兵不是好士兵！年轻人有上进心，有事业心，肯定是件好事！你回去跟他说，叔喜欢他这样有上进心和事业心的青年，我支持他的想法！"李正秀更高兴了，像是儿子已经做了村主任一样，急忙说："还不知道他干不干得下来呢？"贺世普道："他这时还没当上，哪个知道他干得好不好？要知道他干得好不好，只有让他当上后才知道！年轻人才当上的时候，干得不好也是难免的，不过这又有什么？姑娘不嫁永远成不了媳妇，小孩子不摔跟头就没法学会走路。要取得学历就要先交些学费！经验是从工作中学来的。年轻人只要有那个决心，肯去干，哪有干不下来的？"李正秀愈发高兴了，脸上的皱纹乐得直颤，感激道："他叔，你可真是我端阳的大恩人……"

贾佳兰见李正秀说了半天还没把最紧要的话说出来，心里急了，便不等她话完，又对丈夫道："你呀，教书教惯了，屋里外头说话都是一套一套的。你以为这个村主任端阳想当就当得上？他要是当得上，就不得来找你了！现在贺春乾是要贺国藩当！你是知道的，他们大房的人多，贺春乾又是掌到权的，端阳哪里争得过他们？正秀今天来，就是想求你出个面给乡上的伍书记说说，让乡党委把端阳定为候选人，这样端阳就容易当选了。"说完又对李正秀问："是不是这样，正秀？"李正秀忙道："正是！"又道："他叔，你不知道，你侄儿在家里都愁死了，就指望你帮他说句话了！"贺世普脸立即绷紧了，道："我和他们乡上的伍书记熟都不熟，怎么说话？"说完又说："《村民委员会组织法》规定得明明白白，候选人由村民推举产生，乡上定候选人这是什么时候的事了？"贾佳兰道："话是那么说，我在屋里参加了那么多的选举，哪次不是上面定候选人，群众只是画圈？"说完又道："你和姓伍的不熟，就不能找一个和他熟的帮着说说？你那么多的学生就没一个人能派上用场？"贺世普听完，脸绷得更是斧头也砍不透的样子，对了贾佳兰道："你胡说些什么？我教了一辈子的书，教育学生要光明磊落、堂堂正正做人，岂能去做那样的事？"贾佳兰也有些不高兴地道："有多大一回事？不过是当个村主任嘛！"贺世普道："这与事大事小无关，这是一个人的品格问题！"

贺世普说罢，便回头对李正秀说："你回去跟端阳说，叫他大胆地去参与竞选，别去相信上面定候选人的话！候选人都是由村民推举产生的！再说，即使乡上或村支部定了候选人，可村民不拥护，选不上还是选不上！选票才是硬道理，民意大如天，不要怕！"又道："他如果堂堂正正去参加竞选，即使没选上，我还是认他这个侄儿，是好样的！如果他通过歪门邪道，即使选上了我还是看不起他！"贾佳兰听了这话怕得罪李正秀，便又不满地对贺世普道："看你说的硬是死人的眼睛——定了！那鸡蛋莫得缝，还钻得进去盐呢！"贺世普瞪了贾佳兰一眼，道："你知道什么？"说完又对李正秀说："当然，你说的这个事，确实也不是个大事。要办，我找人也给你们办得到，可是我不能去给你们办！几十年来我最恨的就是拉关系、走后门、请客送礼等不正之风！不瞒他婶子你说，贺世海最初进城的时候，想揽下面学校的建筑活儿，把三万元现钱摆到我的桌子上，求我出面给教育局局长打声招呼，被我痛骂了一顿！我说你如果不这样做，我还帮你说话，还认你做我的兄弟。你如果要这样做，从今往后我们兄弟一刀两断！骂得他无地自容，只好收起钱灰溜溜地走了！"贾佳兰道："你还好意思说？离了你，世海后来还不是把下面学校的修建活儿给揽到了！现在倒好，弟弟兄兄的见了面，连招呼也不跟你打了！你看不起别个，别个还看不起你这个书呆子呢！你以为自己像包文正审案——铁面无私就好？"贺世普道："他看不起我，我更还看不起他呢！"说毕又道："我贺世普教了一辈子书，岂能随便就毁了一世清名？"一边说一边站了起来。贾佳兰明白他马上要走，便也站了起来道："你莫忙，我还有两句话说！"说完，把贺世普喊到里面卧室里，说了一通悄悄话。然后贺世普跟李正秀打了一声招呼，便急急忙忙地出去了。

李正秀早没胃口吃饭，几口将碗里的饭扒完便放下了碗，起来帮贾佳兰收拾桌上的碗筷。贾佳兰心里十分过意不去，忙拦住李正秀。李正秀只好站在一边，又有一句没一句地和贾佳兰拉着闲话，只是不再去碰端阳当村主任的事了。贾佳兰拾掇完了厨房里的活儿，李正秀将篮子和那包米糠放到背篓里，就要告辞。贾佳兰挽留了几句，见李正秀执意要走，便进卧室里拿出二百元钱来，一边往李正秀手里塞，一边道："你每回进城来都要给我们拿些东西，我们也没啥给你的，这二百块钱就权当我们也给你们买了点东西！"李正秀一见，却是死活不肯收。贾佳兰把钱塞到她手里了，她便又扔到茶几上，生气地道："大嫂，我那点东西又不是拿到街上卖的，怎么能收你的钱？"贾佳兰道："不是卖的，可你进城一趟，耽搁了时间不说，还要贴车费，就当我们给点车费嘛！"说着，又拿起钱来，硬往李正秀口袋里塞。李正秀一边躲避，一边又道："大嫂你可是小看我了！我是走路来的，又没坐车！"贾佳兰道："没坐车你也收下，不然叫我们怎么好意思？"李正秀道："大嫂这话太见外了，我收了你们的钱，才是不好意思！"说完更生气地道："大嫂要这样，以后我就再不上你的门了！"贾佳兰听了这话才住了手，说："那这样说，我就依了你吧！"说着，把李正秀送了出来。送到楼梯下面，方才满脸愧疚地对了李正秀道："他婶子，看你高高兴兴来，却是冷气扑心地回去，实在是对不起！你那大哥就是那么一个人！我呢又帮不上你们什么忙，你们也不要生气，以后还是多来走走啊！"李正秀道："大嫂，我生什么气呀？虽然他叔不愿意帮忙，但有他那番话，我今天也算没有白来！"说完和贾佳兰告了别，独自又回家去了。

回到贺家湾，天已经快黑了。李正秀到肖琴那儿，拿了钥匙将门打开，舀了半升苞谷先将鸡喂了，让它们好进笼归宿。然后到猪圈查看一番，见两只猪都在睡觉，猪食桶也空空如也，甚感高兴。最后又查看了所有房间一遍，见屋子里一切东西照旧，又放下心来，只等着端阳回来再去生火做饭。可等到天色完全黑尽，端阳还不见回来，便知儿子今天大概不会回来了，这才去做了一个人的饭，吃后睡下。

三

第二天一觉醒来，李正秀打开大门一看，天地间都被浓雾笼罩了，几百步开外的树木都影影绰绰地看不清楚。李正秀不由得说了一声："好大的雾！"说罢又去把鸡放了，生火做了自己一个人的饭，煮了猪食。吃罢饭，喂了猪，雾还没散开，露水又大，一时无事可做便感到有些无聊。这时就又想起昨日进城没把端阳的事办成，端阳回来要是问起也不知道该如何对他说，心里也便像这天气一样有些郁闷起来。又想着端阳他舅舅会不会给娃儿出什么好主意？要是他舅舅也不能给他出个好主意，端阳当村主任的事就只有沙罐做枕头——空响（想）一场了！这样一想，看见这样大的雾又不能下地干活，不如去找贺凤山给娃儿算算，看他命里有没有当官的运气？如果命里没有，那就让端阳安分守己当一辈子平头百姓算了！想着便去梳了头，穿戴齐整，关了门朝贺凤山家里来了。

贺凤山年轻时便开悟了风水术和算命术，在贺家湾也算是个特别的人物。贺家湾和周边村子的人虽经几十年革命的洗礼，可一遇到生老病死、修房造屋等人生的紧要大事，或遇到难以用常识性逻辑推理来解释某种行为的时候，还是会主动去找贺凤山。

李正秀来到凤山家门口，凤山家那只大黑狗不认识李正秀，呼地从墙根下窜了出来，一边狂吠一边气势汹汹地朝李正秀扑了过来。李正秀猝不及防，手里又没拿根棍子，慌乱之中忽然将身子朝地上蹲去。那畜生以为李正秀是从地上拾石头砖块砸它，急忙夹住尾巴往远处跑去。可过了一会儿见没有东西扔过来，方知上当，突然转过身又龇牙咧嘴地朝李正秀扑过来。李正秀刚刚站起来，见那畜生扑来，又急忙往地上蹲身子。可那畜生却不再上当了，仍围着李正秀"汪汪"直叫，只是没敢靠近，因那李正秀也没直起身子。正在这时，忽然听得一个女人吆喝："黑尔，还不走开！"那畜生方才住了声，悻悻地拖着尾巴又回墙根躺下了。

李正秀抬头一看，却是贺凤山的女人陶德琼。李正秀这才直起身道："哎呀，嫂子，你屋里的狗太凶了！"陶德琼也看清了是李正秀，便也道："是正秀大妹子呀！你看你也不常来耍，狗都认不得你！"说完又道："你也别怕，它是样子做得凶，硬真没有咬到过人！"说着便过来拉了李正秀的手，一起进屋去了。

李正秀虽然和贺凤山住在一个湾里，心里和其他村民一样也敬重贺凤山，但确实来得少。不唯是对贺凤山，对湾里别的人家李正秀也是一样，没事绝不随便去串门。因为她是寡妇，怕别人说东道西惹些是非在身上。现在进贺凤山屋里一看，只见堂屋正中墙上有一神龛，神龛中间立着一尊菩萨约两尺来高，用红布盖了头顶，只露出了一张脸。是何方菩萨，李正秀也认不出来。神龛两边的墙上分别贴了一道用黄表纸画的符，有端阳读书时的作业本子一般大，符的四角都粘有鸡血和鸡毛，李正秀也不知道这是做什么用的。神龛下面用两根大板凳拼在一起，组成了一张供桌，中间是一只香炉，两旁是供果，香炉里面已有少半炉香灰，此时还燃着香，屋子里弥漫着一股香味。

李正秀一见神龛、菩萨、鸡血符箓、香炉供果便感到一股神秘气氛袭来。于是不待坐下，便对陶德琼问道："嫂子，他叔没在屋里呀？"陶德琼马上道："怎么没在？在楼上和那个疯子说话呢！"李正秀一时没明白过来，立即问："哪个疯子？"陶德琼道："还有哪个疯子？贺贵那个老疯子嘛！"李正秀感到有些奇怪，又道："他怎么来了？"陶德琼道："知道他来做什么？一大早就来了，在楼上和我屋里那个人一会儿天上一句，一会儿地下一句，说些什么我也听不懂！说到说到和我屋里那个人又吵了起来，像是到我屋里来收账一般，讨厌得很！你等一会儿听嘛，可能又要吵了……"

话音刚落，果然从楼梯口传来了楼上两个男人说话的声音，一个道："你刚才说乾为天，坤为地，震为雷，巽为木，坎为水，离为火，艮为山，兑为泽，说得一点儿不错！看来你贺贵硬还懂一点儿《周易》！你既懂得《周易》，为何不像别人那样也去开个'《周易》研究所'？"贺贵道："雕虫小技，壮夫不为，我贺贵岂能去做那些庸俗之事？"贺凤山道："什么，你竟说《周易》是雕虫小技，古往今来，不管是治国安邦的还是舞文弄墨的，无不把《周易》当作国之瑰宝，你却说是雕虫小技，真不知道天有多高地有多厚！"贺贵道："强词夺理，偷换概念！我哪里敢说《周易》是雕虫小技，我是指的那等打着《周易》的招牌弄点方技巫术专骗人钱财的宵小之徒，真乃无耻之极！"又道："《周易》博大精深，那占卜问卦实乃一点皮毛，不足为谈也！"贺凤山听了这话，大约是动怒了，只听得他大声道："我这占卜问卦是雕虫小技不足为谈，你写了几麻袋书，学问大概是很深了，可怎么也是白写？我跟你说，你那书给人家擦屁股，人家还要嫌纸不好……"一语未了，忽听得上面咣啷一声，像是凳子倒了，接着便是贺贵那沙哑的怒骂声："宵小小人，安知我贺贵之志哉？竖子不与为谋，我去也！"说着，只听得楼梯一阵响动，贺贵涨红着一张脸，干瘦的脖子上鼓凸着几条青筋，怒气冲冲地跑了下来。李正秀忙叫了一声："他贵叔……"可贺贵却像和李正秀也有仇一样，连看都没看她一眼冲出门只顾走了。

这儿贺凤山黑着一张脸也下了楼，看着贺贵走，却道："你走你的，哪个也不留你！"又自言自语道："我还没见过这号人，要饭的卖醋——穷酸！"李正秀叫了一声，贺凤山才回过神，说："哦，他李婶子来了！"李正秀道："他叔，你跟他一般见识干什么？"贺凤山道："猪尿脬不打人却气胀人！他来找我给他算一卦，我算了，他却说我算得不准，在我面前卖弄起学问来，你说这号人讨厌不讨厌？"陶德琼道："这号人以后再也不准他进门了！"贺凤山看着李正秀道："他李婶子你有什么事呀？"李正秀急忙道："我也是来找他叔给我端阳算算，看他今年运气顺不顺？"贺凤山听了，一边又往楼上走一边道："只要你不嫌我算得不准，那就上来吧！"李正秀一听，果然随贺凤山上了楼。

到了楼上一看，又自有一番景象。楼上的屋子比楼下的屋子要亮堂得多，又窗明几净，陈设简单。正中的墙上，也有一座神龛，比堂屋神龛稍小，也有一尊菩萨，约有一尺来高。只是这菩萨没像堂屋神龛里的菩萨那样头上盖了红布。而这红布是盖在整个神龛之上的。那菩萨李正秀同样叫不出名来。神龛下面的供桌却是一张大方桌，中间香炉有大半炉香灰，同样也有香烟缭绕。香炉两边，除供果之外，却多了几样东西。一是贺凤山驱鬼禳灾常用的桃木板、桃木印、桃木剑、桃木弓等，一是几只圆形的筐篓里，装着既可卜凶问吉、又可入药治病的蓍草、泽兰、苦艾、茱萸、菖蒲等。一只用于看地择方位的罗盘，此外还有一双专用于请筷儿神的竹箸，用于请筲箕神的筲箕，用于给人扫猪圈的一把扫帚，用于作法照妖的一把铜镜，还有小米、大豆等五谷杂粮，还有几块用红布包着的东西，均被贺凤山供在了供桌之上。供桌上还有几本发黄的书，已经缺了封面，李正秀也不知书名是什么，反正明白是贺凤山的宝贝。李正秀只看了一眼，便说笑道："他叔，你这屋里硬像是神仙住的地方了！"贺凤山却没回答，只道："你是替端阳看婚姻、看财运，还是看前程？"李正秀也不知道什么叫"前程"，便道："他叔，真佛面前不烧假香，你侄儿想参加今年的村主任选举，不知道他有没有那个运气，我特来找他叔给指点一下！"贺凤山听罢，便道："这便是问前程了！"说罢，就叫李正秀坐了下来，让她报了端阳的生辰时刻。贺凤山先在纸上排了端阳的八字，然后微闭双目，曲指掐算起来。掐算完毕之后又微笑着对李正秀道："没想到这娃儿的八字还是如此硬！"李正秀不明其意，便道："他叔，你看他八字好还是不好？"贺凤山道："你且莫忙，我再替他打上一卦再说！"

说罢，凤山去屋角的清水桶里净了手，用门后的干净毛巾擦了，过去点了两炷香插在香炉里，然后双手合拢，对着供案和神龛上的菩萨喃喃自语，也不知念的是什么，似是祷告又似是请神。念毕，便小心翼翼地解开供桌上一只红布包。李正秀方才看见那红布包着的，是几枚银光闪闪的一元硬币。贺凤山拈了两块，合在手掌中摇了几摇，忽地朝头顶抛去。硬币从空中落下，在地上旋转了几下倒在地上。凤山过去察看了一番，拾起来，又按先前动作重复了一遍。如是者三，凤山方收了硬币，重新包在供桌上的红布里，又去翻开了桌上一本书，念出了几句诗来：

　　　　俊鸟幸得出笼中，脱离灾难显威风。

　　　　小心谨慎过得去，一步走错落水中。

　　说完，又道出一段话：

　　　　青天一鹤，燕雀群起。君子伤哉，小人众矣。贵者有权，周而不比。数当盛则以一君子去众小人；若当叔季之世，恐众人谗害君子，当审时也。上数上上，一鹤之象，亦贵者之果。

　　李正秀听贺凤山一嘴文绉绉的话，也不能懂，便又问道："他叔，听你的话你侄儿是能当上村主任的了？"贺凤山急忙道："我没说他能当上村主任呀！"李正秀听了这话心一下冷了，便又接着道："这样说，这娃儿没当村主任的命了哟？"贺凤山又道："我也没有说过他没当村主任的命呀！"李正秀急了，道："他叔，行与不行你就直说了，免得我们娘儿母子一天到晚都牵肠挂肚的。"贺凤山听罢，仍不慌不忙地道："他婶子，一切皆有天意，哪里是我说能成就能成呢？能成不能成，这上面已经说得很明白了！"说罢，拿起刚才那本书，指了上面的诗给李正秀看。一边指一边又念了一遍。那书是过去的木刻本，字是繁体字，又是竖排的，也没断句，李正秀自是看不明白。可因为这次贺凤山念得很慢，李正秀却是听明白了。贺凤山一念完，李正秀便高兴地说道："他叔，我明白了，这诗是说你侄儿能当上村主任，不过要小心谨慎一些！"凤山一听，又指了下面几行小字，一边让李正秀继续看，一边也高兴地道："正是！你看这里断曰：青天一鹤，这指的便是端阳侄儿了！这后面'一鹤之象，亦贵者之果'，便是说贤侄竞选村主任一定能够成功！"

李正秀立即高兴得手舞足蹈起来，急忙从口袋里掏出五元钱来往供桌上一放，笑着道："他叔，我知道了，如果你侄儿真当上了村主任，一定忘不了你！"说罢转身要走，可突然又想起来什么了，道："他叔，你说有没有小人妨碍你侄儿？"贺凤山道："怎么没有？不但有小人，而且小人还很多！你看这里开头一句话就是：青天一鹤，燕雀群起，这燕雀便是小人！这里：君子伤哉，小人众矣，说明小人还不是一个两个！"李正秀一听，便又担心了，皱了眉头道："那又怎么办，他叔？他命中有没有贵人相助？"贺凤山道："这我就说不准了！不过从卦象上看，也应该是有贵人相助的！你看这里：数当盛则以一君子去众小人，这君子就应该是贵人了。只要这贵人一出，那些小人就通通不能兴风作浪了！"李正秀一听，又转忧为喜，对贺凤山说了一连串谢谢，这才满心欢喜地去了。

中午时候端阳方风尘仆仆地从老林乡舅家回来了，一进门便道："妈，有没有冷饭热点给我吃，饿死我了！"李正秀一听，道："你在舅舅家里没有吃早饭？"端阳道："我一大早就搭舅舅煤矿拉煤的车到县城了。舅舅给了我在县城吃早饭的钱，我没有吃！"李正秀一听，心早痛了一半，道："你个傻瓜娃儿，舅舅给了你钱你不吃，钱又买不到命，你节约起做什么？"端阳道："我怕你在屋里挂念嘛！"李正秀道："我挂念你做什么？你又不是三岁两岁大的小孩了！"说完又道："哪里的冷饭？也不知道你没吃早饭就跑回来，早上我就煮了一个人的饭！你忍一会儿，妈马上就把饭煮出来！"说毕围裙一拴，就急急进了灶屋。

李正秀刚把火生起来，把水加在锅里，端阳却进来了，也端了一根小板凳在灶屋里坐下，像是等不及似的对李正秀问："妈，看你满脸喜气，是不是老叔答应给伍书记说了？"李正秀自从贺凤山家里回来，始终咧着嘴笑，一副笑弥勒相。此时听了儿子的话，才踌躇了一下，道："你老叔哪有这样快就去给伍书记说？他夸你有志气，叫你大胆去参加选举，他支持你！"端阳高兴了，道："妈，老叔真的是这样说的？"李正秀道："他不是这样说的，妈还在你面前撒谎？他说有一个人，妈不知道，不知道你认不认得，叫什么拿、拿什么仑……"端阳立即道："是不是拿破仑？"李正秀道："正是！"端阳道："妈，这个人是法国的，死了两三百年了，我怎么认得？他说过一句话，说不想当将军的士兵不是好士兵……"李正秀双手立即拍着大腿叫了起来："可不是这句话吗？你叔叫你要有远大理想！他说，才当的时候可能干得不太好，但年轻人只要有那个决心，肯去干，就一定能当好那村主任！"贺端阳听了，激动得双手握拳击打一下，跳起来道："知我者，老叔也！"李正秀见了道："看你像不像个小娃儿？还不快点来架火，我去淘菜！"端阳这才收敛了一些，坐到灶膛前的凳子上一边往灶里添柴一边听那灶膛里的火呵呵直笑。火光映着他一张年轻俊秀、青春四溢的脸，红苹果一般。

过了一阵，端阳方才慢慢冷静了下来，又一边烧火一边对李正秀问道："妈，你还没回答我，老叔是不是答应去给伍书记说了？"李正秀又顿了一下，方道："你老叔这个人，是包文正审案——铁面无私，他倒没答应去给伍书记说，不过，倒是叫你堂堂正正地去参加竞选呢……"端阳一听，便立即泄气了，道："说了半天，还是竹篮打水——一场空。他说的那些鬼大爷都明白，还不是糊弄你的！刚才灶孔里的火笑得呵呵的，我还以为他答应给姓伍的说呢，却是抱鸡婆哈糠壳——空欢喜一场！"又道："要是堂堂正正竞选能够顺利，还找他干什么？"李正秀道："娃儿，你也不要灰心！我跟你说，你命里就该当村主任，还怕什么？"端阳道："什么命不命的？命还不是靠人创造的！"李正秀道："你不信？我才找你凤山叔给你算了一卦，你真有当村主任的命！"说罢，便把去贺凤山那儿得来的卦象对儿子高兴地说了一遍。

谁知端阳听了，却并没高兴起来，反而说道："妈，你怎么相信那些？那些都是骗人的，我一点儿也不相信！"李正秀道："哪个说是骗人的？要是实现了怎么说？"说毕见儿子仍是嘟嘴马脸的样子，便将话题转移开去，也对端阳问道："你舅舅怎么说？"端阳一听，果然中计，回答道："舅舅当然鼓励我！舅舅说：年轻人就该这样，做什么都该去争个前头，哪怕扫茅厕都要扫到前头！"李正秀说："正是！你舅舅就是这样一个人，做什么都不服输！像你这样大的时候，天天跟在工作队的屁股后面，吃饭都喊不回来。工作组见他积极，才培养他当的干部！"端阳道："舅舅说，我就有点像他的脾气！"李正秀笑了起来，道："那就好嘛，俗话说得好，外甥像舅呢！"端阳听了这话也没回答，只盯着灶膛里的火发呆。李正秀以为儿子心里还在生贺世普不帮他说话的气，便又走过去道："我菜也洗完了，你一边歇着去吧！"端阳听了，果然站起身，拍拍衣服上的灰尘，满腹心事地走到堂屋，歪到椅子上继续发呆去了。

吃过午饭，端阳却突然对李正秀说："妈，明天晚上我要请几个客！"李正秀愣了一下道："请什么客？"端阳道："你别管嘛，反正我要请几个客！"李正秀道："不是年不是节，也没个事，你总要说个名目出来别个才得来哟！"端阳这才道："要个什么名目？就是我要参加选举，这个就是名目！"

李正秀听了犹豫了起来，过了半天才道："为个选举还要请客呀？这个我倒从来没听说过。"端阳道："怎么不能请客？我实话说吧，这是舅舅给我出的主意。舅舅说，要想竞选成功，首先要组成一个竞选班子，单靠我一个人的力量是有限的。何况我和你过去都不爱跟湾里人打堆。我呢一不会打牌，二不会吹牛，你怕别个说东道西，即使要也是一个人窝到屋里要。这时要参加竞选，就要和大家多打堆，拉好关系，到时候别个才能投你的票！"李正秀听了这话，急忙点头道："你舅舅说得倒是！可就为这就要请客，我们怎么请得过来？"

端阳听了，道："哪个叫你家家去请？舅舅说的是先请几个平时和我们要得好、又说得来的贴心人，组成一个竞选班子，一是帮我出主意，二是靠他们帮我出去宣传，三是替我拉票。舅舅说，一个好汉三个帮，一个篱笆三个桩，美国总统选举，别人还要组成一个竞选班子，开起车子出去拉票呢！"停了一下，又道："舅舅还说，这在法律上也是允许的！"李正秀听毕又叫了起来："到底是姜老的才辣，说到点子上了！那就请吧，不过你说哪些和你要得好，会是你的贴心人？"端阳道："妈，我就在想呢，平常我也没有和他们打堆，除了贺毅，这阵倒真想不出哪一个会真心真意帮我出主意呢！"说完又道："就看妈有没有？"

李正秀想了想，方道："你兴成哥该算得到一个嘛？"端阳道："他当然可以算！"李正秀道："还有你劲松叔和贺荣叔，你劲松叔连夜赶晚来跟你出主意，还不算和你贴心？你贺荣叔也是小房的人，平时待我们娘俩也不错，也没有外心，也算一个嘛！"端阳听完道："妈，他们当然可以算，可不能去请他们，请了他们也不一定来！他们是干部，如果贺春乾知道他们在帮我竞选，还不恨死他们？即使他们和我贴心，也只能在背后出主意！"李正秀听了道："也是这个道理，那就不请他们！还有一个人，昨天早上我到你老叔那儿去时，走到沟脚下看见他，我还有意跟他说起你的事，他说以后选举时就画你的圈圈！"端阳忙问："哪个，妈？"李正秀道："你善怀哥！他受了贺良毅弟兄的欺负，去找贺国藩解决，贺国藩却推五卸六，心里正在生气！他又是小房的人，你找他他肯定要支持你！"端阳一听，高兴了，道："好，妈，善怀哥靠得住，算上一个！"

说到这里，端阳又想起来了，道："这样说来，贺长军也可以算上，他也一样受过大房很多气，为小娃儿，还和贺国藩的女人吵了好几架。"李正秀道："你不说我倒忘了，长军人也聪明，那就把他算上。还有你世龙、世凤叔，都是一房的，又对我们娘儿母子好，可不可以算上？"端阳道："世龙、世凤叔当然算是我们一路的，可我们说的是建立竞选班子，这竞选班子就好像是一个领导集团，人既要年轻，又要聪明，世龙、世凤叔毕竟年纪大了，让他们进竞选班子不合适！"李正秀道："那就算了吧！"说完又道："那你世福叔和世财叔，一堆一块的，虽然不是很亲，可平时有个什么事也在互相照看，把他们算不算上？"端阳想了一想，道："也算上吧，妈！我虽然不确定他们会不会帮我出主意，但请他们吃了，总不会在背后拆我的台！"李正秀道："那好，就把他们也算上！"说完又问："还有哪些？"端阳却一时想不出来了，便道："暂时就定这些人吧，妈！我再去问一下贺毅和兴成哥，他们打麻将都有一个圈子，圈子里面的人都是铁哥们，平时有事也是你帮我我帮你。我把我的事给他们说了，他们觉得有靠得住的也可以带几个来！"李正秀道："你去给他们说的时候，不要让人听见了，不然就会闹得全湾都知道。"端阳道："知道就知道，这有什么，妈，又不是做贼，迟早都是会让全湾都知道的！"

李正秀听了，没再说什么，便来计算人数。算了一阵，李正秀道："准备一桌就够了！"端阳却摇了一下手道："不，妈，至少得准备两桌！"李正秀道："怎么要准备两桌？"端阳道："妈，你难道没有看到兴成哥他们打堆时，都是夫妇双双一起的？我们也不能只请男人，让他们把婆娘也带来。一是吃了夜饭他们好打麻将，二是你别小看了女人，有时她们的话比男人还起作用呢！"李正秀听后又犹豫起来，道："道理倒是这样，不过多一桌人就多一桌人的钱呢！"端阳急忙道："妈，你不要心疼钱！钱我这里有！"

说着，端阳果真像变魔术似的，从口袋里掏出一叠钱来，往桌上啪地一甩，接着道："这是五千块钱，够请几回客了！"李正秀一见，忙问："你是哪里来的这么多钱？"端阳道："妈，你放心，这钱绝不是儿子偷的抢的！"停了半刻，见李正秀还是百思不得其解的样子，方才道："明说了吧，妈，是舅舅给的！舅舅说，他也不在我们一个县，更不在一个乡，也帮不到我什么忙，但需要花钱给他说一声就是！"李正秀心放了下来，道："我说过不要花舅舅的钱了，你怎么还要他的钱？"端阳道："我也是不要的，可舅舅非要给不可！他说，他也是知道这竞选的，多少都要花些钱！舅舅还说，只要我能竞选成功，他脸上也光荣，花点钱是小事！"说完停了一下才又接着道："舅舅还提醒我们要请客就要大方一点，酒要买好酒，烟也要买好烟，一人一盒，不要一支一支地散……"

端阳还没说完，李正秀又叫了起来："天啦，光烟钱酒钱就要大过饭钱了！"端阳道："妈，这些你就不要担心了！等一会儿，我就去跟贺毅、兴成、善怀、长军哥几个人打个招呼，世福和世财叔那里，今晚上你去跟他们说一下。明天我一早就到街上把该买的东西全买回来，下午你就在屋里准备准备就是！"李正秀道："何必要到乡上去买，贺大龙的店里不是都有吗？"端阳道："妈，你怎么这样糊涂？贺大龙的店是个麻窝子，什么样的人都有，看见我们不是年不是节的买这样多的东西，肯定要怀疑。传到贺春乾和贺国藩的耳朵里了，给我们栽个贿选的名反倒让我们说不清了！"李正秀一听，急忙道："哎呀，那倒是的，我倒忘了这一层！你凤山叔的卦象上，就叫你要小心谨慎行事呢！"端阳道："妈，这话哪里还需要他说？昨晚上舅舅给我说了大半夜，把该说的话包括明天晚上请客时话该怎么说，舅舅都教我了。你放心，我心中自有数！"李正秀笑道："怪不得我说你娃儿今天怎么一下有出息了呀，原来是舅舅在点拨你！"端阳一听也笑了。母子俩说完话，便把明天该买的东西分别盘算了一下，端阳写在一张纸上，揣在口袋里，然后出去请客了。

四

第二天，贺端阳果然很早就来到乡场上。冬天的小场集市开市迟，场上除了几个卖菜的外还空荡荡的没什么人。店铺的门也还没开，只有卖肉的向屠户起得早，已经把三扇猪肉挂在了自己案板背后的吊架上。吊架用两根碗口粗的圆木插在街沿上事先开凿的榫洞中，圆木上边又各有一个榫眼，穿着一根挂着许多铁钩的像是屋梁一般的横木，三扇猪肉便用铁钩挂着。这种方式当地叫作卖吊案肉。吊肉的木架要用时便拿来插进街沿上的榫洞，不用时便取出来，不但十分方便，而且又适应了小场街道狭窄的局面。吊案的铁钩上除了三扇整猪肉外，还分别挂得有两副猪心子、四扇猪肝、两头猪的肺叶、四只猪腰子、两副毛连、两副舌子、两副猪肚、两笼猪大肠，另有几扇硬板油和如渔网一般花花眼眼的猪脚油，林林总总，展览一般。除了吊案上的三扇猪肉外，前面的案桌上还摆了半扇猪肉，向屠户此时正叮叮哐哐地剔骨。端阳见向屠户剔骨便没去打搅他，只把眼睛落到猪肉上，从猪脑顶、猪拱嘴儿、两耳间皮下的核桃肉、挨刀子部位的槽头，一直看到五花肉、腰黄肉、前肛、后腿、棒子骨，思考着该割一块什么样的肉。向屠户只专心地剔着骨，也没发现有人站在旁边，等剔完一只筒子骨准备将骨头往案桌下一只筐子里扔时，方才看见端阳，便笑着道："小兄弟割肉呀！"端阳道："就是呀，看见你忙也没打搅你！"向屠户道："你不要管我，你要割什么样的肉，我马上给你割！"端阳想了想，让向屠户给他割了几斤二刀肉放在了篮子里。正打算给钱，忽然想起母亲喜欢炸酥肉，炸酥肉当数腰黄肉最好，便又叫向屠户给割了两斤腰黄肉。向屠户一边割肉一边又有些舍不得地说："小兄弟，你把我一扇猪的瘦肉都割完了，我这肉怎么卖？"端阳道："还有这样多，我哪里就把瘦肉买完了？"说着付了钱，正打算离开，向屠户见肉一摆出来，便有人来开了张，且还没有还价，甚是高兴。又把刚才剔下的那根筒子骨也丢到端阳的篮子里，道："给，小兄弟，跟你搭个带头！你别看它莫得肉，炖汤安逸得很！"端阳谢了一声走开了。可还没有走到几步，卖豆腐的孙三娃儿刚好挑了豆腐担子过来。端阳一看那豆腐又白又嫩，还冒着热气，想必是才出锅的。想起昨天和妈盘算买哪些菜时，竟把豆腐忘了。便马上叫住孙三娃儿，又买了几块豆腐在篮子里方才离去。这时，两边的店铺陆续开了，端阳便过去买了酒、买了烟，放进背上的背篓里，又往下街刘罗锅的卤菜铺子走来。刘罗锅叫刘学平，五十多岁，是个箩箕背，因前两年有部电视剧演得很热，里面有个人叫刘罗锅，小场上人生性乐观，见了那个刘罗锅，便把他也叫了刘罗锅。这刘罗锅人长得不怎么样，却有一手祖传的做卤菜的手艺，尤其是他卤的鸭子远近有名，为当地一绝，人称"刘鸭儿"。端阳来到刘罗锅的卤菜铺子前，刘罗锅的生意正好开张，端阳先买了两只卤鸭子，后又拣了几样猪身上要紧的东西，诸如心、肝、舌、肚等内脏和耳、鼻、尾等小件，一样买了一斤，让刘罗锅分别装进塑料袋里。刘罗锅每装一样，端阳便往背篓里放一样，放毕才和刘罗锅结了账。出来又掏出昨日写的单子看了一遍，再去买了花椒、酱油、醋、味精等家里没有的作料，见无一遗漏了方才满意而归。

吃过午饭，李正秀便在屋里操持起来。她先去杀了那只喜欢爬小母鸡背的公鸡，剁成块，拌了料酒、辣酱、姜末、蒜泥、盐巴等作料，将锅烧红，将拌了作料的鸡块倒进锅里稍微炸了一下，让作料充分入味方铲起来，倒入一只瓦罐内，加上水，又加上早已发泡洗尽并切好的竹笋，文火煨炖起来。正做着，突然听得一个声音问道："他婶，忙不忙得过来？"李正秀抬头一看原来是肖琴站在门口朝自己问。李正秀自然明白肖琴问话的意思，便急忙笑道："他婶，有个什么忙的？还不是像平时一样，吃点粗茶淡饭。"肖琴道："有什么需要帮忙的，他婶就说一声！"李正秀道："没什么帮忙的，他婶，晚上和他叔早点过来就是！"肖琴道："他婶，我屋里那个人专门叫我过来看看你有没有什么做的。你别见外哟，见外累你自己！"李正秀道："一堆一块的，我见外什么？真的没有什么做的，他婶你回去忙吧！"肖琴听了方道："好吧，他婶，有事你就站在门口喊我一声就是！"说罢方回去了。

李正秀把上午儿子割回的猪肉拿出来用温水洗了两遍，正要切，肖琴却又来了，手里还拿了一根围裙。李正秀道："他婶，你怎么又来了，我不是说过没啥做的嘛？"肖琴说："他婶，我屋里那个人说了，一双手按不到两条鱼！你一个人又要烧火又要转灶，哪有不需要帮忙的？我回去，他还把我说了一顿。"说完又道："他婶，反正现在也没活路做，在屋里耍起还冷些，你就让我来跟你打个下手好了！"李正秀听了这话，方道："好吧，他婶，硬是不好意思，请你们吃顿饭，还要让你来出力！"肖琴道："这有什么，他婶，让我们来吃现成的才是不好意思！"说着，拴了围裙，看见李正秀要切肉，便道："他婶，这肉你打算怎么做？"李正秀道："我打算一半用木耳来炒肉丝，一半来滑滑肉，不过还没拿准是绿豆炖，还是用黄花菜炖，他婶你看用什么炖好？"肖琴想了一想道："大冬天的，也没有哪个需要清火，我看还是用黄花菜炖好，要不干脆用萝卜炖！萝卜吸油，也不油腻人。"李正秀道："那就用黄花菜炖吧，黄花菜也吸油！专门请客，让大家来吃一碗萝卜，那像什么话？"肖琴道："那有什么，他婶，现在大家的肚子里都不缺油水，吃点炖萝卜把肠子清一下还好些！"李正秀道："再是呢，要吃萝卜，哪家没有？"说完，见肖琴立在旁边，便道："他婶，反正你来了，我也不客气了，那你就来帮我切肉，我去把苵粉和黄花菜拿来早点用水泡一下！"肖琴果然去洗了手，过来接了李正秀手里的菜刀忙了起来。李正秀拿出一只干净盆子，去仓里的口袋里取了一把黄花菜，过来用温水发了。刚把水倒进盆里，屋子里立即弥漫起一股黄花菜的清香气来。李正秀又拿了一只碗去坛子里舀出一碗红苵粉，倒进一只瓦钵里，也用温水发了。肖琴早将端阳割回的肉，一分为二，一半继续留在案板上，一半正被她根据肉的形状、大小，削成或块、或片、或条、或丝等形状，都是极易于拌了苵粉丢入沸水中焯的。李正秀在一旁看见啧啧赞道："他婶，看你这手艺，该去城里当掌瓢儿的师傅才对！"肖琴听了红了一下脸道："他婶子莫讽刺我了，笨手笨脚的当什么锅儿匠？"说罢，将肉切好了，又放到一只不锈钢盆里，同样加上盐、酱、花椒粉、葱花、姜末、蒜泥等作料，用手拌均匀了，方将刚才李正秀发在瓦钵里的苵粉，再加上一些水，用手充分揉拌。揉拌一阵，提出手来，只见那苵粉吊在指头上，欲滴不滴的样子。肖琴才将拌好的肉倒进苵粉钵，又一阵搅拌揉搓起来。李正秀早去刷了锅，加了几瓢清水在锅里烧起水来。没一时，锅里的水便沸了，肖琴便将瓦钵端过去，将里面拌有苵粉的肉块、肉片、肉条或肉丝，一一放进沸水里。少时，锅里便翻腾起乌中透红、晶莹剔透，滑不溜秋的农家菜肴来。肖琴把瓦钵里的肉和苵粉全部丢入锅里后，李正秀又烧火煮了一会儿，方才用漏勺捞起来，倒入肖琴早已准备好的一盆清水中，又浸泡了一阵重新捞起来，倒入一只小锅内，将发好的黄花菜洗净也放进去，加上水，方烧火煨炖起来。

按下这两个女人在厨房里或煸、或炸、或爆、或蒸、或煮、或码苵等诸般烦事不提。却说到了黄昏时分，那请的客人便陆续来了。原来端阳怕办席容易请客难，下午又一一去请了一遍。端阳去请的时候，把自己的意思都对他们说明了。道你们要是肯帮我就来，要是不肯帮我我也不勉强，但大家还是好叔侄，好弟兄！被请的人都是小房的人，平时对大房都多有意见，现在又听说贺国藩要当村主任，心里更是不满。又听端阳说要去和贺国藩争这个村主任，好不好都是一房人，端阳这娃儿平时为人也正直，与其让了贺国藩当，不如让端阳当，又见别个恭恭敬敬来请两三回了，不去不是不给人家面子吗？于是便纷纷应承下来。不但如此，贺毅和兴成听了端阳的话，还答应把自己麻将桌上的好友贺勇、贺建、贺林、贺飞都叫来帮端阳出主意，端阳自是高兴不迭。

最先到达主人家里的是贺兴成两口子。李红一走到阶沿上，便皱起鼻子使劲闻了闻，然后故意大声道："婶，你煮的什么好吃的这样香，把我口水都逗出来了！"说着一头钻进了灶屋里。李正秀见李红来了，便也故意道："有什么好吃的？这样大一下午也不来帮你婶一下忙。你看，让你琴婶来忙了一下午！"李红马上笑嘻嘻地道："哎呀，对不起，对不起，让琴婶劳累了，我该打！"肖琴道："你别信你婶的话，我劳累什么？还不是像在屋里一样！"李正秀又对李红道："下午又在打麻将是不是？"李红仍笑嘻嘻说："婶，你说不打麻将做什么？"李正秀笑道："那麻将一打就是半天，屁股坐没坐痛？"李红像开玩笑地对李正秀说："婶，这要你来打了才知道痛不痛！"说着，见李正秀拿了抹布要出去擦桌子，忙过去抢了过来，道："婶，快给我来！侄儿媳妇来迟了，将功补过！"说完就走。李正秀满意地笑道："这还差不多，有点见识！"

正说着，贺善怀和贺毅也来了，一进门也对李正秀喊："婶，辛苦了，你煮起我们来吃现成的！"贺善怀还道："婶，吃什么饭嘛？我昨天就对你说过，我是一定要画端阳兄弟的圈圈的！"贺毅也道："就是，婶，又不是外人，选哪个都是选，只要给我们打声招呼，我们如果不选端阳老弟都不是人！"李正秀听了这话，又笑道："不选你们兄弟就吃不得饭了？"说罢，见他们的女人没来，便又对他们问道："董秀莲和池玉玲怎么没一起来？"

一语未了，便听见屋角两个女人的声音答道："婶，不好意思，我们来了！"说毕，人就已经到了屋里。贺毅就笑道："婶，她们脸厚得很，哪有不来的？刚才走到黄泥巴地那儿碰到一起了，就一路走一路叽叽喳喳摆龙门阵，也不知道哪有那么多摆的？"善怀的女人道："你管我们哪有那么多的龙门阵摆，你不是女人，你别管！"说着，便和贺毅的女人一起，也笑着钻进厨房找活儿干去了。

不一时，长军和他的女人程素静也肩并肩地来了。紧接着，贺勇、贺建、贺林、贺飞也都带着他们的女人相跟着来了，就只剩下世福和世财两口子。李正秀便对端阳道："去看看你世福叔和世财叔他们在做什么，怎么没过来？"肖琴听了道："去看他们干什么，这样近，他们不知道来？"话音刚完，却听得贺世福和贺世财弟兄已经在院子里应道："不用看了，我们来了！"肖琴听了出来责备道：

"你们又不是小脚女人，别个远些的都来了，你们这样近，大家都到齐了才来！"贺世财笑嘻嘻地道："嫂子，我们虽然来晚了，却晚得稳当！"李正秀见只有世财一个人来，便对他问："他叔，怎么只有你一个人，他婶呢？"贺世财道："你放心，他婶，她马上就过来了！"说完又道："她怕你们家碗不够，在家里清碗呢！"李正秀听了这话，马上道："哎呀，说是说，碗真还不够，我倒差点忘了！"正说着，果见世财的女人谢双蓉，捧了一叠碗走来。听了李正秀的话，便道："没关系，他婶，不够我就回去拿，这样近呢！"说着也进了灶屋。一时，男人们都聚在堂屋里东一句西一句地聊天，女人们都聚在灶屋里或帮着烧火、炒菜，或清洗碗筷杯盘。也有在灶屋里插不上手的，便也出来混在男人中间听他们摆龙门阵，偶尔答一两句话。

端阳见请的客人全都到齐了，心里非常高兴，便进自己房间里拿了烟来，先给每个男人发了一盒。男人们先都推挡不肯接，端阳便道："拿着，我就不一支一支地散了！"又道："抽盒烟有什么？"众人已是知道了端阳的意思，一边接了烟一边又道："端阳，吃了就算了嘛，还发什么烟？多不好意思！"端阳道："有什么不好意思的？烟酒不分家，你们下去帮我宣传，拉选票，总要给别人散支烟叫！"贺世福听了这话，便把烟往怀里揣，道："说得也是！"端阳见了笑道："叔，我是开玩笑的，以后做工作再说做工作的话，今晚上的烟是给你们抽的！"话音刚落，贺建将手里的烟盒翻来覆去地看了一遍，又凑到鼻子底下闻了闻，突然正正经经道："选了这样多回了，我今天晚上才意识到原来我们手里的选票还是很重要的！"端阳道："选票本身就很重要嘛，不过以往由上面定人选，我们只是当了一个画圈圈的木偶，所以才变得不重要了！"贺建道："有竞争才会显出重要，没竞争就显不出重要！"这话一说，兴成、贺勇、贺林、善怀，甚至连世福、世财都同意这个说法，纷纷道："就是，竞争都莫得，老百姓也没有选择的，反正你同意是同意，不同意也是同意，哪个会认为你的选票重要？"

说到这儿，长军突然像是想起了什么地对端阳道："老弟，村里选举委员会的名单贴出来了，你看见没有？"端阳一听这话，马上问道："贴出来了？贴到哪个地方的？我怎么没有看见？"众人也道："我们也都没有看见呀！"长军道："贴到村委会办公室楼上的墙壁上的，纸还没有半张报纸那么大。我也是今中午到村委会办公室找贺劲松问点事才看见的！贺劲松还在写什么，不过我没有问！"众人一听，又纷纷道："原来是贴到楼上的，不去办事，哪个会专门爬到那楼上去看！"端阳听了大声道："他们这是在应付了事！这样重要的事，怎么不用大纸写好，贴到大路边的村务公开栏上？"说完又对长军问："你看见那名单上都有哪些人？"长军道："还有哪些，就是那几个干部嘛！"说着，便把人名说了一遍。众人听了都不以为然地道："管他张三还是李四，反正都是走个过场，有我们老百姓屁事！"

端阳一听长军说的那些人名和贺荣那天晚上说的一点儿不差，心里不禁又生起气来，正想对大家解释，说选举委员会是很重要的，应该由全体村民推选时，李红、程素静等几个女人端了菜出来，大声道："先别说闲话了，等吃了夜饭再慢慢摆！"端阳一见，也便暂时把满腔的怒气压在心头，进屋去取出酒来，然后招呼大家道："来来来，大家都来围起！"喊了两遍，众人都互相看着，没人先往里走。李红端菜出来道："你们男人坐一张桌子，好唱酒，我们女人坐一张桌子，好吃菜！"长军听了这话，便和李红开玩笑道："嫂子前世怕是一只母猪！"李红道："是母猪怎么了？婶子今晚上弄这样多的菜，大家都要尽力吃！"端阳见他们只顾开玩笑却不往里面走，便又催促说："长军哥莫只顾说话了，带头往里面走！"长军一听便道："走就走，要吃的都快来，吃了好去搓几把！"几个男人一听这话，一边往里面那张桌子拥，一边把贺世福和贺世财两个长辈推到上席去坐了，才自己去寻了位置坐下。女人们上完了菜，也到另一张桌子上坐下了。加上主人每桌正好十个人。李正秀便站在一边笑道："怎么这样合适，连筛酒的人都没有一个！"兴成、贺毅、贺林等便也笑道："莫得斟酒的我们自己来！自己动手，丰衣足食，婶你放心，你累了一下午，自己也坐到吃！"说着便真的反客为主地抓过酒瓶，拧开瓶盖，在桌子上斟起酒来，端阳要去抢也没抢过来。李正秀一见，忙对端阳道："你硬是不懂事，坐到桌子上，还要你哥哥们倒酒！"又道："端阳年轻，各位叔叔哥哥就多担待一点！"众人说："婶，没问题，你们的意思我们明白了，选别人是选，选自己人也是选，我们当然要选自己人！我们肯定支持端阳，不支持就不会来了！"李正秀听了这话，便立即对端阳道："端阳，还不快敬你叔叔婶婶、哥哥嫂嫂一杯！"端阳听了，果然站起来端起酒杯道："叔叔婶婶，哥哥嫂嫂，我年轻，也不会说话，也没喝过酒，我感谢你们给我的面子，以后还望你们进一步支持我！一句话，我贺端阳绝不会忘记你们！我就照俗话说的，先干为敬，叔叔婶婶、哥哥嫂嫂也都把这第一杯酒干了!"说着果然把杯子举到嘴边，将酒倒进嘴里。喝毕便一边捶打胸口一边咳嗽起来，直咳得脸红筋胀。贺世福和贺世财见了便道："你喝不得就算了，我们自己能喝多少就尽管喝!"可贺毅、长军、兴成几个年轻些的却不依，道："那怎么得行? 你要当村主任，不把酒量练出来，乡上伍书记以后来了，你不喝，不是说你看不起他? 不行，不行，今晚上就开始练酒量!"李正秀见了，便对兴成、长军等笑着斥道："你们像不像当哥哥的? 还说要帮助他，这阵倒捉弄起他来了! 以后的事以后再说，今晚上别劝他喝了!"长军、贺毅、兴成等听了，方笑道："要得嘛，婶发了话，哪个敢不听?"说罢，不再开玩笑，只管一边吃喝一边议论正事。

吃了一个多钟头，一个个酒足饭饱，脸放红光，嗝声连连。把嘴巴一抹，兴成和他的两个铁杆麻友贺林、贺飞，便吵着要回去打麻将。李红正和几个女人帮着李正秀收碗筷、抹桌子，听了便对兴成道："你饭还在喉咙管，歇一会儿要不得? 没看见这样多的人都在帮婶收碗、洗碗吗?"李正秀听了道："你们男人要走便走，反正在这儿也是耍!"贺世财的女人谢双蓉听后笑道："他婶，别个现在都兴两口子在一起打，你让他们男的去放单线，李红侄媳妇心里不对你很大的意见?"端阳听罢，突然说："走一家不如坐一家，就在这里打叫!"兴成把屋子看了一遍，道："我们这样多人，起码要摆四副摊子，你这里连桌子都不够，怎么打?"端阳道："这有什么关系? 我到世福叔家里去扛两张桌子来就是，只是我屋里没有麻将!"兴成道："没有麻将有什么要紧? 贺毅和贺建住得近，跑回去把你们的麻将提来!"贺毅和贺建一听，果然应道："那你们等着，我们撒一泡尿的工夫就回来了!"众人一听，高兴了，不等端阳行动，早有贺世福、贺善怀、贺长军、贺林跑去扛桌子、端板凳了。这儿把场合摆好，女人们也七手八脚、心慌慌地洗完了碗筷，刚刚把手擦干，贺毅和贺建果然一人提了两副麻将气喘吁吁地跑来了。当下立即各寻牌友，男人们自动组合成了两桌，正要开打，却发现端阳不会，差了一人。贺家湾打麻将的规矩，每桌要五个人，四个人打，一个人轮流记账监督。女人当中，李正秀、肖琴和董秀琴均不会打，组成两桌不够，组成一桌又多出了两人。程双蓉一见，便主动提出不打，去灶屋里陪了李正秀、肖琴、董秀琴聊天，贺林便把李红叫到自己的桌上和他配了搭子。人手搭好以后，每桌各自议定了输赢大小，便鏖战起来。贺家湾打夜麻将的规矩，农忙时间不能超过十二点钟，可眼下因为是冬闲，地里没什么活儿，因而这天晚上众人直战到下半夜三点多钟方才结束。每个人站起来，一边长长地伸着懒腰、打着哈欠，一边向李正秀和端阳告别，各自散去。

第三章

一

　　端阳送走客人以后，尽管时间差不多要到凌晨四点了，到了床上却睡不着。先是见请来的客人都信誓旦旦地表态说支持帮助自己，心里便鼓起了一股志在必得的勇气，想到有这样多人做自己的左膀右臂，焉有不成功之理？年轻人想问题大凡只往好处着想，想着想着睡意全无，俨然自己已经当选，应该有一番鼓舞人心的就职演说才是！一想到就职演说，端阳猛地又想到长军说的那村选举委员会的名单已经贴出来了一事，且人员还是那几个干部，满心的欢喜便立即转化为怒火。想自己提了一番意见，有理有据，虽受了一顿奚落、嘲讽，但私下里还以为他们会回到依法办事的轨道上来。没想到宣布出来的名单还是外甥打灯笼——照旧（舅）。这说明人家根本没把自己放在眼里，也没把法律放在眼里！又想到他们把名单当儿戏一般贴在村民根本不容易看到的地方，又说明他们根本没把选举当作村民政治生活中的一件大事，只是敷衍了事，这也是极不对的！又想起刚才众人谈起这事时那种无所谓的态度，也觉得村民不该这样对待自己的政治权利！想来想去，觉得这都是村上干部没把《村民委员会组织法》宣传好、贯彻好的缘故。倘若把这部法律宣传贯彻好了，群众便不会这样冷淡地对待选举。群众不这样冷淡，一些人即使想违法也便没那么容易了！这样想着，端阳便又由愤怒转为了激动，一时觉得自己手握真理，正义在胸，身上的血液又沸腾起来，像是进入了一种冲锋的状态，决心要向村民好好宣传一下《村民委员会组织法》，也揭露一下贺春乾用指定的方式建立选委会的违法行为。决心一下，刚才脑海里那些准备用于就职演说的慷慨辞藻，便立马被新涌现出来的、具有煽动性和鼓舞性的宣言所代替了。很快，在端阳的脑海里便形成了一篇《告全体村民书》：

告全体村民书

村民同志们：

新的一届村委会换届选举即将开始了。从1987年《村民委员会组织法》试行以来，已经进行了四次村委会选举。前三次选举因为法律处于试行阶段，有些人没有认真按法律办事，我们不去说他们了。可从1998年开始，《村民委员会组织法》通过全国人大的修改就正式开始实施了。修订后的《村民委员会组织法》为村民实行自治制度，加强农村基层民主建设提供了法律保障。我们的国家是人民当家做主的国家，要进一步扩大基层民主。扩大农村基层民主很重要的问题是依法搞好民主选举，选出一个好的村民委员会。村民选举、村民自治既然是法律的规定，就必须这么做，而不是可做可不做。不但如此，我们不管在什么场合、什么时间、什么地点，都可以从电视上、报纸上，看见各级领导三令五申，要求地方一定要依法行事，将村委会选举工作做好，不得草率从事。这说明什么呢？说明中央对农村民主选举工作的确很重视。虽然上有政策下有对策有法不依的事屡屡发生，但是在这样的特殊时候哪个人要是敢顶风胡来，一定不会有啥好结果。上级不认真则罢，上级如果认真，弄不好头上的乌纱帽就会戴不稳了。

中央关于农村总的精神内容是加强农村社会主义民主政治建设，进一步扩大基层民主，保证农民依法直接行使民主权利，全面推行村民自治。在农村实行公正、公开、公平竞争的原则，实行民主选举、民主决策、民主监督、民主管理。具体讲就是农民自己当家选举自己的致富带头人，任何组织和个人不得指定、委派和撤换，农村的事务由农民自己来当家决策管理，对村两委进行监督。村务实行彻底公开，财务公开是重中之重。村里的重大问题和建设事项没有村民的同意，谁都无权决定。

村民同志们，实行村民自治是历史潮流，大势所趋。最关键的问题是我们全村村民应该立即醒悟，积极学习领会党中央精神，看清形势，勇敢地站起来，拿起法律武器来捍卫自己的合法权益。特别是这次即将进行的村民委员会的换届选举，要应当像关心自己命运一样来关心和参与，一定要选准自己的带头人、引路人，这是直接关系到我们的前途大事，机会难得，千载难逢，一定不要错过。当前最重要的是村选举委员会的产生，已经违反了《村民委员会组织法》。《村民委员会组织法》规定：选委会应由村民会议或各村民小组推选产生，任何人和任何组织都不能指派！可我们村的选委会并没有经过村民会议或村民小组，而是由少数干部指定的，这便违反了《村民委员会组织法》，我们希望重新成立经过村民会议或村民小组推举的选委会来领导村里的选举工作。

村民同志们，这绝不是什么无所谓的事，请振作精神，充满信心。路在自己脚下，权在自己的手中，自己决定自己命运前途的时刻已经到来了……

端阳一边构思，一边不时被自己大脑中涌现出的那些生动、美好又富有力量的词语和句子所感动不已，更是难以睡着了。此时，鸡圈里的另外两只公鸡先是在笼里拍打两下翅膀，开始引吭高歌，接着各处的鸡鸣声就此起彼伏起来。端阳明白天快亮了，干脆穿了衣服起来，找出一本过去在学校里没用完的作业本，把脑海里酝酿好的文字写了下来。决定等天亮以后，去村委会墙上看看，如果真像长军说的那样，那他就回来用红纸抄出来，贴到村委会的村务公开栏上，让村民都看看。他想，这篇《告全体村民书》一贴出去，说不定会让全体村民都对他刮目相看！写毕，端阳又看了一遍，甚为满意。这时才感到瞌睡袭来，可外面天已开始泛白，端阳也懒得脱衣服，便和衣躺到床上，不一会儿便睡过去了。

却说端阳睡去不久，便做了一个梦。梦见很多人都在围着他的《告全体村民书》看。一边看一边啧啧称赞，道："端阳，了不起！""端阳，好样的！""我们就选端阳做村主任！"说着，突然人们把他抬了起来，一面往天空抛着一面喊道："端阳！端阳！端阳……"端阳觉得很受用，正想让大家把他放下来，却感到有人在用力推他，大声道："还不起来！"端阳打了一个激灵，费力地睁开眼睛，看见是母亲站在床前，说："还不快起来把你世福叔屋里的桌子还回去，别个等会儿吃饭端起吃呀？"又道："睡得差不多就算了嘛！"端阳朝窗户外面一看，竹林笆里明晃晃的，便知今日已不像往天那样有很大的雾了，又知时候果然不早了，便揉了揉眼睛一骨碌坐了起来。李正秀见儿子还穿着羽绒服，便又嗔怪道："这样大个人，还穿着棉袄睡觉，睡得个皱巴巴的，像从酸萝卜缸里扯出来的，等会儿出去好不好意思？"端阳不好意思对母亲说写文章的事，便笑着道："哎呀，睡晚了，一倒到床上就睡着了！"说着，便下了床，将两只脚拱进鞋里，站起来一边摇动脚一边脚后跟往前移动，只几下便把鞋子穿在脚上了。可仍觉得两只眼睛又黏又涩，还十分困倦，便过去打了一盆清水，把脸埋进冷水里咕噜咕噜吐了一阵气泡，又用手撩起水浸在后颈窝上，然后猛地将脸抬起，使劲甩起头来，甩得水珠到处都是。甩毕，扯过洗脸的毛巾往脸上和脖子上擦了两把，方才觉得精神了些。这时，才将昨天晚上打麻将时从贺世福家里借的桌子、板凳，一一还了。跑了几趟回来，李正秀已将昨天晚上的部分剩菜剩饭热好。端阳本想将桌子、板凳还完以后，就到村委会去看看长军昨晚说的事，见母亲已将早饭端到了桌子上，不好说什么，只得先吃起早饭来。匆匆将一碗饭扒进肚子里后，甚至来不及漱一下口，便朝村委会办公室跑去了。

村委会办公室借用的是村小学的房子。贺家湾村小学从新中国成立后到前几年都是在贺家祠堂里上课，早已是破烂不堪。后来上面要求"普九"达标，贺家湾村民响应国家"人民学校人民办"的号召，在贺世海领导下家家集资，扒了老祠堂在原来的地基上，盖起了一溜几大间一楼一底的新学校。不但教室宽敞明亮，而且教师的办公用房、寝室、厨房也一应俱全，又均是一楼一底。建成的当年便顺利通过了上面的验收，成为全乡第一个"普九"达标的村级小学。可就在验收过后的第二年，学校的学生人数便少了几十个。原来，随着前些年计划生育政策的严格执行，那几年正是适龄儿童入学的低潮期，又加上大量农人外出打工，有的将孩子带到了打工地点上学，有的将孩子转到了城里学校，农村学校的生源便锐减了下去。以后又年年减少，许多班级甚至只有几个学生。上面的人见了这种情况，便又提出调整学校布局、整合教育资源的口号，动员将生源不足的村小学或关闭或合并，或将高年级的学生转到乡中心校就读，并在乡中心校搞寄宿制等等。贺家湾村小学学生最多时有二百多人，教师有七个，各个年级皆齐备，是全乡最大一所村小。可最后也只剩下了六十多人。中心校为了整合资源，又把三年级以上的学生全部转到乡上就读，如今只有三十来个一、二年级的学生还在村小上课。学生少了，教师走了，当初靠村民集资好不容易才修建起来的人民学校，如今只能是空气、尘埃和杂草的领地。就是当初给"园丁"们建的寝室、办公室也都空了下来。正在这时，村委会原来的办公室被大风把顶盖刮跑了，前任支书贺世忠便把学校教师楼上的寝室借过来做了村委会办公室。那楼下老师原来的办公室，还是留做现在的两个教师办公用。

贺端阳来到学校里，那教师原来的寝室就在大门左边，右边是原来给老师修的厨房和用餐的地方。学校是一个四合院似的封闭建筑，只有进入了学校大门才能上到村委会办公室。端阳走进学校时，学生们也来上学了。因为孩子太小，天气又很冷，因此有很多家长都送了孩子来。端阳一边和他们打着招呼，一边上了村委会办公室的楼。

到得楼上，果见那墙上贴了一溜纸。贴在最前边的，是三张 A4 的打印纸，最前面一张的上面印着一排十分醒目的黑体标题：第五届村民委员会换届选举宣传提纲。端阳一看，便知这提纲是县上统一发下来的，于是就细细看去。提纲开宗明义道：

> 根据《中华人民共和国村民委员会组织法》的规定，我县第四届村委会任期已满，须依法进行第五届村委会换届选举。本次换届选举，是《中华人民共和国村民委员会组织法》正式颁布实施后进行的第二次换届选举，能否搞好本次选举，直接关系到全县一百多万人民特别是农村人民群众的切身利益。为确保本次选举能够充分体现民意，希望广大选民积极参加选举，充分行使民主权利，并掌握好以下几个问题……

以下，便分门别类，将换届选举工作中的几个主要程序、村委会成员候选人的条件以及需要注意的事项，都一一印在纸上，分三大部分四十余条，条条简明扼要，让人一目了然。因那第二部分"村委会成员候选人条件"之规定，不久便会引起一场轩然大波，故先将此规定的内容照录于后：

村委会成员候选人条件

（一）年满 18 周岁，有选举权和被选举权的本村村民；

（二）热爱中国共产党、热爱祖国、热爱社会主义、热爱人民；

（三）遵守和执行党和国家的各项方针、政策和法律法规；

（四）履行村民义务，不拖欠集体款项，无劣迹行为；

（五）有发展农村经济，带领村民致富奔小康、组织村民开展依法治村的素质和能力；

（六）一般应具有初中以上文化程度；

（七）按照干部年轻化的原则，村委会成员一般不超过50周岁。

有下列行为之一的，不得作为村委会成员候选人：

（一）长期拖欠集体款项，不按时完成国家税收及提留、统筹任务的；

（二）换届选举前三年内违反计划生育政策的；

（三）换届选举前三年内，受过管制、拘役或劳教一年以上处罚的；

（四）换届选举前三年内，有过严重经济问题或其他问题，受到了党纪、政纪处分或追究刑事责任的；

（五）因经济或其他问题正被司法机关立案侦查或审查的；

（六）长期在外，不在本村工作的。

端阳逐条逐款地看下去，将内容铭记于心后，这才将目光移过去。果然就在县上的宣传提纲旁边贴着半张报纸大小的白纸，上面用毛笔写道：

公　告

根据《中华人民共和国村民委员会组织法》的规定和省、市、县、乡选举领导小组的规定，我村选举委员会已经成立，从即日起，主持换届选举的日常工作。现公告于下：

主任：贺春乾

副主任：贺国藩

委员：贺劲松、贺贤明、贺通良

贺家湾村选举委员会

2002 年 12 月 3 日

端阳见了，心里原有的怒气又不由自主地蹿了起来。看毕，又去看旁边县上的宣传提纲。那提纲在"选举工作中的几个主要程序"中，第一条便对村选举委员会的产生做了规定。那规定也很明确，村选举委员会的产生，是"在村党支部的领导下，由村委会主持召开村民会议或村民小组会议，推举产生村民选举委员会，主持换届选举的日常工作。"端阳这一对照，更觉得贺春乾错了，于是便想马上回去把《告全体村民书》抄写出来，贴到外面的村务公开栏上去。一想到村务公开栏，端阳便又突然想到县上的宣传提纲，可以说是换届选举的纲领性文件，但贺春乾既不开村民大会宣传，也不在喇叭上广播，却是贴在这里，又有几人看得见？何不把它揭下来，也贴到外面的村务公开栏上，让大家都能看得见！这样想着，贺端阳便真的轻轻去揭了那三页纸。揭罢想了一想，又去揭了那张村选举委员会的公告，咚咚地跑下楼来，向学校的曹老师借了胶水，便朝外面走去。村务公开栏就在村委会办公室背后、离学校大门不远的院墙上，不但送孩子上学的家长容易看见，而且外面就是一条大路，不管是到老湾还是到新湾，或是到贺大龙的店里买东西、打麻将，都是必经之路。当年上级要求村务公开时，规定各村的村务公开栏一定要建在醒目的地方，贺世忠见这里人来人往，便趁学校漆黑板时，也找人在墙上抹了水泥，砌了一个长方形的框，让学校顺便漆了。可做成之后，也没见公开过几次村务，倒是一些调皮的学生娃娃，在上面鬼画桃符似的涂了许多乱七八糟的画，或一些互相攻讦和谩骂的句子。端阳出来也不管这些，先在纸的背面抹了胶水，然后踮起脚尖在小孩撕不着的地方，找准位置贴了上去，这才满意地返身而回了。

回到家里，端阳迫不及待地到柜子里翻出去年过年写春联剩下的一张红纸。笔墨也现成，稿子又已写好，把纸铺在桌上便抄写起来。不一时便将一篇檄文样的文章抄好，并在文章后面郑重地署上自己的大名，一副好汉做事好汉当的英雄气概。墨汁干了，端阳便将纸折了起来，夹在胳肢窝里，又拿了刚才借曹老师没还的胶水，然后昂首挺胸地朝村委会去了。

端阳还在老远便看见那村务公开栏前果真围了许多人，在那儿看着他贴上去的县里的宣传提纲和村里的公告。正高兴着，忽听见从人群里传出了贺贵"非也、非也"的叫声，犹如和人争辩一般。端阳不知道发生了什么事，急忙跑了过去。等走近了，方看见贺贵亦如往常般涨红着面孔，指了宣传提纲说："非也，非也，国家正在强调依法治国，青天白日下焉能容忍如此违法之事哉！"众人中有人听了便道："贵叔，哪里违法了？"贺贵便指了宣传提纲中"村委会成员候选人条件"中"有下列行为之一的，不得作为村委会成员候选人"一至五条，一一念了出来。念毕，像是自己蒙受了耻辱似的，鼓凸着脖子上青筋大声叫道："这几条便违法了，是可忍孰不可忍！"众人中有人便道："怎么违法了？我们怎么看不出来？"贺贵道："愚昧！愚昧！如此明目张胆违法，尔辈竟能熟视无睹！"众人便嘲讽道："我们哪像你书都写了几口袋！这几条怎么违法了，你倒是给我们详细点拨一下！"贺贵一听这话，连眼睛也红了起来，脖子上的脑袋直晃，道："我且问诸位，照上面之规定，凡欠了国家和村里钱的；违反了计划生育政策的；受过管制、拘役或劳教的；受到了党纪、政纪处分或被追究刑事责任的，均不得当村干部是不是？"众人道："当然是，上面写得很明白嘛！"贺贵听了，直摇手道："非也，非也！《宪法》和《中华人民共和国村民委员会组织法》规定得明明白白：凡我年满十八周岁的中国公民，不分民族、种族、性别、职业、家庭出身、宗教信仰、教育程度、财产状况、居住期限，都有选举权和被选举权；只有依照法律被剥夺政治权利的人除外！上述诸人，难道他们被剥夺了政治权利吗？"众人一听有些明白了，道："没有！"贺贵道："既没有，又岂有不能成为村委会成员候选人之理？"众人中有人故意打趣道："可他们犯了错误，就是不能成为村委会成员候选人……"话音未落，贺贵急得满面通红，脖子和鬓角边的道道青筋如蚯蚓般蠕动，急切地辩道："非也！非也！人非圣贤，孰能无过？偶一犯错，便一棍子打死，岂符合党中央惩前毖后、治病救人之方针政策乎？既然上述诸人只是偶尔犯错，没被剥夺政治权利，还是我中华民族之合法选民，既为享有政治权利之合法选民，却又为何不能成为候选之人？且不说只是偶尔犯错之人，即使是监狱里正在服刑之囚犯，只要未被剥夺政治权利不都享有选举权和被选举权乎？"有人见他急得面红耳赤，便有意和他抬杠道："那照你这样说，监狱里的犯人也可以当乡长、县长、省长哟？"说毕又道："我们只听说过有乡长、县长、省长当了囚犯的，从没听说过有囚犯当了乡长、县长、省长的！你以为共产党的官，是随便什么人都可以当的？"说完又摇头晃脑学着他，直道："非也！非也！"贺贵知是奚落他，面庞变成了酱猪肝色，愤怒地道："尔辈无知，白费我口舌哉！我不再与尔辈争论，自找地方说理去！"说着，便动手去揭那县上的宣传提纲。

众人见他去揭，便道："不要撕哟，撕了看犯法哟！"贺贵却不管不顾，将那几页纸撕了下来，一边往口袋里揣，一边道："如此谬误岂能让它流传！"正说着，忽见贺劲松走了过来，众人便道："这下好了，贺会计来了！"贺贵道："来了便好，正愁他们不来呢！"

说着，贺劲松来到了人群前面，见众人聚集在这里，便问："你们在这儿干什么？"人群中有人便道："贺贵把县上关于选举的宣传提纲撕了！"贺贵不等贺劲松问，便掏出撕下的纸页递到贺劲松面前，道："非我想撕，实不得不撕也！"贺劲松朝贺贵手里的纸看了一眼，又看了看村务公开栏上选举委员会的公告，便朝人群问道："是哪个把它们拿到这儿来贴起的？"端阳听见问，本想出来答应贺劲松是他所为，但想了一想却没有吭声。贺劲松见没人答应，便又朝贺贵问："你把它撕了干什么？"贺贵见问，又展开纸页，指了上面几条如先前一般对贺劲松阐述了一番自己的理由，尔后便追着贺劲松，要他马上将这几条明显违反宪法的规定给纠正过来。贺劲松一听贺贵要他纠正，便觉得好笑，道："我有那个权力，不说到中南海，最起码也到省上去坐起了，还在贺家湾这个地方和你说话！"贺贵却是不依不饶，拉住了贺劲松道："你莫推责任，凡为官者，岂能不坚持真理？你且说说这几条是不是违法之规定？"贺劲松有些哭笑不得，说："又不是我规定的，我怎么知道违没违法？我实话告诉你这是县上发的，我们不过只是张贴一下！"贺贵听后仍是义正词严地道："你不要拿县上搪塞！如今法治时代，任何组织和个人都不能凌驾于法律之上！法律怎么规定就该怎么执行！《宪法》和《村民委员会组织法》既无此规定，这几条就一定得取消，方能彰显我法治社会的清明！你既为选委会成员，就该坚持真理、修正错误才是，岂能见错不纠？"贺劲松见贺贵把他拉着不放，生气了，便道："我说你这个人，你麻烦不麻烦？你要找就找贺支书去！他是选委会主任，要纠错也该他来纠错才是！"贺贵一听这话，果然放开了贺劲松，嘴里愤愤地道："你以为我不敢去找贺春乾不是？你看着我马上就去也！"说罢转过身便向外走去。却没防着端阳站在他的身后，一下把端阳怀里的大红纸撞着了。端阳急忙道："贵叔，你慢点嘛，把我的《告全体村民书》撞坏了！"

贺贵正急着要走，本不想答理端阳的，可听了端阳的话却站住了，对端阳道："告什么全体村民书？"说着，又看了端阳怀里的那卷纸。端阳听了贺贵刚才一番话，觉得十分在理。想先前自己也曾把那宣传提纲逐字逐句看了个遍，却也没发现有哪儿不对。可现在经贺贵一说，方才明白那些规定确实与《宪法》和《村民委员会组织法》相抵触了，心里对贺贵已是佩服得五体投地。但又想到这是上面发下来的，自己一时不好说什么，因此便只是听贺贵说，没有发表意见。现在听见贺贵问，便笑着道："贵叔，告啥村民书，你看了就知道了！"说着，看见贺毅也在人群里，便招手把他叫了过来，说："帮我贴起。"一边说一边把红纸展开，让贺毅提着，将有字的一面摁在墙上，自己在纸的背面涂了胶水，又和贺毅一起一人提了一只角，踮起脚尖，将纸贴在了村务公开栏靠近村选委会公告的旁边。端阳害怕纸掉了下来，用手掌又将四角压了压，方才退下来。

人群先前见贺贵撕了几张纸，又发表了一通议论，现在又见贺端阳贴出了一张大字报，也不知道上面写些什么，煞是觉得新鲜，便一窝蜂拥过去看起来，有人还念出了声。贺毅一边听人念，一边附在端阳耳边悄悄道："你怎么弄这个？"端阳道："发动群众、武装群众呗！"贺毅道："昨晚上你怎么不给我们说说？"端阳道："天亮的时候我才想起的！"

正说着，忽又听见贺贵拍着手大声叫了起来，道"后生可畏！后生可畏也！"众人没有理他，只见他又朝天空中挥着手，继续叫道："敢为天下言，真英雄也！"叫毕，突然又对众人问："你们哪个身上带得有笔？"有人听了便打趣他道："写书的人还没笔？"贺贵这次破天荒地没有生气，仍继续向众人求道。端阳见了便道："贵叔，我这里有笔，你做什么？"端阳以为贺贵要替他修改上面的文章，说着便把笔递了过去，又道："贵叔，你学问大，就帮我修改修改。"贺贵接过笔，却什么也没说，只在端阳的签名后面，笔走龙蛇，刷刷地写上自己的大名，然后把笔往端阳手里一扔，便昂着头，目不斜视地从人群中挤出来，朝前去了。

众人看完了端阳的大字报，有人在冲端阳笑，有人摇头，也有人点头，还有人在追着问："端阳，你这是什么意思？"端阳竟一时被众人看得有些不好意思起来。听见有人问，便道："什么意思还不明白？就是大家都要从昏睡中醒过来，珍惜自己的民主权利，选出村里的领导班子！"可有人却像不明白地道："我们没昏睡，醒着的呀！"还有人道："这些烂事情，难道还会像裁缝的脑壳——当针（真）？"还有人道："奇了怪了，石头要开花了！"端阳见一时半会儿和众人说不清，又被众人盯得不好意思，便过去拉了贺毅一下，悄声对他说："我在这个地方大家也不好说什么，我先回去，你在这儿听一下他们有什么反应，再来告我。"贺毅觉得端阳走了也好，便道："行，我听到什么就来跟你说！"端阳听后先去还了曹老师的胶水瓶，然后出来走了。

端阳回去坐下约摸半个多小时，心里正不知众人该怎么看他的行为，却见贺毅急慌慌地跑了来。端阳急忙迎了上去问："怎么样，大家说了些啥子？"贺毅道："还说什么，遭人撕都撕了！"端阳惊道："什么，撕了？哪个给我撕了的？"贺毅道："还有哪个？贺良毅呗！"说完见端阳目瞪口呆的样子，便又放轻了语气道："我跟你说吧，你走了没有好一会儿，贺春乾就过来了。看见墙上你贴的大字报，脸立马就黑得斧头也砍不透，什么也没说就走了。可过了没有多久，就看见贺良毅气势汹汹地从外面赶了过来，说：'敢攻击党支部，反了不成？'说着，哗啦啦几下就把你的《告全体村民书》撕得粉碎！"

端阳一听脸变青了，半响才咬着牙道："这肯定是贺春乾指使的，说明他们害怕了！"贺毅道："那你现在打算怎么做？"端阳道："他们能撕，我能印！那告村民书的底稿还在我这儿，明天我就到城里找一家打字店印它几百份，然后在明天晚上你叫上贺勇、贺建，我再去叫兴成、贺林、贺飞和善怀等，从门缝一户塞它一张进去。我不相信他们还家家户户去收缴不成？"贺毅道："办法倒是一个办法，可他们会更恼恨你了！"端阳道："有什么法？开弓已没了回头箭！如果我就这样无声无息地算了，别个还以为我怕了他们！"贺毅听后，道："也是这个道理，反正梁子是结下了，不如就斗个鱼死网破！好，明天你打印回来了就告诉我们一声，我们过来帮忙！"端阳道："那就要耽搁你们打麻将了！"贺毅道："一晚上不打麻将有什么来头？"又道："弟兄家就不说客气话了，反正你的事也是我们的事，就这样了！"说完，便告辞端阳回家去了。

二

吃午饭时，端阳把上午贴《告全体村民书》的事跟母亲说了一遍，李正秀听罢，先是十分心疼，道："怪不得你昨晚上穿起衣服睡，原来是写文章写晚了！"

说完又担心起来，接着道："这一下你和他们彻底闹翻了，他们人多，你可要小心一些！"端阳道："妈，我都不怕，你怕什么？"说完又把明天去县城打印材料的事给李正秀说了，说完又安排说："妈，明天晚上我叫了贺毅、兴成、善怀哥几个人来帮我往每家每户发材料，也不能让别人辛苦了就算了，还是要招待他们吃一顿夜饭才是！"李正秀听了这话，马上数落了起来："昨晚上才请了客，明晚上又要吃夜，不费灯草也费油，你以为不费事是不是？要照这样三天一请、两天一请的，我看你那个村主任没当上，家里就怕要被吃垮了！"端阳听了道："妈，你怎么只算这些小账，不算大账？你刚才才说了，我是彻底和他们闹翻了，要是我从现在起不和他们争了，别个还会说我怕了他们，把你儿子小瞧了！你过去也经常教育我说人争一口气，佛争一炷香，我现在就是在为你争气了，你怎么还小里小气？再说，现在的人肚子里也不缺油水，吃得到好多？不过是图个感情、热闹罢了！"又说："只要过了这个关键时期，以后哪个还这样经常请客？"李正秀听儿子说完，沉思了一会儿，方道："要招呼客也不早点说！要早说了，昨晚上剩的那些冷菜明晚上也还可以用嘛，这阵又要拿钱去买！"端阳道："妈，明晚没几个人，不搞那么复杂了，只要有那个意思就行！"李正秀听了不再言语，却在心里谋划起来。

下午，李正秀下地扯猪草，见谢双蓉也在旁边地里，正想打招呼，谢双蓉却先喊开了，道："他婶子，扯猪草呀？"李正秀呀了一声，正待说话，却听那谢双蓉又道："他婶子，听说端阳今天去贴了一张贺春乾的大字报，遭贺良毅撕了？"李正秀道："他婶，你也知道了？"谢双蓉道："全湾的人都知道了！"说完又道："难道端阳没给你说？"李正秀道："端阳和贺春乾无冤无仇，他贴他的大字报做什么？端阳是动员村民依法搞好选举！"谢双蓉道："原来是这样！"说着，就朝李正秀走过来放低了声音道："他婶子，你要跟端阳说一声，叫他多长个心眼儿！贺春乾是筛子做门——鬼点子多！还有，我悄悄告诉你贺良毅撕端阳的大字报，是贺春乾唆使的！"李正秀吃了一惊，道："你是怎么知道的？"谢双蓉道："是我屋里你那大兄弟在猫儿坪地里淋麦子亲自看到贺春乾从学校后门出来，到了贺国藩屋里，一会儿贺国藩就到贺良毅屋里去了。又没隔多久，贺国藩和贺良毅两个一起出来，贺良毅朝学校走去，贺国藩回家了。贺良毅到学校来，就把端阳的大字报撕了。你说，不是贺春乾和贺国藩唆使，贺良毅在屋里，怎么知道端阳贴了大字报，就专门跑来撕了？你那大兄弟叫我悄悄跟你们说一声，叫你们小心点！特别是贺良毅，别去惹他。他屋里弟兄多，心狠手辣，就像是一条咬人的狗，只要有人唆使他，他就会跳起来乱咬人！"李正秀一听这话，心立即绷紧了，却对谢双蓉感激地道："多谢他婶和他叔，我一定叫端阳注意！"说罢便扯起猪草来。

回到家里，李正秀心里惶恐不安，生怕儿子会出什么事一样，却又拿不出主意。想着，便又到贺凤山那儿，求凤山给端阳画了一道护身符。晚上，将护身符交给端阳，要他揣在贴身的衣兜里。端阳道："妈，这些纸片片，你说它们能做什么？能防枪还是能防刀？"李正秀道："管它灵不灵，两张纸片片，你揣在口袋里又不给它饭吃，哪儿就碍了你的事？"说罢，便把下午谢双蓉的话给他说了一遍。端阳却不以为然道："妈，其实我早就看出来了，是有人唆使贺良毅来撕的！妈，你放心，贵叔说得好，现在是法治社会，哪个人都要依法办事！要是贺良毅敢胡来，那法律也要管他！"这样说着，端阳还是把李正秀给他的护身符工工整整地折叠起来，放进了贴身的衬衣口袋里。李正秀见儿子将护身符放到口袋里，又见他说得那般肯定，心便安定下来。因头天晚上母子二人都耽搁了瞌睡，尤其是端阳几乎是一夜未睡，因此吃过夜饭不看电视，也不闲话，便各自上床睡了。

第二天吃过早饭，端阳便打算进城。临出门时，天空却飘起了蒙蒙小雨。那雨细如面粉，密如狗毛，将四周衬得阴霾一片。李正秀见了道："把雨伞带上，看把衣服淋湿了！"端阳走到院子里，仰起脸接了一阵雨丝，道："这个雨下不大，不用怕！"说罢便要走。李正秀急忙到里面屋子拿出一把折叠伞，追出来塞到儿子手里，道："万一落大了呢？放到包包里，又不占多大地方，带上要不得？"端阳只得接过伞，放到随身背的挎包里朝前走了。可刚走两步，脚下一滑打了一个趔趄，差点摔了下去。李正秀见了，又道："路都落滑了，这样远的路，稀泥烂垮的，你穿那鞋子走得去呀？"端阳低头看了一眼脚上的皮鞋，确是不适合在下雨天走泥泞小路，便没再和母亲说什么，回来换了雨靴，方才出去了。可没走多久，天虽仍阴霾着，雨却住了。因先前雨下得并不大，时间又不长，土路虽然有点滑，却并不泥泞。走着走着，那土路表面的一点雨水被下面的泥土吸干了，连滑也不滑了。端阳这才懊悔不该换了雨靴。到得城区，还没进入主城，街道和公路的水泥或柏油路面上没有一点下雨的痕迹，一个个红男绿女，帅哥靓妹，皆穿着油黑锃亮的皮鞋，或雪白如新的运动鞋，十分的轻松和潇洒。唯有他大晴天的，却穿了一双雨靴哐咚哐咚在大街上行走，让人一看便知是乡巴佬儿，不由得自惭形秽，不好意思起来。穿街过巷，进入正街，正街上又不知在搞啥活动。长长的一条街上两边均挂满了长长短短的横幅，横幅或红或紫，上面写着县级各行政部门的名字。横幅下面，都搭着一个有模有样的长条桌，有的桌上盖了桌布，有的没盖，桌上均摆放了很多花花绿绿的纸片，像是宣传资料一类的东西。桌子后面都坐了人，或端庄，或严肃，或看着路人暗自发笑，或东张西望、心不在焉，或互相交头接耳、低声谈笑……神态不一，表情万千。看见路人走来，人便从桌后欠身站起，或点头微笑，或拿了桌上的宣传纸片，用手示意路人来取。桌子前面，也有一等帅哥靓妹手捧了宣传纸片，专向那路过的老头、老太太和乡下人发放。端阳因那脚上的雨靴十分引人注目，一入正街，便有发送材料的哥们和姐们走来，直往他手里塞。端阳不好拒绝，只得接过来放进挎包里。不一时，那挎包便装满了，端阳只得用手拿着。等走到街尾，手里也便拿不下了，看见旁边有只垃圾筒，里面已经塞了半桶纸片，正打算过去将手里的纸片也塞到里面时，突然一个扛摄像机的男记者和一个手持话筒的女记者跑了过来，女记者拦住了端阳道："同志，我们看见你手里拿了这样多宣传资料，我们想采访你一下。"端阳经常看电视，一眼便认出了是县电视台的那个美女主持人。因怕男记者把自己脚上的雨靴摄进去了，便摇着手道："你不要拍我，我不知道说什么。"说着便要走。可美女主持却不依不饶，又抢在他面前道："同志，不要紧，我就只问你一个问题：你对这次活动有什么看法？"端阳见摄像机只对准了他的脸，开始放心了一些，又经常从本地的电视新闻上看过这一类活动的报道，便顺口说道："这个活动开展得很好，很及时，很有必要，我们人民群众深受鼓舞，希望以后多开展一些这样的活动，让我们人民群众受教育！"美女主持似乎很满意，这才收了话筒离去。端阳等他们走远了，才过去将手里的纸片全部塞进垃圾筒里。旁边一个人问他："小兄弟，你知道今天开展的是什么活动？"端阳道："什么活动？我还没来得及看手里的材料呢！"那人道："是宣传什么维稳工作，不让老百姓越级上访的！"端阳道："原来是这事！"那人道："你刚才还说多开展一些这号的活动，多了就不好了！"端阳道："那我刚才的话是不是说错了？"那人道："错倒没错，不过你那句让人民群众受教育的话该改一个字才对！"端阳道："改哪一个字?"那人道:"受教育的育字!毛主席那时才是说教育人民群众,现在是教训人民群众了!"端阳一听这话觉得新鲜,便道:"我还是头一次听到这话,可改成让人民群众受教训,我总觉得不对呀!"那人道:"有什么不对的?你没去上访,所以觉得不对,你要是去上访了,就知道对不对了!把你抓回来关到拘留所,又是打你又是让你饿的,你得到了教训自然就不会去上访了,这不就是让人民群众受教训吗?"端阳一听这话,便知那人可能是个上访户,吃过那种亏的,因此才那么说,于是不再吭声转身就走。没走两步,想起自己又不上访,挎包里的资料要起没用,于是又走回去,从挎包里掏出那些纸片瞥了一眼,一张紫红色的纸上印着《信访工作条例》,一张蓝色的纸上印的是《坚持合法上访,反对越级上访》,果然全是关于上访的,便全部塞进垃圾筒里去了。

从正街拐进一条横街上,街上一顺溜十多家打印和复印店。这街上怎么有这么多打印和复印店?原来县委、县政府就在这条街上。县委、县政府管辖的部门原来都有各自的打印人员和设备,可这些年来,各单位的打印人员端着铁饭碗,工作却常常拖拖拉拉,不能及时完成领导交办的任务。这倒也罢了,眼下哪个单位办事,不是懒牛拉破车——慢腾腾的?只是那设备隔三岔五便坏了,那耗材也是今天方买回来,明日便又没了,一年下来只那设备的修理费就够重新购买若干台新设备了。令领导十分伤脑筋,一气之下,倒不如拿到外面打印划算。当此时,又有领导的亲友或家属,看到了此商机无限,便纷纷在这条街上赁房开起打印店来。如今不管单位大小,皆依靠文山会海推动工作,打印店有了那些大大小小的单位做后盾,生意自是不愁。大大小小的单位,又依托亲友或家属的打印店,保证了单位的正常工作,且又肥水没流外人田。单位原先的打印人员,原只是一工勤人员,在单位中自是不起眼之人,如今不再干打印营生了,或成日赋闲取乐,或下海经商赚钱,或在家抚育子孙,其国家俸禄又一分不少,自是乐得。还有一等人或转行干行政,在前来办事的黎民百姓前指手画脚,其地位远在原来工勤人员之上,又岂有不自豪之理?这三方各得其所,各得其利,皆是满心欢喜,同声高歌改革开放好。

且说端阳想找一家生意比较冷清的店,早点打印完毕好回去,可顺着街头走到街尾,家家店里都是门庭若市,生意十分的兴隆。好不容易找到一家,大门里面摆着两台复印机,右边复印机后面,顺墙一溜摆着五台电脑,有四个姑娘,正在电脑前噼噼啪啪地敲着键盘。左边复印机后面又是一台打印机。端阳见这里还有一台电脑空着，便走进去道："打印一份材料，搞不搞得赢？"话音刚落，从里面走出一个老板模样的女人，三十来岁，白白胖胖，笑着问道："什么材料？"端阳便摸出《告全体村民书》的底稿交给了女人。女人匆匆看了一遍，又问："印多少份？"端阳说了一个数字。女人一听端阳要印这样多，立即眉开眼笑道："搞得赢！搞得赢！"当下端阳便和她谈妥价格，道："你们要搞快点，我还要走二十多里路回去呢！"女人还是笑吟吟地道："你放心小兄弟，你这材料的字不多，要不了好一会儿就给你打印出来了！"说完，便对旁边一个正敲击着键盘的姑娘问："小敏去交封信，怎么这么久了还没回来？"旁边姑娘道："哪知道？她说去交了就回来的！"听了这话，老板样的女人便回头对端阳说："小兄弟，你稍等一会儿，那台机器打字的姑娘去邮局交封信，马上就回来了！"

端阳一听，方才明白那台空着的电脑是因为人没在店里，正准备再催老板一遍，忽见一个十八九岁的圆脸盘姑娘一头扎了进来。老板一见，便有些不高兴地责怪道："正说你呢，你就回来了！正搞不赢，交封信就交起去了！"说完，便把端阳那篇《告全体村民书》交给了她，并道："麻利点儿打出来，别人在这等着要呢！"说罢端阳努了一下嘴。女孩也朝端阳看了一眼，便急着去开电脑。一边开一边道："我巴不得早点回来呢，可遇到一个交信的怪老头在那里和邮局的人吵架，吵得个脸红筋胀，把后头所有交信、取包裹的人，都耽误了！"

旁边的姑娘一听圆脸盘姑娘的话，甚觉稀罕，便一边敲击键盘一边头也不抬地道："这就怪了，交封信还和邮局吵架，为什么？"圆脸盘姑娘开了机，一边往显示器旁边的一个夹板上夹端阳那《告全体村民书》的底稿，一边道："说起来你们可能不相信，那老头的信是寄给国家主席的！"旁边姑娘道："寄给国家主席的又怎么了？"圆脸姑娘坐下来，也开始了敲击键盘，道："人家不给他寄呀！"旁边姑娘又道："怎么不给他寄？"圆脸姑娘道："我怎么说得清？反正我进去的时候，运气不好，就碰到那老头在我前面，拿出一封信对邮局的人说要交挂号信。邮局的人把信接过去，看了一遍上面收信人的地址和姓名，像是吓住了一样，便对老头问：你这信寄给谁？老头说：寄给谁上面不是写着吗？邮局的人把老头盯了两眼，便又沉着脸问：里面写的什么？老头说：向国家主席反映我乡我村的干部在选举中违背国家根本大法，企图剥夺我公民的政治权利一事！邮局的人一听这话，马上说：拆了，我们要看一看！老头红了脸，说：没听说过邮局要检查公民的信件！邮局的人说：邮局有责任保卫国家主席的安全，要是恐怖分子给国家主席邮寄化学毒品，怎么办？老头气得打起战来，说：污辱我良民也！说完要过信件，扑哧撕开信封口，抽出几张纸来给邮局的人看。邮局的人将信看了一遍，突然对老头说：这信我们不能寄！老头急了，问邮局的人为什么不能寄？邮局的人说：你这是属于越级上访，上面有规定，上访要一层一层地来！老头大声叫了起来，说我是堂堂国家公民，《宪法》规定公民有通信自由之权利，你们这是在侵犯公民之权利！邮局的人说：《宪法》有这样的规定不假，可我们每个国家公民又都有维护国家稳定的义务。都像你这样屁大的事情都向国家主席反映，国家主席哪还有精力来管治国理政的大事？老头说：国之大法规定的事，在尔辈眼里还是小事，真是岂有此理！邮局的人说，不管你怎么说，这信就是不能寄！老头一听这话，一下跃到了柜台上，直直地躺了下去，说：你今天不还我通信自由之权利，吾将死在此地矣！邮局的工作人员没办法，把旁边邮政储蓄所的保安喊来，也不管老头如何大喊大叫，生拉硬拽地将他推到街上，我才交了信。不然，恐怕现在都没有回来！"

端阳在一旁听完，心里便隐约猜道可能是贺贵，但又不敢完全肯定，便立即对姑娘问道："你说的那老头有多大年纪？又长得什么模样？"圆脸姑娘道："怕有六十多岁的样子，戴一副镜片很厚的眼镜，有点儿像个有学问的人……"端阳一听，心里便完全明白了一定是贺贵，便对女老板道："你们抓紧给我打印出来，我出去一趟，一会儿就来拿！"女人道："小兄弟你放心出去赶场，等个把小时你就来拿，一定给你打印出来！"端阳听罢，也不说什么，出来便急急忙忙地奔邮局而去。

来到邮局营业室，已没有了贺贵的影子，只有一个寄包裹和一个寄信的人。端阳等他们办完业务走后，才来到柜台前面对里面的营业员问道："我问一下，刚才有个在这里吵闹的老头到哪儿去了？"柜台里面坐着两个女人，一个年龄稍大，一个年龄稍小，一个稍胖，一个稍瘦。年龄稍大、身体稍胖的女人听了端阳的话，抬起头来将端阳从上到下认真看了一遍，突然从那眼睛里露出了两把刀子似的光芒，像是对待犯人一样，对端阳问道："你是他什么人？"端阳突然语塞了，道："这……"女人不等端阳说下去，便又恶狠狠地道："你们是怎么当后人的？一个神经病人都看不住，让他出来到处乱跑，扰乱社会治安！"端阳一听这话，也红了脸，想和女人吵上一架，但又一想要是和她吵起来，只怕自己也会被当作神经病人。于是便在心里回骂了一句道："你才是神经病！"一边心里骂，一边返身走出了邮局营业室，又到街上寻找起来。

那在邮局营业室吵闹的老头确是贺家湾的贺贵。原来，贺贵在昨日上午拿了从村务公开栏上撕下来的《换届选举宣传提纲》，怒气冲冲地去找贺春乾理论。没走上多远，正碰上贺春乾倒背着两只手朝村委会办公室走来了。贺贵一见，立即从口袋里掏出撕下来的宣传提纲，指了上面的规定，把自己在村务公开栏前对众人所述之理，又慷慨激昂地阐述了一遍。说毕，又一定要贺春乾立即加以纠正，以维护法律之尊严。贺春乾见他撕了宣传提纲，心里已大为不快，如今又见他缠着自己不放，更生了气，大声道："你是不是疯了，吃柿子专拣软的捏？那是上面发下来的，又不是我规定的，你要觉得哪个地方有问题找上面去，找我闹算什么？"贺贵一听，便又气昂昂地道："找上面就找上面，你以为我贺贵就不敢去找！"说罢，竟真的松了贺春乾，朝乡上走去。

到了乡上，伍书记正在召开乡干部会，贺贵自恃有理，又正在气头上，也不管他是什么会，一头冲进会议室，掏出怀里的材料啪的一声拍在桌子上，便脸红脖子粗地大叫："光天化日之下，竟敢胡言，尔辈眼里还有没有法律？"伍书记认出了是贺贵，知他言行有些乖戾，却不知此时又是出了什么事？便停下讲话对他说有什么话慢慢讲。贺贵却不想慢慢讲，不待伍书记话完，便怒发冲冠，口若悬河，舌似利剑，一时又是背诵《宪法》，一时又是援引《村民委员会组织法》，逐一指出了《宣传提纲》上的违法之处。伍书记一听算是明白了，便对贺贵道："你说得不错，可你明白不明白计划生育是基本国策，也有法律规定不能超生。如果超生了就是违反了计划生育法规！不让违反计划生育法规的人做村委会成员，我们正是在按法律办事！其他几条，也是如此，都有具体的法律依据，我们怎么违法了呢？"

贺贵脸涨成一根紫茄子样，叫道："强词夺理，怪不得我朝法律在尔辈手里变样了矣！计划生育法规虽规定了对超生的处罚，却并未剥夺超生者政治权利，焉能不享有被选举权？其他几条，更不值一驳！"伍书记见一个乡下老头竟敢在众多干部面前如此批驳他，心里早已充满怒火，却又不便发作，只得黑了脸厉声道："怎么不值一驳？"贺贵并无惧色，道："《宪法》和《村民委员会组织法》明明规定得很清楚，除了依照法律被剥夺了政治权利的之外，都有选举权和被选举权！这'除外'和'都有'四字，已对一个人的选举权和被选举权界定得分外清楚！除此之外，任何另外的'资格条件'皆是蔑视我堂堂国之大法！尔身为一方百姓之父母，岂能连这点也不明白？还是快快将谬误纠正了吧！"伍书记再也忍不住了，忽然一拍桌子，怒道："混账！你酸文假醋的有什么资格指挥我修改上面的文件？出去，我们要开会！"贺贵不走，却乜了伍书记一眼气愤地道："有错不纠，岂有此理？"又道："宪法规定中华人民共和国公民人格尊严不受侵犯，我乃国家遵纪守法之公民，你刚才骂我混账，侵犯了公民的人格尊严，违反了国家的根本大法！按照这上面的规定，你也不配做党委书记，快快辞职才是……"还没说完，伍书记气得铁青着脸，又猛地拍了一下桌子，对屋子里的下属叫道："快给我把这个疯子赶出去！"喊声未落，果然过来几个壮汉，拉的拉推的推，将贺贵拖到会议室门外，哐的一声关上了会议室的铁门，任贺贵在门外捶胸顿足，骂爹骂娘，只是不管他。

　　贺贵在门外发泄了一阵，见人家压根不再理他，没办法，便只好折身回了家。回到家里，心里的满腔怒气仍难平息。想宣传提纲上的规定明明违法，他却为什么得不到贺劲松、贺春乾、伍书记的支持？得不到支持倒也罢了，却还受到姓伍的一顿伤害，被赶出门外，真乃人生的奇耻大辱也！如此下去，天下哪还有说理的地方？如没有说理的地方，国家大法制定起来岂不是聋子的耳朵——摆设？如果不是摆设，那就一定要依法办事，这才是我中华民族之幸！这样想着，贺贵就坚定了一定要抗争到底的决心！想此处不讲理，自有讲理处。何人最讲理？国家主席就是依据宪法选出来的，应是最尊重法律之人，何不写信于他，定能获得他的支持！又想那国家主席堂堂一国之主，又岂是贺春乾、伍书记等鼠辈所能望其项背的？到时他朱笔一挥，玉宇澄澈、四海清明，看你何人还敢乱我中华法纪？这样一想，贺贵竟如小孩一般喜得手舞足蹈起来。事不容迟，说干就干，便马上去找出纸笔来，不假思索，文思就如江河潮水而至，便在纸上挥毫泼墨起来，道是：

主席先生：

草民贺贵，乃贺家湾村一遵纪守法之公民。吾村于近日启动第五届村民委员会之换届选举，吾于今日得见村选举委员会张贴之《换届选举宣传提纲》，对其村委会成员候选人之资格规定皆严重违反吾国之大法《宪法》和《村民委员会组织法》之规定！天下兴亡，匹夫有责，吾发现之后，数次苦口婆心向村、乡干部指出该《提纲》规定之谬误，恳请其修正错误，以还吾《宪法》和《村民委员会组织法》之尊严！殊不知尔等宵小之辈竟不以国法为大，百般搪塞，还对草民施以嘲讽、谩骂，侵犯草民之人格尊严，是可忍孰不可忍！想我中国，过去法纪纲常被废，方让奸人当道，民穷国弱；目今依法治国，方迎来国泰民安！宪法者，国家根本也，既有宪法，便应遵守，又何来在规定之外搞另外标准？岂不是未把宪法放在眼里？主席乃一代明主，人人称颂，草民斗胆进言，望主席先生能于百忙之中，俯察民情，对胆敢蔑视吾国法并不思悔改者，坚决绳之以法……

接下来，贺贵就将那宣传提纲上的诸条，一一摘录下来，并依法加以批驳，竟洋洋洒洒写了几大篇，写毕以后，十分满意，便于今日一大早赶到城内，直奔邮局。没想到那县上十日前有几十个房屋拆迁户还没签合同，房屋便被人强拆了。这一来惹恼了拆迁户，在一个晚上几十个人爬上火车，到了北京上访。县上闻得消息，又是派干部，又是派公安，组成浩浩荡荡的截访队伍连夜赶到北京，在一家地下旅馆里将这些上访人员阻截并强行带了回来。人虽带回来了，可县上不敢丝毫放松警惕，一方面派人将这些拆迁户严密看管，另一方面层层召开会议，开展声势浩大的"维稳"宣传活动。邮局也便得到了上级的秘密指示，凡是县境内公民寄往北京各部、委的信件，一定要先弄清信件内容是否是上访和反映情况的，如不是方能寄出。贺贵的信封上，赫然写着的收信人地址和姓名，让邮局工作人员吓得不轻。偏那贺贵又老实承认了信的内容是反映乡、村干部在选举中违背国家法律的事！这样的信，邮局工作人员当然就不敢收寄了。于是，贺贵便在邮局营业室里和那工作人员吵了起来，还企图以死相抗。

贺贵被邮政储蓄所的两个保安架着胳膊拖出来扔到街上，急得脸青面黑，却又没办法。一个看热闹的人便对他道："老人家，你有什么情况反映，到县信访办去，你在这儿和她们闹一点作用不起！"又道："你知不知道信访办在哪里？在县政府里！你去找他们，不要怕！"贺贵听了这话，觉得自尊心又受到了伤害，于是又鼓起了眼睛道："草民也是国家一主人，何怕之有？"说罢真的就往县政府那条街而去。走了几步，又回头对邮局营业室的两个女人喊道："你们等着，有人会来找你们的！"喊毕才走了。

来到信访办，屋子里挤满了人，有人正在哭诉。贺贵进去也不管别人，只顾喊："申冤！快替我申冤！"信访室一个干部见了便道："你喊什么？坐下，没听见别人正在说吗？"贺贵却是直着脖子气冲冲地道："尔辈焉知受冤屈者之心情乎？"信访室一个领导模样的人见贺贵戴一副比啤酒瓶还厚的眼镜，说话又之乎者也文绉绉的，便以为是哪个学校的教师或受过教育的知识分子，便站起来叫了先前说话的那个干部，把贺贵带到了另一间小屋子里，让他坐下了，才对他道："老人家，你有什么事现在说吧！"

贺贵一听，不觉又怒从心上起，便把在邮局营业室的遭遇，愤愤地讲了一遍，然后要求信访办责成邮局营业员给他赔礼道歉，恢复他通信自由之权利。信访办的领导和干部听了他的话，却一点儿也不惊诧，一副无动于衷的冷淡神情，倒是对他讲的信感起兴趣来。那干部道："老人家，把你给国家主席的信让我们看看行不行？"贺贵道："怎么不行，正要你们出面理论呢！"说罢，便从口袋里掏出了已经揉皱的信，递了过去。

干部看了也没动声色，又交给了领导模样的人。领导模样的人看了方说道："老人家，不是我说你，这样的事你给国家主席写信干什么嘛？国家主席哪有精力看你这些信？"贺贵道："非也！你不是国家主席，安知国家主席不看我的信？"领导模样的人一听这话，竟有些语塞了，过了一会儿方道："老人家，宪法上也确是这样规定的，可宪法又赋予了各级地方人大常委会立法的权力。也不瞒你说，这宣传提纲上对村委会成员候选人资格的限制，是经过县人大常委会讨论，县选举领导小组同意作出的，目的是为了推动农村各项工作！比如说计划生育工作，上面对我们各级领导都是一票否决，难道我们不能对那些超生对象实行一票否决？"贺贵仍道："非也！法者，有大法、小法，亦有上位法和下位法之分。两法相衡，应取其大法和上位法！宪法乃国之大法，《村民委员会组织法》乃上位之法，岂有可不执行之理？"信访办干部似乎有些不耐烦了，道："你老人家只知其一，不知其二，岂不知我国计划生育条例中亦有规定：对于违反计划生育政策的，农村人口不再增加宅基地面积，在村民委员会和乡村集体经济组织任职的，要依法予以罢免或辞退！"贺贵道："那就予以罢免和辞退好了！"那干部似乎找到了充足的理由，便笑着对贺贵道："这就对了，既知选上后要被罢免，不如在选举当初，便在资格上做出限制，省了以后又去罢免不是更好吗？"话音刚落，贺贵又像是急了，急忙摇手道："非也，非也，怎发如此谬论？我问你，你会不会死？"那干部不懂其意，道："怎么不会死？"说完又道："人岂有不死的？"贺贵立即道："既知以后要死，当初又何必生？岂不也是脱了裤子放屁——多一道麻烦？"干部竟不知如何回答了。贺贵又道："那没有被剥夺政治权利之人，不管犯了多大错误，允许人家做候选人，人民之政治权利和国家民主之精神之体现也；对犯了错误之人依法罢免，国家法治精神之体现也，二者岂能混为一谈？"

领导模样的人听了贺贵的一番话，又瞧了贺贵一番，语气马上变得亲切起来，笑道："老人家你说得太有道理了！说实话，我们也觉得县上这个规定和宪法有些抵触，但没有你想得这样深刻！你说的这个现象不但在我们县上有，在全国很多地方都存在，确有向党和国家领导人反映的必要！这样，你把你的信给我们，由我们转交给国家主席你看如何？"贺贵立即高兴了，道："你们真的能替鄙人转交？"干部立即指了领导模样的人道："这是我们熊主任，他说了能转交就能转交！"领导模样的人也立即点头道："你放心，我们一定把你的信转交上去！"接着，从抽屉里拿出一个特大的牛皮纸信封，又拿出一支笔，递给贺贵道："你老人家重新把地址和姓名写上吧！"贺贵立即喜出望外，急忙接了笔，在信封上写了字，交给了领导模样的人。领导模样的人当着贺贵的面，用胶水把信封封了，然后放进抽屉里，才对贺贵道："你老人家今天给我们上了一课，非常感谢你！信明天我们就发出去，你老人家现在就放心地回去吧！"贺贵听了急忙站起来，感激地对领导模样的人鞠躬道："谢谢！老夫终得遇有识之士了！"那人道："不用谢，老人家！"说完又对那干部道："小王你把老人家送出去！"那叫小王的听了向贺贵做了一个请的手势，道："请，老人家！"贺贵见人家彬彬有礼的样子，果然满心欢喜地和那干部一起走了出去。那领导模样的人见贺贵走出了大门，便从抽屉里拿出那信塞在碎纸机里，开动机器，一边听那机器的声音一边口里道："神经病！"没一时，贺贵那信便全化作了纸屑，进了碎纸机的肚子里。

贺端阳在邮局营业室里没见着贺贵，便到街上来寻找，一连找了几条街，也没见着贺贵的影子，又不知他在哪里。找了一阵，估计自己的材料可能已经打印出来了，于是便不再无头苍蝇似的寻找，重新回到打印门市上。材料果然打印出来了，女老板正等着他来取。端阳一见十分高兴，也不清点，便将材料装进挎包里，付了女老板的钱，走出了打印店。来到街上，端阳随便找了一家小面馆，让老板煮了一大碗红汤肥肠面，吃得头上和身上均是热汗涔涔。吃毕，扯出餐桌上纸盒里的两张餐巾纸，将嘴巴一擦，唤老板过来收了钱，便满意地奔家而去了。

回到贺家湾，已是黄昏，端阳顺路就去兴成那儿，对兴成说了晚上发传单的事。兴成又自是满口应承，说正好晚上约了贺林、贺飞打麻将，那就天一擦黑就把贺林、李飞叫来，先把传单发了再打。端阳说："你来的时候，把麻将也一起带来，发完了就在我家里打嘛！"兴成也答应了。端阳说完又绕到新湾通知了贺毅，让他去叫贺勇和贺建，也让他把麻将带上。贺毅昨天便是答应了的，自然没有推辞。端阳又去请了善怀，这才往家里走来。

走到贺贵的屋子前，却见贺贵戴着眼镜，正坐在阶沿上的一只小板凳上看报纸。许是因为光线昏暗，贺贵没像往常那么把脸伏在报纸上，却用手把报纸举着在看。端阳想起在城里听说的事，便走过去道："贵叔，天都快黑了，你还看得清字呀？"他本想问他在城里是怎么回事，又是什么时候回来的？但又怕伤了他的自尊心，话到嘴边便忍了，只装作什么也不知道地问了这样一句。贺贵听了这话，立即把手放了下来，道："小子可知古时有凿壁偷光的故事？这比凿壁偷来的光要明亮些嘛！"端阳道："也只有贵叔才能这样孜孜不倦地学习了！"贺贵扬了扬手里的报纸十分自豪地道："小子可知，你贵叔从今日起，又要开始写一部书了！"端阳听了这话，忙道："贵叔又要写什么书？"贺贵看着端阳，摇头晃脑道："《农村选举中的博弈与法律之实施》，你看这书名如何？"端阳立即道："这书名好哇，贵叔，侄儿就祝贺你这部大作早日问世！"说完便道："贵叔，昨天你去找贺春乾，他怎么解释宣传资料上对候选人资格的那些规定的？"贺贵一听这话，大概不好意思将自己在贺春乾、伍书记，甚至今天在邮局营业室的遭遇说给端阳，犹豫了一会儿突然绕开了这个话题，将手在空中有力地挥舞了一下，方道："你放心，古人有云，善有善报，恶有恶报，不是不报，时间未到！你等着，要不了多久，我们国家最高领导一发起怒来了，那些乱我法纪之辈统统没好下场!"说着,又举起手掌,做了一个劈人的动作。端阳见他高兴和自得的样子,想问又不好问,只好顺着说:"对,没好下场!"说完,存了疑问在心头,便起身回去了。

天黑了以后,兴成、贺毅、善怀、贺勇、贺建、贺林、贺飞等人果真全来了。因为端阳昨天中午便跟李正秀说了晚上又要招待这几个人吃一顿饭,李正秀也在家里做了准备。客人来齐了以后,李正秀便把准备的饭菜端了上来,少不了又是一边喝酒劝菜一边聊天,闹闹嚷嚷地吃了一个多钟头,方才放下碗筷。端阳等众人歇息一会儿后,便将人员编成四组:一组是兴成和端阳,一组是贺勇和贺毅,一组是善怀和贺林,一组是贺建和贺飞,又分派了各组走的地点,然后拿出上午在城里打印的材料数给各组的人。又约定发完以后便回端阳家里打牌,顺便交流一下材料发放的情况。

三

这天晚上,贺家湾村支部副书记贺国藩刚在床上躺下不久,便听得下面大院子里狗一声连一声地紧叫。贺国藩以为是哪家约了人来打麻将,也没在意。可不久便听得自家的狗也在院子边拥前拥后地狂叫起来,并且那叫声直朝院子里来。侧耳细听还有脚步声。到了阶沿边,那狗又跳到猪圈房旁边去叫,脚步声也止了。这时,贺国藩才感到有些奇怪了。因为他今天晚上并没有约人来打麻将,而且来的如果是熟人,见狗咬得这样凶,到了院子里也一定会放声喊他。现在只听见狗叫和脚步声,没听见人喊,便立即从床上坐了起来,朝外面问道:"哪个?"没听见答应。贺国藩马上披衣下床,连鞋也顾不得穿就咚咚地跑下楼,拉亮堂屋里的电灯,猛地打开大门,却见在从堂屋泻出去的灯光的辉映下,有两个人正从院子边往外走。从背影和走路的姿势看,极像是贺端阳和贺兴成。正想跨出门问,脚下突然踩着了一张纸,贺国藩急忙弯腰拾起来,没看几行心里便明白了。刚才那两人必是贺端阳和贺兴成来发传单无疑。于是贺国藩也不再问,返身关了门。回到楼上拿一件女人睡觉前换下的腥齇裤子,把脚擦了擦,正打算重新上床睡觉，突然又觉得不妥，盯着房梁想了半天，又穿好衣服鞋袜，拿起枕头边的手电筒就要下楼。这时女人胡琴突然醒了，对贺国藩道："这样大一晚上了，还要出去打麻将呀？"贺国藩道："打个屁的麻将！"说完又道："我还有心思打麻将？"胡琴道："那你出去干什么，哪个勾了你的魂呀？"贺国藩道："现在你就醒了，刚才狗咬得那么凶，你怎么都没醒？"胡琴道："咬得凶又怎么？家里除了我们两个人，也没什么偷的呢！"贺国藩道："你知道个屁，我到贺春乾那儿去一趟！"说罢不等胡琴再说什么，便急急地下楼去了。

　　到了贺春乾的院子里，看见贺春乾那幢房屋矗立在黑乎乎的夜色之中，便知贺春乾两口子已经睡了。听见脚步声，贺春乾家那只黑狗先是叫了一声，可接着就跑过来迎住了贺国藩。贺国藩上了两步梯子，来到阶沿上的大门前举手敲门。敲了一阵，听见屋内有人睡意蒙眬地问："哪个？"贺国藩道："是我！"屋里人听出了声音，接着便有灯光从里面泻了出来，紧接着又听见有人踢踢踏踏地走了出来。没一时那大门打开了，邓丽娟蓬松着头，一边扣着羽绒服的扣子一边睡眼蒙眬地道："这样大晚上了，大哥还有什么事呀？"贺国藩道："我跟春乾说点儿事，他睡了没有？"邓丽娟道："睡是睡了，不过你进来吧！"贺国藩果然一步跨进了屋子。邓丽娟关了大门，道："大哥先等着，我去喊他一声！"说罢进了里屋。没一时，出来道："大哥你进来吧，他就不起来了！"贺国藩一听，也果真进了贺春乾和邓丽娟的卧室。邓丽娟是弟媳，自然不好意思在一个大伯子面前上床睡觉，便抱了衣服进了另一间屋子。

　　贺国藩见邓丽娟抱了衣服到另一间屋子睡了，便不好意思地对贺春乾说："你们两个睡得热热火火的，我来把你们打扰了！"贺春乾早已经披衣坐了起来，将身子靠在床头，听了贺国藩的话后，道："不管她，有什么事你就说！"贺国藩立即从口袋里掏出拾到的传单交给贺春乾道："你看看这个！"

　　贺春乾接过传单，举到眼前看了看，眉头也皱了起来，脸也黑了，对贺国藩道："哪里来的？"贺国藩道："刚才有人塞到我屋里来的！"说着，便把发现传单的前后经过给贺春乾说了一遍。贺春乾听完，抿着嘴唇，瞪目凝神地看着墙壁，也没回话。贺国藩便有些忐忑起来，过了一会儿方道："你看这事该怎么办？"贺春乾听了这话，才像回过神的样子，盯着贺国藩道："什么怎么办？"贺国藩道："贺端阳又是贴大字报，又是发传单，究竟安的什么心？"贺春乾道："安的什么心你还不明白？就是想当你这个村主任呗！"

贺国藩听后犹豫了一会儿，才道："他要当就让他当哟，以为有多大的利益！"贺春乾看了贺国藩一眼，露出了不悦的神情，道："你怎么像是一个扶不起的阿斗？你以为当干部硬是一点儿好处都没有是不是？真的一点儿好处都没有，怎么又有那么多人削尖脑袋都要往里面钻？"说完又道："我在伍书记面前，好话说了几大箩筐，伍书记才答应让你上。领导如今都表了态，你如果不答应，不是有意让伍书记下不了台？"贺国藩道："我不是那个意思……"贺春乾不等贺国藩说下去，急忙又道："那是什么意思？难道你还怕了贺端阳这个毛头小娃儿不成？不说我们大房人多，也不说凭年龄、资历，就是凭吃干饭，你也比他多吃二十多年嘛，怕他做什么？"贺国藩道："也不是怕他……"贺春乾又急问："那是什么原因？"贺国藩道："我是担心自己一是文化也不高，二是茶壶里装汤圆——嘴嘴也拿不出来，三也不懂什么科学，怕自己当上了群众也不服……"贺春乾仍没等贺国藩说完，又打断他的话道："说你老实，你硬是老实！领导选人，你以为硬是要选文化高的，能说会道的，懂得科学的是不是？其实不然！领导选干部，首先是要选能够老老实实听话的！这样的人才是领导信任的人！所以伍书记经常在会上讲，选干部虽然讲德才兼备，但首先要把德放到前面，要以德为先！"说毕又补充道："你说贺国华能不能干？有没有才？正是因为他能说会道，又能写，太有才了，所以才不把领导放在眼里，经常和乡上的领导唱反调，因此，乡上下来开村民大会要换他！伍书记正是吸取了前面的教训，宁用一个不能干但听话的人，也不用专和他唱反调但很有才的人！不然，他会轻易同意了你？再说，你说让贺端阳来当，你以为我会答应？小房的人对我们历来不满，这且不说，你看他现在翅膀还没长硬，就想和我唱对台戏，真正让他当上了，还不知道会是哪个样子？你说我会寻个虱子在头上咬吗？"贺国藩听了道："道理我都明白，就怕到时干不好，让人把我看白了是小事，反会连带伍书记和你。"贺春乾道："你闲吃萝卜淡操心，还没当就怎么知道会干不好？只要一当上，哪个敢不服你？再说，一个村主任，上面怎么说你怎么吆喝就是，硬是以为要多大本事才当得下来？"

贺国藩听到这里，不再说什么了，却道："我看了传单上那些话，针对我的不多，针对你的倒多些，要不我就退出选举委员会，免得让他们说三道四！"说完又道："反正那作用也不是很大！"贺春乾立即道："哪个说作用不大啊？在不在里面大不一样!"贺国藩露出了疑惑不解的样子,道:"我看是一样呀?"贺春乾道:"这你就不知道了!在里面不但可以先得到一些信息,掌握主动权,还可以制定一些对自己有利的措施。比如选举方式,上面虽然做了统一的规定,但只是原则性的。譬如设不设流动票箱,设几个流动票箱,派哪些人跟着流动票箱走,中心会场上派哪些人做工作人员,这里面都大有学问。你在选举委员会里,在制定这些措施时就可以尽量考虑到对自己有利的方面!你不在选委会里怎么做得到这些?如果没有作用,我让你做选委会副主任?"贺国藩道:"我确实没有想到这些,怪不得贺端阳要起劲反对现在的选委会!"说完又道:"可是一旦成为正式候选人后,又要退出来!退出来了又怎么办?"贺春乾道:"等成为正式候选人的时候,差不多死人的眼睛——都定了,还担心什么?"贺国藩道:"你这一说,我就像吃了一颗定心丸子,那就让他们闹吧,看他们能够闹腾出什么名堂来?"

话音刚落,贺春乾突然像是想起什么似的看着贺国藩问:"你真的看清了跟贺端阳一起发传单的是贺兴成?"贺国藩道:"一堆一块,经常看见的,我怎么会看错,肯定是贺兴成!"贺春乾又抿起嘴唇沉思起来。贺国藩见状又小声问:"怎么了?"半响,贺春乾才说:"单是一个贺端阳我倒是不担心,晾他也是阴沟里的泥鳅——掀不起多大波浪!可这个贺兴成却是不可小看!"贺国藩没立即答话,却盯着贺春乾。贺春乾过了一会儿,才又道:"要说单是一个贺兴成也没什么可怕的,却是他背后的贺世海我们不得不防!一来他那时下台是被我们大房的人搞下去的,二来他现在是建筑大老板,手里有钱,有钱能使鬼推磨!三来湾里好多人都在他手里打过工,他要是把那些人发动起来投贺端阳的票,那你就麻烦了!"贺国藩一听这话,有些急了,忙道:"那你说我们现在该怎么办?"贺春乾想了一下,道:"你也不要着急,兵来将挡,水来土掩,让我好好想想,有我你怕什么?"说完又道:"你马上叫贺良毅到贺端阳墙壁底下去听一听,看他回去没有?还有哪些人在帮贺端阳?"贺国藩答应一声,果然要去,贺春乾又叮咛一句:"叫贺良毅小心一些,别叫他们发现了,羊肉没有吃到,反惹一身膻呀!"贺国藩道:"你放心,我跟他说就是!"说罢便去开了门走了。

第二天吃过早饭,贺春乾披了一件深灰色的风衣在外面,倒背着手,迈着八字步,不慌不忙地往村委会办公室走去。刚走出门不远,却突然看见贺国藩迎面而来。看见贺国藩,贺春乾马上就站住了,贺国藩凑到贺春乾面前低声道:"昨晚上贺良毅去弄清楚了，在贺端阳屋里的除贺兴成外，还有贺善怀、贺毅、贺勇、贺建、贺林、贺飞几个人！"贺春乾不动声色地道："哦，听清楚他们说什么没有？"贺国藩道："我问过贺良毅，他说他去的时候，他们都在桌子上打麻将，只听见哗哗的麻将声，又隔着墙，所以没有听见他们说什么！"贺春乾道："知道了，你回去吧，下午开一个会。"贺国藩忙问："什么内容？"贺春乾道："等会儿你就知道了！"说着，将风衣很有风度地往后一撩，又背起手，也不管贺国藩，自顾往前去了。

不一时，那架在村办公室屋顶上的大喇叭，便传出了贺春乾干涩中有几分嘶哑的声音，像是瞌睡还没睡醒一样："各位村民组长和村民，大家注意了，各位村民组长和村民，大家注意了，下面广播一个紧急通知，下面广播一个紧急通知！第五届村委会换届选举工作，在上级的领导下已经正式启动了。我们村有少部分村民不满意原来成立的选举委员会，说没有经过全体村民推选！党支部虚心接受群众意见，认为这意见提得很对，村上立即改正错误！今天上午就请各位村民，以组为单位推选新的村选举委员会成员。下午，各村民组长和村民代表到村委会办公室开会，对村民推选出来的人进行投票表决！下面再广播一遍……"接连广播了两遍，贺春乾这才关了机器，锁了门，又披着风衣出去了。

走出来，贺春乾也没有忙着回家，仍是迈着坚定的步伐，不紧不慢地在村子里溜达起来，不管是看见大房的人还是小房的人，都笑佛爷般地问："刚才的广播听见了？"人说："听见了，听见了。"贺春乾听了，也不问昨晚上是不是接到了贺端阳的《告全体村民书》，只道："那就好好想想，要把自己信得过的人推选出来啊！"有人表现得很冷淡，回说："脱了裤子打屁——多尿一道手续！哪个当不是一样？"贺春乾道："可不能那么说，这是公民的权利，一定得发扬民主！"那人道："民主是个什么东西？拿来我看看。"贺春乾道："民主不是个东西，民主就是你想选哪个就选哪个。"人说："我们想选哪个就选哪个，那不乱套了？"话音刚落，忽然贺贵闯到他们面前，直冲那人道："非也，非也！如是真民主，岂会乱套？乱套者，皆是假民主也！如你上街买肉，明明看见挂的是羊头，卖给你的却是狗肉，你岂会不找他理论？"贺春乾一看贺贵来了，知道只要和他一搭话便会理论不清，于是便装作没看见，只对那人又叮嘱了一句："想好了就告诉你们组长啊！"说完便又去了。

走着走着，贺春乾便来到了贺兴成的房子前，看见李红正端着一碗苞谷籽在院子里喂鸡，嘴里一边咯咯地唤，一边将碗里的苞谷籽慢慢撒到地上。鸡们看见，便不要命般扑扇着翅膀飞跑过去。李红瞅准了一只小母鸡，突然将碗里的苞谷籽全部倒在地上，弯下腰去，猛地将那只小母鸡逮在了手里。然后左手拧住鸡翅，伸出右手中指，插进小母鸡的屁眼里去探蛋。那小母鸡在李红的手里一面咯咯叫唤，一面蹭着两只脚表示十分不满。但李红一点儿不顾，探了一阵，将手指从鸡屁眼里拿出，乐呵呵地将鸡提到鸡窝里，塞进去，然后将门盖上了。贺春乾便知小母鸡肚子里有只鸡蛋要下，便笑道："大侄儿媳妇今天有财喜了！"李红抬头见是贺春乾，按辈分贺春乾算是她叔老人公了。贺家湾的规矩，叔老人公和侄儿媳妇，就像公公和儿媳妇一样，是不能随便说话更不能随便开玩笑的。因此听了贺春乾的话，李红不好意思地红了脸，有些羞赧地道："哦，是贺书记来了！"又道："有什么财喜？那是只仔鸡母，不听话，光把蛋下到外面，也不知道下到哪里去了，今天把它唤回来关到圈里，看它还往哪里下？"说完又道："贺书记有什么事呀？"贺春乾回答李红道："兴成在屋里没有？"李红道："他看到今天没有露水，去长弯地里喷除草剂了！"说完再问："贺书记找他有事？"贺春乾道："当然，我是专门来找他的！"李红道："我去叫他回来！"贺春乾立即道："不用了，我自己去找他！"说罢转身就走。

　　到了长弯地的小麦地边，果见贺兴成背了一架喷雾器，在对那些才破土而出的杂草喷洒除草剂。贺春乾便热情地喊了起来，道："兴成，出来烧根纸烟！"兴成见是贺春乾，便道："贺书记什么时来的？"贺春乾道："我才走到这里，你出来，我有点儿事找你！"贺兴成果然放下喷雾器走了出来。到了地边，贺春乾先掏了一支烟给兴成，兴成接过点燃了，才问："贺书记找我有什么事？"贺春乾道："自己叔侄，你不要书记书记地叫，倒显得像是外人了！"贺兴成道："你本身就是书记呢！"贺春乾一边朝四下看，想找一块干净的地方坐下来，但大冬天里，虽然没有下雨，可到处都是湿漉漉的，便道："想找个地方坐都没有，算了，我们就蹲下说算了！"说罢，风衣下摆往上一撩，果真就在地边蹲了下来。贺兴成一见，也跟着蹲了下去，等贺春乾说话。贺春乾吞云吐雾了一阵，方才说道："刚才的广播听见了？"

　　贺兴成听了这话，很警惕地看了贺春乾一眼，慢悠悠地吐出一口烟，方道：

"听到了，这好哇！"贺春乾装作一点儿也不知道贺兴成帮贺端阳发传单的样子，道："是呀，我就是专门来听听你的意见，看哪些人做选委会成员合适？"贺兴成也很老练地笑了一笑道："我怎么知道哪些合适？群众选嘛！"说完想了一想又道："如果硬要我提，我看贺端阳就要得！"贺春乾斜眼看了一下贺兴成，脸上仍如先前一样平静，却道："哦，你想过自己没有？"贺兴成听了这话，似乎吃了一惊的样子，道："我？"贺春乾道："我也不是光指选委会，我的意思是想问你你想过当村干部没有？"

贺兴成以为贺春乾是开玩笑的，可一看不像，便道："我当村干部？我没想过要当什么村干部！"贺春乾道："你为什么不想啊？"贺兴成故意笑了一下，道："也没人叫我当干部，我想当就能当？"贺春乾道："假如现在有人叫你当呢？"贺兴成一下瞪大了眼睛，有些语塞的样子，道："这……哪个会叫我当？"

听到这里，贺春乾亲切地拍了贺兴成肩膀一下，才道："兴成呀，我今天是代表村党支部跟你谈话的，绝不是和你开玩笑！你知道村委会换届开始了，村党支部准备推荐你做村委会副主任候选人……"听到这儿，贺兴成似乎不相信自己的耳朵，叫了起来："村委会副主任？那贺贤明呢？"贺春乾道："你不要管嘛，从上回选举开始，就是差额选举了，必须要推两个候选人来竞选！他也是候选人之一，你两个来竞选嘛……"贺兴成还没听完，便道："我怎么选得赢他……"贺春乾也没等他说完，就打断他的话道："还没选，你怎么就知道选不过他？你也知道，贺贤明脚不方便，不太利于工作，加上他又是下湾那个村民组的组长，一个人也不能占两个职位，是不是？因此，党支部的意见是要保你的！只要组织确定了，你还有什么担心的？"

贺兴成搔了搔脑袋，似乎觉得这喜讯太突然，自己有些承受不了的样子，正想说话，贺春乾又继续说了下去，道："当然，你自己也要努力去多拉些票，因为这是竞选，要群众投你的票才行！你说是不是？"贺兴成道："这我明白，群众不投你的票，组织定了也等于一个零！"贺春乾道："正是这样！所以我现在要来跟你说一声，按照上面的要求，明天就要公布选民名单了。选民公布不久，就要开始提候选人，你要赶紧找你家里的人和跟你要得好的兄弟伙帮你做工作。我给你出个主意，对外宣传你只说参加村委会副主任职务的竞选，可在拉票做工作时，要叫你那些兄弟伙瞄准村主任的位子做！怎么呢？因为以往几回选举，你是知道的，村主任如果没有选起，但那票是可以加在副主任的票数上一起算的。比如你村主任得了二百票，副主任又得了五百票，你一共就是七百票，自然村委会副主任就当选了！可如果只在副主任这一个职务上打转，看你怎么拉票，你也得不到这样高的票！这个道理你明白没有？"贺兴成急忙道："我明白，上回贺贤明就好像在村主任的职务上得了好几十票，然后加在副主任职务上一起算的！"贺春乾道："这就是了！但你千万不要跟别人说，只能叫自己几个最贴心的人去悄悄做工作！不然，别个那些竞争村委会主任的人知道了，还不和你争？我想，你自己家里就有十多个人，还有经常和你一起打麻将的麻友，还有在你幺爸手里打工那些人，加上党支部再给你做一些工作，不说多了，看怎么也有一两百人投你主任的票。如果再有三四百人投你副主任的票，加起来五六百票，你肯定就当选了！"贺兴成立即喜笑颜开道："多谢春乾叔了，我过去可从来没这样想过！"贺春乾道："大侄子，可千万不要看不起自己！说个实话，你贺兴成哪点儿不如人？论文化你也是初中毕业；论品德你贺兴成为人正直，又喜欢助人为乐；论能力别的不说，湾里的农业机械化就是你开的头！就凭你的敢想敢做，第一个把商品经济的观念引到村里，你早就该做村里的干部了！党支部这样做，也算是量才录用，合理使用人才了！"

　　说到这儿，贺春乾又拍了贺兴成肩膀一下，换了语重心长的口气接着往下说道："老侄，我说句不怕得罪你的话，我知道你跟贺端阳好，贺端阳今年想当村主任，你在帮他拉票是不是？你不要脸红，这个没有什么，你们本来就是堂兄弟，帮个忙也是应该的！但话说回来，老侄，别人千有万有是别人的，都不如自己有！我们退一万步说，即使贺端阳当上村主任了，你能得到什么好处？不如你自己当个一官半职，办事方便得多！村委会副主任官不大，也不是一把手，但我可以说，现在湾里有小型收割机、抽水机、漩耕机的好几家，一到收割、插秧、抽水季节，争得个面红耳赤！你要是当了村委会副主任，自然有人会来巴结你，不说别的，那生意也要好得多嘛，是不是？"贺兴成觉得贺春乾是掏了心窝子说的，便十分感激地道："当然是这样，春乾叔！"说完又道："多谢春乾叔的栽培，我就照你说的办！"贺春乾站了起来，道："那就好，你就抓紧办你自己的事，有什么你就来找我。但我今天说的话，你闷到心里就是！"贺兴成见贺春乾站了起来，也跟着站起来道："我知道，你放心！"说罢，要送贺春乾走，可那脚却蹲麻了，刚一动步就打了一个趔趄。贺春乾见了急忙道："算了，算了，你忙自己的，不要管我！"说罢，便又迈着不急不缓、沉着稳健的步伐走出地边，上了小路回家去了。吃过午饭，自去村委会办公室开会了。

贺兴成等贺春乾走远一些后，甩了甩双脚，觉得不像刚才那么麻了，才突然像是跌跟斗捡到一坨金元宝似的连跑带跳地冲进地里，也顾不上往野草上喷药水了，背起喷雾器便往家里跑。喷雾器的桶里还剩有半桶药水，正应了"半桶水，响叮当"的俗话，那水随着贺兴成的奔跑，一路哐当哐当响个不停。跑到院子里，人还没有进屋，声音便先到了屋里，"老婆！老婆！"叫着，又是急急地从肩上往下卸喷雾器。李红因闲下来无事，在屋里正对着镜子勾眉毛，打算略作打扮后出去约人打麻将。听见丈夫喊，急忙拿了眉笔走出来，一见贺兴成这副满面春风的模样，便道："什么事让你欢喜得像打破碗的样子？"贺兴成也不说什么，将喷雾器往阶沿上一放，拉起李红的手便道："老婆，你进屋里来我跟你说！"李红果然疑疑惑惑地跟贺兴成进了屋，正待问，却又见贺兴成一把抱住了她，噘起一张嘴唇在她脸上直亲。李红道："精光白天的你疯了吗？究竟碰到了什么让你高兴成这样？"贺兴成这才松开了李红，仍是满脸喜色地道："好事，你万年也猜不到！"说完又道："你马上去安排，我们也请客！"李红道："无缘无故的请什么客？"贺兴成这才把贺春乾对他说的话手舞足蹈地对李红说了一遍。李红听后不由自主地瞪大了一双丹凤眼，一张面孔灿若桃花，喜不自禁地在地上跳了起来，道："真的？这太好了！要请客，怎么请，请哪些人，还不早点安排？"

贺兴成道："贺林、贺飞、贺福、贺义都是我们麻将桌上最好的牌友，这是肯定要请的！另外，把端阳的那批人也都请来吧！"李红有些吃惊地道："也请他们？他们知道你的目的后，不骂你都是好的，还肯为你拉票？"贺兴成道："你难道没有听清楚贺春乾的话？我怎么会对他们明说我要去拉一部分主任位子的票呢？这话只能对贺林、贺飞几个贴心哥们说！对端阳他们我们只说是竞选村委会副主任，井水不犯河水，互相帮着拉票，他们怎么会不答应呢？"李红道："那你现在还打算帮端阳拉票呀？"贺兴成伸出手，在李红脸上抚摸了两下，道："真是一个小傻瓜！你说我现在还会去帮他拉票吗？贺春乾说得对，人不为己，天诛地灭，别说像我们这样只是一个祖上下来的隔房弟兄，就是爹有娘有，都不如自己有！我怎么还会去替他拉票？不过是嘴上说说罢了！"李红高兴起来，道："这还差不多，我还以为你那脑壳硬是个猪脑壳呢！"贺兴成笑道："你以为我真有那么傻，自己的面糊都没有吹冷，去帮别个吹稀饭！好了，你快点去准备吧，差什么就到贺大龙的店里或赶紧上街去买！烟和酒端阳那天买的什么牌子，你也买什么牌子，莫让别个说我们小气了！灶屋里的活路搞不赢，就叫妈过来帮忙，还是一家都请两个人！"说完又道："我先去跟他们打个招呼！"李红道："好嘛，你怎么说我就怎么办嘛！"又道："你等会儿去跟他们打招呼时，顺便跟妈说一声，叫她来的时候带些绿豆、花生、苕粉过来！"贺兴成道："这些东西，我们屋里不是有吗？要又要得不多，又让爹嘟嘴马脸不高兴了！"李红马上叱道："他儿子要当官了，就不出点血？"说着，又去对着镜子将刚才没勾画完的半边眉毛给勾画完了。然后换了衣服，自去置办东西，准备晚上请客的事去了。

贺兴成去请端阳时，对贺端阳说了自己打算竞选村委会副主任一事。端阳一听觉得这是好事，自然十分高兴，天一擦黑便到贺兴成家来了。因为端阳还没成家，贺兴成也便请了李正秀，说一个人在家里难得去生火做饭，就过来一起吃了算了。贺兴成虽然不是李正秀的亲侄儿，却是一房的，如今又在帮儿子竞选村主任，李正秀便把贺兴成的请客完全当作了自己的事，怕李红一个人忙不过来，吃过午饭便早早地过来帮忙了。贺端阳到了不久，贺林、贺飞、贺福、贺良毅、贺善怀、贺长军、贺勇、贺建、贺毅等人也带了老婆，成双成对地来了。顿时，屋子里打招呼的打招呼，聊天的聊天。又和贺端阳一样，贺兴成去请客的时候，把自己的目的也透露了，所以祝贺的又抱拳祝贺。又因为同辈的人多，叔嫂间有不愿耐寂寞的，又有大声开玩笑的，一时如那雀鸟噪林般叽叽喳喳的十分热闹。贺毅一见端阳，便道："端阳你知不知道，村选举委员会硬是换人了！"端阳一听便问："换哪些了，我还不知道。"贺毅道："原来那几个人，只保留了贺劲松和贺贤明，其他人都换了！现在是贺劲松做选委会主任，贺贤明做副主任，委员有贺荣叔、贺振强，还有一个是郑家塝的郑德！"端阳道："真的，贺劲松做主任了？你听哪个说的？"贺毅道："刚才我来的路上，碰到贺荣叔，是他亲口跟我说的，那还有假？"贺端阳一听这话，忽然攥起拳头向空中击打了一下，跳起来叫道："这太好了，我们胜利了！"众人听了也道："就是，他们还是怕法律！"端阳又攥起拳头鼓励众人道："只要我们抱成了团，管他哪一个，我们都不怕！以后，我们还要团结一些，不达目的不罢休！"众人道："没有说的，只要端阳和兴成你两个雄起，我们一定跟到你们来！"

话完，贺善怀又突然道："哎，我今天听到一句话，说我们贺家湾出了一个少壮派，这话也不知道是不是指端阳你？"端阳道："少壮派就少壮派，这话并没有错，就应该出一个少壮派才好！"又道："如果说我们是少壮派，那他们就是实权派！如今少壮派要向实权派开火了！最后我们要看一看到底鹿死谁手！"刚说完这一句话，贺长军马上道："说起鹿死谁手，你知不知道昨天贺良毅在街上，差点惹出人命案来了？"众人一听这话，急忙停止了议论端阳和兴成的事，都纷纷对贺长军道："怎么回事？你现在不说，我们还不知道！"贺长军便道："我也是听人说的。说昨天贺良毅到乡上赶场，中午时候到'乡坝头'餐馆里去吃饭，楼下坐满了，老板便把他安排到楼上去。贺良毅在楼上选了一个靠窗的位置，一会儿又来了一个五十多岁的小个子老头在他对面坐下。他不要那老头坐，老头不服气，说又不是你买到的座位，我怎么就坐不得？两人你一句我一句就争了起来。你们没想到贺良毅怎么就那样横蛮？他见自己说不过那老头了，就站起来突然抓住老头的衣领，把他提起来塞到窗户外面，说：你信不信老子把你扔下去？那老头四脚悬在半空里，吓得话都说不出来了！所有在馆子吃饭的顾客和在街上的人，也吓得脸青面黑，直喊：要不得哟，要不得哟！店老板扑爬连天地跑上去，两个膝盖朝贺良毅一跪，说了半天好话，贺良毅才把那老头从窗户外面提了上来！"众人一听，都道："天啦，要是丢下去了，怎么得了？这样的恶人，硬是没有人管了？"贺善怀道："也不是没有人管，三个半天，总有个半天会碰到尖尖石头上！"贺长军也道："就是，别看他现在又歪又恶，以后说不定也被别人收拾了！"

正闲话着，女人们将酒菜端上了桌，仍然按男女各坐一桌的规矩，贺兴成招呼大家去围起了。贺兴成到底比端阳老辣，给每个人面前斟上酒后便端起来，先发表了一篇演说词，道是："哎，今晚上来的都是弟弟兄兄，都不是外人，你们也知道我的意思了。我话也不多说，你们信得过我贺兴成，就一定要帮我！我贺兴成感谢大家，先饮为敬！"说着，将一杯酒喝了。其余人正要饮，却听见端阳说道："大家别忙，听我说一句了再喝！兴成哥你说得很好，在座的都不是外人，肯定会拥护你当村委会副主任！如果当上了，我们两弟兄一起，齐心协力把工作搞好，带领大家共同致富！来，我们先祝贺你，大家把这杯酒都喝了！"说着，尽管自己不喝酒，也还是咬着牙把杯子里的酒喝了下去。

贺兴成见了，没有按照贺家湾喝酒的规矩，先集体喝三杯再分别敬客人的习惯，却先去给贺端阳斟上酒，然后自己也斟上，举起来对端阳道："兄弟，这杯酒我无论如何得先敬你！你先听我这个做哥的一句话，从今以后我们两弟兄都是拴在一根绳子上的蚂蚱了！你一定要帮哥哥拉副主任的票，我也一定帮你拉主任的票，我们两弟兄，也当是换手抠背了！"说罢又道："你要是同意，就喝了当哥的这杯，要是不答应那就算了！"话音刚落，端阳便十分干脆地道："这有什么不同意的？当兄弟的正求之不得呢！来，就是毒药，当兄弟的也喝了！"说罢，也果真喝了。喝了，又急忙捶打胸口然后舀汤喝。这儿贺兴成见了也不劝他的酒了，又分别去敬贺毅、贺善怀、贺长军、贺建、贺勇等人，说的也是对端阳那些话。贺毅、贺善怀、贺长军、贺建、贺勇等人，也均是十分豪爽地表了态。最后，贺兴成才去敬了贺林、贺飞、贺福、贺义几个牌友。

却说贺端阳自那晚以后，因想着贺兴成竞选村委会副主任，不但不影响自己，如果竞选成功，对自己有百利而无一弊，况且人家也在为自己拉票，自己哪有不尽力之理？于是乎便发动自己的团队，在为自己拉票的同时也积极去为贺兴成拉村委会副主任的票。却不知贺兴成因想着要谋取一部分村主任的票，因而发动贺林、贺飞、贺福、贺义等心腹去替自己拉票时只提自己的名字，只字不提端阳二字。只可怜那贺端阳被蒙在鼓里，见了贺兴成还笑得满脸灿烂，千般万般希望都在那稚嫩的笑容中了。

四

选举委员会贴到村务公开栏上的选民名单已经挂了十多天。这十多天里，有的选民名单被学生娃娃撕下来，叠了纸飞机或做了擦鞋纸。有的被风刮了下来裹在尘土里，最后又化作了泥。剩下的最后几张，上面的字迹也被晨霜夜露濡得模模糊糊起来。这时，就进入选举候选人阶段了。本来，这是《村民委员会组织法》经全国人大修改正式颁布后实施的第二次村委会选举了，一些地区已经开始取消候选人直接进行选举。但县上担心农村矛盾本来就多，如果贸然海选怕引发更多矛盾，同时也让组织不好把握，因而决定先过渡一下。这一次换届选举仍然按上一次的老办法，先经过海选提名确定出正式候选人后，再进行二次选举。随着选举日期日益临近，贺家湾的村民都像是被风暴挟裹着，不由自主地被推着往前走。过去没有竞争，上面说选哪个，大家等着画圈了事，因而显得格外平静。平静虽好，可下面潜藏的却是冷漠，是不把选举当回事。可这一次平地里却蹦出一个贺端阳，要来问鼎村主任职位，就把原先的平静给打破了。由贺端阳又牵扯出一个贺兴成，也跃跃欲试，明里修着栈道，暗里却是渡着陈仓。如此一来，村里竟有了三股力量在暗中较量着。由于有了较量争夺，贺家湾人想不把选举当回事都不成了。一时间，小小山村竟然因选举有些热闹起来。那人多且有组织撑腰的贺国藩一方，为了在选举中稳操胜券，自然是在这投票以前在乡和村两级党组织和选举组织的合法操纵下，开始强有力的组织、宣传、发动工作，自不在话下。那人少但自认为有能力、被村民称为"少壮派"的贺端阳一方，也不想示弱，努力发动自己那几个贴心人，私下四处联络，或登门拜访，或邀约打牌，或借家中小事请吃请喝，想方设法欲在选举中获胜。那明修栈道、暗渡陈仓的贺兴成一方，为了成功坐上村委会副主任的宝座，不管是村委会主任的票还是村委会副主任的票，自然是希望多多益善，因此，对那些可能会填自己为村委会主任的票，当然又不会放弃。如此你争我夺，小山村焉有不热闹之理？一热闹，过去一直不把选举当回事的村民，突然觉得这选举有些意思了！于是不但是在麻将桌上，在晒太阳的墙根下，在聊天黄葛树下，或在田间地头都能听见议论选举的声音。温和一点的只就某人发表几句高见；激烈一点的便是互相打赌。一个说某某能够当选，因为他具有某种优势；一个说那不一定，某某又具有什么样的优势，当选的一定会是他！你争我吵，都不服输，像那斗架的公鸡。甚至有那"自己人"突然在路上碰了面，也会眨一个只可意会、不可言说的眼色，相互间传达着某个暗号，煞是有趣！

按下贺家湾村民逐渐高涨的选举热情不表，却说贺端阳这日一大早，又夹了一张红纸来到村委会的村务公开栏上张贴。这时正值一些家长送了娃娃来上学，见贺端阳又往墙上贴东西，甚是好奇，便连娃娃也不送到里面去了，就留在外面等着看端阳贴的什么东西。端阳踮起脚尖贴好以后，又像上次一样用手掌沿纸的四周按了一遍，手掌便被纸上的红给染得像是淌了血。贴好以后方才退了下来，到学校曹老师那儿找水洗手去了。这儿众人一拥而上，围着村务公开栏看了起来。原来却是一份写得工工整整的《承诺书》，道是：

承诺书

　　我叫贺端阳，现年23岁，职高毕业，共青团员。喜逢我村第五届村民委员会换届，我本人决定借此大好良机，依照《中华人民共和国村民委员会组织法》的规定参加贺家湾村民委员会主任竞选！我郑重承诺，如能当选，我将在任期内为全体村民办好以下几件事：

　　1. 调整产业结构，在全村发展果树种植业，增加大家收入；

　　2. 改善交通条件，将从乡上到村上的机耕道修成水泥路；将从村委会办公室到各个大院子的土路，修成机耕道；

　　3. 坚持村务公开、民主管理，每季度公布一次由村民代表参加审核的村级财务账目；

　　4. 维护社会治安，坚决打击村里一些人仗着弟兄多、势力大便横行霸道的行为，让村民都过上平安、幸福的日子；

　　5. 积极开展形式多样的文化娱乐活动，改变现在娱乐就靠打麻将的单一现状，加强社会主义精神文明建设；

　　6. 减轻群众负担，在集体经济没发展起来以前，我放弃个人的一切工资报酬。

　　以上六点，如能当选，一定照办，决不失信于民。望广大村民支持我！

承诺人：贺端阳
2002 年 12 月 20 日

　　这样多年，贺家湾农人还是第一次看见有人把当官的愿望写出来张贴于大庭广众之下，而且敢于当面承诺当官以后要干些什么！因而看罢都觉得新鲜，有人面露欣喜之色，有人目带怀疑之光；有人点头含笑，有人摇头叹息；有人眉飞色舞，有人愁眉苦脸；有人沉默不语，似在沉思之中，有人嗤之以鼻，视为儿戏之作……神情各个不同，不待一一细述。这时那送孩子和过路的人愈来愈多，人群也便越围越大。站在后边的须踮起脚尖，或去找一块石头垫在脚下方能勉强看得清楚。

人们看了先还只是悄悄议论，后来声音便越来越大。只听一人像是受了惊似的地道："这是什么，这是什么啊？"旁边一人立即道："你号叫什么？是什么你还看不明白？"那人回道："老母猪拱地全凭一张嘴，他娃儿说的比唱的还好听！他娃儿有什么本事能把村里到乡上的公路修通？"又有另一人马上道："人不可貌相，海水不可斗量，你又怎么知道别个没有那个能力呢？"话毕，又有旁人附和道："就是，虾有虾道，蟹有蟹道，万一人家有那个门道呢？"那人便哑了声。可接着又有人道："你管人家能不能实现，最起码的是人家敢把自己的打算在选举前就跟我们说！别个敢精光白日跟我们说，就是看得起我们选民！这样多年来哪个这样做过的？"可又有人马上反驳道："说了不能实现，还不是等于白说！"有人又反驳那人说："就算是白说，可我们也算是知道了别个心里有些什么打算，也总比隔着口袋买猫强！"又有人道："在集体经济没发展起来之前，放弃个人的一切工资报酬，说得好听！哪个当官的不是这样，没当官以前满嘴的为国为民，一旦当上了以后讲的就是财宝归己！你们千万别去相信上面的话，他这是骗人的，好让我们投他票的！"话音刚落，先前说话的人便不满地喊了起来，道："幸亏得你没有当官，你当了一定是那号的人！"又道："你不投就算了嘛，也没有哪个强迫到你投！可你有什么权利叫别个也不投……"

正说着，忽然人群中一个声音叫了起来："什么事这样稀奇，让我也看看！"人们回头，却是贺贵一边说一边往人群中挤。挤到村务公开栏前，摘下鼻梁上的眼镜，撩起衣服下摆擦了擦那比啤酒瓶底还厚的眼镜片，然后戴上才对着那红纸看了起来。看了一遍，又看第二遍，众人便笑道："贵叔，这样大的字，你还没有看清楚呀？"贺贵急忙摇手示意大家不要出声，以免打扰了他。可偏有好事的人对他说："贵叔，你那么有学问，端阳说的这些话，他做不做得到？"贺贵一边捋着下巴上几根稀疏的胡须，一边含笑点头道："数语寥寥，有骨有肉，亦虚亦实，亦投枪匕首是也！可敬！后生可敬也！"那人见贺贵答非所问，便道："贵叔，你不要之乎者也地卖弄学问了，我问你他做不做得到？"贺贵亦是一副痴迷模样，并不回答那人，稍停片刻，突然又对众人道："尔等身上有笔乎？"众人明白他又要在纸上写字了，便道："贵叔，别人这是竞选村主任的承诺书，难道你

110

也想在上面签个名字不成?"贺贵道:"非也,非也!老夫偶有所感,口占一绝,亦想记在上面是也!"众人方明白了,道:"哦,贵叔是想吟诗了!"有人又道:"贵叔是做学问的,做学问的怎么会没有笔?"贺贵一听这话,就有些生气了,瞪了眼睛对那人道:"尔辈知晓得什么?钢笔修理匠到处挂满了笔,难道就成了学问人不成……"正说着,忽然看见一个学生娃背了一只书包朝学校大门口匆匆走来,贺贵一见急忙挤了出去,拉住了那学生娃道:"娃把笔借给爷用一下!"说着也不等学生娃同意不同意,便去书包里翻出文具盒,又从里面找出一支破钢笔,朝地上甩了甩,又用笔尖在自己手背上画了画,方才重新走到村务公开栏前,抬起手臂哗哗哗地就在那红纸上的空白处写了起来。写毕,才去摸了摸学生娃的头,还了他的笔。众人挤过去看时,却见上面写的是:

开天辟地第一回,

端阳六条震寰中。

民主选举实上策,

竞争机制出英雄!

众人看罢,又是一阵议论不提。

却说贺端阳到曹老师那儿找水洗了手,方走出来。刚到学校大门口,听见有人在议论他的《承诺书》,便住了脚,躲在墙后偷听了起来。听见人们的议论中有表示支持、赞扬的,也有表示怀疑、否定的,两种观点,如那绣花姑娘斗架——针锋相对,端阳却内心非常平静,因为一切都在他的预料之中。只要能引起大多数村民注意,不管是褒是贬,是支持还是反对,都证明他发出的这一枪,终于像上次贴出《告全体村民书》一样,又一次掀起了贺家湾村换届选举的高潮。同时自己的承诺,也肯定会为赢得选举增加砝码。这样想着,端阳便很高兴,也没出去,又从学校后门回家了。

回到家里,贺端阳仍是满心欢喜,不一时,贺毅又来了。贺毅和贺长军、贺善怀、贺建几个昨晚被端阳邀请来共同参与了《承诺书》的讨论,因此,那《承诺书》也可以说成是端阳竞选班子的集体产物。这时贺毅便喜滋滋对端阳道:"好消息!我把《承诺书》的底稿给郑家塝的老革命郑锋看了,他非常高兴,说这才像共产党的干部，他要发动郑家塝的人坚决支持你！"端阳听后也喜道："真的？"说完又道："这太好了，如果郑家塝这二百多个杂姓有一半人投我的票，我的把握就更大了！"贺毅道："我也是这个意思，所以才赶过来跟你说一下！你最好今下午或晚上亲自到郑老革命家里去一趟！人在人情在，人在面前人情才在，你亲自去和我去效果是不一样的！"说完，想了一下才又说："你莫看这个老头子什么事都不管了，可说话还是有人听的！"端阳道："你说得对，下午我就亲自去拜访他！我给他送一条烟，你说使不使得？"贺毅急忙摇手道："你千万别拿什么，这个老头子是毛泽东思想教育出来的，最恨现在那些搞歪门邪道的人了，你拿起东西去，他会以为你是去腐蚀拉拢他，反倒会坏事！你见了他只在他面前表现虚心些，向他请教，保管他心里会非常高兴！"端阳道："你说得是，那我就什么也不带，打起空手去就是！"当下主意已定，贺毅便起身回去了。

吃过午饭，贺端阳果然信心十足地往郑家塝见郑锋去了。郑锋何许人也？原来郑锋已是七十多岁的人了。新中国成立前被贺家湾的保长贺银庭抓了壮丁，送进国民党部队里和共产党的部队打仗。后来被共产党的部队俘虏了，郑锋又参加了共产党，把枪口调过来又去攻打国民党。郑锋在解放军的部队里打仗很勇敢，解放军予以了多次嘉奖。新中国成立以后，郑锋作为功臣转业到县人民政府，做了保卫科长。本来郑锋是可以做更大官儿的，可是因为他没有文化，因此组织只好如此安排。但每个月领的工资却是和县长一样。没想到郑锋却不知道珍惜这大好的机会，三年自然灾害时期回郑家塝走了一遭，看见人人浮肿，遍地饿殍，回去便在党组织的会上放了一炮，道："娘的个×，老子们提起脑袋革命时，说一定要让人民过上幸福生活，这是怎么搞起的？到处都在死人，共产党当初说的话，到哪里去了？"这话在当时是十分的大逆不道了！不久，组织上便给了郑锋一个处分，把他捋回家当了农民。听说凭他当时说的话是够坐一辈子牢的，鉴于他是革命功臣，又知他这人说话素来都是小和尚念经——有口无心，组织便表现出宽宏大量，只把他发配回老家种地了事。郑锋回家时偏又遇他过去手下的一个小战士，现在在他们乡做了党委书记。小战士过去打仗时曾经吓得尿过裤子，被郑锋扇过耳巴子。但后来一块弹片飞来，郑锋又急忙把他压到地上，弹片从郑锋的背上飞了过去。小战士见过去的老连长现在落难回家，有心报答他当年的救命之恩，等三年自然灾害一过，趁国家调整之机，奏明上级，便让郑锋做了贺家湾大队的支部书记。这一做，便做到了土地到户后，因了郑锋思想跟不上形势，加上年龄又较大了，方才叫他"让贤"，让贺世海顶替了他的支部书记职务。郑锋当政期间，跟政策很紧，虽然没让贺家湾的面貌有多大改变，但郑锋为人却是十分正派，而且公私分明，不贪不占，待人也很和气，深得当时的社员欢迎。直到现在，他退下去都差不多二十年了，但村民们都还很尊重他。他说的话在一些上年纪的村民那里，多少要管一些用。更重要的是，他的侄儿郑全福现在是郑家塝村民组的小组长，那导向作用就更大了。因而端阳此时要去拜访老革命郑锋了。

端阳出了门，顺着塝上的土路往中湾走，过了中湾有一条小路通往沟下，然后要顺着沟下弯弯曲曲的田埂走大约两里路的样子，再爬一面坡便是郑家塝了。因为郑家塝地势较偏，人又较少，且姓氏又杂，因此郑家塝人把自己戏称为贺家湾的"少数民族"。贺端阳一面走，一面在心里想着对郑老革命说话的腹稿，目不斜视，耳不旁听，心无旁骛，一心沉浸在自己的构思和想象里，想到高兴处竟然手舞足蹈起来。正得意着，却突然听得旁边一声断喝："贺端阳，还我钱来！"

贺端阳一听猛地站住了，抬头一看，才知自己已经来到了贺良毅、贺良礼、贺良全、贺良才几弟兄的房子前面。贺良毅一边叫一边气势汹汹地从屋里跑了出来，拦住了贺端阳的去路。紧跟着贺良礼也跑了出来。贺良才、贺良全二人虽将双手抱在怀里，站在屋檐下没有出来，却是一副泼皮形象，那样子是随时都可以过来打帮捶的。

贺良毅气势汹汹地冲到贺端阳面前，又对贺端阳喊了一声："你借我的三千块钱什么时候还我？"贺端阳先时听了贺良毅的话，已是惊得一副目瞪口呆的样子，现在又听了贺良毅这话，更是丈二和尚——摸不着头脑，便问道："我什么时借了你三千块钱？"贺良毅一听便红了眼睛，一边将衣袖一边道："你还想赖账是不是？你今年夏天在城里耍三陪小姐，跟我借的三千块钱，你倒忘了？"端阳一听贺良毅说他在城里耍小姐，气便一下冲到了头顶，立即红了脸大声道："你诬赖！明明是你想敲诈，还说我耍了小姐……"

一语未了，忽见贺良毅便挥了拳直冲端阳的眉心而来。说时迟那时快，端阳见贺良毅的拳头飞来，将头一偏，拳头没落到眉心，却正好打在了右眼角上。端阳打了两个趔趄，只觉得右眼金星直冒，一阵钻心的疼痛袭遍全身。但端阳此时已顾不得疼痛，站稳过后便又喊："你凭什么打我？我哪里跟你借过钱？"贺良毅听罢，道："你借钱不还，还想赖账，你以为老子的钱是好赖的?"说着又是一个偷心拳直朝端阳的心窝子而去。端阳又是猛地往旁边一跳，贺良毅这一拳便落了空，没打着贺端阳不说，自己也差点摔了一跟斗。等站稳以后，又立即返身向贺端阳扑来。贺端阳眼角的疼痛已好了一些，此时已经明白今日贺良毅弟兄是有意生事打自己！仗着血气方刚，又仗着几分无畏便决心和他们斗了。不等贺良毅扑拢，贺端阳便弯腰从地上拾起一块巴掌大的断砖头，握在手里道："你来，你今天想欺负我贺端阳，我争得个鱼死网破，不活这个人也要和你拼到底!"贺良毅马上停住了脚，也在地上寻了一块拳头大小的石头同样握在手里道："鱼死网破就鱼死网破，老子要让你外公死儿——绝种!"

说罢，两个人都稍稍弯了腰，虎视眈眈地盯着对方，在地上转起了圈子，似乎都在寻找下手的机会。转了一会儿，贺良毅突然猛地一挥手，贺端阳以为他手里的石头抛过来了，急忙往旁边一跳，可贺良毅手里的石头并没有打过来，原来只是虚晃一枪。等贺端阳在新的地方站稳却来不及防备的时候，贺良毅手里的石头才像箭似的飞了过来，不偏不歪地落到贺端阳的头上。贺端阳只听得头皮"咔嚓"一声，并不觉得怎么痛。贺端阳也随即将自己手里的砖头扔了过去，却没打着贺良毅。端阳此时已将生死完全置之度外，见砖头没打着贺良毅，也不管头上的伤势如何，趁他为躲避砖头还未站稳之际，猛地一头朝他撞去，正好撞到了贺良毅胸膛上。贺良毅也打了一个趔趄，身子向后仰去。贺端阳又乘胜出了一拳，因贺良毅的躲避，这一拳却只打在了贺良毅的胳膊上。

先时，贺良礼虽然也跑到了贺端阳身边，却并没有动手，而是像屋檐下的贺良全、贺良才一样只把手抱在怀里，看着贺良毅和贺端阳打斗，一副坐山观虎斗的样子。可此时见贺良毅被贺端阳撞了一个趔趄，手臂上又挨了贺端阳一拳，便突然如饿虎般扑了过去，一把从背后紧紧抱住了贺端阳，口里却喊道："不要打了，不要打了，都不要打了!"贺良毅见三哥抱住了贺端阳，一下跳起来，攥紧拳头先朝端阳的胸口打了一拳，道："我让你能!"端阳想还击却被贺良礼箍住了双手，急得在贺良礼怀里大叫："放开我，放开我，你们两弟兄欺负一个人不算好汉!"贺良礼道："怎么是欺负你，我来扯架，叫你们不要打了，还错了?"说着却是把端阳箍得更紧了。贺良毅又朝贺端阳的胸口打了一拳。这一次贺端阳感到了胸口一阵疼痛。贺端阳见自己不能用手还击贺良毅，待他收手欲往回退，突然抬起右腿，狠狠地朝贺良毅的大腿踢去。贺良毅退得快，没踢中大腿，却踢在了他的小腿上。贺良毅大概被踢痛了，哎哟了一声，蹲下身子揉了揉被踢中的地方，站起来突然恶狠狠地看着贺端阳，口里道："你龟儿还知道踢脚呀？"说罢突然也飞起一脚，踢到端阳的小脚上。端阳只觉得万箭穿心，疼痛难忍，便大叫了起来："哎哟，我的脚杆！我的脚杆断了！"贺良毅听了并没收手，反又叫道："断了又怎么？老子今天就要弄死你！"说罢又飞起一脚。这一脚是直冲端阳大腿中间部位去的。端阳因为小腿疼痛，不断地在扭着身子，也幸好他这一扭，贺良毅这一脚落在了他紧靠右边阴囊的大腿根上。虽没踢中睾丸和耻骨，却也伤得不轻。端阳又是一声惨叫，头上开始冒出大颗大颗的汗珠来，脸也变成了白布一般。贺良礼感觉贺端阳在他怀里越来越沉重起来，这才松了手。端阳等他手一松，身子便不由自主地滑到了地上。贺良毅又过去在贺端阳腰上踢了一下道："你不是很能，要坚决打击我们吗？起来呀，起来打击呀！"接着又道："也不对着鸡粪照一照自己是什么东西，就敢说这样的大话！"说完才大声道："欠债还钱，天经地义，今天我们先把话说到这儿，你一天不还钱，就一天也别想过清静日子！"说罢这才一边拍手一边和贺良礼一道，进屋和贺良全、贺良才一起打麻将去了。

贺长军家离贺良毅弟兄的房子不远，偏巧这天吃过午饭长军出去了，剩下程素静一个人在家里。程素静正在喂猪，听见贺良毅门前有人叫喊，便出门来看，见是贺良毅弟兄在打端阳。程素静立即吓得身子发软，张开嘴巴打算叫喊，可接着又住了声。因为贺良毅弟兄和她家也结着仇，倘若自己喊出来，让贺良毅弟兄知道自己在帮端阳，岂不是惹火烧身？可如果不喊，端阳要是被打得个好歹的那又怎么办？情急之中便从后门跑出来，去贺善怀家里报了信。贺善怀一个人也不敢来救端阳，便又去叫了贺毅、贺建、贺勇等人一齐向贺良毅家跑来。跑到贺良毅门口，看见端阳腰弯得像一张弓躺在地上，头上脸上都是血迹，以为死了，贺毅便大叫了起来："不好了，死人了！端阳被人打死了！"屋子里贺良毅听到外面喊声，便伸出脑壳道："他借了我的钱不还，还想赖账，是他讨打，怪得到哪个？"贺毅道："借钱还钱，也不该这样往死里打嘛！"贺良毅道："打死了我抵命！"贺毅正想答应，端阳在地上哎哟了一声，贺建忙高兴地叫道："端阳没死！"贺毅走上去一看，果然没死，忙说："快，快，把他扶到我背上！"贺建、贺勇、善怀几个人果然一齐过去，将端阳扶到贺毅背上背着走了。没走多远，突然看见李正秀一边"端阳、端阳"地叫着，一边朝这里跑来。原来，程素静给贺善怀报了信后，又跑去给李正秀说了。李正秀还没听完，便一边叫一边跑来了。这时一见端阳被伤成这样，便放开嗓子长一声短一声地哭了起来，一边哭一边要去找贺良毅弟兄。这儿众人忙把她拉住，道："人都打成这个样子了，你去找他们有什么用？你快点去叫贺万山，现在治病救人要紧！"李正秀听了这话，果然又一把鼻涕一把泪地哭着去请村医贺万山了。

五

贺毅、贺善怀、贺勇、贺建等人把贺端阳背回他家里，脱了鞋放到床上。端阳先前只是痛昏了过去，现在已经缓过一点劲儿了，便把挨打的经过对贺毅说了一遍，说完又道："我没有跟他借过钱！"贺毅等人道："我们知道你没有跟他借过钱，他这是故意惹是生非的！"说完又说："他哪来的几千块钱？刷把纤还差不多！"贺善怀见端阳满脸血迹，便去打了半盆冷水，又兑了保温瓶里的热水要给端阳洗。贺毅道："冷水里有细菌，别感染了！"贺勇道："脸上除了这边眼睛角角有一块淤血外，莫得伤口，可以慢慢洗一下！"善怀果然在盆里浸湿了毛巾，又拧了一下，轻轻地在端阳脸上擦了起来。

正擦着，忽听得贺长军在外边喊："万山叔来了！"说着一步跨进了屋子。随即村医贺万山背着药箱也走了进来，李正秀紧随其后。贺万山六十多岁，身材瘦削，头上秃了顶，鼻梁上架了一副老花眼镜，一脸慈祥的表情。他径直走到端阳床边，朝床上的伤者笑了一笑，便拉住了端阳的手道："大侄子，伤到哪里了？"端阳朝众人看了一眼，有些不好意思开口的样子。贺万山道："别怕，这屋子里又没有外人。"端阳这才把几处受伤的地方对贺万山说了。贺万山先去看了看端阳的头部，发现只是头皮裂了一道口子，并没有伤着骨头，只需把周围被血凝住的头发剪掉，缝上几针就行。又去解了端阳的衣服查看胸部，胸部也只有几块瘀青，并无大碍。又查看小腿，待用手去按时，端阳疼得歪了一下嘴角。贺万山又叫他抬起腿来，反复捏搓了一阵，方才放下来，也道："不要紧，只是将骨头踢损了，并没有骨折，养几天也就好了！"说完以后，方叫众人退了出去，亲自揭开被盖，褪下端阳的裤子，并叫他张开大腿，将脸凑过去，只见那右边大腿根部，连同半边阴囊和一颗睾丸，都肿得像是发泡的馒头。万山按了按肿胀的部位，端阳又一次杀猪般号叫起来。万山急忙住了手，道："好危险！要是再靠正中一颗米远，你娃儿这辈子就算报废了！看来别个是真想置你于死地的！"端阳听了道："叔，你说要紧不要紧？"贺万山道："这阵看来倒是只受了些伤，吃几服消炎止痛的中药，我再给你敷一些药，倒是不太要紧的，只是要将息几天，不要起来动！"说着，就要把被盖给端阳盖上。端阳却是不好意思，非要把裤子穿上不可。万山费了很多力，帮他把裤子穿上了，才去打开了门。

闲话少叙，且说贺万山接下来该缝的缝，该敷药的敷药，该包扎的包扎，一切治疗完毕后，又开了处方，长军不待李正秀请求，接了处方便和贺万山一道回诊所抓药去了。李正秀先前怕影响了贺万山，忍住了悲痛没哭，现在送了贺万山回来，走到儿子床前却忍不住哭了起来。一边哭一边对贺毅他们道："你们几个哥哥给我出个主意，我们该怎么办？总不能就这样拿给他们打了就算了？"众人互相看了一眼，却没有话。过了一会儿，贺毅突然说："我想这事肯定和贺春乾有关，我去把他叫来，看他怎么说？"贺勇、贺建也说："对，说不定就是贺春乾在背后指使的！即使不是他指使的，他是干部，也该他来解决！"贺毅一听，果然站起来，大义凛然地走了出去。

贺毅一走，贺善怀又道："端阳兄弟出了这样大的事，婶一个女人家顾了这头又顾不了那头。依我看还是该给端阳的舅舅打个电话，让他来一趟，一则看他有什么主意，二则也给婶壮一个胆！"众人一听这话也说："对对，娘亲有舅，是应该给他舅舅报个信！"李正秀也说："报是该报，可又不是一里两里路，哪个跑去帮我报这个信？"贺建道："怎么非得要跑到他舅舅家里去报信，端阳那儿肯定有他舅舅煤矿的电话号码，到村委会去给他舅舅打个电话不就行了？"贺勇道："不能到村委会打，如果让贺春乾知道了，还不说我们搬救兵？"贺建道："那到哪里打？"贺勇道："万山叔家里不是安得有一部电话吗？到他那里打！"贺建恍然大悟道："哦，对，我还忘记了！早点不说，早点说了让长军就顺便打了嘛！"贺善怀说："现在说也不迟，你们哪个再跑一趟就是！"贺建道："我去！"说着就去里面屋子问端阳他舅舅煤矿的电话。端阳果然有他舅舅的电话号码，便告诉了贺建。贺建得了电话号码，也出门去了。

没多久，贺毅黑着一张脸回来了，李正秀见只有他一个人，便道："他哥，贺春乾没来？"贺毅回道："他来个屁！"贺善怀正在里面屋子里陪端阳说话，一听外面屋子里贺毅的话，也走出来问："他怎么不来？"贺毅还是气呼呼地道："他怕承担责任嘛！"说完了才道："我把端阳挨打的经过跟他讲了，你猜他说个什么话？他说：这是一个无头公案，我没有能力去解决！一个整死个人说借了他的钱，一个又整死个人说没有借他的钱，我们都在暗处，怎么说得清楚？神仙下凡都说不清楚！我说：这样说，端阳的打就白挨了哟？他道：这个事情你们只有去找公安局，看公安局的人有没有那个能力来弄清楚，反正我是没有那个能力！"贺善怀一听这话便道："他这是耍滑头，这点事公安会管吗？再说，即使公安管，恐怕也会说是无头公案。"贺毅道："正是，要不我就报案了！"正说着，长军手里提着中药和贺建一起回来了。贺建一进门便高兴地道："给端阳舅舅的电话打通了，他舅说马上就赶过来！"李正秀道："再是马上，恐怕到的时候也是很大一晚上了！"众人忙安慰道："哪怕就是半夜，只要能来就是好的，婶子你不要着急，先去把中药熬起让端阳兄弟喝！"李正秀听了这话，果然拿起桌上的中药进厨房去了。不一时，便从灶屋里飘出一股中药的味道，苦涩中又带着植物淡淡的芳香气息。

这儿众人都围在端阳的床前，说些安慰和鼓励的话。正说着，忽听得屋外一个声音叫道："贤侄！端阳贤侄——"众人和李正秀听了又急忙跑出来看，却见是贺贵，手里提着用帕子包着的几个鸡蛋，那样子显得很焦急似的。一见众人便道："我来看看端阳贤侄是也！"李正秀一听这话便急忙道："他叔，让你费心了！"贺贵道："非也！非也！贤侄为革命流血受伤，我焉有不来看望之理？"李正秀道："你来就来吧，提什么鸡蛋？你鸡都没有喂哪来的鸡蛋？"贺贵道："没有鸡，难道就不能有蛋！不种田难道就不能吃饭！"众人见他满嘴文绉绉的话，便道："贵叔，你不要满嘴的学问了，快进来吧！"贺贵果然就进去了。端阳见是贺贵来了，喊了一声"贵叔"，差点要哭出的样子。贺贵却站在床前，向端阳鞠起躬来。端阳忙道："贵叔，你这是做什么？"贺贵道："后生可敬，老夫自愧弗如，羞煞老夫了！"说完又道："贤侄切勿灰心！贤侄可知鲁迅先生的一段话否？"

端阳忙问:"哪段话?"贺贵道:"先生道,在中国搬张椅子都是要流血的。有时候流了血也不一定搬得动!真乃精辟之论也!"接着便去拉了端阳的手,摇着道:"革命尚未成功,同志仍需努力!"说完放了端阳的手,说了一句:"老夫去也!"说着也不等端阳说什么,转身便往外面走。端阳在他背后喊了一句:"贵叔,吃了晚饭再走!"众人也跟着叫,可贺贵像是没听见一样,飘然而去了。

　　说话的时间天就开始黑了下来,众人等端阳喝过中药以后,便要回家。李正秀一见急了,向众人央求道:"他各位哥哥,你们千万不能走!你们走了,等会儿贺良毅那个挨刀的要是再来向我们要钱,我们怎么办?"贺建道:"他才把人打伤了,该不会吧?"善怀道:"那不一定!俗话说人不要脸百事可为,贺良毅什么做不出来?"贺毅听后想了一会儿,便道:"婶子的话有道理,害人之心不可有,防人之心不可无,大家还是防着一点好!反正现在回去也做不了什么,不如都在婶子这儿吃点粗茶淡饭,然后要打麻将的打麻将,要聊天的聊天,等到端阳他舅来了我们再走!"说完又对众人问:"你们看要不要得?"其余人都道:"怎么要不得?反正都是要!"说着又都去坐了下来。这儿李正秀立即去生火做饭不提。

　　众人吃了晚饭,就在堂屋里围了一张桌子打麻将。这儿也有一些平时与端阳母子比较亲近的人如贺兴成、贺世龙、贺世凤,以及贺世福、贺世财等,也前前后后地看端阳来了。一时人来人往,倒有几分热闹。众人正打着牌、说着话,忽听得院子里又有人大声叫喊:"贺端阳快点把我的钱拿来!"众人一听便知是贺良毅的声音,屋子里顿时哑了下来。贺良毅听见屋子里没声音了,便又气势汹汹道:"你拿不拿钱出来?不拿我两锄头把你这鬼门打烂!"

　　话音刚落,贺毅气不过,过去哐啷一声打开大门,果见贺良毅、贺良礼两弟兄站在院子里,每人手里都提了一把锄头,看那模样像是打算进屋砸东西。可一看屋子里那么多人,两人便愣住了。过了一会儿,贺良毅才道:"贺端阳,我先跟你打个招呼,三千块钱不还我,我一把火把你这房子给烧了!"说罢才和贺良礼转身走了。李正秀一见,便又拍着大腿哭了起来道:"天啦,这让我们怎么活呀?"贺毅去关了门,回来劝李正秀道:"婶,你不用怕!他不过是说起吓你们的,真要烧房子,谅他也没有那个胆子!"众人也又劝了李正秀一会儿,李正秀方才没哭了。

　　众人又继续去打麻将和聊天,正打着和说着白话,忽听得院子里又传来脚步声。李正秀因为有了先前的教训，一边和贺世福的女人肖琴以及贺世财的女人谢双蓉说着话，一边侧起耳朵捕捉着外面的声音。听到院子里的脚步声便马上住了嘴。脚步声上了阶沿，又紧接着响起了叩门声，声音很轻，像是很有礼貌似的。李正秀马上高兴地叫了起来："可能是他舅来了！"一语未了，人就跳了起来过去开门。一看门外站的却是贺劲松。李正秀有些失望，却道："他叔来了！"屋子里的见了也跟着叫："会计来了！"贺劲松一看屋子里这样多人，显得有些意外，道："这么多人在这儿干什么？"李正秀忙一边让贺劲松进屋，一边道："他叔，幸喜得他们在这儿，要不刚才贺良毅、贺良礼两个强盗不知道又要闹成什么样子！"贺劲松明白了，道："原来是这样！"又道："端阳在哪里？我去看看他！"李正秀道："在里面屋子睡觉呢！"说着就把贺劲松带到了端阳房里。贺劲松一进去，却对李正秀道："他婶先出去一下，我和端阳摆几句龙门阵！"李正秀果然出去了。

李正秀一走，贺劲松就去关了门，过来喊了一声："端阳！"端阳的伤处尤其是大腿根那儿，敷了贺万山的药疼痛减轻了许多，刚才已经迷迷糊糊睡去了。听到喊声突然睁开了眼，看见是贺劲松，便喊了一声，手撑在床上要坐起来，却被贺劲松按住了，道："你不要动，我只和你说几句话，睡到也能说！"端阳道："叔，你说吧！"贺劲松道："伤得重不重？"端阳道："也不知道万山的药是什么药，敷了现在就不怎么痛了！"贺劲松道："也不是我说你，你娃儿去贴什么《承诺书》嘛，张扬舞爪的，挨一顿打划不划得来？"端阳听了这话，心里有些不服，道："叔，贴《承诺书》是选举办法规定了的，我怎么错了？再说，我不贴《承诺书》，村民怎么了解我？"贺劲松道："选举办法是规定了的，可别个都没有贴，你去贴就把别个得罪了！"端阳道："我贴我的，我把哪个得罪了？"贺劲松道："你把哪个得罪了还不知道？你难道还不知道贺良毅、贺良礼这几个东西是个啥子货色？你想当村主任别个早就看你不顺眼，只是癞子找不到擦痒的地方。这下倒好，你还没有当就公开表示要坚决打击别个！你要打击也就罢了，可话写得那么明，让傻瓜一看都能猜到你指的哪个？贺良毅弟兄是横行惯了的，又有人撑腰，你想他们会不会怕你？这都怪你自己往他们的枪口上撞呢！"端阳一听这话，也觉得自己冒失了，便道："我那时只是想贺良毅几个恶人在湾里欺负了很多人，我写上这一条，就能赢得大多数人特别是被贺良毅弟兄欺负过的那些人的选票！"

贺劲松道："你的想法没有错，可就是把话说得太明白了！"端阳沉默了一会儿才道："叔，你说这件事，贺春乾在背后使怪没有？"贺劲松道："这哪个知道呢？反正上午贺春乾和贺良毅都来看了你的《承诺书》的……"

话没说完，外面屋子里突然响起了一片"他舅、他舅"的呼喊声，端阳道："可能是我舅来了！"贺劲松正想起身开门出去看看，却听得房门吱呀一声被推开了，端阳的舅李正林一步跨进屋里，口里大声叫着："外甥，你怎么了？"贺劲松抬头一看，只见端阳他舅一张国字脸，两道英雄眉，粗腰壮腿啤酒肚，和李正秀全然不同。他身后还跟了两个五大三粗的壮年汉子，面孔黧黑，每个人手里都提着一盏矿灯，腰间扎着一根皮带，模样既像矿工又像矿上的保安。端阳一见李正林，哽咽着叫了一声："舅！"眼泪就刷刷地掉下来了。李正秀一见儿子掉泪，自己又哭起来了。李正林一见端阳头上缠着的纱布和眼角上那块瘀青，又见他们母子俩这副泪眼婆娑的样子，顿时红了眼睛，像是遏制不住地叫了起来："打人的家伙在哪里？我去会会他，看他究竟有好凶！"众人听了这话忙说："他舅，这样大一晚上了，就不要去了，明天找他也不迟！"李正林还是红着脸道："那你们给他带个信，叫他龟儿子眼睛放亮点！他是哪只手打的，老子非要把他那只手卸下来！十万块钱卸不下来，老子再加十万块卸不下来才怪！"贺劲松一听这话，忙道："他舅，你冷静一点，有什么话慢慢说！"又对李正秀道："他舅连夜赶来，怕还没有吃夜饭，他婶快去生火做饭吧！"说完又对众人道："他舅来了，各位都回去睡觉吧！"众人明白贺劲松可能有话要和端阳他舅单独谈，便也纷纷道："就是！就是！那我们就先回去了！"说罢就各自回家去了。

等众人全部离开后，贺劲松果然对李正林轻声道："他舅，我们借一步说话。"李正林听了这话，看了端阳一眼。端阳道："他是我叔！"李正林听了这话，便随贺劲松出来走到另一间屋子里，关了门，才笑道："他舅，几年不见，你不但发财，也发福了！"李正林在一条凳子上坐了下来，也笑着回道："财没有发，身体确实横起长了不少！"贺劲松又笑道："这就是福相嘛！哪像我们想长胖点都不得行。"说罢才言归正传，道："他舅来得正好，我正愁这事怎么收场呢？"李正林撇了一下肥厚的嘴唇，不以为然地道："有什么不好收场的？明天一早我便去找贺良毅！他要是认错道歉、赔医药费就罢了，要是不赔，我也非要掰断他的手不可！我要掰不断，自然有人来掰，非要把他身上的零件一个一个卸下来，不然他不知道锅儿是铁铸的！"

贺劲松一听这话急忙摇手道："不可，他舅千万不可这样做！"说完也不等李正林回答，便又接着道："我知道他舅要找两个人卸贺良毅身上一两个零件，轻轻松松就做到了。可这是犯法的事，如果扯出萝卜带出泥，他舅你也会猫儿抓糍粑——脱不了爪爪！你脱不了爪爪倒还在其次，端阳这辈子就可能给毁了！"李正林道："关端阳什么事？"贺劲松道："怎么不关端阳的事？农村有句俗话说，不为那窝草不得摔死那头牛！贺良毅弟兄也不是傻瓜，还猜不出是你在报复他？你道贺良毅弟兄是好惹的？老大老二才改革开放不久就在城里帮人看赌场，莫说打架斗殴，就是白刀子进、红刀子出的事，也干了不少，早就练出了一副恶魔的心肠。只是这几年，随着年龄大了才多少收敛了一点儿，不常常抛头露面，带头打架了。可背后出点子还是少不了他两人的。现在最可恶的便是这老三贺良礼和老幺贺良毅。两弟兄从小跟他哥学，吃喝嫖赌哪样都来。贺良毅前两年在外面赌博，欠了别人一屁股赌债，连屋也不敢落。他婆娘跟他离了婚，把女儿也带走了。那女人先在城里擦皮鞋，贺良毅隔三岔五跑到城里去缠她，女人怄气不过，现在又带了女儿到广州打工去了。贺良礼压根就没有结过婚，不知道从哪里拐了一个女娃儿回来，也没扯结婚证就和别人睡到一起。睡了一段时期，女娃儿见贺良礼不是个东西便跑了。后来又带女人回来，可都搞不到多久女人就又离他而去。所以到现在贺良毅和贺良礼弟兄都还是一个光刷刷！因此他们才敢这样横行霸道，两个破罐子嘛，还顾个什么？你要是卸了他们任何一个人身上的零件，那还有其他三弟兄呢？他们纵然把你奈何不了，可对端阳母子他们要是也下毒手，这岂不是会害了他们母子俩？"

李正林一听这话愣住了，过了一会儿方道："依老哥的主意我们该怎么办？"贺劲松道："明天把端阳带走！"李正林像是受了惊似的，瞪大了眼睛道："什么，带走？这岂不是说我们就怕了他们了？"贺劲松听后急忙摇着手道："他舅这样想那就错了！你难道没有听说过'君子报仇十年不晚'的话吗？"李正林听了贺劲松这话，突然不吭声了，只看着贺劲松。贺劲松停了一会儿，方才接着说道："你知道端阳挨打为的是什么？为的是选举！可你知道贺家湾这潭水有多深吗？你可能知道一点，也可能不知道。我跟你说，贺家湾人不多，地方不大，水却深得很！端阳有理想，有志气，想竞选村主任，我虽然不敢公开出来支持他，暗地

122

里是支持的。可他现在要和贺春乾斗，不但经验不足，也还嫩了一点儿。我原来就跟他说过，你就是穿一双草鞋从贺春乾肚子里钻三趟，也擦不到他的一丁点儿油星星！结果真还被我说中了！你猜不到贺春乾有好狡猾？起初他随便点了几个他那一伙的人，成立了村里的选举委员会，这事被你外甥晓得了，写了《告全体村民书》发给村民，指出他们这样做违背了《村民委员会组织法》。贺春乾也知道自己违了法，便假意号召村民来推举，结果把我这个脓包骨推出来做了选委会主任。可就在成立新的选委会这天，他又宣布成立了一个村换届领导小组，他亲自担任组长，贺国藩担任副组长。贺国藩是哪个？就是他们定的下一届村委会主任的候选人，现在的支部副书记。我一听就说这样做有点儿不妥吧？贺春乾马上问我：有什么不妥的？我说《村民委员会组织法》第十三条有明确规定，村民委员会的选举由村选举委员会主持……我话还没有说完，贺春乾便说由选举委员会主持是不错，可村民选举委员会还要不要党的领导？说完又抬出乡党委来压我，说这事是经村支部研究，乡党委批准同意的，目的就是要加强党对换届工作的领导！说完还说中央要求加强党对村委会换届选举工作的领导，层层建立了强有力的领导机构。远的不说，县上和乡上不是成立了换届指导小组吗？县上和乡上能够成立，我们贺家湾难道就不属于共产党领导，就不能成立？所以我们正是按中央精神办的，哪个反对就是和党中央过不去！你看看，把党中央都抬出来了，哪个还敢发表不同意见？我一听这话，也就知道这新成立的村选举委员会只是聋子的耳朵——摆设，也就不说什么了。果然接下来村选委会开任何一个会议，村换届领导小组的人都是全部参加。参加不说，凡大事小事都仍由贺春乾和贺国藩两个人说了算。可怜你那外甥还以为自己胜利了，实际上却是换汤不换药……"

说到这儿，贺劲松一边抿着嘴唇一边看着李正林，见李正林听得十分认真，停了一下又接着道："这还不算恶毒的，最恶毒的是贺春乾见你外甥组建了自己的竞选班子，四处开展了宣传和拉票活动，估计会威胁到贺国藩的当选了，便心生一计，来了个釜底抽薪。他去找到端阳的一个堂兄贺兴成，许诺让他做村委会副主任，叫他也出去拉票。拉票的时候又叫他盯着村委会主任的职务拉，说什么村委会主任虽然当不上，可那票却可以和副主任的票一起计算。贺兴成自然也巴不得当一个村干部，就照贺春乾的话去做了。这贺兴成年龄比端阳大，心计自然也深些，他当着你外甥发誓赌咒说只竞选村委会副主任，让端阳帮他拉票，他呢

123

也帮你外甥拉村主任的票。你那外甥毕竟年轻，信以为真，使劲去帮贺兴成拉副主任的票，可贺兴成出去拉票时却提都不提你外甥的名字。这还不算，贺春乾压根也没想让贺兴成当村委会副主任，昨天又悄悄去动员了小房的另一个人贺显贵，让他也出来竞选村委会副主任。能够支持端阳的也只有小房的人，小房的人本来就不多，如果大家团结，都支持端阳，加上争取郑家塝杂姓一部分票，再加上大房总有一些人对贺春乾和贺国藩有意见，会把票投给端阳。这样一来端阳被选上的可能性还是有的。可现在小房的人被贺春乾一挑拨，闹起了内讧，那票东分散一点，西分散一点，所以我敢肯定说，端阳这回是七月十四烧笋壳——没纸（指）望了……"

　　说到这儿，李正林忽然插了话，道："即使选不上，也没必要走呀？竞争得赢就争，竞争不赢又不丢人，走什么？"贺劲松急忙摇了摇头，慢条斯理地道："话是这样说，可你还不知道你外甥那个倔脾气？别的不说，你说他会甘心被贺良毅弟兄白白打一顿？他一不甘心，等稍稍下得床后，肯定会去找贺良毅弟兄理论。一去找贺良毅弟兄理论，贺良毅弟兄肯定又会动手。一动起手来，吃亏的又肯定是你外甥！要是又被打个好歹怎么办？退一万步说，即使端阳忍了这口气，不去找他们理论，可他们早把大话说出来了，要你外甥还贺良毅的三千块钱！端阳明明没借，怎么会还他的钱？只要一还他的钱，不说明有这回事了？所以我想端阳是整死个人，也不会给他一分钱的！只要不给钱，贺良毅弟兄岂肯罢休？还有，如果端阳起床知道贺兴成背叛了他，他被人耍弄了，他又怎么咽得下这口气？年轻人本来气盛，如果又和贺兴成闹起来，不但伤了弟兄和气，而且对他今后也不利！因此我说当下最好的办法就是以退为进，以养伤为由，三十六计走为上策。"说完，见李正林还在犹豫，便又道："他舅，你也不是糊涂人，不要以为端阳今天退一步就是怕了他们。古人说得好，留得青山在，不愁没柴烧！端阳还年轻，今年才二十三岁，才是出林的笋子，今后的日子还长得很！这一次换届选举不行，下一次又来就是！过几年，人老辣些了，经验多了，人缘关系结得更广了，说不定就成功了！何必这回非要去争这口恶气不可？你姐夫就只留下这一个儿子，你姐那么年轻都不嫁人，为的就是这个娃儿，如果出了个什么意外，你姐怎么跟地下你姐夫交账？"说完又道："我也不哄到你说，我刚才来的时候去问了贺万山你外甥的伤情。贺万山跟我说，只差一颗米，端阳这娃儿的命根子就被人废了。你想想，如果真的把那个地方废了，娃儿这辈子活起还有什么意思？"

贺劲松的话刚完，李正林的脸就变了，道："他叔，你说得对，留得青山在，不怕没柴烧，明天我就把端阳接到我那儿去养伤，等选举过了再让他回来。不过，贺良毅捏造事实说端阳借了他三千块钱，我把端阳接走了，他还来找我姐闹怎么办？"贺劲松想了一想道："这个事他舅信得过就交给我去办好了！一则贺良毅弟兄主要是不想让端阳当村主任，才生的这回事。现在见端阳走了，可能也就会收敛一些。还有你刚才那几句要卸他身上零件的话，虽是气头的话，却还是能把他吓得到的。因为他们知道你有钱，能够办得到！假如他们还来找你姐闹，我去对他们陈明利害。他们再不要脸，可命还是想要的。这两个因素加起来，所以我想他们还是要蜷些脚的！"李正林听了，道："那好，那我就拜托他叔了！"说完又道："可端阳要是坚持不走又怎么办？"贺劲松道："这就看你当舅舅的权威了！"话完又马上补充说："你让他到外面治病，他怎么又不会答应？我给你出个主意，明天早上你找一个人，假装去找贺万山来换药，也不真去，在外面打一逛就回来，然后就当到端阳说万山叔说的，这病他治不了，需要马上到外面医院里治，迟了就会留下后遗症，以后恐怕连生育都会没有。端阳是懂事的，哪头大哪头小，他还是知道的。如果他实在不走，你拿出你做舅的威信凶他一顿，他看见你生了气，也就会在心里同意了！"李正林道："他叔，难得你这样巴心巴肝地为我姐和端阳着想，我谢你了！"

说着，李正林突然打开皮带上的钱匣子，掏出一叠钱就往贺劲松手里塞，一边塞一边道："他叔，你我都不是外人，我这回来得急，连烟都没有买一盒。这点钱你拿回去自己买几盒烟抽！"贺劲松急忙挡了回去，道："他舅，你把我当什么了？我是看到端阳长大的，觉得这娃儿确实不错，加上我也是小房的人，胳膊肘向内拐，真心实意帮他的！这样一来我倒是为了钱了……"李正林不等他说完，马上道："他叔，你千万别那么想！我是想端阳还年轻，以后多少事情都要靠你们这些老辈子给他出主意。我隔得远，不能常来看他们娘儿母子，我在这里就拜托他叔多承你常来看望他们一眼……"贺劲松也不待他话完，便道："这点他舅放心，我肯定会尽力照看他母子俩，但钱我是不能收！"李正林道："他叔要不收下，就是看不起我李正林了！我跟他叔说个实话，这几年我还是赚了一点钱，不在乎这点！端阳老汉死得早，又死在我的煤矿上，我心里到现在一想起他老汉，就觉得对不起他们母子。我也下了决心，只要端阳走正路，他想干什么，花多少钱，我都支持他！所以就看到端阳的面子上，他叔也一定要收下！"贺劲松见实在推辞不了了，便道："我知道他舅这几年赚了些钱，可这些钱也不是枪打出来的。这样，我收一条烟钱，领你这份情！"说着，就从钱中抽出了两张百元钞票。可李正林一看，马上道："两百块钱买什么烟？要买就买好烟！"说着，自己又抽出了几张，连看也没看，啪地塞到贺劲松手里。贺劲松只好收下了。然后两人走了出来。这时，李正秀已经为李正林等人做好夜宵，李正林留贺劲松一块儿吃，贺劲松说自己吃过了，进去和端阳打了一声招呼便出门回去了。李正林看着贺劲松的背影，对李正秀说了一句："这是一个正派人！"李正秀也说了一声："是！"便过去关了门。

第二天吃过早饭，李正林果然喊李正秀去叫了贺毅和贺善怀过来砍竹子绑了一副滑竿把贺端阳抬走了。贺贵听说李正林将端阳抬去治伤了，就像是死了亲人一般，立即跑到村委会那村务公开栏前，在端阳那份《承诺书》上又痛心疾首地写下了两句话，道是：

> 出师未捷身先死，
> 长使英雄泪满襟！
> 呜呼，痛哉痛哉——

贺端阳在他舅舅的老林乡住了一个多星期。这期间也曾几次要回来，均被李正林以医生说伤还没有痊愈给拦住了。一直等到选举结束，李正林方才派人送了端阳回贺家湾。此时，贺家湾的选举自然已是尘埃落定。贺国藩做了村委会主任，贺贤明仍继任村委会副主任。端阳尽管没有在家，却也得了将近三百张的主任票。这让端阳多少得到了一些安慰，同时，也鼓起了他下次竞选的信心。

第二部

第一章

一

　　端阳伤愈后回到贺家湾，贺家湾的选举已经尘埃落定。但一听说自己还是得了三百多张的主任票，内心还是有些暗自高兴，决心在下一次选举中再一决高低。说话间春节便到了。乡下现在过年，虽然没有大集体时期热闹，但亲戚朋友间你来我往，吃吃喝喝，聚在一起打牌掷骰、聊天吹牛，还是十分活跃的。贺家湾农人将聊天称为"日白"，本是打发闲暇时间的一种方式，和打麻将一样，是农家一景。平时如此，如今过年闲暇的人更多，走在村里各个湾里，都可以看见很多老人和妇女，甚或也有一些不打牌中青年人，三三两两聚在院子里当阳的墙根下或某块空地中，或抱拳站立，或双腿下蹲，或两脚盘地，或眯缝着眼……形态虽异，但脸上的表情却无一不是闲适、惬意、轻松的。"日白"的内容，上至世界形势，下到家长里短，外从公共事务，内到个人隐私，无不包括其中。"日白"到激烈处，也有争论，有辩驳，但很少有脸红脖子粗的时候。为啥？原来那"日白"和村里的麻将圈子一样，也是"物以类聚，人以群分"的。首先是从性别来看，"日白"大都是男人和男人一起，妇女和妇女一起，老人又和老人一起，各有各的圈子。如果妇女和男人在一起聊天，多半是那女人的丈夫也同时在场。否则，那女人便不会轻易到男人堆里来，以免引起说长道短。其次便是有没有共同的话题？也就是通常所说的"说不说得来"。如果不是同一类的话题，不投机，也绝不聚到一起来。不同类型的圈子，主题便也会各异。一般来讲，女人们聊的一般会是张家长、李家短，有时也讨论一下电视剧里的内容。如有那等不打牌的中青年男人聚在一起，三句话便会绕到赚钱上去。或是以羡慕的口气说某在做什么，又赚了多少钱，或是干脆直接说，某某生意比某某生意赚钱！这话题既新鲜又让人激动，争论也最多，有时甚至争得面红耳赤，不欢而散。而老年男人的圈子，除了说说儿女不孝之外，还会经常聊一些国家大事、世界形势，说着说着，便又会不由自主地拿过去和现在比较，随后得出现在或好或不好的结论。这样的话题如放在女人圈子里，绝不会引起她们一点儿兴趣的。此等闲聊，散散淡淡，既无人组织也无人干涉，随兴而谈，或三言两语，或长篇大论，纯属打发闲暇时光是也。却不知村庄的各种信息和道德舆论，均在这种闲聊中得到了传递和维系。以此观之，闲聊实在不闲。因为这年不久前村里才换了届，且端阳年纪轻轻又挨了打。因而这年春节前后，村里人聚在一起聊得最多的，便是选举和端阳挨打的事。一说到端阳挨打的事，不管是男人还是女人，大都对他持一种同情的态度。觉得这娃儿还没讨婆娘，要是被贺良毅把卵子踢破了，这辈子就完了！因此，人们便对贺良毅不满起来，说不想让人家当干部，你不投票就算了嘛，怎么下这样的死手？你自己婆娘跑了，这辈子外公死儿——绝了种，也想让别人断子绝孙不成？这样恶毒的人老天爷该叫他绝种！即使是大房很多人虽然在选举中没有投端阳的票，可心里还是持这种观点。可是只要一看见村里干部或贺端阳本人走近了，不管是哪个圈子的人都会把话题马上转到别的事情上去，多少有点忌讳的意思。

　　贺端阳知道众人在议论他，他也不管，只管去忙自己的。为了答谢他挨打后贺毅、善怀、长军、贺勇、贺建等人的救护，也为了感谢在竞选中他们为他鞍前马后出力，要是没有他们出力，他怎么能得到这样高的票？这次虽然没有被选上，可下次还得依靠他们！因此，趁过年这个时机，他让李正秀又办了一桌酒席，请了贺毅、善怀、长军、贺勇、贺建、贺世福、贺世财等人来家里团聚。端阳已经知道了贺兴成背叛他的事，心里非常气愤，觉得要不是他横起杀一枪，他可能就当选了。因而在心里暗暗发誓，从今以后和贺兴成这个"叛徒"一刀两断，再不来往了。所以也就没去请他，也没去请贺林、贺飞等人。

　　这天中午，贺毅、善怀、长军、贺勇、贺建、贺世福、贺世财等人在端阳家里吃喝得正起劲，突然从门外进来一人，道："嚯，吃得这样闹热，怎么不请我？"众人一看原来是贺庆。这贺庆四十多岁，四方脸膛，个子不高，敦壮结实，仿佛铁塔一般。大家一见都急忙放下筷子，道："哦，原来是你！我们也才刚动筷子！"说着都要起身让座。端阳道："你们都坐着，我是主人，该我让座才是！"说罢过去拉住贺庆道："贺庆哥这里来坐！"贺庆拍了一下端阳的肩膀，道："哈，我也不知道老弟你今天请客，要早知道你不请我也要来了！"端阳正要答话，李正秀从灶屋里走了出来，道："他哥，现在请你也不迟叫！"贺庆一见李正秀，急忙弯腰鞠了一躬，道："婶，给你拜年了！"李正秀笑道："年在你那儿，拜什么哟！"众人道："你要坐就坐到起，过场那么多干什么？"贺庆听了这话才道："你们吃，我是吃了饭才过来的！我来主要是想跟端阳老弟说几句话！"众人道："是什么重要的话，就不能也说给我们听听？"贺庆道："你们要听？正好，我还打算问你们呢！"众人急问："问我们什么，你就快说？"贺庆果然扫了一眼众人，道："你们这样多人在屋里，怎么就让贺良毅这个的东西把端阳老弟给打了？"众人一听这话就都不吭声了。端阳见了又急忙拉着贺庆道："贺庆哥，先来坐到再慢慢说！"贺庆道："我真是吃了饭才过来的！"说完又生怕端阳不相信，马上又接着对众人解释道："我幺姨妹在外头打了几年工，今年回来过年了，我屋里那个今天回娘屋看她妹子去了。我一个人在屋里热了一碗冷饭吃，吃完就过来了！"端阳道："吃了也坐到叫！俗话不是说跨条阳沟也要吃三碗火米干饭吗？"贺庆听了方才去了。

　　贺庆何许人也？原来，贺庆在贺世海当政时期，曾经被贺世海提拔起来做过村上的计划生育主任。贺世海为什么要提拔贺庆做计划生育主任？一是因为贺庆当过兵，性格耿直，不怕得罪人。二是因为贺庆是大房的人！贺世海和大房的人有矛盾，怎么又要提拔大房的人？这其中就有原因了。原来，那些年的计划生育工作抓得很紧，不但乡镇一级设有专职的计生部门，配有专门的工作人员，就连村上也有专职的计生干部。村上的专职干部不仅要配合乡上的干部明察暗访，摸清村里每家每户的生育情况，尤其是计划外怀孕的情况，好随时向上报告。而且还在参加乡上组织的计划生育突击队，到村里抓"大肚子"，抓到后送到乡上医院引产和结扎。如果不去结扎或引产，便又要从社会上招一些能够动武的蛮人扒房子、挑粮食、捡家产。村民私下里把这些人叫作"土匪"或"催命鬼"。计划生育主任虽是村里一干部，却因太得罪人，许多人都不愿意当。即使当，迫于上上下下的压力，也没人能当得长久。贺家湾大房人占了多数，计划生育工作的难度也在大房一边。因此，贺世海一方面见贺庆才当兵回来不久，工作有热情，更重要的是想"以夷制夷"，于是便向乡上管计划生育的领导汇报过后，回来便宣布了任命。从此，贺庆便成了村干部中的一员。贺庆一则年轻，二则军人的脾气还没改，三则个性本来又有点"冒"，因而工作还算不错。

贺良毅头胎是个女儿。这年两口子又躲到外面生了一个男孩。男孩生下后并没有带回家里，而是放到了孩子的大姨家里。虽然贺良毅没把孩子带回来，但他们超生的事还是被乡里计划生育指导站的干部知道了。他们到孩子的大姨家里把那孩子抱了回来，接着按规定进行罚款。贺良毅拿不出足够的钱，乡上来的"突击队"就挑了他家的粮，牵走了圈里的猪。可过后不久，贺良毅的宝贝儿子却生了病，四处寻医都未能治好，夭折了。人财两空，这对贺良毅的打击实在太大，在心里一口咬定是贺庆到乡上汇报了他女人超生的消息，并且那"突击队"也是他给领下来的。

一日，贺庆到贺良毅家里动员他女人去结扎，忽然从屋子里冲出了贺良毅四弟兄，抓住贺庆便是一顿暴打。他们说贺庆借工作之名，一进屋就对贺良毅的女人耍流氓。贺庆明知贺良毅几弟兄打他是因为他女人超生的事，便一个劲儿对贺良毅解释不是他到乡上报的信，突击队也不是他领下来的！可贺良毅弟兄又哪里肯相信，把贺庆打得不能动弹以后，还拿绳子拴住他的脚，把他倒挂在院子边一棵树上，四弟兄一人拿了一把刀守在两边，不许人去救。最后还是贺世海到村办公室用电话向派出所报了案。派出所来人才把贺庆给救出来。贺庆回去一连躺了半个多月，方才能勉强起床。一起床便去找贺世海，找乡上，找司法所，找县计生委，县人大，希望上级和领导能为他伸张正义，洗清冤屈。贺世海又何尝不知道贺庆是挨了冤枉，可他却又毫无办法！乡上司法所、派出所，也来调查过。可贺良毅弟兄却一口咬定不是为超生的事，而是因为贺庆对他女人耍流氓，这才打的他。司法所、派出所也不好认定，只是对贺良毅说即使他要对你女人非礼，你们打人也是不对的！要他们拿五百元钱赔贺庆的医药费。贺良毅脖子一梗道："要钱没有，要命一条，拿去！"派出所和司法所的人便没法了。县计生委和县人大先信誓旦旦，表示一定要打击歪风邪气，不然今后的计划生育工作怎么开展。

及至听了乡上的汇报，口气却一下含糊起来。虽不明确批评贺庆"耍流氓"的事，却还是说道："以后要注意一点，我们干部对自己的一言一行都要要求严一些，不要让一些别有用心的人钻了空子!"贺庆一听这话，知道自己这冤屈是跳到黄河也洗不清了。什么话也没有说就走了。一回来就向贺世海说了一声："这×活路，不是人搞的，我不搞他娘的了!"说完这话第二天，便脚板心抹油，去外面打工了。

贺庆确实没有向乡上汇报贺良毅女人超生的事。贺良毅女人从怀孕过后一直是躲在外面，也没回过家。而且生也是生在外面，又不是生在贺家湾，贺庆又没长千里眼，怎么知道他超生了？既然连他知都不知道，又怎么到乡上汇报？既然贺庆没有汇报，乡上管计划生育的干部又哪儿掌握到贺良毅超生的事的呢？这事要怪也就怪贺良毅自己！原来只有在医院生的孩子才打防疫针。可贺良毅见自己好不容易才生一个儿子，生怕出了纰漏，才满月也叫娃儿的大姨抱去打防疫针。打防疫针是要登记的。婴儿叫什么名字，什么时出生，是男是女，父母是谁……都要写到册子上。那娃儿的大姨没上过学，是个直人，想那些护士和计划生育部门是铁路上的警察——各管一段，犯不着对她们遮遮掩掩。加上那些个姑娘们一个个都穿着白大褂，又年轻又可爱，嘴巴又甜，大娘前大娘后喊得个脆嘣嘣的，又直夸这娃儿乖，长大一定有出息……说得那女人心里开了花似的。因而也不往深处想，别人怎么问，她就怎么答。可哪里想到，医院里那些接生的、看病的、打防疫针的，都是计生部门的卧底。当然这卧底也不是他们愿意当的，是公家要他们当的。要是他们说假话，包庇超生对象，让计生部门或乡政府知道了，他们也是猫儿抓糍粑——脱不了爪爪。计生部门每个星期都要去医院检查登记册。这样他们就对超生对象掌握得一清二楚了。管计划生育的干部通过这个渠道，就掌握了贺良毅超生的事，然后就去抱了婴儿，带了"突击队"来罚款了。贺良毅兄弟不知内情，只把贺庆当作了出气筒。贺庆不仅受了皮肉之苦，而且还背负了一个"耍流氓"的不白之冤，内心里对贺良毅弟兄的仇恨自是不比一般。

贺庆被端阳拉到酒桌上，李正秀早换上了干净的杯盘碗筷。贺庆看见端阳往他酒杯里斟酒，便用手去蒙着酒杯道："少点，老弟，半杯就可以了!"众人一听这话，便道："半杯怎么行？必须满实满载!"又道："入席三杯，还没有罚你的酒呢!"贺庆没法，只得让端阳斟满。端阳放下酒瓶，正打算举杯敬贺庆时，贺庆却抢先站了起来，端起杯子对端阳道："老弟，我今天借花献佛，就借你的酒敬你了！"端阳忙一边将贺庆往座位上按一边道："贺庆哥你搞错没有，今天哪个是东家？"贺庆道："今天我就不管那些规矩，反正我先喝为敬！"说着又站了起来，举起杯子一口就将酒干了。喝完后，又将空杯子对准端阳，意思是说："我已经喝了，看你喝不喝？"端阳没法，便把杯子举到嘴边。正待喝时，贺毅却一把将端阳手里的杯子抢了下来，道："端阳你不要忙着喝！"说完又对贺庆道："屁股一抬，喝了重来，哪个叫你站起来喝的？"又道："还没说话就把酒喝了，不行，不行，得重新喝！"众人听了也跟着道："对！对！重来！"原来贺毅和众人知道端阳喝不到多少酒，因而便想保护他。另一方面众人也知道贺庆是个心直口快的人，也想拿他说笑说笑，热闹一下。贺庆听了众人的话，果然不服气地道："哪个说的屁股一抬喝了重来？"众人道："贺家湾喝酒的规矩你怎么忘了？"贺庆道："不对，不对！屁股一动，表示尊重，我是敬他的酒，不站起来算什么尊重？"众人道："好，好，就依你说的，屁股一动表示尊重，可你总该说句话呀？话都没有一句，算什么敬酒？"贺庆摸了摸了脑袋，嘿嘿地道："那是，那是，我是该说两句话。重来就重来，我认罚！"说着把杯子推过去。端阳又给贺庆斟了一杯，众人看着贺庆端了起来，正待说话时，众人却故意笑嘻嘻道："说话，说话！"贺庆本来想好了话，看着众人这副样子，突然扑哧一笑，那话也忘了。憋了半天，才突然道："来，老弟，我敬你！从今以后，我们就是一个战壕里的战友了……"众人不等他说完，便故意道："什么一个战壕里的战友？"贺庆道："我们都挨过贺良毅弟兄的打，不是一个战壕里的战友是什么？"众人又故意说："哦，原来是这样，到底是当过兵的人，开口就是部队里那些话！"贺庆没管众人，继续举着杯对端阳道："从现在起，我们要团结起来，共同对付我们的敌人！"端阳听了这话，正不知如何回答，却听贺毅道："说得好听，你说怎么共同对付？端阳要做村主任你支不支持？"贺庆突然将酒杯重重往桌上一放，憋红了脸道："不支持不是人！"说完又马上道："说个老实话，我一回来就听说了端阳老弟《承诺书》的事！不说别的，就冲其中'坚决打击一些人横行霸道行为'那条，我也坚决支持！"贺毅又道："这样说来你今后要投端阳老弟的票哟？"贺庆仍是急赤白脸地道："不投是王八！"贺毅马上把贺庆面前的酒端起来，递给了他，同时又对端阳道："端阳，就冲贺庆这话，这杯酒哪怕是毒药你也喝了！"说

134

完，又对贺庆说："贺庆哥你先喝!"贺庆道："我敬酒，当然先喝!"说着便将杯里的酒一饮而尽。贺毅见了，马上又将他面前的筷子递给他，道："吃点菜，吃点菜，贺庆哥!"贺庆果然接了筷子去夹菜。这儿贺毅乘贺庆不备，迅速拿过端阳手里的酒杯，将酒往桌下一倒，又马上将空杯子递到端阳手里。端阳将空杯子举到嘴边，做出喝酒的动作。这儿众人就马上叫："看，端阳喝了，啊!"贺庆一边吃菜，一边朝端阳看了一眼，便翘起大拇指连连道："好!好!是自己弟兄!"

吃喝到一半的时候，贺庆已经带了几分酒意，突然红着脸，对端阳大声说道："老弟，我跟你说个婆娘你答不答应?"端阳脸马上红了，正想说："贺庆哥你开什么玩笑?"忽然听见母亲竟喜滋滋地问："他哥，你说的是不是真的?"贺庆红起眼睛道："怎么不是真的?"李正秀道："是哪一个?"贺庆将大腿一拍，道："我幺姨妹!"众人一听都笑了起来，道："什么，你幺姨妹?你舍得把幺姨妹跟端阳说?"贺庆大咧咧道："什么舍不得?又不是我的……"说到这里突然住了嘴。众人一看更开心了，道："怎么不是你的?古话都说姨妹姨妹，姐夫有份!你倒老实交代一下，你摸过幺姨妹的屁股没有?"又道："你别把自己整过的破货说给我们端阳老弟哟!"李正秀见大家越说越不像话了，便嗔道："背时的些，说些什么话?都该打嘴巴!"说完又对贺庆道："侄娃儿你不是来逗婶开心的吧?"贺庆道："婶，我来逗你开心，都该遭天打雷轰!跟婶说个实话，我和你侄媳妇今年一回来，听说了端阳老弟的事，就觉得老弟有志气，以后肯定能办成大事!昨晚上你侄媳妇说要回娘屋，我一下想起了，我那幺姨妹也是一个有志气、心性又高的人，和端阳的年龄也差不多，正好是城隍庙里的鼓槌——一对!我把自己的想法跟你侄媳妇一说，你侄媳妇也很欢喜，说：是呀，是呀，我怎么没有想到呢!说完，就叫我今天到你屋里来打听一下端阳老弟的口气，所以我就来了!"李正秀一听，高兴得嘴巴都合不拢的样子，直道："多谢!多谢!侄儿你多吃点菜!"众人听了又撺掇端阳给贺庆敬酒。端阳却只是红着脸，一副不好意思状。众人只好作罢。李正秀又问："那丫头叫什么名字呀?"贺庆道："叫王娇!"众人一听，又道："王娇?不行，不行!"贺庆道："怎么不行?"众人道："一听这名字，就一定是像林黛玉这样一个娇滴滴的人，端阳老弟养得起吗?"贺庆道："你们放心，我那幺姨妹名字叫娇，其实一点儿不娇，什么苦都能吃!你们想嘛，她初中一毕业就出去打工，要是像林黛玉那样的人，能够吃得下那个苦?"众人又才道："哦，原来是这样！"话完，贺长军突然又问道："哎，贺庆哥，你那幺姨妹有没有你老婆漂亮？"贺庆道："你说我老婆？我只这样跟你们说，你王娟嫂子和她妹子比起来，就像是用晾衣竹竿去勾月亮——差远了！"众人一听这话，又故意用夸张的口气道："啊，比你老婆还漂亮，那不成了仙女了！"说完又一齐对端阳道："端阳老弟，那快点答应下来！"贺庆也在端阳肩上重重拍了一下，道："就是，老弟，过了这个村，就没有那个店了！我回来听人说你不干一番事业就不结婆娘！这是什么话？一辈子干不成事业，一辈子就打光棍？再说，这事业有大有小，你再怎么干，谅你也到不了中央去……"话音未落，李正秀像是高兴糊涂了一样，道："怎么到不了中央？别个到党中央，他到田中央嘛！"贺庆听后笑了起来，道："就是，最多到个田中央！"可说完又说："到田中央也是事业，哪个说不是？所以也要讨婆娘是不是？"众人跟着起哄道："对，还是大事业呢！如果莫得人到田中央，就是党中央的人哪里有饭吃呢！"又道："贺庆哥，快点把你幺姨妹带来让端阳老弟看看！"说完又都举起杯子，道："大家喝酒，祝贺端阳老弟找了个乖妹儿！"

吃过饭，众人又说了一些闲话后慢慢散了。贺庆也走到了院子里，李正秀却突然跑出去一把拉住了他，低声道："侄，我侄媳妇那妹子什么时候到你们屋里来？"贺庆看着李正秀笑道："婶，皇帝不急太监急，端阳老弟还没跟我回话呢，你急什么？"李正秀忙朝屋里看了一眼，凑到贺庆耳边说："你放心，我看他心里头是答应了，就是不好意思在嘴巴上说！"贺庆道："真的？"李正秀道："你不知道，他心里要是没那个意思，早就反对了！"贺庆笑道："那就好，婶，我知道你早就想抱个孙子在怀里了！"李正秀正色道："没正经的东西，问你老实话呢！"贺庆道："婶，我也是说的老实话！"然后低声对李正秀说："今下午她就要和你侄媳妇一起到我们屋里来，你什么时候到我们屋里来瞥几眼啊！"李正秀便答应了一声，让贺庆自去了。

吃过晚饭，李正秀果然换了衣服，打扮得舒舒气气的，要去贺庆家里看那姑娘。叫端阳一起去，端阳却不肯去，道："黑天摸地的，要看明天去不得？"李正秀道："有好黑？天上不是还有点弯月亮吗？"说完又道："这样长的夜吃了就睡，睡得着？"端阳还是不去，道："要去你去吧，我不去！"李正秀看着儿子一张发红的脸，明白端阳的心思，便用了埋怨的口气道："没有出息的东西！正大光明的事有什么不好意思的?"一边说一边朝外面走去。走到院子里,端阳却追了出来,对母亲说:"妈,你跟她说,我反正是要竞选村主任的,她要是支持我,我就答应和她做朋友!她要是不支持我,哪怕她是王母娘娘的女儿我也不答应!"李正秀听了这话,便道:"你现在跟她说这些做什么?等以后要得差不多了,你再跟她说嘛!"端阳道:"不,我要把话说到前头,免得以后说我哄她!"李正秀道:"哄她,哄她,我看你个瓜娃儿这样直,以后怎么办?"一边说一边拍打着衣服,急急地去了。

端阳等母亲走后,心里就像有什么抓挠一样,坐不是躺不是站也不是。打开电视,嫌那电视里的画面和声音十分的烦人;翻开书本,又嫌那书本上的字太小,如那蚊子一般在纸上乱跳,根本看不进脑海里去。这种心情自从中午在桌子上听见贺庆说王娇比她姐姐王娟还要漂亮的话后,便是这样了。原来贺家湾有"四大美人"之说。那排在"四大美人"之首的,便是贺庆家那身材娇小,脸如桃花、眉似柳叶,且又生得蜂腰肥臀的女人王娟。第二大美人便是贺国藩的女人胡琴。贺国藩生得老实,人也长得不怎么样,讨一个婆娘却令全湾男人都羡慕。胡琴比贺国藩小了将近十岁,也是生得身材窈窕,脸庞鲜艳,皮肤嫩白,蛾眉弯弯,花容月貌。胡琴还有一手绝活,便是烹调技术特好。听说她炒出来的菜不放油盐味精和作料,照样可口。因而不管是那时贺世忠执政,还是现在贺春乾当家,只要村里来了重要客人都要往贺国藩家里带。贺国藩那儿成了专门接待上级干部的接待站。第三大美人便是贺兴成的女人李红。李红单独来看,没什么出色的,可合起来看却是越看越耐看。尤其是那双眼睛,并不是很大,却是特别明亮,抬起来亮晶晶,如那天上的星星,低下去静幽幽,又似地下两潭秋水。她说话热情,处世大方,便有一种说不出的美了。第四大美人,是贺广全的女人王碧清。这王碧清虽然四十多岁,上了些年龄,可那身材和面容,既没有发胖,也没有像别的女人那么脸打皱,皮生斑。胸部上的两只乳房也不似其他生过孩子的女人像口袋一样垂在胸前,而仍然高高地耸着,很丰满的样子。总之一句,尽管比前面三个美人年纪大一些,却仍保持年轻时的丰采。这四大美人男人们也分别在背后给她们起得有绰号:王娟叫"西施",是第一号美人;胡琴是"杨贵妃",排名第二;李红是"王昭君",位居第三;王碧清是"貂蝉",排在第四位。如今端阳听说王娇比她姐姐王娟还要漂亮,那爱美之心,人人皆有,何况又正是青春年少、富于幻想之际，又如何不动心？因而当时听了贺庆的话，心里已是暗暗应允了这门亲事，想道："别说比王娟嫂子还要漂亮，就是只有王娟嫂子一半好看，我也心满意足了！"想是这样想，可因为从来没谈过女朋友，又不好意思说出来，所以便只有闷在心里，让自己难受了。

正在端阳心里懊悔应该跟母亲一起去时，却听得院子里响起急促的脚步声，心想怕是母亲回来了。忙开门一看，果然是。只见李正秀乐呵呵的如那弥勒佛一样，一跨进屋门便满面春风道："你个瓜娃儿，叫你去你不去，你去看了，硬是睡着都要笑醒呢！"端阳故意显出冷淡的样子，道："是不是像贺庆哥说的那样比她姐还好看嘛？"李正秀啧啧地咂了两下嘴，才道："我还从没有看见过那么标致的人儿呢，像是从画上下来的！"端阳一听心怦怦地加快了跳动，却又故意道："人长得好看有什么用，好看不能干……"话还未完，李正秀便道："能干不能干，你妈这双眼睛还看不出来？我和她一说话，便知道这女娃儿不光是外牌子，内瓤子也有一套！"端阳听了这话，知道母亲已经深深地喜欢上这个未来的儿媳妇了，便不打算多说，只道："我要竞选村委会主任的事，你跟她说没有？"李正秀道："我才见面，怎么好就跟她说这些？我悄悄跟你王娟嫂子说了，你王娟嫂子说她今晚上就跟王娇说。如果王娇没有意见，明天她们就假借出来转路耍，把王娇带到我们屋里来让你们见个面！"说完，不等端阳表态，便又马上布置道："明天早点起来把头发梳光生点，把衣裳穿周正些，别让人家看不上你！"端阳听了李正秀这话，心里一下有些慌了起来，便道："妈，你说我该穿什么衣服？"李正秀想了一下，也想不出儿子该穿什么衣服好，便道："我管你穿什么衣服，你这样大的人了，还不知道该穿什么衣服？你觉得哪样穿起好看就穿哪样嘛！"说罢，母子俩便去睡了。

第二天天还没亮，李正秀便起了床，先扫了屋子，又去扫了院子，连屋后竹林笆里的竹叶也用大扫帚去打了一遍，将屋子里里外外打扫得个清清爽爽的，然后才去生火做饭。吃过早饭后，将桌子反反复复擦了两遍，又拿盘子去装了过年前买的瓜子、糖果，端到桌子上，一副招呼贵客的模样。端阳表面现出一副满不在乎的态度，实际上生怕别人看不上自己，不用母亲催，果然去将头梳了，抹上发油，又换了过年时舅舅给买的那套一千多块钱的藏青色西装。这西装端阳过年时都舍不得穿，今日开了张。端阳个子高，穿西装煞是好看，加上这西装又是新的，没有一点皱褶，前后笔挺，闪闪发亮。然后将领带一系，皮鞋一穿，像是换了个人似的，好不潇洒英俊，喜得李正秀眉开眼笑。

没一时，果见那王娟姐妹像是散步一般，一边走一边说着什么，不慌不忙地朝这儿走来了。李正秀一见急忙迎了出去，把那姐妹俩迎到了屋里。进屋一看却不见了端阳。王娟问道："哎，婶，我端阳兄弟没在屋里？"李正秀道："这个书呆子，总是在屋里看书嘛！"说着一把推开了端阳屋子的门。一看果见端阳坐在书桌前面，一张脸像是蒙了一层红布似的，眼睛盯在面前的一本书上。王娟一看便道："嚯，我端阳兄弟还在用功呢，怪不得别个都说你能干有出息！我还以为你躲在屋子里绣花呢！"王娟话完，李正秀便道："你王娟嫂子和她妹子来了，还不出来摆下龙门阵！"端阳一听这话，脸更红得似火，紧张得连话也说不流畅了，道："你们摆，摆嘛！"说着，又恨不得把那头干脆埋进书里去的样子。

倒是王娇从初中毕业就出去打工，到如今已打了六七年了。在这期间谈了好几个男朋友，虽然高不成、低不就，一个也没成功，却是积累了一些情场经验，不像端阳今日才是正儿八经地和一个女孩见面，因而显得慌乱窘迫。见端阳此时这副样子，倒一下显出了落落大方的神情，看了看端阳桌上码着的书，便故意好奇地叫了起来："哟，这样多书呀？都是些什么书？"说着一步跨进了屋，在端阳的身边站了下来，向前俯过身子去打量桌上的书。王娟和李正秀一看，相视一笑，急忙退了出去。这儿端阳只闻得身旁一股异香袭来，顿时那心脏像是敲鼓一般，猛地响了起来。王娇借着看书，身子越来越靠近端阳，端阳的身子像是着了火，想躲无处躲，想逃无处逃，一时呼吸急促，似要窒息过去一般。王娇看见端阳这副样子，突然扑哧一笑，道："看你，我又不是老虎，还怕吃了你？"说罢，干脆在端阳旁边的凳子上坐了下来，一边拿了一本书假装看着一边嗤嗤发笑。

过了一阵，端阳的心才稍稍平静了一些，也不抬头，也不往王娇这边看，只闷声问："你笑什么？"王娇道："我没笑呀，我在翻书呢！"说罢也不等端阳问，自己先问道："这样多的书，你都看完了？"端阳仍低着头，道："怎么没有看完呢？"王娇道："你哄我！"端阳道："我怎么会哄你？"王娇道："你没有哄我，怎么不敢看我？"端阳一听这话，果真抬起了头迅速朝王娇看去。果见王娇仙女似的，正用一双又黑又深、无比柔媚和清澈的眼睛看着自己。端阳的心再次慌乱起来，又马上低下了头去。王娇又笑问道："听说你想当村主任？"端阳道："是！"

王娇道："我也想当村主任！"端阳一听这话像是吃了一惊，不由自主地抬起头来，看着王娇认真道："你也想当，那你怎么不在屋里参加竞选呢？"王娇轻轻叹息道："可惜我是个女人。"端阳又道："女人怎么了？女人还当国家总统呢！"王娇道："我也不像你有中专文凭。"端阳又道："文凭不代表水平，你只要愿意进步，可以学习呀！"王娇听了马上含笑道："那你愿不愿意带我这个学生？"端阳一时没明白王娇的话，却傻乎乎地道："我怎么带你这个学生？"王娇见端阳没有明白她的话，便将话题岔了开去，道："你们贺家湾一共有多少人？"端阳道："一千多嘛！"王娟道："一千多好多？"端阳道："具体有好多，我怎么知道？"王娇听了，停了一会又问："有多少田地？"端阳道："也是一千多亩嘛！"王娇又偏着头问："一千多好多？"端阳又答不上来，便看着王娇反问："你问这些做什么？"王娇道："你不是要当村主任吗？你看电视里那些村主任，别人一问，就'这个这个'，摸一下脑壳随口就答出来了！"一边说一边站起来，在端阳面前模仿了一遍电视里人物的动作。端阳竟然一下笑了起来。顿时，那拘束、慌乱、紧张统统没有了，倒像是遇见了一个多年不见的老朋友，感到无比的亲切和温暖，遂侃侃而谈，相见恨晚。

这对年轻人，自一见面便是郎有情、妹有意，爱情的种子都迅速在各自的心田里生了根，发了芽。王娟见妹子对这门亲事有意，便回娘屋禀明了她父母。双方老人于是择了日子，请了宾客，为两个年轻人订了婚。王娇打工的厂里因为原料供应不上，方才放了职工的假，让他们回家过年，复工要在四月底。如今还只是二月上旬，这段日子里王娇没事便隔三岔五到贺家湾来。一来二去，两个年轻人的感情也便日渐浓厚，到后来竟不想分别了。端阳才见王娇时，比大姑娘还不好意思，可如今脸却比那城墙还厚，就像猫儿见了腥，总想偷点嘴似的。一日，王娇又来了，又恰逢李正秀不在屋里，两个年轻人便躲在端阳的房里卿卿我我。说着话时，王娇忽然对端阳道："听说你那个地方被人踢过，该不会不行吧？"端阳一听忽然就把王娇按在床上，扑上去压住她，一边急急去解她的衣服一边道："行不行试了才知道！"说着，忽地亮出了自己那像钢枪一样的家伙。王娇一下红了脸，急忙用手去拉住自己的裤子，道："我是说起耍的，你快放开我！"可那端阳怎么肯放？脱了王娇的衣服，又去褪她的裤子。王娇先是拉着裤腰不放，后来便半推半就地松了手，让端阳尽情恣意去了。

事毕，两个年轻人穿好衣服坐了起来，王娇两颊绯红，灿如桃花，目似秋水，光彩照人，突然一下抱住了端阳。先在端阳的脸颊上非常响亮地咂了一口，然后将头伏在端阳肩上，才莺啼燕啭地附地端阳耳边轻声道："我们一起出去打工……"端阳一听这话，忙道："我要在家里竞选村主任呢！"王娇听了急忙抬起头来，噘起嘴唇，将端阳摇了两摇，做出了无限娇媚状，道："嗯，我们一起出去打工嘛，不然，我会想死你的！"说完，又道："选村主任还早嘛，还要等三年呢！这三年你在屋里做什么？你在屋里让别人看笑话呀？"端阳一听这话有理，自己没被选上，是败军之将，待在家里和贺春乾、贺国藩低头不见抬头见。见了面也确实有些尴尬，不如一走了之，眼不见心不烦，等下次换届时再回来。再说，端阳过去也一直想出去打工，见见世面，如今又有了王娇，两个人能天天在一起，自然更是好了。想到这里，端阳便道："你说得也有道理，等晚上我们跟妈说一下，看她答不答应我出去？"

晚上，端阳果真把想出去打工的话给李正秀说了，而且特地说明这是王娇的意思。李正秀过去不答应端阳出去打工，是害怕端阳出事，如今见有了未来的儿媳妇管着他，自然放心了不少。况且又听端阳说了在家里不好处理和贺春乾、贺国藩的关系，也觉得是这样，于是也便满口答应了。两个人年轻人一听，满心欢喜，自去准备。说话间到了四月底，王娇原来打工的工厂来了电话。端阳用了整整一天的时间，对李正秀讲了如何管理地里的果树，又一一去和贺毅、贺长军、贺善怀、贺勇、贺建等人告了别，便和王娇一起离开了贺家湾。

二

却说贺端阳随了未婚妻王娇一起到南方打工，因为才到城市，又才接触到工厂，下班以后身边又有王娇相陪，因而觉得一切都很新鲜，也不甚想家，也渐渐淡忘了选举的事。可随着日子一长，对城市的新鲜感便慢慢过去。尤其是那生产流水线上固定而又单调的重复劳动让端阳渐渐厌烦起来。这时端阳便想起贺家湾的土地，贺家湾的天空。想起自己的果树应该到挂果的时候了，可不知道挂没有？又想起贺毅、长军、善怀、贺勇、贺建等一帮弟兄，他们都和自己共过患难的。甚至连贺贵也都好几次不期而至地走进他的梦中。一想起他们，自然就会想起上次选举的遭遇，特别是自己的挨打和失败，一种说不出的屈辱和沉重便会袭上心头。尽管身边除王娇以外没有任何一个人知道他在选举中的遭遇，但那种屈辱却像山一样压着他！端阳怎么能消下自己心头的怒火？他不但挨了打，差点被人踢掉男人最重要的命根子，还背了一个"借钱不还"的恶名，而且这钱还是他"耍小姐"借去的。端阳只要一想起"耍小姐"几个字，不但耳根发热，连脸也臊得不知道该往哪个地方放！尽管后来贺良毅弟兄再也没有上门逼他还过钱，但只要这个恶名没被洗掉，他贺端阳便会一日也安不下心来。此仇不报非君子，可怎么报？端阳想来想去报仇雪恨的最好办法，就是实现自己的愿望。贺端阳始终相信他上次没有错，真理和正义都在自己一边，法律也站在自己一边，不管什么人也不能阻挡历史的车轮前进。就像打仗一样，只要自己不退缩就一定能取得胜利！这么一想，端阳的浑身上下又充满信心和力量，雪耻的愿望也更加强烈起来。他还是觉得当初不该听王娇的话出来打工，这有点儿像是逃离的表现，是一种懦夫的行为！如果是在战场上那就是逃兵和叛徒！幸好当初就和王娇说好了，等新的一届村委会换届选举开始便回去参加竞选。一想到这里，端阳便会用力攥紧拳头在心里叫喊道："回去，一定回去，我贺端阳当不上村委会主任绝不罢休！"说完那拳头重重在桌上擂了一下，继续道："只要贺家湾村还是共产党领导，我贺端阳就一定能取得胜利！"一副豪气冲天的样子。

说话间，一千多个日日夜夜过去了，这天晚上中央电视台在新闻联播节目里又播送了一条短消息，道"全国第六届村委会换届选举工作从本月开始启动，到明年上半年完成，到时有××个村民自治组织实现换届选举，这是广大村民政治生活中的一件大事，各级党组织一定要把这项工作抓紧抓好"等。端阳听后没像第一次那么激动得跳起来，而是用手托了腮，眼睛盯着电视屏幕一动不动，似是呆了。王娇见他发痴的样子，便用手肘拐了他一下道："你发什么呆？"端阳方回过神道："我们什么时候回去？"王娇像是有些不明就里地问："回哪去？"端阳说："你忘了我们当初说的话？选举一开始我就回去参加村主任的竞选呀！"王娇看了端阳一阵，方道："我说你是不是昏了头？现在屋里的人都走得差不多了，那个村主任还有啥当头？"端阳听了也像不认识似的，将她看了半天方道："原来你不是答应过，说等下次选举时我们就回去的吗？"王娇忽然娇柔地一笑，道："那我是撒谎的，就是想让你和我一起出来打工……"端阳没等王娇说完，突然红了眼睛，跳起来大声叫道："原来你还是跟我假打哟？那你跟我订婚、谈朋友，也是假打哟？"王娇一听这话，又看了端阳那对瞪得比铜铃还大的眼睛，突然有些畏惧起来，继而又感到十分委屈，也便马上红了眼睛道："我，我是为了你好嘛……"话音未落便抹起眼泪来了。

端阳心有些软了，过了半晌才道："我知道你是为我好，可你哪知道我的心思？他们栽赃陷害我，打我，为的什么？就是不想让我当村主任，甚至想把我撵出贺家湾！我如果就这样默认了，就恰恰中了他们的圈套。我要报仇，报仇的最好办法就是和他们竞争！竞争赢了，我就报仇了！"王娇不抹眼泪了，却道："你要是输了呢？"端阳道："只要按照《村民委员会组织法》办，即使我输了，我心服口服！如果我现在连回去参加竞选的勇气都没有，那才是彻底输给人家了！"王娇想了半天，方道："你吃了秤砣铁了心，非要回去不可，我也拦不住你。可眼下就要到年底，正是活儿多、好挣钱的时候，我不跟你回去。你一个人回去，如果选上村主任了，我就回来当村主任老婆，如果你选不上，你就还是回来打工……"端阳一听这话便笑道："我如果不回来打工，你就不给我当老婆了？"王娇道："哪个说不给你当老婆了？你就是讨口，我都给你拿打狗棍，你敢不要我！"端阳一听这话，急忙过去抱住了王娇，道："好老婆，好老婆！我一辈子也要你！那我们就这样说定了！你放心，我这次一定要竞选成功，我就在贺家湾等你回来当村主任老婆！"王娇道："回去一定要小心！"又道："选不上也没有关系，那么多人没当村主任，还不是照样过日子。"端阳也道："放心，老婆，我会记住你的话的！"两个年轻人你叮嘱着我，我叮嘱着你，说了半宿体贴火热的话，才相依相偎而眠。第二日一早，王娇便起床给端阳收拾行李，又去超市给未来的婆母和姐姐、姨侄女儿买了礼物，中午便把端阳送到火车站，依依惜别，不必细说。

只说端阳经过一天两夜的旅程，在第三天上午又回到了贺家湾。刚走到村小学旁边，就看见贺毅、贺善怀、贺兴禄、贺长军等几个人聚在操场的黄葛树下聊天。贺兴禄和贺长军两人蹲在黄葛树根下。那树根已经被人们的屁股或脚磨得十分光滑，此时像浸了油一般，黄澄澄地发亮。贺毅和贺善怀两人站着，胳肢窝底下拄着锄把，一只脚站得直直的，一只脚靠着锄把微微向前弯着。也不知道他们在聊些什么，说得很兴奋，连端阳走近了他们都没有察觉。端阳想吓他们一下，悄悄走近了才大喝一声道："嗨！"贺毅、贺善怀、贺兴禄、贺长军几个突然住了声。抬头看去，一看清是端阳，几个人便高兴了，道："端阳你回来了？"说罢一个个的眼光都落到端阳身上。端阳道："看什么，认不得了是不是？"贺毅和贺长军道："看你是不是变了？"端阳道："那你们说我变没有？"贺毅和贺长军道："怎么没有变？又长了三岁，看起是比过去老辣些了！"说完，又对贺善怀和贺兴禄问："你们说呢？"贺善怀和贺兴禄也认真将端阳看了一阵，才道："是老辣些了！"说完又问："挣了好多钱？"端阳道："挣什么钱哟？只不过是把日子混到！"

　　说完，端阳不等他们再说什么，便对他们问道："你们刚才说的什么，说得那么热闹？"贺毅道："说什么，还不是说选举的事！昨天贺春乾就开了会，说村委会马上又要换届了。我们一听这话都着了急，还以为你不知道呢！"端阳道："哪里会有不知道的？现在就是这点好，国家有什么大事都要让老百姓知道。我就是大前天晚上看了中央电视台的新闻，才赶回来的！"贺长军说："我以为你在外头打工，挣得到钱，不会回来了呢！"端阳道："怎么会不回来呢？不回来不正好让他们看笑话！再说我要是不回来，我的打就白挨了，背的污名也洗不清了！"贺善怀道："说得对！卖了娃儿买蒸笼，不蒸馒头也要蒸（争）口气！回来了就好，回来了我们又重打锣新开张！"端阳道："那就多谢你们了！"

　　说着，贺毅突然道："端阳老弟，老天爷帮你报仇了！"端阳问："帮我报什么仇？"贺善怀道："贺良毅弟兄遭报应了！"端阳忙问："遭什么报应？"贺毅道："你走了不久，贺良全和贺良才两家人接二连三出了事！贺良全的孙女活蹦乱跳，可在学校下梯子时一脚踩空，摔下来就成了骨折。别人一个骨折贺万山就能接上，可她这个骨折在大医院里接了几次才接好，住医院花了一万多块！紧接着贺良全的儿媳妇怀娃儿，别人怀娃儿怀到子宫里头，她怀娃儿怀到子宫外头，大出血差点把命也丢了，住院也花了几千块钱！这些都不说，最让人解气的是贺良礼，他不知道用什么手段又去拐了一个婆娘回来，刚睡了两晚上，不知道怎么被那女人的丈夫发现了，带了五六个人来，不但把人带走了，还把贺良礼按倒打了一顿，打得贺良礼喊爹叫娘，湾里没有一个人去帮忙！你说这是不是遭报应了？"贺长军道："可惜贺良毅这个堕落包儿还没有遭老天爷惩罚！"贺毅道："不要忙嘛，三个半天，总有一个半天他要碰到尖尖石头！"贺兴禄也道："就是，俗话都说久走夜路必撞鬼，像贺良毅这样不知悔改的恶人，还有撞不到鬼的时候？"

正说着，忽然看见贺春乾站在村委会办公室门口，正朝这里看，贺毅几个人立即唱了起来：

> 日白就日白，一天日到黑。
>
> 五六月间下大雪，
>
> 十冬腊月割大麦。
>
> 大炮打蚊子，
>
> 流了一大缸血。
>
> 麻雀飞到牛背上，
>
> 压得牛气都出不得！
>
> 日白就日白，
>
> 对门家里的牯牛落了月……

贺春乾看了一会儿，看见人群中背背包的人像是贺端阳，于是便下楼走了过来，一看果然是端阳，便显得有些意外的样子，愣了一下才问："端阳什么时候回来的？出去挣大钱了吧？"端阳说："钱没挣到，不过是出去混了两三年！"说完又说："才两三年时间，湾里变化还是很大的！"贺春乾道："你看出有什么变化？我看还是老样子！"端阳道："怎么是老样子？就说这日白吧，那时大家说的都是东家长、西家短的芝麻小事，可我刚才听他们说的却是倪萍的年龄！"贺善怀也道："就是呀，说东家长西家短有什么意思？说了又不起什么作用，人家都懒得理你，还不如说些外头的事！"贺春乾听后信以为真，道："那你们说倪萍有多大年纪？"贺善怀说："我说她只有20岁，可贺毅非说有40岁不可！贺书记你是书记，我们以党的话为准，你说倪萍是多大年纪就是多大年纪！"贺春乾突然扑哧一笑，道："干饭没来趁口空，争些废话！倪萍多大年龄关你们什么事？争赢了倪萍又不请你们吃饭！"端阳说："那可不一样！打个比方，如果说你贺书记今年才50多岁，虽然去坐乡上伍书记那把交椅年龄大了一点，可如果更上一级你就还有希望！这关系到一个人的命运，可不是小事！"贺春乾明白贺端阳是在

145

讽刺挖苦他，脸一下就黑了，道："年轻人说话，怎么嘴巴里长刺呢？是亭子里日白——专讲风凉话呀？"端阳听了这话，这才放正经了一些，道："怎么是风凉话呢？我也是说的老实话呀！大家说外边的事，说明外边的变化比村子里这点屁大的事更大，更有价值！虽然从表面看起来，像是嘴巴上挂胡琴——说些事来扯，可在这背后，却是农民的眼界提高了。再久而久之下去，一些人再想耍手腕欺骗农民就不行了，你说是不是？"贺春乾讪笑了一声，道："到底是出去见了两年世面，说话都有些文绉绉的了！有空到村委会坐坐呀！当初怎么不声不响就走了嘛？"说完，便又往村委会办公室走去。端阳想了想，又对着贺春乾背影道："贺书记，不是我不声不响，是有人受不了我，我走了，免得碍别个的眼！"贺春乾听了这话，也没答应，自去了。

这儿贺毅、贺善怀、贺兴禄、贺长军等人，又对贺端阳说了一些别后的闲话，贺端阳也把在外面打工的情况对贺毅等人说了一遍。说完，贺善怀对端阳道："老弟光顾和我们说话来了，快回去吧，婶在屋里怕等得不耐烦了！"贺毅、兴禄和长军听了，也道："就是，快回去吧，以后还多的是摆龙门阵的时间！"端阳想了一想，便道："那这样，今天晚上你们还是到我家里来，我们再打个堆，也顺便商量一下竞选的事！"贺毅十分明白端阳的心情，听了这话便道："堆是要打，可不一定放到今晚上嘛！你才回来晚上又忙忙地打堆，婶恐怕也忙不过来！"善怀、长军也道："就是，打堆可以放后头一点儿，你先回去歇一下！"端阳道："那就放到明天晚上，来的时候你们都把麻将带来，我就不另外跟你们说了！"贺毅等人说："好吧！"说完又道："我们是沙地的萝卜一带就来，用不着你再来跟我们说了！"端阳道："那就这样说定了，都叫上嫂子们一起啊！"说完，想起过去一直没请过兴禄，于是又特别强调了一句："兴禄哥，你可也一定要来哟！"兴禄听了讪笑道："来，来，只要老弟肯给我面子，我怎么会不来？"端阳高兴地道："那就好，我们明晚上再见啊！"

说完，端阳便要朝家里走，贺长军也从树根上站了起来，道："我也回去了，端阳老弟我们就一起走吧！"说完又说："你把背上的包包拿下来，我跟你提！"端阳一听这话，忙道："要你提什么？又不重，我又不是背不动！"长军笑道："我就是怕你打了两年工，皮肉变嫩了，背不动了呢！"端阳伸出胳膊晃了一下，笑道："笑话，你把我说得那么没出息了？走吧！"说完便和长军一道走了。

走了一截路，长军忽然对端阳说："端阳，现在贺春乾可是一手遮天了呢！"端阳马上道："怎么一手遮天了？"长军道："他一个人的屁股上挂了村里的两颗公章呢！"端阳问道："难道他把村委会的公章也挂到自己的屁股上了？"长军道："你以为他不敢把村委会的公章挂到自己屁股上吗？"端阳还是有点儿不明白，道："那贺国藩呢？他甘心把村委会的公章让贺春乾拿去挂到他的屁股上？"长军道："嗨，贺国藩怎么狡猾得过贺春乾？你走后不久，贺春乾把乡上的伍书记、谢乡长和广播站的笔杆子请到村里来，召开了一个村干部会。会上他说为了方便村民办事，村里决定实行村干部轮流值班制！哪个值班，村委会的公章就放在哪个那里，村民随时都能找到村干部，要盖个章什么的也不必跑冤枉路。伍书记一听，就马上表扬贺春乾这个做法充分体现了新班子的新气象，体现了'三个代表'精神，非常值得肯定和推广。广播站的笔杆子回去，按照伍书记的意思写了一篇报道给县里的报纸。县里的报纸也很快公开报道了，还加了编者按，也把这种村干部值班制做法提升到了'三个代表'的高度，号召全县的村级班子都像贺家湾村学习。但章子落到贺春乾手上后，县里的报道也过去了，'值班制'也就结束了它的使命，从此这枚章子就再也没有回到贺国藩手里了。好在贺国藩本身就是一个傀儡，他知道自己有几斤几两，要斗也斗不过贺春乾，加上自己本身又是贺春乾扶持起来的，于是干脆装个糊涂，就让村委会的公章放在贺春乾那里。不但这样，贺国藩还对村民说章子不管放在哪个那儿都是一回事，反正都是村支部领导。所以贺春乾的屁股上就挂了两颗公章！"端阳听后沉思了一会儿，方道："贺春乾这一招确实很高明，一箭双雕，既宣传了自己又达到了大权独揽的目的。"长军道："你说贺春乾颈项上的那颗脑袋该还是够用吧？"端阳道："一个人的心机不正，聪明反会被聪明误！"长军道："可他自己还非常得意呢！有一回，他在我们面前吹牛说：'你们不要跟我要什么心眼，我脑子里面的细胞之发达！'"端阳道："他这是故意说给你们听的，好让你们乖乖地听他的话！"长军道："正是！"说着话，来到了岔路口，二人告别各自回去了。

　　李正秀一见端阳回来了，立即高兴得跳了起来，一面帮儿子把背上的帆布包放下来，一边却问："你一个人回来了，王娇怎么没回来？"问完不等端阳回答，又道："你们是不是吵架了？"端阳道："吵什么架？妈，厂里的活儿紧，她走不开……"李正秀没待儿子继续往下说，便道："那她什么时候回来？"端阳想了一下，笑着对李正秀低声道："妈，等我选上村主任了，她就马上回来给你当儿媳妇！"李正秀突然沉了脸道："要是你选不上村主任，那她就不给我当儿媳妇了？"端阳见母亲误会了自己的意思，立即道："妈，不是那个意思，我选不上村主任她也要给你当儿媳妇的。"说着，从口袋里拿出王娇给她买的礼品，才接着对李正秀道："妈，你看，这是人家给你买的礼物，别个记挂着你呢！"李正秀接过去一看，原来是一件毛衣，一件外套，颜色都是大红大绿的，李正秀想说不喜欢，但想了一想却没这样说，道："买这些东西干什么嘛，我难道还没有衣服穿？"说完，怕儿子因这话不高兴，又马上道："你们的心倒是好的，可你们哪里明白做老年人的，吃的穿的都是其次，最盼的是你们早点成家立业！"端阳一听母亲这话，便明白了她的心思，于是立即附在李正秀耳边，笑嘻嘻地道："妈，你放心，等我一选上村主任，她就回来跟你生个胖孙子！"李正秀一听这话，也突然扑哧一声笑了，却道："村主任，村主任，两个打工都打习惯了，定要当这个村主任才活人呀？"端阳道："妈，佛争一炷香，人争一口气，我不是一定得当这个村主任才能活下去，我就是不愿输这口气！"说完又对李正秀道："妈，明天晚上我又约了贺毅、善怀他们来聚一聚，你又要辛苦一下了。"李正秀一听儿子这话，露出了不高兴的样子，道："又要请客，村主任没有当上，就先把粮食吃完了！"端阳明白母亲有些心疼粮食和钱，又自知欠母亲的，便赔着笑道："妈，我知道你辛苦了，可我已经是被逼上梁山了。如果半途而废，就会落得让人看不起！别个会说你儿子精灵麻了，怎么选个村主任都选不起？我脸上没有光，你脸上同样没有光呢！"李正秀听了这话，才口含笑容道："都是我前世欠你的，这辈子该还你！"说着进厨房做饭去了。

端阳将帆布口袋的东西拿出来，属于自己的东西，该收捡的收捡，属于王娇给王娟和姨侄女儿买的礼品，便用塑料袋装好，等下午抽时间便送过去。刚刚收拾完毕，忽见贺兴成朝门口走来了。端阳还生着上次选举中贺兴成背叛他的气，见他走来，也不知他有什么事，又以为他是来找母亲的，不想让他看见自己回来了，便转身朝自己房中走去。可是兴成已经看见他了，人还没有进门，便喊叫了起来："端阳老弟！"端阳只好站住了，看着兴成冷淡地道："有什么事？"兴成像是没看见端阳的态度，满脸含笑地道："我刚才看见兴禄，听他说你回来了。我还以为他是说起耍的，没想到你硬是回来了！"说着，一步跨进了门来。端阳一见兴成这副热情的样子，也不好过分拿脸色给他看，毕竟还是隔房弟兄，但也仍然没有显示出热情来。见他已经进了屋，便指了一下凳子，口里仍是淡淡地道："坐嘛！"兴成屁股一歪，在板凳上坐下了，仍看着端阳，喜滋滋地道："你回来了就好，我还以为你不回来了呢！"

端阳看见兴成一副高兴的样子，也不好问他什么，只看着他敷衍地搭讪道："打工又不是端铁饭碗，怎么又不回来呢！"兴成尽管听出了端阳话里的冷淡意味，却仍然高兴道："回来了就好！回来了我就不担心了！"端阳听出了兴成话中有话，便忍不住问了："你不担心什么了？"兴成没直接回答，却看着端阳道："又要选举了，你老弟知不知道？"端阳故意做出不知道的样子，道："又要选举了？我还没有听说呢！"说罢又问："要选举了又能怎么样？"兴成突然将右手攥成拳，用力挥了一下道："这次，我们两弟兄才真正要拧成一股绳，互相帮助……"

端阳听到这里，突然冷了脸，一下打断了兴成的话，故意拿言语刺他道："是不是你又要我帮你拉票？你以为我上了一回当，还会上第二回当？"兴成脸也马上红了，显出不好意思的样子，道："哎呀，老弟，打人不打脸，揭人不揭短，你老弟就不要提上回那回事了，我不是也上了贺春乾的当吗？"说罢停了一会儿又才道："我知道你老弟心里对我这个当哥的有很大的意见，我也知道老哥上回确实对不起你！我听了贺春乾的话，一心想把副主任选起，是没有帮你拉票。可哪知道后来他又去弄一个贺显贵来和我、贺贤明竞争这个副主任，结果你、我和贺显贵三败俱伤，得利的还是他们。过后我才看明白却失悔晚了！这回不是再要你帮我拉票，而是我和我的全部人马都帮你拉票，非要把贺国藩选下去不可！"

端阳一听这话，心里还有些怀疑，便仍用了讥讽的口气道："这回你不想参加竞争了？既然贺春乾上回耍了你，难道你就不想报这一箭之仇了？"兴成道："也不瞒老弟说，从知道被贺春乾耍了以后，哪个龟儿子才不想报这一箭之仇！那时我就发誓等下一回选举，我即使倾家荡产也要出来争一下这个村主任的位子。我不相信村主任就不是人当的！我把这个想法跟我幺爸和兴仁也讲了。他们知道贺春乾耍了我，也非常生气，也鼓励我这一回出来和贺国藩争一下，他们在背后帮我做些工作！可没想到这人争命不争……"端阳听到这里，急忙问："什么人争命不争？"兴成道："你老弟出去了，怕还没有听到说，就是你李红嫂子那肚子，前两年她不生，刚好我要来竞争村主任了，她昨年个又给你生出一个小侄女来。这一来我就成了一个违反计划生育规定的人了，哪还能去竞选村主任了？即使村民把我提出来，别个资格审查也把我刷下来了！"端阳心里便明白了，却还是道："上一回贵叔还在说只要没被剥夺政治权利，都有选举权和被选举权，即使你违反了计划生育政策，也可以去争一争！"说完又道："万一争上了呢？"兴成急忙摇手笑道："老弟，你笑我什么？规定掌握在上级手里，人家想怎么说就怎么说，哪有万一的？"说完又才道："所以，老弟，我一听到你回来了，就赶过来跟你说一声！你放心，老弟，当哥的这回是铁下心肠，要帮你把村主任选上！你选上了，我也出了一口气！"

端阳听到这里，心里自然高兴，便道："兴成哥，话既然已经说明了，我们打渔子不说隔年话，过去的事，我们都把它甩到一边去！从今天起，我们两弟兄要团结得像一个人！"兴成道："老弟，你放心，我贺兴成这回再三心二意，都让老天爷用雷劈了我！"端阳道："你来得正好，兴成哥，明天晚上我正想请贺毅他们来聚一下，你把你的那班人都通通叫来，大家摆谈一下！"兴成也高兴地道："好，我把贺林、贺飞、贺福、贺义都一起叫来，这下我们人也多了，枪也多了！"端阳高兴得站起来，对兴成打拱道："那我就多谢兴成哥了！"说完要留兴成吃饭，兴成拒绝了，说出来的时候李红已经在生火做饭了。又说反正明天晚上又要来的，哪能天天都给你们添麻烦？遂去了。端阳把兴成送到院子外边，才回到屋子里坐下。下午，端阳便买了礼品，借看小侄女的名义去补了李红坐月子的礼物。那小女孩儿已经一岁多了，长得跟花朵似的，和李红一样好看。端阳煞是喜欢，便抱了小孩儿，又是亲又是搔她痒痒，逗得小女孩咯咯直笑。完了，端阳对兴成和李红说要收小女孩做干女儿。兴成和李红也十分高兴，留了端阳消夜。端阳也没推辞，趁机留下来又和兴成、李红说了许多亲热话。直到深夜，方带着几分酒意辞别主人而归。

三

　　第二天一早，端阳便又背了背篓到乡场上去买菜。因为这次请客比上一回要多贺福、贺义、贺兴禄几个人，端阳还打算把王娇的姐姐王娟也请来帮忙。因此，这次不但买的烟酒要比上一回多，连猪肉、蔬菜和作料杂派也比上一回多。端阳在上街买好猪肉蔬菜后，又到下街来买烟酒和杂派。刚走到下街，就看见有人正往乡政府的外墙上挂标语。标语贴在红布上，红布像是用过很多次了，已经褪了颜色，可上面那字却是刚用白纸剪出来的，十分新鲜。一幅上面写着"紧急行动起来，依法搞好第六届村委会换届选举"；一幅上面是"充分发扬民主，切实保护人民群众的选举权利！"端阳朝乡政府院子里一看，院子里两棵天竺桂之间也挂了一幅标语，字却不是贴在红布上，只是用几张红纸裁了，直接在上面写了黑字，挂在一根细绳子上的。上面是"农村民主，势在必行"。标语大概是昨天或前天挂上去的，因纸受潮已经卷了边，像是怕冷似的。端阳看着却并没有激动，因为打从他记事起，不管是村委会换届，还是选县、乡人大代表，在每次选举前都会挂出这样一些标语，样子像是十分重视和在依法办事，可实际上却并不是这么一回事。久而久之不但是他，好多人也都麻木了。看着看着端阳突然在心里冷笑了一声，道："你要民主就真正的民主，不民主就干脆不民主，哪个当干部你直接任命就行了！不要立牌坊又要当婊子，拿老百姓当猴耍！"说完过后又像哲学家一样思考地道："不民主不好，可假民主更不好！我们宁肯不要民主，也不要假民主，因为假民主比不民主更坏！假民主会伤了老百姓的心！"

　　端阳一边这样想，一边转身进了旁边的超市买了作料、酒和用的杂派，退出身来又在一家烟草门市买了几条"红双喜"香烟，用报纸包了，转过身来正打算往背篓的口袋里放时，却一眼看见贺春乾夹着一个公文包，正笑眯眯地站在身后。端阳一见脸立即红了起来，有些猝不及防地道："你……"贺春乾脸上的肌肉动了动，嘴角两边扯出了两道很深的括号，眼睛看着端阳手里的香烟，笑道：

"买这样多东西，屋里有什么喜事呀？"端阳有些像是被人当面逮住的小偷一样，不但脸更红了，连话也有些结巴起来，道："有什么喜……喜事？没什么喜事呀！"贺春乾道："没什么喜事难道这样早就办年货了？"端阳心想："我就说请客又怎么？请客又不犯法，我怕什么？怕怕怕，反倒要挨一下！"一想到这里，端阳便平静下来了，便直接对贺春乾道："出去了两三年，屋里全靠一些朋友照顾，回来了想请他们吃顿饭，感谢他们一下！"说完，也挑衅地看着贺春乾。贺春乾又从嘴角牵出两道括号，仍是皮笑肉不笑地道："哦，我还以为办喜事了呢！"说完又道："你老弟有什么好事可不要忘记跟我打声招呼，我也来祝贺祝贺呀！"端阳道："那是，有事我一定告诉你，我什么人都敢忘，怎么敢忘书记？"说完又对贺春乾问："贺书记夹个包包又有什么重要事呀？"贺春乾朝乡政府墙上的标语努了一下嘴，道："那不是，就为上面写的那事，乡上开村委会换届选举的会呢！"说完转身欲走，眼睛却又看着端阳，像是满腹牢骚地对端阳补充了一句：道："我又不当村主任，都是为别个穷忙，忙了还讨不到好，你说是不是老弟？"端阳从鼻子喷出了一股粗气，也道："能够像你那么穷忙，就是神仙打屁——不同凡响！我想为别个穷忙，可蚂蚁子爬雷钵——莫得我的股股呢！"说完，不等贺春乾回答，便又接着说道："贺书记就把会议精神好好记下来，回来好跟我们原模原样地传达！"说完转身便离去了。贺春乾本想是拿话刺一下端阳，没想到反被贺端阳最后两句话给刺了，愣了半天方才走进乡政府院子里去。

　　端阳回到家里，把东西一一取出来交给李正秀。末了又对李正秀说了去请王娇的姐姐王娟下午来帮着做饭的打算，顺便又把王娇给她们买的礼物送过去。那礼物原说的昨天下午便给她们送去，后来又改变了计划，补送李红坐月子的情去了。李正秀自然高兴。一则，自王娇和端阳订婚以后，两家便是亲戚，这亲戚又非远亲，自是要经常走动才是。二则，今晚上满打满算有三桌人吃饭，她一个人也确实忙不过来。上一回，幸好有肖琴过来帮忙，这一回总不能再麻烦人家来给你忙天忙地地下力了。因此一听端阳的话，便急忙去锅里端出给端阳留的饭，催他吃了快去。端阳几下将饭扒进肚里，放下碗将嘴巴一抹，拿起王娇买的礼物，便朝新湾王娇姐姐家去了。

　　刚走进上马坟，忽听得前面桐树上一对鸟儿叽叽喳喳地叫着，像在吵架一般。吵着吵着，左边树枝上鸟儿猛地跳起来，朝右边鸟儿啄过去。右边的鸟儿躲避不及，几片羽毛被啄了下来。被啄的鸟儿吱吱地叫了两声，又跳到了另一根树枝上，继续对着啄它的鸟儿叽叽喳喳地吵着。端阳觉得奇怪，再往下一看，却见贺贵坐在不远的一座坟头上，两眼定定地看着树上，一边说着什么一边用手指挥着树上的鸟儿，也像很着急的样子。端阳更奇怪了，以为在他出去的两三年时间里贺贵又迷上养鸟了。可是看那鸟，既没有笼子也没有被拴着，不像是被养的样子。心下好奇，便蹑手蹑脚地走到贺贵身后，却听见贺贵正对着树上的一只鸟儿在着急地说："爹，雄起！你怎么雄不起了呀，啊？啄呀！快啄呀！"话音未落，果见左边那鸟儿又猛地飞起来，朝刚才那只逃离的鸟儿扑去。那鸟儿正要展翅继续逃离，却已经又被啄了一嘴，几片羽毛飘摇而下。贺贵一见竟高兴得像小孩子般拍手叫了起来："啄得好！啄得好，爹，继续啄！来，儿子跟你加油……"

说着正要拍手，却没防端阳听见贺贵把鸟儿喊"爹"，实在忍俊不禁，扑哧一声笑了起来。贺贵猛回头一看，见是端阳，立即黑了脸，道："孺子可恨，坏我好事，有什么好笑的？还不快快离去！"端阳却并不生气，还是涎着脸皮笑着问道："贵叔，你老人家怎么管树上的雀儿喊爹？"贺贵虽然仍黑着脸，表情却轻松了一些，摇着头道："孺子无知，老夫安得告你哉？"端阳道："贵叔你不跟我说，我把树上的雀儿赶走！"说着，便从地上拾起一颗石子做出朝树上扔的样子。贺贵急忙按住了端阳的手，急道："孺子不可作孽，老夫告诉你也！"端阳这才放下石子看着贺贵笑道："那贵叔就给我说吧！"贺贵想了一想方道："孺子不知，我昨夜梦见我爹来告诉我，说他已转胎投世，落生成了鸟儿一只！又告我当年陷害他的贺老跖，如今也和他一样转世成了一只鸟儿。它们时常为过去的事斗架，贺老跖因心中有愧，我爹啄它它也并不还嘴，只一味申辩说不关它事！今日出门便碰上这对鸟儿在树上斗架，正应了昨夜之梦，便知这两只鸟儿是我爹和贺老跖无疑也！"

说着，贺贵又噘起嘴唇，对树上左边那只鸟儿，喔喔地唤了两声，接着又道："爹，再来！报仇呀，你难道不想报仇了？快去啄死贺老跖！啄死它！啄死贺老跖！"鸟儿果真又吱地叫了一声，朝另外一只鸟儿扑去。那鸟儿又急忙起身往另外一根枝丫上跳去了。

端阳禁不住心里更奇怪了：难道这两只鸟儿真是贺贵叔的爹贺茂富和当年的农会主任贺老跖变的？若是，世上哪有这奇异的事？若不是，怎么贺贵叔一叫，那鸟儿真的就向另一只鸟儿扑去？端阳虽然年轻，却也是听说过贺家湾过去一些恩恩怨怨的事的。贺贵的爹贺茂富在新中国成立之初有一二十亩薄壳壳地和一座油坊。解放时如按政策连富农也够不上。可当时农会掌权的全是大房的人。土改工作队为了开展工作，便和农会主任贺老跖商量要在贺家湾找出几户地主来斗。贺家湾真正够得上地主的只有一户，叫贺银庭，却在新中国成立前夕，不但他本人，连家人孩子都神秘地从人间蒸发了。土改工作队和贺老跖没法，便在矮子丛中来选高个子，结果贺茂富和另一个在新中国成立之初日子稍好一些的郎中贺老五——如今村医贺万山的父亲非常荣幸地中了标。从矮子头上把将军挑出来后，土改工作队和农会便召开斗争大会。斗争贺茂富时，是贺老跖上台声泪俱下地揭发贺茂富强奸她侄女，使她侄女怀孕后为了掩盖罪行，又将她侄女逼死一事。这事贺家湾人都很清楚，那贺老跖的哥嫂去世早，留下一个女儿跟着他。因贺老跖家穷也没娶上亲，家里便只有叔侄二人过活。这年那女孩方才十五岁，却突然又是打嗝淌酸水又是呕吐不想吃东西，有经验的女人一看便明白这是怀孕了。一些人正纳闷是哪个做下这禽兽之事时，女孩却因为想吃酸的，偷偷翻过一匹梁子跑到贺茂富家的地里偷黄瓜。黄瓜还只有大拇指般大。不幸的是刚动手摘时，却又被贺茂富的女人发现了。贺茂富是属于土老财一类的吝啬鬼，女人更是比贺茂富还要吝啬几分，一见女孩偷摘自己的黄瓜，便站在地边大骂，话语自是十分难听。只可怜那女孩打小失去爹娘，如今又遭遇不幸，此时更遭贺茂富女人一顿谩骂。先前自己的丑事还只有少数人知道，现在贺茂富的女人嚷得全湾人都知道了。女孩自感无脸再活下去，当天下午便一根绳子在屋梁上吊死了。年纪轻轻，命丧黄泉，令人惋惜。贺茂富再吝啬，也明白女孩之死与女人那通谩骂有关，便不等族内老人来说主动出了安葬费，将那女孩葬了。女孩又因为是非命而去，不能葬入祖坟，贺茂富又主动拿出了一块薄地，做了那女孩的安葬之所。这地如今都还叫作"吊颈鬼地"。这事已过去几年，如今听贺老跖在诉苦会上一说，人们便又想起那女孩来。很多人并不明白其中内情，只是觉得那女孩可怜。现在听说是贺茂富所为，自然是十分气愤了。尤其是那些大房的人，平时便有些妒忌小房人的日子比他们好，一听便喊起了口号来。工作队一见十分满意，便对群众道："你们说这样罪大恶极的人该不该枪毙？"一语未了，贺老跖便举起了拳头喊道："枪毙还便宜了他，该千刀万剐！"底下一些大房的人也喊："该枪毙！"那贺茂富直呼冤枉，可那个时候哪里由得他申辩。

第二天，经乡农会批准，果然将贺茂富押到关山坪枪决了。枪决过后，贺茂富的家人还没来得及去收尸，上面就快马传来了文件，说从即日起，工作队和乡农会无权自行决定枪决人了，必须报县公安局审核，通过后才能执行。后来贺家湾的人都说，贺茂富确实死得冤。因为过了两年才不知道是从哪儿传出消息，说把那女孩肚子搞大的人并不是贺茂富。因为贺茂富和贺老跶住得十里不隔五里，并不在一个湾。女孩又没有到贺茂富家里打过短工，两人根本没有办法接触，贺茂富怎么能把她的肚子搞大？搞大女孩肚子的恰恰是她那披着叔父外衣的老光棍贺老跶。贺老跶嫁祸于贺茂富，一是想转移人们的耳目，以洗清自己的罪名，二也是应发动群众的需要。果然贺茂富一死，群众都积极起来，贺家湾的土改也便和其他地方一样开展得有声有色了。贺老跶因为表现积极，很快便入了党，又被工作队培养成了干部。合作化运动一开始，贺老跶便做了贺家湾农业合作社的社长，之后又做了贺家湾第一任支部书记。

贺老跶做了贺家湾十年的"父母官"，却没想到后来也栽到小房一个人手里。这人便是如今县中校长贺世普的父亲、贺茂富的一个堂弟贺茂国。虽然贺家湾大房和小房之间也不知从哪一代祖宗开始，便是恩怨不断。可那贺茂国离开贺家湾较早，枪毙贺茂富时他还在外面上学。尽管后来知道贺茂富是被贺老跶暗算，心里对贺老跶和大房也没多大仇恨。因为他是读书人，明白在任何运动的祭坛上都要摆上牺牲的。贺老跶栽在贺茂国手里，纯粹是因为大跃进和人民公社的缘故。那时，贺茂国是县工农师范学校的一名老师，由于忙于城里的扫盲运动，他有几个月没有回过贺家湾了。这日，乡下刚刚收毕小麦，女人却从贺家湾来到工农师范学校找他。两口子一见面不说恩爱和想念的话，女人只是啼哭不止。女人虽是贺茂国的父母在乡下给他订的一门亲，没有文化，年龄也比他大，却极为贤惠。加之贺茂国又是一个传统观念很重的读书人，知道女人辛苦持家侍奉父母和教导儿女不易，也极为尊重她，因而两口子虽不常在一起却十分恩爱。今见女人眼泪如决堤之水，很快湿了衣襟，心也酸楚得难受。正准备也陪着女人掉泪时，女人却忍住哭泣说出了原委。原来几天前女人在加夜工深翻土地时不慎将脚扭伤了，向贺老跶请假休息。贺老跶不答应，说公社马上要来检查了，你是干部家属，不带头不说，还要请假休息，那怎么行？女人只得硬坚持着干了一天。到了第二天，脚肿得像棒槌一样，实在不能干了，便没去参加深翻土地，在床上躺了一天。贺老跱知道了，便叫公共食堂停止对她们一家打饭三天。食堂炊事员贺二是贺茂国母亲的侄儿，说这样不公平，悄悄给她的罐子里打了一勺饭，被贺老跱看见了，马上把她手里的罐子夺过去摔烂了。有人实在看不下去，就给贺茂国的女人出主意，说共产党的政策是一人犯法一人当，你没有出工扣你的饭可以，但贺茂国的老娘那么大的年龄了，不该遭株连跟着造孽嘛！叫她婆媳二人都到贺老跱家里去睡倒起，看他怎么做。女人听了这话，果然搀了贺茂国的母亲来到贺老跱家里。贺老跱一见便对公社报告了，公社马上派人拿了绳子，要把贺茂国的女人捆到公社的劳改队里去。来的干部中有一个人在县工农师范学校读过书，一听是贺茂国的家属，便没有捆她，让贺老跱恢复了给她们娘儿俩打饭，把她们劝回去了。女人说完又哭着补了几句话，道："幸亏遇着了那个好人，不然我们这辈子怕见不到面了！"说完又哭。贺茂国虽在城里工作，却也听说过自人民公社成立后一些地方的社队干部，强迫命令和违法乱纪现象十分严重，动不动就将停止社员吃饭作为惩处社员的手段。一些公社还自己成立了劳改队。劳改队大小便要报告，有专人持枪看守，吃饭有限量。公社还将批准劳改的权力下放到了生产大队，以致出现了社员一有缺点和错误就被送到劳改队的现象。如今一听女人在家里也受到了这样的罪，心如刀绞，便也陪着流了一阵泪，这才道："那你现在打算怎么办？"女人道："我就是来跟你说一声，我打算跟一些人到西边去讨饭，屋里老娘我再也照顾不到了！"贺茂国一听女人要出去讨饭，急了，忙道："千万不能出去讨饭，等我回家看看再说！"又道："你出去讨饭，不为我想想，也该为世普想想！娃儿正在外面念书，知道你在外面讨饭会怎么想？"劝了半天方把女人劝住。下午，贺茂国终于向领导请了半天假，和女人一起回去了。

回到贺家湾，还没有进家门口，贺茂国就发现一切都变了样。家家的大门都被卸下来拿去进了土高炉。再走进家里一看，四壁空空，如同被洗劫一般。母亲一人躺在床上，骨瘦如柴，已经奄奄一息。贺茂国找到邻居，村民们告诉他：小麦刚收完他们就没有口粮了。大队对每个人每天只给二两粮食。

贺茂国听了以后实在想不通。他在学校里是教政治的，一直相信教科书上的话，社会主义制度会让人们的生活越来越好，幸福万年长。但是新中国成立已经十年了，为什么现在的情况却越来越糟糕呢？贺茂国想写一封信给上级领导，但是又很犹豫。因为贺茂国听说身为县政府保卫科科长的老革命郑峰，因为在组织会上发出了和他一样的疑问，就被打发回家当农民了。人家是老革命都落得这样的结果，自己算哪号角色敢拿鸡蛋去碰石头？贺茂国觉得无能为力，只得劝慰妻子和母亲一通，返回单位继续干他的工作。不久母亲便含恨而去，而母亲死后的情况更是越来越糟。后来有一天贺茂国到省城出差，办完公务以后贺茂国赶到汽车站，坐在那里等车。贺茂国又一次想到是否应该写这封信。最后他决定写封信给省委书记，因为他相信共产党，拥护共产党。他从附近的邮局找到一张电报纸，写了一封短信。在信中贺茂国详细地对领导描述了自己所见到的情况。他想，上级也许不知道这些情况。

贺茂国的信寄出不久，就听说从上面来了一个工作组到县里进行秘密调查。贺茂国当时并没意识到这个秘密调查组会与他的信有关。一天领导突然来到学校，要求所有老师马上集中写一份思想汇报。贺茂国自然也写了。没想到的是当天下午，县上文教部门的领导陪着一个穿公安制服的人突然找到贺茂国，对他道："你是贺茂国老师吗？请跟我们走一趟！"贺茂国身上立即凉了半截，道："能不能等我收拾一下再走？"穿公安制服的人道："不用了！"说完便将贺茂国带到县招待所一间屋子里。贺茂国走进去一看，屋里早坐了几个满脸严肃的人，有穿公安制服的，也有穿普通衣服的。桌子上摆着几页纸，一页是他写给省委书记的信，另外两页是他上午才写的思想汇报。原来，那贺茂国给省委书记写信时，还是有所担心，并没有落他的真名字，只落了×县工农师范学校一老师几个字。现在，他们通过比对笔迹，自然是查找到他了。贺茂国一看这些人心里便叫了一声："完了！"接着从那额角上冒出了一阵阵冷汗。一想到灾难可能来了，便不等那些人问就毕恭毕敬地站着道："领导，我坦白，那信是我写的！你们能不能让我回老家在老母亲坟上磕个头，然后跟老婆说一声免得让她挂念！"话音刚落，一个领导模样的人道："贺茂国同志，你这是什么意思？你别害怕，啊！你为什么要害怕啊？你请坐下吧！小陆，快给贺茂国同志倒杯水来！"

贺茂国一听这话有些愣了，难道不是来带我去坐牢的？正犹豫间，刚才去请贺茂国的那个穿公安制服的人将一杯水端到贺茂国手里，又扯过一根凳子让贺茂国坐下。贺茂国只将半边屁股挨到凳子上，仍旧忐忑不安。领导模样的人见了又道："贺茂国同志，你真的不必紧张，我们是省委调查组的。感谢你给领导写了这封信！实话告诉你，我们在这里发现的情况比你信里反映的情况还要严重得多！所以你不必害怕！"贺茂国一听心情才放松了一些，一边抬起手用袖子擦着头上的冷汗，一边含笑看着那位说话的领导。领导却不说话，亲切地叫贺茂国喝水。贺茂国喝了以后，领导才问他怎么想起会给领导写那样一封信。贺茂国便把自己女人的遭遇和回贺家湾看见的情况，又详细地讲了一遍。那领导和屋子里的人都一边听一边认真地记。末了，那领导才说："贺茂国同志，你反映的问题很好，我们建设社会主义国家已经十年了，我们的战士、工人和农民为了建设共产主义社会流血流汗，可现在却没有饭吃。毛主席是一个英明的领导人，共产党是伟大的党，问题是我们基层的干部工作做得不是很好。你帮助我们克服了官僚主义！"说完，又说了一些别的话便让贺茂国回去了。贺茂国回去第二天，省委工作队便开始着手处理农村的饥饿问题，首先派遣干部来到了贺家湾管理区，打开大队粮仓把所有种子分给那些患水肿病的人。接着，省委工作组便将很多公社、大队、生产队的干部抓进监狱。贺家湾管理区的贺老跖自然也在其中。不但如此，因了那贺老跖是贺茂国信里点了名的人物，不但被抓进监狱，还以严重违法乱纪的罪名开除党籍，判处无期徒刑。贺老跖本身腿有残疾，做什么都有些不方便，在监狱里又常常遭犯人殴打。没两年便死在了监狱里。贺家湾人后来听说那省委工作队是贺茂国写信告来的，心情便十分复杂。一方面那些在大跃进时期受过贺老跖气的人，尤其是小房人觉得十分开心。工作组一来打开仓库分粮，不少得浮肿病的人因此而活了下来，岂会有不感谢的。另一方面，那贺老跖进了监狱也是他罪有应得，哪个叫他动不动就打人、捆人，不给人吃饭呢？又联想到土改时他诬赖贺茂富的事，更觉得是"现世报"，活该！可对大房的人来却另有一番不同的看法：贺老跖虽有千错万错却罪不至死！他刮浮夸风、捆人、打人、扣人的饭不假，湾里饿死了人，很多人得了浮肿病，这些也不假，可难道这些都该怪到贺老跖一个人身上？贺老跖只是一个管理区的支部书记，能闹出这样大的动静来？明明是贺茂国为了报当年他堂叔那一箭之仇故意钻洞寻蛇打，来置贺老跖于死地的嘛！因此，大房人对小房人心里自然又多了几分怨恨。

且说贺端阳这日看见贺贵正专心致志地投入到指挥鸟儿的打斗中，心下不以为然，想虽然你爹和贺老跖有些陈日恩怨，可这两只鸟儿难道就真是你爹和贺老跖变的？明明是你闲得无聊，才做出这种小孩子游戏的。一想到这儿，端阳便想拿话题把贺贵的注意力岔开。想了一想，便用胳膊肘轻轻碰了贺贵一下，问道："贵叔，村委会又要开始换届选举了，你说这回他们得不得真的让大家民主选举？"贺贵果然回了头，盯着贺端阳道："孺子无知，你把我当贺凤山了吗？老夫不能掐不能算，怎么知道那选举会不会当真？"端阳明白贺贵并没有真正生气，便又笑着道："贵叔，选举搞了这么多年，已慢慢成熟了。我刚才上街去，看见乡政府院子挂了一条标语，上面写着：农村民主，势在必行！所以我看这回，倒像要真正民主了！"贺贵突然呵呵一笑，道："孺子只知其一，不知其二，那农村民主岂只有选举一项哉？"端阳道："贵叔，我知道农村民主，还有民主决策，民主管理，民主监督，可民主选举是其中最重要和最基本的！如果选举不能民主，就建立不起来优胜劣汰的竞争机制。没有优胜劣汰的竞争机制，其他民主也就只能是一句空话！你说是不是这样？"贺贵听罢斜着眼睛将端阳看了一阵，突然站起来，双手抱拳朝端阳施了一礼道："后生可畏，小子已是老夫的一字师了！"端阳听见贺贵夸他，立即红了脸，道："贵叔，你讽刺我了，我怎么配当你的老师？"说罢又急忙问："贵叔，你三年前说要写一本关于农村民主选举方面的书，写得怎么样了？"贺贵一听这话倒显得不好意思了，道："此书岂能是一日之功？"说罢又立即摇头晃脑、且歌且吟般地道："民主民主，大势所趋兮；民主民主，来之不易兮；民主民主，切实可行兮；民主民主，有待完善兮；民主民主，路漫漫其修远兮！"歌毕，又噘起嘴才要去指挥树上的鸟儿时，鸟儿却已经不见了。贺贵便显出失望的样子来，道："便宜了贺老跩这个狗东西！"端阳听了贺贵刚才关于书的话，便明白要么是他没有写，要么是搁浅了，也便不再说什么，站起身来，辞别贺贵自去了。

没一时，到了王娇姐姐王娟的院子里。贺庆早到了外面去打工，家里就剩王娟母子三人。端阳还没进门，便听见从屋里传来小孩子尖声的号叫，又听见王娟气急败坏的叫喊。贺端阳一听那小孩子撕破喉咙的叫声，于心不忍，便几步跨上台阶冲进门，果见王娟将八岁多的贺秀用左手紧紧夹住，右手拿了一根篾片，在她那小身子上下死手地打着。那小姑娘身子动弹不得，只有一边号叫一边用脚在地上乱蹬。旁边另有一个四岁多的小女孩则是一副早已吓傻了的样子。端阳急忙一把拉住了王娟手里的篾片，责备地说道："做什么呀？把个小孩打得个鬼哭狼嚎的，小孩做错了事，跟她说就是嘛！"王娟见是端阳便有些不好意思了，道：

"哦，是端阳呀，哪个时候回来的？"说完又气咻咻指了一旁哭泣的女儿道："你说气人不气人嘛，前天考试，数学只考了三十分，今天星期六叫她在屋里做一天作业，可我刚一转眼，她就在屋里跟小的打架，把小的打得直叫唤！"那女孩听了一边哭一边顶嘴道："我作业做不来，你不跟我辅导嘛！"王娟一听倒竖柳眉，吼道："你还跟我犟嘴！我一天忙死了，还有时间给你辅导？"端阳忙过去把小女孩拉到了怀里，抚摸着她的头道："别哭了，啊，要听妈妈的话嘛！"说着便拿过桌子上的塑料袋，说："来来，看幺姨给你们买什么了？"说着从里面抖出几件衣服来。先把一件紫红色的毛衣给了王娟。接着又拿出两件童装，一件给了贺秀。那挨打的小女孩接过新衣服，立即止住了哭泣，接着用手擦了一把脸上的泪水，圆圆的脸蛋上露出了灿烂的笑容。端阳又把另一件小衣服交给了刚才发呆的小姑娘。王娟接了衣服，又叫贺秀带了妹妹一边玩去，自己和端阳说起话来。端阳在几句闲谈过后，便把自己来的目的给王娟说了。

王娟听了自然是满口答应，却又道："他叔，你既然来了，等会儿就在我们家里吃饭！"端阳道："吃饭就不必了，姐，家里还有很多事呢！"王娟道："再有很多事，你也得吃了饭走！中午时候万山叔要来帮我烧个阴契，你哥又不在家里，要是有个不方便的地方，你也给我做个主！"端阳有些惊道："怎么要烧阴契？给哪个烧？"王娟道："你难道不知道？我们前些年配的猪圈房和灶屋，占的是贺庆那绝户堂叔的屋基。当时建的时候我就说要给那死老头烧点钱，跟他说一声我们要买他的屋基。可你那贺庆哥说不相信那些，又说他一个绝户，不把屋基给我们又给哪个？阳间还有个《继承法》呢！就没给他烧钱，也没给他打招呼。你说怪不怪，自从那猪圈房和灶房配好后，我们屋里一直不顺。不是你贺庆哥在外头挣不到钱，就是我在屋里病恹恹的，要不就是娃儿读书成绩稀狗屎孬！昨年喂一头猪，看到要出槽了，飞起飞跳的却突然死了！前几天找了贺万山来看，硬是那死老头在阴间作怪！贺万山说放到今天午时来给那死老头子烧个阴契，让他再不要作怪我们了！"

端阳一听这话，感到既新鲜又好笑，便道："那我要想法跟我妈说一声，免得她在屋里等我吃饭。"王娟道："叫贺秀去跟她李婆婆说一声就是了！"说完，便又把贺秀喊出来，让她去老湾跟李正秀婆婆说声信。但那女孩一听却磨磨蹭蹭地道："我怕狗咬！"王娟一听这话又对女儿吼道："狗哪里就把你咬死了？"端阳见了急忙道："别难为小娃儿了，姐，时间还早，又莫得几步路，我跑回去跟我妈说一声后就来!"说着，人已起身朝外面跑去了。

回到家里，端阳对母亲说了王娟请贺万山烧阴契的事。李正秀一听便马上对端阳道："上回选举前我去找贺万山给你算命，他说你要防小人，结果你果然遭到贺良毅暗算。这回你再问问他还有没有小人作怪了?"端阳道："不用他算，我就知道还要遇到小人!"说着便又急急地去了。

回到王娟屋里，贺万山已经来了，正戴着一副老光眼镜，伏在屋里桌子的一张火纸上用毛笔写阴契文。那阴契文是竖着写的，一半简体，一半繁体。也许是这类文书写多了，倒练出了贺万山一手好毛笔字。写完又将桌上的一叠冥币也用火纸封了起来，接着在封条上也竖着写上了贺庆堂叔父的名字、封内冥币数量，以及贺庆和他自己的名字。写毕，贺万山将阴文和冥币放到一边，让王娟来把桌子搬到大门前面的院子里。端阳一听叫王娟搬桌子，自己便抢先动了手，将桌子端了出去。王娟从里面屋子拿出了早已准备好的供品。计有猪头肉一块，火腿肠两根，鸡蛋三只，苹果、柑橘各一盘，红枣、花生等干果一盘，豆腐干、猪舌子各一盘，白酒半瓶。又将金银纸一封、香一把、蜡烛两对、鞭炮一串，放到桌子大门前面的地上。一切布置停当，贺万山亲自去点了香烛，擎了几支香，让王娟擎了一对蜡烛，跟在他的后面朝猪圈房和灶房走去。先走到猪圈房东边的角落里，贺万山一边口里喃喃诵着，一边双手捧香朝墙角揖拜，又叫王娟跟着他揖拜。王娟果然见他弯腰自己也跟着朝下弯腰。东西南北四个角落拜完，又到灶屋，依然如此祭拜。拜完了这两间屋子的四壁墙角，贺万山才走出来，复将香烛插到原来的地方，进屋去拿出阴契文和封好的冥币，分别在有名字的地方用墨汁代替印泥，盖了手印。又让王娟在凡是有贺庆名字的地方也盖了手印。盖毕，贺万山便在门口大声朗读起了阴契文。道是：

立阴契文字人贺庆，贺家湾村新湾大房人氏。因于2001年搭建猪圈房和灶房占用其堂叔贺世德旧居屋基两间，因未得到堂叔允许，今特备冥币九万九千九百九十九元，花边六斤，金银六锭焚化于冥中堂叔贺世德名下。恳请堂叔、堂婶领用，以慰先灵，从此永远买断此屋基，敬请堂叔堂婶永离此地，灵归山中灵房居住，不得在贺庆房屋之中或前后左右逗留！此屋及地基应永属贺庆所有，空口无凭，特立阴契文乙纸为据，并祈保贺庆和家人身体健康、合家平安、财丁兴旺、诸事如意、心想事成，不得违误，特此申明，以彰功德是也。本宅长生土地、冥京阎君大帝尊神证明功德。代笔字人贺万山。具伸阴契文字人贺庆。

公元 2005 年冬月十七日

念毕，贺万山在燃烧的蜡烛上点燃阴契文和封好的冥币以及地上的金银纸，在阴契文和冥币燃烧的时候，又让端阳去点燃了桌上那串鞭炮。然后又让王娟将燃烧过后的纸灰，统统扫起来倒入门口的水沟里。如此，烧阴契文的仪式便结束了。端阳又帮王娟把桌子搬进屋子里，王娟递给贺万山一个红包。王娟等仪式结束后，便忙着进灶屋做饭，让端阳在堂屋里陪贺万山说话。端阳说了一会儿闲话，忽想起母亲的嘱咐，还是忍不住好奇地道："万山叔，你说我今年参加村主任的竞选，还有没有小人捣乱了？"贺万山道："上回你母亲来问吉凶，天机已明，已是一鹤之相，何须再问？"端阳道："什么叫一鹤之相，我不懂？"贺万山道："你不懂就算了，到时候自然会明白的！"端阳见贺万山不肯说，也就不再问了。

吃过午饭，端阳先回到家里，接着王娟也来了。按下那晚贺端阳家里请客聚会、推杯换盏、尽情聊天、猜拳行令诸般烦事不述。单说酒席之后又摆开了三四张麻将桌，看的看，打的打，轮流上阵。打了一会儿，贺长军忽然觉得下面大肠胀了起来，要到茅坑里大解，遂站起来让旁边的贺义接着打，自己急急地往茅厕跑去。乡下人的茅厕都是在猪圈旁边，开一个口子，搭一个蹲位，直接将粪便拉到粪坑里。贺长军一边往茅坑处跑，一边解裤腰上的皮带。可还没容他跑到粪坑边，忽然从那蹲位上传来一个女人的惊叫声："哪个？"贺长军一听，晓得那蹲位已经有了人，便又马上打开灶屋门，提了裤子往房子后面粪坑的出粪口跑去。刚转过墙角，猛然看见那后墙根下有一个人的影子。贺长军正想问，忽见那影子一步闪进竹林里顺着小路跑了。贺长军猛地一惊，也忘了去粪坑口屙屎，便大叫了起来："有贼！抓贼娃子呀！"众人在屋里听见有贼，便全丢了麻将就往外跑，一边跑一边叫："贼在哪个地方，快速到！"贺长军道："往竹林后面跑了！"众人便一齐冲进竹林，顺着小路去追。追了一阵没追着，便回来对贺长军问："哪里有个贼，是不是你看花了眼哟？"贺长军道："肯定是个贼！开玩笑，那么大个人我能看花眼？"众人还是不信，端阳便回去拿了手电筒来看。果然见那墙下的泥土有被人踩磨的新鲜痕迹。再往上一看，发现窗户上蒙的塑料薄膜也被人掏了一个洞。从洞眼里正好可以看清屋里的一切。端阳明白了，立即对众人道："这是有人在监视我们！"众人有些不明白，道："监视我们什么？"端阳也是一头雾水道："不知道监视我们什么。"众人想了一会儿，仍想不明白，便道："端阳老弟，别不是有人想背后对你下黑手，你可要注意点！"端阳听了这话，说："我怕什么？我条条路儿走得正，一不偷，二不抢，他们能把我怎么样？"有人听了这话，便道："对，我们又不是做违法的事，他们要监视，就让他们来监视吧，我们各人去打自己的牌！"一说起打牌，贺毅突然像是想起了什么，立即道："哎，他们是不是就是来监视我们打牌的？到时候给端阳安一个'聚众赌博'的罪名，让端阳兄弟又参加不成选举？"众人觉得十分有道理，便道："是呀！那我们今后不能到端阳兄弟这儿来打牌了！"贺毅道："对，我们现在就散去，回去各找各的麻友打！"众人听了这话，果然回屋收了麻将，对端阳和李正秀告了别，回去了。

第二章

一

端阳自发现有人在监视自己时起，便时时小心，处处提防，生怕被人抓住小辫子。他本身就不会打麻将，可为了回避瓜田李下之嫌，别人打麻将连看也不去看了。偶尔有竞选班子的弟兄来商量事情，留下吃一顿的事是常有的。可吃过以后也不留下打牌。那些弟兄为了不连累端阳，也非常自觉，饭毕便走，也不再在端阳家里摆场合。说话间，选民名单已经上了墙。接着，马上就又到了选举候选人的时候了。本来这次村民委员会的换届选举，中央和省上都明确规定实行一次性选举，即所谓的"直选"。可县里仍然出台了各地可根据实际情况确定选举方式。到了乡里就统一规定还是像过去一样，先推举候选人，再实行差额选举的两次投票方式。乡上的理由也很充分，道："如果真的敢开让那些农民选，选乱了怎么办？一旦乱了，板子还不是打在我们这些转田埂的基层干部身上！罢罢罢，为了稳定，宁可保守不可冒进！"端阳明知乡上的做法不对，可又奈何不得。虽无可奈何，却又见这样长一段时间贺家湾一应事物犹如没有选举这回事一样，大家该干什么还干什么，也没发生什么事。端阳绷紧的心竟慢慢松弛下来，觉得自己倒是黄鳝打屁——疑（泥）心（腥）过重了一点。一见没事，端阳便又取得了稍许安慰。

然而这天下事物偏生奇怪，就在贺端阳神经松懈，自以为贺家湾风平浪静、不会出事的时候，那事却偏偏寻他来了！

这一日上午，端阳正和贺兴成一起商量如何到郑家塝拉票的事。贺兴成自从明白自己竞选无望、答应帮端阳竞选后，果然尽心竭力，带着他原来的那帮人马四处奔波，帮端阳游说拉票。这让端阳十分感动，觉得还是同一个祖上下来的弟兄好！正如俗话所说，弟兄间哪怕脑壳打破都镶得起来，因为血浓于水！端阳便对兴成越来越信任，有一丁点儿事情便去找他和贺毅商量。兴成和贺毅也便成了贺端阳最得力的政治盟友。随着选举日期越来越近，拉票的活动也渐渐白热化。两个正说着，贺毅脸上挂着几分愤懑之色忽然匆匆跑来。一见端阳便道："你在这里呀，我找你一个大圈了！"端阳见贺毅神色不对，便马上问道："出了什么事？"贺毅道："乡上那个姓向的副书记，带着那个纪检委姓刘的，还有人大姓罗的副主任下来调查你贿选的事了！"端阳和兴成一听也都愣了，过了半晌端阳方才问道："我什么时候贿选了？"

兴成没等贺毅答话，便接了端阳的话对贺毅问道："你是怎么知道的？"话音刚落，贺毅便愤愤地答话："人家把我都叫去审问了，怎么会不知道？"兴成又急问道："他们问了你些什么？"贺毅道："就是贿选嘛！"兴成道："他们总要问具体的事叫？"贺毅这才道："也不知道是哪个舅子到乡上去告的状？他们一来就马起一副脸，横绷带唝地问我：贺端阳是不是经常在屋里请客？我听他们话语不对，就说：我又不是他屋里的人，怎么知道他是不是经常请客？他们一听，那脸更黑得像是斧子都砍不透的样子，道：你态度要端正一点！听群众反映，你就是经常被贺端阳拉去吃吃喝喝！你要老实说，一共到端阳屋里吃过几次饭？又一共得了端阳好多烟？我一听就问他们吃过好多回饭，抽过好多烟关你们什么事？难道我们弟兄间吃几顿饭也犯法了？他们说：贺端阳不是想当村委会主任吗？他这是贿选，当然是犯法了！你要老老实实地跟我们交代，他在请你们吃饭时是不是叫你们要投他的票？我听了他们的话，知道他们是来者不善，善者不来，也故意说：没有，他叫我们投贺国藩的票，因为贺国藩是领导选出来的，我们怎么敢跟领导做对？他们里面那个姓向的一听，马上拍着桌子沉着脸吼我道：你这是什么态度？以为我们没有掌握你的情况是不是？老实跟你说，贺端阳贿选就跟你有关！姓向的以为我会怕他，我怕他尿？我一个种地的，九年不犯法他十年都把我奈何不得！因此我一听他那话也火了，道：就跟我有关，你们又想把我怎么样？

我是国家正式农民，你们总不能把我开除到城里当市民？如果开除我农民资格，我也没有什么说的，可千万别让我到乡上当你那一角！不然那个时候你没有饭吃了。姓向的嘴角都气歪了，话也说不出来。还是贺劲松在一旁说：大侄子你不要那么大的火气，领导来了解一下情况，澄清一些事，对端阳也有好处！我听了这话，心里的火气才小了一点，回答贺劲松道：贺会计你可以做见证，贺家湾是有这样一个规矩，几个话说得拢的人爱经常在一起聚一聚，大家也不分彼此，你来我往。我们是在端阳家里吃过两顿饭，别说这事够不上贿选，就算够得上贿选，他贿的哪一个？贿的是群众，总比你们一些当官的，拿钱给你们的顶头上司买官强！我这样一说，他们几个人都变脸变色，不说话了，连贺劲松都在一旁冷笑！最后那个刘'鸡奸'见实在问不出什么东西来，便道：是不是贿选我们自然要调查出来！请你不要把我们和你的谈话跟别人说。一旦泄露出去，你可是要负责的！说完，便夹起本本出去了。"

贺兴成听到这里，又立即问："他们现在到哪里去了？"贺毅道："我看见他们往善怀屋里去了，肯定又是去找善怀！"说完又道："我等他们一走，不管那么多，就赶紧跑出来先去跟长军通了风，让长军先去跟贺勇、贺建打声招呼，我就来找你们了！"兴成听完想了一会儿，才看着端阳道："果然是善者不来，来者不善，在这个时候来查老弟请客吃饭的事，看来别个早就有准备了！"端阳一听这话，心情竟有些紧张起来，向二人道："你们说，请你们吃了几顿饭算不算贿选？"兴成道："这算什么贿选，你没有吃过油，还没有听到过榨响？有些地方拿钱去买选票那才叫贿选！"贺毅也道："就是，吃顿饭算什么贿选？我老表前次来跟我说，他们那里上一回选村委会主任，竞选的人一条一条地给每家每户送烟，遇到女人不抽烟的就送糖，村里百货店的烟和糖都卖断了货！你和别个比起来，可是差远了！"

端阳心里稍安定了一些，便又对贺毅和兴成道："那你们说我们现在该怎么办？"贺毅等端阳的话音一落，马上道："怎么办？我们给他们一个凉拌（办）！看到他们来了我们就各自躲出去，跟家里人说就说出去打工了，他们要找，随便跟他们说个地方，让他们找去吧……"

一语未了，忽见贺勇又急急地跑了来，一见端阳、贺毅和兴成便道："你们还有闲心在这儿聊天呀，知不知道乡上的人来调查端阳请客的事了？"贺毅笑道：

"你现在才来跟我们说,连你们的信都是我叫长军来报的呢!"贺勇道:"原来是这样,我以为你们还蒙在鼓里呢!"端阳道:"你现在往哪儿去?"贺勇道:"长军叫我们不要管他们,各自去躲起来,让家里人对他们说我出去打工了,看他们怎么办?我于是就出来了,顺便也来跟你们说一声。"兴成看着贺毅道:"这也是你的主意吧?"贺毅道:"是我叫长军这样做着,他们居心不良,站到贺春乾一边小题大做,我们为什么不可以要一下他们?"兴成道:"不是说不可以躲,但一躲别个以为我们怕了!我就不躲,端阳老弟你也不要躲!躲脱不是祸,是祸躲不脱,他们如果来找我,我自然有话回答他们!我们种地的请回客,吃点家常便饭,喝点老白干酒,值几个卵钱?没听说过吗,他们喝一瓶酒就要喝掉我们农民的一头牛;吃一顿饭就是吃掉我们农民一座楼,还吃得少了?我听别个说他们一年要吃掉好几个三峡大坝呢……"

贺毅道:"听说街上那家'乡坝头'的餐馆,乡政府到现在都还欠别个二十多万块钱的吃喝费,害得人家都快开不下去了!"兴成道:"这事千真万确!那老板年年都到乡政府讨账,但都讨不回来!可他们现在还有脸来查我们吃喝!"

兴成说起乡政府时便是一脸的愤怒。原来在农民负担非常重的前几年,乡政府赵副乡长带一伙人到贺家湾来开展催缴农业税和双提款的"大会战",又叫"拔钉子"。确定的"钉子户"是他的亲二爸贺世凤,但阴差阳错,那伙人却误抄了他父亲的家,将他父亲贺世龙家里的粮食、肥猪和贺兴仁结婚时买的电视机、VCD机装到一辆板车上拉着走了。贺世龙老汉爬到板车上护着自己的粮食和兴仁的电器不让他们拉走,结果在数九寒天里,老汉连带粮食和家电被赵副乡长带来的人颠到了水塘里。兴成见父亲被颠进水里,十分气愤,便带了一伙年轻人去围住赵副乡长们,逼他们脱了裤子到水塘里把父亲的粮食和兴仁的家电捞起来。赵副乡长一伙人没法,也只得脱了裤子下水捞了。当天晚上,乡政府却喊来派出所的人把兴成一伙人抓到乡政府不但关了一夜,还被乡政府那些打手用一根麻袋套到头上打,打得身上青一块紫一块的。第二天贺世海找人出面,乡政府才将他们放了出来。兴成出来后联络人去县上告状,正碰上中央大力减轻农民负担,县上拿这件侵犯农民利益的事件开刀,将贺世忠的支部书记和乡上赵副乡长的职务给一把捋了,又将原来的党委书记和乡长也调离了。但兴成只要一想起当晚受到的屈辱便对乡政府有说不出的恨。加上此时又想起上一届选举时被贺春乾耍了的事，心里更加有气。说罢前面那番话后又对端阳说："老弟你个人回去，该干什么就干什么，不要怕！他们要来问你你就承认！他们问你请了好多次客，你就说记不清了！问你请客吃了些什么，你就说喝的是茅台、五粮液，抽的是中华、云烟，吃的是鱼翅、燕窝，还有天上飞的、地上跑的、水里游的，还有什么牛鸡巴、狗鸡巴……反正你们党政干部吃过的你的酒席上都有！法律也没规定只准你们党政干部吃，我们老百姓就不能吃？你看他们怎么回答？"贺毅也突然笑道："对，他们要是不相信，就叫他们等着，我们屙出来给他们看！"贺勇也道："好，我们大家都这样说，气死他们几爷子！"说完又嘟哝了一句："龟儿子些，吃柿子只捡软的捏，我不相信贺春乾他们就没有请过客……"

　　贺勇一句话却提醒了端阳，立即恍然大悟道："是呀，乡上怎么只查我们，不查一查他们？"贺毅道："问题是我们没有抓到他们的证据！"兴成也道："还是我们大意了！"贺毅道："就是，人家早就起了这个心，可我们还蒙在鼓里！那天晚上长军看见的人肯定就是监视我们的。我们的一举一动别人都掌握得清清楚楚，可他们的行动我们却一无所知，所以我们就吃亏了！"贺勇立即道："我们从现在起，也要去监视他们！"贺毅道："还有两三天就要推选候选人了，我们现在才去监视，迟了！"端阳想了一想却道："那也不一定！越是临到选举了，越是容易发现到他们暗地里做的手脚。一旦被我们抓到，我们也到乡上去告他们，看乡上又来不来查？"兴成觉得端阳的话有道理，便看着贺毅道："端阳老弟这话说得对，还有几天时间，他们肯定要做些手脚。只要我们大家细心一些，还怕发现不到他们一点过错？"说完不等贺毅回答，便又转向端阳道："老弟你放心，坛子口好封，人口不好封，全湾这样多人我就不相信听不到一点儿信息。我等会儿就去对贺林他们说一声，让他们把眼睛擦亮些，把鼻子放灵一些，把耳朵放尖一些，保证抓得到他们的证据！"贺毅和贺勇也道："既然这样，那我们也是一样的！"说完又道："这就叫你不仁，我不义，你要戳我鼻子，我当然也要戳你眼睛，礼尚往来，是不是？"端阳十分高兴，急忙双手抱拳向三人行了一个礼道："那就多谢各位老哥了！"三人道："都是自己弟兄，说那些客气话做什么？"说完几个人就散了，端阳因为听了兴成和贺毅一番话，也不像刚才那么紧张了，满怀信心地回到家里，恭候调查组前来调查。

　　贺春乾从第一天在村小学的黄葛树下，看见端阳和贺毅等人说话时起，便知道他在这个节骨眼上回来的目的了。第二天，又看见贺端阳在街上置买烟酒，备办酒席所需物品，心里更明白贺端阳要干什么了。贺春乾仍然是打算让贺国藩继续做村主任的。贺国藩虽然老实，却是听话，如换了贺端阳，先不说大房和小房天生的矛盾，就是贺端阳那身上长刺、头上长角、自以为是的个性，他岂能像眼下这样在村里说风就是风，说雨就是雨？那是断断不行的！他把自己的想法给乡上伍书记说了。伍书记也认为贺家湾村这几年班子团结，各项工作都很不错。在上面不断强调建设和谐社会的大前提下，伍书记不想在自己管辖的领地内出现班子扯五拌六、你争我斗、互不团结的现象，因而也同意贺家湾的两委班子维持原状不变。只是叮嘱贺春乾要做好村民的工作，既要保证组织意图的实现，又要不违反《村民委员会组织法》。贺春乾一听顶头上司的话，便有些为难起来。上一届自己煞费苦心，动员贺兴成出来竞选副主任，让他拉走一些主任票，临选举前又出了贺良毅弟兄将贺端阳打跑了的事，尽管这样，贺端阳都得了将近三百张的选票。今年搞不好，说不定贺端阳就会占了上风。怎么才能做到伍书记说的既能保住贺国藩的位子又不违法呢？这就让贺春乾颇费思量了！这一回他自然不能采取上一届选举那些做法了，得想些新招才行！贺春乾抠了半天脑袋瓜子，突然想起了贺端阳请客的事，眼前登时一亮：贺家湾说得来的人在一起吃吃喝喝是常事，可这事要看放到什么背景下。放到平常是很小的事，可要放在这选举期间，经常聚在一起吃吃喝喝，说你是贿选那也说得过去。一旦贿选的事实成立，那你贺端阳想做村主任，便是砂罐做枕头——空想去吧！一想到这里，贺春乾不禁在心里冷笑了两声，拿定了主意。回到家里，喊来贺国藩，如此这般地交代了一番，让贺良毅当天晚上便去贺端阳的墙脚下，做了"包打听"。以后贺良毅又悄悄跟踪了端阳几回。贺春乾便把贺端阳请客的一切情况掌握得一清二楚了。但贺春乾自是老道成熟，表面仍不动声色，让贺端阳们先得意着。却在昨天看看时机已到，便去跟伍书记汇报了贺端阳贿选一事，要求乡上派人来调查。如果属实，希望乡上严肃处理。伍书记自然支持，于是当即指示由分管组织人事的向副书记牵头，连同乡纪委、乡人大，立即赴贺家湾调查。

那向副书记、刘纪检、罗人大原来以为调查此事，十分容易，因为在贺春乾的汇报里，贺端阳请客的时间、地点、人数、喝的什么牌子的酒，发的什么牌子的烟，在席间哪些人又说了些什么话，都列得清清楚楚，他们只需要找当事人对证一下，便可确认事实。但令他们没想到的是找到第一个当事人，贺毅便像是和他们前世有冤、今生有仇一般，不但不配合，反而一接触便和他们擦上了火。问了半天，不但没得到一点儿有用的东西，反而让他们落了一肚子气，却又拿他毫无办法。只得愤愤地退出来，让贺劲松按图索骥，带他们去找贺善怀。贺善怀老实怕事一些，一见干部来调查贺端阳请客的事，便故意装聋作哑，做出吓住了的样子，一口否认到贺端阳家里吃过饭的事。向副书记便又沉着脸，一一指出了某年、某月、某日晚上，你和某某一起到贺端阳屋里吃的饭，是不是事实？贺善怀见抵赖不过了，便做出回忆的样子，想了半天才说："哦，领导这样一说，我倒想起来了！那天晚上我到贺端阳家里借个筛子，正碰到他屋里有几个人吃饭，我也不知道他们是为什么，反正我们湾里经常有人打堆。我拿起筛子要走，端阳要扯到我喝酒，我就留下来喝了！"向副书记道："好嘛，这一回就算你去借筛子，碰到了，某月某日这一回呢？"贺善怀道："哦，那一回哟，那一回是去借簸箕！"向书记一听这话脸就又绷紧了，道："你还有没有借的？"贺善怀苦起了一张脸道："哎呀，领导你们不知道，我们庄稼人，哪家哪户把过日子的东西准备得那么齐全？少不了今天缺这个，明天缺那个，要跟左邻右舍借！如果你还要问我，我还去借过箩筐、篾箅、竹扒儿这些的！"那被老百姓称作"刘鸡奸"的人，听了贺善怀一通话，也明白是在耍他们，便也不高兴地道："就算你经常去借东西，可哪里那么遇缘，每回都碰到他家里请客？"贺善怀也不生气，只慢慢地道："哎呀，领导，我也是这样想的呢！硬是豌豆滚到磨眼里——就有那么遇缘，你说有什么办法？"向副书记想了想，又换了一个话题问："贺端阳是不是叫你在选举的时候要投他的票？"贺善怀立即道："我怎么会听他的话？他又不是领导！只有贺春乾书记叫我们投哪个的票，我们才会投哪个的票嘛！"说完又对姓向的道："我们贺家湾的人只会听贺春乾的，领导说我的话错没错？"向副书记板着脸，朝"刘鸡奸"看了一眼，露出了一副无可奈何的神情，然后又回头对贺善怀问了最后一句："贺端阳对你们说过什么话没有？"贺善怀马上道："哦，说得多了！这娃儿出去打了几年工，也不晓得在哪里学来的，劝我们喝酒，说什么感情深，一口闷；感情浅，舔一舔；感情厚，喝不够；感情薄，喝不着；感情铁，喝出血。每一回，我都被整得个醉醺醺的！"向副书记道："我跟你明说，你别以为我们是傻瓜，听不出你的话是在故意骗我们！我们已经掌握了非常确切的证据，贺端阳请你们吃吃喝喝，就是贿选！你现在说实话还来得及，要是不说，等我们调查清楚了，再治你一个共同犯罪的罪，你就知道世界上没有后悔药卖了！"贺善怀一听这话，便十分委屈地叫了起来："哎呀，领导怎么说这号的话？你叫我跟你们说什么实话呢？你们是不是想让我编些话来诬陷贺端阳？要那样，以后我还见不见人了？我们乡下人有句俗话，叫作你今不靠人，明不靠人，以后你屋里死了人总要靠人！哪像你们当干部的，一切都有国家。打个比方说，今晚上你们回去翘了腿儿，明天国家就会来给你们开追悼会，我们农村人，哪里有你们那份福？所以我们怎么敢随便得罪人？"说完这话，还盯着向副书记问："领导说是不是这样？"向副书记明知道自己被面前这个看似憨厚的农民骂了，却又说不出什么来，只得受了。然后又黑着脸，让贺劲松带着往贺长军家里去了。

贺长军听了贺毅的话，在去给贺勇、贺建等人报信前就对女人程素静做了安排。程素静也非等闲之辈，早在家里做姑娘的时候，就被人称为是钢嘴铁牙的"铁菱角"，一张嘴厉害得很。向副书记一行人刚走进贺长军的院子，卧在阶檐下的狗便从窝里冲出来，一边朝他们扑去，一边汪汪吠着。程素静从屋子里出来一看，见是贺劲松带着三个干部模样的人，便知是乡上来调查端阳的人了。于是便冲过去，在那狗肚子上踢了一脚，没好气地骂道："你瞎了眼了，敢随便什么人都咬？"骂完，又似开玩笑地道："要咬你就只咬贺会计，咬别的那些人你吃了豹子胆！"贺劲松一听，哭笑不得，便道："大侄儿媳妇，怎么只咬我呢？我就真的那么逗人恨，连狗都只咬我一个人？"女人听了，又立即对贺劲松赔笑道："贺会计你别误会吣！也怪我没有把话说清楚，该挨打！我的意思是说你是农民，狗咬两口没来头！他们是国家干部，咬了他们就好比咬了国家，那还了得呀？"说完又道："别说我这土狗儿，就是藏獒，也莫得那么大的胆子敢咬国家干部嘛！你说是不是？"

贺劲松正要笑话，程素静却又满面笑容地转身对了向副书记三人道："领导进屋来吧！你们放心，我这狗听话得很，专咬农民不咬国家干部！"说完又对狗叱道："还不快去窝里躺倒，没长眼睛的东西！"那狗听了这话，果真一边呜呜咽咽委屈地哼着，一边又往屋檐下的窝里走去了。向副书记三人虎着脸站着没动，只呆呆地看着女人，似乎想发作什么，却又发作不出来的样子。贺劲松一看，就忙对程素静说："大侄儿媳妇，长军大侄子呢？叫他出来，领导要问他一点事？"

程素静立即做出惊慌的样子，道："什么事，贺会计，是不是他犯什么法了？"贺劲松道："不关他的事，你放心！"程素静这才哦了一声，道："原来是这样！"说完又道："他叔，实在对不起，他打工走了！"向副书记一听，知道这女人又是在哄他们，便立即瞪大了眼睛道："他昨天都在屋里，什么时走的？"程素静道："刚才才走，可能还没走到两三里路，领导要是去撵他，可能还撵得上！"向副书记听了女人这话，心里的火气又腾腾地窜了上来，道："怪了，早不打工，晚不打工，偏偏在这个时候，就出去打工了……"话还没完，程素静便也一下沉了脸，没好气地道："怎么，出去打工也犯法了？他一个农民，什么时候想出去了就出去，又不跟哪个请假！你们当领导的，什么时候能够出去，什么时候不能出去，又不做个规定，怪得到哪个……"贺劲松见向副书记三人脸色越来越不好看，便不等程素静说完，道："大侄儿媳妇，你看领导才说一句，你就是一连串的话！也不要说那么多了，还是去把大侄子叫回来吧！"程素静一听这话，又马上对贺劲松道："要我去叫，你们就要给我的车费，付我的工钱！"说着把手伸到向副书记面前接着道："领导拿钱来吧，拿了钱我就去叫！不拿钱，我就白去跟你们叫？"向副书记知道和这个女人扯不清，便黑着脸，哼了一声，带着众人转身去了。

接下来，调查组又走了两家，结果和前面一样，不是吃了闭门羹，便是白受了一顿冤枉气。向副书记被气得铁青了面孔，当"刘鸡奸"和罗人大还要去找贺兴成调查时，向副书记突然十分粗鲁地说了一声："全都是一板的腔，还调查个屎呀！各人回去！""刘鸡奸"道："难道连贺端阳本人都不问一下了？"向副书记道："还去问什么？你手里一点证据都没掌握到，还想去找气受？"贺劲松受了贺春乾安排给调查组带路，早不想干这活儿了。听了向副书记的话，便道："那领导到贺主任屋里吃了饭再回去嘛！"向副书记气冲冲地道："气都吃饱了，还吃得下屁的饭！"说罢，便带头往前走去。一边走，一边又余怒未息地道："你们看看，现在农民厉害到什么样子了？我们这些转田埂的小官，当贪官不够档次，当清官又没人相信，当起有什么意思？可党中央还在惯农民，什么民主，什么直选，不选乱才怪呢……"

一语未了，贺贵忽然从墙角钻出来，便接过向副书记的话摇着头道："谬也，谬也！领导此话实大谬论也！"向副书记心里正有气，听了贺贵的话便道："你知道个屁!"贺贵也不生气,又接着像唱歌一般,摇头晃脑地吟道:"君不见,依法选举选不乱,选乱乱选未依法是也!"向副书记听后又马上追着贺贵问:"群众就不乱来哟?要是群众乱来了怎么办?"贺贵像是生了气,立即指着向副书记说了两句:"群众不乱来,乱来皆你们也!"说罢也不看他们,自顾昂头而去。气得向副书记在一旁咬了半天牙齿,方才说出了"神经病"三字。然后带着刘纪检和罗人大,回乡上向伍书记汇报去了。

　　却说贺端阳、贺兴成、贺毅等人,发誓也要抓住贺春乾、贺国藩的小辫子,功夫不负有心人,果然才一天还不到,贺春乾、贺国藩的小辫子便让贺毅、贺勇、贺兴成等人给抓住了。这日一大早,贺端阳刚刚起床,还没来得及洗漱,贺毅和贺勇便匆匆跑来,脸上带着难以掩饰的激动。一见端阳,贺毅便冲着他叫了起来:"老弟,这下我们不怕了!"端阳问:"什么不怕了?"贺勇说:"昨晚上全湾的狗咬了半夜,你难道没有听见?"端阳道:"昨晚上我睡得早,一倒下便睡着了,硬还没有听见狗叫呢!"说到这里,李正秀忽然走了过来,道:"昨晚上全湾的狗都咬得凶,怎么了?"贺勇正想回答,贺毅却抢在了头里,说:"嗨,婶,你万年都猜不到,昨晚上发生了什么事?贺国藩带着贺良毅、贺良礼、贺通良他们一伙人,家家户户发烟……"端阳一听到这里,不由得叫了起来,说:"发烟?怎么没有给我们发?"贺毅道:"怎么会给你发?给你发,他们不是找个虱子在头上咬吗?"贺勇也道:"就是,也没有给我们发!我听到狗咬,起来悄悄打开门缝一看,看见院子旁边站着贺良礼、贺良毅和贺通良,怀里都抱着一包东西。我正在怀疑,瞧见贺国藩从贺大草屋里出来,他身后跟着贺大草。贺大草一边走一边对贺国藩说:贺主任,道谢烟哟!又说:你放心,我一定投你的票!我才知道贺良礼他们怀里抱着的是烟,贺国藩在挨家挨户送烟。我以为他们也要给我送,急忙把门轻轻关上,等待他们来敲门。等了半天,却是夜蚊子滚岩——没有响动!我又把门觑开一看,人影子都没有了!"贺毅扑哧一声笑了起来,说:"你等到他们来给你发嘛!明知道把烟给你发了,是肉包子打狗——有去无回,不等于白发了?"

　　正说着,忽见兴成也急急忙忙地跑了过来,人还没到门口,便听得他说:"端阳老弟,昨晚上他们在给湾里的人发烟,你知不知道?"端阳指了一下贺毅和贺勇,说:"我们正在说这事呢!你掌握了些什么情况?"兴成先高兴地道:"我

173

说只要有心，总要发现他们的背后花招，这不就是歪嘴婆娘照镜子——当面见效了！"说完才说："刚才贺福来跟我们说，他昨晚上听见狗咬，跟踪了半夜，发现他们发的是五块多钱的'中南海'，家里选票多的，发的是一条，一般是三盒、五盒，家里只有一张选票的，就没有发，大概他们觉得不值得发。还有，就是我们也没有发！"端阳忽然双手一击，叫了一声："好，等我们拿到了证据，也马上到乡上去告他们，看乡上怎么说？"兴成不明白地道："这事你怎么拿得到证据？"端阳道："这你们不要管，只回去等着我的信就是了！"兴成、贺毅、贺勇等人一听，果真半信半疑地先回去了。

这儿端阳匆匆洗漱了一下，便朝王娇姐姐王娟家跑去。一进门，便冲王娟道："姐，昨晚上有人给你送烟没有？"王娟愣了，问："送什么烟？"端阳一见王娟这个样子，便知他们把王娟也打入他端阳一派，因此也没给她送，心里便有些失望起来。过了一会儿，便把贺勇、贺福等看见的情况给王娟说了一遍。王娟一听，顿时生起气来，道："怪不得昨晚上我听见狗咬了半夜，原来才是这样一回事！家家都发了，却把我关在栅子门外，把我当什么人了？难道我就不是大房的人了？猪尿包不打人却胀人，我这就去找贺国藩，问他怎么不跟我发？"说罢便要走。端阳急忙拦住她道："姐，你去找他也等于零，人家要是不承认，反把你自己说得灰不溜秋的！不如这样，你到隔壁家顺叔那里，就说屋里客来了，现在想去买烟，又抽不开身，问他屋里有没有烟，先借两盒，你看他怎么说？"那王娟果然就去了。没一时，便真的拿了两盒"中南海"香烟回来。一进门，嘴里还气鼓鼓地说："硬是被你说准了，他们昨晚上真的发了烟！"又说："给家顺叔发了六盒，叫家顺叔一定要选贺国藩！"端阳道："这就好！"说着接过烟来，又对王娟道："姐，下午我就把烟还过来，这事你藏到心里，不要到处说！"说罢便出去了。

端阳将烟揣进口袋，又急急忙忙地来到村里贺大龙的百货店里，对贺大龙道："大龙叔，我买几盒烟！"贺大龙是个跛子，一踮一踮地走出来，道："你买什么烟，端阳？"端阳道："我买五盒'中南海'！"贺大龙立即蹙紧了眉头道："哎呀，老侄呀，硬是不凑巧，'中南海'没有了！"端阳道："一盒也没有了？"贺大龙道："一盒也没有了！"端阳立即试探地对大龙说："我听在你店里打麻将的人说，昨下午还看见你店里有'中南海'，怎么今早上就没有了？"贺大龙果然上当，朝周围看了看，附在端阳耳边说："不哄你说，昨晚上全被贺良毅买走了！"端阳听了这话，先哦了一声，然后又悄悄对贺大龙问道："他买这样多的烟做什么？"贺大龙便警惕了，道："那我就不知道了！"端阳明白在贺大龙这里问不出什么了，就随便买了两盒其他牌子的烟离开了。吃过早饭，端阳便去喊了贺毅、贺兴成、贺长军、贺勇、贺建等人，一起雄赳赳、气昂昂地往乡上去了。

来到乡上，伍书记正在开会安排明天各村选举候选人的工作，一见贺家湾村突然涌来一群怒气冲冲的上访村民，立即停止了会议，把他们带到了自己的办公室里。端阳等人便你一言、我一语地把贺国藩等人给村民发烟、贿选的事向姓伍的说了。伍书记心里也立即明白，肯定是贺春乾、贺国藩见昨日向副书记等人没调查出什么结果，不能用贿选的名义掰倒贺端阳，又害怕丢了选票，因而情急之中想出了这个用发烟来拉拢选民的办法。伍书记在心里已是默认了贺国藩继续做贺家湾的村主任，此时难免不有祖护之心。等贺端阳他们说完以后才道："你们所说的，是不是有充分的证据？"端阳立即从口袋里掏出王娟借给的两盒烟来，说："这就是证据！"伍书记把烟拿过来，翻来覆去看了一遍，然后又将烟往端阳面前一放，严肃地道："这能说明什么啊？黑毛猪儿家家有，哪个烟店没卖这种烟，你怎么就能确定是贺国藩发的！"端阳道："这就是贺国藩给村民发的烟！我们村里贺大龙百货里，这种烟昨晚上都卖完了！"伍书记道："即使卖完了，那也不能就说是贺国藩买来给村民了呀？"端阳道："发没发，伍书记你下去调查一下，立马就明白了！"伍书记道："明天就是选举日了，哪有时间去调查？"说着，目光犀利地从端阳、兴成、贺毅等人脸上扫过，完了又板了面孔，才接着说道："就是有时间去调查，别个死不认账，你有什么办法啊？不是有人反映你们村里的个别人用吃吃喝喝等手段拉票，昨天向副书记带人去调查，不也是遇到一些人抵赖吗？这下好了，原先有人用吃吃喝喝来拉票，现在又有人用发烟来拉票，你们扯平了，还有什么说的？"端阳一听这话便道："这样说，你们是不打算调查了？"伍书记道："我说过不调查了吗？我刚才不是已经说过了吗，明天就是选举候选人的日子，调查已经来不及了，但我们过后还是要调查的！一旦调查属实了，别说只是候选人，就是正式选上了，也是可以罢免的嘛！"端阳一听这话，愣了半天，然后才气冲冲站了起来，说："那好，你们不调查就算了，可也别怪我们了！"说着，一甩手便走出了伍书记的办公室。贺毅和贺兴成们先前七嘴八舌地为端阳帮腔,此时见端阳摔门而去,不知怎么回事,也都跟着出来了。

走出乡政府的大门,贺毅、贺兴成方才围住端阳问:"话还没说完,怎么就走了呢?"贺端阳愤愤地道:"还有什么说的了?你们难道还没有听出来,姓伍的和贺春乾、贺国藩穿的是一条裤子?说什么过后调查,过后还调查得出来个屁!"众人一听也着了急,便纷纷道:"那我们现在怎么办?吃了别个的嘴软,拿了别个的手软,如果我们不想办法,肯定要输给别个!"众人看着端阳,端阳也苦着脸,皱了眉对着众人问:"这个时候了,你们说有什么办法?"众人都互相看着不吭声。片刻,贺兴成突然道:"他们发得,难道我们发不得?"话音刚落,贺毅也道:"对,他们发几块钱一盒的,我们发十块钱一盒的,他们一户发五六盒,我们一户发一条,没有什么把票拉不过来的!"众人叫起好来,说:"就是!"说完又纷纷鼓励端阳道:"反正姓伍的不查,要发都发!"端阳听了众人的话,抿着嘴唇没回答,似是在思考的样子。兴成以为端阳害怕了,也道:"反正又不是我们带的头,怕什么?"又道:"你是不是没有那么多钱?钱不够我们大家都凑一点,反正我们不能输了这口气!"贺毅也道:"对,当不当村主任不要紧,可我们小房一定要争这一口气!不然,以后在村里还抬不起头!你说差好多钱,我们都跟你凑!"众人也道:"就是,我们多的出不起,三五百块钱还是掏得出来的!"端阳这才道:"我哪会要你们给我出钱?这几年和王娇在外头打工,两个人加起来也挣了几万块钱!即使不够,我去跟舅舅借,也不会要你们给我出钱嘛!"众人说:"那你还犹豫什么?过了今天晚上,明天就投票选候选人了,再婆婆妈妈的就来不及了!"

端阳这才将牙一咬,下了决心道:"那就按你们说的,买!不管人多人少,一家一条,全湾有多少户人就买多少条!"一语未了,兴成道:"选民多的户,一户甩一条倒可以,选民少的户,我看还是发几盒就行了!"端阳道:"要发,我们就不要像他们那么小里小气的!"说完又道:"就是一家只有一张选票的人,也要发两盒!另外,我们也不要像他们那样认为不会投他的票,就不给别个发,我们也同样发……"话还没说完,贺毅急忙摇手道:"要不得,要不得,有两类人不能发!第一类是像我们这样的弟兄,你一支烟不发,我们照样要把票投给你,何必浪费那些钱?反倒把弟兄说生疏了!第二类人,就是像贺良毅、贺良礼弟兄和贺通良这些人,莫说你给他发几盒烟,就是给他抬几箱烟去,他也不会把票投给你，你给他发什么？所谓拉票，主要就是拉中间那些二不挂五的人嘛！"众人一听这话，都齐声叫好，道："对对对，主要是拉中间那些人！"

端阳也觉得很有道理，便道："那就按贺毅哥说的办，我们现在来算一下需要多少烟？"说着，一伙人便蹲在地上一家一家地计算起来。算毕，端阳便对兴成和贺毅说："我看这样，你们两个现在到街上卖烟的店里把烟订了，等擦黑的时候再找两个人上街来挑。挑回去我们还是分成几个组分别去发，免得让人家发现了！"端阳话说完，兴成道："就是让他们发现了，又怕什么？他们前头敲大锣敲得，我们后头敲瓦片就敲不得了？"贺毅却不赞成兴成的话，说："端阳老弟说得有道理，虽然我们是跟在别人后头敲瓦片，但人与人不同，人家有乡上护着。他们吃一把盐不咸，我们吃一撮盐却可能咸了，所以还是小心行得万年船！"兴成听了这话，方不说什么了。

当下兴成和贺毅便去街上的烟店订了烟，交了订金。乡上几家烟店都一时凑不出那么多同一牌子的香烟，只得又坐了摩托去县城烟草公司进货。到了傍晚，端阳请了贺毅、兴成、贺勇三人去街上将烟挑了回来。端阳那批竞选班子的人早在家里等着了，等烟一挑回，便分别行动起来。这天晚上，那贺家湾的狗于是又十分辛苦、尽忠尽职地叫了起来。本来，端阳的烟上半宿就发完了。全湾的大狗小狗本可以在下半夜躺在窝里休息。可不知道那些狗是因为兴奋过度，还是因别的什么，竟叫了一夜。那端阳们因为忙了一天加半夜，实在疲倦，又以为大事已成，心里一宽，回家倒头便睡。因此，对那下半夜的狗吠便浑然不知了。

二

第二日一早，村里的大喇叭里便响起了贺春乾的喊声："贺家湾的村民同志们，大家注意了！今天是村委会换届海选提名的日子，希望大家珍惜自己的民主权利，吃过早饭，除了实在动不了的，大家都往村小学来参加投票。郑家塝和新湾行动不便的老人和带娃儿走不开的妇女就在原地投票！大家都要听清楚，记到起哈！"一连喊叫了好几遍，方才停止。可没过一会儿，大喇叭又像老鼠磨牙般吱吱地响起来，紧接着便放起了歌。这次没放那些软绵绵、让人伤心流泪的"爱"呀"情"呀的歌曲，放的是《在希望的田野上》，曲调十分欢快。放了一遍，贺春乾又重复广播了刚才的话，接着再放歌曲。如此吵闹了大半个早晨，大喇叭才像累了似的停止下来。大喇叭里的声音一停止，小山村不但没有被大喇叭里制造的声音鼓动得热闹起来，反而显得更加沉寂，仿佛死去了一般。

吃过早饭，贺端阳便朝村小学去了。本来，按照中央和省上文件规定，为保证选举的公平、公正，防止一部分人徇私舞弊，这一届村委会的换届选举除了进行直接选举外，还规定了全村只能设一个中心投票站，所有的选民都必须到中心投票站来参加投票。可农村的事情复杂，加上选民对选举的热情本来又不够高，如全村只设一个投票点，那些年纪较大、行动不便的选民便会借口路远、不方便，而不参加投票。何况这次选举，上面为了杜绝一些别有用心的人利用委托投票来进行拉票，又做出了委托投票每个人不超过三张的规定。因此，县上在制定具体的选举办法时，根据本县是一个山区县的实际，对中央和省上的规定做了一些灵活的变通。即对一些辖区面积较大、村民居住分散的村，除中心投票站以外，可以根据全村的实际情况允许再设立一到两个投票点。当然，前提是大多数选民必须到中心投票站投票。县上这个规定本来无可厚非，可贺端阳觉得贺家湾幅员并不太大，人员居住也算得上集中，应该不在县上的允许之内。可村选举委员会在经乡选举领导小组批准以后，除村小学这个中心投票站外，还是在郑家塝和新湾设立了两个投票点。对村选举委员会这个决定，贺端阳虽隐隐觉得其中隐藏着什么猫腻，却又说不出来。一是到现在为止，你并没有抓住别人有什么违法的把柄。二是县上文件对设立投票点只有原则的规定，辖区面积究竟要多大才算大？居住怎样才算分散？都没有具体的规定。所以贺春乾这样做，也没有违反县上的规定，何况人家又是经乡上批准了的，自己能有什么办法？因此他也只有服从了。当然，端阳也并不是没有防备，早在几天前，端阳和他的竞选班子针对村里这种情况，便做出了安排部署：为防止他们在另外两个投票点做手脚，今日贺毅、贺勇和贺善怀都到新湾投票点投票。而兴成、贺林、贺福也到郑家塝投票点投票，贺建、贺长军和其余的人都和端阳一起在中心投票站参加投票。一有什么情况，就及时派人联络，或用手机联系。如发现他们有作弊的行为就马上回来，当着乡上来指导选举的人立即检举揭发。端阳以为有了这样的安排，他们即使有作弊的心，但在贺毅、贺勇、贺善怀、兴成、贺林、贺福的监督下，也难有作弊的胆子，因而对提名结果还是信心十足。所以一放下碗，端阳便有些按捺不住似的往村小学的中心投票站去了。

走到村小学一看，却发现黄葛树下空荡荡的，不但村民没来，就连贺春乾、贺国藩和乡上到村上指导选举的干部也没有来，只有贺贤明、贺劲松两个选举委员会的人在指挥着几个村民，用学生的课桌搭主席台。黄葛树的树丫上也挂上了两副标语，上面也无非是写着"发扬民主""当家做主"一类的话。贺劲松看见端阳，笑了一下说："这样早你就来了?"贺通良却用十分诧异的目光看着端阳。端阳一见自己来得这样早，便感到有些不好意思，想了一想，便用了不屑的口气道："贺会计以为我是来开会的呀？我是到大龙叔的店里买东西的!"说罢急急地穿过操场朝前面走去。等转过学校，贺通良和贺劲松看不见他后，才又从学校背后的小路朝家里走去。

回到家里，看见母亲正用一块毛巾放在冷水里打湿了，往额头上敷。端阳急忙问："妈，你怎么了?"李正秀一边移动着毛巾一边道："今天怪了，你前脚才走，我们屋里那几只母鸡突然像是公鸡一样喔喔地叫了起来，把我的脸都吓黑了！母鸡学公鸡叫，这是不好的兆头！我把它们撵到竹林里，还这样喔喔地叫！这阵不叫了，可我这太阳穴却又一阵一阵地跳起来!"

端阳听了这话，周身都立即紧张了起来，说："妈，真的呀?"李正秀道："妈还跟你说假话？妈还说要赶过来跟你说一声，兆头不好，你要小心一些呢!"端阳沉默了一会儿，有些没把握地道："妈，你说我今天的提名票超不超得过贺国藩?"李正秀又将毛巾放到水里，浸了一会儿，提起来，一边拧水才又一边道："我又不会算，晓得你超不超得过?"又道："刚才我撵了鸡回来，还悄悄给你烧了一炷香，求菩萨和你老汉保佑你呢!"端阳心里非常感动，却道："妈，求菩萨保佑都是空的，我现在最担心的是那些答应投我票的人会不会改主意？刚才我往会场去的时候，还觉得很有信心，可这会儿信心却又不足了。如果这一回我又败在贺国藩名下，我真的不好意思在贺家湾做人了!"李正秀急忙鼓励儿子道："又不是做了什么见不得人的事，有什么不好意思做人的？超得过就超，超不过就不超，超过了就当，超不过就不当！不当那个村主任，硬是就不活了?"端阳不想让母亲担心，便闭嘴什么都不说了。李正秀见儿子不说话了，知道端阳还在为今天的提名担心，便又岔开了话题，看着端阳问："你怎么这样快又回来了？"端阳道："除了劲松叔和贺贤明在指挥人搭桌子，连鬼都没有一个！"李正秀道："我叫你不要去那么早，你不信！你以为大家都会很积极哟！我跟你说，看响午时候人到不到得齐！"说完，抖开手里的毛巾，拿去晾在绳子上。晾好以后又进屋对端阳说："反正开会还早，要不你出去走走吧！"端阳此时心里有些忐忑不安起来，却不想出去了，便懒懒地道："都这时候了，还到哪里去？算了，我就在屋里坐一会儿！"

话音刚落，又忽听得从那大喇叭里又传出了贺春乾的催促声："开会的村民同志们，大家来得了！乡上的向书记都来了，大家利索一点儿啊！"说完，又放起了歌曲。大喇叭一响，村子就仿佛有了生气。躺在阶檐下的黄狗先前可能正在打瞌睡，猛地被大喇叭里贺春乾的声音惊醒，像是很生气的样子，朝大喇叭的方向猛地吠了几声。听见放歌曲，便舒展了一下四肢，重新懒懒地躺下。又隔了一个小时左右，端阳估计可能有人去了，这才慢慢地又朝村小学走去。

到了会场一看，果然见贺建、长军、贺飞、贺义等人和一些村民已经来了，正三五成群在聚在黄葛树下，吆五喝六地打扑克。会场也布置好了，主席台就靠在学校大门边的村务公开栏前面，台口正对着那棵黄葛树。台子上，正中摆了两张桌子，上面放了一只麦克风。一只糊了红纸的木箱子也放在台子上。两边的桌子腿上，绑了两根竹竿，上面拉着一根绳子，绳子上面挂了一条横幅，背后的墙上也斜着贴了一些标语。一看见那些口号，端阳想起挂在树上的标语，抬头一看，却已经没有了。原来那标语已经被这些早来的人，扯下来垫到了屁股底下。长军等人看见端阳，喊了一声，问端阳打不打扑克？端阳道："你们打吧，我不打！"另外一些村民，眼睛一边落到贺建这伙人手里的扑克牌上，一边又用眼角的余光扫着端阳，也和端阳打了招呼。端阳却觉得他们投过来的目光有点儿怪怪的，但具体怪在哪儿却一时又说不上来。便也不去理论，见郑家塝村民组的小组长郑全福也在人群里看打扑克，便过去问道："郑组长，你们那儿不是有个投票点，怎么不就在家门口投票？"郑全福看了端阳一会儿才道："你难道没有听见贺支书在广播里说，除了那些行动不便的老人和实在走不开的妇女外，其余的都要到这儿来投票吗？"端阳道："你来了，郑家塝投票点哪个负责？"郑全福道："我管那么多，乡上和村上不是都派得有人去负责吗？反正又没有叫我负责！"端阳正要答话，忽听得贺长军高声对他叫道："端阳老弟，你不要站起和郑组长说话了，我这里还有一副扑克，你再找两个人和郑组长一起斗几盘地主，试看手气好不好！"端阳一听这话，又朝会场看了看，见人们还是稀稀拉拉的，估计离开会的时间还早，于是便对郑全福道："打不打，郑组长？"郑全福急忙道："打嘛，不打做什么？"端阳于是便对长军道："好，扑克在哪里？"话音一落，长军掏出扑克，扔到端阳手里。端阳接了扑克，发现没有搁牌的地方，正打算到外面去寻找几块砖头或石板的时候，长军又从自己身子底下扯出了两张垫屁股的标语纸，交给了端阳。端阳接过标语纸一看，发现已经被地下的湿气濡湿了。再一看长军的两瓣屁股，被那纸上的红颜色染成了猴子屁股一般。众人一看，禁不住大笑起来。那些垫了标语纸的人，立即将纸掏出来，揉做一团扔到远处去了。

端阳、郑全福、贺祥和、贺会城四个人组成了一副场合。这时人渐渐多了起来，打的在中间打，看的围成一个圈子，如众星捧月般在外边看。一时那操坝里时而大呼小叫，时而顿足叹息，时而输家吵闹，时而赢者欢呼，闹哄哄嘈杂杂一片，倒是十分的热闹。打了一阵，郑全福忽然轻轻拐了端阳一下，然后又附在他耳边，悄悄问道："哎，老弟，你就这样算了？"端阳不明白郑全福这话是什么意思，便也低声问："什么算了？"郑全福正要答话，忽见贺会城正盯着自己，于是急忙改变了话题，大声道："叫你快点出牌！"说着狠狠地甩出自己手里的两张牌。

正在这时，那大喇叭里的音乐声住了，只听得麦克风噗噗地被吹了两下，贺春乾又在大喇叭里喊了起来："打扑克的莫要打了，聊天的也不要聊了，小娃儿走一边去，大家都往拢走，开会了！"喊完，又重复了一遍。可人们压根像没听见一样，打牌的照样打牌，聊天的照样聊天，满操坝乱跑的小娃儿照样在人群里钻来钻去。贺春乾见大伙儿一点儿没动，有些生气了，又对着麦克风大声道："你们耳朵打蚊子去了吗？要挨到哪个时候？"见贺春乾生气了，贺长军忽然大声说道："贺书记你忙什么？村委会迟早是要选出来的，坛子里还跑得了乌龟？"众人一听这话，也纷纷说："就是！不忙，我们再打两把就来！"端阳朝人群一看，不过一两百人的样子，也便说："才这点人，还差得远呢！"贺春乾道："边开边等嘛！都等到齐了才开，不等到石头开花马长角呀？"端阳道："那你再在喇叭里催一下嘛！"贺春乾没法，只得又在喇叭里催了一遍。刚广播完，忽听得一人大声叫了起来，道："贺书记，你的话真管用，话才说完别个就甩尾甩尾地来了！"众人一听，都纷纷朝会场外面看去，却见是贺礼书家的那只癞皮狗，摇晃着尾巴朝会场跑来了。众人便忍不住哈哈大笑了起来。笑毕，又有人捡起地上的石头朝狗打去，道："畜生，你跑来做什么？难道你也想来投票？"石子落到狗身上，那狗叫了一声，又折身跑了。有人又道："哎，那狗的声音怎么听起来破响响的？"郑全福立即道："这你还不知道？昨晚上狗叫了一夜，把喉咙都叫哑了，听起来自然是破喉咙了！"众人一听，又心照不宣地嘻嘻笑了起来。

众人一边说笑，一边又玩了一会儿牌，方才站起来，收了扑克朝会场中间走去。于是那会便开始了。这次选举和过去几次选举最大不同的是，按照上面的要求，各个投票点都设了秘密写票间。贺家湾中心投票站的秘密写票间就设在学校里面的老师办公室和教室里，一共有三个秘密写票间。村民从主席台前领了候选人提名票后，依次从学校大门进入里面的秘密写票间，写好票后再出来投进票箱里。按下这儿领导讲话、宣布选举规则、写票投票办法、领票、写票、投票诸般程序不表，却说端阳刚刚从秘密写票间出来把票投进票箱里，口袋里的手机便突然响了。他拿出手机一看，见是贺福打来的，方知郑家塝投票点出了问题，于是一边唔唔地接听，一边往学校旁边跑去。

跑到没人的地方，方才压低声音对贺福道："你说嘛，出了什么事？"贺福道："刚才你手机里吵麻了，是不是在投票了？"端阳道："对，我才投了票出来？"贺福道："你那儿情况正常不正常？"端阳道："到现在为止，我还没有看出有什么不正常。"说完马上又问贺福："你那儿呢？"贺福道："别说了，几爷子完全是在乱搞！"端阳一听，像是没想到的样子急忙道："他们怎么乱搞的，你那边好不好说？"贺福道："兴成和贺林跟他们一起去了，我专门留到后面跟你打电话的！"端阳忙道："那你跟我说一下他们乱搞的情况！"于是贺福便在电话里把郑家塝投票点发生的事给端阳详细说了起来。

原来，在贺家湾村小学中心投票站会议进行的时候，郑家塝投票点的投票工作也差不多开始了。郑家塝投票点的会场设在一个叫刘文化的院子里。会场自然没有像村小学中心投票站那么布置，主人只是把院子打扫了一遍，端了几条大板凳在院子里，便算是一个会场了。到郑家塝投票点负责投票的人有三个，一个是乡上来指导选举的乡妇女主任肖月，一个是村上的贺通良，一个是负责拎票箱的贺春云。郑家塝的人本来就少，一些喜欢热闹、年纪又较轻的人又到了中心投票站投票去了，因而眼看到晌午时候了，院子里除了贺兴成、贺林、贺福、郑长贵几个人围在一张桌子上打麻将外，便是几个老太太在一边用不关风的牙齿，东一句、西一句地说着刘登碧的儿媳妇不给老太太粮食的事。肖月等得不耐烦了，便对刘文化央求说："老刘，麻烦你再每家每户去给我们催一下！"刘文化有些迟疑，却又抹不开肖月的面子，过了半天才慢腾腾地道："好嘛，我就帮肖同志一回忙吧！"说罢便去了。刘文化一走，肖月又对贺通良道："我们边开边等，要不要得？"贺通良道："肖主任说了，怎么要不得？"说完，也便对贺兴成几个人说："莫打麻将了，听肖主任给我们讲话！"兴成等人说："讲吧，我们听着呢！"肖月果然拿出现成的选举规则，给大家读了起来。读完，贺通良道："好了，现在大家来海选提名吧！"

贺兴成等人一听说投票，便马上将麻将牌推到一边，站起来道："票在哪里，给我们写吧！"贺通良马上道："没有你们的票！"兴成对贺通良问道："怎么没有我们的票？"贺通良道："这儿是郑家塝投票点，只有郑家塝那些年纪大的、行动不便的人才能在这儿投票，你们该到村小学投票，跑到这儿来做什么？"兴成一听便盯着贺通良大声道："你管我们来做什么？郑家塝又不是美国，我们为什么不能来？"说完又道："你说我们不能在这儿投票，你把文件拿出来，看哪一条哪一款规定我们只能在中心投票站投票？"贺林、贺福也道："就是，法律规定我们有选举权和被选举权，你凭什么不让我们在这儿投票？"贺通良仍是梗着颈项说："这儿是郑家塝投票点，你们就是不能在这儿投票！"兴成见贺通良这副样子，也红了眼睛，狠狠地在桌上砸了一拳，道："我们是贺家湾村民，只要是贺家湾的投票点，我们都有权利在其中任何一个投票点投票！我今天把话说明白，哪一个敢阻挡我们提名，影响了今年的选举，可不要怪我们！"贺林、贺福也将双手叉在腰间道："对，再说一声不许我们在这里提名投票，看我们敢不敢马上就撕了票箱？"贺通良的本意是想把这几个人逼走，如今见了他们人多，自己也奈何不了他们，便不知如何是好了，过了一会儿，就往肖月身上推说："肖主任在这儿，看你怎么说嘛！"肖月生怕今天的选举出问题，便马上道："只要是贺家湾的村民，不管是在中心投票站，还是在这儿投票都是一样！不过，我要把话说到前面，可不能在这儿投了，又到中心投票站去投哟！"兴成道："我们又不会飞，可能吗?"肖月便对贺通良道:"把票给他们,让他们填!"贺通良只好掏出几张提名票给了他们。兴成接过票看了一遍,然后又对肖月问:"秘密写票间呢,在哪儿?"肖月被问住了,半天才红着脸道:"哎呀,只是一个临时的投票点,哪来的秘密写票间?这样,你们到屋子里面写好了再拿出来吧!"兴成、贺林、贺福只好到刘文化的堂屋里,把票写好了,然后拿出来投到了票箱里。

贺兴成等人投完票,肖月便对一堆闲聊家长里短的老太婆说:"老人家,不要摆龙门阵了,今天海选提名,你们快过来提村委会干部!"那些老太婆一听,似乎才想起今天聚到这儿来的主要任务,这才站起来往肖月面前走去。走近了却又犹豫起来,一个老太婆看着肖月问:"肖同志,你说我们提哪一个?"肖月说:"你们想提哪个就提哪个,充分民主!"老太太们又道:"我们不知道提哪一个嘛……"话还没完,贺通良道:"你们认为现在在职的村干部怎么样?如果认为他们工作可以,就可以填他们……"话还没完,贺兴成立即叫了起来:"做什么?做什么?人家愿意提哪一个要你去暗示?你这是变相拉票!"贺通良道:"哪个在拉票?我说一下说不得?"说完又对这些老太婆道:"如果你们认为自己符合,也可填自己!"话音刚落,一些老太太便笑了起来。笑毕,一个老太太就对另一老太太说:"要得,干脆就选我们两个缺牙巴算了!"另一老太道:"选我们去现世!"肖月道:"莫开玩笑了,老人家,抓紧来写票,写了我们还要走呢!"老太太们果然不开玩笑了。可一个老太太却说:"我不会写字,怎么写呢?"另一老太太也道:"我又不能做主,等我家老头子回来再说吧!"肖月听了又道:"你家老头到哪儿去了?"老太道:"赶场去了!"贺通良道:"我们等不到那么久,一家人,你也可以代表嘛!"老太太又道:"那就等我去把孙子喊回来,帮我写!"肖月又问:"你孙子又到哪儿去了?"老太道:"他个三脚猫,哪个知道他又冲到哪里要去了?"贺通良听了急忙道:"等你把他找回来,不知道又要挨到哪个时候,我们要忙着到村委会计票呢!"说完急忙拿出一叠票,又拿出笔来对老太婆们道:"这样吧,你们自己说,要选哪一个?我帮你们填!"

兴成等人在旁边听了,又立即叫了起来:"哎,人家没委托你,你就要填?"贺通良道:"不是正在委托我吗?"说完便不再搭理兴成几人,只对一群老太太道:"说吧,你们打算提哪个?"老太太们互相看了一眼,没有说话,过了一会儿,方才有一个老太婆说:"我们也不知道哪个行,你说哪个就是哪个吧。"贺通

184

良说了一声："好!"便刷刷地在纸上写了起来,写完一张,就投进票箱里。贺兴成等人见贺通良一连写了好几张,还要继续写,便急忙冲了过去,要去抢夺贺通良手里的选票,道:"不行,这是违法的!选举规则上不是明明说了,委托投票不能超过三张,你一下写了好多张!"又冲肖月叫道:"肖主任,你制不制止?不制止我们可要抢票箱了!"肖月这才叫贺通良把剩下的票发给老太太们,让他们自己找人填。这时,刘文化喊完人回来了,得了选票的老太太便去找刘文化填。兴成他们见了,又道:"刘文化一个人也不能填那么多选票,同样是违法的!"肖月道:"有什么办法?人家信任他!"兴成等人听了道:"那好,等会儿来了人,我们也拦着帮他们填!"

不一时,刘文化拿了一大把提名票出来,投在了票箱里。贺通良附在肖月耳边悄悄说了几句话,便叫贺春云拎了票箱往外走。贺兴成一见便问:"这里不是投票点吗,往哪儿走?"肖月道:"这儿是投票点,可是一些人不来怎么办?难道就不让这些人投票了?他们不来,我们就主动上门去嘛!"兴成立即道:"你们想搞流动票箱?"肖月道:"不是我们要搞流动票箱,是没办法!"兴成道:"好,好,我知道了,那我们就一起走吧!"说着便带了贺林、贺福,跟在他们后面。走了一段路,兴成才叫贺福停下来先给端阳打一个电话,通报一下这边的情况,自己和贺林先跟他们一路去了。贺福于是就给端阳打了电话。端阳对贺春乾在郑家塝和新湾设投票点心里早就有些怀疑,只是不知道他们在暗中究竟要做些什么手脚。此时听了贺福的话方才明白过来。原来那贺春乾打着方便老人的旗号,却是在利用那些老头、女人、老太太是文盲或半文盲的弱点来以售其奸。端阳想明白后便在电话里对贺福说:"你赶快过去告诉兴成和贺林,把他们盯紧一点,如果他们再违法,就把选票抢回来!"贺福果然答应了一声,挂上电话便去了。

端阳关了电话回到操坝里,中心投票站的写票、投票工作还在继续进行,秩序看起来也还算不错,这让端阳放心了一些。心想,真像前两天贺贵叔说的,依法选举乱不了,乱了的地方都是没依法的结果!要是所有的选举都像这样,就不用担心了!一想到这里,忽又想起新湾投票点会不会也出现郑家塝一样情况?于是便想打电话去问一问。这样想着,端阳便又走出人群来到操场边上,掏出电话正准备打,却忽然看见新湾的贺彪气喘吁吁地冲进会场,口里大叫起来:"我的票呢?我的票呢?你们为什么不给我发选票,不让我选候选人?"

人们听了他这话，急忙纷纷掉头去看他。端阳也顾不得打电话了，马上挤进人群对他问道："彪叔，是怎么一回事？哪个没有给你票？"贺彪气得脸色铁青，满嘴喷着唾沫星子，仍是大声叫道："我家有三个选民，没有得到一张选票！我隔壁子贺国彬也没有得到票，这么多人没有得到选票，是怎么回事？那些票去哪里了？管他哪个当官，我都不反对，可不该剥夺我们的选举权！"说完，便冲台上喊："你们当官的说说，这是怎么一回事？"贺彪也是小房的人，平时被人称为"贺大汉"。这称呼不是因为他个子大，而是因为他是一个心直口快、眼睛容不得沙子的人。台上贺春乾听了他的话，便道："你不要吵，为什么没有给你发选票，等会儿崔同志和贺世维他们回来，我们问一问！"向副书记也道："对，你不要吵，如果确实发漏了，我们还可以给你补的！"众人听了，也跟着劝了一阵。贺彪仍余怒难消地道："补不补的，你们以为我稀罕这个？猪尿包不打人却胀人，我主要是不输这口气！为什么不给我发选票嘛？"

　　隔了半个钟头的样子，到新湾投票点负责投票工作的乡上干部崔文、村干部贺世维、拎票箱的贺良毅和端阳派去的贺毅、贺勇和贺善怀等人一路争争吵吵地回到村小学的中心投票站来了。这儿中心投票站的写票、投票工作也已经接近尾声。贺春乾一见贺世维便问道："你们怎么没跟贺彪发票？"贺世维立即道："怎么没给他发？发给他侄儿的，他侄儿帮他填了！"贺彪一听，立即又鼓着脖子上的青筋吵了起来："哪个叫你们发给他的？各自烧锅燎灶，他能够代表我……"话音未落，忽听得贺善怀在下面大叫了起来，道："你们不要相信贺世维的话，他们压根没把票发给贺彪的侄儿！贺彪他们几个人的票被他们贪了、污了，他们拿去填了他们自己的人……"贺善怀的话还没有说完，贺良毅忽然把手里的票箱往地上一放，一步冲到贺善怀面前叫道："哪个贪了啊？"贺善怀仗着今天人多，胆子也大了，见贺良毅做出要吃人的样子，便也将身子一挺，迎着贺良毅还击道："就是你贪了！你一个拎票箱的，我就亲自看见你一个人填了好多张选票！"贺良毅双手叉了腰，又往前冲了一步，道："你龟儿子神经兮兮的，人家要我填，关你龟儿子尿事！"骂着，又噗地朝贺善怀吐去一泡口水。贺善怀见贺良毅吐他，也还了他一泡口水，道："你吐哪个？"贺良毅道："老子就吐你！老子不但要吐你，还要捶你！"说着就要朝善怀扑过去。这儿贺毅、贺勇、端阳、贺建等一见，急忙跳过去插到贺善怀前面，一个个瞪圆了眼睛看着贺良毅。贺良毅一见，往后退了一步，站着没动了。这时，台上的向副书记、贺春乾、贺国藩们怕闹出事来，急忙派了贺劲松、贺贤明过来劝解。贺良毅趁机抱起地上的投票箱往主席台前走去了。在这当儿，郑家塝投票点的人马也都回来了。贺春云将手里的票箱也拿去放到了主席台上。这儿中心投票站的写票、投票也已进行完毕。眼看着唱票、计票工作就要开始了，可端阳心里却开始乱了起来，他朝贺毅和兴成使了一个眼色，想把他们喊到一边商量一下怎么办，拿眼睛去找贺长军时，却发现长军不见了。正疑惑时，长军一脸凝重从外面冲了进来，一把抓住端阳，又对贺毅、兴成等道："你们快出来，有重要情况跟你们说！"端阳一见，问："什么重要情况？"长军道："你先不要忙问，到一边了我再跟你们说！"端阳、贺毅、兴成等果然随了长军往外走。到了学校旁边的墙下方站住了，端阳等人把长军围中间。长军这才压低声音，对众人道："这事千真万确，是郑家塝郑组长把我叫到一边亲口告诉我的！他说开会前，他就想告诉端阳的，但看到有人不好说得！听到新湾他们搞鬼的事后，他说如果不说出来，就对不起自己的良心。所以才把我喊到一边悄悄对我说的！"说完，这才把郑全福告诉他的事原原本本地说了出来。然后又叮嘱众人道："这事，你们千万不要把郑全福供出来了，他是打了好几道招呼的！"

　　众人听完贺长军的话都全傻了。过了一会儿才纷纷嚷了起来，道："他们这样做，怎么要得？"又道："什么选举，这不是公开拿钱买官吗？"说完又看着端阳，十分不平地道："他们这样做了，还有你的什么份？你说我们现在该怎么办？"端阳听完贺长军一番话，不由得怒火中烧，此时眉头紧蹙，双目喷火，见众人问他，一时情急生智，便道："大家不要慌，他们有七算，我们有八算，他们有长箩荚，我们也跟他来根翘扁担！大不了我不当这个村主任，可贺国藩也同样别想当！大家来个鱼死网破就是了……"贺兴成性急，听到这里急忙打断贺端阳的话道："马上就要唱票了，你快说说怎么个鱼死网破法就是了！"端阳这才道："他们想唱票，没那么容易！我马上就上台去，揭穿他们的阴谋。他们如果不承认，你们就上台来把票箱夺到手里！票箱里的票就是证据，千万不能让他们把票拿去毁了！票一毁我们再有理也说不清了！"众人都齐道："对对对，老弟说得完全在理！"说完又道："端阳你放心，我们今天这样多人，还愁把几只纸箱子抢不到手里？快走吧，他们要唱票了！"说完便簇了端阳，怒气冲天地又朝会场来了。

到了会场，主席台上果然在开始唱票了。端阳急忙在台下高叫了一声："不忙唱票，今天的选举有鬼！"话音一落，会场立即骚动起来，有心知肚明却又佯装不知的，也有确实被关在栅栏外面不晓内情的，连那从乡上来指导提名选举的干部，一个个都瞪圆了眼睛朝端阳问道："什么鬼？"唱票的听了也停止了从票箱里往外拿票，只把眼睛疑惑地投向旁边的贺春乾和向副书记。贺春乾和向副书记正待说话，端阳已几步冲到主席台上，一只手叉了腰，一只手朝空中挥舞着，又继续怒气冲冲地对众人道："今天这选举，确实有鬼，不能算数……"向副书记忙把双手怕冷似的往胸前一抱，乜了眼睛打断端阳的话，问道："有什么鬼？我今天倒要听你说说！"端阳正打算说话，贺春乾又急忙插了话进来，道："是呀，今天幸好有向书记由始至终在场，亲眼看到我们一切都是按上级要求办的，你倒说说，我们哪一方面违反了选举规则？"台下有人听了这话也趁机道："是呀，说话得讲证据，可不能吊起下巴颏乱说，你倒说说看鬼在哪里。"

　　端阳听罢，满脸通红，往前走了一步，大手一挥，倒显出一副将军气魄，这才道："乡亲们，你们听我说，没有证据，我贺端阳敢无中生有，乱说一通？刚才贺支书说的对，今天选举的程序看起来确实非常严密，选票上村委会主任、副主任、委员的职务，大伙想在这些职务后面写哪个就写哪个，除了郑家塝和新湾有人做手脚外，中心投票站还设有秘密写票间，让大家秘密画票，然后又是公开唱票，这一切看起来都非常民主！可是，上有政策，下有对策，在这看起来十分民主的背后有人却做了手脚……"贺春乾、贺国藩和乡上来指导选举的人听到这里，又急忙打断了贺端阳的话，道："贺端阳，你不要乱说，这能做什么手脚？"端阳从鼻孔里哼出一声冷笑，继续对台下道："什么手脚，各人屁股上夹得有屎，自己还不知道，非要我说明不可？"话音一落，台下便有人七嘴八舌地喊道："说，说出来让大家都听一下！"

　　端阳朝台下一看，也分不清喊的人是佯装不知，还是真不晓内情，甚或是那种起哄之人，便咽了一下唾液道："说就说，事情都走到这一步了，也莫怪我一根眉毛扯下来把脸盖住了！昨天晚上后半夜，有人到村民家里许愿，让村民今天在村主任候选人一栏里写贺国藩的名字，答应凡是在村主任候选人一栏里写了贺国藩名字的人，事后给他五十元钱，这是一种明显的贿选行为，有没有这回事贺国藩你自己说说！"贺国藩脸顿时白了，急忙遮掩道："没有这回事！怎么有这回事呢？你完全是捏造，我怎么知道哪个投了我的票呢？"贺春乾也道："对呀，我还从没听说过有这样一件事，贺国藩又没有去看到村民画票，他怎么知道哪个投了他的票，哪个又没有投？连知都不知道，他怎么发钱？难道他脑壳进了水？"向副书记起初听了端阳的话，倒是吓了一跳。尽管他有心保护贺春乾和贺国藩，可端阳说的事毕竟非同小可，如果确有其事，自己不加详察，弄不好会连累自己。正待追问，却又听贺国藩和贺春乾如此说，觉得也有道理，于是也便说："是呀，贺端阳同志，这是选举，说话是要负责任的！单从逻辑上来讲，你的话也推不过理！"

端阳又从鼻子里哼出了一声冷笑，道："好哇，你们硬要逼我把你们的屎屎尿尿都说出来才会甘心的！是的，贺国藩没有去亲自看选民画票，可他给选民打了招呼！他让选民在村主任候选人一栏里写他的名字，却让选民在副主任一栏里，第一个写选民自己的名字。这样一来，在唱票时，就凭这种暗号，他们就能轻而易举地知道是哪些人投了贺国藩的票……"贺国藩一听到这里，立即红着脸叫了起来："你打胡乱说，我没有……"端阳也马上针锋相对道："你敢面对苍天，发个死儿绝女的愿，说自己没有？"又道："你们还专门安排了自己的人负责统计哪些人投了你的票，台上的人唱一票，你们的人就在台下记一个……"话还没完，贺国藩又叫了起来，道："你说我安排了人在下面记，你把人指出来！"贺春乾也道："就是呀，捉贼捉赃，捉奸捉双，贺主任这个要求不算过分，你就把这个统计的人指给我们看看！"端阳忽然愣住了，他自然不知道这负责统计的人是哪个？即使他知道，把这人说了出来，可这人来一个死不认账，自己能有什么办法？正犹豫间，忽听得向副书记又说了："是呀，贺端阳同志，现在是法制社会，说话可要讲证据……"端阳听到这里，脑海里突然想起了票箱，于是便朝台下兴成、贺毅眨了一下眼睛，突然扑了过去抱住了一只票箱，大声叫道："乡亲们，这票箱里的票便是证据！"又道："我们要留下它们，让上面来人调查！"说着便往台下跳。台下的贺兴成、贺毅也猛地跳上台来，抢过另外两只票箱便走。台上的向副书记、贺春乾一见，急忙冲贺端阳、贺兴成、贺毅等人叫道："干什么？干什么？你们这样做是犯法的，赶快把票箱还回来！"可端阳等人哪里肯听，抱了票箱便往场外走。说时迟，那时快，贺国藩一边的贺良毅、贺良礼、贺通良、贺世维等人很快便明白过来，一边大叫："不能让他们把票箱拿走了！"一边朝贺端阳等人追过去。追到黄葛树下，两拨人便开始争夺起票箱来。贺长军、贺勇、贺善怀、贺建等人一见贺良毅、贺良礼、贺通良、贺世维去抢票箱，也跑了过来帮端阳、兴成和贺毅。那边的人一见，也马上又拥来几个帮助贺良毅、贺良礼、贺通良、贺世维他们。这样一来，人便越聚越多。乡下用的票箱本身是用纸箱做的，没争夺几下便被撕得四分五裂。票箱一烂，选票便哗啦啦地全掉在了地上。这时，两边的人又都弯下腰去抢那些选票。有抢得一把便往口袋里塞的，也有抢得一把后便往后面传递的，还有两个人都同时握住了几张选票，可又互不相让，便哗啦一声，拦腰撕破了。除了争吵声外，两边的人又开始了互不服输的呐喊和愤怒的叫骂。黄葛树下本来根蔓纵横，凹凸不平，加之人们为了争夺散在地上的选票，又挤作一团，混乱中贺良毅被黄葛树根绊了一跤，倒了下去。爬起来见是贺善怀压在他身上，便红了眼，一个掏心拳朝贺善怀打去。贺善怀被贺良毅打得后退了两步，等站稳后，看清是贺良毅打他，新仇旧恨便一齐涌上心头，仗着今天人多，便一边大喊："打人了，打死人了！"一边也一头朝贺良毅撞去。贺良毅没想到贺善怀敢还击他，没有防备，被贺善怀一头撞到了黄葛树上。回过神来，便如猛虎扑食，将贺善怀压在了地上。贺毅见贺良毅的拳头如雨点般落到贺善怀身上，便也一下扑过去，压在了贺良毅背上，举起拳头如舂米般朝贺良毅的背上砸去。贺良礼见了，又大叫一声："要打就打！来人打呀！"说罢又过去，一脚将贺毅踢翻，接着又扑到他身上。这边贺勇一见，又红了眼似的，过去以牙还牙，又将贺良礼踢翻。接着两边的人又都涌过来帮忙，那贺家湾大房和小房多年积下的恩怨，都集中在这时爆发了。一时那黄葛树下拳头飞舞，喊声震天，乱纷纷如一锅稀粥。台上的向副书记和贺春乾尽管喊破了喉咙，却又哪里控制得住这个场面？向副书记自感今日之事非同小事，又唯恐继续下去闹出人命，自己更脱不了干系，只得当机立断，掏出手机先向派出所报了案，然后又把这里发生的情况向伍书记汇报了。伍书记一听也觉得事情重大，马上指示向副书记继续留在现场做好两边群众的劝导工作，他和派出所的人立马赶到贺家湾来。向副书记听后，这才安心一些。

三

却说这日在贺家湾中心投票站现场，大房和小房的人在黄葛树下兵戎相见，大打出手，拳头你来我往，叫骂声此起彼伏，好一场混战了得。打着打着，两边的人都忽然感到身子发起冷来，仿佛骤然掉进了冰窟里，急忙停住手一看，却见一股飒飒的阴风在树下盘旋，直往人们脸上和脖子里灌。再看头顶老黄葛树上的千枝万叶簌簌抖动，发出的声音犹如呜咽。人们以为是起风了，可再看学校后边的所有树林，均是纹丝不动，十分平静的样子。正迟疑间，忽听得咔嚓一声，一根碗口粗的枝丫，忽然从树干处齐斩斩折断，掉了下来。人们一见，急忙朝两边散开。等树枝落地后，人们才回头看去，只见从那断口处如泉水般冒出两道银白色的液体，如老人混浊的泪水般顺着树干汩汩地淌下来。人们惊得目瞪口呆，于是不再争吵，不再漫骂，也不再拳脚相向。那大树下噤若寒蝉。如此待了一会儿，无论是大房的人还是小房的人，突然都从黄葛树下撤了出来，然后什么也不说，各自捂了伤口，纷纷朝贺万山的诊所跑去包扎伤口，上药疗伤了。

当日黄葛树下打架的人们散去不久，乡上伍书记带了派出所一干人马，匆匆忙忙地来到了贺家湾。尽管人们已经散去，但事情并没有尘埃落定，伍书记和派出所的人听了向副书记和贺春乾的汇报，还是决定立案调查。因为这不是一起普通的纠纷和打斗，而是牵涉到选举，因而这事件的性质便发生了变化，成了一桩政治事件。又由于这事件是由贺端阳等抢票箱引起的，所以当天下午，派出所的人便将贺端阳、贺兴成、贺毅、贺勇、贺善怀等几个人带回派出所调查。贺端阳等人一到派出所，便大呼冤枉，说我们抢票箱，是为了保存证据！如今你们不抓贿选的人，却把我们抓来，只要我们不死，出去就是倾家荡产，也要到上面告你们徇私枉法！那派出所的人虽要和乡党委保持一致，却在这事情上相对走得开。听了贺端阳们的话，怕他们出去后真的到上面告状，于是又在第二天，去贺家湾将贺良礼、贺良毅、贺通良、贺世维等人也拘了来，一并关在派出所里。乡上伍书记、向副书记虽然从情感上倾向于保护贺春乾和贺国藩，但理智又告诉他们，这向选民许愿发钱的拉票方式，性质恶劣已大大超过了向选民发几盒烟，已是属于十分明显的贿选行为。这种做法实际上是把法律规定的无记名投票变成了有记名投票。即使是一些选民不愿为区区几十块钱出卖自己的良心，但因为作案人通过这种方式，可以明确知道哪些人投了自己的票，哪些人又没有投自己的票，这样一来，选民慑于自己的民主权利受到无理监视的压力，也只能昧着良心投上一票。而且作案手法之高，大大超出了人们的想象。报上常常说要将"中国制造"变为"中国创造"，这倒真正够得上货真价实的"中国创造"了！伍书记和向副书记都禁不住在私下嘀咕，都不明白贺春乾和贺国藩是怎么想出这一"高招"的。伍书记和向副书记尽管从情感上站在贺春乾、贺国藩们一边，可在如此事关政治前途的大事上，却不敢去引火烧身。因而也就将贺端阳们揭发贺国藩贿选一事统统推给派出所调查，自己一副严守中立、公事公办的样子。

　　派出所要调查这样一件小事并不难，下来找那些胆小的村民一吓唬，便会有人说出真相，果真完全和贺端阳们揭发的不差分毫。只是去调查贺春乾和贺国藩时，两人一口咬定自己毫不知情。如果确有其事，那也是贺良礼、贺良毅、贺通良等人所为，与他们毫无干系。这又和派出所从村民那儿调查得来的情况完全相符。原来那天晚上定下这计时，贺春乾和贺国藩便想到了后路，他们并没有出面，只让贺良毅、贺世维、贺通良等人出了面。派出所的人又回去找贺良毅等人对证，贺良毅等人像是商量好了似的，都一齐把责任揽到自己身上。调查至此，派出所与乡党委一商量，便以干扰选举、打架斗殴影响社会治安为由，分别给了贺良毅、贺良礼、贺世维、贺通良等人十到十五天不等的拘留。那贺端阳们，案件已经调查清楚，他们检举有功，派出所本该将他们放了才是，可不但没放，还和贺良毅等人一样也分别处了十天至半个月的拘留。原来，派出所本是坚持要放贺端阳们的，可乡上伍书记等人考虑到贺家湾村选举还没结束，贺端阳等人是一伙"不稳定"的因素，如果将他们放回去，继续干扰、影响选举，制造麻烦，又怎么办？再说，如果只把贺端阳们放了，那大房的人会觉得对他们不公平，如果起来闹事，也同样会影响稳定，那事情又大了！还有，事情都是先有因，后有果，贺端阳们给选民发烟在前，贺良毅们对选民许愿发钱在后，如果说是贿选，贺良毅等人的行为恰是贺端阳们行为结的一个果！要处罚，贺端阳们也该受同样的处罚才对！更何况贺端阳们对贺良毅等人的违法行为，不是采取有组织、有纪律地向上反映，而是采取抢票箱的过激行动，才导致了打架的发生……如此这般，派出所觉得也有道理，于是也改变初衷，继续将端阳们关了起来，以保证贺家湾的选举顺利进行。端阳们虽觉冤枉，却又奈何不得，也只得乖乖地待在派出所的黑屋子里，听候老天的安排。

只说又过了两天，乡上伍书记亲自带了乡选举指导小组的人来指导贺家湾村委会候选人的第二次选举工作。由于贺端阳们已经揭发了第一次选举时郑家塝和新湾投票点有违规现象，这一次便撤销了这两个投票点，全村人都集中到村小学来投票。村民们见乡上来了那么多领导，又把郑家塝和新湾的投票点撤了，像是动了真格，便兴奋道："看来上面这回硬是要给我们小老百姓真正的民主了！"一高兴，竟然来得十分整齐，甚至连郑家塝和新湾几个七八十岁的老头、老太太也拄了拐杖，让后人搀扶着来了。伍书记一见，也十分高兴，道："群众的参与热情还是蛮高的嘛，哪个说我们中国的老百姓不懂民主呢？"见人到得差不多了，伍书记便代表乡选举指导小组讲话。他首先满脸肃穆，通报了前两天发生在贺家湾的事情，说发生了这样的事情，他不但感到遗憾，而且也深感不安。这说明乡上没把工作做好，最起码的是没把《村民委员会组织法》宣传好、贯彻好，作为乡党委书记他负有不可推卸的责任，所以我在这里向乡亲们做深刻检讨。接着，伍书记便话锋一转，劝大伙儿一定要珍惜这来之不易的民主权利，投下庄严而神圣的一票，把大伙信任的、真正德才兼备的领导人选出来，好带领大伙致富！说到这里，伍书记还干脆有力地挥了一下手，然后话锋再转，突然又大声道："同志们，为了防止一些人像上次一样在选票上做手脚，经乡选举指导小组郑重研究，决定改变贺家湾村委会候选人选举的唱票方式！这具体方式就是：第一，实行一票三唱，也就是说，唱票时按主任、副主任、委员三个不同职位分别唱，不再像原先那样把一张选票唱完了再唱下一张！第二，打乱次序分别唱，也就是说，唱票人唱同一职位的名单，可以从前往后唱，也可以从后往前唱，还可以打乱顺序，从中间唱起。这样一来，同一张选票上的人便完全脱离了相关联系，乡亲们便可以放心大胆地投票了，你们说要不要得？"话音刚落，台下便响起了一片掌声，村民欢呼道："好！好！"还有村民等众人欢呼声停下来后，伸出大拇指对台上伍书记夸道："伍书记，这办法高！高家庄的高！"说着又道："这是哪个尖脑壳想出来的，实在是高！"伍书记在台上听了，虽然明白村民有开玩笑的意思，却也非常高兴，继续大声道："乡亲们，这叫作魔高一尺，道高一丈！所以我劝一些人别在党委面前耍什么花样了！凡是耍手腕的，都是注定要失败的！"说完方道："下面开始选举吧！"

一语未了，却见那贺贵蹲在前两天折断的那根黄葛树断枝前面，手里拿着一根树枝不知在拨拉着什么，一边拨拉，一边大声说道："你还是要出来哟？老夫以为你就在洞里藏一辈子了呢！你以为穿上了一件黑马甲，老夫就不认识你了？告诉你，你脱了马甲，老夫认得你，你穿上马甲，老夫照样认识你！你不就是一只钻木头的黑壳壳虫吗？害群之马！害群之马也！"众人一听立即跑过去看，果见地上爬着一只比大拇指还大的黑天牛，前面的两只爪子张牙舞爪地晃着，还发出咯吱咯吱的响声。原来，刚才贺贵一来，便把那根断枝当板凳坐，坐着坐着，忽然发现那断枝上有一个很大的、圆圆的虫眼，周围还有被推出的新鲜的树渣。再从那断口看去，原来那树枝里面已得了包心腐病，用手轻轻一抠，便抠出了又松又软、已经腐烂了的木质。贺贵这才明白那树枝为何会折断了。心里便十分憎恨那将树枝蛀坏的害虫。于是便随手折下一根柔嫩的小树枝，捋掉树叶，将树枝插进虫洞里轻轻抖动。没一时，那天牛儿果然上当，用前面两只爪子，夹住了树枝。贺贵又慢慢地往外一拉，便把树心里的害虫给拉出来了。这会儿，贺贵小孩子似的一忽儿用树枝将天牛掀翻，让那细小的爪子朝天上乱晃，一忽儿又将它翻过来，用树枝驱赶着它，让它笨拙地朝前爬去。众人都十分惊诧，道："大冷的天，你是从哪儿掏出这样一个怪东西来？"贺贵道："伍书记来了，天牛儿都跑出来迎接……"话音未落，却见贺春乾黑着一张脸，从台上走了过来，一脚将那虫子踏死了，嘴里狠狠地道："搞什么名堂？这是选举大会，严肃点！"贺贵从地上站了起来，回道："不严肃者，你们也，非我们也！你倒说说，老夫何处不严肃了？"贺春乾听了这话，也不回答，转身便又往主席台走去。贺贵见贺春乾不理他，便像受了辱似的涨红了脸，将手里的树枝往地上一扔，要过去拉住他理论，却被众人拉住了。劝了一阵，贺贵口里仍然嘟嘟哝哝，十分不甘的样子，只不过不像刚才那么吵闹了。这儿于是便清点人数，开始选举。

伍书记和贺春乾在选举前经过反复的分析，认为第一次选举发生的事虽是坏事，却也是好事！因为贺端阳们这时被关在派出所里，自然失去了任何活动的能力，加上小房的人本来就少，在这样的情况下，贺端阳想获得超过贺国藩的票，简直比登天还难。既然少了贺端阳这伙选举的障碍，对于实现"组织"意图当然是大有好处的。至于贺国藩这边，虽然也抓走几个骨干，却因为有村支部的支持，并未伤到元气，加上大房人多，即使是乡选举指导小组为了避嫌，改变了唱票方式，却并不会从根本上影响到贺国藩获得较高的选票。因而在整个选举期间，伍书记和贺春乾坐在主席台上，均是谈笑风生，一种稳操胜券的模样。说话间就唱票完毕，结果出来，伍书记和贺春乾才一下黑了脸。原来，令他们万万没有想到的是那贺端阳的票虽然掉下去了，但村会计贺劲松却突然冒了出来，而且票数比贺国藩多了好几十票。更出人意料的是，贺劲松并没有报名参加村主任竞选，是被村民在村主任候选人一栏中的"另选他人"后面给填上去的。也就是说，按照《选举法》的规定，贺劲松成了村委会主任的第一正式候选人，根据差额选举的原则，贺国藩虽然也是正式候选人，却只能排在贺劲松之后。乡下的老百姓通常有一个误解，认为排在后面的便是拿来做差额的人。弄不好，贺国藩便会被差下来。对贺劲松这匹黑马的突然出现，伍书记和贺春乾都一下愣了，显得有些猝不及防。可一细想，贺劲松的胜出虽有些出人意料之外，却又完全在情理之中。贺劲松平时不但为人低调，且只管业务，不太爱管村里的是非，为人又很公正，无论是看见大房的人还是小房的人，都是笑嘻嘻的，一脸亲热的样子。加之经过了第一次选举的波折，很多贺氏族人嘴上不说，心里实际上很不愿意同宗同姓在窝里斗。如今见乡上改变了唱票方式，可以放心地自由投票，于是便如此这般，像是商量好了似的在选票上写了贺劲松的名字。伍书记一见结果，便蹙着眉头，在贺春乾耳边轻声道："怎么办？"贺春乾听见伍书记问，将紧抿的嘴唇张开了，又过了一会儿，方看着伍书记回答说："我也没想到会出现这样的事！"说完才又道："不过你放心，幸好是他，还有做工作的余地！如果是别人倒有些麻烦了！"伍书记一听贺春乾如此说，便又问："你打算怎么做这个工作？"贺春乾回道："不是还有组织原则吗？"伍书记沉思了一会儿，道："小心些，别又被人抓住小辫子，说违反了《选举法》！"贺春乾道："怎么会呢？即使违反了《选举法》，不是还有《党章》给我们做后盾吗？"伍书记点了一下头，道："那好，你先找他谈谈，要他以大局为重，服从组织的安排！"说罢，又叮嘱道："有什么事及时到乡上来汇报，可不能再出乱子了！"贺春乾朝自己的顶头上司点了一下头，道："好，伍书记你放心，这次肯定不会出乱子了！"说罢，伍书记才带了乡上一干人离开贺家湾回去了。

这儿一散会，贺春乾便把贺劲松给留了下来。贺劲松虽然事先并没有和贺国藩竞争村主任的意思，不是他不想参加竞争，而是因为他心里十分清楚，在目前贺春乾当政、大房人多又有乡上伍书记支持的背景下，无论小房人哪个出来和贺国藩竞争，都不具备优势。即使是他，不管自己平时处事有多圆滑，多周到，但贺春乾对他这个小房人仍然时时都存有戒心。不然，贺春乾就不会在上任之初便想把他会计职务换给贺贤明了。另一个更重要的原因，因为牵扯到贺春乾和贺国藩女人胡琴两个人间的苟且之事，贺劲松虽然不好说出来，但心里是清楚的。有了这两个原因，贺劲松便明白贺春乾是一定要死保贺国藩的。贺劲松鼓动贺端阳出来和贺国藩竞争，也并不是说贺端阳比他就多一些胜出的把握，而只是希望他这个初生之犊能成为贺春乾们一个强劲的对手而已。可如今一见自己在没有报名参加村主任竞选的情况，选票还比贺国藩高，便一下子对竞选成功抱了很大希望。因而一跟着贺春乾走进村委会办公室，便主动对贺春乾说道："我从今天起就退出村选举委员会吧！"贺春乾沉着脸，没有回答，却指了一下凳子，示意贺劲松坐下了。自己也去椅子上坐了，这才道："假如你做了村主任，哪个做村会计合适？"

贺劲松一听这话，以为贺春乾是向自己征求未来的会计人选，便一边揣摩贺春乾的心思，一边似是在思考地回答道："这个嘛，我也没想好，如果你真要我说，那我就推荐贺贤明吧！"说完，两眼就直直地看着贺春乾。贺春乾听后却摆了摆头，道："你以为随便一个人就可以把会计当下来呀？"说完又道："你以为会计就是记个账那么简单？会计还是村里的文书，莫得几把刷子，那些写写画画的事就能完得成？"贺劲松不明白贺春乾心里究竟是怎么想的，便道："那你说村里哪一个才合适？"

贺春乾这才亮出底牌，十分严肃地说："你是聪明人，还没明白领导的意思？乡党委的意思，为了维护稳定，我们村的领导班子这一届仍然保持不动，这一点不是早跟你们打过招呼吗？"贺劲松听了这话，有些明白了，心里一下泄下气来，道："既然保持不动，那还选什么呢？"贺春乾道："选举是因为有《村民委员会组织法》在那儿，得依法过一过，难道选举就一定得换人呀？"说完又道："刚才伍书记走的时候，委托我和你谈一谈。他希望你能从维护稳定的大局出发，和乡党委、村支部保持一致，服从组织的安排，跟那些与你关系比较好的说一下，正式选举时不要投你的票……"贺劲松一听更加沮丧，便道："听你的话，好像我坚持参加竞选，就是破坏了稳定。我不明白，这稳定跟竞选有什么关系？"贺春乾道："怎么没有关系？没有关系上回就不得打架了，是不是？"说完又正色道："这是乡党委的意思，不是我的意见！你我都是共产党员，要听党的话，所以我才把你留下来谈一谈。我还是要劝你想开点，放下包袱，选不上也是一样的，反正都一样是干部！"贺劲松今天忽然有了一种豁出去了勇气，道："照你这话的意思，如果我硬要参加竞选，不但村主任当不成，连会计也搞不成了哟？"贺春乾道："我不是那个意思，不过组织自然会有组织想法！"贺劲松赌气道："当不成就当不成，你以为我想当？不是有人早就想换我吗？不当了倒干净！"

贺春乾一见贺劲松动了气，也怕把他逼急了，真的一点不相让，他也没有办法，便只好耐着性子用好言相劝。劝了一会儿，贺劲松也慢慢冷静了下来，知道自己和贺春乾掰手腕只有吃亏的分，于是便说："我知道你们是不想让我当这个村主任，我自己的生辰八字我自己知道，所以我也没有想来当，这是群众把我硬推出来的，我也没有办法。既然你们一心想保贺国藩，那我退出便是！"贺劲松的意思是，与其在正式选举时票数与贺国藩拉一大截，不如现在就抽身退出来，面子上还好过些。但春乾一听这话，马上又摇头道："不行！"说完这两个字后才解释道："既然群众把你选都选出来了，怎么能退出？你还必须作为正式候选人去参加选举！"贺劲松道："这我就搞不明白了，我退出选举也不行，参加选举也不行，你们究竟要我怎么做？"话音刚落，猛地想起来了，便一拍大腿，马上又接着道："哦，我明白了！你们是怕我退出来了，贺端阳就会依法补充为正式候选人！你们担心他作为正式候选人会影响贺国藩，便想把我留下来垫背是不是？"贺春乾道："不管你怎么理解，反正这是伍书记和乡党委的意见，你不能退出，必须去做工作，保证正式选举时让国藩当选！"贺劲松见贺春乾说得如此强硬，便道："我怎么去做工作？我也不知道是哪些人投了我的票？也找不到哪个鬼大爷和我关系好！这样吧，我保证不下去活动就行了，你们怎么去拉票，我也不管，这该行了吧？"一边站起来气冲冲地走了。贺春乾看见，也没喊住他，让他只管去了。

第二天，贺劲松便被乡上伍书记通知去谈话。至于谈了些什么，贺劲松回来守口如瓶。只是贺劲松脸色十分难看，见了人也不像以前那么和蔼可亲了，倒像别人欠了他什么一样。又过了两天，便是正式选举的日子。这日，贺春乾召开了一个村选举领导小组、选委会和村民小组长联席会议，安排第二天正式选举的事。会议一开始，贺春乾便对全体与会人员道："今天这会，由贺劲松主持，下面请贺会计发言！"很多参会人员都不解其意，纷纷把目光投到贺劲松身上。贺劲松自然明白贺春乾心里的意思，无非是逼他表态嘛，便也不客气，一开始便道："我有什么好讲的？我只跟你们打一声招呼：明天正式选举你们一定要跟村民讲清楚，选主任时在国藩后面打圈，不要在我后面打圈，大家都听明白没有？"话音刚落，一些人便议论了起来。贺荣干脆道："怎么不能在你的名字后面打圈？"贺劲松道："这你们都不明白？这是组织的意思，大家要一定与组织保持一致！"贺荣道："那还叫什么民主选举？"说完又道："要是群众一定要画你的圈呢？"贺劲松瓮声瓮气道："画我的圈是在害我！"说着站起来，双手抱拳朝众人直打拱道："我拜托你们了！我平常也没得罪过你们，你们可千万不要害我！"又说："这是我自己不想当的，不怪别人啊！"众人听了这话，都一齐沉默了。

贺春乾急忙给大家解释了一番乡党委的意图，要求众人一定要和乡党委保持一致。又表扬了贺劲松一通，说他顾全大局，对他这种高风亮节，大家都要向他学习。然后才对众人说："选举时，一些人可能会有议论。有议论不要怕，群众嘛，他议论他的，我们做我们的！议论我们可以不管，但画圈时一定要按乡党委的意思画！大家记住了没有？"众人中有几个人回答了，都是大房的，其他几个人，却闷着头没吭声。贺春乾又逼着他们表态。贺荣道："要说你们去说，说的是民主，现在又不民主了，叫我们茅坑边捡根帕子，怎么好开口？"贺春乾道："这怎么又不是民主？民主还得讲集中，是不是？乡上选乡长，县上选县长，哪儿不是这样选的？你以为只有像美国那么乱糟糟的，才是民主呀？"贺荣不服气地嘀咕道："电视里播放的美国选举，是乱糟糟的，可是人家选了几百年，也没见就选一个傻瓜出来当总统？"一句话把贺春乾噎住了，便沉了脸道："我们这里不是美国！我们这里是中国共产党领导！哪个想不服从中国共产党的领导，要到美国去就到美国去嘛！"有人一见贺春乾生了气，便拉了贺荣一把道："选嘛，选嘛，管他哪一个，就是茄子逗两个脚脚，上级叫我们选他我们都选他！"贺荣这才气鼓鼓地不吭声了。

这儿贺春乾继续布置道："明天乡上领导和选举指导小组都要来监督我们的选举。郑家塝和新湾也不设投票点了，因此，各小组必须把有选举权的人都动员到村小学来投票……"话还没完，组长们又开始吵了起来。一些人道："要是他们不来怎么办？我们又没有枪，又不能把他们押来！"一些人又道："要不然，村里就办席，有福喜吃，保证小娃儿都要来！"贺春乾道："村里哪有钱来办席？席是没有的，人是一定要保证来的，不然今天开这个会做什么？这是一个硬任务！我知道你们要强调困难，没办法，我只好跟你们下指标！明天，按小组在操场里坐，好清点人数。哪个小组人到不齐，我就找小组长算账！"说完，便掏出一个小本子，果然一个组一个组地念起数字来。念毕，又对组长们道："这是最起码的数字，必须要保证有这么多的人到场！"组长们听了既不回答行，也不回答不行，只默默地离开了会议室。

组长们走后，贺春乾又叫贺劲松明天要准备一篇竞选的演讲稿。贺劲松心里本来有气，听了这话，便气鼓鼓地说道："还要演个什么讲？我一个陪选的，选不上本来就丢人现眼了，还要我上台演讲，你们硬是想让我把这张老脸丢尽呀？"贺春乾说："这有什么法？《村民委员会组织法》规定的，正式候选人都要在会上进行竞职演讲，你不去演讲，别个又会说我们没有依法办事！"贺劲松说："我去演讲了就依法办事了？"贺春乾说："最起码的，法律规定的程序我们都走完了，别人想抓辫子也抓不着。"贺劲松仍然不乐意登台演讲，便道："明天我要到县城去做点事，选好了我再回来！"又道："我眼不见，心不烦！"贺春乾一听，立即黑了脸，大声地道："你敢！你要这样做，我没有权力收拾你，乡上也自然要找你算账！"说罢便气呼呼地走了。可回去一想，又怕贺劲松明天真的赌气不来参加会，那这场戏唱起便有些不好看了。便又赶到贺国藩家里，和贺国藩商量了一番。晚上，贺国藩便提了两瓶酒，来到贺劲松家里，见面便是哥长弟短，一口一个不看僧面看佛面，又是弟兄家好商量，你今个帮了我的忙，难道明个我就还不起你的理？直向贺劲松说好话。贺劲松明知这肯定是贺春乾的主意，一想，胳膊拧不过大腿，事情已经这样，赌气也没用，反倒是割卵子敬神，神得罪了，人也得罪了，对自己也没好处。于是也便改变了态度，对贺国藩道："我倒不是对你有什么意见！我要是对你有意见，我早就报名参加竞选了！"两人说了一会儿言不由衷的闲话，贺劲松心里好受了一些，答应明天不进城，一定帮助贺国藩竞选成功。贺国藩听了十分高兴，回去便把这消息告诉了贺春乾。

第二天，伍书记果然又带了乡上一干人很早就来到了贺家湾。可这日村民却不如上次那么积极了。皆因昨日的会后，组长们回去一宣传，叫大伙儿投贺国藩的票，说这是上面的意思。先前一些投了贺劲松票的村民便不满意起来，道："我们还以为这回上头硬是要民主了，搞一歇儿，才又是假的！既然上头都定了让贺国藩继续搞，还让我们选个屎呀？"因而眼看到了半晌午了，会场上还只有稀稀拉拉一百多个人。贺春乾着了急，大喇叭催了半天，也没见人往会场走。贺春乾又把组长们召来，黑着脸问道："人呢？昨天都给你们下达了数字，你们是怎么搞的啊？"组长们也现出一脸无辜的样子，道："我们每家每户都去喊了的，他们不来有什么办法？"贺春乾雷霆大怒，命令似的道："马上再回去喊，不来拖也得拖来！"组长们没法，只好又叽叽咕咕、嘟嘴马脸地走了。贺荣刚走到学校后面，便碰上自己组里的贺中全正扛了锄头要下地，贺荣便道："哎，昨晚上不是跟你们说了，今天一定要来参加选举吗？你们怎么不听，还下地干什么？"贺中全道："我不想选举，哪个愿意参加就去参加嘛！"贺荣道："这不是你想不想参加的事，这是法律规定的，是中华人民共和国公民的权利！"贺中全道："屎的个权利！要给我权利，就不要定框框，定了人脑壳才叫我们去选，那不是把我们当猴儿耍？还说什么民主！"说完又道："那法律不是还有规定，公民有弃权的权利吗？我弃权还不行吗？"贺荣明白自己生气不管用，便用央求的口气道："老哥子，不看僧面看佛面，你还是去凑个人数吧，不然，我也不好交代！"贺中全道："那你干脆也不屎去了，看他们找鬼大爷画圈圈！"贺荣一听，哭笑不得，只好走了。

组长们回去，连唬带求，终于又催来了一些人。到快吃中午饭的时候，会场上终于有了300多人。又清点了一下委托投票的，加起来便可以开会了。于是便开会。那选民领到选票后，虽和过去一样在现场设有秘密写票间，却鲜有其人到里面画票。一拿到选票，便刷刷刷地在人群中画了起来。乡上来的干部和贺春乾便又在大喇叭里高呼："大家不要忙在票上画圈圈，一个一个的到里面秘密写票间画！"可选民哪里肯听，道："癞儿脑壳上的虱子——明摆着的，还到秘密写票间画个屎！脱了裤子打屁，也不嫌多那一道麻烦？"说毕，早当着众人把票画了，然后又你推我挤拥到前面，将票塞进票箱里，也不等人宣布散会，便事不关己一般忙着往回走了。伍书记又急忙叫贺春乾在大喇叭里劝众人不要忙走，等宣布结果后再离开。贺春乾果然去叫，可还没等他叫完，会场里已没有几个人了。伍书记又不由得蹙紧了眉头，生气地道："农民这个素质，还民主？"说完，也不管在场的村民有多少，便宣布开箱唱票。唱票结果，自然是贺国藩当选为贺家湾村的村委会主任。贺春乾看到有几张选票上，全都打着×，心里有些不高兴，便对伍书记有些抱屈地说："他妈的，竟然还有全部都打×的，难道我们这么多人一个都不行？一个都没做出成绩？"伍书记劝道："群众嘛，哪有人人都满意的？"说罢，散了会。贺家湾村第六届村委会换届工作，便这样结束了。

却说端阳、贺毅、贺兴成和贺良毅、贺良礼、贺通良等那天在黄葛树下大打出手的时候，李正秀在家里没去开会，自己那一票自然是委托儿子带了。快煮中午饭时，突然听说儿子和大房的人在黄葛树下打架。李正秀也不知道他伤着哪儿没有，急忙熄了灶膛的火朝村小学的会场跑去。跑到会场一看却没了人，听人说都"照顾"贺万山的生意去了，又急忙跑到贺万山的家庭诊所去。一看才知道并不严重。因为这场架只是突然而起，事先两方的人都没有备下刀枪棍棒，只凭双方拳头你一下，我一下。大多数人都是身上这儿或那儿，起了一些疙瘩，最严重的也不过是头上破了一点皮。贺万山用碘酒在破了皮的地方消了毒，上了一些消炎粉，用纱布一包就完事。至于只起了一些疙瘩的，贺万山处理更简单，只用碘酒在上面涂，揉了几揉就叫回去用热毛巾敷上两次，便可万事大吉。李正秀一见儿子虽然眼角和额头上有两个青疙瘩鼓起来了，但身上的零件却一点未伤，一颗悬着的心方才放了下来。回去又重新生火做了午饭，劝着让端阳吃了，又劝他去躺着休息，消消心里的气。

正要这样做时，忽见两个戴大盖帽的公安昂首挺胸地走进了屋子，问道："哪个是贺端阳？"端阳正打算脱衣上床睡一会儿，听得外面有人问，便急忙走出来回答说："我就是贺端阳！"公安朝端阳身上看了一遍，其中一个说："请你和我们走一趟！"端阳道："到哪里去？"先前说话的公安道："到了你就知道了！"端阳道："我又没有犯法，凭什么要我跟你们走？"先前那公安正要说话，另一公安态度却和蔼些，抢在了前面说："你不用害怕，我们只是想请你到派出所谈一下今天这事是怎么发生的。"端阳一听这话，便也不再说什么，跟随他们走了。

当时李正秀在菜地里打猪草，回来一听说端阳被公安带走了。乡下女人没见过大世面，只以为被公安带走便是犯了大法，被抓去坐牢的。心里一急，当即便哇的一声，吐出了一口鲜血来。接着便打了几个趔趄，眼前一黑，咚地倒在了院子里。旁边的贺世福、贺世财、肖琴、谢双蓉一见，急忙惊叫着跑过来，掐人中的掐人中，刮痧的刮痧，忙了半天，李正秀终于缓了过来，朝众人看了一眼，便又哇的"儿呀心肝"地大哭了起来。众人反复地劝，一面劝一面看她脸色不好，忙又把她架到屋里床上，让她躺下，贺世福又急忙跑去把贺万山叫来。万山来诊了脉，说是急火攻心，气郁结于胸，需要调养几天。贺世福和贺世财听罢，忙道："端阳没在家里，屋里又有猪又有鸡的，哪个来照顾？这倒还是小事，要是再有个什么事怎么办？"贺世财的女人谢双蓉听了，道："我看还是给端阳他舅说一声，叫他来给端阳的事拿个主意！"贺世财觉得这样也好，毕竟李正林来了，这家里便有了主心骨，果然进去问了李正秀他哥的电话。这时很多庄稼人都有了手机，也不像三年前端阳挨了贺良毅弟兄的打后要到很远去打电话。贺世财便照着李正秀告诉的电话号码，给李正林拨了过去。

　　天黑的时候，端阳他舅果然赶来了。李正林是见过世面的人，一听端阳他们上午打架的前因后果，便明白不会有大的事。派出所带他们回去，要么是真的调查，要么是吓唬一下，大不了关两天，便肯定会放出来的。他把自己的想法告诉了李正秀，李正秀方才放心了一些，挣扎着起来做了晚饭，又去把贺世福、贺世财两弟兄喊来，一则是让他们陪李正林喝酒，二则也感谢他们下午给自己跑路。吃着饭，贺世福突然道："他婶，他舅，我说一句话，不知道你们喜不喜欢听？"李正秀忙说："他叔，又不是外人，我们哪有不喜欢听的？"李正林也道："就是，有什么话你尽管说！"贺世福这才道："我觉得大侄儿又有人缘，又有能力，按说选个村主任不成问题！可连续两次都是在最关键的时候突然出了问题。我就在想是不是他老汉的坟哪儿出了什么毛病？所以我说，你们是不是找凤山看一下，如果真是他老汉的坟有毛病，及早收拾一下，这一回选举虽然来不及了，下一回说不定就有希望了！"贺世财也道："就是！莫小看一座坟，那风水重要得很呢！"李正秀听了，道："不可能吧，他老汉死了后，他凤山叔没在家里，请的是王家湾的王阴阳来看的地，他说那里可以葬人。再说这么多年家里也平平安安的，该不会有什么不对头的地方吧？"贺世福道："那也不一定！俗话说阳宅主财运，阴宅主官运！端阳当个小小的村主任都三番五次受阻，要不是他老汉的阴宅出了问题，又是什么呢？"说完又道："再说，管它对不对，找凤山看一看，又不花多大的事！"李正林这些年承包煤窑发了财，愈是有了钱，愈是对风水深信不疑。一听贺世福的话，马上道："他两个叔说得对，这个事哪个也讲不清楚，明天就找他凤山叔来看一看！"说完，又对贺世福和贺世财道："我就拜托两位老哥，明天就帮我去请一下他凤山叔！"贺世福和贺世财便爽口答应了下来。

第二天，贺世福和贺世财果然帮李正秀兄妹请来了贺凤山。贺凤山拿出罗盘，对着坟头先是念了一通《罗经咒》。念毕，这才细细对着罗盘察看起来。看了一阵，方收起罗盘用红布包了，对李正秀和李正林道："要说世春老弟这阴宅，无论是朝向、龙脉均没有大问题。只是这坟堆年深月久，泥巴塌了，没有了气势。那先人如果气势不够，后人的气势自然也要缺少一些！"李正林道："说得有理，现在该怎么办？"贺凤山道："这个简单，只需在旧坟上重新再加一尺多高的土，那便好了！"旁边贺世福、贺世财急道："这个容易！"说完又道："眼下也正是垒坟的时候，我们搭把手，帮忙垒起来就是！"李正林十分感激地道："那就多谢他两个叔了！"说完又对贺凤山问："除了坟塌了一点外，还有什么问题？"贺凤山朝四周看了看，道："要说这坟，虽然朝向、龙脉均无问题，但这四周总嫌空旷了一些！这地势一空旷，便不能凝聚坐山来龙之气，并消纳四方气煞，因而使得这坟场风水的效应不能显发，所以端阳侄儿之事，总是会功亏一篑……"

李正林正要说话，却听见李正秀问："他叔，他爹这坟究竟是凶是吉，犯没犯忌，你可要说真话？"贺凤山忙回答道："他婶子，我刚才不是说了，世春老弟这坟，朝向、龙脉均无问题，并没有大碍。只是四周地势空旷了一些。当务之急，是要在坟的后面和两边，垒一个半圆形的土堆，像一把椅子一样，椅背要高，两边稍低，墓前再立一块碑，对坟堆形成合抱之势。如此一来，这坟便如稳坐龙椅之中，不但能收来龙之气，而且这气也能藏得住。龙气藏得住，煞气就自然能够被压住。不过此事说起来容易，做起来却有些麻烦！"李正林急忙道："怎么麻烦？"贺凤山道："垒这椅圈椅背，需要人工搬运土石，自然有些麻烦！"李正林也朝四周看了一下，又对贺凤山问："要垒多高？"贺凤山道："不高，不高，那椅背只要能高过坟头就行！"李正林急忙道："那有什么麻烦的？我还以为要垒几丈高呢！"说完，不等李正秀回答，便口气很大地道："垒，我道有好大一回事呢，不就是垒两个土堆嘛！"说完，便刷地从皮夹克的口袋里扯起一叠钱来，大大咧咧地对贺世福、贺世财道："两位老哥帮人帮到底，送佛送到西天，我就拜托你们两位找人按凤山老哥说的，把我妹夫的坟和周围给垒起来！钱不够，你们尽管说。这点钱，我李正林还是掏得出来的！"贺世福、贺世财一见李正林手里厚厚的一叠票子，不敢去接，只讪笑着说："他舅这就见外了，要什么钱呢？我们帮忙垒就是了！"李正林想了一想才道："现在是商品社会，什么事不讲钱？你们不收也好，那就这样，你们去帮我喊人，凡是来的人，我按城里小工的标准给工资！两位老哥帮我监工，我一天付两天的工资！"贺世福、贺世财一听，欢喜得不行，果然就出去找人。眼下农闲时期，在家的人都闲着没事干，一听李正林请人给贺世春垒坟，按城里小工给工资，一下子便拿着锄头、杠子，来了二十多个人。没两天工夫，贺世春的坟不但高了许多，坟堆后面和两边也果然垒起了一座前俯后仰、丈多高的半圆形土堆，状如偃月，十分壮观。李正林又去城里錾了一块高大的石碑，拉回来立了。

贺家湾村委会换届刚刚完成，那些被派出所抓去关住的人便陆续被放出来了。端阳一出来便得知了贺家湾村委会换届的结果，恨得牙根痒痒，却也没有办法。觉得自己村委会主任没当成，还被派出所抓去坐了几天班房，感到十分的没面子。像是霜打蔫的茄子一样回到家里，李正秀忙把给他老汉垒坟的事向端阳说了。李正秀以为端阳又会像以前一样说她迷信，但端阳经过两次失败之后，也认为在冥冥之中有什么神秘力量在主宰着自己的命运，因而在心里也相信母亲说的那些，于是便道："好，妈，如果凤山叔真的看准了，以后买两瓶好酒，割些肉去谢谢他！"李正秀一听儿子没有责怪他，反而很高兴的样子，自己心里也欢喜起来，于是也像是给端阳打气地说："俗话都说风水轮流转，我不相信我儿子就会走一辈子霉运！"端阳道："就是，妈！"说完看着远处，又似自言自语地道："人争一口气，佛争一炷香，这辈子选不上村主任，我死也不瞑目！下一届，骑驴看唱本，我们走着瞧吧！"说着，右手握拳，用力地挥动了一下，那决心和勇气便又回到了身上。

第三部

第一章

一

　　话说贺端阳第二次竞选村委会主任失败以后，并不甘心，又在私下里积蓄力量，等待下一次村委会换届时和贺春乾、贺国藩们再决一雌雄，以图胜利。哪知端阳这一等，却不是像往常一样只等三年，而是五年了。原来那乡、村三年一换届，时间太短，导致基层干部许多短期行为，故有民谣道："一年看，二年干，三年等着换。"看，便是一些新换上来的干部，因为不熟悉情况，在上任的第一年里往往要先去调查研究，摸清情况，制定发展规划，基本上不能干什么事情。第二年情况摸清楚了，发展思路理清了，刚干了一年，第三年便又要开始换届，这时人心就会浮动起来，该跑官的去跑官，跑官无望的便会冷下心来。因此很不利于基层干部干事创业。上面了解到这一情况后，便把村委会和乡镇的换届都从三年改到了五年。一则为了让基层干部能多干两年事业，二则也和县上的选举同步，节省县人民代表选举的许多成本。这五年里贺端阳的变化也是很大，一是他和王娇结了婚，第二年就有了一个儿子。想起两次选举的经历，端阳心里便百般感叹，干脆把儿子的名字取了"民主"的谐音，叫明祖。二是经过了这么多年的磨砺，人生的经验自是丰富了，说话做事都有了一股男人的成熟和稳重的味道，已远不是那个刚从学校出来、只一味知道往前猛冲猛打的愣头青娃娃了。

　　这日晚上端阳又从电视里得知了村委会换届启动的消息，并且从电视里端阳还得知了这次村委会换届和过去最大的不同，便是全县统一实行一票制选举，任何人也不得违背。端阳自然明白什么是一票制选举。就是在选举时不再提候选人，只是经过一次选举，哪个得票高哪个便当选。这样一来便可以避免许多人为的作弊因素。端阳听了，禁不住在心里叫道："好哇，到底是越来越民主了！"这样一想又禁不住血脉贲张，如一只蛰伏已久的雄狮，兴奋得要跳起来。

看完新闻后，端阳躺在床上，又是久久难以入睡。在这五年里，端阳起初又在外面打了一年多时间的工，王娇怀孕和生孩子时又随王娇回到家里。不管在哪里，端阳都忘不了两件事。一是到处找报上有关选举的文章和案例看，一发现这样的文章，便裁下来粘贴在一本杂志上。二是不忘思考、总结前两次失败的教训。第一个教训是他认为自己还是年轻了一些，鲁莽有余，冷静不足，只凭了一腔热情办事，所以失败了。第二点，明明有世普老叔、世海和兴仁这些社会资源可以利用，却自视清高，认为他们没在村里，远水也解不了近渴，没去争得他们的支援。特别是世普老叔是县里的大名人，自从第一次参加竞选前妈去求他帮忙给乡上伍书记打招呼被老头子拒绝后，端阳对他心里有了意见。此后几年时间都没去登过他家的门。现在想起来，老头子是个耿直之士，他虽然没答应去给伍书记打招呼，话却说得十分明白，他是支持自己竞选村主任的。是自己硬要打肿脸充胖子，没去向人家请教。如果多去向老人家讨主意，也许不会失败得那么惨了。想明白这点以后，端阳便趁王娇在家坐月子的时候，和李正秀一起背上从自己树上摘下的葡萄、梨子，主动去了贺世普的家里。借向贺世普和李佳兰报喜的理由，重修了与贺世普的关系。贺世普这时虽已退休，却仍然是县政协的常委，加上县里大大小小的头儿里面，他的学生不少，说话还是很有分量的。老头子虽然还是和过去一样一副书呆子气，但对端阳母子却是十分亲热。加上听说端阳背来的水果，是他自己栽培、管理的，更是赞赏有加，说农村正需要这样的人才。接着又引经据典地说了一大通人才对新农村建设的重要性。虽然没说到选举上，但端阳听得出老叔对自己还是很喜欢的。从此以后，端阳便有事没事都往贺世普家里跑，关系便慢慢亲密了起来。

除此之外，端阳又让兴成带着去城里见了兴成的幺爸贺世海和弟弟贺兴仁。贺世海在农村实行农业生产责任制后曾经接替郑锋做了贺家湾村的村支部书记。后来没做了，带了贺兴仁到城里帮他一个做了建筑老板的老同学搞管理。后来自己又慢慢揽工程做，赚了不少钱。老同学到省城大码头去发展后，把自己县里公司老总的位子让给了世海。世海从此如虎添翼，将生意做得红红火火，如今已是县里有名的民营企业家，和贺世普平起平坐，也是县政协常委。世海也是小房的人，端阳的年龄又比贺兴仁小不了几岁，亲不亲，故乡音，何况还是一个祖宗下来的呢？贺世海和贺兴仁一见贺端阳，也自是十分热情，怨他不常常走走！端阳一听，直对世海和兴仁说对不起，以后一定会常来看他们。从此也是经常走动。

在家里，端阳和李正秀也尽量改善人际关系。李正秀过去因是寡妇，怕人家说是非，所以一年到头很少看见她出去串门。如今因儿子要竞选村主任，更因为有了孙子，便也改变了过去不出门的习惯。有事没事便抱了孙子明祖，东家出、西家进。那乡下人尤其是女人，最最喜欢孩子的，一见了端阳这胖嘟嘟的儿子，便是赞不绝口，站下来便说半天的话。李正秀要的便是这样的拉呱，拉呱中慢慢地就亲热了起来。除了李正秀，还有一个王娇，为人热情，嘴巴甜，见识多，人又生得漂亮，又喜欢帮忙，在家生孩子和奶孩子期间，也成了端阳改善人际关系的一张王牌。当然最主要的还是端阳，随着年龄的增长，人生经验的成熟，也渐渐改变了许多个性。过去在学校读书时，每次回家看见湾里那些打麻将的人，心里总是看不起。后来虽然看惯了，自己却是独来独往，不管哪个叫他，他都拒麻将于千里之外。可在第二次竞选失败后，慢慢明白了那打麻将不但是一种娱乐，还是一种人际交往方式。明白这点以后，便一头扑到了麻将桌上。偏偏端阳的牌风又正，说一不二，很快便赢得所有麻友的喜欢。更重要的是端阳在几年前栽下的那些果树，此时进入了盛产期。每到成熟季节，枝头硕果累累，煞是逗人喜爱。端阳是深知乡下人的心思的，这何尝不是一种无声的广告？于是每到果子成熟便去摘下来，让母亲背了背篓，不论亲疏远近，家家户户都送去让大伙儿尝鲜。李正秀原来还是指望这些果子能够变成钱，现在见白送出去，到底还是有些心疼。可为了儿子的事，当娘的再舍不得也只能压在心里。

有时，端阳也在心里默默地想，为争这个村主任当，自己已经付出了不少。别的不说，只说那精力和心思耗费了多少？挨了打，坐了班房，可还是不死心，还要继续去争，这究竟是为了什么？为生存？显然不是！这个社会只要肯去做，哪儿都挣得到钱。像贺兴仁在他幺爸世海手下打工，不是也挣了个钵满盆满吗？何况家里人也不多，母亲又能劳动，又有舅舅帮助，日子本来就十分宽裕。如果自己不去争这个村主任做，而是和王娇一起在外面打工，要不了几年，不一样也是"小康"了？不为生存那又为什么？难道真的是为要带领乡亲们脱贫致富？端阳想到这里都忍不住笑了。说实话，他现在虽然在竞争纲领上也在说要带领乡亲们脱贫致富奔小康，可实际上连他自己都在怀疑有没有那个能力和雄心了。别的不说，只说眼下，农村的青壮年差不多都走了，只剩下了一些拄棍戳棒的老头老太太和拖儿带母的妇人，以及动不动就哭鼻子、又作孽又淘气的小孩子。靠这些人能把新农村建成，能奔小康去？再说，随着年龄的增长，雄心壮志也在逐渐离他远去。那么，究竟是什么驱使他有这样强烈的"当官"的念头？难道仅仅就为和贺春乾、贺国藩们赌那一口气？端阳想了想，觉得不完全是为赌气？那又为什么？端阳想了很久都没有想明白。有一回，他从一本书上看到了一个词叫"边缘"。他起初没弄懂这两个字的含义，后来才明白了。这时他才猛然想到，正是这两个字驱使他产生了强烈的"当官"念头。从大处说，是从新中国成立初期到现在，除了贺世海做过很短一段时间的支部书记外，贺家湾都是大房人当家。大房人对小房人常常是用另一只眼看的。小房人长期处于边缘地位，无时不在想着改变这种状况。可小房那些稍有能干出息如兴仁等人却又出去挣大钱了。他读过书，有文化，回到家里一方面是自己想为大伙做点儿事，另一方面小房的人又把改变自己边缘地位的希望寄托在了他的身上，无形之中他成了小房人的领袖。因而贺毅、贺勇、贺善怀、贺长军、贺兴成等，才会如此死心塌地地跟着他！从个人的方面来讲，自从父亲死后，他们孤儿寡母两人虽没受到别人大的欺负，却是缺少别人的关心和帮助，也算得上是长期处于一种边缘的地位。目前自己长大了，为了争气、长脸，自然而然地他也想从边缘跳到中心。在这村里，中心是什么？自然是村里这政治舞台了！过去，端阳没想到这些，只觉得是一口气在赶着自己去和贺春乾、贺国藩们争。现在一想明白，才觉得不光是那口气，而是有更深层次的社会和文化的背景，又加上他长期处于边缘地位，使他锻炼出了一双慧眼。这双孙悟空似的火眼金睛，不但可以使他把村庄内的许多问题，如贺春乾那种在选举时定框框，那种两枚公章一起挂、大权独揽，村务不公开等搞法看得更准，而且在冷眼旁观的同时，又有了更多的反思机会。这旁观和反思又使他对自我存在本身有了思考的空间。于是乎，那要努力走上村庄政治舞台、参与村庄事务管理并力求影响他人的明确的自我意识，驱使他"当官"的念头愈来愈加强烈，信心愈来愈加坚定，非得为此去碰个头破血流，不达目的不罢休不可了。此等心思，世人又岂能全部明白？

端阳睡了一夜，第二天起来便去找贺毅和贺兴成商量。贺毅一听便道："昨晚上我也看了电视，知道今年不像以往，要直接就把村主任选出来。这回我们一定要争取成功！"贺兴成手托了腮，想了一想道："上一回本来也说的是海选，可他们还是搞了先选候选人，再进行正式选举的两次选举的办法，这回不知道是不是裁缝的脑壳——当针（真）？"端阳道："昨晚上电视里倒是讲得很硬，我估计他们怕是再也不敢像过去那么做了！"兴成道："他们怎么做，我们也管不着，我倒是建议你到城里去跟老叔和我幺爸还有兴仁商量一下！一则他们知道比我们多，二则去了这样多回，你还没有把自己的想法跟他们说过。现在事情都拢来了，再不说又要过时了！"端阳一听这话，马上道："说得对，我也有这个想法！我明天就进城去，听听老叔和世海叔的意见！"说罢散去。

第二日，端阳果然一早就进城去了。他先去了贺世海的公司，贺世海却不在，只贺兴仁在公司。贺兴仁和贺兴成虽是兄弟，模样却不一样。贺兴仁一张圆圆的、胖乎乎的脸蛋，贺兴成却是一张黄瓜脸，有些瘦长；贺兴仁的皮肤在白净中透出一股灵气，贺兴成的面容却是在黧黑中显出几分憨厚；贺兴仁年纪不大肚子却已经微凸了起来，给人一副富态的感觉，贺兴成已人到中年却仍然有些干瘦——因为两弟兄一个从小就在家里务农，背太阳过山。一个从学校毕业就到了城里打工，因而才有这样明显的区别。兴仁在办公室里写着东西，一看见端阳来了，立即停下笔站了起来，道："哦，端阳兄弟来了，快请坐！"说着又去倒水。端阳忙拦住他，说："自己弟兄，常来常往的，又不是外人，客什么气？"又去抢过兴仁手里的一次性纸杯子，自己去倒了一杯水方才坐下，也不等兴仁问，便道："世海叔没在？"

兴仁一听端阳问他幺爸，便道："哎呀，你要早来一会儿就好了，他刚刚才出去！"端阳有些泄气，便又问："哦，他什么时候回来？"兴仁道："这很难说，可能下午回来，也可能要晚上才回来！"说完又对端阳道："老弟有什么事，方便的话也可以跟我说！"端阳犹豫了一下，便道："也没什么大事，村里又要换届选举了，我和兴成哥商量了一下，想来征求一下世海叔和你老哥的意见！你是知道的，前两回选举我们都失败了。也不是外人，世海叔和二哥如有好主意就点拨我们一下！"话音刚落，兴仁便道："真是巧了，幺爸出去也是为选举的事，两个选举挤到一起了！"端阳一听这话，便不解地道："他也为选举？他选举什么？"兴仁道："你难道还不知道中央把乡、村换届调整为五年，正是为了和县、市等地方政府的换届一致。既然村、乡今年要换届选举，县上、市上难道就不换届么？"端阳道："当然要换，这我是知道的！可世海叔又不回来当村主任，也不得去当乡长、县长，换不换届关他什么事？"兴仁说："兄弟这就不明白了，不当村主任和乡长、县长就没有什么事了？乡长、县长不是需要人大代表来选吗……"端阳明白了，立即道："哦，我明白了，世海叔是想当县人民代表！可他不是县政协常委吗，还当县人大代表做什么？"兴仁说："不是县人大代表，是市人大代表！明年上半年市上也要换届。过了年县人代会上就要把出席市人代会的代表给选出来！所以现在就有人开始活动了！"

端阳一听，立刻显出了吃惊的样子，说："什么，一个人大代表都有人活动？"兴仁淡淡一笑，似乎有些埋怨端阳少见多怪的样子，说："你以为人大代表就没有人争吗？我跟你说，你是一直在乡坝坝里，眼睛只看见了贺家湾那一片天，只以为村主任有人争，人大代表就没有人争？其实大错特错了！老弟，你也不是外人，有些话我也不瞒你。说来你可能不信，我们这样大一个公司，这几年做房地产生意又很赚钱，在很多贺家湾人心里以为我们硬是风光得很不得了，连衣襟角角都会打死人，是不是？其实，我们的苦楚你们一点儿也不知道……"端阳在家里确实听人说世海叔和兴仁在城里赚了不少钱，别墅、小车、女秘书样样都有，风光无限。湾里大人教育小孩都用他们做榜样，却没想到他们也有苦楚。这时一听兴仁的话，便似信非信地道："真的，二哥？是些什么苦楚？你说出来听听！"

兴仁道："说来话长！我和幺爸才进城的时候，最初帮着幺爸的老同学打点公司，出头露面都有幺爸的老同学，还觉得没有什么！可后来自己出来揽了一点小工程，这才知道在城里混是不容易的！就说最开头那一年，我们承包了几公里乡道公路，是用幺爸老同学的名义包的，实际上是我们自己包的，幺爸的老同学不管，一切靠我们自己。我们才出来，手头又没有钱去租设备，得先找银行贷款，可我们两眼一抹黑，认得哪个银行行长？我们到处去烧香磕头，可别个一见我们这副土里土气的打扮，就知道我们是农民，又没有担保，哪个愿意把款贷给

212

我们？费了九牛二虎之力，终于找到一家银行行长答应把款贷给我们，可人家又是狮子大开口，要多少多少回扣。我们明知被宰了，还得咬到牙巴答应！贷到款后，租了机器正要开工了，可当地一些地痞流氓在村、乡干部的唆使下又来找我们麻烦了。说这儿不准堆材料，那儿又损坏了庄稼，反正张口就是要我们拿钱。我们既没有势力，也没有靠山，被人敲了竹杠还得对人家赔笑脸。这些都还罢了，最可恶的是政府里那些当差的，一会儿来一拨大盖帽，要查你的税；一会儿又来一拨大盖帽，说你工地上噪声扰了民，要罚你的款；一会儿又来一拨大盖帽，说你水泥标号、钢筋型号不对，要停工；一会儿又来一拨人，说有人揭发私拉乱接了电线，要停电……反正全是来吃、拿、卡、要的，更别说一些地痞流氓趁火打劫，勒索敲诈，稍有怠慢便寻衅滋事……"

听到这里，端阳打断了兴仁的话天真地道："那些地痞流氓来捣乱，难道你们不知道报警？警察是干什么吃的？"兴仁听了又笑道："我说你老弟在乡坝坝里，不知道城里的事真还说对了！你以为标语上那么写了，他们就会那么做？你要把它倒过来读，'找警察，有困难'这就对了！我们也不是没有报过警，可因为那警察我们没有去打点，报了警人家根本就不来！"端阳明白了，方道："原来是这样！"说完又问道："后来呢？"

兴仁端起茶杯，慢慢地啜了一口茶在嘴里咕噜了一阵，过去吐在了一只痰盂里，方接了刚才的话道："后来，幺爸的老同学就开导幺爸说，老弟，你这样做生意不行！要在这个世界上混得像个样子，不是靠你有多勤劳肯干，多正直善良，恰恰相反，要靠你的狡猾！从今往后，你要丢掉农村那一套，学会怎么去买通关节，怎么去拉拢那些当官的，好取得他们的保护和支持！最好要有个身价，谋一张'虎皮'来披到身上，别人就不敢随便来找你的麻烦了！当时，幺爸还不知道什么叫虎皮，以为老同学是叫他去谋一个官当，便道：我一个农民，怎么能谋到官呢？幺爸的老同学道：我不是叫你去谋官，有可能的话去谋个政协委员或人大代表的皮披到身上，也算是头上有了一顶红顶子，别人就会看重你一些！更重要的是通过这顶红顶子，你可以接触到县上大大小小的领导，只要和他们搞上关系了，你还有什么路不通？幺爸听了这话茅塞顿开，开始注意自己的形象。他到省城花了几千块钱买了两套进口西装。从此以后他不管到哪里，都把西装熨烫得线条笔挺，将领带打得工工整整，皮鞋擦得油光锃亮，不知道的人还以为是个归国华侨呢！又牢牢记住老同学的话，四处打通关节，该舍钱的舍钱，该出血的出血。慢慢地一顶农民企业家的帽子就戴到了幺爸头上！也合该幺爸出头，不久政协装修会议室，通过县工商联的人牵线，幺爸和政协燕副主席搭上了关系，揽到了这个工程。装修下来，负责装修的燕副主席自然是落了个荷包儿鼓！当然，幺爸和燕副主席也成了无话不说的铁哥们。幺爸便把自己想谋一个红顶子的想法告诉了燕副主席。燕副主席道：这个还不容易？你本身便是响当当的民营企业家，做个政协委员自然是应当的！老弟既然想做，这事包在老哥身上！可说完又道：要做就做常委，做个委员没什么意思！幺爸道：怎么才能做成常委？燕副主席想了一想，道：这个你老弟便需要多少出点血了！这样，我们会议室是装修好了，可还缺少音响，你老弟给政协捐一套音响设备，算是民营企业家对我们政协工作的一点支持！大家一高兴，加上我在会议上从中一撮合，这事就保准成了！幺爸果然照办了。你道怎么样？那年政协换届，幺爸便真的做了政协常委，隔三岔五地到政协开会，还要发言，也经常接触县上的领导，慢慢地和县上领导的关系也十分亲密。领导嘴里也是动不动农民企业家长、农民企业家短的，大会表扬、小会称赞，幺爸成了领导眼里的香馍馍！也是奇怪，自从幺爸有了这个政治荣誉后，别说那些地痞流氓不敢随便来骚扰我们，就是那些掌握生杀大权的差人也不像以往那样今天想来查便来查，明天想来管便来管！即使来例行公事，看见幺爸也是贺常委长，贺常委短的，不敢像原来那么耀武扬威了！原来我们在他们面前是孙子，甚至比孙子还孙子，可现在像是全倒过来了，我们都成爷了！你说怪不怪？"

端阳听到这里，便道："我原来听人摆龙门阵说，政协就是说白话、喝白酒的，你今天不说，我还不知道当个政协委员还有这样大的好处！"说完又说："既然已经这样了，那世海叔还去争什么人大代表当？继续当他的政协常委不是很好吗？"兴仁道："你老弟又有所不知了！政协委员的顶子哪儿能顶得上人大代表的顶子？人大代表比政协委员管用得多了！政协只是参政议政机构，人大才是权力机构，所以人家说，人大的手，政协的口呢！"说着，将身子朝端阳俯过去，像是报告机密似的放低了一点声音，对端阳继续说："也不瞒老弟说，经营政治一本万利，比往企业里投钱赚得快！要是幺爸能当上市人大代表，那我们公司的钱就会像流水似的涌来！"说完，又坐直身子，眉开眼笑地看着端阳。端阳也高兴起来，却说："哎呀，我真没有想到这些！"

端阳继续说："今天听二哥一席话，我可是长见识了！既然有这样多的好处，世海叔当就是了，有什么难的？"又道："领导都把世海叔封为企业家了，即使那人民代表只是一个奖赏，上台领奖的也就该世海叔嘛！"一语未了，却听见兴仁说："你老弟呀，只知其一，哪知其二。你以为这市人大代表是想当就能当得上的？我跟你说，想领这赏的人多着呢！"端阳疑惑道："是吗，我真以为容易呢！"兴仁道："那市人大代表，分到县上的名额只有五六十人，首先市里拿到下面来选的头头脑脑，就要占一二十人，本县能够用的名额只剩下三四十人。你想，县里又有这样多当官的，他们又要占去一二十人，剩下的又有医疗卫生、文化教育、商业贸易、民主党派、台属侨胞、宗教团体……五行八业，方方面面。这样多的领域，摊到每个方面能有几个人？尤其是那些像我们一样的私企老板，因了我上面说的那些好处，哪个都想往里面挤，挤进去便是身价倍增！所以你就可以想见竞争有多激烈了！"

端阳听了这话，便有些替贺世海着急起来，对兴仁道："既然这样难，世海叔怎么才能争取得上呢？"兴仁道："自然要去走门子、拉关系，给人红包、请人吃饭，争取组织提名呐！今天就是出去请人吃饭了！那市人大代表虽说要经县人代会选举，可你都是知道的，选举只是走走过场，关键是县上提名！所以现在人们都知道是组织提名硬，人大选举软。只要组织提了名，选举便是百分之百没有问题了！"端阳点了点头道："上面定人选，下面画圈圈，过去我们选村委会，也是这样干的，倒是这样！"说完，又问："可听你说名额这样少，要是组织不提名又怎么办？"兴仁停了一会儿，这才又将身子俯过去又放低了声音道："这话我跟你说了，你千万不要说出去，知道吗？"端阳道："你放心，我这嘴巴不是随便哪里都呱唧呱唧的！"兴仁这才道："人不给水出路，难道水就不可以自己找出路吗？《选举法》上有规定，除了组织提名外，还可以十人以上人大代表联合提名产生上一级人大代表的候选人！幺爸已经打定了主意，说如果领导那里靠不住，他就转而去靠代表，反正要挤进去！"端阳一听，也叫道："对，这就叫作水路不通走旱路，条条大路通罗马！"

说着话，端阳看看时间已经不早了，便对兴仁说："那这样二哥，世海叔也定不到什么时间回来，我先到世普老叔那儿去一趟，下午我再来看看。如果世海叔回来了我们再摆摆龙门阵。"贺兴仁道："本来我该留你吃饭的，可这儿有份材料要忙着写出来，今天就不留你了！你去吧，如果等会儿幺爸回来了，我让他下午等着你！"端阳说："行，打搅二哥了！"说着就站了起来，一边说着客气话一边往门口走去。兴仁朝对面屋子里喊了一声："小邓，帮我送下客！"随着话音，从对面屋子里袅袅娜娜走出一位个子高挑、十分靓丽的美女朝端阳莞尔一笑，玉手一伸，做了一个请的手势，便带着端阳下楼了。

贺世普一年多前便退了休。县上优质教育资源有限，县中是全县唯一一所国家重点中学。当初世普在位时，每年都有数不清的人来求他，加上各种社会职务和光环又锦上添花般接踵而至，除了本职工作以外，那些社会活动、招呼应酬，常让他忙得晕头转向。可现在一退休，就像一个快速旋转的陀螺猛然停了下来，自然是闲得慌的。过去一些阿谀奉承之徒，如今见他已无权无势，用不着了，自然又离了他重新去奉承新的主子了。各种社会职务和荣誉称号，本是附在"校长"那张皮上的，如今皮之不存，毛将焉附？除了一个政协常委，尚因届期未满还给予保留外，其余便统统远去了。昔日高朋满座的家里，如今已是门前冷落车马稀。这让贺世普一下觉出了那人情的冷暖和世道的炎凉。老伴贾佳兰见他整日愁眉苦脸，无事打发日子，便叫他也去和滨河公园里那些老头一样唱唱歌，说说话，打打太极拳，借此打发一下日子。偏这老头一生又耿直清高，觉得自己教了一辈子书，教出的学生成千上万，桃李满天下，又红极一时，如今落得去和那些贩夫走卒为伍，让学生看见自己这张老脸又往何处放？想做点学问，年岁又不饶人，除了教书，又不知做点什么学问好。有时候想，要是自己没当过校长就好了，还可以到那些私立学校里再站几年讲台。可谁叫自己偏又做过国家堂堂重点中学的校长呢？左思右想，都不得主意。

一日，世普正在街上低头行走，突然听得一个声音喊道："贺校长！"世普抬头一看，见那喊他的人二十七八岁的样子，蓄一个小平头，个子不高，黝黑清瘦的面孔，戴一副近视眼镜。世普正在心里搜寻此人是谁，那人却热情地跑了过来，两只眼睛在镜片后面闪着熠熠的光彩说："贺校长，你认不得我了？我是你的学生，叫张沫若呀！"世普的学生太多，学生一毕业便各奔东西，多年不见面，此时又怎记得有这样一个学生？张沫若一见世普迟疑的样子，便又十分兴奋地道："老校长你怎么记不得我了？那年我在市里的报纸副刊上发表了一篇诗歌，你在那天全校的大会上表扬我，鼓励我成材，成为像郭沫若那样的大文豪，为母校争光！我就是听了你的鼓励才发奋学习的！"说完又说："我原来的名字叫张小才，听了你的话，我才改名叫张沫若的，就是要立志成为像郭沫若那样的大文豪！"可世普还是想不起来了。他表扬的学生也实在太多，因为他主张激励教学法。学生有缺点尽量少批评，尤其是当众批评，可学生如有成就，无论大小他都要在师生大会上表扬。用这种办法也不知激励了多少学生成材。当时尽管那张沫若提醒了世普，世普仍然没有记起来，但却乐呵呵地说："哦，我想起来了，你那时学习很努力嘛！"又问："你后来怎么样了？"张沫若说："后来我考上了大学，家里穷没有去读，到外面打工去了。我一边打工一边不忘贺校长你的教导，坚持写诗。写多了，别人就叫我'打工诗人'。前不久，县文联要办一份叫《诗文流芳》的小报，把我招聘回来做编辑了！"世普一听，立即欢喜道："哎呀，太好了！太好了！发挥你的聪明才智吧！"那学生却道："好几年没看到老校长了！县文联离这儿不远，老校长就到我们编辑部坐坐，看看学生的作品，算学生给你汇报吧！"

世普本来无事，听了这话不好推辞，便真的随张沫若去了。到了《诗文流芳》编辑部，张沫若从抽屉里拿出了他的作品，却全是一些剪报，粘在一本《知音》杂志里。世普一看，也无非只是一些豆腐块似的东西，读了几首，倒觉得十分清新，便道："好！好！看不出，真成了才子呢！"正说着，忽然进来几个文学爱好者，张沫若便急忙把世普跟他们做了介绍。几个小年轻一听是大名鼎鼎原县中校长，顿时肃然起敬，围着他问这问那，尊敬得不行。张沫若见了便对世普说："老校长，您老学富五车，知识渊博，以后还望多帮助学生！《诗文流芳》今天郑重地向老校长约稿，请老校长不吝惠赐佳作！"说着，站起来还向世普深深鞠了一躬。世普忙道："我能赐什么佳作？别笑话我了！"张沫若道："老校长不要谦虚了！我记得你当初每次给我们讲话，都是文采飞扬，还常常信手拈来许多诗句，想必老校长是有深厚的功底的！"世普说："瞎说的，有什么功底哟！"说是说，世普却动了心。

原来世普在年轻时候也是做过文学梦的。才回家教书时，也写过许多诗歌，虽然没有发表，却自我感觉不错。尤其是在大集体时村里组织文艺宣传队要编一些配合形势的快板、相声、对口词、三句半、唱词等节目，这任务便常常落到做教师的世普肩上。世普的文艺创作才能那时得到充分锻炼。有年县文化馆编的演唱材料，一连收了他两个作品。在那个年代，他也算得上一个才子了。虽然事隔多年，他没有再做过文学梦，可如今经张沫若一煽动，竟然又有了创作的冲动。想自己反正赋闲在家，无事可做，倒不如吟点诗、写点文，既有个精神寄托，也和自己身份相合。这样一想，便处处留心。原以为自己多年不写，已经文思枯竭，却没想到有一天在江边散步，看着一江春水，脑中灵光一闪，突然有了几句诗句，便匆匆记了下来，道是：

好大一条江，
默默向远方！
那江边的人哟，
勤劳、善良，
喝酒如喝汤！

好大一条江，
默默向远方！
流的是醇厚的酒，
淌的是醉人的香。
春风吹过，
醉了城市，醉了村庄！

写毕，也不知是不是诗，便拿去让昔日的学生、如今《诗文流芳》的张大编辑"斧正"。谁知张沫若一看便赞不绝口，直道是旷世杰作。尤其是那"喝酒如喝汤"一句，形容当地人性格豪爽，却不直言，真乃言有尽而意无穷，当即就决定刊用。世普得此鼓励信心大增，从此以后便做起了骚客文人，倒也自我充实起来。昨日晚上，张沫若又给世普打来一个电话，说第七届村委会换届就要开始了，领导指示《诗文流芳》出一期专刊以配合换届的宣传工作，特地向老校长约一篇稿件。世普一听自然答应，辗转反侧了一个晚上又闭门思索了一上午，文思方才姗姗而来。急忙一挥而就，把那瞬间到来的华章佳句，写在了稿纸上。写毕，一边轻轻以指叩桌，一边摇头晃脑地吟诵起来。正自我陶醉时，忽然听得门铃响声，以为是李佳兰出去时又忘了带钥匙，便不耐烦地冲门外道："经常出去都忘了带钥匙，你喝了迷魂汤呀！"说着去打开了门。一看门外却站的是端阳，喜出望外，不待端阳打招呼便急忙拉着他的手，然后小孩子一样地道："哦，是你娃儿呀！来来来，你娃儿参加过村委会选举的，你老叔写了一首诗，你来给老叔指教一下！"端阳一听，虽觉突兀，但马上明白了，便道："老叔写的东西，侄儿哪有能力指教？"世普道："怎么不能？孔子曰：三人行，必有我师焉！何况你亲身参加过选举，那感受自是深刻真实的！过分的谦虚就是骄傲，来来来，老叔给你念，念完了，哪儿写得不好，你就给老叔提意见啊！"

说着，忙不迭地把端阳拉到沙发上坐下，去里面书房拿出诗稿，咳嗽一声，清了清喉咙，便站在屋子中间像学生在老师面前朗读课文一样，抑扬顿挫地读了起来：

选票是理，民意是天
——写在第七届村民委员会换届之际
作者　贺世普

我们是泥腿子，

我们是庄稼汉，

年年月月，朝朝暮暮，

我们脸朝黄土，背朝青天。

我们是民，

我们养官；

我们是水，

我们载船！

我们等了千千年，

等来了平头百姓，

选自己的官！

手里的选票，

它是一张纸，

却是我们一片心，

一份做人的尊严！

没有百姓，

便没有官；

百姓的官儿，

本该百姓选！

选票就是理，

民意就是天。

婆娘爷们儿，

快快来选官！

　　贺世普声情并茂地念毕，便抬起头来，目光炯炯地看着端阳道："怎么样……"话音未落，端阳已是一边鼓掌一边叫着说："好，好，老叔写得太好了，太激动人心了！"世普有些不相信的样子，说："你娃儿不要奉承我，我是黝黑人不受粉！你倒说说，老叔这诗好在哪里？"端阳连想也没想，便道："说出了我们的心里话！"世普道："是吗，真是这样一回事吗？"端阳道："当然是真的，我怎么敢在老叔面前扯谎？真说出了我们的心里话，那官就是我们养活的，就该我们选嘛！"世普更高兴了，道："那是，那是，诗言志，就该反映百姓心声嘛！"说完又对端阳问："还有哪里好？"端阳想了一想，又道："语言也好，通俗易懂，又很有力量，就是世龙叔这些没文化的人一听也知道是说的什么！"贺世普说："就是要通俗嘛！诗是写给老百姓读的，不是专门写给文化人欣赏把玩的，老百姓读不懂，怎么能行？毛主席就号召作家艺术家要向人民群众学习嘛，所以我今天也是向你学习，你说好便是好了！"端阳道："老叔太谦虚了！"说罢忽然走过去，对世普恳求道："老叔，把这首诗给我行不行？我要拿回去给湾里人宣传，让大家都知道是老叔写的诗，老叔是文曲星下凡！"世普听了满脸喜气，却对端阳道："诗写起就是给人读的，你拿回去给喜欢的人看看倒是可以的，可不准说什么文曲星下凡啊！老叔算什么文曲星？只不过老了，没事做胡乱写几笔，打发日子罢了！"端阳道："好，我知道了，老叔！你拿给我抄一份吧！"世普说："要你抄啥子？我一定要亲自抄一份给你！"说罢，就进书房去了。

正在这时李佳兰回来了，一见端阳来了也是十分高兴，急忙去打火做饭。没一时，贺世普从书房出来，将一份抄写得工工整整的诗稿交给了端阳。端阳如获至宝，先笑逐颜开地看了一遍，然后小心翼翼地折起来放进了衣兜里。然后才坐下来和贺世普说话。端阳告诉了自己今年还打算参加村委会主任竞选。世普便又对端阳说了一通鼓励和支持的话。端阳一听老头子说的皆是一些大道理，不过心里也很高兴。不久，李佳兰端上饭来。吃过饭，端阳又陪着世普和李佳兰说了一会儿闲话，方才辞别他们，出来又往贺世海那儿去了。

二

到了贺世海的公司，仍然只有贺兴仁一个人坐在老板桌后面的大班椅上写东西。一见端阳，兴仁便停了笔道："吃过饭了？"端阳说："吃过了！"说完又问："世海叔还没回来？"兴仁说："没有，今下午恐怕不会回来了！"端阳道："不就是吃一顿饭吗，怎么耽搁得到这样久？"兴仁道："你老弟以为请领导吃饭，像在我们老家请个客吃饭那么简单？我跟你说，请领导吃饭是一条龙的！除了吃饭喝酒以外，还要去洗脚、保健按摩，或者去歌厅唱歌。还不说洗脚、按摩或唱歌后，兴趣来了还要打几盘麻将。我们这是去求人的，吃了饭后幺爸肯定要带他们去娱乐！"端阳一听这话，便马上站了起来对兴仁道："二哥，那我就不等了！世海叔回来后，请你转告他一下，就说我今天为村里换届的事来过。请他一定要多支持我！"说完又说了一句："你也一样！"兴仁说："端阳老弟你放心，幺爸和我肯定是要支持你的！幺爸有一回还说你想当村主任，也不来找一下他，以为他人没有在贺家湾就帮不上忙了是不是？"端阳脸也有些红了，急忙道："这是我的不对！我这个人脸皮子生得薄，不好意思求人……"兴仁马上打断了端阳的话，带着责备的口气说："又不是外人，怎么是求人呢？不瞒你说，幺爸心里对贺国藩有很大的意见！要不是他，幺爸现在说不定已经当了乡长、县长了呢！都怪贺国藩当年在背后使幺爸的坏！"端阳过去只知道贺世海和大房的贺世忠有些不合，没想他到和贺国藩也有仇,便吃惊地瞪大了眼睛,道:"真的?使的什么坏我怎么没听说过?"兴仁道:"你我那时都还在横起揩鼻子,哪知道这些?要不是上回幺爸跟我说,我还不知道呢!"端阳马上道:"怎么回事,你倒说给我听听!"兴仁正想说,看了一下时间突然道:"算了,说起话长,一句两句话也说不清楚,你回去问我大哥,他知道!"说完这话又说:"反正幺爸巴不得有人把贺国藩拉下来!现在你和他竞选,幺爸求之不得,何况我们又是隔房的弟兄,幺爸能支持的,难道胳膊肘儿还会向外拐?"端阳听了这话,像吃了一颗定心丸,于是告别兴仁,先回去了。

端阳进城,虽然没得到贺世普和贺世海的具体主意,却因为得到了贺世普一首关于选举的诗,他觉得这首诗像是老头子专门为他写的一样,拿回去让大伙儿看了,肯定会引起轰动。再则,听说了世海叔和贺国藩两个人之间有很大的恩怨。虽然他不知道具体是什么恩怨,但听兴仁的口气,世海叔对贺国藩像是有很大的仇一样。如果真是这样,世海叔无疑会铁定心地站到自己一边。有了这两大收获,端阳便觉得今天走一趟实在值得了!心下一高兴,脚下便生风,天黄昏时便回到了贺家湾。打从村小学的黄葛树下经过时,猛然听到头顶树枝上喳的一声鸟鸣,叫声十分清脆明亮,像是跟他打招呼一样。端阳便停住脚抬头往树上看去,却只见树叶翁郁,什么也瞧不见。正打算离开,忽然又是两声鸣啭,仍是清脆的鸣啭。端阳又停住步子察看。这时却见从茂密的树叶中跳出一只喜鹊,落到他面前的树枝上,一边跳着对他摆动尾巴,一边叽叽喳喳鸣叫,十分亲热的样子。端阳先是觉得奇怪,继而见是一只喜鹊,便想起老辈人说的"喜鹊报喜,乌鸦报祸"的话来,心想今日进城,收获不小,如今一进村,便有喜鹊给我报喜,莫非我今年事情真的能成?又想起上次被派出所抓去关起后,母亲找贺凤山查勘了父亲的坟,按贺凤山的要求把父亲的坟垒成了一把椅子形,莫非也是父亲坟墓的风水起了作用?一想起父亲,端阳便又想起了那一次贺贵叔在上马坟说他父亲投胎变成了鸟儿的事,心里一惊,想:"莫非这鸟儿也是我爹变的?"这样一想,便朝四下里看了看,见没人,便噘起嘴唇朝鸟儿嘘了一声,轻轻道:"喜鹊喜鹊,我问你,你是不是我爹变的?"话音刚落,那鸟儿便在树枝上对贺端阳扇动起翅膀来,嘴里的叫声更是明亮。端阳吃惊得张大了嘴巴,看着鸟儿跳动。过了一会儿,方才怀疑地问道:"你真是我爹变的?"那鸟儿像是跳累了,停在了树枝上,却又响亮地回答了一声，两只小眼睛骨碌碌地看着端阳。端阳还是有些不相信，过了一会儿又道："你要真是我爹变的，你就再离我近一点！"鸟儿听说，果然一下跳到了端阳头顶的树枝上，又喳喳地叫了两声。端阳惊呆了，想了想，马上伸出手，将手掌朝天，又道："你敢不敢跳到我手上来？你要敢来，我就真相信你是我爹变的了！"鸟儿叫了一声，像是有些犹豫的样子，端阳见了又道："你怕我伤害你是不是？你来吧，我不会伤害你！如果你害怕，我把眼睛闭上好不好？"说着，果真闭上了双眼，继续将手掌朝向天空。说也奇怪，没一会儿鸟儿真的飞到了端阳宽大的手掌中，一边跳跃，一边鸣叫，还用尖尖的小嘴在端阳掌心啄了几下，啄得端阳的掌心痒痒的，禁不住睁开了眼。鸟儿见端阳睁开了眼，又噗的一声飞到树枝上去了。端阳此时已感动得眼眶潮湿了，便又轻声说了一句："爹，你想对儿子说些什么？"话一问完，鸟儿便在树枝上叽叽喳喳叫个不停，像是很着急的样子。只可惜端阳不识鸟语，一句也听不懂。叫了一会儿，鸟儿也像是看出了端阳听不懂它的话，方才停了下来。端阳便说："爹，如果这鸟儿真是你变的，儿子也听不懂你的话。你要是真想对儿子说点什么，晚上梦里来说吧！儿子走了，你也回去歇息吧！"话完，鸟儿果真喳地叫了一声飞走了。端阳也离开了树下。

回到家里，端阳本想马上去把兴成、贺毅、长军、贺善怀等人叫来，对他们说一说进城的情况。可一看天色已经晚了，叫来了自然得在家里吃晚饭，走的时候也没跟母亲说，临时准备又会让母亲作难，便打消了这个念头。第二天晚上，端阳才去把他们请到了家里。几个人一到，屁股还没坐稳当，贺毅便迫不及待地问："怎么样，进城有没得收获？"端阳脸上洋溢着喜色，忙说："不但有收获，收获还大大的！"说着，拿出了贺世普的诗稿，恭恭敬敬地摆在了桌子上，这才接着道："你们看，这是什么？"众人便都要抓过来看，端阳忙去护住它，说："小心，别抓破了，我来给你们念！"说着拿起诗稿，像昨天贺世普一样也先咳了一下，然后铿锵有力地大声念了起来。念完，众人沉默了一下，贺长军才问："这真是老叔写的？"端阳面露骄傲之情，道："当然！"说完又说："不瞒你们说，老叔听说我要竞选村委会主任，当即就写了这一首诗鼓励我。他原来的副标题是写在贺家湾第七届村民委员会换届之际。老叔让我提意见，我就说，老叔，换届是全国都在换届，就不要'贺家湾'这三个字了，显得大气一些。老叔采纳了我

223

的意见，就把这三个字删掉了!"众人一听并不知道端阳是在吹牛，便全都喜形于色地道:"这就好了! 有老叔的支持，我们就不怕了!"又道:"端阳，把这诗用张红纸抄出来，贴到村委会的村务公开栏上，让全湾的人都知道老叔在支持我们!"端阳说:"这是自然的，我红纸都买好了，明天就抄出来贴出去!"话毕，兴成突然问道:"见着我幺爸没有?"

端阳听见问，这才收住话头，轻轻地摇了摇头。兴成便又问:"怎么回事，难道我幺爸还不见你?"端阳这才道:"不是不见，是世海叔想当市人大代表，也在忙! 昨天不凑巧，我去的时候他就出去请人吃饭了!"众人一听又忙问:"他都是县政协常委了，怎么还想起要去当人大代表? 当个人大代表有什么好处?"端阳道:"这你们就不知道了，当人大代表的好处多得很呢!"说着便把兴仁告诉他的那些话详细地说了一遍。贺毅、善怀、长军听了都道:"哦，原来还是这样! 那世海叔就真的该去争这个人大代表了!"兴成听了贺毅等人的话，便又马上说:"不是外人，如果把我幺爸拿到贺家湾来选，那就拜托你们都要投他一票哦!"端阳道:"错了，错了，我们就是想投票也没有那个资格呢!"兴成道:"怎么没得资格呢? 难道市人大代表就不拿到基层来选? 县里选人大代表，上面一些当官的不是都拿来让我们走了一下形式吗? 我记得有一年，县上一个姓翁的局长拿到我们湾来选县人大代表。我们都没有见过这个人，贺贵便问乡上来主持选举的人这个姓翁的是蹲着屙尿，还是立起屙尿的? 逗得满场大笑呢!"端阳听了这话，想起自己和母亲也摆过这个龙门阵，便笑着道:"事情都过去这么多年了，你还记得?"兴成道:"怎么记不得? 贵叔这话太滑稽了!"端阳道:"市人大代表是拿到县人代会上选举，所以我们想选票都没有那个资格呢!"

说到这里，端阳突然像是想起了什么，马上看着兴成道:"哎，大哥，我今天在城里听兴仁二哥说，世海叔和贺国藩结得有仇，我问是什么仇? 二哥说这事你回去问我大哥，他根根蒂蒂都知道! 是怎么结下的? 你跟我说一说!"兴成听见端阳这话，便说:"也不敢说根根蒂蒂都知道，但大致知道一些! 不过这话说起来有些长……"端阳立即道:"慢慢说嘛，反正夜长，我妈的晚饭也没有弄好!"众人也说:"就是，你就给我们讲讲!"

兴成看了众人一眼，又才转向端阳道:"那我就跟你们说一下嘛! 你们知道沟脚下那个提灌站吧?"众人立即道:"怎么不知道? 不是房子都垮完了吗?"兴成道:"现在房子是垮了,机器设备也早被人偷去卖了钱。可当年却是我幺爸上任不久,费了不少力从县上争取了四万多块抗旱资金,还有一些像水管这样的设备。我们每个村民又集资了二十五元,才好不容易建立起来的!"善怀急忙也说:"就是,修那提灌站我都去做过活路的!这是你幺爸当支部书记办的最大的一件事!"长军和贺毅也说:"我们虽然没有去做过活路,却去看过的。"端阳道:"是哪一年的事?我没有一点印象!"贺善怀说:"你那个时候还小得很!那年天干得很,好多挺梁梁上的庄稼都晒死了!"兴成说:"就是!为了尽快抽水,摸到良心说,那一届干部都是吃了苦的。我记得幺爸和国华叔都住到工地上。我中午回家吃了饭后,就给我幺爸端一钵饭去,你们想有多忙……"贺善怀见兴成提起这些,也补充说:"庄稼都干得要死了,等着水救命,怎么不忙嘛。我那时劳力好,兴成他幺爸专门安排我抬钢管、架钢管,累得汗流浃背,也巴不得马上就把管子架好!"兴成等善怀说完,才又接着往下说:"你们知道,提灌站建在沟里,周围又没有人户,幺爸怕小偷把变压器和电动机里的铜偷去卖钱,便安排家家户户的男人轮流去守……"兴成说到这里,贺善怀便又打断了他的话,说:"对,家家男人都去守过……"还要说,长军道:"善怀哥你莫打岔,等兴成把话说完了你再补充行不行?"贺善怀一听这话,果然不吭声了。兴成便又继续往下说:"那天晚上轮到贺国藩去守了。贺国藩先去打了一逛,以为没有事,便回去陪胡琴睡觉去了。哪知道小偷等他一离开,便上去把电压器卸开,把里面的铜线全割了,接着又把电动机里的铜线也割了。这一来村里损失就大了!更重要的是在抗旱的节口上!这一下怎么办?幺爸便要贺国藩赔,贺国藩当然不想赔,再说也赔不起,和我幺爸吵了一架。最后村里和贺国藩各一半,请人来把变压器和电动机修好了。可修好后贺国藩却不答应拿钱了。幺爸气不过,带了村干部和村民小组长堵到贺国藩门口,不拿钱不走,贺国藩见实在赖不过才把钱拿了。从此,贺国藩和我幺爸便结了仇!"

说到这儿,端阳急忙接话道:"他自己不负责任,造成了大伙的财产损失,是该赔嘛!让他只赔一半,这已经是大人情了,怎么对世海叔还有意见?"兴成道:"这就叫瞎子有人牵,聋子有人拨嘛!端阳老弟你不知道,早在建提灌站时,大房一些人便怀疑幺爸在采购材料时贪污了钱,只是没有抓到证据,也没有办法。那时上面有政策,年纪轻、文化高的村支书和村主任可以考乡干部,称作

'招聘干部'。提灌站修好的第二年，上面又要招一批乡干部，幺爸所有条件都符合，也去考了。结果考了个第一名！我们大家都说他马上要端国家的铁饭碗了，我妈还笑我幺妈说她就要当官太太了！可哪知道成绩刚出来，有人便写了一封信给县上说幺爸建提灌站时贪污了，有经济问题，请上级查处。招聘干部的时间很紧，成绩公布了几天就政审和检查身体，上级部门也来不及查，即使来查，一天半天也查不出个结果，于是也没有来查，却在检查身体时借口幺爸身体有毛病，没有录用他。幺爸先还真的以为自己身体有问题，可过后乡上有人才悄悄告诉他是别人告了他有经济问题。幺爸东问西问，东诓西诓，才问出是贺国藩告的！后来别人又把上面转来的那封告状信给幺爸看了。幺爸一看，便知道这信并不是贺国藩写的，因为贺国藩文化程度不高，写不出这样通顺的信，他充其量只是一个听人家使唤的人！"

　　听到这里，端阳急忙又问："世海叔后来知不知道究竟是哪个给县上写的告状信呢？"兴成却看着端阳说："你老弟猜看是哪个写的？"端阳道："我怎么猜得着？我那时还小，不懂事，也不知道湾里的人际关系！"贺毅马上看着兴成道："是贺世忠对不对？"兴成道："对，正是贺世忠！"端阳却问："贺世忠和世海叔又有什么过节？"贺毅抢在兴成前面说："贺世忠是大房的，他当然和世海叔有仇了哟！"兴成急忙摆了一下手，说："不光是这样！还有原因，你们听我慢慢说！善怀哥是见证人，你是知道的，我幺爸高中一毕业回来郑锋就安排他当了大队团支部书记！贺世忠也是那年从部队复员回到贺家湾的，听说在部队还是个文工队的队长，能说会道的，可回来后郑锋却什么也没有安排他当！原因我不说你们大家都知道，当年贺世忠回家探亲，看上了彩虹婶，听说还和彩虹婶睡过。可后来一回去，他又看上了部队一个首长的女儿，便把彩虹婶一脚蹬了。彩虹婶后来才嫁给了万山叔。可贺世忠在部队看上的那个女的，人家并不爱他，他却要死命地去缠，首长生了气，便打发他复员了，结果贺世忠反落得了一个快刀切葱——两头空的下场！这且不说，你们都晓得彩虹婶是郑锋的亲侄女，他把彩虹婶睡了又把人家踢了，像郑锋这样的老革命心里怎么容得下？所以郑书记当时一直把贺世忠当作流氓，不给他小鞋穿都是好的，哪里还会提拔他当干部？就这样我幺爸一步一步地从团支书当到副大队长、大队长，后来就接了郑锋的位子，坐了贺家湾支部书记的交椅！贺世忠东混西混，好不容易才混了一个村民小组长。本来大房和小房就有矛盾，看到幺爸步步高升，贺世忠心里自然是不舒服！现在一见幺爸又要当国家干部了，更是忌妒得不行，所以便写了信，叫贺国藩出面把幺爸告了！"端阳这才明白了，说道："哦，原来是这样一回事！可世海叔已经知道信不是贺国藩写的，怎么还会把仇结到贺国藩身上呢？"

兴成又急忙道："哪里光是这一点，还有另外的原因呢！"端阳又急忙道："还有什么原因，你都说出来好了！"兴成道："你不要着急，我会慢慢摆起来的！你们都知道，贺世忠虽然混得不好，可他的几个亲戚都有一点狗运气，在县里当官。一个是他的二姨夫，在县里卫生局当主任，一个是他的叔岳丈在县里一家银行当头儿，最主要的还是他的亲妹夫是县里一个局的局长。贺世忠心里对我幺爸不安逸，一直想把幺爸搞下来，自己顶上去，便唆使他的母亲拄棍戳棒地去找他城里的亲戚。一见到他们，就说，你们这样多人在外面当官，就一点罩不到我世忠一下呀？知道的说你们正派，不知道的说你们六亲不认呢！你们没有在湾里，有些话听不到，可我们耳朵都听起茧巴了！说起来我这张老脸都不好意思了！他的那些当官的亲戚问，什么话这么让你老人家感到不好意思？贺世忠的妈就说，别个都说贺世忠那些亲戚肯定是混得不好，甚至可能是犯了错误，说不起话了！要不然，贺世忠在部队里时就是一个官，怎么回来国家的饭碗没有捞到一个，连村上一个干部的位子都没有捞到？还有的人看到我故意说，老太太，你屋里那些在外面工作的亲戚硬是些清官，清得比包文正还要清，包文正还要把他的侄儿照看到呢！哎呀，说回来，你们不照看我们算了，我们这些人面子丢了就丢了，不值钱，可你们难道也不要面子呀……老太太唠唠叨叨说到这里，那当局长的女婿脸上终于挂不住了，便说，妈，你莫说了，我们心里有数了，你回去嘛！贺世忠的妈就回来了。也就是在这一年，县上搞什么加强基层组织建设，先要选一批村搞试点。贺世忠的妈回来不久，县里的党建工作队就到村里来了……"

说到这里，贺善怀又道："你说到党建工作队，这个事情我也记得清清楚楚，就住在村小学里，还是你幺爸叫人在我家里拿的稻草去坝的铺，一共三个人！"兴成道："正是！起先，幺爸以为这个党建工作队真是来帮助村里搞好基层组织建设的，非常高兴，不但马上找稻草给他们坝铺，还专门安排了人给他们做饭，各家各户都出粮食和蔬菜！可不久幺爸就发现工作队一进村，就在贺世忠和大房的人家里出出进进，搜集对他的意见。不久，工作队便组织了一个财务清理小组，一个组推选了一个村民代表，由贺国藩当组长，清查村里的账务。清查小组一共七个人，包括贺国藩在内，有四个人是大房的。后来小房的三个人发现他们清账时钻洞寻蛇打，清账是假，想扳倒幺爸是真，便退出来了。这样一来，财务清理小组便只有大房的人了！幺爸这个时候也发现这些人是善者不来，来者不善，也生了气，把派去给工作队煮饭的人也叫了回去。也不让人给工作队送粮送菜了，就让他们清去。可你知道贺国藩怎么做？他见幺爸把给工作队煮饭的人撤走了，也不安排人送粮和蔬菜来了，干脆把工作队接到自己家里去，吃住都在他家里。这还不算，那账清来清去，终于清出了一张五千块的发票，他们觉得有问题，便到开发票的单位去调查。开发票的单位证明是虚开的，这些人便要求幺爸将事情解释清楚。幺爸说，送了礼，不然上级几万块拨款，就那么容易来了？贺国藩在工作队的支持下，又要幺爸说出送给哪个了，是怎么送的？但不管他们怎么问，幺爸都只有一句话，给领导送了礼，又把人家供出来，以后哪个还敢给村里办事？再说，这个事情过了这样久了，我怎么记得清楚了？工作队和贺国藩认为幺爸是有意在和他们作对，便要以贪污的罪名处分幺爸。去征求乡上的意见时，乡上的王书记和幺爸关系不错，便说：算了，送礼的事我知道，确实是送了的！又说：你们也知道的，这个时代不送礼怎么能够办成事？工作队和贺国藩还是打破砂锅问到底，追问礼究竟送给哪个了？王书记同样不给他们做明确的答复。这样一来，工作队和贺国藩等人更抓住不放，但因为有王书记的证明，工作队也不好轻易就给幺爸的处分。最后，工作队召开村民大会，要幺爸退赔那五千块钱。听说要幺爸一个人退赔五千块钱，国华叔才站出来说把钱送给哪些了，有的是买的土特产，有的是买的烟酒，还有的是把钱装在信封里送出去的，不信你们去查！贺劲松和妇女主任也站起来证明这件事。工作队听了这话才不吭声了。可贺国藩这个混账东西他硬还要去查，被工作队拦住了。但工作队还是要幺爸做检查，幺爸颈项一硬，什么话都没有说，就出去了！"

说到这里，兴成便转向善怀问："是不是这样，善怀哥？"贺善怀立即道："怎么不是这样，开会那天我在那儿呢！"端阳听得津津有味，急忙又对兴成问："后来呢？"兴成道："后来还有什么说的？账一清完，马上就进入'搭班子、建队伍'的阶段，工作队明显是带着受人之托、忠人之事的目的来的，又那么遇缘，没过两天，和幺爸关系较好的乡上王书记又调走了。党建工作队和乡上新来的李书记一商量，便确定了贺世忠做贺家湾村的支部书记。可他们又不站出来说，而是叫贺国藩和清理小组提。贺国藩和清理小组成员各自联系了一些骨干，都是大房的人，然后分头去找党员。这一切当然瞒不过幺爸，知道贺世忠想取代他。并且他也很明白是哪些人在跟贺世忠伸腰，不想拿鸡蛋去与石头碰，于是也就想开了。不等任何人来做工作，便把担子一撂，带上兴仁到城里去帮老同学打点公司去了！幺爸一走，贺世忠便当上了我们村的村支书。第二年村委会换届，他想把贺国藩弄上来当村主任，可拿来一竞选，还是国华叔多了几票，所以没有当成！没想到贺春乾一上台，还是把贺国藩弄上来了！"长军听完，道："他们是一路的，当然要弄上来哟！"端阳听完全明白了，于是说："怪不得昨天兴仁二哥对我说，世海叔巴不得有人把贺国藩拉下来呢！大哥你怎么不早点跟我说，我要是早知道这些了，就去找世海叔了！"兴成脸红了一下，然后才不好意思地道："也不哄到老弟说，头一年是想我自己选起，没有跟你说！第二回我以为靠我们自己也能行，所以也没有跟你说。加上他们又没有在屋里，即使跟你说了，怕他们也帮不到你好大的忙！"说完又说："你今天要是不问我，我也不得说！"贺毅却道："不过现在说了也不迟，你以后多去找他们就是！"贺长军、贺善怀也说："就是，多个朋友多条路，何况又不是外人！其他忙帮不到，能够帮你出个主意也是好的！"

说着说着，便又说到眼下的选举来了，贺毅说："这回一票制选举对我们有利，加上有老叔和世海叔的支持，我看他们还会想出什么歪点子来？"长军也说："事情怕就怕逗硬，一逗了硬，那些想做手脚的就是天狗吃月亮，难得找到下口的地方了！"贺善怀也道："说明上头还是知道下面选举中的问题，不然又不会定这号的规定了！"端阳到底是成熟了，一边默默听着他们的话，一边忽然想起第一回想去参加村委会主任的竞选，受了贺春乾他们的气，回到家里劲松叔过来劝他说的那番"你说的那个法，是死的，可还有一个法，是活的，这个法就是办法的法。你看这世界上，凡是日子滋润的，都是靠了后面这个法，才混得人上人的……所以我说你娃儿，要想办成事，不要光知道去抠死法，还要会想办法才行"的话，因此，等贺毅、长军和善怀的话完后，便十分冷静地说："一票制当然比事先推举候选人要公平得多，但再英明的政策也是要靠人来执行！如果那些歪嘴和尚打定主意要念歪经，他们总是要想办法来对抗上面的政策的。要不然，怎么会有'上有政策，下有对策'这句顺口溜呢？更重要的是，他们本身就在掌管选举。制定政策是他们，解释政策也是他们，组织与具体操作还是他们。他们既是运动员，又是裁判员，他们要是想违法，制度就已经为他们提供了合法的基础，所以我们万不可掉以轻心！"

贺毅、兴成、长军、善怀一听端阳这话，觉得十分有理。贺毅道："可不是这样？要说前几次选举，上级的政策难道不好？都是他们把上级的经念歪了！"长军也说："就是！上一回如果他们依法办事，贺劲松就是村主任了！贺劲松当村主任，再怎么也要比贺国藩好些嘛！"善怀听了这话，又有些担心起来，问端阳道："那你说我们这回又该怎么办？"端阳十分干脆地道："要我说，办法只有一个，就是要想赢他们，我们还得靠法律！"兴成问："怎么靠法律？"端阳说："他们如果还敢像往回那样不依法办事，我们就到上面告他们！"兴成因为十多年前到县上告过贺世忠加重农民负担的状，把贺世忠从支部书记位置上拉了下来，又帮么爸报了一箭之仇，所以十分自豪。这时一听端阳说这话，立即信心百倍地道："对，这话说到我心里去了，看来不走这一条路，我们会斗不过他们！"

端阳听了贺毅、兴成、长军、善怀等人的话，也受到了鼓舞，想了一想，便又说道："要想告赢，就得要有充分的证据。所以我想从现在开始，我们就要注意收集他们违法的证据，准备打持久战！"兴成更高兴了，也道："对，那年我们告贺世忠，就是么爸给我们找了很多文件，我们又找了很多证据，一条一条的，说的都是事实，所以上级一看，不重视都不行！"长军听了兴成的话，马上对端阳问："行，你说怎么搜集，我们就怎么搜集！"端阳马上拿出了自己的手机对众人道："这个很好办，我们现在不是都有手机了吗？现在的手机功能很多，既能录音，还能照相，又小巧，还不容易暴露！如果他们违法，我们就悄悄地把他们说的话录下来，把相照下来，然后到县上告他们，县上不理，就到省上！"兴成也道："对，现在不像过去了，想把我们哄到……"话没说完，贺善怀皱了眉头说："我可没有手机，即使有，我也用不来那东西！"长军、贺毅急忙说："你没有就算了，我们这么多人都有，不怕搜集不到他们的证据！"兴成说："不过端阳老弟要教我一下怎么录音？"端阳还没回答，贺毅便对他说："来，我跟你说一下！"说着，就果然去教了贺兴成一遍。端阳等贺兴成学会以后，又嘱咐几个人说："我们搜集证据，只能悄悄地进行，大家一定要注意保密，绝不能打草惊蛇！

他们有乡上撑腰，我们公开跟他们斗肯定斗不过！乡上的人虽说不亲自来投票，也不做候选人，但人家是一级政府，就是我刚才说的，既是运动员，又是裁判员，所以我们惹不起他们！"贺毅说："好在党中央是英明的，法律是公正的！"端阳说："所以我们搜集证据很重要！"说着，李正秀端来了夜宵，端阳便招呼几个人上桌子坐了，一边喝酒一边商议一些具体做法。吃完晚饭后，又打了两三个小时的麻将。到十二点的时候方才散了。

三

　　全乡的支部书记会议一结束，伍书记便把贺春乾叫到自己办公室里。过去，贺春乾在乡上开完会后，也有些时候被伍书记留下来，或一起进餐馆吃饭喝酒，或躲在屋子里搓几把麻将。无论是进餐馆还是打麻将，贺春乾都乐意陪伍书记，因为这显示了他们关系非同一般。全乡的支部书记也只有他一个人和伍书记的关系，才会这样亲热。贺春乾以为这次也是这样，因此一走进屋子就问："今天怎么安排，伍书记？"伍书记却一改平时的亲热劲儿，指了一下对面的椅子对贺春乾道："坐嘛！"声音嘶哑沉闷，像是感冒了的样子。贺春乾有些不解，却又不好问，只去坐下了。伍书记将手里的笔记本往宽大的桌子上一放，将办公桌后面那把高靠背的皮椅子往旁边拉了一下，一屁股坐了上去。接着将身子一仰，这才慢慢地对贺春乾说："今天什么都不想做，就是想找人摆会儿龙门阵，说说心里话！找别个又不放心，觉得还是跟你说妥当些！"贺春乾听了这话立即说："伍书记有什么话就尽管说，我贺春乾别的忙帮不到，听你说话还是做得到的！"伍书记说："知我者，还是你也！"说着将头和背都靠在椅背上，闭上眼睛长长地出了一口气，然后突然从嘴里吐出一个字来："累！"贺春乾听了领导这突如其来的一个字，也摸不着头脑，想问又觉得唐突，便急忙拿起伍书记面前的茶杯，到饮水机里接了一杯水，放到伍书记面前。见顶头上司还没睁开眼睛，这才小心翼翼地对伍书记道："喝点水吧，伍书记。"伍书记这才睁开了眼睛，贺春乾便又伸出手指，笑着对伍书记做了一个搓麻将的动作，关切地道："昨晚上是不是……耽搁久了一点，没有睡好觉？"伍书记坐直了身子，仍是无精打采地对贺春乾道："都这个时候了，我哪有闲心搓麻将？"贺春乾听了伍书记的话，立即有些明白了，便道："伍书记指的是村委会换届是不是？"伍书记反问："不是村委会换届选举还能是什么？"贺春乾道："不就是一个村委会换届选举吗？都选了这样多届了，有什么值得操心的？"

伍书记喝了两口茶，又将身子靠在椅背上，把双手反过去垫住了头，这才看着贺春乾慢悠悠地说道："话是那么说，可哪一回村委会换届选举不把人累得精疲力竭的？在你面前我也不说假话，每回村委会换届我都觉得自己最累。比下乡收钱时和农民吵架还累！我也不知道是怎么回事？你看嘛，这回换届才开头，我又觉得累了，就像患了选举疲劳症一样！"贺春乾一听伍书记这话，想了一会儿便道："可能是你压力太大了！千人吃饭，主事一人，什么都要从你脑壳里过，怎么会不累？再说这换届选举又不像其他事情一两天就完了，从启动到选举完毕往往要一两个月。在这一两个月中，又要发动全乡的群众投入到换届中来，又要调集乡政府的所有干部到村上去组织、宣传、指导，一点儿都马虎不得。所有这些都靠你一个人考虑安排，运筹帷幄，自然就累了！说实话，我们也是感到很累的，不过没有你累！"伍书记点了一下头，道："你只说对了一半！我说的累还不光是你说的那些发动群众、调集干部等事！主要是感到风险太大！只要村委会一换届，我就觉得自己在走钢丝绳了！前几回《村民委员会组织法》没正式实施还好，懵懵懂懂地就走过去了。可自从正式颁布实施以来，这钢丝绳就越来越不好走了。稍把不住平衡就可能滚下去了。伤点筋、破点皮倒没什么，养段时间便好了。怕的是一摔下去便粉身碎骨，一辈子都起不来！"贺春乾道："是倒是这样，每回选举我们也担心极了，生怕出了意外。不过这么多年，伍书记你不还是平平安安地走过来了吗？所以我劝你还是把心放宽一些，有个什么愁的嘛？"

伍书记轻松地笑了一笑，却瞬间闭住了，把声音拉长了道："老弟，这次就不同了哟！那天村委会换届选举的文件一来，我就看出来这回是裁缝的脑壳——当针（真）了！这几天我一直有个直觉，搞得不好恐怕要出事！所以我一直想找个人说一说心里的担忧！昨晚上我做梦，就梦见出事了，恐怕是兆头不好！"贺春乾听了这话，也像吓了一跳似的急忙道："真的？如果连伍书记你这样有经验的领导，心里都没有个准星，我们就更怕是满缸子的泡萝卜——抓不到姜（缰）

了!"伍书记道:"也不是说一点信心都没有!有时候觉得也没什么大不了的?不管怎么说,宪法上有一条,就是必须坚持共产党的领导!一想到这一条就觉得一切都在自己的掌控之中!就像《西游记》里的如来佛,不管孙悟空的本事有多大,始终都逃不出他的手掌心一样!可有的时候,看见法律规定得那么详细、具体,又觉得信心不足了。为什么呢?因为虽说是党领导一切,可党总不能明目张胆去违法,是不是?"贺春乾道:"说得极是!又要加强党的领导,又要依法办事,确实是一篮豇豆、一篮茄子——两篮(难)呀!上面怎么就没有想到我们下面的难处,要做这样的规定呢?"伍书记道:"作难倒还罢了,怕的是出现一种始料不及的力量将党委的计划打乱。甚至杀出一匹黑马,成为党委、政府今后工作的绊脚石!你说,哪个执政的不想自己的下级听话?"贺春乾又急忙道:"你说得太对了!就说我们村,假如真让贺端阳当上了村主任,连我都不知道村里的工作该怎么抓了!"

贺春乾一语未了,伍书记忽然道:"哦,我给你看份文件,你还要想不通!"说着便拉开办公桌的抽屉,从里面拿出一个文件夹打开,递到贺春乾面前。贺春乾接过来,原来是一份从县上转发下来的通报,上面印着两行十分醒目的黑体字,《关于×县×乡第七届村委会换届选举中有关违法情况的通报》。通报的前面,附了一页省上一位领导的批示。那批示道:

"发展基层民主,实现村民自治,是实现有中国特色社会主义民主政治的有力途径。这一途径得到了中央的大力支持,成为国家主导性的产物。可这些年在推行乡村民主进程中,不断出现曲折和反复,究其原因,是部分县(市)、乡(镇)政府的领导特别是乡(镇)一级党委和政府,对推动这一民主政治建设的主动性和自觉程度不高,甚至如本通报中所反映的那样,直接在中间做手脚,阻碍了乡村民主的推行!我省第七届村民委员会换届工作,入冬以来已陆续展开,有个别先开展此项工作的县市,出现了没严格依法办事的现象,希望正在开展此项工作的各县(市)、乡(镇)党委、政府,认真汲取教训,严格按照《村民委员会组织法》办事,切实搞好这次村民委员会换届工作!"

贺春乾还想看看正文，却见伍书记将文件夹拿过去，有些生气地合上了，然后道："你看了会怎么想？"贺春乾道："我还没想好，只觉得心里不舒服！"伍书记说："你难道还没看出来？说我们阻碍了乡村民主的开展，笑话！站着说话不腰疼，我们倒成了阻碍民主的绊脚石了！"贺春乾道："官越大，话怎么说都有理。不过你也别生气，全省这样多的乡，也没有点到你说，你怕什么？"又道："哪个庙里没有冤屈的鬼？冤就冤了吧！"伍书记道："上面也没有好好地想一想，即使我们像领导说的阻碍了乡村民主的发展，可总是有原因的！"说完又道："过去我们确实扮演过越俎代庖的角色，乡上定了人头，再拿给村民画圈圈。我敢肯定地说，全国、全省差不多的乡都可能是这样做的！为什么要这样做？如果上面不是给我们下达那么多芝麻开花节节高的财税任务，不断逼我们这项工作要达标、那样工作也要达标，我们才巴不得不管，当我们的甩手掌柜呢！我们要完成任务，要每样工作都达标，哪一样离得开你们村上这些大爷……"贺春乾笑道："你说到这里来了，我才敢当到你说这话，老百姓把村委会都说成是乡政府的派出机构，把我们都说成乡政府的狗腿子了，还说什么自治？"伍书记道："你不说这话，我心里也是明白的！现在虽然农民不交农业税了，可乡镇不照样处于农村社会矛盾的旋涡当中吗？一会儿是维稳，一会儿是安全，一会儿是新农村建设！这些工作，我们不靠村委会靠哪个？说我们在中间做手脚，那也是想选出一个听话的、能完成上面交办的各种任务的村委会班子！如果说我们在阻碍乡村民主的发展，要怪也只能怪上面这种体制性安排逼着我们这样做的，我们有什么法？"贺春乾道："所以现在当官就要当大官，莫当小官，当小官是尿桶的板子——两面受冲，哪头都讨不到好！"

伍书记听了贺春乾这话，又把头靠在了椅背上，说："算了，我们不说这些了，发些牢骚也没有用。全乡我最担心的还是你们村！前两回你们村都不平静，尤其是上一回差点闹出大事。这次，上面对换届选举的要求比前面所有选举都严格，你们对搞好这次换届选举还有什么困难？"贺春乾急忙道："别的困难倒没有，就是这一次性选举，不像以往先选了候选人，再二次选举那么容易做到心里有数！像上一回要不是有个二次选举，突然杀出的贺劲松就当选为村主任了！要是还允许像原来那样可以二次选举，就不会出这种乱子了！"伍书记道："上面就是考虑到先推选候选人的做法人为操纵可能性大，这才要实行直接选举的。目的就是要减少人为控制，怎么还让你去搞二次选举？"贺春乾见没有得到领导的支持，信心就有些不足了，便道："那我心里就没有个底了！"伍书记也道："要不然，我怎么也是像双脚踩在棉花堆上，心里有种不踏实的感觉呢？"贺春乾道："我现在最担心的就是贺端阳！前两回他没有成功，肯定这回又要跳出来。现在他又不比原先了，跟他跑的人不但比前两回多，他心里的谋略也是乌龟有肉——在肚子里！如果这个人上来，肯定跟我会唱对台戏。跟乡上自然也不会一条心。如果敲起马儿选，真把他选出来了怎么办？"伍书记的手指在桌上敲了敲，抿紧嘴唇想了一阵，然后方道："俗话说膏药一张，各人有各人的熬炼！上面虽然说要放手让群众选，可也并没有说党组织就完全可以不管，完全放任自流嘛！组织意图该体现还得体现！传统上可以借用的一些好的方法和力量，也还是可以借用的嘛，是不是？一句话，党组织还是可以有积极作为的……"贺春乾道："怎么作为？"伍书记犹豫了一下，却说："算了，走一步看一步，现在我们不说这些了！"贺春乾是个善于领会领导意图的人，一听伍书记的话，心里便明白了八九分，于是立即道："只要有乡党委和伍书记的支持，我们一定搞好这次村委会的换届选举，不让领导失望！"

　　正说着，乡政府办公室的秘书在院子里叫道："伍书记，吃饭了！"伍书记一看时间，这才发现不知不觉之间，他们在一起已经说了一个多钟头的话。于是便走到阳台上对办公室秘书说："你们吃吧！贺家湾的贺书记在我这儿，先也没有跟伙食团打招呼，也没预备他的饭，我们到外面进饭馆算了！"说完走进来又对贺春乾说："走，时候不早了，管他什么事，我们先去解决了肚子的问题再说！"说完又说："今天我请客啊！"贺春乾急忙站了起来，说："哪里要你请客？村上再没有钱，也不得要你请客嘛！"说完就和伍书记一道，往场上那家叫"乡坝头"的餐馆走来。吃过饭，贺春乾去结了账，伍书记突然问了一句："村上的账务没有什么问题嘛？"贺春乾道："没有问题，伍书记你放心！"伍书记道："没问题就好！不过还是要叫贺劲松把该做的账做好！"贺春乾又答应了一声。说完后，伍书记也没留贺春乾继续摆龙门阵，贺春乾只得将包包夹在胳肢窝里回去了。

　　但这一次伍书记却明显感到自己的底气有些不那么足了。尤其是贺家湾村，经过上一次贺端阳的砸票箱和贺劲松的胜出，他的担心尤其。一是因为通过《村民委员会组织法》这样多年广泛宣传，尤其是前几届选举的不断实践，村民的民主觉悟和民主精神已犹如一棵青松，由嫩芽慢慢长成了参天大树！中国的农民虽然注重实际，可一旦觉悟，认识到那民主原来不但不缥缈虚无，反而离自己的距离是如此之近，又是如此的具体和实在，与自己的利益又是如此相关，不可分离。如此认识到了自己还有这样一份权利，而且这份权利神圣不可侵犯！认识到关心和参与公共事务原是自己应尽的义务！更重要的是通过这样几次选举，他们学会了在自己的权利遭受侵犯时如何拿起法律的武器依法进行保护。总之一句话，那千千万万的普通农人已不是过去那样，可以随便把他们握在自己的手掌上想怎么玩弄就怎么玩弄的泥腿子了！他们的民主意识受到了启蒙，政治人格的独立性和成熟程度都远不是过去能比了！要不然就绝不会出现上次贺家湾没有报名参加村主任竞选的贺劲松得票竟然高过了贺国藩的事！更何况上面对选举的规定也越来越严密。事实已使我们的伍书记强烈地意识到，他是"老革命遇到了新问题"，他这个运动员和仲裁人越来越不好当了！在像贺家湾这样竞争激烈的村庄中，如果他还像过去那样明显地站在村上原班子一边，势必会越来越激化乡政府同村民的矛盾，使自己陷入被动局面，甚至是引火烧身！但是我们的伍书记又不能不介入到这个村的竞争中去！这又是为什么？原来几年前省上有家九环制药有限公司欲到县上来租一万亩土地种植中药材，先期租一千亩作为实验，成功以后再分期实施。伍书记通过他前任李书记的关系，把这一千亩的任务拿到手了。因贺家湾十分适宜种植中药材，加上贺春乾的能力强，便把这一千亩的中药材种植任务交给贺春乾。那药厂为了让利于农民，也为了以后那九千亩土地能顺利租赁，对贺家湾先期租的这一千亩地是按高于当年粮食产量的10％付给村民的土地租金的。可拿下来伍书记却把那高于10％的钱给扣了下来，想留进自己的小金库里。偏偏贺春乾又看出了这一点，他不好和伍书记明争，只是在土地流转中给伍书记来了个软拖硬抗。伍书记明知贺春乾是不见兔子不撒鹰，没办法，只得把那截留下来的10％，二一添作五，拿来和村上平分了。贺春乾拿到这5％，明是入了村里的财务账，实际上却是去虚开了一些发票，甚至到县城买了一些假发票，到了年终报出来几个人便分了。贺春乾深知这号便宜要吃得长久，怎能离开伍书记的保护？于是在每年分钱的时候，便给伍书记算上了一份。伍书记起初不收，可怎禁得住金钱的诱惑？假意婉拒一番后还是收了下来。虽然钱不多，可几年下来也有一二十万了！这样一来他和贺春乾、贺国藩等人就被拴在了一根绳子上。

弄不好要完蛋都得完蛋！所以明知会引火烧身，却又必须要想办法来保住贺国藩。这便是伍书记觉得为难之处！他在心里乞求着道："上帝呀，但愿你能保佑我像过去一样，顺风顺水地完成这届村委会的换届工作吧！我在这乡上干的时间也不短了，把这一届干完，我肯定要被组织交流到别的岗位上去！我一走，管下一届是马打死牛还是牛打死马，都没有我的事了！我只求这一届平安无事！"

且说那贺春乾告别伍书记后，一边往回走一边也反复地在心里想，伍书记的话肯定还没有说完，但是些什么话却不得而知了！但听了伍书记问他村里的账目心里一下明白了：原来伍书记担心是这个！他担心这个就好，就说明他们已经是一条船上的人了！说实话，今天在会上一边听伍书记传达上面的选举文件一边便在心里想：今年选举这么严格，又是直选，又是不许委托投票，更不准设中心投票站以外的任何投票点，还要一个一个地打电话征求在外打工的人的意见……因此贺国藩怕是保不住了！保不住贺国藩也便是保不住自己的权利和地位，更是保不住自己的面子和名声！虽然上面从制度上给村党支部提供了一"核心"的领导地位，可一直在农村长大的贺春乾何尝又不知道这农村的事情复杂，什么"核心"不"核心"，完全是看哪一方强势！支部书记强势了，自然便是"核心"；倒过来如果村主任家族大、势力强，支持的人多，又加上这个人很强硬，那支部书记便只有乖乖地去扮演"依法支持村委会开展村民自治工作"的角色！好在这些年，贺春乾还没有失去"核心"的地位！在这一点上贺春乾当然是要感谢贺国藩的主动配合的！因此，他自然是希望这种状况在贺家湾能够长期维持下去！不希望有任何人来问鼎村里的权力。他明白凡是有勇气来问鼎村里权力、参与竞争的人，都是能人和强人，既不好惹也难对付，要不然怎么敢来和他们一争高下？尤其是像贺端阳这样的人！一想到假如贺端阳上来了，会很快改变村里的权力格局，他这个"核心"会受到极大的威胁，甚至会公开和他抗衡，这对他来说实在是难以接受的。更重要的是村里那笔账把他们捆在了一起，一荣俱荣，一损俱损，哪个也出不得问题。一旦贺国藩被选下去了，他假如想不开把事情都抖落出来怎么办？他自己有把柄握在别人手上，这才是贺春乾最担心的。因此，无论是从宗族出发，还是从维护自己的地位和利益着想，贺国藩他是保定了。

但就是从上一回开始，贺春乾也明显感到村子里的形势有些变了。他做梦也没有想到上回会杀出一个贺劲松！幸好贺劲松是个在组织的人，可以用组织的名义迫使他放弃。假如不是这样，今天贺家湾的村主任就是贺劲松而不是贺国藩了！这件事情也让贺春乾吸取了教训。那就是不能再像过去一样把选举当成过场了！他必须倍加小心，否则这次便是输定了！输定了不说，弄得不好扯出萝卜带出泥，落得像伍书记说的那样摔得粉身碎骨！不过听了伍书记问村上账目的话，贺春乾一下放心了！他明白伍书记和他一样，也怕扯出萝卜带出泥，因而他也一定要保贺国藩。只要有伍书记罩着，天垮下来总还有高个子去顶着，他还怕什么？因此贺春乾心里倒比伍书记轻松多了！

第二章

一

　　这天上午，贺端阳听说村里将选民名单又张贴到村务公开栏上了，就打算去看看。打从贺贵门口过时，又见贺贵坐在门槛上，戴着啤酒瓶底厚的眼镜在看报纸。端阳看见老头，忽然想起当年向他请教怎么才能顺利当选村主任。可一转眼，十多年的时间就过去了，贺贵已经七十多岁，人是比以前更加不如了。就说看报纸的样子，十多年前虽说视力不好，可报纸和眼睛还能保持一定的距离。如今鼻尖完全落在了报纸上。那模样不像是在用眼睛看纸上的字，倒是像用鼻子在闻纸上的气味一样！身体也更加瘦削，脸上的皱纹又深又长，头上再也找不出一根黑发，又时不时地咳嗽喘气。但精神气还足，走路既不需要人扶持，也不用拐杖，并且还有几分矫健的样子。贺端阳走过去喊了一声："贵叔，你老人家还看报纸呀？"贺贵听见喊，抬起头来，看了端阳一会儿，方才叫道："哦，是你娃儿呀？"又道："人非生而知之，不看报纸岂能知天下事？"端阳在他面前蹲下，说："你眼睛不好了，少看一些，看以后眼睛瞎了没有人牵你走路！"贺贵道："你娃此言差矣！人各有命，阎王叫你今日死，你再强挣，也活不过明天！岂不闻庄子鼓盆而歌乎？"

　　贺贵说着突然站了起来，将报纸一裹，又往胳肢窝里一夹，也不和端阳说什么，便飘飘欲仙地往院子外面走去。不一会儿他又从墙角转了回来，满脸现出紧张的颜色，直道："鬼来了！鬼来了！"端阳一听，从地上站了起来道："贵叔，大白天的，什么鬼来了……"

一语未了，只见院子前面的土路上突然出现了一队人马，均是乡上的一干头头脑脑，由伍书记带着，贺春乾和贺国藩作陪，一边往这儿走来，一边指指点点地说着什么，像是参观视察，又像是走亲戚一般，十分亲热的样子。端阳一下明白了贺贵那话的含义，想起老头的幽默，不由得咧开嘴笑了。可没等笑容在脸上停留多久便像被冻住了一样，僵硬地凝结在了脸上。一个问号迅速在心里升起："也没听说开什么会，乡上这样多的领导怎么都到村里来了？在这个时候是不是专门来给贺国藩助威的？"想到这里，端阳便再也顾不上和贺贵说话，急忙转身找兴成、贺毅等人打听情况去了。

贺端阳猜测得不错！伍书记等人确是专为贺国藩助威而来。那天伍书记经过一番冥思苦想，觉得在贺家湾村委会换届选举问题上，如像过去那么越俎代庖，无疑会是引火烧身；可如果放任不管，假如贺国藩倒下去了，弄不好也会引火烧身！作难了好一阵子，决定该介入还是得介入。他想了一阵，决定以乡选举指导小组主任的身份对贺家湾村的换届选举，特别是对原班子的留任做些暗示和引导性的工作。想到这儿，他就马上给贺春乾打了一个电话，让贺家湾村委会原班子的人马明天都在村里等着，他和乡党委一班人要到村里来视察工作。并且明确要求中午就把饭安排在贺国藩的家里。贺春乾是个明白人，一听伍书记要带乡党委一班人来村里视察，自然明白在这个节骨眼上此番举动意味着什么，便不由得在心里由衷地发出了一阵感叹："真是一只狡猾的狐狸呀！在这个关键时刻，此番举动，不显山不露水地对村民发出了一个信号：乡党委和乡政府还是信任贺国藩的！贺国藩继续担任下届村委会主任也是合格的！这何尝不是一个无声的表态？在这个无声的表态的同时，不是也告诉了另外一些人你们不要再去和贺国藩争了，争也是争不过去的！什么叫引导？这就叫引导！农民的民主意识本来就不高，有了乡党委发出的这样一个信号，还怕村民不跟着组织走？并且这样一来，也就给他们贯彻'组织意图'撑了腰，壮了胆！"贺春乾越想越高兴，放下电话便立即乐颠颠地先跑去把这个好消息告诉了贺国藩，然后就开始紧锣密鼓地布置起来。

却说贺端阳刚走，贺春乾、贺国藩陪着伍书记一行人就进了贺贵的院子。贺贵没等他们走近，便丢掉手里的报纸，弓着身子，把头俯到地上，像是丢了什么东西一样满地寻找起来。一行人见了甚觉奇怪，贺春乾没等领导开口，便大声对贺贵问："贺贵，你找什么东西？"贺贵头也没抬，一边继续在地上察看一边回道："怪了，老夫才看见一窝耗子和一条蛇在这里打闹玩耍，转眼就没见了！"人群中一个姓李的委员听了，道："这个时候，虫和蚂蚁都进洞了，哪来的蛇会和耗子玩耍？肯定是你看花了眼！"贺贵道："老夫虽然眼力不济，可那么大一群耗子和一条蛇，岂有看错之理？"贺贵这话一完，人群中另一姓汪的委员马上道："蛇本身就是吃老鼠的，它们怎么会在一起玩耍？"贺贵道："岂不闻蛇鼠一窝的话么？它们本是一伙的，在一起怎会不玩耍？"伍书记一听这话，脸立即黑了下来。所有的人这时也明白了过来。贺国藩见领导今天本是为自己高高兴兴而来，这阵却遇到贺贵这个"疯子"，便感到十分不安，于是立即对贺贵大声斥道："贺贵，你眼看就要到阎王殿去报到了，还乱说什么？"说完又笑着对伍书记等道："他是个精神病，领导莫跟他一般见识！走吧！"伍书记们也早知道这人的精神不太正常，也便不理他，果然转身走了。贺贵听了贺国藩的话，却突然生气了，一下从地上站了起来，过去拉住了贺国藩道："你才是有精神病！你至少还欠老夫一条烟，知道不知道？"贺国藩没明白过来，道："我什么时候欠你一条烟了？"贺贵道："前两回村委会换届选举，你给别人发了烟，嫌老夫手里只有一张选票，没给老夫发，两回加起来，不就是一条了么？"贺国藩一听贺贵的话，立即红了脸，道："你乱说，我哪儿发了烟的？"贺贵马上把眼睛瞪得比铜铃还大，把贺国藩拉得更紧了，梗着颈项大声道："你敢抵赖？你不给老夫发烟，便是把老夫打入另册，是可忍孰不可忍？"贺春乾见这么多领导在场，贺贵这样大吵大闹实在有煞风景，于是便道："两盒烟没吃到就这样又是拉又是扯的，好不好意思？"贺贵又突然鼓突起颈项上几条蚯蚓状的青筋，冲贺春乾道："岂止是为两盒烟乎？老夫气不顺，理不平！不平则鸣，不该找你们说说道理乎？"贺春乾见状急忙道："好好，以后我给你买条烟来，行了吧？"贺贵道："此烟非彼烟，老夫岂是吃嗟来之食的？"贺春乾哭笑不得，想去把贺贵拉开，又知道这个倔老头是越拉越不会罢休的。正无计可施时，突然看见一只半大猫儿不知什么时候跑了过来，正衔着贺贵那张报纸在地上使劲儿甩着。贺春乾便突然大喊了一声："猫把报纸拖走了！"贺贵回头看去，果然见那猫咬着报纸又撕又甩的，便急忙松了贺国藩过去抢他的报纸了。这儿贺春乾将贺国藩一推，道："还不快走!"又道："你跟他两个都说得清楚?"贺国藩这才抢到前面走了。

贺贵的家在老院子东头横房的偏房里，有一条小巷子可以直通大院子，但需要从贺贵和前面贺文献的屋子穿过。贺春乾怕贺贵继续拉着他们找麻烦，便带了伍书记一行人从前面地坝边往大院子走了去。大院子里倒是有两堆人，一堆老头，一堆老太太，全是七老八十的样子。一边靠着阶檐的墙壁坐着晒太阳，一边鸡一嘴、鸭一嘴地不知道在说些什么。一看见伍书记一行人，老头老太们便立即住了嘴，只瞪起一双双有些混浊发黄的眼睛，咧着嘴唇像是打量来乡间耍猴戏的艺人似的看着他们。伍书记正要打招呼，贺春乾忽然道："算了，伍书记，跟他们说什么也是白说!我看还是到村委会办公室先开会吧!那儿的人已经等着了!"贺国藩也跟在贺春乾话后解释说："就是!今天不凑巧，遇到天气好，又赶场，所以赶场的赶场，下地的下地，差不多都没在家里。留到屋里的不是动不了的，就是连话都听不明白的!你要叫他们说话，半天也跟你说不清楚!"伍书记一听这话皱紧了眉头，对贺春乾道："那你们选举那天怎么办?"贺春乾道："还能怎么办?只有叫他们家里的人代票嘛!"伍书记道："可今年上面有规定，不搞委托投票了!"贺春乾道："那就只有叫上面下来一个一个把他们背去投票了!"伍书记听了这话，没吭声，果然转身从原路回村小学了。

一到村小学，果见全村的党员、村委会干部、村民小组长和村民代表，都在那儿等着了。原来贺春乾一接到伍书记的电话，便计划了要开这个会。怕大家不来，从昨天下午到晚上，贺春乾、贺国藩是一个一个地到他们家里去请。现在一看，该到会的都全到了，贺春乾便十分高兴，急忙微笑着将伍书记一行往会场带去。

会场设在一间教室里，头天下午，贺劲松带着贺通良、贺良毅等人早已收拾布置过。在原来老师讲课的讲台前搬了三张学生原来的课桌，因陋就简就搭了一个主席台。课桌桌面早被学生用刀子和铅笔划得面目全非，一张课桌还缺了一只角。贺劲松原计划今天来的时候把家里的两床床单拿来铺到桌子上。可出门时一急又给忘了，如今也便只好让桌面保持本色，好歹将就。课桌后面也是三根学生坐的长板凳。因为那些凳子长期没用，拿出来时竟长了满身的白毛。贺劲松和贺通良、贺良毅等人使劲用稻草擦，才把那些白毛给擦掉了。擦完了以后，贺劲松选了三条最结实的放到桌子后面。为了检验这几条凳子的安全性能，贺劲松和贺通良还坐上去使劲地摇了摇，见凳子也没散架，确信明天领导的安全不会受到影响了，方才放了心。可摆在下面那些凳子就不那么牢靠了！有的腿已经松动，坐上去咯吱咯吱地响。有的干脆缺了腿，贺劲松和贺通良、贺良毅只得去外面找了砖头来垫上。教室里的几个大坑，贺通良和贺良毅也从外面挑来泥土给填上了。几个人忙了一下午，会场算是基本布置出来了，可教室的几面墙壁却因多年没用，掉壳的掉壳，脱灰的脱灰，到处龇牙裂缝，十分的丑陋难看，贺劲松他们无法，也只得不去管它们了。

说话时，伍书记一行在贺春乾和贺国藩的陪同下，已经鱼贯而入，走进了教室。

贺春乾见乡上领导都按顺序入座了，便咳了一声，宣布开会，道："今天乡党委、乡政府的领导，在百忙之中不辞辛苦，冒着严寒，到我们贺家湾检查指导工作，是对我们村支部、村委会以及全村的党员、干部、群众最大的支持，最大的鼓励，最大的关怀！下面，我建议大家以热烈的掌声欢迎伍书记给我们做重要指示！"话音刚落，会场的人果然又鼓起掌来。伍书记又马上谦恭地把身子欠了起来，双手往下压了压，接着便又坐了下去。掌声随着伍书记屁股的重新落座也消失下去了。伍书记这才道："说重要指示不敢当，只发表一些个人的看法，供大家参考吧！今天看了贺家湾这几年的巨大变化，感到十分高兴！从上一次村委会换届以来，贺家湾村委会在村支部的坚强领导下，在全村党员干部的大力支持下，紧紧团结全村人民群众，努力工作，埋头苦干，锐意创新，工作取得了令人瞩目的成绩。全村实现了土地重新调整，连县委、县政府都高度关注！接着又引来了九环制药有限公司到村里落户，顺利实现了一千亩的土地流转，创造了贺家湾迅速崛起的速度和经验！人均收入大幅度增加，人民生活蒸蒸日上，很快就要实现小康了！这一切都说明贺家湾村党支部是一个坚强有力的战斗堡垒；贺家湾的村委会是一个领导有方、务实肯干的村委会！贺家湾的整个班子是一个让组织放心，让群众满意的好班子！两个班子的主要领导……"伍书记便扭过头去，看着贺春乾接着说："贺春乾同志勇于创新，积极进取，有开拓精神……"说着又朝另一边扭过头去，看着贺国藩又接着道："贺国藩同志忠厚老实，不计名利，踏实肯干，是一头革命的老黄牛！"说完又回过头，朝众人继续说道："两位同志配合默契，互相支持，才取得今天这样的成绩的！因此，我希望贺家湾的班子能发扬成绩，继续带领贺家湾全体村民前进，也希望今天在座的全体党员、干部和村民代表同志继续支持他们的工作。"

伍书记又道："同志们，关于第七次村委委员换届选举工作，我讲以下几点意见：第一，一定要不折不扣地执行《村民委员会组织法》，按《村民委员会组织法》的规定办事！在座的党员和干部不但要带头执行《村民委员会组织法》，正确认识、正确对待这次选举，还要教育广大村民切实履行民主权利，投好自己庄严的一票！第二，这次选举和上次一样还是海选，由村民直接选出诚实、可靠、肯干、能够带领大家致富的带头人。第三，选举委员会要做好宣传、发动和监督工作，对选民进行资格审查，凡是年满十八周岁，未被剥夺政治权利的公民都有选举权和被选举权。选举委员会要一家一家地上门登记核实，不要有遗漏，按时公布选民名单。第四，对嫁入和嫁出的妇女，要凭户口迁移证才能参加选举，外出打工人员都要给他们寄《致外出选民的公开信》，通知他们回来参加投票选举！不能回来的选民，要写好委托书！如果用电话委托，必须有四个人在场旁听。原则上都到中心会场投票……"说到这里，会场上便有了交头接耳的声音响起。伍书记也没有做解释，只顾顺着自己的话说了下去："第五，村委会干部和选委会成员要做好分工，要到各村民小组召开村民会议，要严防宗族和黑恶势力干扰选举，严禁拉票和贿选！坚决不能让少数人利用选举的机会兴风作浪！第六，村党支部要发挥坚强的战斗堡垒作用，要加强对选举工作的领导！"这些话都是伍书记在乡上召开的村委会换届选举工作会议上所讲的内容，因此也不用讲稿，一口气便讲了下来。伍书记讲完，便又是张乡长、向副书记分别讲。讲话的内容和伍书记的讲话如出一辙，只不过是换了另一张嘴巴说出来就是了。讲完，贺春乾才做总结，他道："今天伍书记、张乡长、向副书记等乡上领导，都对我们村的工作做了重要指示。会后，在座的每一个同志尤其是我们的党员和干部，要及时把乡上领导的讲话精神传达到每一个村民中去。尤其是党委对我们村两委班子的鼓励，是对我们的巨大鞭策，我们一定要不骄不躁，继续前进，也感谢全体党员及村民同志们对我们支持！"说完便宣布散会了。下面的人一听散会，如释重负地站起来，一边伸着懒腰或拍着屁股一边急忙往门外拥去。

等人们都走出教室以后，伍书记们才说要往外走，贺良毅手里拿着一张红纸一头闯了进来，口里道："妈的，前天才给他们撕了，刚才一转眼又贴上去了！"伍书记道："什么贴上去了？"贺良毅道："还有什么，反动传单呗！"伍书记听了这话神经一紧，忙问："什么反动传单？"贺良毅便急忙邀功请赏地对伍书记展开了手里的红纸。伍书记等人一看，见红纸上写着一首叫《选票是理，民意是天》的诗，署名是贺世普，眉头便皱紧了，紧盯着贺春乾问："这是怎么一回事？"贺春乾说："我也不知道是怎么回事。前天在村务公开栏上贴了一张，贺主任叫撕了。没想到他们又贴出来了！我们刚才来的时候村务公开栏上都没有，肯定是我们开会时他们贴上去的！"伍书记还是皱着眉，继续对贺春乾道："照这样说，这个老头子也卷进村里的选举来了？"贺春乾说："发现这首诗的时候，我就在心里想，这老头子不大可能参与到村里的选举中来！我多少是知道一点这老头子的性格的，虽然他是村里的人，但他从没有过问过村里的事！我想这可能是有人想拉大旗做虎皮，故意打这老头子的牌子的！"伍书记听后稍微放心了一些，又嘱咐道："你们可要注意，如果这老头子搅进来，会把村里的事搞得更复杂！"贺春乾道："我们明白！"伍书记道："他们要贴就贴，不要撕了！撕它做什么嘛！"贺良毅道："他们要是假冒贺校长的名义扰乱人心呢？"伍书记道："可要真是贺校长写的呢？岂不是此地无银三百两吗？"说完便一边往外走，一边悄声对贺春乾和贺国藩道："以后要多动脑筋，不要动不动就像过去那么动粗，激化矛盾。越是动粗激化矛盾，越是自毁前程！到时候哪个也保不了你们！"贺春乾一边点头一边又急忙对贺良毅说："把那张红纸重新贴到村务公开栏上去！"贺良毅露出一副极不愿意的样子说："撕都撕了，还贴它做什么？"贺国藩见贺良毅不去贴，有些生起气来，道："哪个叫你撕的？"贺良毅见贺国藩指责他，心里也不高兴起来，便顶撞贺国藩道："放祸是你们，收祸也是你们，我就是不贴，看哪个敢搬个石头打天！"说着，将那纸三下两下地便撕碎了。伍书记便劝道："这次就算了，下次遇到这号事多想一想便是！"说罢便带着自己的一行人和贺春乾、贺国藩一起出了门。

却说村务公开栏上贺世普那首诗，确是贺端阳贴上去的。原来贺端阳见乡上那么多的领导都突然到贺家湾来了，心下起了疑，急忙去叫兴成和贺毅帮忙打听。回到家后越想越觉得这事有些蹊跷。自从国家免除农民的农业税后，乡上的干部再也用不着到农民家里催粮催款，便很少下乡了。不但很少下乡，就是到乡政府办事，如果不是赶场的日子也很少能看见他们的身影。故而老百姓把他们叫作了"赶场天干部"。意思便是说如今的乡干部因为没事可做，上班也便是像老百姓赶场一样，三天或更长时间才到乡上来一趟。假如上面来了什么"中心工作"，非到村里要点情况不可时，一般也是办事员来到村上，不是直接到村支书家里，就是到村主任家里，吃一顿饭，打半天麻将，临走时再向支书或主任索要自己所需要的数字或情况。支书和主任自然明白上面需要什么样的数字和情况，也便投其所好，胡诌出几个数字和几点情况。乡干部在本子上把村支书或主任的话记下后，便圆满完成了下乡的任务，打道回府了。这便是现实乡上普遍的工作状况。因此，今日伍书记带了这么多乡上领导到贺家湾来，又怎能不引起贺端阳的怀疑呢？何况又是处于眼下这个特别的敏感时期！贺端阳在屋里坐了一会儿，听说乡上那伙人又到村上开会去了，想了一会儿，便把贺世普那首《选票是理，民意是天》的诗，立即用红纸重新抄了出来，拿去又贴在村委会的村务公开栏上了。他想用这种方法，试探一下乡上那伙人的反应和态度，看他们究竟是干什么来了。

端阳怀疑得不错。吃中午饭的时候，贺毅便从贺荣那里获得了村上开会的内容，连饭也顾不得吃，便急匆匆地朝端阳家里跑来了。一看见端阳就气冲冲地说："狗日的些，真的是帮贺国藩助威来了！"说着也不等端阳问，便把从贺荣那里听来的会议内容对端阳说了一遍，说完又气愤地说："这哪里是开会，明明是在给现任的村委会班子打广告嘛！"

正说着，贺兴成也匆匆忙忙地跑来了，一进门便道："龟儿子穿的连裆裤，硬是不假！"端阳又忙问："你得到了什么消息？"兴成道："刚才我碰到开会回去的贺望均，他跟我说，你跟端阳说一声，叫他莫去争什么村主任了！我一听忙问，怎么叫他莫争了呢？他说，争也是白争，乡上的意思再明显不过，是想叫贺国藩继续当！说着，把姓伍的讲的话跟我说了一遍。我一听那话连傻瓜都明白他们确实是来帮贺国藩拉票的！"贺毅听后继续愤愤地道："蛇鼠一窝！真是蛇鼠一窝！"端阳听了贺毅和兴成的话突然不作声了，半响才皱着眉头，无计可施地道："他们这样做，明显是违反了公平竞争原则，可人家是政府，是组织，我们又拿他们没法，怎么办呢？"兴成突然气愤地说："他们能找人助威、打广告，我们为什么不能也去找几个人，来帮我们一下子？"

一语未了，贺毅立即明白了过来，突然拍掌叫道："是呀，我们又不是没有人，他们前头作得揖，我们后头为什么不能跟着弯腰？"端阳眼前也是一亮，却道："我们去找哪个才能帮我们呢？"贺毅道："世普老叔！你忘了世普老叔不是支持我们，还专门给你写了诗鼓励吗？世普老叔虽然只是个中学校长，可他那个中学校长特殊，只比县委书记、县长矮半片篾片，级别比姓伍的大，叫他回来帮我们一下，那姓伍的说不定还要屁颠屁颠地陪着呢！"端阳一听这话，心里直叫苦，因为只有他明白老叔那首诗并非是专门为他写的。想了一想，便道："老叔的级别和面子自然比姓伍的大，可我了解老叔的为人，是个书呆子，他恐怕不得回来做这个事……"一语未完，兴成突然道："不找他，找我幺爸去！幺爸不是答应过要支持你把贺国藩拉下去吗？说不定幺爸在社会上还要比老叔吃得开些！让他在县上找几个有头有脸的人到贺家湾走一趟，又不花他多少事，怎么又不行？"端阳听了心里既高兴，又觉得把握不大，便又道："这办法好是好，可就不知道世海叔会不会答应？"兴成道："你还没有去说，怎么知道他不会答应呢？"说罢马上又大包大揽地道："我知道你丢不下那张脸去求人！这样，下午我进城帮你去说！我们是亲叔侄，有什么话比你好说些！"端阳一听这话高兴起来，马上感激地道："好，大哥，你有这份心，真是太好了！下午你就帮兄弟跑一趟，当兄弟的以后一定报答！"兴成道："弟弟兄兄的，说什么报答不报答？我也是争那一口气！你放心，我一定给你带回好消息来！"说毕又道："我听贺望均说，贺良毅把你贴到村务公开栏上世普老叔那首诗又给撕了！"端阳道："撕了算了，他们能撕，我们能贴！下午你进城，把老叔这首诗多复印些回来，我们在村里到处都贴，看他们撕不撕得完？"贺毅也道："对，虽然老叔没有回来，但我们也要给湾里的人造成一种老叔是支持我们的印象！"兴成也马上道："行，你把老叔那首诗，给我吧！"端阳立即进屋，找出了贺世普亲自抄写的那诗的底稿交给了贺兴成。当天下午，贺兴成果然进城去了。

二

　　且说伍书记这一招效果果然不错。本来自从那一年贺端阳向贺国藩发出挑战，要参加村委会主任选举以来，因为有了竞争，这村里前两届选举便一届比一届热闹起来。尤其是临近选举前夕，村里人人便会不由自主地被卷了进来。人不分男女，地不分南北，也不分是在白天或在晚上，只要聚在了一起，大家都在谈选举，议选举，似乎离了选举，贺家湾人便没有谈话的话题了！有人谈，有人议，自然还有人打赌，看贺家湾这一个当权派一个少壮派，哪个能够获胜。赌资虽然不大，或一盒烟，或一瓶啤酒，但那打赌的人却是认真的，红着脸，较着劲，声音一个比一个高，都不愿服输的样子。也有说着说着，互相吵了起来的，翻出了双方的陈谷子、烂芝麻，最后闹得不欢而散的——幸而这只是少数，一般都只发生在不同观点和立场的两种人之间。大多数人只是觉得新鲜，说活了几十年，还没见过这号的事。至于双方当事人和他们的竞选班子，则更是在四处联络，各拉其票。无论是聚在一起"日白"，还是牌桌上凑搭子，说不上三两句话，便是叫对方一定投自己或某某的票！甚至在路上碰了面，连那打招呼也会变成竞选拉票的机会："哎，不是外人，以后一定投某某一票哟！"

　　当日村上的会议散了以后，贺家湾便有了一些传言。到了下午，贺家湾换届选举前的热闹像是提前到来了。无论是在聊天的人堆里，还是在搓麻将的牌桌上，人们都在争相传说和议论上午伍书记等一行人来村里视察和开会的事。传说和议论虽然厉害，可却不像以往年那样各争各的，或发表高见，或慷慨陈言，或驳斥反对，或打赌争论。今年的主题思想却是非常明确，那便是说村委会这一届选举乡上已经确定了，村主任还是贺国藩，其他人不要想去争了，争也是白争！还有人说，虽然伍书记没有明说还是让贺国藩当，可已经把意思说明了，乡上是支持贺国藩的！贺端阳今年又没有什么啥戏唱了！也有人说，乡上这么多人支持贺国藩，贺端阳胳膊怎么拧得过大腿？趁早死了心算了！加上贺良毅弟兄和贺通

248

良一伙人又到处在人群里煽风点火,因而那村里很多人便真相信了这话。一些人刚刚对民主产生一点兴趣,想在今年好好参与进去,一听了这些话便像是热面孔碰到了冷屁股上,那点刚涨起来的热情顿时又被泼熄了。于是在那人们的议论中,虽然少了一些脸红脖子粗的打赌和争论,却又多了一些心灰意冷的话,大家又似乎回到了过去。"搞屎一歇儿,还是上面定人脑壳!""选来选去没屎意思,反正都是那几个现人!""选哪个都一样!""屎的个民主,说得比唱的还好听!""选哪个对我都没有好处,但不该把我们逗起耍!""投票时,我就全权委托给你,看你写哪个都要得!""我还没有时间呢!"

人们议论纷纷,或褒或贬,或喜或悲,或发泄或无奈,莫衷一是。唯有那贺贵却像局外人一般,仍捧着一张报纸,眼睛贴到了纸上般认真地看。贺长军在外面听到了别人的议论,心里十分为端阳抱不平,便去找他。从贺贵门前过时,见贺贵看报纸的样子,便笑道:"贵叔,你从报纸上闻出了什么?"贺贵也不生气,将头从报纸上抬了起来,一边晃着报纸一边道:"民主!"贺长军又问:"民主是什么东西?"贺贵道:"民主就是民主!"贺长军听了这话,就有些愤愤不平地便道:"你难道还没有听到,到处都议论吼了,说下一届还是贺国藩当村委会主任!"贺贵道:"下一届还没来,焉知还是贺国藩当主任?"贺长军道:"说是今天伍书记在村里党员干部会上说的。"贺贵也没直接回答贺长军,只是又把头埋在报纸上像是自言自语地道:"真要像西方学习了,吾族之福音也!"又道:"民主认了真,妖孽何处藏身!"贺长军听贺贵东一句、西一句,也听不甚明白,站了一会儿,便找端阳去了。见了端阳便把自己听见的话一一跟他说了。端阳听后心里虽然也惴惴不安,但仍然自做镇静,把兴成去城里找世海的事对他说了一遍。贺长军听说兴成也进城搬人来给端阳助威,心里才慢慢安定下来。

第二天上午,兴成果然兴冲冲地从县城回来了,连家也没有回,便径直来找端阳。一见面便眉飞色舞地道:"我说么爸要帮助我们吧,你还有些怀疑!"端阳一听心里已经明白,便急忙问道:"真的,世海叔是怎么说的?"兴成就绘声绘色地将进城的经过给端阳讲了一遍,道:"还有什么说的?包到的汤圆不会散咖!我到城里去把伍书记带人给贺国藩助威的事跟么爸说了一遍。么爸说,姓伍的这样做,是明修栈道,暗度陈仓!这一招又特别高,公也公得,私也私得,帮贺国藩拉了票,还让你们说不出来!我说,不是这样还是怎么回事?姓伍的他们太狡猾了！说完又问幺爸我们现在又该怎么办？总不能让大房的人仗着有乡上那伙人撑腰，就老在我们小房人脑壳上屙屎吧？再说，贺国藩是个什么东西？当年不是他把你整得灰溜溜的吗？幺爸说，这些我都知道，我也说过要支持端阳把贺国藩拉下来！不就是找几个人助下威吗？他们能做到，难道我贺世海就做不到？我如果不给你们找两个人到贺家湾来一趟，端阳还会说我这点出息都没有！你放心，我找两个人官比姓伍的还大！我一听高兴了，忙问幺爸这两个人叫什么名字，在县上当什么官？幺爸说，你现在不要问，今晚上就知道了！说完，幺爸就夹起包包出去了。到了晚上，幺爸一进屋就跟我说，那事情定了，过一两天，县上燕副主席就带人到贺家湾视察农村农业工作！我一听又忙问，燕副主席是个什么官？他起不起得到作用哟？幺爸说，燕副主席怎么会起不到作用？你不知道，回去跟端阳说了，他自然知道！"

　　兴成一口气将进城的经过跟贺端阳说完了，方才看着端阳道："你说那燕副主席官究竟有好大？"端阳道："按说起来官倒是要比姓伍的大一级，也算是县上四大家领导之一，只不过是政协副主席！"说完又看着兴成道："你晚上看电视，就没有看过我们县上的新闻？燕副主席经常会出席县上四大家的会议……"兴成没等端阳说完，便道："我不喜欢看县上的电视节目，一会儿就在卖狗皮膏药！再说，县上的新闻天天晚上都是那几个当官的鬼影子在晃，晃得人卵包都是气，还有什么看头？"

　　端阳笑道："燕副主席能来也是一件大好事！当兄弟的真不知道该怎么谢你了！"说完也没等兴成答话，又突然问道："哎，世海叔这天也回来吗？"兴成道："我也问过幺爸，幺爸说这天他就不回来了！"端阳突然有些泄气了，道："人在人情在，他请的客他都不陪到回来，要是姓燕的不给他面子，不是都耍了我们？"又问："世海叔怎么不回来呢？"兴成道："你那次回来不是跟我们摆过吗？幺爸正在争取当下一届的市人大代表。市人大代表要经过县人代会选举！以后县上开人代会，姓伍的是我们这个乡人大代表团的团长。所以幺爸说他不直接出面比较好，免得跟姓伍的闹翻了，十个说客当不到一个戳客，以后在县人代会选举时，姓伍的装他的怪……"端阳没等兴成说完，明白了，道："原来是这样！"兴成道："幺爸虽然不亲自回来，可找了一个人陪燕副主席，这个人比他亲自回来还起作用……"端阳忙瞪了眼睛问："找的哪个？"兴成道："这个人你万年猜不到，是世普老叔……"端阳还没听完便惊叫了起来："什么，老叔？你说老叔要回来？他怎么想明白了要亲自回来跟我助威？"兴成道："倒不是他大年三十的石磨——想转了，要回来帮你，是幺爸让燕副主席给他打了电话，请的他……"

端阳高兴得眼睛炯炯发光，挥着手道："有老叔回来，那就好了！"兴成道："关于老叔回来的事，幺爸叫你当到老叔，说话千万小心，不要说出是他打的主意！不然，好事倒成坏事了！"端阳有些不明白，又对兴成道："怎么呢？"兴成说："你还不知道老叔这个人的德性？教书教呆了，只知道按书本上的话办事！就是他再好的三亲六戚想叫他去跟哪个开点后门，他都不得答应！他如果知道自己被人利用了，肯定不得干！再说，我听兴仁说老叔和幺爸有些不合！幺爸才进城的时候想拉点教育局的生意，找老叔在中间牵一下线，拿了点钱给老叔，老叔不但不领情，还当面把幺爸批评了一顿，幺爸从此再没有找过老叔了！这也罢了，幺爸当了个政协常委老叔也不满意，有次政协开常委会，老叔还在发言中批评政协，说政协现在成了一个收破烂的筐子，只要是暴发户，有几个臭钱，什么样的歪瓜裂枣都可以进来。幺爸知道老叔说的是他，也没管他，暴发户就暴发户嘛，反正政协就是由各界人士组成的嘛！但说个实在话，幺爸也有点看不起老叔，当了个县重点中学的校长又怎么？还不是穷酸！所以按说起来，两个人都是同一个祖宗下来的，又都在城里，应该互相帮助才对，可现在都有些互不服气了！"端阳一听这话方道："原来是这样！"说完又道："老叔也是，都什么时代了还抱那些死八字！"又问："那燕副主席一请，老叔怎么又答应了呢？"兴成道："燕副主席只是请老叔陪他走一走，视察一下。说那儿是你的老家，你熟悉情况，你虽然不是农业组的，可我也就只有劳烦你陪我走一趟了！老叔现在在家里正闲得无聊，一听燕副主席请他回来视察，也不好驳燕副主席的面子，所以就答应了！幺爸说只要他答应回来，哪怕一句话不说，都会给湾里的人造成一种印象，那就是老叔是支持你的！何况有燕副主席在，他不可能一句话都不说！幺爸说这叫作霸王硬上弓，拉都要把他拉进来，只是不要让他识破了！"端阳道："我明白了！那我们说话做事就尽量小心一些！我们不说老叔要回来的事，只把燕副主席要来视察的消息去告诉我们的人，让他们这天都来捧场总可以吧？"说完又道："你不知道，昨下午到处都议论说我们不行了，这一下我倒要看看，他们还得不得那么议论了？"兴成忙说："要不得，要不得！幺爸也再三说，在燕副主席没下

251

来前千万不要把这个消息泄露出去了！他说，万一说了，燕副主席又来不了，不是落得让别人看笑话？"端阳一听这话，心里又有些冷了，说："这样说起来，燕副主席来不来，还莫得定准哦？"兴成道："来肯定是要来的！幺爸说，他跟燕副主席可以说得上是最铁的哥们，这点小事燕副主席肯定是要帮忙的！幺爸叫你放心，他把你的情况都给燕副主席讲了！燕副主席听说你对果树栽培很有一套，就叫你把自己的果园好好整理一下！"端阳一听这话又高兴了，道："有什么整理的，前不久我才管理了，放心，保准让他看了满意！"说完又对兴成道："那好，我们就不先告诉别人，等燕副主席来的时间确定了，我们再跟贺毅他们说，让贺春乾、贺国藩和大房的一些人再高兴几天！"兴成也说："就是，到时候他们一下就高兴不起来了！"说完兴成这才回家去了。

　　且说贺春乾和贺国藩见自从伍书记等乡上领导来过，村里的形势都在朝着有利于自己这方面发展，自是十分高兴。私下里便又叫贺良毅、贺通良等人趁热打铁，利用伍书记给他们带来的大好机会，抓紧行动，主动出击，提前到村民中去拉票。贺春乾、贺国藩衣服的上下口袋里也整天揣满胀鼓鼓的香烟，遇到了村里的男人，一边老远打招呼一边又掏出烟来，双手捧着，笑容可掬地递过去，十分的热情和谦卑。加上这两天也没看见贺端阳他们"兴风作浪"了，就以为贺端阳自知胳膊拧不过大腿，从此就安分守己、老实了起来。正为此沾沾自喜的时候，这日下午，伍书记忽又给贺春乾打来一个电话，说明日上午县政协燕副主席要到贺家湾来视察千亩药材基地建设情况，让贺春乾做好汇报的准备工作。贺春乾一听，便道："真是来视察药材基地建设的呀？"伍书记道："不是来视察药材基地建设，他还能来做什么？这老头子在政协就是分管农业的嘛！你们药材基地建设是县上第一批土地流转、规模经营的项目，这老头子还没有来看过，不就是想来看看嘛！"贺春乾道："有哪些人来？"伍书记道："我刚才问县政协办公室，他们也没有说具体有哪些人，我想大概就是政协农业组的人嘛！"贺春乾道："我们怎么接待，准不准备午饭？"伍书记说："午饭就不用你们准备了，我们乡上来安排！"贺春乾又问："开不开座谈会？"伍书记道："怎么不开座谈会？不过座谈会要短，要精心选择几个人，发言要多突出村委会的作用！"说完又道："这说不定是件大好事！前两天我们乡上来肯定了你们的成绩，现在在县上领导又来视察，难道不是对你成绩的再次肯定？你们一定要抓住领导这次来视察之机，在群众中大力宣传村两委会的成绩!"贺春乾一听伍书记说得很有道理,便高兴地道:"明白了,我马上就去安排!"挂了电话,急忙叫人把贺国藩、贺劲松、贺通良、贺贤明等人叫来,说了伍书记电话里告诉的事。贺劲松、贺通良、贺贤明等人一听也十分高兴,商量了一阵,几个人便分了工。贺春乾、贺通良去药材基地,找药厂方的代表布置现场,写欢迎标语,贺劲松回家写汇报材料。贺国藩和贺贤明则去找"托儿",落实开座谈会的事。

　　第二天上午十点钟,在伍书记等人的陪同下,燕副主席一行人果然来到了贺家湾。燕副主席五十六七岁左右,瘦高个子,面色白净,两撇眉毛又粗又黑,配在白净面皮上,就像是一个唱戏的小生。他的两边,一边走着贺世普,一边走着伍书记,前边是扛摄像机的记者,后面是一大队随从,自是比那天伍书记等人威武得多。贺春乾和贺国藩等村干部早在村小学那棵黄葛树下等着了,看见燕副主席等人来了,急忙从黄葛树上的一幅大红欢迎条幅下走了出来,微笑着迎上去,伸出双手,一边直说着"领导辛苦了,欢迎欢迎"的话,一边拉了燕副主席的手直摇晃。伍书记急忙把贺春乾等人向燕副主席做了介绍,燕副主席也一边和他们握手,一边说了几句客气话。贺春乾和贺国藩又去和贺世普握手,也道:"老叔你也回来了? 欢迎,欢迎!"神情有几分尴尬。贺世普却是看出来了,便道:"我今天是给燕主席带路来了!"燕副主席马上道:"贺校长谦虚了,我怎么敢麻烦你这个大校长带路呢?"说完又对贺春乾等人道:"贺大校长是我们县上的骄傲,更是你们贺家湾的骄傲! 他今天可是以视察大员的身份回乡来的啊!"贺世普道:"什么视察大员哟? 游子,游子,我只是一个游子归乡而已!"燕副主席笑道:"哎,做游子也不容易呀! 少小离家老大回,乡音未改鬓毛衰。儿童相见不相识,笑问客从何处来? 今天我看见这么多人见你都亲热地打招呼,还没听见有人问你是从哪里来的嘛?"说完又道:"听说你的老房子还在,是不是?"贺世普道:"在倒是还在,只是自从你那老嫂子进了城,便没有住人,一把锁锁上了,屋里都怕长起霉菌了!"燕副主席道:"等会儿我一定要到你老房子看看到底是什么风水,才出了你这个大校长的!"贺世普道:"有什么风水? 那是乱说! 不过今天回来时你老嫂子倒把钥匙给了我,让我开了门进去看看。过一两年,我们老两口还说要回来住呢! 主席大人既然想去寒舍看一看,那我找个人先去把门窗打开透下气,免得等会儿那霉气把主席大人给熏倒了!"说完眼睛便在围观的人群中找人,只见贺兴成早从人群中跳了出来，道："老叔，把钥匙拿给我，我去给你打扫一下！"贺世普道："贺端阳呢，他怎么不见？"贺兴成道："端阳在屋里，他怕还不知道老叔回来了！"贺世普犹豫了一下，才从腰上取下钥匙，交给了贺兴成，道："那就麻烦你了啊！"兴成接了钥匙，说了一声："老叔说个话，这有什么麻烦的？"说着便高兴地走了。

一行人便往村里的药材基地走去，记者跑前跑后地抢着镜头。贺家湾人见来了县上的大领导，又有记者摄像，更重要的是听说贺世普回来了。冬闲时候又没多少活路，便都跑了来，一是想看看县上的大领导究竟长什么样子？二是自从贾佳兰进城以后，世普便没有回过家，如今人们都想来嘘寒问暖一下，因而人越聚越多。贺春乾先前一见视察的人中有贺世普，便感到不安。刚才又听见他其他人都不问，专门打听贺端阳，心里的怀疑便愈加严重，此时趁人们往前走，便悄悄挤到伍书记身边，拉了一下伍书记的衣服，把伍书记拉到了一边，这才轻声道："贺世普怎么也回来了？"伍书记道："不知道，我也是他们下了车才看见的。"说完又道："他是政协常委，可能也真是回来视察的吧！"贺春乾道："刚才他当到那么多的人在问贺端阳，我就怕他们有其他目的？"伍书记道："管他们有什么目的，先看看再说！"贺春乾听了这话方才不说什么了。

燕副主席一行在伍书记、贺春乾、贺国藩等人的陪同下，来到了贺家湾的中药材种植基地。因节令已是冬天，中药材挖的挖，枯的枯，已看不出一点儿繁茂的景象了。燕副主席便只是站在地里，问了管理人员一些基本的情况，譬如种植面积究竟有多大，有多少品种，收益如何等。管理人员都一一回答了。然后，燕副主席便又对伍书记、贺春乾、贺国藩和管理人员等人说了一通要加强管理，增强责任心，加大产业链，进一步做大做强，推动集约化，以产业带发展，实现农民增产增收，再创辉煌；又特别强调了乡上和村上要进一步转变职能、加强领导，坚持科学规划、合理布局，壮大产业优势，稳步推进社会主义新农村建设等。伍书记、贺春乾、贺国藩及管理人员们和记者一边往本子上记，一边点头称是，并表态说一定要把领导的重要指示贯彻到以后的工作中去。说完，贺春乾便对燕副主席道："请主席到村委会办公室，我们通知了几个村民代表，欢迎县上领导给我们的工作做指示！"

燕副主席听罢，却把头回过来，看着贺世普道："哎，我听说这个村里有个回乡知识青年，果树种得很好，你知不知道呀？"贺世普一听便道："我倒是听说我的一个远房侄儿，是县职高毕业的，就是你刚才说要去看看我的老房子，我想找人先去收拾一下喊的那个贺端阳。听说他在自己的屋后，种了一亩多地的果树！"燕副主席一边听一边含笑点头，贺世普把情况介绍完后，又长长地哦了一声，表现出了兴趣盎然的样子，便对伍书记和贺春乾道："我们去看看啊！"又道："种果树也是产业调整的一部分，要大力提倡是不是？"伍书记立即拿眼看着贺春乾。贺春乾脸上一副尴尬的神色，正要答话，却又听见燕副主席在对贺世普问："朝哪个方向走呀，大校长？"一语未了，人群中跟来的贺毅便大声喊道："我知道路，你们跟我来！"说罢便在前面带路走了。燕副主席和贺世普便跟了贺毅朝前走去。后面的人自然逶迤了过去。伍书记、贺春乾、贺国藩等人见了，心里虽然有一万个不高兴，但也不好说什么，只是脸上的神色有些难看。

　　一行人还没走到贺端阳的院子里，早有人飞跑前去大声叫着："婶，端阳，县上领导和老叔来看你们了！"连喊了两遍，端阳和李正秀才从屋子里出来。一见这么多人已经来到了院子里，两人都做出了手脚无措的样子。这时那燕副主席看着端阳道："你就叫贺端阳？"端阳道："是，我叫贺端阳。"燕副主席道："听说你的果树栽得不错，能不能带我们参观参观？"端阳也不多说，便回答道："当然可以！"说罢便带了燕副主席一行走了。

　　到了屋后，果见一片果园方方正正，种着梨子、葡萄、柑橘、枇杷。眼下梨树和葡萄虽然也掉了叶，只露出光秃秃的树枝，但因那枝都修剪过，十分的齐整。葡萄的架子，也是搭得不高不矮，工工整整，像是从工厂生产出来的一样。柑橘是常绿树木，此时虽是冬天，却是枝叶茂盛，郁郁葱葱，犹如顶霜傲雪的松柏，散发出无限的生机。又特别是那枇杷，独是隔年开花的果木，偏又开在冬季，此时虽还不到繁盛的花期，却也一朵一朵挑在枝头，半掩半露地藏在茂盛而阔大的枝叶里，恰如那羞答答的乡下姑娘一般。偏那所有树干的下部，都涂了石灰水，像是整齐地穿上了一条白裤子似的。树下土质松软，也无一根杂草，整个园子虽然不大，却显得十分清爽，让人心旷神怡。

　　燕副主席一见便不断感叹道："漂亮！漂亮！果然漂亮！"说毕便对端阳问道："听说你是县职高毕业的，学的什么专业？"端阳道："就是学的果树栽培与管理！"燕副主席道："怪不得你能把一个果园管理得这样井井有条！"说完又接着道："你怎么不多栽一些呢？"端阳道："中药材种植基地占了一些地，还留下了一点地种粮食，没地了！"又道："这儿原先是一块鸡啄地，种粮食没收，所以我毕业那年才栽了果树。"燕副主席点了一下头，道："哦，我明白了。"然后又详细问了端阳这些果树的品种是什么，一年能收多少果子，能卖多少钱，比种庄稼可以增加多少效益等，端阳也一一回答了。说毕，燕副主席又突然道："小伙子，你为什么不能把自己的知识都奉献出来，带领乡亲们共同致富呢？"说完，又看着伍书记和贺春乾道："要是贺家湾家家户户的房前屋后都有这样一片果园，到了春暖花开的时候，全湾一片花香，既美化了环境，又提高了农民的收入，这有多好哇！"贺春乾没有答话，只见伍书记面色有些僵硬，回了燕副主席一句，道："领导所说极是，我们一定落实！"燕副主席听罢又突然对端阳问："小伙子是村里的什么干部不是？"端阳脸红了起来，一时倒不知道该如何回答了。正在这时，伍书记突然对燕副主席道："领导一下车就赶了来，累了一上午，我们就不站在这里说话了，还是到村委会办公室坐到说，行不行？"贺端阳一听这话，不等燕副主席回答，便说："领导难得来，还没到我家里坐一下呢！"说完又对燕副主席道："请领导到我家里坐一坐，尝一尝从这树上摘下来的水果再走吧！"燕副主席立即笑道："好哇！那我们都去品尝品尝你的绿色食品吧！"说完又拉了贺世普的手，玩笑地道："走吧，大校长，这可是品尝你家乡土地上产的水果，机会难得呢！"说罢便牵着贺世普的手走了。其他人一见又只好跟着去了。

到了前面院子里，李正秀早带了人，将屋子里的桌子、板凳全端出来了，桌上的盘子里也早已摆好了洗净的葡萄和切好的柑橘。端阳招呼燕副主席一行人坐了，将桌上盘子里装的葡萄和柑橘端到众人面前。众人却做出不好伸手来拿的样子，相互推辞着。燕副主席见了说："吃呀，大家可不能辜负小伙子的一片心呀！"说罢带头从盘子里拈起一颗葡萄，放到嘴里吃起来。一边吃一边又道："哎，不错！不错！真的不错！"端阳又把盘子端到贺世普面前，贺世普也拈起两颗葡萄丢进了嘴里，端阳又一一端到众人面前，众人也便跟着拈起葡萄或柑橘吃起来。燕副主席等众人吃完，便道："怎么样，味道还不错吧？"众人便齐点头道："确实不错！不错！"

吃过水果，燕副主席从桌子上拿过餐巾纸擦了嘴和手，这才又对伍书记和贺春乾道："伍书记、贺书记，我提一点建议，你们可得加强培养年轻人啊！"说完，燕副主席也不等伍书记和贺春乾回答，便又对身边的贺世普道："你说呢，贺大校长？"贺世普听燕副主席问他，便也用了玩笑口吻道："主席说的话，那是当然的了！"燕副主席却做出认真的样子，道："哎，主席怎么能和你这个大校长比？哪个不知道你这个大校长是学富五车，才高八斗……"话还没完，忽听得端阳插话进来，道："老叔，你写的那道诗，村里好多人都能背了！"一听说诗，燕副主席立即对贺世普问："诗？贺校长又写诗了？那能不能让我们欣赏欣赏呀？"贺世普忙说道："你别听他胡说，那叫啥诗？"端阳道："老叔是谦虚，大家都说写得好呢！"燕副主席便看着贺端阳道："小伙子你说能背了，就背给我听听行吗？"端阳道："有啥不行的？"说完，便真的大声背了起来。背完，燕副主席立即说："好诗，好诗，贺校长真不愧是才子，气吞万里如虎呀！"众人听了燕副主席的话，也跟着说道："真是好诗，既通俗易懂，又气魄豪迈！"贺世普听得众人夸奖，心里十分受用，便又谦虚笑道："哪里哪里，老朽信笔涂鸦，还请你们多提意见！"端阳又道："我们还把它抄出来，贴到村务公开栏上，让更多人都来看呢！"贺世普道："你这是折杀老叔……"话还没完，忽然人群中长军道："可惜贴出去，一些人不满就把它给撕了……"同样一语未了，忽然贺国藩像是牙痛似的瓮声瓮气地打断了贺长军的话，道："哪里是故意给撕了的，是被风吹下来，别人给捡了的！"贺长军道："撕了就是撕了嘛！有胆子撕，难道就没有胆子承认？"贺世普一见两人吵起来了，便道："老朽也是胡诌几句，也不是什么传世名作，撕了就撕了，有什么要紧？算了，不要说了！"话是这样说，脸上却有了几分不悦之情。

燕副主席见人群中贺长军和贺国藩停止了争吵，便又对伍书记和贺春乾说："我刚才建议你们要加强培养年轻人，可不是我一时心血来潮啊！你们也是看见的，我们国家正处在一个工业化、信息化、城市化、市场化和国际化的进程中，目前中央又提出要实现城乡统筹发展！这实现城乡统筹发展，难点和重点在哪儿？就在农村！现在众多农村青年都在往城市走，前几年有一句话……"说着，燕副主席把头转向了贺世普，继续道："贺校长听说过没有？叫'孔雀东南飞'！孔雀都飞走了，农村就只剩下了麻雀，是不是？长期的人才外流，导致农村基层组织人才匮乏，这可是一个大问题呀！所以我说像贺端阳这样有文化知识、有科学技能、有发展思路、有胆识气魄、又有创新精神的小伙子，乡上和村上如果不培养，可是人才浪费呀！"说着，又把头转向贺世普，道："不知道大校长你怎么看？能不能发表一下你的高见？"贺世普听了燕副主席这话，便道："到底是主席，站得比我们高！昨天我还看到一篇文章，说现在农村的人才不足，严重制约了农村的发展。目前国家也在想办法向农村输送人才，比如现在选派大学生下来当村官，就是鼓励人才逆向流动，向农村输送新鲜血液，我非常赞成燕主席刚才的话，年轻人有知识、眼界开阔、思维活跃、勇于创新，要加强培养！"说完，又对燕副主席笑道："我的话没有错吧，主席大人？"燕副主席道："大校长的话言简意赅，开玩笑，哪会有错的？"说完便站了起来，对伍书记和贺春乾道："好吧，今天我们的视察就进行到这里，我们再到贺大校长的老屋看看！"伍书记和贺春乾立即道："怎么，燕主席不到村委会去了？"燕副主席道："情况我们都了解了，加上休也休息了，就不用去了吧！"伍书记和贺春乾一听也不好说什么，只铁青着脸叫人去村委会办公室，让贺劲松和贺通良把等着参加座谈会的村民代表放了。这儿燕副主席又拍了拍贺端阳的肩，大声道："年轻人不要气馁，要努力奋斗，争取为贺家湾的乡亲们做出更大贡献啊！"说完，一行人便朝贺世普的老屋去了。那老屋贺兴成带着一干人早已打扫了一遍。一行人坐了一会儿，又说了一些闲话，便结束了这天贺家湾的视察之旅回乡上去了。

三

燕副主席等人前脚一走，贺家湾的舆论马上就掉过来了，而且来势凶猛，众口一词，说县上和世普都支持端阳当村主任！端阳这个村主任已经是死人的眼睛——定了，再也没什么争头了。还有人说乡上伍书记和村上贺国藩，因为原来压制端阳当村主任，已经被县上燕主席以及贺世普狠狠地批评了一顿，说得两个人大气都不敢出！还有人甚至说燕主席和世普老叔明确指示伍书记和贺春乾要培养贺端阳，伍书记已经当面答应让端阳做村主任了！说这话的人说完还发表评论说："胳膊怎么拧得过大腿？人家燕主席可是县领导，电视上经常看见他和县委书记、县长一起坐主席台！"旁边有人听了这话，就道："坐主席台是不假，可一般都是坐到后面，要不就是在边边角角的位置上！"那人又回说："就是坐后边和边边角角，也比伍书记大呀！他伍书记算个什么？他连边边角角也没坐过呢！贺春乾就更不用说了！他去跟燕主席提臭鞋，别个恐怕都不得要呢！"

这些议论自然会如汹涌的潮水往贺春乾的耳朵里涌。加上心里本来就窝火，一听这些话一时虚火上升，便觉头昏脑涨，心烦意乱，毛焦火辣。口里像吃多了盐，时不时泛起一种咸津津、苦叽叽的感觉。舌苔也像比平时厚了许多，伸出来一看白卡卡的，如一块木头嵌在了嘴里，厚墩墩的说不出是什么滋味。下午，实在坐不住了，便给伍书记打了一个电话。得知燕副主席一行已经打道回程。贺春乾一听便立即赶往伍书记那里去了。

一进伍书记的办公室，看见伍书记仰靠在椅子上，双脚跷在桌子上，两眼看着天花板，也像在想着什么心事。屋子里弥漫着一股臭袜子的气味，像是死老鼠腐烂了一样。一见贺春乾便把双脚放了下来，可身子和目光却还是保持了原来的样子。贺春乾一见伍书记便像一个受了委屈的孩子，一屁股在伍书记对面的椅子上坐下来，叫道："翻天了！翻天了！"伍书记身子没动，眼睛却垂下来，扫了贺春乾一眼，冷冷地道："怎么翻天了？"贺春乾道："村里说得很凶，说我们犯错误了！"伍书记仍是先前的样子，不慌不忙地道："犯错误就犯错误嘛，人哪有不犯错误的？"贺春乾又道："说你已经答应让贺端阳当村主任了！"伍书记又道："答应就答应了呗，有什么值得急的？"贺春乾立即愣住了，看着伍书记道："你难道还不急？我昨天一接到你的电话心里就怀疑。要视察也该是春天、夏天或秋天药材生长和收获的时候来呀？这个时候药材挖的挖，倒的倒苗，有个什么视察的？可你还以为他们是当真来视察呢！"伍书记道："他们当真不当真，我们还能叫他不要来？"

贺春乾听了这话，心里的火气稍小了一点，过了一会儿才嘀咕似的道："这哪是视察？分明是项庄舞剑嘛！你说是不是？"听了这话伍书记这才把身子坐直了，看着贺春乾轻蔑地道："项庄舞剑又能怎么样？即使是项庄，最后也没能把沛公怎么样嘛！"贺春乾一听这话，眼睛放出了光彩，看着自己的顶头上司道："这样说你有好办法了哟？"伍书记说："好办法说不上，不过我已给你们说过，遇事不要着急，要多用脑子想一想，你们倒把我的话忘了！"说到这里，伍书记的神情变严肃了，继续看着贺春乾道："有什么要紧的啊？强龙都压不过地头蛇！

何况那姓燕的压根就算不得一条强龙！他只要嘴巴痒，愿意说就让他说去，反正他那个位子，就是不说白不说，说了也白说的，怕他做什么呢？"

贺春乾觉得确实是这个道理，心里顿时轻松了许多，马上说："哎呀，我还没有想到这些，把我的火气毛病都气发了！"伍书记道："别看姓燕的级别高，可并不可怕，倒是贺世普，县里四大家里面和各部门的头头都是他的学生，关系特别广，比姓燕的可怕得多！"说完这话又看着贺春乾问："你说他从没有过问过村里的事，怎么这回他又搅进来了？"贺春乾道："他过去真的一直没有过问过村里的事，不知道他这回又是怎么搅进来的？"伍书记道："他一味要搅进来，我们也没有法，只能水来土掩，兵来将挡！可贺国藩也硬是个糊涂蛋，依得我的蛮性硬是不想管他了！别个说贺世普的诗被人撕了，也没有指名道姓，他偏偏要去答应一句说是风吹落了的，这不是此地无银三百两，不打自招是自己的人撕了的吗？你没有看到贺世普当时的脸色一下就黑起来了！你说他是不是个傻瓜？"贺春乾道："他这个人就是这样的，一根肠子通到屁眼——直人一个，也不知道看个脸色，但心还是很好的！"伍书记道："我知道你到这个时候还在帮他说好话！我也并不是真的生他的气！刚才你进来的时候，我就在想那姓燕的和贺端阳一无亲二无戚，怎么会来帮贺端阳说话？会不会是贺世普把他请来的？"贺春乾道："完全有这个可能嘛！贺世普和贺端阳的死爹贺世春本身就是一房的，加上这些年李正秀和贺端阳又经常给贺世普背些土特产去，两家关系本来就不一般，完全有可能是贺世普把姓燕的请来，一唱一和演这台戏的！"

伍书记听了贺春乾的话没有吭声，却用右手托了下颏，眼睛看着窗外又发起了呆来！贺春乾也不好打断他。过了好一会儿，贺春乾见伍书记还是没准备说话的样子，便不得不道："伍书记，我们现在又该怎么办？"伍书记这才回过了神，把手放了下来，对贺春乾笑了一下，像是经过了深思熟虑，慢慢地道："有什么不好办的？我刚才说了，强龙压不过地头蛇，决定命运的就像贺世普诗里说的那句话，选票才是硬道理！这选票在贺家湾的村民手里，又没有在他们手里，你怕个什么？"贺春乾没有明白伍书记的意思，道："选票是在村民手里，可他们要是不投贺国藩的票又有什么办法？"伍书记道："你们这就要开动脑筋了！你们就不能拿出点办法，让村民都站到贺国藩和村支部这边来？那天我就说了，不能动不动就搞动粗那一套，得想办法征服人心才是！得人心者得天下，这个道理你们难道不懂?"贺春乾说:"道理我懂,可我们总不能家家户户去给他们下跪求情吧?"伍书记说:"下跪求情又怎么?下跪求情又不丢人,必要时还是可以!我跟你说,上一回芭茅乡余家槽村选举,有个叫余丁克的想当村主任,可他又不像他的竞争对手能够拉关系和用小恩小惠贿选。后来他想了一个办法,把自己十岁的儿子带起一家一户地去拜访选民。一走到选民屋里,这余丁克就跟选民说:我这回竞选村主任,给你们办几件实事,希望你投我一票!说完便跟娃儿说:快跟你叔叔、爷爷磕个头,他们要支持你老汉的!那娃儿一听,果然倒头便是两个响头。一天下来,娃儿的膝盖都跪肿了,额角上也磕起了咚大一个青疙瘩!结果怎么样了?我跟你说,那个花了钱的没有选上,他这个没有花一分钱的反倒选上了!你猜为什么?选民都说:人家都磕头谢你了,你不投人家的票好不好意思?后来他的竞争对手把他叫作'磕头村长'!他也不管,反正选都选起来,管他磕头不磕头,哪个也拿他没有办法!"

贺春乾一听完伍书记讲的这个故事便叫了起来:"哎呀,天下还有这号的事,硬是想都想不到!"伍书记道:"我不是叫你们真的去跟选民磕头!叫你们去磕你们也拉不下来那张脸!我想问问你们村上的账户里还有多少钱?"贺春乾不明白伍书记突然问这个问题做什么,便道,"年年都寅吃卯粮,还有什么钱?"说完又道:"即使有点儿也恐怕不多,一两万块的样子吧!"伍书记想了一下才道:"这样吧,乡上留用的九环制药有限公司那笔5%的耕地租用款,今年就不留用了,全部给你们。还有你们村上那笔林子看管费乡上也不提成了!我等会儿就给财政所打声招呼,让乡上马上垫付给你们。你们拿回去立即给村民办点摸得着、看得见的实事!你懂得我的意思了吧?你难道还不知道农民最讲究实际,哪个给他奶吃哪个就是他的娘?"贺春乾一听这话立即高兴得从椅子上跳了起来,双手拍着大腿道:"好,伍书记!这太好了,农民就看重眼前利益,伍书记这一着棋实在是太高了!"伍书记道:"你先不要高兴,谨防空欢喜一场!我告诉你我这是拿乡上的钱让你们去跟选民行贿!这回你们要是都办砸了,贺国藩就活该下台了!"贺春乾立即向伍书记表态道:"伍书记你放心,我们一定会把事情办好!"伍书记道:"那好吧!"说完又道:"你去把财政所牟所长喊来,我当到你跟他说一声!"贺春乾一听立即屁颠屁颠地跑去把财政所的牟所长喊到了伍书记的办公室。伍书记便如此这般跟牟所长交代了一通。牟所长先还有些犹豫,但听伍书记口气有些硬，便不再说什么，叫了贺春乾去当天便办好了手续。贺春乾又立即打电话给贺劲松，让他立即赶到乡政府来。待贺劲松来后，三个人又一起到信用社连夜将钱打到了贺家湾村委会的账户上。

闲话少说。只说第二天在村委会村务公开栏的选民名单旁边，出现了一张用大红纸抄写的喜报，上面用毛笔写着密密麻麻的字，内容十分鼓舞和激动人心。原来却是：

公　告

贺家湾全体村民：

　　村两委决定从今年秋季入学开始，贺家湾村民家里孩子无论年级高低，凡在寄宿制读书的，村委会奖给每个孩子两百元的生活补助；凡从初中升入高中的，村委会奖给每个孩子五百元的生活补助；凡是升入县重点中学的，奖给一千元的生活补助；凡是考上大学的，奖给两千元的生活补助。因为这是给村里增加了荣誉，为国家培养了人才，这些人才为今后建设贺家湾也会贡献自己的力量。以上凡是合乎条件的，从即日起就可以到村委会来领取现金！

　　另外，为了响应上级治理城乡环境、大力推广使用沼气的号召，村委会还决定给每户村民支付五百元建沼气池的费用。此笔费用，在选举结束后本村村民就可以来村委会签字领钱。

却说这日，端阳并没有在家里。原来几天以前，儿子明祖便有点发烧、咳嗽，像是感冒了的样子。端阳忙着自己的事，又见儿子的病也不是十分严重，便想："小娃儿，哪有不生病的？一点凉寒感冒，过几天还不是便没事了！"于是也就没注意。先是叫李正秀用老酸萝卜烧热了在儿子的脑门心、额头、手心、胸口、后背和脚心等处反复搓擦，搓得娃儿的皮肤红红的。然后又将白酒倒进碗里用火点着，燃烧一阵后再用一块干净白布蘸着，也在孩子的额头、手心脚心、前胸后背等处擦。经过这种土方法治疗过后，明祖的烧果然退下来了。可是没过多久娃儿又发起烧来。端阳便叫李正秀将明祖抱到贺万山的私人诊所去看看。贺万山也说娃儿是伤了一点风，不打紧的，给了李正秀几包配制并研磨好的西药面子。回来后李正秀就按照万山说的，将药面倒进一把不锈钢的调羹里，用水调匀了，然后一手捏住孩子鼻子，一手持调羹，将药水灌进明祖的嘴里。哪知又将明祖呛住了。李正秀刚把调羹一取，孩子就被呛得咳嗽不止，将一张小脸给憋得紫红，连药水也呛出了不少。李正秀又是拍又是抱着不断抖动，又是心肝宝贝地叫个不停，过了半天，明祖方才缓过气来。下午，孩子的烧又退下去了。但到了晚上，明祖却突然发起高烧，烧得脸蛋一片通红，周身像烙铁似的。李正秀和端阳又是给孩子继续喂贺万山的药，又是按照土办法用老酸萝卜和酒擦孩子的身子，但都不见效。李正秀和端阳这才着急了，不等天亮，母子俩便抱了孩子急急忙忙地往县医院跑去。到了县医院，大夫一看说是肺炎，需要住院。端阳和李正秀就忙着去办住院手续。住下来后，医生就急忙来给孩子挂吊瓶，输液打针。幸亏孩子抱来得早，输了两瓶液后，孩子的病情才稳定了下来。端阳和母亲商量了半天，决定让端阳回去，李正秀留下来照顾孩子。李正秀说："我照顾是照顾，可明天你一早要来！这医院里一会儿要拿药，一会儿要缴钱，我走了哪个来看管他？"端阳说："我明天一早赶来就是！"说完将儿子和母亲的一切又安排了一遍，便又急急地往回赶去了。

回到贺家湾时天已经快黑了。刚到村口，突然看见贺贵双手揣在怀里，垂着头，口里嘀嘀咕咕地不知说些什么，如幽灵一般在那里徘徊着。端阳急忙问："贵叔，你在这儿干什么？"贺贵像是早就在等着端阳出现似的，立即道："你到哪里去了？"端阳道："贵叔你不知道，昨晚上我家明祖，突然发高烧，把我和我妈吓得瞌睡都睡不着。天没有亮就抱娃儿进城看病去了！"贺贵一听，似是得到什么灵感似的，突然一边仰天大笑一边如小孩般拍手道："有趣！有趣！实在有趣也！"说完才问："医生说是什么病呢？"端阳道："医生说是肺炎，感冒引起的！"贺贵突然道："非也！非也！明祖（民主）生病，病根原是在权力也！"端阳不明白贺贵说的是什么，便道："贵叔，你老人家说的是什么，我听起来怎么有些不明白？"贺贵道："你此时不明白罢了！你去村委会村务公开栏看看便会明白的！"说罢也不等端阳问，便仰起头来一边看着天空拍手大笑一边往前走去，口里唱道："有趣！有趣！看今日之天下权力病得不轻！君不见：选举发烧兮，民主吃药兮，官人消费兮，百姓买单兮……"一边唱，一边飘然远去了。

端阳看着贺贵走远了，心里还是不明白贺贵话里的意思，也不知道村委会的村务公开栏到底贴了些什么。但心里还是隐隐约约觉得贺贵的话里潜藏着什么！站了一会儿，便急忙朝村委会走去了。

到了村委会的村务公开栏前，借着昏昏暮色，端阳将那张公告上的内容从头至尾看了一遍，一下明白了！顿时，身上的血又一齐往头顶涌了上来，觉得那面颊像是着了火烤着般发烧，禁不住随口就骂了句："龟儿子些，把全村人的屁股都拿去做脸了！"一边骂一边在心里想着贺贵刚才那些话，觉得这个老头子看问题真是十分犀利和准确。又想起老头子在村口徘徊，有可能就是专门在等自己，又禁不住心里一阵感动。站在暮色里想了一阵，越想越气，又像过去那样，觉得真理在自己手里，一定要去争个明白回来，于是便连家也没有回，径直朝贺春乾家里去了。

到了贺春乾家，正好碰上贺春乾在家里。贺春乾一见端阳怒气冲冲的样子，便知道他是为何而来，却装作不明白，反而热情地端板凳让端阳坐，又叫邓丽娟泡茶。端阳也不坐，像根电线杆子似的戳在屋子里冲着贺春乾问："为什么在选举前，村两委会才做出给村民发钱的决定？"贺春乾不慌不忙道："你看见了？你觉得村里定的那些标准是高了还是低了？"贺端阳见贺春乾答非所问，便又提高了声音，一脸凛然地再道："我问你为什么在选举前要做出给村民发钱的决定？"贺春乾听了这话，像是十分奇怪地道："这是村里正常的工作，难道还有什么特别的？"然后不等贺端阳回答又看着他问："总不能因为选举就把所有工作都停下来，什么工作也不做了吧是不是……"端阳没等他说完，便大声道："你们这样做是违法的……"同样没等贺端阳说完，贺春乾便把话接了过去，道："什么？我们违法了？我们违啥法了？我还没听说过重视知识、重视教育还违法了？党和国家都高度重视教育和培养人才，难道他们也违法了……"贺端阳知道和贺春乾一时说不清，人家既然要这样做，理由自然是早就想好了的！于是便道："好！你等着，如果你们不改正，有你们好看的！"贺春乾冷笑一声道："我倒要看看，有什么好看的在等着我们！"说完又道："我也打开窗子说亮话，我们这是给村民办好事，办实事，只要村民拥护，哪个也别想阻止我们！"端阳一听这话，只从鼻子里往外愤愤地哼了一声，什么话也没有说，转身走出了贺春乾的屋子。

端阳出来也没有回家去，一不做，二不休，径直去叫了贺毅、兴成、长军几个人到家里来商量一下。几个人一到端阳家里，听说端阳的儿子病了，便先问了

264

明祖的病情，端阳一一回答了他们。然后兴成才道："我说你今天到哪里去了呀？看到你没有在屋里，我们都愁死了，还以为你出了什么事？他们这一招好阴险！就像别个说的是砒霜里浸辣椒——毒辣透了！"贺毅也说："就是！明明是看到燕副主席和老叔回来给我们助了威，他们搞不赢我们了才来的这一手！今天我就听见好多人在说，村委会这样做不错，哪个跟老百姓发钱，我们就拥护哪一个！"长军说："现在好多小房的人都开始在动摇了……"长军的话还没完，贺毅道："小房的人当然要动摇，人家这一招就是专门针对小房的人来的！我看了公告回去挨家挨户算了一下，打沼气池的款就不说了，家家户户都有。只说补助小娃儿读书的钱，小房的人加起来有一百多户，大房只有几十户，你说他们不是专门针对小房来的还是什么？拿了人家的手软，这一百多户有的户有两张选票，有的户有三张四张的，平均就算三张，就是三百到四百多张，贺国藩把这三四百多张选票弄一半到手里，那还有什么说的了？"兴成道："连贺建、贺林、贺飞都有娃儿在乡中心校和县城读书，刚才我去喊他们，他们都借口不空不来了！"端阳黑着脸沉默了半响，方才道："没办法了，现在我们也只有和他们鱼死网破了！今晚上我也写一个告全体村民书，向广大村民揭穿他们的阴谋，号召大伙儿不要去领他们的钱……"一语未了，兴成道："这恐怕不妥吧？"端阳道："怎么不妥？他们这样做明显是违法的！"兴成道："别人巴不得你出面闹！你把这事闹没了，大家看到一家几百，有的甚至是一两千块钱化成了水，那还对你没有意见？这样一来，那些就是想投你票的人也不得投你票了！"贺毅也道："兴成哥说得极是！现在的人想钱都想疯了，看到到手的钱得不到了，自然会恨你！"端阳道："即使我现在不去揭穿他们，让他们把钱发下去，我同样也输了！即使输也要输得硬气，不然别个还会在背后偷着笑我屁都不敢放一个呢！"贺毅觉得端阳说得有道理，便道："道理倒是这个道理，反正是输还不如拼一下，虽然拼不赢，总要让他们知道我们也是不好惹的！"兴成也说："那你明天就要做个准备，你这是断人财路，谨防一些人当面把口水吐到你脸上呢！"贺毅说："兴成哥的担心有一定道理！那这样，你把告村民书写好后，拿给我们去贴，别人要骂也只有在背后骂！"长军也说："就是，还是像那年一样，我们听到什么了就来跟你说！"端阳想了一想，道："多谢你们了！贴还是我去贴，不然别个还说我怕了！你们要是怕我出事，明天到村委会来帮我助下威就是了！"兴成、贺毅、长军见端阳坚持，便道：

"这没问题，我们明天上午都到学校来，哪个敢横着来，我们也不客气！"端阳道："我妈也没在屋里，都这样大一晚上了，你们还要各自回去消夜，实在对不起！我只有以后一起感谢你们了！"兴成、贺毅、长军道："自己弟兄，说这些话做什么？你走了一天的路，等会儿还要写东西，也早点弄点饮食吃！然后休息一下，本来事情多，别把人累倒了！"说完三人便离开端阳家各自回去了。

第二天吃过早饭，贺端阳果然在胳肢窝里夹了一张同样写着毛笔字的红纸，来到村委会那块村委公开栏的墙壁上，就在两委会的公告旁边贴出了一张《告全体村民书》。那上面写道：

告全体村民书

贺家湾全体村民同志们：

选举马上就要开始了，村两委会在这个时候突然做出给村民发钱的决定，一些不明真相的群众还以为他们是真正在为我们老百姓办实事。请大家擦亮眼睛，他们绝对不是在给我们办实事！他们是老狐狸戴斗笠——装人不像，反露了尾巴。是在用小恩小惠，拉拢人心，希望村民在选举中投他们一票，好继续掌握村中大权！村民同志们你们想一想一个最简单的道理：重视教育是对的，村里每年也有一定的经济收入，可为什么过去那么多年都不提出要奖励村里的读书人，现在才提出来呢？难道是他们突然发了善心，或者睡醒了？第二，我们大致算了一下，奖励孩子考学和补助每家每户建沼气池两笔费用大约将近十万元。按照《村组法》第十九条的规定：涉及村民利益的事项，村民委员会必须提请村民会议讨论决定方可办理。可是他们没和任何村民商量，就擅作主张，独断专行，明显侵犯了村民们的合法权益，违反了《村民委员会组织法》。所以，这笔钱的开销是违法的，对违法开支我们坚决不承认。第三，他们这样做，势必要挖空村里的积累，给新一届村委会造成难堪，让他们手中无钱可用，不能从事富民工程的建设！请广大村民一定要提高警惕，不要被小恩小惠收买，守好手中的权利，坚决不去领他们的钱！

贺端阳

端阳贴好以后，便去搬了一块石头到村务公开栏的墙壁下面，在石头上坐了下来。他一是害怕自己一走，别人就将《告全体村民书》给撕了。二来也想看看究竟会有哪些人对自己不满？会对自己的做法说三道四？不管别人怎么说，他自己的心可以挖出来见天，是为全体村民好的！

没多久，便有人三三两两地领着小孩子来上学了，一看见端阳坐在村务公开栏的墙根底下，觉得十分好奇，便走过来问："端阳，你坐在这里做什么？"端阳道："不做什么，捍卫你们的权利呗！"人们听了这话，有些摸不着头脑，又道："捍卫我们的什么权利？"端阳便指了指村务公开栏，道："你们看看便明白了！"人们便抬头朝墙上看去，一下便看见了端阳贴在村务公开栏上的《告全体村民书》，便认真地去看起来。一边看一边皱起了眉头。看完，人们都像不理解似的对端阳道："端阳，你这是干什么呀？给大家发钱有什么不好的？"端阳道："那也要看发的是什么钱？为什么给大家发？在这个时候发，你们还没有看出其中的原因吗？"有人道："你管他什么时候发，反正有钱发就是好事叫！"端阳道："那不一定！钱也要看是什么钱？不干不净的钱最好还是不要去用！"有人听了这话，便有些不满意了，道："你有钱用，不领就算了嘛，也没哪个非得强迫你去领。可别人领不领是别人的事，你又不是南天门的土地，管那么宽做什么？是不是咸吃萝卜淡操心？"又有人马上接了那人的话，用了挖苦的口气道："哪里，别个是想当官想疯了，嘴巴上挂胡琴——说些来扯！"

端阳今天是打定主意来领气受的，因此听了人们你一句、他一句的议论也不生气，也不和他们争论，只像平时一样表面平静地看着大家。这时，人越来越多了，先前有两个大房送孩子的人看了端阳的《告全体村民书》，立即跑回去放了一炮，说贺端阳在村委会贴了大字报，反对村里发钱，这钱可能要被他闹没了！一些人一听，又纷纷跑来看个究竟。没一时，村务公开栏前便围了里三层、外三层的人，比平时开村民大会热闹多了。兴成、贺毅、长军、贺善怀等人也来了，看见这样多人把端阳围在村务公开栏前，生怕端阳吃亏，便挤到了端阳身边，将端阳保护了起来。

后来的一些人挤到前边看了，也像先前的人一样露出了十分不理解的样子，看着端阳道："端阳，是不是你现在没有娃儿上学，就反对发钱了？"话音刚落，有人马上就又接上了话，道："就是！奖励读书人，自古以来就是积德行善，扯什么法律?"还有人道:"你现在没有娃儿上学,可以后有嘛!再说,建沼气池是家家有份,你胡反对个什么?"还有一个在人群中大声道:"我看他是吃饱了没事干,像个婆娘一样说三道四!"端阳听了这话,这才气得涨红了脸,鼻孔里喘着粗气,胸脯一起一伏地站在了自己刚才坐的石头上大声说:"乡亲们,你们听我说两句,我不是反对村委会给大家发钱,可发钱既要合理,更要合法!在这个时候给大家发钱其理不合,明显是笼络人心!更重要的是违反了《村民委员会组织法》的规定!《村民委员会组织法》明明规定像这样的大事必须经村民大会集体讨论决定,可他们和我们讨论了吗……"

话音未落,人群中忽然又有人大声道:"只要是给我们发钱,管他们违法不违法!"这人说完,更多的人马上接了那人的话茬道:"就是!这是给我们做好事,做好事也违了,那是个什么法?"有人更大声喊道:"那法就不是为我们老百姓服务的!"还有人直接看着端阳道:"要是什么都要和大家商量,还选村干部干什么用?你要是当了村主任,你会事事都和我们商量吗?"端阳正想回答,却突然又听见另一个人说道:"我原来还想投你一票,可现在看来你还是嫩了点,不能投你的票了!"

端阳听了这些议论,犹如万箭穿心,脸上红一阵、白一阵,额角上甚至还浸出了非常细小的汗珠。他实在想不明白明明自己是在捍卫村民的权利,一门心思为大家好,可村民为什么不能理解,反把自己的好心当成了驴肝肺?正在百思不得其解的时候,忽听得人群外贺良毅扯着破嗓子喊了起来:"跟他说那么多做什么?把他贴上去的那张纸扯下来就是!"说着便往前面挤了过来。这儿贺兴成、贺毅等一见,立即往《告全体村民书》下面一聚,并同时用双手叉了腰,异口同声地大喊了一声:"敢!"贺良毅一看便在原地站住了。这儿兴成仍然对端阳道:"你还是回去,这儿人多嘴杂,猪尿包不打人胀人,何必要白领些闲气受?"贺毅也道:"对!都是些想钱的鬼,你短时间和他们也说不清楚,不如留点口水养牙齿!"端阳还有些犹豫,贺毅估摸端阳是不好意思走,便对长军和贺善怀道:"你两个在这儿守到一会儿,我和兴成把端阳送回去了就马上回来!"长军和善怀道:"你们去吧,我们就在这儿守到,哪个也不敢来把我们吃了!"贺毅便大声对围在村务公开栏前面的人群说:"我们不和你们说了,我们打酒只问提壶人,找当官的说去!"说着对端阳和兴成眨了一下眼。端阳和兴成会意,于是挤出人群朝前面走了。

　　端阳、兴成和贺毅一走，贺良毅又蠢蠢欲动想往前面挤，要去撕端阳贴在村务公开栏上的《告全体村民书》。贺长军和贺善怀在村务公开栏下护着，一见贺良毅骂骂咧咧地挤过来，长军忽然从地下拾起一块砖头握在手里，对贺良毅怒目而视道："哪个敢来撕，我就拍死他！"贺良毅岂是能被吓住的？一见贺长军这个架势，便朝四面一看，见学校旁边贺绿荣的地里，热天搭的丝瓜架还没拆，于是便跑过去，扯出一根已经发黑的竹竿，气势汹汹地跑了过来，一边挥舞一边朝贺长军叫道："来吧，老子还怕了你们不成？"话音刚落，便从头顶朝贺长军打了过来。贺长军见贺良毅去取来竹竿，明白今日如果和这个亡命之徒硬拼，自己只有吃亏的份，便早有准备。见贺长军竹竿打来，急忙丢了手里的砖块往旁边一跳，跑了。贺善怀站在贺长军身边，还没等贺良毅的竹竿落下来，便眼疾手快地一把抓住竹竿用力地往前一拉。贺良毅没有防备，一下被贺善怀拉了个狗吃屎，倒在了地上。趁贺良毅往上爬的工夫，贺善怀也像贺长军一样往旁边跑了。贺良毅爬起来，以为贺长军和贺善怀还在那里，也没来得及细看，抢起竹竿就朝村务公开栏下打去。说也凑巧，刚才贺贵站到人群外边看不清贺端阳那纸上写的是什么，这阵见人少了些便挤到了前面，此时正将那比啤酒瓶底还厚的眼镜片贴在墙上瞅着。贺良毅那一竹竿没打着别人，却打在了贺贵的肩上。贺贵一边嗷嗷地叫着一边回头红着眼睛地道："凭什么打老夫？这就是民主？民主就是敲竹竿乎？"说完又叫："贺端阳的话是对的，民主总是要胜利的！"贺良毅没打着贺长军和贺善怀正恼羞成怒，又听到贺贵说贺端阳是对的，便又叫了一声说："我先让你趴下去了，你再胜利去吧！"说着猛地一竹竿又朝贺贵的大腿扫去。贺贵果然哎哟地叫了一声便扑了下去。旁边有人看不下去了，便对贺良毅道："算了，别个那么大的年龄了你打他做什么？"贺良毅道："该他倒霉，哪个叫他河这边说话，他河那边来搭飞白！"说完这才丢了竹竿，过来几下将贺端阳那张《告全体村民书》哗地扯下来，撕成碎片往地上一扔，这才走了。贺贵趴在地上，半天爬不起来，嘴里一边哎哟哎哟地叫一边嘀咕着什么，旁人也听不怎么明白。于是有人便过去拉他道："你是讨来的冤枉打，你多什么话嘛？"贺贵从地上站了起来，又揉了半天大腿，这才道："不要紧也，不要紧也，民主总是要付出代价的！"说完又去看村务公开栏，见贺端阳的《告全体村民书》没有了，便又惋惜地道："写得甚好！

可惜尚有不足，尚有不足，老夫要去给他指教指教！"说完一瘸一瘸地往回走了。

　　贺长军和贺善怀一口气跑到了端阳家里，正碰上贺兴成和贺毅要往村小学走。两个人急忙拦住他们，说："不要去了，不要去了，端阳那《告全体村民书》已经被贺良毅撕了！"说罢，便把他们走后村小学发生的事跟端阳、兴成和贺毅说了一遍。端阳听完，就对长军问："贺良毅打贺贵，就没有人站出来制止一下？"长军道："没有！只是贺良毅走了，才有人去把贵叔扯起来！"端阳一拳擂到了桌子上，红了眼睛道："这人心怎么这样了？我们明明是为他们好，可就没有人帮我们！"说完又像是痛心疾首地道："鼠目寸光，全是鼠目寸光的东西！"贺毅道："这不能怪群众！都怪他们这一手太阴险歹毒了！"说完，像是突然想起什么似的又马上看着端阳道："你不是说他们这样做违法了吗？要不我们到县上去告他们！"端阳摇了摇头，却说："确实是违法了，可是我们去告，又不一定告得准。因为他们是打着为村民办实事的旗号来变相行贿的！这事肯定有乡上支持，要没乡上支持，他们也不敢这样做！"长军道："那我们现在怎么办？就认输了？"兴成突然道："哪个说我们就认输了？兵来将挡，水来土掩，前两天燕副主席和老叔回来不是我幺爸出的主意吗？我们再去求一下幺爸，他肯定有办法帮我们……"一语未了，长军和善怀都叫了起来，说："对！他们不是靠施点小恩小惠来争取的人心吗？他们有钱，难道世海叔没钱？再说，兴成你舅是煤老板，钱也不少。他们能用钱来买官，我们为什么就不能用钱来买？"端阳道："我也曾经产生过这样的想法，可人家是打着给村民做好事的旗号来变相贿赂选民的，并且钱是集体的钱。我们却是名不正，言不顺！上回大家在一起吃了几顿饭，都被人说成是贿选来查我们。这回如果我们给选民发钱，那更是贿选了，弄不好不但村主任当不上，还会鸡飞蛋打！"兴成道："我说那话的意思倒不一定非要钱不可！难道除了钱，我幺爸就没有其他办法了？"贺毅道："这话也说得对，路是人走出来的，就死马当活马医吧！"说罢就看着端阳。端阳想了半天，又看着兴成和贺毅，方才说道："行，我们就再去麻烦世海叔一次！不过我一个人实在不好意思去对世海叔开口了，两位哥子明天陪我到城里走一趟，能不能行？"贺毅和兴成自是不好拒绝，便说："这有什么难的？反正冬天也没什么活儿，在屋里也是打麻将，明天我们就陪你去！"贺毅还道："如果世海叔不答应帮忙，我们三个就赖在他公司里，看他怎么办？"兴成道："怎么会不答应？放心，幺爸能帮的肯定会帮我们!"

　　当下计议已定,约定第二天天开亮时,端阳、兴成和贺毅三人就往城里走,到了城里再吃早饭,好早去早回。说完,几个人便要离开,忽听得贺长军道:"别忙,我还有话说呢!"兴成忙盯着他道:"还有什么,快说!"贺长军说:"贺良毅这条狗太可恶了,我们得想办法给他点颜色看看!"端阳问:"怎么给他颜色?"长军这才压低了声音对几个人道:"这话我只跟你们说!前不久程素静悄悄跟我说,她说她又是听到贺兴禄的婆娘汤芳悄悄跟她说的,说贺良毅和贺广全的婆娘王碧清,搞上了……"几个人还没有等长军的话说完,便惊得一齐叫了起来,道:"真的?贺良毅这个癞蛤蟆竟然搞上'貂蝉'了?"然后又盯着长军问:"这话是不是真的,可不敢乱说哟!"长军道:"我也问了程素静好几遍,说这可是非小即大的事,乱说不得!程素静说这话真的是汤芳跟她说的!又说无风不起浪,贺兴禄和贺广全就住到一起,只隔个壁壁,你说'貂蝉'有点什么事怎么又能够瞒得过汤芳?我说:你知道贺良毅是个又歪又恶的人,如果这话打到他的耳朵里去了,那还了得?不管有没有那回事,你都把嘴巴管严一些!今天要不是见这个东西太可恶了,我还不得跟你们说!"贺毅一听,左手往右手一击,便道:"好,如果真有这事,就该我们出一口气了!"兴成也说:"对,不给他点颜色看看,他不知道锅儿是铁铸的!"贺善怀道:"我说呀,前段时间贺良毅这个狗东西怎么光在给王碧清帮忙做活路呀,原来是这样一回事!"端阳想了一想道:"现在先不要说,广全哥在城里世海叔手下打工,没在家里,这事倒有可能发生,但必须弄清楚!长军哥你叫素静嫂子想办法再从汤芳嘴里套些话出来。把事情弄实在了,我们再进城告诉广全哥!到时候广全哥自然知道该怎么收拾他了!"长军道:"这个你放心,程素静和汤芳本来就好,不然又不会把这样重要的事跟她说了!"贺善怀听了像是被注射了一支吗啡似的,十分兴奋地道:"好,我也细点心,悄悄地去监视他们,发现了我就来跟你们说!"说了一阵,大家方才散去。

四

　　第二天，端阳、兴成和贺毅果然一早就赶到了县城。在街边的小店一人啃了几个馒头，又喝了两碗稀饭，将嘴一抹，便先到县医院来看明祖。那娃儿经过两天的治疗，烧已完全退下去了。小孩子不藏病，端阳他们进去时，娃儿正在病房里到处跑。一见端阳便马上叫着"爸爸"扑了过去。端阳一把将儿子抱住，就去亲儿子的脸蛋。李正秀一见端阳却直是埋怨："昨天你在屋里做什么啊？你说的一早就来，来到哪里去了？娃儿一会儿要喝水，一会儿要打针，一会儿要吃东西，我一个老太婆顾得了这头顾不了那头，你是个万年宽是不是？我还没见过你这样当爹的，把娃儿甩到医院里就不管了！"端阳想起昨天这时候正在村委会的村务公开栏前受着村里一些人的奚落和指责，心里一时难受起来，便对母亲道："妈，昨天我是想来的，可你知道我走不成嘛……"李正秀还是怨气冲天地道："哪个把你扯到起的，你走不成？"端阳想对母亲解释，却又觉得不好开口。兴成才把李正秀拉到一边，把村里昨天发生的事和他们今天来城里的目的跟她说了。李正秀这才不去指责儿子了，却过来对儿子道："叫你不要去争那个讨口子职业当，你偏要争那口闲气，还不是你自己讨到的！"端阳道："妈，现在说什么都是多余的，儿子只有和他们争下去！"说完过去抱起明祖，又在他脸上亲了一下道："儿子，爹对不起你！也许等你长到我这样大的时候，就能赶上真正的民主了！"说完又把儿子交给李正秀，约定他们去见了世海后，便来办理明祖的出院手续，然后一起回去。说完便转身要走。没想到明祖却要跟着端阳去。李正秀去床头柜里拿出了一根棒棒糖，方把明祖给哄住。

　　三个人来到贺世海的公司，一上楼就碰着了贺世海。贺世海一见他们三个人都来了，便明白他们一定是有什么重要的事找自己，于是便把他们带到自己的办公室，不等端阳他们开口就问道："你们几个这样早就进城来，出了什么事？"端阳三人一听，便争先恐后地说了起来。世海道："你们着什么急？又不是吵架，都争到说什么？"兴成和贺毅便都闭了嘴，拿眼看着端阳。端阳便把从燕副主席等人走后村里出现的舆论，村两委发布的公告，自己写的《告全体村民书》以及目前村里的情况都一一向贺世海说了一遍。说完，怕贺世海不相信，还把悄悄抄写的村两委会公告和自己的《告全体村民书》底稿递给了贺世海。贺世海坐在大班椅上，像接待上访群众一样接过端阳递过来的东西，两眼只在上面浏览了一下，便放下了，道："你们说的我都知道了！贺端阳你说得对，贺春乾和贺国藩他们这样做不但违法，而且明显是用公款贿选！这一招确实很毒，如果你们反对，全湾的人都会恨你们；如果你们不反对，人家就用钱买到了选票！"端阳道："我们现在是左右为难！我们想到县上来告他们，一是担心告不准，二是担心即使告准了，村民一恨我们，我们还是一个输字！所以我们几个都来请教世海叔，看现在我们该怎么办？"

贺世海抿着嘴唇想了一会儿，突然道："村上一直都说没有钱。从乡上到村里那条机耕路，说了这么多年要修成水泥路，可都一直没有修，为什么？便是因为没有钱！可现在怎么有钱了？这两笔钱加起来不少，他们这钱是从哪里来的？"端阳、兴成、贺毅一听，恍然大悟，互相看着，道："是呀，他们是哪来的钱呢？"说完，端阳和贺毅又看着贺世海问："世海叔，你估计他们是哪来的钱？是不是从银行贷的？"贺世海摇了一下头，说："从银行贷不可能！这阵中央治理通货膨胀，好多中小企业都贷不到款了，银行怎么会把钱贷给他们？贷给村上又用什么来还？"端阳和贺毅道："那他们是哪来的钱呢？"贺世海道："哪来的钱现在不打紧了！他们这样做以为很聪明，可以把你们置于死地，却不知不觉已经留下了一个漏洞让你们钻！你们何不以子之矛，攻子之盾，点他们的死穴？"端阳问："世海叔，什么才是他们的死穴？"

贺世海将贺端阳看了半天，才突然从牙缝里迸出了一个字："账！"端阳还是有些不太理解，又跟着道了一句："账？"贺世海道："对！虽然上面年年都要求村务公开，可他们究竟公开了什么？我虽然出来了，可据我所知，贺家湾这些年的账从来没有搞清楚过！有一回我听到一首顺口溜，说现在好多村的账，是集体资金不归槽，书记身上一把条；有的能见面，有的不能瞧！旧账清不了，新账又来了；包包账、断头账，年年都是糊涂账！我看贺家湾的账也就是这个样子！"贺世海的话刚完，贺兴成突然想起当年幺爸就是被贺国藩他们清账给清出问题来下台的。一听这话便兴奋地叫了起来，道："对！这样多年，他们没有认真公布过账，肯定有问题！"贺毅也说："就是，我们在屋里怎么没有想到这一点呢？"贺世海道："我还可以给你们提供一点信息，贺春乾和贺国藩用村里的钱买了个人养老保险的！而且我还听到有人说，他们每个人还冒领了二十多亩地粮食直补款！这两件事都是你们乡上的人跟我说的，消息肯定确切！另外，我从县上土地流转办公室了解到，九环制药公司到贺家湾来租的一千亩地，给的租金是在当年粮食平均产量的基础上又增加了10%的。但我听说你们领到的并没有这10%。这笔钱到哪里去了？你们回去就要求查账，一下就要把他们逼到绝路上去！"三个人听了都十分高兴起来。过了一会儿，兴成才小声地问："幺爸，要是他们不同意查呢？"贺世海道："那就要看你们的了！要是他们不同意查，就等于不打自招，承认心中有鬼，到时群众自然站到你们一边了！他们实在不让查，你们不就有理由上访了？"端阳立即激动地跳了起来，道："世海叔，我们明白了，这次要拼，就真的要和他们拼个鱼死网破了！"兴成也兴奋得将右手攥成了拳头在头顶上挥了一下，大声道："幺爸，我们给你报仇的时候到了！"贺世海道："你娃儿乱说，跟我报什么仇？老子是为你们好呢！"端阳道："是，世海叔，我们谢谢你！"贺毅也道："多谢世海叔了！在屋里我们愁死了，听了你这话我们又有信心了！"说罢三个人急匆匆地下了楼，去医院办了明祖的出院手续，当天上午便赶回去了。

回到家里，端阳来不及休息，便马上又起草了一份《再告贺家湾全体村民书》。下午，端阳又把贺兴成、贺毅、贺长军、贺善怀、贺勇等几个人喊来，听他把所写的内容读了一遍。只听贺端阳读着：

再告贺家湾全体村民书

贺家湾全体村民同志们：

《村民委员会组织法》赋予了我们广大村民当家做主、参与管理和监督村政的神圣权利。可这些年来，我们村的账目一直没有详细和认真公开过。广大村民形容我们村上的账，是集体资金不归槽，书记身上一把条；有的能见面，有的不能瞧。旧账清不了，新账又来了；包包账、断头账，年年都是糊涂账！第一，据我们所知，国家每年支付给我们村的森林看管费，是每亩五元。五元虽然不多，可我们村白石坡和万牛坪的长防林就有一千多亩。这么多年下来也是一笔不小的收入，我们强烈要求村委会公布这笔款的去向！第二，我们村租给九环制药有限公司种植中药材的土地，听说九环制药有限公司是在年平均产量的基础上又提高10%付给我们租金的，可我们每年都没得到这10%。这笔钱用到哪里去了？如果发展了公益事业，请村委会公布！如果没发展公益事业，也请村委会公开这笔钱的开支情况！第三，村里每年用于吃喝的费用究竟有多少？这些钱是哪些人吃的？第四，村支书和村主任用公款给自己买了养老保险，算不算是贪污？第五，村支书、村主任每人多领了二十多亩土地的粮食直补款，算不算骗领……针对以上情况，我们强烈要求组织有村民代表参加的查账小组，对近年的账务进行一次认真的清查！如不查清，我们坚决拒绝参加选举！

读罢，贺端阳又看着贺兴成等人道："你们看还有哪些地方没有说明白的？如果有，我好补上去！"兴成道："其他的我们也没有掌握到证据，也不好说！不过就凭这几条也够他们受的！"贺毅道："我们的目的也不在乎掌握了他们多少情况，我们主要是要求查账，一查就明白了！"兴成又马上道："对！对！我看就这样行了！"端阳听后又看了他们一眼道："你们愿不愿意在后面落名字？"兴成、贺毅、长军、贺勇听了却没表态，只互相看着。端阳一看便明白了他们的心思，于是立即道："算了，反正湾里人都知道了，我是个唱黑脸的，还是落我一个人的名字，有个什么免得你们都跟着受连累！"说完又说："不过明天贴出去，你们还是去守到一下，免得我们前头贴，后头就遭别个撕了！"兴成、贺毅、长军、贺勇等人立即说："这没有问题，明天我们都去站到村务公开栏下，看哪个敢来撕？"说毕散了。

晚上，贺端阳用一张大白纸将这份要求查账的檄文工工整整地抄了出来。第二天吃过早饭便又拿去张贴在了村务公开栏上村两委会的公告旁边。没多久，兴成、贺毅、长军、善怀等人也来了，大家把手抱在怀里，都站到村务公开栏下等人来观看。

没多久，果然又有送小孩上学的村民来了。一看村务公开栏上又贴出了一张大白纸，端阳几个人又立在下面，便又好奇地过来问道："又是什么？"贺毅道：

"是什么你看看就明白了!"于是便有人把孩子打发进校门去,自己立在墙脚下看了起来。前面的人还没看完,后面又来了几个人也跟着看。看完,有人便像不相信似的叫了起来:"真的,我们的土地租金还有10%没有拿给我们?"又有人问端阳:"他们真的用公款给自己买了养老保险,又多领了粮食直补款?"端阳道:"有没有,只要查账就明白了!"兴成、贺毅等人道:"我们敢保证,端阳上面写的是真的!"众人听了这话一下便都愤怒了起来,道:"原来是把我们蒙在鼓里!什么奖励哟? 只是他们吃剩下的! 不知道他们还吃了我们多少血汗!"这时人越聚越多,每个人看了过后,不管是大房的还是小房的,也不管是拥护贺端阳的还是站在贺国藩一边的,脸上都露出了愤愤之色。这种事传播也快,一些最先看到的村民怀着满脸的不平之色,回去便四处传播端阳揭发的事。一些听到消息的人又急忙赶到村委会来看。看完以后又回去四处传播和议论。经过如此快速发酵,不到半天工夫,贺家湾的旮旮角落都是人们愤怒不平的声音,道是:"还以为他们做善事,才真正是想利用我们!"又道:"心太黑了,一下就吃了我们土地租金的10%!"或道:"集体的钱,拿去给个人买保险,把我们大家的屁股都拿去做脸了!"再道:"凭什么他们要多领粮食直补款,这不是贪污是什么?"更有一些人大声疾呼:"贺端阳的要求是对的! 查账,坚决要求查账!"自然也有人道:"管他们的哟,哪个当官都要贪污! 不贪污的官还没有生呢!"也有人附和道:"就是,人不为己,天诛地灭嘛!"

贺家湾在霎时之间仿佛变成了一个炸药桶,随时都可能发生爆炸。甚至连空气之中人们都感到了一股火药味儿。端阳也于无形之中成了众多人心目中的英雄。不但小房中的许多人又迅速回到了他的身边,连大房的一些人也一下改变了对他的看法和他套起近乎来。

端阳见贺世海出的这个主意效果确实不错,半天工夫不到就把村民给发动起来了,心里也是十分高兴。只是大半天过去了,村务公开栏前人去人来,也没见贺春乾、贺国藩的影子,心下有些遗憾。便对贺兴成、贺毅等人道:"你们说贺春乾和贺国藩是不是还不知道我们要求查账这件事?"兴成道:"全湾都知道了,他们怎么会不知道?"贺毅也道:"刚才贺良毅、贺通良都来过,他们还有不去跟贺春乾和贺国藩报信的?"贺长军道:"怕是害怕了,不敢露面了!"端阳道:"不管他们露不露面,反正全湾的人都知道了,哪个要来撕就让他们来撕,我们回去

276

吃饭，吃了饭好商议下一步的行动！"贺长军道："你们先回去吧，我再等一会儿看贺春乾和贺国藩露不露面？"端阳道："那好吧，我们就先回去了！"说完又嘱咐贺长军道："你再看一会儿，也早点回去啊！"贺长军答应了一声。这儿贺端阳、贺兴成、贺毅等人便先回去了。

端阳回到家里刚坐下不久，长军便兴冲冲地跑来了，人还在院子里，便忍不住对端阳叫了起来："贺春乾到底沉不住气了！"端阳道："怎么沉不住气了？"贺长军跨进屋子，满脸皆是掩饰不住的得意笑容，道："你们走了一会儿，贺春乾就来了。那一张脸黑得三板斧也砍不透的样子。去看了村务公开栏上你那《再告贺家湾全体村民书》，眉毛胡子都气得抖起来了！"端阳道："你看得那么仔细，连眉毛胡子气得抖都看见了？"贺长军道："真的，我还没有看见一个人气得那个样子！"端阳道："这就证明我们打中他们的要害了！"说完又问："他看见你说什么没有？"长军道："怎么没有？他眉毛胡子抖了半天，才对我说：贺长军，我也并没有亏待过你，你怎么也要跟到他们跑？我说：'我没有跟到哪个跑呀！我也只是听说贺端阳贴了个什么东西出来，过来看看，也才到这里！'贺春乾知道我说的是假话，也没开腔。我以为他要去把那《告全体村民书》给撕了。可他没有，咬了半天牙齿这才走了。"端阳道："你看见他往哪儿走的？"贺长军道："往乡上！我估计又是到乡上搬救兵去了！"端阳道："我就料到我们在那儿他不好意思来！我们一走他就来了！"又道："管他到哪儿搬救兵，我们按我们的计划行动，明天上午我们就去乡上上访，要求查村里的账！"贺长军道："就是，我们看姓伍的怎么回答我们！"说完长军回去了。

第二天吃过早饭，贺端阳、贺兴成、贺毅、贺长军、贺善怀、贺勇、贺建、贺林、贺飞等一干人正说要到乡上请愿，要求清查村里的财务时，乡上伍书记却又带着一干人马赶到贺家湾来了。原来贺春乾昨日中午赶到乡上，把贺端阳《再告全体村民书》的内容和要求查账的事对伍书记一一汇报了。伍书记一听，自己原本是害怕拔出萝卜带出泥，才想死保贺家湾的班子的，没想到事情竟真的弄成惹火烧身了，心里有些慌了，急忙责备贺春乾道："怎么弄成这个样子了？叫你们小心些，小心些，这下怎么办？"贺春乾道："我们是按照你的指示办的，也不知道他们怎么知道土地租金和我们买养老保险这些事的？"伍书记道："幸好你们买养老保险和多领粮食直补款的事乡上知道，还可以跟你们承担起来！可土地租金的事怎么跟群众解释?"贺春乾道:"要说起来也没有好大关系!前天办理的这笔钱,反正他们反对发,我们马上还给财政所。以往我们全是用发票冲了账的!只要查账时不过分认真,也能应付过去!"伍书记听了这话才放心一些,道:"如果真的用发票冲了的,这倒还好办一些,大不了就是一个开支不太合理罢了!"贺春乾道:"就是!不过清账的人乡上得把好关!"伍书记道:"先别说清账的事,明天我下来开个村民大会,把有些事情跟村民解释一下。讲清楚后,大多数村民如果不要求清账就算了,如果硬坚持要清账,回来再说清账的事!"贺春乾一听这话,便也同意了伍书记的意见,说:"行,这样最好!"说完便回家安排起第二天开会的事来。

贺端阳等人一见伍书记带着乡上的人到贺家湾来了,便用不着到乡上去了。一听见贺春乾在喇叭里喊开村民大会,就又早早来到村小学的黄葛树下。贺家湾的村民似乎知道今天这会有热闹看,来得十分整齐,没多久,黄葛树下已是黑压压人头一片。贺春乾和贺国藩等人还是从学校里搬来了几张学生课桌,临时搭了一个主席台,只是没像往常那样拉会标和挂标语。一布置完毕,贺春乾便宣布开会,说了几句开场白后,便请伍书记讲话。伍书记走到前面,拿过话筒便大声讲了起来,道:"贺家湾的父老乡亲们,你们辛苦了!今天,乡党委和乡政府到贺家湾村来开一个村民大会,向全体村民同志说明一些情况。听说部分村民同志要求清理村里的账务,也提出了几件具体的事情,这是一件好事。说明我们村民同志们通过学习,思想觉悟提高了,民主意识增强了,我们乡党委和政府热烈欢迎!不过有些问题由于村民同志不了解情况,我们也没有及时跟村民同志们解释,所以中间有些误会,现在我就把有些情况跟村民同志们讲一讲!"说完,伍书记将会场看了一眼,见没人吭声,便顿了一下才继续往下说道:"关于村民同志提到村支书和村主任两个人用公款买养老保险的事,这是上级有文件规定的!为什么要给他们买养老保险呢?目的是调动村主要干部的积极性,解决他们的后顾之忧……"

说到这里,人群中终于有人喊起来了,道:"要解决他们的后顾之忧,你们乡上不知道拿钱去买,怎么要拿我们的钱去买?"又有人道:"你说有文件,把文件拿给我们看看!"又有人喊:"买保险有文件,多领粮食直补款难道也有文件?"在人群呼喊时,伍书记也不答话,等人们喊声稀了,伍书记才又接着道:"关于贺春乾和贺国藩两个同志多领了粮食直补款一事，是我们乡党委、乡政府集体做的决定，多领的也不是他们两个同志，而是全乡每个村的支书和主任都是这样，这个责任，由我们乡上来负……"同样话还未完，人群中又有人愤怒地喊起来了，道："为什么乡上要做这样的决定？这不是揩国家的油吗？"伍书记道："因为乡上考虑到村干部工资低，应酬多，所以采取了这样一个变通的办法。其实金额也不是很大……"话音未落，人群便像开了锅一样，很多人便你一句、我一句高声地叫喊起来："还说不多，怎么不把国家的钱全部拿回去！""对，你们是一伙的！""怪不得想当官，原来还是这样的！""你们这是贪污腐败！骗领了国家的钱还说金额不大！"

在村民的一片叫喊声中，贺端阳突然几步走到了台上，用手卷成喇叭状对村民大声喊道："乡亲们，大家静一静！静一静……"村民们听不清他的声音，便一齐喊道："听不见，拿到话筒说！拿到话筒说！"贺端阳便果真转过身子，从伍书记手里拿过话筒，噗噗地吹了两下，方才大声说："乡亲们，静一静！你们听我说几句，沙坝里写字，要得就要，要不得抹了就是！刚才伍书记已经给我们讲清楚了！买保险的事既然上面有文件，他们只要是按文件执行的，我认为就不要去计较了！对于多领粮食直补款，既然也是经乡上集体研究的，虽然乡上采取的方式欠妥，但我们也坚决拥护乡上的决定！可是对于村里这些年的账务，特别是九环制药公司给我们的土地租金究竟是怎么回事，我们强烈要求乡党委组织人员清查，还群众一个明白！大家说要不要得？"话音刚落，下面村民便一齐高呼了起来，道："对，一定要查清楚！"伍书记先前听了贺端阳的话，觉得这个人还是容易对付的，可一听了他煽动村民要清账的话，又一下皱紧了眉头，马上从端阳手里拿过话筒，对着会场喊了起来："村民同志们，你们清账的要求是合理的，可眼看就要选举了，我在这里给你们表个态，等选举过后乡上一定组织人来把贺家湾的这些年的账目清查清楚，行不行？"下面村民还没回答，端阳便在台上对伍书记从牙缝里迸出了两个字："不行！"说完才继续道："村里的账不查清，我们绝不参加选举！"下面贺兴成、贺毅等人听了端阳的话，也马上喊了起来："就是，不清账就不参加选举！"伍书记朝台下看了一眼，却仍然把目光收回到台上端阳身上，道："贺端阳同志，你关心村里的大事是对的，可村委会换届选举是全县人民政治生活中的一件大事，选举时间是县上统一规定的，任何人不得干扰！如果清账干扰了选举哪个负责？"端阳针锋相对道："正因为选举是我们政治生活中的一件大事，我们才要求查清村里的账务！我们总不能糊里糊涂地选一个贪污腐败分子来领导我们吧？"伍书记忍着心里的火气，道："你在这个时候突然要求查账，不是有意干扰选举是什么？"端阳也一下恼了，盯着伍书记道："这样说，伍书记是不答应查账了？"说着又突然转向村民大声喊了起来："乡亲们，看来乡上是不会答应查账的，他们这是在逼我们到县上、省里上访！愿意到县上、省上上访的我们下午就走！"说罢便跳到了台子下面去。贺兴成、贺毅等一大群村民也都在下面喊了起来："对，我们到县上、省上去！"说毕便簇了端阳一齐往会场外面走。台上的伍书记呆了一阵，明白不答应贺端阳们的要求大概是不行的了。于是假意过去和乡上来的其他几个领导嘀咕了几句，方才走到前面对会场宣布道："贺家湾的村民同志们，经过我们认真研究，乡上决定明天就派人下来清查贺家湾村的账务！"端阳们一听这才站住了，道："那好嘛，我们就等待着你们来清了再说吧！"说完又回到了会场。可那伍书记已经无心继续开会了，便对贺春乾说了句什么，贺春乾过来怒气冲冲地宣布了一声："散会！"人们一听像是意犹未尽似的，一边议论一边才三三两两地离开了会场。

五

第二天上午，伍书记果然从乡纪检委、农经管理站、财政所等单位抽调了几个人员，由才到乡上不久的乡纪检委书记谢瑛带队到贺家湾清查村委会的账目来了。端阳听说乡上清账小组到村上来了，自是高兴。可一直到中午也没人来通知他参加，心里便感到不对头，于是便到村委会去想问问为什么没通知他参加。走到村委会办公室楼下，刚打算上楼，正好碰到了从楼上往下走的贺春乾，端阳便问："乡上清账的来了怎么没得村民代表参加？"贺春乾白了贺端阳一眼，黑着一张面孔不满地道："你怎么知道没得村民代表参加？"端阳道："清账是我发起的，我应该参加！"贺春乾从鼻子里哼了一声，冷冷地道："你参加是应该参加，可你什么时候成为村民代表了？"端阳道："我难道不能当村民代表？"贺春乾讥讽地道："你别说当村民代表，就是当全国人大代表也是够格的！可再够格也要依法办事是不是？村民代表是上次换届后就产生了的，这不还没有换届吗？你要当就看下一届你的运气好不好了？"端阳没和贺春乾计较，只愤愤地问道："有哪些村民代表在参加清账？"贺春乾道："有哪些我也没有义务跟你汇报！"端阳一听这话，便强忍怒火道："我知道你们怕我才不让参加的！我不怕你们挂羊头卖狗肉，如果账清得不彻底，我们又重新来嘛！"贺春乾又从鼻孔里哼了一声，道："你莫月亮坝坝里看鸡巴——把自己看得那么大！世界上也不是只有你一个人才是马列主义，别人都不是！"端阳终于一下爆发了，涨红着脸大声道："那好，你们等着，会有你们好看的！"说罢也不上楼，转过身便咚咚地朝门外走去了。

端阳出来也没回家，又径直去找了兴成、贺毅，又把贺长军、贺善怀、贺勇、贺林、贺建等人喊来，说了村里闭门查账的事。兴成、贺毅、长军等人见村上也没通知自己参加，心里都十分气愤，说："这样查账查得出什么？还不是城隍庙里卖假药——哄鬼的！只是走个过场罢了！"贺毅还道："他们越是这样，越说明心里有鬼，不敢见天，才不通知我们参加的！"端阳道："那你们说我们现在该怎么办？"贺兴成立即气咻咻地大声嚷道："有什么不好办的？反正都闹到这个分上来了，黄泥巴揩屁股——是屎也是屎，不是屎也是屎！他们把我们撇到一边，我们不如闯进去把账本和单据抢出来，再到县上找人细细查！只要查出了问题，他们就是泥菩萨过河——自身难保，谅他们也不敢把我们怎么样！"端阳一听这话，立即道："和我想到一块去了！我来找你们也就是想和你们商量这事的！事情既然闹到了现在这个地步，不是他们死，就是我们亡，要想活就只有这条路，把账本抢出来！"说完又看着兴成、贺毅等人问："就不知道你们愿不愿意跟我一块去？"贺兴成、贺毅等众人齐声道："有什么不敢去的？我们都跟你去！"端阳道："那好！我们现在就去！大家抢的时候要小心一点，不要把账和单据给撕烂了！"说完，贺端阳就带着贺兴成、贺毅等一群人朝村委会走去了。

可是等他们来到村委会上楼一看，村委会办公室里却只有贺通良一个人在那儿慢慢地擦桌子，十分冷清。端阳一愣，想起自己刚才来时还听到楼上人声喧哗，这时怎么没人了？便问贺通良道："人呢？"贺通良一边慢慢抹着桌子，一边慢悠悠地道："什么人？"端阳道："乡上清账的人！"贺通良朝贺端阳看了一眼，半天才爱理不理地回答："走了！"贺毅道："走了？他们不是来清账的吗，怎么才屁大点的时间就走了？"众人也道："对，怕是躲起来了！"贺通良又朝众人看了一眼，嘲讽地道："他们又不怕你们，躲起来干什么？"贺端阳道："那你说说他们到哪里去了？"贺通良道："从哪里来就回哪里去了！"说毕又乜斜着端阳道："怎么，你是来请他们吃饭的？"贺兴成见贺通良这副不阴不阳的样子，十分生气，便冲贺通良大声道："那些人究竟到哪里去了？"贺通良见贺兴成红眼睛、绿眉毛的样子，也怕惹恼了众人，自己只有一个人在这里担心吃亏，这才道："他们把账带到乡上去查了！"端阳一听这话，大脑里轰的一声，实在想不明白，便问："为什么村里的账不在村里查，要拿到乡上去查？"贺通良又看了端阳一眼，像是早知道他要这样问似的，便又懒洋洋地道："为什么？为的怕有人来影响了查账，所以才决定把账带到乡上去查！"众人听了这话也都愣住了，一起望着端阳。端阳咬着牙，鼓着腮，胸脯起伏了一阵，这才哼了一声，一拂手转身出了村委会办公室。众人一见，也跟着走了出来。

走出学校大门，来到外面那棵老黄葛树底下，端阳和众人方才站住。端阳的脸黑着，仍是一副余怒难消的样子。众人也都呈现出愤愤不平的颜色。贺兴成叫道："他们肯定还没有走远，我们去把账本抢回来！"贺长军、贺建也气冲冲道："就是他们回到了乡上，又怕什么？清账本来就该在村上清嘛，拿到乡上躲到清，哪个知道他们在认真清？别说他们拿到乡上，就是拿到县上、省上，我们也有理由去抢回来！"说罢，众人闹哄哄地便要走。此时端阳慢慢冷静下来了，想了一想便道："算了！他们既然把账转移了，说明他们早就防备到我们了。现在到乡上去抢，账抢不回来不说，说不定还要落个妨碍公务的罪！"贺毅也道："端阳说得对，这个时候不能盲目行动，说不定这正是人家先把坑挖好了的，正等着我们往里面跳呢！"贺兴成、贺长军等听了忙问："那我们就这样算了？"端阳又沉思了一会儿才道："贺毅哥说得对，我们这时先不说什么，以逸待劳，等他们公布了结果再说吧！"兴成还是有些不服地说："他们本来就是大粪流进污水沟——同流合污，你还希望有什么好结果呀？"端阳还是冷静地说："那也没办法，就是再不好的结果我们也只有先等一下！"兴成听了这话，方才不坚持自己的意见了。众人统一了思想，这才离开黄葛树下各自回家去了。

过了几天，眼看着离投票选举的日子已经没有几天了，乡上这才下来召开村民大会，公布贺家湾账目的清查结果。果然如贺兴成所料，会议一开始，清账小组组长——乡纪委的谢瑛书记就说："贺家湾的村民同志们，经过乡清账小组几天来的辛勤工作，认真清理，终于完成了贺家湾村近几年的财务清理工作！在这里我可以负责任地对大家宣布：贺家湾村的财务是清楚的，干部是清白的！并不存在像有的同志认为的那样干部有贪污腐败行为……"她的话还没讲完，下面就闹了起来："你们说是清白的，就把账一笔一笔地公布出来！""你们关门清账，哪个知道清白不清白。不行，把账本给我们，我们自己查！"谢瑛才三十多岁，又才调到这个乡不久，加上又是个女的，一见这个情况就有些沉不住气了，但她仍尽量克制住心里的不满说："当然，在清查中我们也发现了一些问题！比如一些开支不尽合理，一些单据没及时入账，一些单据上签字不太规范等等，在以后的工作中希望村委会认真改进……"仍然是话没说完，就又被下面的喊声打断了："你们这是避重就轻！"

叫声中，只见贺端阳又一步跳到台上，满脸怒气，愤怒地挥舞着拳头对谢瑛书记喊道："我们信不过你们的清理！我们要自己清，请你们把村里账务和发票都给我们！"下面众人见了也跟着叫了起来，道："对，我们自己清！""把账还给我们！"谢瑛书记从没见过这样的架势，有些不知所措了，半天才对着群众道："贺家湾的村民同志们，你们要相信乡党委和乡政府……"正还要往下说，端阳突然怒气冲冲地打断了她的话："我们是想相信乡党委，相信乡政府，可你们却不相信我们，让我们凭什么相信你们？"谢瑛书记道："我们什么时候不相信你们了？你们要求查账，乡党委和政府不是满足你们的要求了吗？"端阳道："你们这是查什么账？比不查的影响还坏！"说完又接着问谢瑛道："关起门来清账，不让我们参加，究竟是你们不相信我们还是我们不相信你们呀？"下面兴成、贺毅、长军等人也在人群中大声喊了起来，道："对，你们不相信我们在前，我们才不相信你们！你是纪委书记，难道还不知道怎么查账？"谢瑛书记像是被问住的样子，看了看清账组的其他成员，半天才道："如果你们真不相信乡党委和乡政府，你们也可以组织人清，但必须等到选举过后在乡党委领导下进行！"

话音刚落，端阳又斩钉截铁般叫道："不行，我们现在就要清，把账本给我们！"谢瑛道："账本被乡上暂时保管起来了！"端阳大声问道："村里的账本为什么你们要保管起来？"谢瑛书记还没答话，财政所参加查账的张会计道："这是乡党委昨天晚上集体做出的决定……"端阳没等他说完，突然瞪圆了眼睛，咄咄逼人地瞪着他道："为什么？"张会计语塞了。谢瑛书记忙替张会计回答了一句，道："为了保证选举的顺利进行！"说完，她又转向会场下面对村民大声道："村民同志们，我受乡党委和乡政府的委托，向贺家湾的全体村民同志们转达昨天晚上乡党委会议的意见！村委会换届选举日期越来越近，乡党委和乡政府的领导希望全体村民同志在村选委会的领导下，顾全大局，团结起来搞好选举！你们要相信乡党委、乡政府，相信村选委会，履行好自己的民主权利，投下自己的庄严一票！千万别受一小部分人的挑唆影响了选举……"

贺端阳起初听到账本被乡上保管起来了，就觉得这里面更有见不得人的事，也更加坚信了村里的财务有问题的判断。乡上这样做，如果不是蛇鼠一窝，那也是官官相护，有意袒护贺春乾和贺国藩。这时又听到谢书记要村民不要受一小部分人挑唆，心里更气了。他想，如果不清账事情还好说些，现在清了账又没清出什么来，账又被乡上保管了起来，反倒不好说什么了。于是他愤怒地打断了谢书记的话，大声喊道："不行，你们这是拿选举来压清账！账没清好，我们坚决不参加选举！"说完转向台下，继续挥舞着手说："乡亲们，请大家擦亮眼睛，看清乡上这样做的目的，就是想保护村委会原班子的人，好让他们继续留任！这不叫民主，而是把我们都当木偶，由他们耍了！我们不参加这个会了，明天我们就到县上上访去，大家说要不要得？"话音一落，底下很多人便喊叫起来："要得！"端阳听罢一下跳到台下面，就往会场外走去。紧跟着，贺兴成、贺毅、贺长军、贺善怀等人和端阳的一些支持者，也都跟着退出了会场。顿时，会场的人便少了一大半。剩下的人虽然没走，却只是三五成群地聚在一起各自聊天，一副无心开会了的样子。谢瑛书记一见，明白会议开下去也没什么意思，便宣布了散会。然后带着清账小组的人员回乡上去了。

下午，贺端阳去约了贺兴成准备第二天一早便去县上上访。贺兴成问道："你上访材料写好没有？"端阳道："你们放心，我早就知道清账会是这样一个结果，所以前几天就把上访材料的草稿打好了！今晚上我再修改一下，把今天姓谢的在会上讲的那些话加些进去，然后抄出来就行了！"兴成道："那就好！"说完又道："明天我们去了后，还是先去找一下我么爸和兴仁，听一下他们的意见！"端阳道："那是当然的！"说完又说："那就这样说定了，明天一早我来喊你们！"说罢便离开兴成，又分别去找贺毅、贺长军、贺善怀、贺勇等人去了。贺毅、贺长军、贺善怀、贺勇等人见端阳果真要去上访，十分赞同，也都爽快地答应了。

吃过晚饭，端阳便叫母亲先把明祖哄着睡了，自己坐在堂屋的桌子上，铺开几天前便写好的上访材料修改起来。李正秀把孙子哄睡后，又上楼去打算再从柜子里抱一床棉絮下来。刚走上楼，便突然大声喊了起来，像是吓住了似的，道："端阳，你快上来看看！"端阳急忙把笔一搁，一边大声向母亲问："妈，干什么？"一边"咚咚"地往楼上跑去。到了楼上，却见李正秀两眼直端端看着房梁上，脸色泛白，神色紧张。端阳没等母亲说话，顺了她的目光看去，也兀自吃了一惊。原来那房梁正中缠绕着一条明祖手臂般大小的花蛇，蛇头朝下，不断朝他们娘俩吐着长长的芯子。尾巴拍打着房梁，将屋梁上的灰尘一股股朝他们扫下来。那样子既像是亲热又像是淘气。端阳看了半晌，脸色也渐渐变了，道："妈，这就怪了！这个时候蛇都钻了洞，怎么会有蛇缠到屋梁上？"李正秀听了儿子的话没有回答，还只呆呆地和蛇四目相对。看着看着眼角竟渐渐湿润了，突然对了端阳道："是你那死老汉，怕是我们屋里又要出什么事，不放心，专门回来给我们打招呼来了！"端阳一听浑身竟不由自主地抖动了一下，急忙道："妈，你怎么相信这些？我们屋里会出什么事？"李正秀说："我刚才上楼时，突然一阵心慌，像是好久都没有吃过油那样捞肠刮肚的！上楼来一拉开灯，听见头顶一阵噗噗响，抬头一看就看到了它盘到屋梁上。就像你说的，天气这样冷，蛇都进洞了，如果不是你那死老汉有事回来跟我们说，这个时候哪还有蛇进屋？还不知道它在屋梁上盘了好久呢？"

端阳听李正秀这一说，愈发紧张起来，却装作没事一般，对母亲说："妈，你不要相信那些，大概是屋里比外面暖和，蛇就爬进来了！你等着，我去找根竹竿把它打下来……"话音未落，李正秀突然瞪圆了眼睛对儿子吼道："你敢！"端阳愣住了，半天才道："妈，怎么不能打？"李正秀道："老辈人都说蛇是不随便进屋里，尤其是花蛇，进了屋，一定是先人回来看我们的！打了进屋的蛇，老天也不容，是要遭雷打的！"端阳道："妈，难道让它一直挂到屋梁上？要是把明祖吓着了怎么办？"李正秀道："你在这里看着，我去找点东西来！"说着也不等端阳问找什么，便三步并作两步，咚咚地下楼去了。

端阳等母亲走后，果然站在原地，两眼也一动不动地看着那蛇。只见那蛇还是保持着先前的姿势，只是两只圆圆的眼睛如两粒晶莹剔透的黑宝石，一动不动地看着端阳。看得端阳心里也突然慌乱起来，便对那蛇道："喂，你到底是不是我爹变的？如果是我爹变的，你就快点离开，别把明祖吓着了！"话音刚落，那蛇突然把长长的芯子伸向空中，重重地点了点头，同时尾巴又扇下一股屋梁上的灰尘来。端阳禁不住打了寒战，突然感到一股阴凉的冷气从脚底蹿了上来，觉得那身上的每个寒毛孔都一下收紧了。想了一想又道："你是我爹变的，那你想跟我们说点什么？"那蛇听罢仍只端端地看着端阳，眼黑亮如漆。端阳又道："哦，我知道你什么都说不出来！可是，你既然什么都说不出来，回来做什么呢……"

正说着，李正秀突然擎了几支香、一叠草纸，还用盘子装了几个供果端到楼上来了。只见她点燃香，插在一块用萝卜削成的香座上，又将装有供果的盘子摆在屋子中间，然后双膝跪了下来，用打火机点燃了火纸，一张一张地烧了。烧完，朝屋梁上咚咚地叩了三个响头，这才道："死鬼，这样多年了，你是三十天的磨子——想转了，回来看我们娘儿母子了！你是有什么不放心才回来看我们的？"说着抬头看那蛇时，仍是纹丝不动，只把两只眼睛死死地落到他们母子身上。李正秀见屋梁上的蛇丝毫没有离开的意思，突然对端阳一声厉喝："跪下！"端阳在母亲点香、烧纸和跪拜之时，愈感觉到头顶阴风沉沉，寒气森森，心里不由得阵阵紧张。这时猛听得母亲命令他跪下，竟然身不由己，果然扑通一声，双膝便落了地。接着李正秀又一声厉喝："磕头！"端阳果真乖乖地磕了三个头。那李正秀又道："跟你爹说点什么？"端阳想了一想，感到实在无话可说，便双手合拢，举到胸前道："蛇呀，如果你真是我爹变的，我就请你离开！你放心，你儿子已经长大了，大事小事心里自有轻重，儿子和你儿媳妇也会孝顺母亲，带好你的孙子，小心谨慎行事！万般事情你就放心罢……"话未说完，只见那蛇先从后面动起，一圈一圈地松开了房梁，最后整个身子爬到了屋梁上，顺着瓦楞间的缝隙爬走了。李正秀急忙伏到地上磕头不止。端阳一见也跟在母亲后面一连又叩了几个响头。直到那蛇完全不见了，这母子俩才慢慢地从地上爬了起来。

等蛇爬走后，贺端阳又去修改上访材料，这时却是心乱如麻，无论怎么努力，心思都犹如漫天的雪花，没法收拢。改了好几遍，方才勉强满意，然后拿出纸来重新抄写一遍。抄完，天已半夜，觉得眼皮沉重得如吊了两块砖头，便收了纸笔，急忙去睡了。

一觉醒来，鸡在圈里已是一片乱鸣之声，像是十分不耐烦了一样。再往屋子里一看，已有两缕红霞从窗缝透了进来，落到床前金箔似的。贺端阳便知天已大亮，急忙一个鲤鱼打挺从床上坐了起来，迅速穿上衣服，下床来套上鞋子，急急地走出房来，冲母亲房里喊了一声："妈，天大亮了！"喊声刚落，只听得李正秀在房里道："我知道天大亮了，要你叫？"又说："要叫也小声点嘛，这样大的声音喊什么？把明祖吵醒了，又要叽里呱啦地叫半天，你来哄嘛！"端阳听见这话，果然不出声了，过去打开了大门。

却说那贺端阳过去抽开门闩，像往常一样拉开了大门，猛地看见一个毛茸茸的东西朝自己扑了过来，突然吓得啊的一声，身上的毛发顿时全都倒立起来了，身子也不由自主地朝后退去。退到桌子边方才站住了。这时仔细一看，原来还是自己家那条黄狗，被人用绳子吊在了大门的门枋上。端阳神情呆痴地站了一会儿，方才走过去摸了摸狗的尸体，发觉早已僵硬，这才对屋子里母亲喊道："妈，我们家黄尔被人吊死了！"李正秀听见急忙披衣下床，拉开屋门跑了出来。一看果然是自己家的黄狗，被吊在大门门枋上。李正秀顿时又急又气又十分伤心，连衣服也没顾得扣上，便跑到院子里对着天空叫喊起来："天杀的，雷打的，出门摔断脚杆的，我屋里的狗惹到你什么了，你要把他吊死？"又道："天老爷呀，你是见证人，是哪个做的这号恶事，你可得要让他死儿绝女呀！"骂着又看着门枋上的狗尸道："黄尔呀，昨晚上我还喂过你，今天你就死了，你得罪哪个了，死得这样惨……"说着就哭了起来。端阳过去解开套在门枋上的绳子，把狗放了下来，然后提到院子里，放到地上，才过去劝李正秀道："妈，死都死了，你再骂也没用了！"说完又道："我到周围去瞧一瞧，看能不能发现一点线索？你把衣服穿好，看感冒了！"说完便朝屋后走去了。

走到屋后一看，贺端阳便如被雷击中一般傻了。原来那一亩多果园里的果树全都被拦腰砍断。残枝断干横七竖八的散落了一地，一副惨不忍睹的景象。贺端阳像是凭吊似的默默地站了半天，方才回过神来一步一挪地回到院子里，对李正秀道："屋后的几十棵果树也被人砍了！"李正秀一听，又急忙往屋后果园跑去。到了果园一看，见遍地树枝，满目狼藉，便再也忍不住愤怒和悲伤，一屁股坐在地上号啕大哭。端阳又跑过去劝，可李正秀正在悲伤之中，一时又怎么劝得住？劝了一阵，劝不住，也便只有由她哭去了。

没一时，贺世福、贺世财、肖琴、谢双蓉等听到李正秀的哭声急忙跑了过来。一看，方才明白端阳家里发生的事。肖琴、谢双蓉等女人一面帮着李正秀骂那作孽之人，一面劝着李正秀。劝了半天，李正秀慢慢止了哭声，被肖琴、谢双蓉扶回了屋子里。这时贺兴成、贺毅、李红、池玉玲等听见李正秀刚才的叫骂和哭声，也赶了过来。一见端阳家里发生的事，贺兴成便急忙道："报没报案？"端阳黑着脸没吭声。贺兴成便两肋插刀似的，急忙掏出手机道："我帮你打110！"端阳一见，这才急忙伸手拦住。兴成道："怎么不报警？光吊死一条狗倒没什么，可那几十棵果树，可是破坏生产，难道派出所不该管？"贺世福、贺世财也说："就是，派出所不来，这案怎么破得了？"端阳听了这才说："这案是该派出所来破！可我敢保证，现在是21世纪，他们就是查到22世纪，也调查不出犯罪嫌疑人来！何况人家来不来还说不定呢！"贺毅也道："端阳说得有道理，这事发生在这时候，是哪个干的，秃子头上的虱子——明摆着，还有什么查的？只怕别人即使来查，也是走一下过场，怎么会跟你认真查？"兴成一听也觉得有道理，却道："不报案，这样严重的事难道我们也忍了？"端阳没立即回答，却对兴成和贺毅眨了一下眼睛，朝自己房中走了。兴成、贺毅明白端阳的意思，也跟着端阳进去了。

兴成、贺毅一进屋，端阳便过去关了门，然后才回头看着二人问道："是哪个干的这事，你们心里大概有数吧！"兴成道："这还用说？在贺家湾能做这样死儿绝女事的，除了贺良毅弟兄，还能有哪个？"贺毅也道："兴成说得对，这事肯定是贺良毅弟兄干的！刚才我就想说，又怕世福叔他们嘴巴守不住话，打到贺良毅耳朵里去了。昨天下午你来跟我商量了今天到县上上访的事后，我到贺良毅屋侧边的沙地扯萝卜，正碰到贺良毅在磨刀石上磨弯刀！我还问他：你磨弯刀要做篾活呀？他说，就是，要砍根竹子织个背篼！现在想来，人家磨刀就是准备砍树的！你看那树，一刀一根，分明是才磨的刀才有那么锋利！"端阳道："你们和我想到一起去了！刚才我一看，就明白只有贺良毅弟兄才做得出这样的事！可是贺良毅弟兄背后头，肯定还有人给他们出主意！不然他们也没有这样大的胆子！"兴成道："这人也是明摆着，不是贺春乾便是贺国藩！"兴成道："贺国藩和端阳老弟虽然因为竞选结下了仇，但还不至于下这号的毒手！这事贺春乾的嫌疑最大！"兴成对端阳道："那我们现在又该怎么办？"端阳想了想道："求人不如求己，我们自己想法解决……"

一语未完，听得门外响起了贺善怀急急的声音："端阳，端阳……"端阳一听是贺善怀的声音，便对兴成和贺毅道："是善怀哥来了，你们把门开了，看他有什么事？"兴成果然去开了门。贺善怀急忙扑了进去，也不等端阳问，开口便道："端阳老弟，大好事，大好事来了！"兴成道："端阳老弟家里的狗被人吊死了，果树也遭人拦腰砍了，你知不知道？"善怀脸上仍然挂着难以掩饰的喜色道："我怎么不知道？我就是听说了才来跟你们报喜的！"贺毅见善怀不像开玩笑的样子，便道："什么喜事，你就竹筒筒倒豆子——干脆一点，我们这儿还要商量事呢！"贺善怀道："你忙什么，我要说起来嘛！"说着，眼睛看着端阳，仍是笑眯眯地道："你猜我发现了什么？"端阳道："什么？"善怀这才说了出来，道："我发现贺良毅和'貂蝉'的事了……"话未说完，贺兴成一下叫了起来："真的？你看到他们两个做那事了？"善怀道："我又没有钻到他们的床底下去，怎么看得到他们做那事？虽然没有看到他们做那事，却亲眼看到贺良毅深更半夜进了'貂蝉'的屋……"端阳也没等他说下去，便也道："真的，你是怎么看见的？"善怀道："自从上回听长军说了贺良毅和'貂蝉'两个的事后，我就下决心要弄明白。昨天晚上你董秀莲嫂子炖了一根猪脚杆，我吃多了一点，刚眯到眼睛想睡觉，肚子胀鼓鼓的却想去蹲茅坑。我就爬起来去厕，却又屙不出什么来。正想起来，忽然听见贺良毅那门'吱嘎'一声，接着听见有人走了出来。我忙从茅坑的墙缝缝往外看去，虽然外头麻楚楚的，但我还是一眼认出了是贺良毅。我想这大晚上了，这个夜游神往哪里走？正想着，看见他走上了屋后头的小路！我一想，哎，这条小路不是就通到贺广全和贺兴禄家吗？想到这里，我就猛地想起了上回长军说的那事，于是我急忙把裤子提起来，开了猪圈房门悄悄跟到了他的后头。嗨，你们猜怎么样？这个挨刀的硬是走到广全的房子前，然后像是回自己的家一样过去推开门径直便进去了！当时我就想来找你们去帮广全把他捉到起。可又怕我来找人时，他已经做完那事回去了，我们人没捉到，别人反倒要倒打一耙，因此才没有开腔，各人回去睡觉了！"

　　端阳、兴成、贺毅听完善怀的话，互相看了一眼，然后兴成又看着端阳道："照善怀哥说来，贺良毅昨晚上在和'貂蝉'做那事，那吊狗和砍树的事会不会是其他人？"贺毅道："做那事要得到好久的时间？冬天夜晚这样长，他做完了回去不是照样可以来吊狗和砍树？"说完又道："我敢肯定是贺良毅干的！不信，我们可以现在就去贺良毅家里，看他昨下午砍竹子织背篼没有？"端阳想了想，道："我估计八成也有他！"又道："不管有没有他，别人已经出手了，想杀鸡给猴看，我们也不能不还！他们拿我的狗和果树开得刀，我们也拿贺良毅开得刀！"贺毅道："对！不打击一下他们的嚣张气焰，硬以为我们好欺负！"端阳道："就不知道长军哥叫程素静嫂子再去汤芳那里打听消息的事，现在有什么新的结果没有？"善怀听了这话，道："我去喊长军来问问就知道了！"贺毅道："行，你就去喊长军来一下！"善怀一听果然去了。

没一时，贺长军便真的和贺善怀一道来了，一进门便说："我正说要来给你们说呢，善怀哥就喊我来了！"端阳道："嫂子去汤芳那里问到什么没有？"善怀说："那还能没有？我跟你们说，这事是穿钉鞋、拄拐棍——把稳着实的事！"兴成道："善怀哥已经亲眼看见了，就是没有把他们当面捉到了！"贺毅道："汤芳怎么说的？"长军道："还有个怎么说的？反正就是那么一回事！昨天上午在学校开会，我屋里那个和汤芳站到一起，还在悄悄咬耳朵呢！汤芳跟我屋里那个说，硬是饿狗儿离不得茅坑边，这段日子两个人的胆子越来越大了，差不多天天晚上贺良毅都要往'貂蝉'屋里钻呢！"端阳一听这话，早忘记了自己遭到的恫吓和打击，拳头猛地在桌子上一击，兴奋地叫了起来，道："那好，天不灭曹，这下该我们动手了！"贺毅也道："对，该出手时就出手，也让他们知道一点厉害。"兴成道："怎么动手？"端阳道："不需要我们出面，只需要我们把信息透给广全哥，以广全哥的个性，他自会知道该怎么收拾贺良毅的！"说着俯下头来，如此如此，对兴成、贺毅、长军、善怀等人细细说了一番。兴成、长军、贺毅、善怀等人一听立即高兴得摩拳擦掌起来，恨不得马上就行动似的。当下商量已定，几个人就散了。吃过早饭，贺兴成便进城找贺广全去了，顺便把家里发生的事跟贺世海说了一下。贺端阳在家里要将狗尸埋了，贺世福看见道："埋它什么？又不是毒药毒死的，把它剐来吃呗！"端阳不忍心剐它，便道："世福叔下得手，就把它拖去剐了，炖起给孩子们吃吧！"贺世福果然过来将狗尸拖着走了。然后，端阳又不声不响走到果园里，将被拦腰砍断的果树枝拖出地外捆好，又调了石灰水将大大小小的树桩涂了一遍。在做这些的时候，贺端阳就像在给果树打枝一般，平静得出奇，让湾里很多人见了，都猜不透他心里在想些什么。

闲话少说，果然这天晚上十点多钟的时候，贺良毅又鬼鬼祟祟地推开了广全家的门。正当他脱衣解裤钻进"貂蝉"的被窝里，忽听得大门吱呀一声，被人用钥匙从外面打开了。还没等床上二人明白是怎么回事，贺广全便猛地扑过来，用一根麻袋罩住了贺良毅的头。接着五六个汉子一拥而上，将贺良毅拉下床来往院子里拖。到得院子里，众汉子将贺良毅往地上狠狠一掼，便一齐挥拳使棒，如打死狗般一顿暴打。贺良毅平时虽然凶残，可此时哪有还手之力？只得在地上发出鬼哭狼嚎般的大叫。这儿众人一边打，一边又高叫打贼！那一时，打人者的棍棒声、贺良毅的惨叫声，与众汉子的捉贼声交织在一起，令听者头皮发麻，浑身痉挛。不一时，贺良毅便如死狗般躺在了地上不能动弹了。这儿贺广全又去找了一根绳子，让人将他绑了起来，给捆到院子边的树上。

这时，贺家湾人无论是在家里守着电视看的，还是正在麻将桌上鏖战的，听见贺良毅那一阵一阵的惨叫和汉子喊捉贼的声音，便知道贺良毅出事了。于是便一齐拥了出来，朝贺广全的屋子跑了过来。大家一看贺良毅被赤身裸体地捆在树上，就明白是怎么回事了！人们只管议论，却没人去把贺良毅放下来。贺良全、贺良才、贺良礼三人一见自己的亲兄弟被打成那样，便把拳头攥起来盯着贺广全，一副想去打回来的样子。可一看广全手里握着一根从建筑工地拿回来的钢棍，足有七八尺长，竹竿般粗。又见自己无理，就不敢轻举妄动了。正在这时，只见贺春乾来了，一见贺良毅奄奄一息的样子，便立即对贺良礼弟兄道："站起做什么？还不赶快把他放下来，穿件衣服抬回去，叫贺万山来给他看看伤情！"贺良礼弟兄这才过去解了贺良毅身上的绳子。贺良礼弟兄一边解绳子一边脱了自己身上的衣服给贺良毅披上。绳子刚解完，贺良毅身子便趴到了地上。贺良礼去拉他，贺良毅便又杀猪般叫了起来："拉不得，我的手杆和脚杆都断了！"贺良礼便让贺良全、贺良才把他抱到自己背上背着走了。这儿贺春乾一听贺良毅手和脚都被打成骨折了，便对贺广全唬道："你把人打成了重伤，犯了法，知道吗？"贺广全道："犯什么法？我打他就犯了法，他搞我婆娘就不犯法了？你把邓丽娟也拿出来让大家都搞，你心里是啥滋味？"一听这话，周围的人都一阵哂笑。贺春乾心里的气往上冒了出来，道："我不跟你说，人死了你就知道了！"贺广全道："死了我去抵命，关你屁事！"贺春乾见一时和贺广全说不清，转身便往回走。走了几步却又回头看着贺广全厉声问："是哪些帮你打的人？"贺广全道："我要哪个帮忙啊？自己的婆娘给我戴了顶绿帽子，我还好意思找别人来帮忙？"贺春乾道："没有人帮你一个人能把贺良毅打成那个样子？"贺广全道："你去找公安局来破案嘛，我懒得跟你说了！"贺春乾见从贺广全嘴里掏不出什么东西来，愤愤地瞪了贺广全一眼，气呼呼地走了。众人一见也慢慢散了。

也就在这天晚上，贺春乾家那只看门的公狗也被人勒死吊在门口屋檐下，同时院子旁边地里的蔬菜也被人割倒了一大片。同样，贺春乾第二天起来看见了，既没有去报警，也没让邓丽娟去骂人，而是关起门来在屋里闷坐了半天，这才像死了亲人一般哭丧着一张脸出门了。

第三章

一

　　贺春乾心里不好受，自然是因为昨天晚上发生的事给带来的。这么多年来，在贺家湾这片土地上还没有哪一个人吃了豹子胆，敢这样公然地把矛头对着自己，向他贺春乾发出挑战和示威！可现在有了。昨晚上这些事是哪些人干的，贺春乾同样心知肚明。让贺春乾感到十分痛苦的是，这事他似乎只有默默忍受下来。不是贺春乾胆小，不敢报警，而是怕把对方逼急了对自己更加不利。因为对方同样遭受到了这样的礼遇，而且是在他之前。他们之间算是打了一个平手。贺春乾是聪明之人，知道在双方打了一个平手之后，只要自己不再主动出击，对方也不会多事，向他发动进攻！况且如今在大房里，再也找不出一个敢于替他们充当炮灰和打手的人了——看贺良毅昨晚上那个样子，不在床上躺几个月，恐怕是下不了地的。即使下了地，也不知道会不会落下残疾，以后还能不能在三军帐中听他的号令？眼目下贺春乾最担心的还不是昨晚上家里的狗被勒死、蔬菜被割的事，而是害怕贺端阳咬住清账不放。而对方的势头恐怕是不达目的，不会善罢甘休！要是那样，也许他贺春乾在贺家湾村说一不二的日子就要结束了。不但如此，说不定还要到局子里坐些日子，闹得个身败名裂。自己身败名裂不要紧，如果拔出萝卜带出泥，伍书记岂有个脱得了干系的。所以面对对方的还击，贺春乾明知是哪些人干的，却只能以退为进，像乌龟一样采取缩头战略，以避其对方锋芒了！一想起这一点，贺春乾便感到十分窝囊，却又毫无办法！想十一年前贺端阳才跳出来和自己为敌的时候，他只稍动了一下脑筋，便让这个不识好歹的家伙被贺良毅弟兄打了一顿，然后灰溜溜地逃出了村。可现实而今，也不知道是怎么回事，形势一下变得越来越不利于自己了！只说昨天晚上面对贺良毅被人打得喊爹叫娘时，贺良全、贺良才、贺良礼三弟兄却没有上前帮忙，说明他们现在心里也有些害怕了。还有，原来不管是在什么场合，哪个敢和他公开叫板？可昨天晚上，连一个打工的贺广全竟敢当着那么多人把他奚落了一顿。难道自己真要完蛋了？贺春乾想找人倒倒苦水，更希望能有人为他指点迷津，于是便晃晃悠悠来到了乡上，想把心里的话对自己的顶头上司伍书记好好说说。

贺家湾村支书贺春乾心里不好受，却没想到他的顶头上司伍书记此时也和他一样，心里同样不好受。因前日中午，从贺家湾村开完会回来的谢瑛，一回到乡上便来向他汇报了在贺家湾召开村民大会的情况。伍书记听说贺家湾村民并不认同乡上的清查结果，闹着要自己清以后，心里便如十五个吊桶打水——七上八下起来。和贺春乾的担心一模一样，伍书记也十分害怕贺端阳一伙人扭倒清账不放。伍书记虽然相信贺春乾不会在账上留下什么让人抓得住的把柄，但要使人不知，除非己莫为，总还是不放心呀！真要是拔出萝卜带出泥，伍书记头上这顶乌纱帽还能被保得住吗？一旦事情败露，虽说贺春乾会比自己更倒霉，但他不过是一个小小村官，不倒时是一个农民，倒了也是一个农民，哪个也不能开除他当农民！可他伍书记不一样，不倒时是一个官，倒了时便是一个人人痛恨的腐败分子，贺春乾哪能和自己相提并论？到这时，伍书记才蓦然明白自己低估了贺端阳这些农民的智慧和能力！这时候伍书记才深感后悔，觉得造成今天自己被动局面的最根本的原因，就是这换届选举产生的！当初要不是想选一个听话的村级领导班子上来，好完成上面交给的任务，自己便不会这样处心积虑地去答应贺春乾的要求，把贺国藩选上来当村主任了！如果不是乡上和贺春乾死保贺国藩，而是答应让贺端阳他们民主选举，选着哪个便是哪个，不但不会出现像现在这样自己和贺家湾村民间的官民矛盾越来越紧张，乡党委和乡政府成为贺家湾村大房和小房之间争斗的"替罪羊"的局面，而且他伍书记还会落得一个发扬民主的好书记的名声！伍书记想到这里，便发出了一声长长的感叹，心里道："唉，早知今日，何必当初呀……"

这两天晚上，伍书记又没有睡好觉，做了一连串的噩梦，醒来出了一身冷汗。本来伍书记的身体是极好的，他总结出了自己身体有"五快"：一是吃得快，二是屙得快，三是睡得快，四是说得快，五是走得快！可自从这村委会换届选举一启动，尤其是一想到贺家湾的班子，他便无论如何也不能"睡得快"了。因为昨晚上没有睡好，今早上起来头脑还是昏昏沉沉的，身体也十分怠倦。上午他便哪儿也没有去，只坐在高靠背转椅上，一边闭目养神一边又继续分析和思考着贺家湾目前的局面，试图找出一个合理的解决办法。思考了一阵，没有什么结果，目光便落到了办公桌上一大堆中央、省、市、县有关村委会选举的文件上来。每个文件都把"民主"二字强调得特别严厉，不但说明了中央、省、市、县对选举工作的重视，而且从中透露的信息已经是今非昔比。如果不好好按照中央、省、市、县的文件去做，恐怕是不行的了！这是他的第一个考虑。然后，伍书记又想到全国上下，都在热火朝天地搞村民民主选举，推进社会主义民主建设，自己这个乡不说做得最好，但也绝对不能做得最差！否则让上级知道了，被作为一个反面典型来批评，那也没法交代。这是他的第二个考虑。最后一点也最重要，就是贺家湾村出了贺端阳这样一个不安定分子，虽说目前还没有闹出大乱子，但从最近几次交锋来看，这个人的能力不可小觑！何况他背后还有一个贺世普，又还有一群贺家湾小房的人和他穿连裆裤！如果真把他给逼急了，他到上面一告状，或向媒体一举报，不论哪方面自己都会吃不了兜着走……一想到这些，伍书记就在椅子上连连打了两个寒战。喝了几口热茶方才又让自己镇静了下来。想着想着忽然又笑了一下，心里道："幸好还没正式选举，我应该马上抽身才是！"这样一想，头脑里就慢慢浮出了一个主意来，伍书记不禁又有些高兴起来了。

正打算继续往下思考，忽听得办公室的门轻轻响了两下，像是信心不足一般。伍书记对门外说了一声："是哪个，进来嘛！"话音一落，便听得那门把手咯哒一声响，接着门吱呀一声便开了。伍书记抬眼看去，见是贺春乾，一张小脸儿发青，眼泡肿肿的，全没了往日的精神。在门口站了片刻，方才蔫头耷脑地走了进来，在伍书记对面椅子上一屁股坐下了。伍书记一看贺春乾这副霜打蔫的神情，便知贺家湾一定又发生了什么事，心情不由得又有点紧张了起来，方把身子坐直了，看着贺春乾道："看你这副样子，像几天没吃过饭似的，怎么了？"贺春乾见伍书记问，忽然觉得十分委屈，竟像小孩子似的鼻子一抽，心里发起酸来，便把昨天晚上自己家里发生的事，对伍书记详细述说了一遍。

伍书记听后，顿时柳眉倒竖，双眼圆睁，黑了脸道："这还了得！"说完又对贺春乾道："是哪些干的，你心里有数没有？"贺春乾道："这是秃子头上的虱子——明摆着的，除了贺端阳这伙人，还会有哪个敢来做这事？"伍书记突然一拳砸在了桌子上，愤怒地道："好哇，我正愁找不到理由收拾他们，他们竟然自己跳出来了！好，我马上就跟派出所打电话，看他们还能嚣张多久？"说罢真要去打电话。贺春乾一见急忙拦住了伍书记，道："伍书记，这个事情，我看还是别跟派出所打电话为好……"伍书记没等贺春乾说完，奇怪地问道："为什么？"贺春乾迟疑了半天，方才把贺端阳家里前天晚上发生的事以及贺良毅昨天晚上挨打的事给伍书记讲了。伍书记一见贺春乾目光畏畏缩缩的样子，心里一下明白了，更把一张脸气得铁青，咬着腮帮对贺春乾恨铁不成钢地骂道："蠢货，一帮蠢货，怪不得你不敢报警，原来是你们先去惹别个，把别个冒犯了，别个才跟你针锋相对的！"说完又盯着贺春乾问："你们是哪个出的这个背时主意？是你还是贺国藩，啊？"贺春乾目光躲闪着，支吾了半天才推卸责任地道："我也不知道，就看贺国藩知不知道了！"

伍书记一看贺春乾的神情，便知道发生在贺端阳家里的事，贺春乾一定脱不了干系。可此时不是生贺春乾气的时候，想了一想便想起刚才自己的主意来，于是就愤愤地道："成事不足，败事有余，看来这个贺国藩实在是不能再用了！"贺春乾突然吃惊地抬起了头，看着伍书记道："伍书记，你说什么？"伍书记道："你觉得这个人还能再用吗？上回县政协姓燕的来视察的时候，他也说一句傻兮兮的话，这回又整出这样的事来！像这号的人别说当干部，就是当村民都嫌土气了！况且贺家湾出的这些事都是为他而起。让他继续当下去，贺家湾更不会平静，你的日子也会更不好过！"贺春乾一听伍书记这番话，觉得有些道理。可事到如今不让贺国藩继续当，他们也会完蛋得更快！于是便对伍书记道："伍书记，你说得有道理！说实话，我也知道贺国藩能力不是很强，和他搭班子，什么事都要从我心头过！我也巴不得找一个比他能力强的人来当。可是找哪一个？如果他不当，贺端阳肯定要上来。你是知道的，这个人和我们斗了这样多年，这回又闹着查村里的账，巴不得一下把我们踩到脚底下！如果让他当村主任，我说句不好听的话，你就是在放虎归山，引狼入室！如果这样，我宁肯不当这个支部书记，也绝不和他一起共事……"

伍书记没等贺春乾继续往下说，便打断了他的话道："你太多虑了！我难道还不知道用贺端阳，等于是我们自己寻个虱子在头上咬？难道不晓得这个人脑壳上像魏延一样长着反骨？可是你看一看这样大一堆关于村委会换届选举的文件，对选举程序规定得越来越严格和具体了！如果我们还像原来那样把选举只当个摆设，肯定会激起更多人的反对！结果呢，有可能我们想保的人没有保住，还会落一个压制民主的坏名声！既然这样，倒不如按上级的要求放手让群众去选……"贺春乾听到这里，也同样没等伍书记话完，便马上忧心忡忡地打断伍书记的话，道："让群众放手去选，贺端阳肯定就会被选上来，这还有什么说的？"

伍书记突然冲贺春乾摇了摇手，道："你别这样着急，听我把话说完！我的意思是民主要坚持，但贺端阳又不能被选上来，你明白吗？"贺春乾急忙摇着头道："又要坚持民主，又不能把贺端阳选上来，这恐怕很难！"伍书记道："这有什么难的？我问你，你们贺家湾除了贺端阳难道就再没人比贺端阳人际关系还好，又有能力当村主任的人了？"贺春乾看着伍书记道："你说的是哪个？"伍书记道："你难道忘了？上次选举贺劲松没有报名参加竞选，票数都超过了贺国藩！"贺春乾一听，急忙从椅子上跳了起来，道："哎呀，你不说我倒是忘记了还有一个贺劲松！上回要不是保贺国藩，村主任就肯定是他了！为这事他对我、对你，心里恐怕还有些意见，只不过知道胳膊拧不过大腿，不拿出来说罢了！"

伍书记道："这就对了！我的意思就是让他出来代替贺国藩。一则现在你们贺家湾，主要是小房的人不安逸你们大房的人，把村里主要干部都做完了。贺劲松是小房人，让他做了村主任，小房的人心里便会平衡。这样一来，我想小房的人便不会对你、对我那么步步紧逼了！只要不步步紧逼，过些时候，清账的呼声也可能慢慢平息下来了！"说完又看着贺春乾问："你看呢？"贺春乾道："道理是这样，就是贺国藩那里就这样让人家下了，要是他不服气把一些事嚷出来，恐怕也不好收场！"伍书记道："再不好收场，也比让贺端阳上来强，是不是这样？"贺春乾急忙道："那当然！最起码贺劲松还可以算我们自己人！"伍书记道："这就对了！贺国藩那里我们可以做些工作，或者给他一些补偿，或者在他退下来后再给他一个闲职当，我想他也知道事大事小，不得随便乱说的！但如果是贺端阳当了村主任，不用我多说你也知道后果的！"贺春乾道："后果我刚才都说了为，怎么会不知道？"伍书记道："既然知道，我们响鼓就不用重锤！我之所以想让贺劲松出来当这个村委会主任，其目的就是想让贺家湾村的权力结构能维持目前这种状况，不至于落到贺端阳手里！"

贺春乾听到这里有些高兴起来，便笑着道："我明白了，伍书记，你这一着确实很高！真像古人说的山重水复疑无路，柳暗花明又一村！刚才我来的时候，心里还以为这回真的要倒台了，没想到经你一说，心里一下又敞亮了！你这一招可以称得上四两拨千斤！既缓和了贺家湾大房和小房的矛盾，又保证了村主任没落到外人手里！贺劲松虽然不是大房的人，但现在他和我们都是一条船上的人，不怕他不听话！并且让贺劲松出来参加竞选，群众基础又好，贺端阳肯定争不过他，也省了我们许多心！"伍书记道："不光如此，我还有一个目的，就是贺劲松做了村主任，贺端阳一伙人肯定心里不平衡，又会成为贺劲松的对头。我就要让他们去窝里斗，等到他们两败俱伤的时候，得利的难道不是你们吗？"贺春乾兴奋地道："到底是领导，看得比我们远！"伍书记道："这只是我的想法，还不知道贺劲松愿不愿意出来做这个村主任呢！"贺春乾道："他有什么不愿意的？上次我就看出来了，虽然平时工作他不爱得罪人，看起来也老老实实、忠忠厚厚的，可心里还是想当主要领导的！话又说回来，人只要有了机会，哪个不想当人上人？不说别的，面子上也要好看得多嘛！现在组织上把村主任的官帽子主动给他戴，他正求之不得呢！"

伍书记听了这话，便高兴地道："有你这话，我就放心了！你回去后就马上找贺劲松谈谈。就要到选举日期了，这件事得抓紧！如果贺劲松答应参加村主任竞选，我们就不设任何框框，彻底民主，让村民敞起马儿去选！到时候我还要把县上民政局、人大和相关部门的领导都请到贺家湾来，让他们来看看我们是如何发扬民主的！"贺春乾听了这话更高兴了，便站起来道："领导放心，我回去就找贺劲松谈！"说完又停了一下方才继续道："只不过贺国藩那里，我还没想好该怎么去跟他说？"伍书记道："这个不要紧！只要贺劲松答应了，贺国藩的工作由我来跟他做！"贺春乾道："这样最好，弟弟兄兄的，免得贺国藩今后说是我不让他当的！"

说完贺春乾就打算往外面走，可伍书记又喊住了他，道："昨晚上你家里发生的事，你没报警是对的，小不忍则乱大谋！不过你放心，受的损失等换届过后由乡上来负责赔偿！"贺春乾道："损失不损失那倒没有什么。我担心的不是那点损失，而是选举的大事。只要选举成功了，那点损失算得上什么？所以伍书记就不要再提了！"伍书记说："你说得对，选举是大事！只要选举达到了我们的目的，那就是重大胜利，比什么都重要！"贺春乾道："正是！"可说完目光中又闪过了一丝犹疑的光彩，便又盯着伍书记小心地问道："伍书记，村里那账……"伍书记明白贺春乾担心的是什么，便道："你放心，贺家湾的账保管在乡政府，任何人也拿不去！"贺春乾果然放了心，十分感激地过去拉着伍书记的手说了一连串的"谢谢"，这才转身出了伍书记的办公室，匆匆忙忙地回贺家湾去了。

二

　　贺春乾从伍书记的办公室出来，因为对伍书记倒了心中的苦水，又得了伍书记当面传授的机宜，不但心里那颗石头落了地，而且身上又充满了力量，全不似去时蔫眉耷眼的样子了，但见他昂首挺胸，疾步如风，甩着双手，脚步震得地面咚咚直响，像是当年去迎娶邓丽娟一般，没一时便回到了村子里。打从村小学过时，远远地又看见那幅选举的大标语，因为一上午太阳的照耀，此时那纸张舒展开了一些，却又舒展得不那么整齐，有的舒展开了一角，有的舒展开了半张，但可以勉强辨认出上面写的内容了。原来写的是"认真学习和贯彻《村民委员会组织法》，搞好村委会换届选举工作"！贺春乾看了一阵，觉得那标语也和自己一样，此时心情好了，因而那手脚便舒展开了。这样一想不由得笑了。笑完正准备往前走，忽见学校外墙贴有两条标语的地方，有几个年龄较大的孩子，正用手托着一个年龄小的孩子在撕墙上的红纸。另一边一堆女孩手里不知道拿着什么东西，正在吵吵嚷嚷地往脸上抹。贺春乾不由得急忙走了过去。这才看见那些女孩们手里拿的是男孩从墙上撕下来的红纸，用口水打湿了在往脸上打"摩登儿红"，一张张小脸已被涂抹得红红的了，十分的令人好笑。贺春乾一见，便沉下脸喝了一声："干什么？"小孩子们一听，立即回过头看着贺春乾，一副惊骇的表情。那托着男孩的孩子们手一松，男孩叭地一声便摔在了地上，立即哇地哭了起来。其他男孩女孩一看，互相做了一个鬼脸，迅速纷纷逃窜，只剩下了地上哭泣的小孩。贺春乾朝墙上看去，早上还看见的那"珍惜民主权利，投好庄严一票"的标语，已经不见了。贺春乾明白那条口号肯定已经变成了女孩脸上的"摩登儿红"。另一条"树立全局观念，选出最好班子"的标语，下半截已经被撕毁，只剩下了上半截"树立全局观念"几个字，让人不知所云。贺春乾又好气又好笑，就去把孩子扶了起来，拍了拍他身上的泥土，哄道："好了好了，莫当哭兮狗儿了啊！"然后又问道："哪个叫你们去撕的嘛？滚下来摔倒了怎么办？"小孩不答，只顾呜呜地哭。一边哭一边用手背去抹眼泪。殊不知那手背手掌均沾满了红纸的颜料和墙上的泥灰，一抹，顿时成了一张大花脸。贺春乾摸了摸裤兜，幸好裤兜里还有两张卫生纸，便掏出来一边给小孩擦脸，一边又劝了一阵，小孩方才慢慢止住了哭声。贺春乾又问道："这样晚了，放了学怎么不回去？"小孩鼻子抽了一声，将两道浓浓的鼻涕抽进去了，方回答道："我们吃了午饭都来上学了！"贺春乾一听这话，方才明白这已是下午的时间了，便急忙对小孩道："哟，都下午了，那你还不快进教室去？"小孩这才一溜烟跑了。

等小孩走了，贺春乾也觉得肚子在"咕咕"地叫唤了，于是也急忙起身朝家里走去。打从贺国藩的房前过时，突然看见贺国藩的女人胡琴在扫院子。这个女人年纪虽然四十多岁了，可那身材仍如那魔鬼的身子一般，该鼓的鼓，该凸的凸，该凹下去的地方又凹了下去，十分的匀称，要怎么好看就有怎么好看。那一身皮肤也还像少女一般洁白细嫩。要不怎么能称为贺家湾的四大美人之一的"杨贵妃"呢？

贺春乾一见"杨贵妃"那翘翘圆圆的屁股，又想起那满身细腻白嫩的肌肤来，身上突然就有了一股冲动，连肚子的叫唤也马上停止了。贺春乾于是就站住，冲"杨贵妃"故意咳了一声。"杨贵妃"正埋头扫地，没看见贺春乾过来，猛听得贺春乾的咳嗽声，这才抬起头来，目光中顿时就盈满了柔情蜜意的光芒，朝左右看了看道："你从哪儿来？"贺春乾也朝周围看了看，回道："我从乡上回来！""杨贵妃"道："你一个人呀？"贺春乾道："不是我一个人还有几个人？""杨贵妃"道："你吃午饭没有？"贺春乾用了开玩笑的语气道："还没有，就是想到你这里讨午饭吃呢？""杨贵妃"道："你要是不嫌弃，我锅里正好有中午没吃完的剩饭，我跟你烧把火热一下，你就可以吃！"贺春乾听得这话，心里已明白了八九分，口里却道："国藩哥呢？""杨贵妃"道："吃过午饭就过去看贺良毅了！"贺春乾一听，马上便折身往贺国藩房里走，一边走一边用双关的话语道："那好嘛，走一家不如坐一家，嫂嫂的冷饭当兄弟的吃点，也没有关系！"说着便进了屋。

"杨贵妃"也马上丢了扫帚跟着走了进去，道："你要吃，我跟你热一下！"说着进了灶屋。正假意要去烧火时，却被贺春乾一把从后面抱住了。贺春乾道："你屋里那人走了多久了？""杨贵妃"道："你来的时候才走了一会儿，少说也要耽搁个把钟头，还不够你用？"贺春乾牵了"杨贵妃"的手走出来，去关了大门，然后又走进贺国藩和"杨贵妃"的房间里，两人才宽衣解带上床，钻进被盖窝里颠鸾倒凤。

原来这两人搅到一起已非一时，算起来从"杨贵妃"嫁到贺家湾不久，两人便有这回事了。原来，"杨贵妃"六岁多时，父母便不幸去世，是她叔叔和婶婶收留她，把她带大，也送她读了几年书。到十八岁时，"杨贵妃"出落得一表人才，真个是有沉鱼落雁之美，闭月羞花之貌。远远近近的媒人踏破了叔叔婶婶的门槛，可叔叔婶婶总是不答应。又过了一年，叔叔婶婶方才做主要把她嫁给贺家湾的贺国藩。"杨贵妃"一听惊得说不出话来。因为贺国藩年龄不但整整比她大了十岁，而且长相一般，人又木讷，一副窝囊老实相，和她"杨贵妃"站在一起，真乃一个在天上，一个在地上，无论如何也是不能比的。可叔叔婶婶却像是吃了秤砣铁了心，非要她嫁过去不可！原来"杨贵妃"的婶婶就是贺国藩的亲姑姑。亲姑姑眼看着娘家亲侄儿三十岁了还是庙门口的旗杆——光棍一条，又如何心里不着急？于是每天晚上便在"杨贵妃"的叔叔耳边吹枕头风，终于将"杨贵妃"的叔叔吹动了。"杨贵妃"听说这事后，也哭过、闹过，可到底战胜不过对自己有养育之恩的叔叔婶婶，只好答应下了这门亲事。可那心里却有一千个不甘心、一万个不满意，看见贺国藩也要把头别过去。即使结了婚，两人同床共枕，贺国藩和她行鱼水之欢时，她也是把眼睛紧紧闭着，身子如木头一般，毫无一点乐趣可言。偏那贺国藩结婚这天，又请的是贺春乾做支客司。贺春乾和"杨贵妃"同岁，长得高大英俊，相貌出众，穿一身笔挺西装，更是帅气十足。同时，贺春乾本来能说会道，这日做了支客司，各种礼仪和吉利的话语出口成章，有如唱歌般动听。"杨贵妃"被众人推推拉拉着和贺国藩拜堂，却不时觑起眼睛偷偷打量一旁的贺春乾，心里暗想道："我怎么这样倒霉，嫁给这样一个不成器的人，要是有他这样一个男人那多好呀！"从此以后，"杨贵妃"心里便把贺春乾装进去了，常常在半夜的时候梦见贺春乾躺在自己身旁。

一日，贺春乾在贺国藩屋后犁自己的一块责任地，犁着犁着犁扣突然断了。贺春乾怕耽搁活儿，不想回家去取，便想去贺国藩那儿借一个犁扣使到半天。走到贺国藩院子里，不见贺国藩，只见"杨贵妃"一个人在屋里。贺春乾便问："国藩哥呢？""杨贵妃"道："赶场去了！"说完便笑眯眯地道："他叔有什么事吗？"贺春乾道："我在后面犁地，犁扣断了，懒得回去拿，想跟国藩哥借个犁扣用半天！"妇人此时一对眸子里已是无限柔情，满目春光，便站起来莺啼燕啭地道："哦，要个什么样的犁扣，他叔你进来拿吧！"说罢便风吹杨柳般摆动着腰肢进屋。贺春乾听了女人的话，便也跟着进去。可等他刚进屋，"杨贵妃"便哐的一声将门关上了。接着身子往前一扑，一双玉臂便紧紧搂住了贺春乾，口里无限凄怨地说道："我的好哥哥，你可让妹妹想死了！妹妹今天要做出不要脸的事了！"说着便嘤嘤地哭了起来。贺春乾一见顿时明白了，也忽地将一双手拦腰抱住了"杨贵妃"，口里直说着："宝贝，你是我的心肝！快别哭了，我能和你这号的美人来一回，死也值了！"一边说，那身子一边像着了火似的，便用手去"杨贵妃"身上到处抚摸。"杨贵妃"怎禁得住心上人的抚摸？没一时，身子便有些瘫了。两人于是相互搂着上了床。贺春乾一见"杨贵妃"那洁白无瑕的胴体，自是十分的兴奋。"杨贵妃"是心甘情愿为贺春乾献身，也自是十分的温存和主动。

完事过后，两个人也没起来，继续相互抚摸，缠绵悱恻。贺春乾说："你千万不能让你丈夫知道了！他是个老实疙瘩，你从今以后给他一些好颜色看，把他诓到不让他发觉。只要他不发觉，你明是他的婆娘，暗地里就是我的婆娘！我也会尽量小心一些，不让邓丽娟看出来了！只要把他们瞒到，我们就可以悄悄做一辈子婚外夫妻了！"两个人又做了一回，贺春乾才起来从墙壁上取了一只犁扣走了。

自此以后，"杨贵妃"果然听了贺春乾的话，对贺国藩也不像过去那么冷淡了。晚上做那事，有时也主动迎合，喜得贺国藩恨不得把那女人给含到嘴里，或供在神龛上。哪知道"杨贵妃"只要一有了机会，便和贺春乾颠鸾倒凤，给他戴了一顶大大的绿帽子。贺春乾也果然行事谨慎，不但贺国藩在家或当着众人的时候从不到贺国藩家里去，就是平时见了"杨贵妃"也是一副目不斜视的正人君子的神态，更没听见他和"杨贵妃"开个什么玩笑。即使在后来贺国藩出去打工，贺春乾有了更多机会可以去和"杨贵妃"同床共枕，并肩交股而眠，可他也从来没这样做过。仍然是像过去一样，隔几天，逮住最安全的机会方才神不知、鬼不觉地过去和"杨贵妃"欢娱一次。因此，尽管过了一二十年，竟然没有人看出两人有任何一点偷情的端倪。贺春乾对"杨贵妃"心里自是充满感激之情的，而且这种情感随着日子越往后推移，便愈积愈深。那年贺世忠被贺世凤、贺兴成等人告下台后，乡上伍书记来动员他接任贺世忠的职务，贺春乾便立即想到报答"杨贵妃"多年感情的机会到了！于是就给伍书记提出了一个要求：如果要他担任贺家湾村的支部书记，那么他就要贺国藩担任村主任，"两个人才扣得上手"！乡上伍书记为了调动贺春乾的积极性，便满足了他的要求。第二年选举，虽然半道上杀出了一个贺端阳，但最后贺国藩还是当上了贺家湾的村主任。贺家湾人还一直以为贺春乾要贺国藩当村主任，一是出于他们都是大房人，二是贺国藩老实听话，好控制，哪儿想到贺春乾和"杨贵妃"是一对情人的关系，贺春乾是为了报答"杨贵妃"的情呢？"杨贵妃"心里自然明白这其中的缘由。从贺国藩当上村主任后，对贺春乾更是情深意浓。每次贺春乾来，"杨贵妃"都是百倍曲意逢迎，更加温柔体贴，让贺春乾快活得欲死欲活似的。

贺春乾回到家里，邓丽娟中午却并没有做他的饭，一听说丈夫还没吃饭，便道："我以为你不回来吃饭呢！"贺春乾黑着脸道："我不回来吃饭到哪里去吃？"邓丽娟见贺春乾生了气，便急忙道："你坚持一会儿，我马上就去跟你下碗面来！"说着，一边往灶屋里走一边又对贺春乾道："上午我叫人把昨晚上被人勒死的狗剐出来了，你吃不吃狗肉？要吃的话，我给你炒。"说完又突然像想起什么来了，又对贺春乾说："你说怪不怪？上午你走了没有好一会儿，湾里好多狗都跑到我们院子里来叫，闹麻了，我拿起棒棒都打不开！"贺春乾道："这有什么奇怪的？那是湾里的狗给我们的狗开追悼会来了！"

邓丽娟不想理会贺春乾，便进了灶屋。不一时为贺春乾端了一碗热气腾腾的面条出来，里面卧了两只黄澄澄的煎鸡蛋。贺春乾一见，气也消了许多，一边挑着面条一边用了十分温和的语气对了邓丽娟说："你刚才说吃狗肉，这阵去割一块出来炖起！等会儿我要去叫贺劲松来商量一点事，晚上就留他消了夜再走！"

邓丽娟道："还有哪些人？"贺春乾道："就是他一个人！"邓丽娟道："连贺国藩也不叫？"贺春乾道："你哪里那么多话，叫你去做你去做就是了！"邓丽娟道："我要把人问清楚嘛！煮少了不够吃，煮多了又剩半鼎罐，到时候你又有说的，烧伙佬才是作难的！"贺春乾听了邓丽娟这话，觉得也是这样，便又缓和了口气道："今晚上你放心，就只有贺劲松一个人，煮得合适就行了！"邓丽娟听了，果然站起身要走，却又像想起什么似的回头对贺春乾问："狗肉用什么炖呢？"贺春乾道："地里不是有萝卜吗？没听说过狗肉炖萝卜是大补的吗？"邓丽娟道："好嘛，那就用萝卜炖嘛！"说完便去地里扯萝卜了。

贺春乾将一碗面条吃完，又将嘴巴一抹，一连打了几个饱嗝，才出门去找贺劲松，让他晚上早点到自己家里来一趟，有事和他商量。叫了贺劲松以后，又沿着贺家湾背着手，挺着胸，若无其事地走了一遍，在天打黑影的时候方回到家里。

贺劲松听见贺春乾叫他晚上去他家一趟，还以为又是贺春乾约了贺国藩等人打麻将，人不够让他去配搭子；或者是找几个干部，说他家里昨晚上所受到的损失。过去村里就有这样一个不成文的规定，如果是因干部在工作上得罪了人，遭到村民报复，家里财产受了损失又找不出人来的时候，便由村集体来赔。因此贺劲松想不去，却又怕贺春乾见怪，于是就答应了。只是挨到天黑尽以后，在屋里吃了一碗面条这才不慌不忙地去了。到了贺春乾家，却没看见贺国藩和其他的人，便对贺春乾道："贺村长没来？"贺春乾道："今晚上这事只关我们两弟兄，他来干什么？"贺劲松一听这话，本想问贺春乾什么事，却又忍住了。贺春乾见时间不早了，便叫邓丽娟把夜宵端上来，两弟兄边吃边摆龙门阵。贺劲松立即道："你们吃吧，我已经吃过了！"贺春乾一听这话，做出生气的样子道："哪个叫你吃的？我叫的你早点来，就是叫你来消夜的，你看不起兄弟嘛怎么？"说完又道："吃了你也得再吃点，不然你对不起你兄弟妹。人家今晚上的狗肉可是专门跟你炖的！"

说话时，邓丽娟果然端出了一大钵油汪汪狗肉萝卜，上面漂着葱花、姜末，清香扑鼻。贺劲松一看也就顺了贺春乾的话道："哎呀，我不知道！我要知道早就把肚子空出来了！"邓丽娟笑吟吟地道："那怕什么？跨条阳沟还要吃三碗呢，何况他叔走了这样远的路？"贺春乾等邓丽娟话完，立即拿过酒杯，一边跟贺劲松斟酒一边又对贺劲松说："坐！坐！无论怎么你今晚上也要喝两杯！"贺劲松道："恭敬不如从命，就喝两杯嘛!"说着就去坐下了。贺春乾斟完酒，便对邓丽娟说："你忙去吧，我和劲松哥有点话说!"邓丽娟说了一声："那你们慢慢吃吧，要什么就喊我一声!"说完便进了灶屋。这儿贺春乾举起杯来，道："来，大哥，我们两弟兄先喝三杯再说话!"贺劲松也不知道贺春乾要对他说什么，如此神神秘秘的，想问又不好问，便只有耐心等待，于是也道："三杯就三杯，不过我们弟兄等会儿就少喝点，不要喝醉了!"说着一口便将杯里的酒喝尽了。

　　说话间三杯酒已经下了肚，贺春乾又劝贺劲松吃菜。贺劲松本是吃过饭来的，只象征性地拈了几块萝卜吃了。贺春乾夹了一块狗肉在嘴里，嚼了吞到肚子里后，又给贺劲松和自己倒了第四杯酒，这才举起来对贺劲松道："这杯酒是杯祝贺酒，我先祝贺你!"贺劲松有些不明白地道："祝贺我什么?"贺春乾道："你先把酒杯端起来!"贺劲松果然端起了酒杯，目光看着贺春乾。贺春乾这才说道："上一回村委会换届，你没有报名参加村主任竞选，可你得的票竟然比贺国藩还多! 按说来村主任早就该是你的了! 可当时乡上还想让贺国藩再干一届，又考虑到你是全乡业务能力最强的一位会计，乡上有时也需要你，因此动员你放弃了! 我知道你心里多少还是有些意见的……"贺劲松听说这事，便打断了贺春乾的话，道："水都过几滩了，这阵还翻那些老皇历做什么? 反正我现在会计也是当得好好的!"贺春乾听了这话马上道："你我弟兄，真佛面前就不烧假香了! 这回我就跟你明说，今上午我才到乡上跟伍书记交换了意见。我们两个的意思都是想让你出来做贺家湾的村主任……"

　　贺劲松一下明白了贺春乾今晚找他的意思，又不等贺春乾话完，急忙说："那怎么行? 你看我像不像当村主任的料?"贺春乾道："我就知道你要这样说! 说到底你还是在生上回的气是不是? 既然伍书记和我都认为你是最合适的人选，你还有什么不是那个料的?"贺劲松一听这话，便不和贺春乾直接顶撞了，只道："那贺国藩怎么办? 他就不当了，"贺春乾道："你是明白贺家湾这盘棋的! 贺国藩虽说人老实正直，可能力确实是弱了些，压不到阵，没有办法，只有叫他让贤了!"贺劲松道："可你也是知道的，这要经过全体村民选，也不知道有好多人投我的票! 要是选不起，倒让人见笑!"贺春乾故意笑道："你都选不起，还有哪个选得起啊? 上回你没有报名竞选，群众都把你选出来了，不要说这回你正式提出参加竞选，那更是穿钉鞋、挂拐棍——把稳着实的了!"贺劲松说："那也不一定！"贺春乾见贺劲松有些不热心的样子，便道："这是伍书记的意思，你一定要以大局为重！"说完不等贺劲松回答，便把酒杯高高地举起来，道："来，我这里先祝贺你了！"贺劲松忙道："酒我可以喝，可这个事情你容我再想想！"贺春乾道："还有什么想的，难道这不是好事？"说完又道："别个削尖脑袋往里钻还钻不进来呢！"贺劲松道："好事当然是好事，可是太突然了，我过去一直没想过，所以你还是要容我考虑一下！"贺春乾听了这话，便不再勉强贺劲松了，道："那好吧，我容你想一想！可你也知道选举马上就要到了，三十天的磨子——没有好大推头，你一定要抓紧，伍书记还等着你答应了好做下一步的工作呢！"贺劲松道："行，我考虑成熟了就答复你！"说着两人又喝了几杯酒，说了一点贺春乾家里昨天晚上发生的事，贺劲松便告辞贺春乾往回走了。

贺劲松从贺春乾家里出来，却没有回家，而是径直往贺端阳家去了。到了贺端阳家门口，见里面屋子里已经熄了灯，便知这一家人都已经睡了，于是便去拍门。过了一阵，贺端阳才披衣起来开了门。一见是贺劲松，便道："是劲松叔呀，这样大晚上了叔还来？"贺劲松道："有好大晚上？这么早就睡了，你娃儿硬是个万事宽呢！"端阳一听贺劲松话里有话，急忙把贺劲松让到了屋里，关了门，道："叔，有什么事呀？"贺劲松打了一个饱嗝，喷出了一股酒气后才笑嘻嘻地看着贺端阳，说："我是来感谢你们的！要不是你们，我今晚上还吃不成狗肉！"贺端阳一听便知道了贺劲松是从哪里来的，便也道："叔要吃狗肉，早点跟我说一声嘛！我屋里前天晚上被人吊死的狗，世福叔拖去剐了，给我砍了半边肉来。一想起平常我回来它对我亲热的样子，我哪里还吃得下它的肉？"贺劲松听了又笑道："看不出你娃儿心肠还这样好呢！那好，老叔以后慢慢来吃！"

端阳明白贺劲松这样大一晚上来，一定是有什么话跟他说，便停止了闲话，开门见山地道："叔，我知道你是无事不登三宝殿的人，今晚上深更半夜地来，一定是有事跟侄儿说是不是？"贺劲松道："当然有事，而且还是喜事……"端阳一听是喜事，忙道："喜事？我有什么喜事？"贺劲松道："不是你的喜事，是我的喜事。"端阳道："哦，那我就恭贺叔了，只是不知道叔是什么喜事？"贺劲松道："有人叫我出来做贺家湾的村主任，你说算不算是喜事？"

贺端阳一听这话，头脑里轰的一声，像是什么爆炸了一般，立即目瞪口呆起来。过了半晌方才嗫嚅着说道："真的？"贺劲松道："老子还在你面前说假话？

不信，你过来闻一下我嘴巴里的酒气，看我说没说假话?"说完，便把刚才贺春乾对他说的那番话对端阳说了一遍。端阳听完心里更是一阵紧张，那脸也紧绷着，可嘴里却装作不大一回事地道："确实是喜事，那叔就当呗!"贺劲松两道目光在贺端阳脸上扫了扫，这才看着他道："你娃儿不要在我面前充什么假正经了!我要当了，还有你娃儿什么戏唱?你以为我是个糊涂虫，就那么容易被人利用了?"端阳听了贺劲松这话，有些不理解地道："叔的意思到底是什么?"贺劲松道："你说呢?眼前村里这盘形势你还没看明白?贺国藩已经实在是保不住了，人家又不想让你上，所以才想出这样一个办法!"端阳点了一下头，道："原来是这样的!"

贺劲松又看了端阳一阵，像是在想什么事，过了一会儿方才慢慢对端阳说道："你以为他们是真心想让我做村主任吗?不是的!要是真有心让我做村主任，上一届就不会左一个动员，右一个说服让我放弃了!现在是满坛子的泡萝卜——抓不到姜（缰）了，才又叫我来当。我不过只是他们棋盘上一颗可以任意支使的小棋子罢了!你叔活了这样大年龄，难道连这点都看不明白?再说，我也掂量得出来自己有几斤几两!在贺春乾手里当不当得下来这个村主任?说个老实话，这些年正是因为看到贺春乾一手遮天，我才装聋作哑，只搞我的会计业务，什么好孬都不去说。哪边的人我也不去得罪，所以大家才接受我。上回我没有报名参加村主任竞选，得票都比贺国藩高。可这一回我真要出来当这个村主任，马上就会得罪很多人!别人我不敢说，你娃儿说句心里话，会不会恨我?不但你会恨我，支持你的那伙人和小房的很多人都可能会恨我!不但你们在屋里的人会和我结成仇。湾里在外面的人，像你世海叔，你们是亲房，我知道他在跟你们背后出主意，他会不会怪我是个犟头包包?明知道你在争村主任这个位子，我却又来横起杀一杠子!知道的是人家要我当，不知道的说我是窝里斗!如果我真的这样做，你说我是不是糊涂了?我这是何苦呢?还有，会计是我的本行，从在你世海叔手里起，到现在我干了将近二十多年会计，说个吹牛皮不犯死罪的话，全乡的会计哪个也比不上我，领导也喜欢我，我现在吃多了要去当这个村主任。村主任几年一换，干得不好，下一回群众就不选你了!但村会计可以不是村委会成员。只要我愿意当，不说当一辈子，起码再干个十多年还是可以的!哪头轻，哪头重，你说我哑巴吃汤圆，心里就没有个数?还有现在村干部的工资由上头直发，村主任比村会计也只多几十块钱，担的责任和做的事却比村会计要多得多，我何必去当那个村主任？更重要的是我刚才已经说了，贺春乾的为人你难道还不明白？也怕只有贺国藩这号的老实窝囊废，才能跟他搅得起伙！换了任何一个人都怕要七拱八翘的！你想，我如果做了村主任，还会有个顺心的日子？所以表面看起来让我当村主任是为我，实际上是在害我！"

贺劲松竹筒倒豆子般把自己的心里话都一股脑儿给贺端阳倒了出来。贺端阳听完，不由得佩服地说："叔，听了你一席话，侄儿不得不佩服！你把各方面都分析得透透彻彻！确实像你说的这样，你搞好自己的会计业务比出来当村主任强！不过你现在打算怎么办呢？"贺劲松道："怎么办你难道没看出来？我深更半夜来就是来给你们说一声。还有几天就要选举了，你们抓紧去做选民的工作！我这儿呢，就说没有考虑成熟，把时间尽量往后拖。拖到要选举了，我才答应贺春乾参加竞选。这个时候屁股已经抵到了墙，他们就是想到选民中去拉票，也裤裆里打麻将——哈不开了！"端阳听后十分感动，道："叔，侄儿感谢你的成全了！"贺劲松道："不是我成全你，是我看出来了，上头选举的规定越来越具体、规范，只要是按上面的规定办事，这回你们肯定要胜！叔何必被别人利用，在中间来当个羼头呢？"说完这话，贺劲松如卸下了一个包袱似的方站了起来，告别贺端阳要走。端阳见时间已经不早了，也不留他，紧紧拉住他的手把他送到门外，轻声道："叔，我把那狗肉给你留着，等着你来吃啊！"贺劲松道："行，等你选上了我就来吃！不过我要把丑话说到前头，要跟我炖耙些，别像贺春乾今晚上那么炖得二不挂五的，我这牙巴不好，嚼半天都嚼不烂啊！"端阳道："我一定记住叔的话，头一天就用瓦罐跟你煨起，保证进嘴巴一抿就化了！"说着两人都不由得笑了，然后挥手告别，各自回去。

三

贺劲松一心想把参加村主任选举的事，拖到选举日即将到来的时候才去答复贺春乾，好给贺端阳们留出拉票的时间。只是贺春乾岂是傻瓜？他不得到贺劲松的明确答复又岂肯罢休？因此第二日上午便来问贺劲松考虑得怎么样了？贺劲松见问，便拿话搪塞道："哎呀，昨晚上喝多了点，回来倒头便睡，一觉瞌睡睡到了大天亮，哪有时候来考虑哟？"贺春乾便道："那你现在就想，想好了就当面答复我！"贺劲松道："书记老弟，你哪里那么性急？当不当也不是我一个人的事，起码也得和你嫂子、侄儿们商量一下嘛！他们现在又不在这里，我怎么商量？如果我一个人答应了，他们不支持我，我工作起来这儿不对，那儿不对的，也是麻烦，你说是不是？"贺春乾不好说得什么了，便只好压着火气道："那好吧，我再给你一天的时间，你和他们商量，明天这个时候我来听你回话嘛！"说完沉着脸走了。

第二天上午，贺春乾果然又去了。贺劲松又道："哎呀，硬是对不起，昨天一连给你侄儿打了几个电话，都没有打通……"贺春乾没等贺劲松说完，便忍不住了，道："你莫推三阻四的了！弟弟兄兄的不是外人，有话就明说，你就给我一句话，当还是不当？眼看着选举马上就到了，乡上伍书记还等着我回话。你一会儿推这样，一会儿又推那样，我看你是不想我们面子！即使不给面子，你也明说好了！"贺劲松被贺春乾逼到墙角了，想了一下，于是也便干脆把话挑明了，道："既然贺书记把话说到这个分了，那我也拜托你转告伍书记一声，我贺劲松感谢乡党委和你的信任，多谢你们的好意了！可我认真想了一下，我确实不适合做村主任！一是年龄大了，村里这多能干的年轻人，他们个个都比我强，又都有意愿来做这个村主任，我何必去挡他们的道呢？二是我这个性格只适合搞业务，哪适合做行政领导？到时候工作搞不好，既辜负了领导的希望，又对不起全村一千多村民！所以请村支部和乡党委还是另寻高明，我就不打算报名参选了！"

贺春乾一听贺劲松不报名参选，心里便凉了半截。因为只要贺劲松不答应参加村主任选举，伍书记的计划便全落空了。如此一来，又如何是好？这样想着，心里的怒火便不由得腾腾地蹿了上来，直冲头顶，便冲贺劲松勃然大怒道："那好，你既然连村主任都不愿意当，那会计也不要当了！"贺劲松虽然平时看似温顺老实，却是故意韬光养晦的，如今一听贺春乾这话，便再也忍不住了，道："不当村主任和当村会计有什么关系？《村民委员会组织法》规定即使是正式候选人，还可以自行决定是否参选，何况我连名也没有报呢！总不能牛不喝水强按头吧？"贺春乾道："这是组织的决定！"贺劲松道："组织的决定总还要和个人意愿结合吧?"贺春乾被问住了,过了半天才道:"不管你怎么说,两条路你去选,要么就当村主任,要么你就什么都不要当了!"

贺劲松听了贺春乾的话,也忽然沉下了脸,不甘示弱地道:"那好嘛,既然你把话说到这个份上,我也打开窗子说亮话!虽然村里的账被乡上拿走了,可我这脑壳里还有一本账,没有哪个拿得走的!如果你们真要这样做,也莫怪我一根眉毛拉下来就盖住了脸!到时候大家都搞不成!"说完不等贺春乾插话,又道:"我怕什么?我反正都是一个搞业务的,到时候看哪个挨得惨些!"贺春乾顿时就像是被霜打蔫了,气得吹胡子瞪眼的,嘴上却说不出话来了。他知道贺劲松说的是真话,这也正是他敢于不给自己和伍书记面子的原因——反正天塌下来,自有高个子去顶着,他怕什么?到时候他可以一推六二五,说是领导让他干的,大不了把吃进去那点钱给吐出来就是了!可他和伍书记就不同了!想到这里,贺春乾竟然有些害怕起来了,便马上换上了一脸笑容,对贺劲松道:"你看你,跟你开个玩笑,你竟然裁缝的脑壳——当起针(真)来了!哪个就那么轻易把你会计换了?别个要换我还不得答应呢!好了,话明气散,人各有志,我们是为你好,你既然不愿意出来做村主任,那就算了!从今以后好好把自己的业务工作做好,我们弟弟兄兄的千万不要伤了和气!"说罢,贺春乾方才走了。

贺春乾离开贺劲松,心里气鼓鼓的,却又没有办法。他没想到贺劲松会这样不给面子。在贺春乾心里,还以为贺劲松在为上一次选举的事耿耿于怀,所以关键时候就不愿意配合了。因为没做通贺劲松的工作,他也不好去给伍书记汇报,只好一个人坐在家里冥思苦想,希望能想出一个办法来扭转贺家湾选举的局面。想了一夜,功夫不负有心人。谙熟《选举法》的贺春乾终于明白自己并没有走到山穷水尽的地步,手里还有一张牌,如果打得好,还有赢的可能。这张牌就是像贺端阳第一次跳出来要竞选村主任时那样,分散选票。具体地说,就是再去动员一两个小房或郑家塝杂姓的人出来参加村主任竞选,如当年动员贺兴成出来参加竞选一样。动员出来的人选票自然没法过半,谁也别想当选,却可以把贺端阳的选票分散一些。这样一来,贺端阳的选票自然而然也就过不了半数,因而可以把他拉下来。相反,只要大房人胳膊肘不往外拐,贺国藩就完全可以当选。

贺春乾想到这里又高兴起来,便把贺国藩喊来,先和贺国藩说了自己的打算。贺国藩听了却说:"办法好是好,可要是也分散了我的选票怎么办?"贺春乾说："拉票的人多了，对你的选票当然会造成一定影响，可对贺端阳的影响肯定会更大！因为大房人的票，他们再怎么拉也拉不走好多的！你们现在把每个大房人都要盯紧，千万不要把他们手里的选票丢了，然后才去做其他人的工作，做一个算一个！"贺国藩道："那你打算动员小房哪个出来参加竞选？"贺春乾道："就是这个人我一直没有想好。再去动员贺兴成出来，他肯定不得信我们的话了！剩下一个人我看比较合适，就是贺荣，他是村民组长，如果他愿意出来，起码把他那个村民组的选票拉走没有问题，只是怕他不肯上我们的当！"贺国藩道："不要去拉他，他肯定知道是拉他来垫背，弄不好我们羊肉没吃到，还惹一身膻！"贺春乾道："你和我想到一起去了，所以我没下决心！要不只有去拉郑家塝的郑全福出来，这个人好说话些！"贺国藩道："郑家塝和我们贺家湾本来就有很深的矛盾，郑全福出来明摆着又是选不上的，这样一来，会不会更加深矛盾，影响以后的工作？"贺春乾道："你呀，让你想问题的时候不想，不让你想问题的时候却又要咸吃萝卜淡操心！现在是什么时候？眼下最急需解决的是保证你不被选下去！如果你连村主任这个位子都保不住，还谈什么将来？即使有将来也是别人的将来！"贺国藩听了这话，才不说什么了，只道："那好吧，我听你的！"贺春乾道："那好，我们就分头去做！现在贺良毅也不能动弹了，你和贺通良、贺贤明，该拉票的就努力去拉！关系好的你不用去拉，他自然会投你的票。关系不好的你也不用去拉，因为你即使去拉，他也不一定会投你的票！现在把主要精力放到那些中间的人身上！必要时，该出点血时就出点血！出了多少血你记下来就是，等选上了，该村里承担的，村里承担了就是！"贺国藩听了这话，说了一句："我知道！"便马上起身找贺通良和贺贤明去了。

第二天一大早，贺春乾果然便赶到了郑家塝，找到了郑家塝村民组长郑全福，说了一会儿闲话后，贺春乾便对郑全福道："全福呀，你也干了这样多年的村民小组长了，怎么不出来竞争一下村主任？"郑全福个子不高，长得粗壮敦实，平时说话都有些嬉皮笑脸的，给人一种不正经的感觉。此时便嘻嘻一笑，半是玩笑半是讥讽地道："贺支书怕是拿我开心哟？你还不知道我们这些小姓是三等公民，怎么当得成村主任？"贺春乾听了这话，却是认真地继续道："哪个说的小姓就不能当村主任？这是海选，充分发扬民主，不管大姓小姓，只要符合条件都可以参加竞选嘛！"郑全福还是一副不正经的样子，道："算了算了，话是这样说，

311

可我心里明白，即使参加选也是个垫背的！再说，我这个人自己知道自己的生辰八字，命里该吃屎，跑到天外头，捡根干萝卜，一看还是屎！哪来的当官的命？贺支书你们以后多照顾一点我们'少数民族'，我们就感激不尽了！"

贺春乾明白郑全福对他有意见，便道："你别对我牢骚满腹的，要怪只能怪你想错了！就说平常我哪点没有照顾你？我是一番好心，想动员你出来参加村委会主任的竞选。这是海选，乡里不确定候选人，村里也不确定候选人，这是多好的机会！选不选得上是一码事，重在参与嘛！即使选不上又有什么要紧？权当检验一下村民对你的信任度和自己的人缘嘛，是不是？"说完，不给郑全福说话的机会，又马上接着说："再说，群众眼睛还是雪亮的嘛。他们是选村主任，又不是选族长，非得凭什么辈分高、年纪大不可？选村主任，群众主要还是看他能力强不强，办事公不公，对不对？你做小组长这样多年，郑家塝小组什么工作都走在前头！说实话，一个杂姓组能把各项工作开展得有声有色，没点能力能行？办事不公能行？"郑全福听了这话，心里有些动摇了，便道："道理倒是这样，我们姓郑的又不是没在村里做过领导！"可说完又马上接着说："不过那是毛泽东时代，做干部的吼一声，哪个群众敢不听？别说你是几百人的大姓，就是几千人、几万人的大姓又敢怎么样？可现在不行了，我们小姓怎么争得过你们大姓？算了，我不敢砂罐做枕头——空想！知道该怎么夹紧尾巴做人！"

贺春乾不相信说不动郑全福，停了一会儿又道："你一个大男人，怎么这样悲观？你选都没选，怎么又知道就选不上呢？你要知道选不选得上，总要先来参加了选举才知道结果哟，是不是？"说罢又对郑全福问："我问你，假如要是选上了呢？"郑全福被贺春乾说得有些蠢蠢欲动了，便道："即使选上了，你们大姓人会服从我的领导吗？"贺春乾道："服不服从，你只有出来试了才知道！再说，郑家塝除了你们郑姓，还有姓王的、姓罗的、姓刘的、姓余的，这么多杂姓你都领导下来了，怎么又不能领导姓贺的？"郑全福有些自以为是起来，便又向贺春乾道："要是选不起多丢人！"贺春乾道："哎呀，我说你这个人，硬是有些像女人一样婆婆妈妈的！这么多人参加竞选，没有选上也没见把人丢到哪里去！我跟你说，即使选不上，不但不丢人，还是一件有面子的事！"郑全福道："怎么还有面子？"贺春乾道："有人投你的票，说明有人拥护你是不是？有人拥护总比没人拥护强，不是就有面子了吗？"郑全福有些心悦诚服了，便笑眯眯地道："那倒是！"

贺春乾见郑全福有些心动了，便也马上笑着道："全福，你大胆地出来参加竞选！选上了，你我两个合作几年，我一定全力支持你的工作！选不上下一届我安排你做支部委员！"郑全福立即道："我选不上，你真的要安排我做支部委员？"贺春乾道："我贺春乾什么时候说过假话？再说，凭你这些年的工作也早该做支部委员了！"郑全福一听贺春乾要安排他做支部委员，便道："那好，管他选不选上，我就出来试一盘吧！"

贺春乾见郑全福答应了，十分高兴，便喜出望外地站起来拉住郑全福的手摇晃着道："好，郑组长这才像男子汉大丈夫行事的样子！"说完又叮嘱道："那就加紧做工作，马上就到选举日了，我也帮你做些工作！"郑全福道："你放心，好歹郑家塝的票不得落到别人的手里！"贺春乾道："如果是这样，说明郑家塝的人全都拥护你，我就先祝贺你了！"说完这话，贺春乾便急忙离开了郑全福，去乡上向伍书记汇报了。伍书记一听贺劲松不愿出来参加村主任的选举，心里虽然有气，也没有办法。见贺春乾动员了郑全福出来参加选举，虽然郑全福不能和贺劲松相比，但听说可以拉走郑家塝将近两百张的选票，如此一来，即使小房的人全投贺端阳的票，也不会过半，伍书记又一下高兴了。真是这样，那贺家湾的班子终于又可以保持不动，他也便少了许多担忧。想到这里，便又对贺春乾说了一通"不可大意、小心谨慎"的话，算是默认了贺春乾的这套方案。贺春乾见伍书记同意了自己的做法，也是十分高兴，因为这样一来，便可以保住贺国藩村主任的位子了。保住了贺国藩的位子，一是自己良心上不至于感到特别亏欠了胡琴，二是又可以继续赢得美人的欢心和恩爱，岂不是好事？于是便觉得如果这步棋实现了，倒比动员贺劲松出来做村主任要强许多！

却说郑全福在贺春乾走后，突然发出了一阵爽朗的大笑。郑全福为何发笑？原来，郑全福虽然不姓贺，但身为贺家湾村一个村民，这些年来又何尝不了解贺家湾村政舞台上的明争暗斗？尤其是从十多年前，贺家湾小房杀出贺端阳这匹黑马以后，村里这几次换届选举，上演的那些有声有色的戏剧实在太精彩了。作为一个村民组长，他更了解贺春乾的专横和狡猾。因此，当贺春乾刚刚开口动员他出来参加村主任竞选的时候，他就一眼看穿了贺春乾的用心，无非是想利用他来拉走贺端阳的一部分选票，让贺端阳无法达到目的。如果说他郑全福没有一点儿当村主任的野心那也是假的。假如还像以前那样村干部由上级任命，那么，他郑全福一定要去努力争取！他也完全相信自己有那个能力！正如贺春乾所说的，在村民小组长这个位子上他已经干了十多年，能把一个杂姓村民小组领导得巴巴适适，各项工作都走在全村的前头，这本身就证明了他的能力！因此，他为什么不能做好全村的工作？可是，郑全福又十分清楚，自从《村民委员会组织法》试行以来，像贺家湾这样大姓、小姓杂居的村，小姓里的人想凭借才华出众成为村里主要干部，几乎没那个可能了。除非出现特别特殊的情况，比如和上级有着特别重要的关系，或者因为形势的特别需要，他们大姓因为派性斗争实在搁不平的情况下，还有几分可能。可是现实而今，他郑全福既和上级没有特别关系，而贺家湾大房和小房的斗争又没有到达你死我活、无法调节的地步，加之乡上又明显在支持贺春乾一派，因而他郑全福又怎么可能成为贺家湾村的村主任？正因为郑全福一直没有想过要去做什么村主任，所以当贺春乾最初跟他说的时候，他不但显得十分冷淡，而且也一下看出了贺春乾心里的小九九！郑全福对贺端阳本来就怀有几分同情心的，因而更不愿意去上贺春乾这个当！他心里想：要是自己参加竞选，不但选不上，肯定又会得罪贺端阳他们一伙人。如果贺端阳真扳倒了贺国藩，那他以后会怎么看自己？还不说自己是个犀头包包？这样一想，心里就说："算屄了，他们狗咬狗，自己掺和进去做什么？现在是经济社会，有那份瞎掺和的心，还不如把自己家庭搞好一些才是最重要的！"可过了一会儿，自己的想法马上又被一种报复的思想替代了！或者是因为长期生活在大姓阴影下的缘故，或者是急需摆脱心里不平衡状态，郑全福忽地幸灾乐祸起来，马上在心里又道："管他妈的，我顾那么多做什么？不管是贺国藩当村主任，还是贺端阳当村主任，不都是他们大姓在当吗？跟我们小姓有什么关系？既然没有关系，我还为哪个着想做屄呀？"这样一想，一种恶作剧的念头突然在那郑全福脑海中涌现了出来。于是在心里便做出了决定："参加竞选就参加竞选，郑家塝好歹有一百四五十张选票，我把这些选票拉过来，你贺端阳还当个屄！到时候我再对他贺端阳说一声是贺春乾叫我参加竞选的，让你们继续狗咬狗去吧！你们咬得越凶，我才越看笑话呢！"后来又听贺春乾说即使选不上，也要给他个支部委员做！这下就更坚定了郑全福的信心，心里又道："龟儿子，这更有好戏看了！倒不是我看重那个支部委员的位子，你要把我补进去，就得把现在的支委给拉一个下来！不管你拉哪一个下来，对你都会有意见！到时候你兑现不兑现，都会落得不好看！就让你不好看去吧!"而且郑全福又是一个要面子的人,他对贺春乾那两句"有人投你的票,说明有人拥护你,总比没人拥护你强"的话,觉得十分有理。想自己在郑家塝干了这么多年小组长,郑家塝还有贺家湾其他村民对他究竟是个什么印象,他倒真想看看!并且他想象着在唱票时,唱票员用高亢的声音唱那么几十次、一百次"郑全福"的名字,他那脸上不是确实有光了吗?如此诸多因素加在一起,因此郑全福便真的下了决心,打算去试一试。贺春乾一走,郑全福想起这些便感到好笑,因而便连发出了一阵阵爽朗的笑声。他是在笑天、笑地,也笑包括自己在内的世上的可笑之人和一切可笑之事!

　　笑毕,郑全福忽地背着手,走进了老革命郑锋的屋子。郑锋这时已八十多岁了。改革开放后,上级给他落实了政策,享受新中国成立前参加革命的老干部的待遇,每月能领到三千多元的离休工资。此时衣食无忧,把身体保养得也很好。除了行走需要拐杖支撑外,眼不花、耳不聋,头脑思维也很清晰。说话也仍如年轻时那样一个大嗓门,好远都能听到他的声音,活得滋滋润润的,万事无须担忧。郑全福走进来,喊了一声"大公",便把贺春乾要他出来竞选村主任的事跟他说了一遍。郑锋一听,便像吵架似的说了起来:"奶奶的,当!为什么不当?要是毛主席在世,你早就当村上主要干部了!奶奶的,都是现在这些王八蛋闹的搞什么选举?"郑全福明白老头子又要开始骂人了,便急忙逗他道:"大公,你老人家不要乱说,选举是为了发扬民主呢!"郑锋道:"屎的个民主!毛主席那时在世,看见哪个年轻人能干就让哪个当干部!现在是哪个房里的人多,哪个才当得到干部!你以为我老糊涂了?看不明白了?贺家湾选了这样几届,哪一届有我们这些小姓的分?都是他们大姓在村里把位子占了!奶奶的,共产党打天下的时候,只要拥护革命什么人都要!现在坐天下了,奶奶的,就只给大姓人的机会了!要是毛主席在,哪个龟孙子敢这样干?"郑全福一听郑锋这话,没想到老头和自己想的竟然完全一致,不由得也感叹地说:"你说得有道理,大公!所以这选举看起来很平等,只要满了十八岁都有选举权和被选举权。可实际上这种平等似乎只有大姓宗族的人才有,对我们这些小姓的人非常难得!所以这回我就去试一下,你老人家可要支持我!"郑锋立即道:"支持!我马上就出去跟郑家塝的人打声招呼,号召大家都投你的票!哪个不投你的票,看我不敲断他的大腿!奶奶的,难道我们小姓就没有当村主任的人了?"说着果然拄起拐杖出去了。没一时,郑家塝上便到处都响起了郑锋那像是放炮的声音,道:"大家听着,我们郑全福要竞选村主任了,你们都要投他一票啊!"郑全福一听立即信心大增。中午女人从地里回来时,又把贺春乾动员的事给女人邹淑华说了。女人听了也是十分高兴。当天下午,邹淑华便在郑家塝逢人就对人说:"我家全福要竞选村主任了,你们要投他一票哟!不然我全福多没面子?全福莫得面子,还不是我们郑家塝大家都没面子,你们说是不是?"说也奇怪,那郑家塝的杂姓人竟和郑全福一样,被边缘化久了,如今一听郑全福要参加村主任竞选,一时竟表现得非常团结,听了郑锋和邹淑华的话,都纷纷发起毒誓来,道:"放心,哪个不投全福的票,都死儿绝女!"一副同仇敌忾的样子。

四

　　第二天,贺端阳便知道了郑全福也要参加村主任竞选的消息,这时离选举日只有两天时间了。端阳听说这个情况后着急起来,急忙又把他竞选班子的智囊团召来紧急商量。兴成听了端阳通报的情况,便说:"怪不得,我刚才来的时候,在路上碰到郑龙飞,我跟他说:老表,投票时投端阳一票哟!他一听,说:老表喂,不是我不给你面子,要不是我们全福也要参加竞选,我一定把票投给端阳!我还以为他说起耍的呢,没想到硬还是真的!"端阳道:"一直没有听说过郑全福要参加村主任的竞选,现在才冒出来,这一定又是贺春乾捣的鬼!这一手是很毒辣的!因为选举法规定,年满十八岁的公民都有选举权和被选举权,我们也没有理由不让人家参加!"贺毅道:"郑全福也不是不知道,他参加竞选肯定选不上,最多给别人做个垫背,何苦要来凑这个热闹呢?"端阳道:"我也不明白这其中的缘由,肯定是贺春乾跟他灌了什么迷魂汤,把他说动了!"说完,端阳又着急地说:"如果郑全福出来参加竞选,我们至少要失去一百多张选票,现在该怎么办?"

　　兴成和贺毅一时也没开腔,像是陷入了沉思的样子。过了一阵,贺毅方才说道:"我去跟郑全福做点工作,动员他不要来参加竞选!反正参加也是选不上的,割卵子敬神，人得罪了，神也玷污了，何必呢！"贺兴成也道："就是，难道郑全福这点都看不明白？"端阳摇了摇头，叹了一口气，才慢慢地说道："没用了！我得到的消息，一是郑全福是吃了秤砣——铁了心，非要来参加竞选不可的；二是郑家塝人这回又非常团结，发誓赌咒都要投郑全福的票！所以现在不管去做郑全福本人的工作，还是郑家塝人的工作，都是瞎子点灯——白费蜡了！"兴成一听这话着起急来，道："那怎么办？我们难道又是白忙一场？"

　　端阳想了一想，方才说道："眼前，我们只有好好想一想，看大房里还有哪些人我们可以去做工作，把他们拉过来！"兴成道："大房的人能做工作的，我们都去做了，只有和贺国藩、贺春乾房份近的人没有去做工作！话说回来，别个是亲房，我们去做也是白做！"端阳道："那不见得！现在是商品经济社会，别说是房支，就是过去的血缘、亲缘关系，也没有原来那么牢固了！现在交朋友，讲的是友情、利益，还有合作关系和说得来，是不是？要不然为什么现在有一句话，叫作弟兄不如朋友？"贺毅听了端阳的话，也道："端阳这话有道理，大房的人虽多，却也不是铁板一块的，正如我们小房也会有人跟大房跑。管它行不行，我们都大起胆子去拉，拉得过来就拉，实在拉不过，叫他们投郑全福的票都行！到时候要过不了半，大家都过不了半，看上头又怎么说？"端阳道："我也是这样一个主意，要拆台就互相拆台！"说完又看着兴成道："兴成哥你经常在湾里帮人用机器收麦打谷、耕田犁地、抽水浇田，你想一想大房里还有哪些人你帮过他们忙的，还可以去做些工作？"

　　贺兴成果然就皱起眉头，认真地去想。想了半天，突然高兴起来，大声道："下湾的贺兴民每年都是用我的机器挞谷子的，我又去给他抽过水，他老婆也姓李，有一回还说要和李红认姐妹！他屋里加上两个老家伙和儿子媳妇，有六张选票，要是能拉过来就好了！"端阳还没答话，贺毅就急忙道："既是这样，怎么又不去拉？"兴成道："你们也不是不知道，贺兴民的娃儿曾经拜过贺春乾做干老汉，就怕拉不过来！"贺毅道："这是哪陈时八年的事了？现在他娃儿都到外头打工去了，还管什么干老汉不干老汉？你还是去拉一下，说不定就拉过来了！"兴成一听受到了鼓舞，便道："那好，晚上我和李红去走一趟，有结果我就来跟你们回信！"端阳也高兴地道："对，就这样子！我们都反复想一想，看大房里还有哪些人可以去？能去的不能漏掉一户！拉得过来就拉，拉不过来就瓦解他们，让他们投郑全福的票!"说完又忽然看着兴成问:"买到屋里的烟还有没有了?"贺兴成道:"还有几条!"端阳道:"要是没有了,就到贺大龙店里去拿,反正把账记到我名下就是,我也是跟贺大龙交代了的!"贺兴成道:"这个你不用操心!"端阳又道:"另外叫长军、贺林他们分别到那些已经答应投我的票的人家再走一走,把事情敲定,别到时候又被别人把票拉走了!"兴成、贺毅又答应了一声,方才走了。

　　吃过晚饭,贺兴成果然用报纸包了一条香烟,夹在胳肢窝里,和李红一起往贺兴民家里去了。走到贺兴民的院子里,一条黑狗突然从屋檐下窜出来,像是十分气愤似的冲贺兴成两口子龇牙咧嘴地咆哮,吓得李红一下拉紧了兴成的衣服,窜到了男人的身后。贺兴成吼了一声,黑狗却并不惧怕,仍然是一忽儿前、一忽儿后、一忽儿左、一忽儿右地冲两个人狂叫。贺兴成急了,这才后悔出门时没有带一根打狗棍,这时想到地上寻一根竹篙之类的东西,却又没有。幸好这时贺兴民的女人李国英开门探出了脑袋,十分警惕地问:"哪个?"李红急忙答道:"是我们,姐姐!"那女人愣了半晌,方才听出是李红的声音,便急忙喝住了黑狗,道:"哦,是李红呀,你们快进屋来!"兴成两口儿这才进了屋。

　　进屋一看,贺兴民也正好在屋里。贺兴民六十多岁,满头白发,脸皱得像核桃皮。他自己不认得几个字,此时手里却拿着一根筷子宽的篾片,恶狠狠地强迫孙儿写作业。那孙子十岁左右,却是并不惧怕他,写两个字又到一边玩去。贺兴民举起手里的篾片朝孙子唬一下,嘴里道一句:"你快不快点写?"那孩子又低头写了一个字,然后又抬起头来。看见贺兴成和李红进来了,干脆不写了,目不转睛地看着两人,似乎很奇怪似的。李红一进门,便拉着李国英的手,一边摆龙门阵去了。贺兴民一见兴成,也丢了手里的篾片,冲兴成笑着说道:"不好意思,没有出来迎接你啊!"又道:"这个不听话的东西,你不把他像打雷一样经常吼到,他硬是不得听呢!"兴成道:"小娃儿,还没懂事的,你也不能光像打雷一样把他吼到,多哄他!"贺兴民道:"怎么哄他?我和他婆婆都不识字!唉,说起来有了后人享福,结果享他妈的尿壶!带了虮子带虱子,淘神不尽!"端阳道:"自己的后人,有什么法?"

　　说着,贺兴成把胳肢窝里的烟拿了出来,撕开报纸,然后递到贺兴民面前,道:"兴民哥,你抽烟!"贺兴民道:"哎呀,我们弟弟兄兄,你去破费这个什么?

有什么事你直接说就是！"兴成道："我们弟兄虽然不是一房下来的，却也不是外人，加上李红和国英嫂子又是一家，那我就直说了！这烟不是我给你老哥子的，是端阳给的！你也知道，还有两天就要选举了，你老哥子一方面看端阳的面子，一方面也看兄弟的面子，把家里人的票都投给端阳！"贺兴民道："这有什么难的？反正投贺国藩是投，投端阳也是投，我就听你的……"话音未落，那孩子忽然冒出一句："昨晚上贺国藩叔叔也给我爷爷拿的烟来……"孩子的话还没完，贺兴民忽然红了脸，冲孩子吼了一句："哪里那么多话？小孩子家知道什么？还不快点写字，硬要等到挨打呀？"那小孩这才不吭声了。兴成听说昨晚上贺国藩来过，一下明白了，便笑道："兴民哥，只要有人拿烟来，那是好事嘛！烟又不是其他什么，别个都说烟酒不分家，哪家有事主人不买几盒烟招待客人呢？你说是不是？"说完又不等贺兴民回答，道："不管贺国藩来没来，这条烟你都收到！"

贺兴民讪笑着，正想回答什么，忽听得外面的狗又汹汹地咬了起来。伴随狗咬声，一个男人的声音又在门外叫了起来："贺兴民，贺兴民出来把狗吆到一下！"兴民正要起身，李国英走在了他的前面，又过去开了门，唤住了狗。贺兴成站起来，正想叫贺兴民把烟拿到一边去，门外进来两人，却是贺通良和他的女人张道碧。两人一进来，看见贺兴成两口子在这里便愣住了。又看见了桌子上的烟，心里更是明白如镜。贺通良便没好气地问贺兴成："你们怎么来了？"贺兴成道："你们怎么也来了？"贺兴民见两人都恨不得吃了对方的样子，便道："坐，坐，来的都是客！"这儿贺通良仍没坐，还是盯着贺兴成怒气冲冲地道："你们来干什么？"贺兴成道："你们来干什么，我们就来干什么！"贺通良一下被噎住了，半天回答不出来。张道碧见了，便直通通地道："我们是来问贺兴民想好没有，究竟把票投给哪个？"李红见张道碧答了话，也不甘示弱，马上答道："他们屋的票，已经决定投给贺端阳了，你们各人快走！"张道碧一听，觉得自己受了冒犯，便没好气地冲李红道："我们这里说话，你搭什么腔？"说着又回过头冲贺兴民说："哪个叫你们答应把票投给贺端阳的？你们的票可要投给贺国藩……"李红受了抢白，心里自然不甘，没等贺兴民说话，便又冲张道碧喊了起来："你是什么人，非要强迫别个把票投给贺国藩？不投给贺国藩你把人家抓去剖背？"张道碧见了，也气势汹汹地冲李红道："你又是什么人啊？"两个女人说着说着，便往拢走去。这儿贺兴民见两个女人要互相抓扯的样子了，着了急，便急忙往中间一站，双手叉了腰，吼道："哪个叫你们来的啊？我屋里的票拿来揩屁股，哪个都不投！你们都给我走，走！"说着便分别去推贺兴成和贺通良。贺兴成站了一会儿，觉得在人家屋里吵起确实不好，便先和李红走了。隔了一会儿，贺通良和张道碧也走了。

贺兴成走出来，对李红愤愤地说："真晦气，两个人撞到一起了！"李红道："那有什么办法，碰都碰到了！"又道："硬怕是贺端阳没有当官的命！我跟李国英谈得正投机，没想到杀出他们两个，你说是不是他的运气不好？"贺兴成道："什么运气不运气？这两晚上正是拉票的关键时候！别个说的选举的时候狗都要瘦几斤，有什么奇怪的？"李红道："那你去跟端阳说一声，看他怎么办嘛？"兴成道："什么结果都没有，去跟他说了，今晚上又会睡不着瞌睡！"李红道："那你打算怎么办？反正我们也尽力了！"兴成道："要说也等到明天再去吧！"说着两口子回了家。

两人回到家里，正说洗了脚上床睡觉，没承想李国英却打着一支电筒来了。李红忙道："姐你怎么来了？"李国英道："刚才硬是对不起你们，没想到贺通良两口子也来了！我屋里那个人叫我来跟你们说一声，你们转告端阳，正式投票时，我们屋里六张票，三张投给端阳，三张投给贺国藩，免得得罪哪一个！"李红急忙道："姐，怎么要这样？你一下投给端阳不就行了吗？"李国英道："他爹已经去跟贺国藩回了话，一下投给了端阳不得罪了贺国藩？"李红笑着，附在李国英耳旁低声道："姐，你怎么那么傻？你嘴巴说全部投给贺国藩都行。写票的时候又没有哪个跟到你们，你画没画贺国藩的名字哪个知道？"贺兴成听了这话，一边拿帕子揩脚，一边也对李国英说："就是，嫂子！你在兴民哥耳朵旁边多吹点枕头风，让他全部画贺端阳的圈圈。今后贺端阳亏待不了你们！即使贺端阳亏待你们了，还有我们！明年你田里的谷子什么的都包到我身上！"李国英一听这话高兴了，立即道："那好，我跟他爹说一下！"说完要走，兴成又对李红道："柜子里还有一条烟，是我原来买回来抽的，让嫂子带回去给兴民哥抽！"李红果然又去拿一条烟出来，交给了李国英。又将她送到门外，将刚才的话又叮嘱了一遍。李国英此时便大包大揽地道："你放心，投票那天，我叫你那死脑筋哥儿在屋里，我去投票，保证全部画端阳的圈！"说完便高兴地走了。

李红回到屋里，把李国英的话跟兴成说了一遍。兴成一听事情有了结果，穿上鞋子便去了端阳家，将这好消息告诉了端阳。端阳听了果然十分高兴。不过，他还是有些不放心，因为所有人的许诺都还没有变成现实。这中间的变数哪个也说不清楚！你在努力争取，对方也一定在千方百计做工作，只有在等待选举结果出来以后才会见得到分晓。这样想着，端阳又嘱咐兴成不要掉以轻心，这两天让李红去把李国英盯紧一点，别让贺国藩和贺通良来把这几张票拉走了。兴成说了一声："我明白！"自去了。

说话间，两天时间匆匆过去，第二日便是全县统一规定的选举日了，村庄里更是笼罩着一种临战前的紧张气氛。这日傍晚，贺毅忽然跑来对端阳道："你知道不，他们明天还要搞一只流动票箱！"贺端阳一听这话，怀疑听错了，便道："什么？上面明明规定只能在中心投票站投票，连投票点都不许搞，怎么又搞起流动票箱来了？"贺毅道："什么原因我也不知道，只听说了这是刚才村选委会决定的！"端阳道："搞流动票箱就是想搞鬼！不行，我们去找贺春乾！"于是便拉了贺毅往贺春乾家里去了。

到了贺春乾家里，贺端阳便直通通地问："听说明天村里还要设一只流动票箱？"贺春乾毫不隐讳，回道："是呀！"贺端阳一听，便用了质问的口气道："省里和县上的文件都明确规定了村民只能到中心投票站投票，连投票点都不允许搞了，为什么还要搞流动票箱？"贺春乾不慌不忙地道："我没见到你说的那个文件！我只见知道上面文件是这样说的：投票点要从严控制，尽量少搞或不搞！从严控制不等于一点儿不要嘛。何况我们除中心投票站外，也没有搞别的投票点，我们是按照县上的要求办的嘛。"贺端阳觉得贺春乾并没有把设流动票箱的事解释清楚，仍咄咄逼人地问："那为什么要搞流动票箱？"贺春乾仍是十分冷静地道："为什么，为的是方便全村几十个行动不便的老年人和残疾人！我也想把他们集中到中心投票站来，可他们难道会飞来？上面对委托投票又做了严格的规定，每个受委托的人不得超过三张选票，那剩下的怎么办？难道就剥夺他们的选举权……"贺端阳没等贺春乾继续解释下去，便气呼呼地打断了他的话，道："搞流动票箱就是想作弊……"贺春乾也没等他继续说下去，便沉了脸道："没你说的那么严重！我们已经充分考虑好了每个环节，流动票箱只限于行动不便的老年人和残疾人。并且是在会场上做了统计后，方才由村选举委员会派出人员，并在乡选举指导小组的监督下，上门去接收那部分的投票，哪个能作到弊？"可贺端阳哪里肯信，仍然气冲冲地道："不想作弊还搞什么流动票箱？说白了，你们就是想借此拉票！想借代人填票的机会填你们的人！即使不拉票，不代填票，在你们的眼睛监视下，别人还怎么填票……"贺春乾一见贺端阳那副样子，便也把脸黑了下来，大声道："贺端阳，你也是竞选人之一，说话可要负责任！"端阳又大声抗议道："反正我们不同意搞流动票箱！如果你们真要坚持，明天我们就不参加选举！"贺春乾冷笑了一声，回答道："参不参加选举是你们个人的事，可设一只流动票箱是村选委会集体研究，又报乡选举指导小组同意后才决定的！不是我们心血来潮想设就设的！你们可以不参加选举，可集体决定、上级同意了的事我们一定要坚决执行！"贺端阳气得嘴歪眼斜，狠狠地咬着牙齿道："那好吧，我们骑驴看唱本——走着瞧！"说完拉着贺毅一起回去了。

回到家里，贺毅问："怎么办，我们真的不参加选举了？"端阳的胸脯起伏了一会儿，方才有些丧气地说道："现在的局面越来越明显了，郑全福肯定会拉走郑家塝的选票，即使小房的人全投我的票，我的票也不会超过半数了。"贺毅道："可我们也拉了一些大房的票呀！"端阳道："是的，我们是拉了大房的一些票，正因为如此，我原来有个乐观的估计，最起码可以和贺国藩打个平手！可现在他们打着保障老年人和残疾人选举权的幌子，搞这样一个流动票箱，我们连和贺国藩打个平手的希望都更加渺茫了！且不说像我刚才说的通过代填票、拉票等方式作弊，就算一点不作弊，中国的老百姓不论平时有多大意见，只要人往他面前一站，他也不好说什么了！何况大家都住在一个湾里，低头不见抬头见，哪个都是熟人，都怕得罪人！平时看起来有一肚子的意见和不满，可真要三人对六面，又有几个人能拉下面子说出来？他们这样一搞，起码又要拉走我们几十张票！现在，一张票都可能决定命运，何况是几十张呢！"

贺毅一听这话，觉得在理，于是便道："你说得也确实是这样！哪个都有面子思想，人在人情在，人在面前人情便在，他们等事情拢来了才搞这一招，又是经乡上同意的，我们真还不好说什么！"端阳说："所以与其这样，我们就借反对流动票箱，拒绝参加选举……"贺毅道："那我们辛苦一场，就这样认输了呀？"端阳道："哪个说我们认输了？我是在想，像我们这样挖空心思和他们掰手腕，比心机，没什么意思了！与其把精力消耗在和他们比手腕、比心思上，不如去争取一个好的制度！一个好的制度可以让坏人不敢使坏，甚至能让坏人变好，好人变得更好！一个坏的制度又可以使好人变坏，坏人更坏！"

　　贺毅有些不明白端阳的话，问道："你说的话是什么意思？"端阳道："什么意思还不明白？我的意思就是说不想和他们在这些方面争了，我们到上面去把国家制订的选举制度争取下来，让这些好制度在村里不折不扣地在阳光下执行！这样一来，即使我选不上也心服口服！"贺毅听后，立即大声道："对！我们湾里发生的事，就是没有按《村民委员会组织法》办事，总要在执行中走些过场！你说说，我们怎么去争取这些好制度？"端阳道："告状！我说不参加选举，是指我们几个明天不亲自去参加投票。我们明天的任务便是去跟着他们，从中心会场的秘密写票到他们的流动票箱！他们说不会作弊，可饿狗儿怎么离得开茅坑边？他们为了让贺国藩当选，肯定要做些手脚！我们跟着他们，他们怎么做我们都不去管，还是按我们原来说的用手机悄悄把相照下来，把音录下来！在这回的选举操作中，他们已经有很多违法的地方了！再加上明天我们偷偷掌握的资料，我们就有足够的证据到上面去告他们！我相信，我们只要有理有据，上级也不会不管的！只要我们告赢，上面一来纠正他们的违法选举，那国家的好制度不是就像大姑娘嫁人一样，嫁到贺家湾来了吗？以后哪个还敢不按好制度办事？"贺毅明白了，道："对，这叫以退为进，我们就这样办！"端阳道："我们马上去安排，你回去跟长军、善怀等说一声！你做事细心、肯动脑筋一些，明天就分别躲到那些老年人和残疾人家里，看那些拎流动票箱的人来了怎么做？不管他们做什么，你们都不要去惊动他们，只把证据拿回来就行了！我马上去找兴成哥，明天我们就在中心投票站看能不能抓到他们什么违法的地方！"贺毅立即大声道："行，明天我把贺勇、贺建都叫上，不信抓不到他们的证据！"说毕便匆匆忙忙回去找长军、善怀、贺勇、贺建等人去了。这里端阳也马不停蹄，赶着去了贺兴成家里。

　　第二天，端阳、贺毅等人果然分头行动，投票结果，果如贺端阳所料，郑全福得了村主任票一百四十多张。这一百四十多张票肯定全是郑家塝人投的。贺端阳得了村主任票四百一十二张。贺国藩得了村主任票四百八十三张，超过应参选村民的半数，再次当选为贺家湾村村主任。

尾 声

一

当天，全乡村民委员会换届选举工作全部顺利结束。按照乡党委事先确定的方案，第二天，乡党委、乡政府便召开了新一届村委会班子大会，祝贺各村换届选举工作的胜利结束，以及新的村委会班子的成立。大家都明白这只是一个仪式性的会议，乡上也没什么具体任务布置，不过是把大家召集到一起热闹热闹，祝贺祝贺，套套近乎，叙叙感情，中午吃一顿饭。酒足饭饱以后，大家才坐在一起说一些以后的工作打算、发展规划、奋斗目标之类不着边际的话，说是聊天也行，说是吹牛也行，反正也没人计较，要的就是那个气氛。然后便是乡上领导讲话，也无非是近期工作二三条，要求四五点。工作二三条，诸如新一届村委会产生之后，要及时召开村民委员会会议呀，组建各工作小组呀，要制定科学的、切实可行的任期目标和发展规则呀，要重新修订或制定《村民自治章程》《村规民约》《财务管理及审计制度》《村民代表会议制度》等等若干规章制度。这些都是上面文件上有的，领导此时照着念出来便是领导的话了，体现着领导的重视。要求四五点，诸如一要焕发革命青春、二要踏实苦干、三要清正廉洁、四要加强团结、五要紧紧团结在以××为代表的党中央周围等，不必细述。这些程序和话语大家皆已耳熟能详，又加上没有具体工作布置，因此每个来参会的人都不像往日那么匆忙。十点来钟时候，各村村支书与新当选的村委会成员才三三两两地一边说笑，一边陆续步入乡政府大院。进入乡政府大院，一些和乡上干部关系特别亲近的人便溜进了乡干部的屋里，或聊天，或喝茶打牌，不一而足。更多的人是站在乡政府院子里，大声地互相玩笑取乐，一片轻松愉悦的气氛。说是新班子，可除了石河村的焦主任是这次选举中选出的新人外，其余全都是老面孔。

时针刚刚走到中午十二点，乡上有人出来大喊了一声："各位来参会的村支部和村委会的同志往大会议室里走！"众人一听，方知是开席了。于是不管是院子里的，还是在乡上干部屋子里的都钻了出来，开始往下面的大会议室里走去。

进去一看，里面一溜摆了十张大桌子，临时从小场上请来帮忙的人，一个个手托掌盘，往来穿梭，正往桌子上传着酒菜。虽未开席，屋子却已是美酒飘香、佳肴琳琅，一副丰盛而热烈的景象。众人以村为单位各自在桌子边围坐了。没一时，乡上众领导来到，众人响起一片掌声。走在前面的伍书记如国家元首一般，微笑着向众人挥手致意。走到最前边一桌，领导们坐下了。室内闹哄哄的。一些人等不及，开始倒啤酒，并去夹盘子里的花生米吃。这时，只见谢乡长走到主席台前面的麦克风前，先咳嗽了一下，然后宣布道："同志们，请大家安静一下，下面请乡党委伍书记发表祝酒词！"众人一下安静下来，都一齐把目光投到前面来。

说话间，伍书记手里拿着一张纸，已经走到话筒前，先十分严肃地扫了会场一眼，然后伴着屋内氤氲的佳肴美酒的阵阵香气，抑扬顿挫地讲了起来。道是：

> 各位同志、各位战友、各位兄弟姐妹：首先我代表乡党委，乡人大、乡政府、乡政协，对我乡这次村委会换届选举中当选的村委会成员，表示热烈的祝贺！对乡政府全体工作人员和支部书记们在选举中的辛勤工作，表示最衷心的感谢！
>
> 我们这次选举组织严密，运行平稳，大家在选举中配合默契，精诚团结，充分说明我乡的干部在作风上是过得硬的，在思想上是能够和乡党委、乡政府保持高度一致的，是能够完成各种高难度工作的！
>
> 村委会的新班子已经选出来了，我衷心希望大家要在村党支部领导下，扎扎实实地做工作。选出你们来不是为了争名誉，而是为了干工作。乡党委、乡政府相信你们的工作会越干越好！
>
> 下面我提议，为这次选举的胜利结束，为下一步工作的顺利开展，干杯！

大家齐声应和，起立碰杯。个个都是一饮而尽，场面热烈，把午宴的气氛推向了高潮。随后，伍书记带着乡党委一班人，还有乡人大、政府、政协主要领导等，一一到各桌前敬酒。杯起杯落，众声喧哗，一派团圆、喜庆的气氛。当伍书记等人往贺家湾村这桌人面前走时，贺春乾和贺国藩早率了众人站起来，举杯相迎。伍书记等人走过来，照旧说了一通祝贺与鼓励的话，和众人碰了杯，将杯中酒干了。然后，伍书记特意又给贺春乾斟一杯了，道："我今天可得和贺支书多喝一杯了！"说罢，自己也倒了一杯，然后举起来，和贺春乾碰了一下，什么也没说，只用眼睛端端地看着对方，道："来，喝了！"贺春乾同样没有说什么话，也只说了一句："要得，喝了！"两人都同时将酒端到嘴边，互相又看了一眼，都将酒倒进了嘴。然后，伍书记抹了一下嘴，又笑一下，却将嘴凑到贺春乾耳边轻声道："你们那个贺端阳呢？他不是跳得很高的嘛，现在他不会跳了吧？"贺春乾大声道："他要跳得起来了！"说完哈哈大笑了起来。伍书记也跟着笑了。笑着，又去给贺国藩倒了一杯酒，道："我还要跟贺主任喝一杯哟！"说罢自己倒了酒，举起杯来，这次却说话了，道："来，贺主任，你这个主任来之不易，你是知道的！从今以后，可要听贺支书的话，团结一致，共同搞好贺家湾的工作啊！"

贺国藩正要答话，伍书记的手机突然响了起来，铃声非常刺耳，像很不耐烦似的。伍书记急忙掏出手机，看了一下屏幕，突然对贺国藩道："别忙，我接个电话再说！"说着就朝外面跑去。贺国藩只得放下酒杯，等着伍书记回来重续酒局。

没多久，伍书记果然回来了，却是紧绷着一张脸，鼓突着腮帮，像是有人借了他东西没还的样子。贺春乾和贺国藩一见，不知道发生了什么事，只怔怔地望着他。半晌贺春乾才小心地问："怎么了？"伍书记看了贺春乾一眼，也没答，只咬着嘴唇生气。贺国藩又去端起酒杯来，满脸献媚地对伍书记笑着道："来，伍书记，还是喝酒！"一语未了，忽听伍书记没好气地说道："还喝什么酒？贺端阳带着人到县人大上访去了，黄主任让我到县上接人！"满屋子的人一听这话全都愣住了。贺春乾和贺国藩顿时也没有了吃饭的心情，互相看了一眼后便跟随伍书记走了出去。

却说贺端阳们昨天唱票一结束，一伙人便聚到一起，互相凑了一些情况。当天下午，贺端阳、贺兴成、贺毅、贺长军、贺善怀、贺勇、贺建、贺林、贺飞等十来个人便赶到县城去了。到了县城，贺端阳先去了贺世普家里，把贺家湾村委会换届选举的事对贺世普说了一遍，然后又说了自己告状的打算。贺世普却有些冷淡地说："你觉得有理就去告吧！我出来这样多年了，对湾里的事也不好说什么，你就当没得老叔这样一个人好了！"端阳一听这话，像是被兜头泼了一盆冷水，立即道："老叔，我也不是想叫你帮我们出头露面，只是想征求一下你的意见，看能不能去告？"贺世普仍是冷冷地道："能不能告，你们自己还不知道？你们觉得能告就告去吧！我反正不会掺和到村里的事来！"贺端阳不明白老叔为什么生了他的气？过去他虽说也没帮过自己什么忙，可从来没这样冷淡过呀？正想问，忽听得贺世普又说道："上回政协燕副主副邀我回贺家湾走了一趟，怎么后来传出说我是回来给你拉票的，这究竟是怎么回事，你知道不？"贺端阳立即明白了贺世普生气的原因，便道："老叔今天不说，我还不知道呢？这恐怕是一些人故意造谣！"贺世普鼻孔里哼了一声，道："无风不起浪，这中间恐怕真有人操纵，我糊里糊涂做了别人的枪子！连你们乡上的伍书记也这样问我。他虽是用开玩笑的语气说的，可好话孬话我还听不出来？他的意思是叫我少管老家的事！这些年我管老家什么事了？出来这样多年了，现在老都老了，何必还去得罪人？"端阳等贺世普说完，便道："老叔也说得对，不过我真没有听说过！"说罢站起身要走，贺世普才道："我还是支持你依法竞选村委会主任的！我对你们乡伍书记也这样说过！我说目前农村很缺人才，年轻人有这份理想就该大力支持！你该怎么办就怎么去办，只不过老叔不能具体跟你说什么！"端阳一听这话，明白了老叔的心思，实际上他还是赞成他们告状的，于是道："我知道了，老叔，谢谢你！"说罢便走了。

从贺世普家里出来后，端阳找到兴成、贺毅等人，却没说贺世普起先对他有些不冷不热的话，只说老叔支持他们告状，只是他也不知道该找哪个部门告。兴成便道："走，找我幺爸去！"一伙人于是往贺世海的公司去了。贺世海在这一段日子里，为了当上市人大代表，四处求人，出了些血，费了些心，自然也看了一些人的眼色，可到目前县上还没有哪个管得着事的头儿给他一个实话，说组织可以提名让他做代表候选人。据他私下了解到的消息，想当市人大代表的私企老板太多，这些人手里都有钱，县上领导一直举棋不定。看来，要想组织提名恐怕有一定难度了。世海只有下定决心，实行第二套方案，走县人大代表提名之路。当不上红马就当黑马，就像邓小平说的不管白猫黑猫，抓住耗子就是好猫！此时，也不管是红马黑马，能当上市人大代表就是一匹骏马！不过，这黑马也是不容易做的！它要比做红马花费更多，出血更大。贺世海一想到这些，心里就愤愤不平，道："你红马凭什么就能做红马？你和法律对照一下，证照齐全不齐全？"越这样想心里就越不平衡，又越坚定了走黑马的道路。这时一听端阳、兴成等人说了村里选举的事，又联想到了自己的事，猛觉得自己和端阳有着同样的遭遇、同样的心情，便坚定不移地对贺端阳们说："告，坚决告！龟儿子些挂羊头，卖狗肉！不光卖狗肉，连狗毛都被他们卖完了！什么民主？全是打着民主的旗号搞垄断经营，违规操作，欺行霸市，不告换不来真民主！"说罢又说："你们来得正是时候，人大的黄主任最近也成为我的铁哥们！我今晚上给他打个电话，说一下你们的情况，明天一上班你们就去找他！"端阳们一听十分高兴，便道："我们用手机悄悄照了一些相，也录了一些音，不知道该怎么弄出来？"世海道："这个还不容易？你交给兴仁就是了！"说着把兴仁喊了过来，对他说了端阳他们的事。兴仁道："这个太简单了，你把手机都给我们，我让办公室的小邓复制到电脑里，制成幻灯和音频文件就是！"端阳们一听，果然纷纷掏出了手机交给了兴仁。兴仁马上又拿到对面屋子里，给了上次送端阳下楼的十分漂亮的女孩。世海又让兴仁带端阳们去县上的财政宾馆登记了几个房间，让他们先休息，晚上他做东请客。端阳们自是十分感激，千恩万谢地说了一通话后，便随兴仁去了。

第二天一大早，端阳等人便按照世海昨天说的，直接往县人大找黄主任去了。却原来县城上班也实行朝九晚五，端阳一行人去得早了，便在人大的大门前坐着。坐了将近一个多小时后，才有人来上班。那人见大门口坐着这样一群人，便问他们是干什么的。端阳答是告状的。那人又问告什么状。端阳又说告村里违法选举的状。那人一听不说什么了，过去开了大门，又把端阳们带进一间会议室，道："你们在这里坐着，等会儿信访办的同志来了，你们到信访办公室去！"端阳道："我们不到信访办，我们找黄主任！"那人道："什么事都找黄主任，领导还工不工作了？"贺毅道："领导听我们反映情况就不是工作？"那人盯了贺毅一眼，道："领导听情况，也要看是什么情况嘛。一个村的选举也要领导来管，领导管得过来？"贺毅正要答话，端阳把他拦住了，回头对那人说："我们和黄主任预约了的，黄主任叫我们等到！"那人一听又看着端阳问："你们真的和黄主任约了的？"端阳道："我们怎么敢扯谎？不信你打电话问嘛！"那人果然掏出手机给黄主任打了一个电话。电话打完，那人马上对端阳们换了一副面孔，笑容可掬地道："哦，你们请过来坐！"说着带着端阳们又上了一层楼，开了一间办公室，里面靠墙一溜锃亮的皮沙发，中间一只茶几，茶几两头，花瓶里各插着几枝塑料花。中间一块牌子，上面写着"请勿吸烟"四个字。那人将端阳等人带进去坐了，又拿出一次性纸杯，给每人倒来一杯白开水，然后对他们微笑着鞠了一躬道："你们稍等一会儿，黄主任一会儿就上班来了！"说罢便退出去了。

没多久，黄主任果然来上班了。黄主任五十来岁，穿一套笔挺的西装，头发向后梳着，头顶秃了一块。人长得白白胖胖，朝前挺着一个啤酒肚。身后跟着一个年轻秘书，一只手拿着一只不锈钢保温杯，一只手拿着一只公文包。原来县人大是县委书记兼着常委会主任，行使着对包括他自己在内的执政者的监督权。黄主任叫黄铜，是党组书记、常务副主任，主持着人大的工作。黄铜过去和贺世海并没有特别的关系。只是贺世海打定主意要当市人大代表，特别是经过一段时间的争取、想依靠组织提名而希望渺茫，铁下心走人大代表提名这条路后，这才一下意识到此黄主任在实现自己心愿的过程中有何等重要的作用！于是便通过政协燕副主席牵线搭桥，先是请黄主任出来吃了几顿饭，渐渐熟了，世海便和他单线联系。世海平时为人比较义气，何况此时为市人大代表的事又有求于别人，因此出手比较绰阔。黄铜在做人大党组书记、副主任前，是县委副书记。虽前面带着一个"副"字，却是除县委书记、县长外，县上的第三号人物，身前身后每天也有不少人簇拥着。一到人大，虽然比过去做副书记还升了半格，可门前车马却少得可怜起来！心里正有些失落，忽遇到全县有名的房地产老板贺世海和他交朋友，并且几次单独接触下来，觉得贺世海还十分的够哥们，于是没多久，两人便称兄道弟，俨然一个人了！

端阳等人见黄主任来了，便一齐拥到黄主任办公室里。黄主任昨天晚上接了贺世海的电话，已是心里有数了。一边叫端阳他们稍坐，一边又叫秘书去通知信访办主任、法工委主任和县民政局分管村委会换届选举的李副局长等人都到他的办公室里来。没一时，一队人马果然来了，黄主任这才让端阳等人，说说要反映什么事。贺端阳便从口袋里掏出一张打印好的上访信来，如做报告般不卑不亢地念了起来。道是：

敬爱的各位领导同志：

我等是贺家湾村公民，为告支书贺春乾等人在本次村民委员会换届选举中，目无党纪国法，以权谋私，把贺家湾村搞得乌烟瘴气、村民怨声载道；乡上领导对贺春乾违反《村民委员会组织法》的行为，不但不加制止，反而千方百计和贺春乾站在一边，使我们村的选举出现了多处违法现象，严重侵犯了选民的选举权和被选举权！为保障公民的民主权益，推动社会主义民主化建设，我们特向尊敬的领导上诉！望领导为我们广大人民群众做主，体察民情，明察秋毫，重新进行村民委员会的选举。

贺端阳念到这里，从民政局来的李副局长便露出了不耐烦的样子，道："你别照纸上念了，直接说是哪些地方违法就行了！"又道："领导都很忙，哪有时间来听你们的空话？"贺毅听了这话，仗着今天有黄主任撑腰，便有些不满地顶撞道："你们平时开会，说那么多的空话都说得，我们才说几句就不耐烦了？"李副局长正要回答，却听黄主任道："算了，让他说下去！"说完，又对贺端阳道："你接着说吧，不过尽量简明扼要一点！"端阳一听这话，索性把稿子往旁边一丢，道："我干脆凭口说，还说得利落点！"黄主任道："也行，捡最主要的说！"端阳翻着眼皮想了一想，便道："那我就说主要的吧！第一，村选举委员会的产生，没有按照上面文件的规定办事。文件规定选委会应由村民会议或各村民小组推选产生，但我们村选委会的成员，是在村组干部会上由村支书贺春乾提名，村组干部举手表决通过的。这样还不算，村支部还成立了一个村选举领导小组，凌驾在村选举委员会上，一切都是村选举领导小组说了算！村选举委员会既缺乏代表性，又缺乏独立工作性，为贺国藩等人作弊提供方便……"

说到这里，黄主任说："嗯，这倒是一个问题！好，你又继续说。"端阳得到鼓励，便又道："第二，选民资格的确认，违反上级规定，搞两种政策。今年文件明明规定选民以归属地为准，不再以户籍地为准！然而他们公开违反这一规定。贺明富的妹妹贺小玲嫁到外地，虽然没有办户口，但多年都没在村里居住，可为了拉票，村选委会却通知她回来投了票！贺良礼的女人和他离了婚，虽然户口也在村里，但本人也到外面打工去了。本来她和贺良礼没一点儿关系了，可贺良礼却帮她投了票。可对不是他们一派的人，他们却坚持归属地原则，在选举中搞一村两制……"

话没说完，信访办主任道："别忙，你把这两个人的名字再说一遍！"端阳又把这两个人重复了一遍，然后才接着说："第三，为了让原村委会主任能够选上，打着县上文件'乡选举工作指导小组可根据实际情况，对本乡各村委会成员的任职条件提出一些具体的指导意见'这个规定的旗号，将县上统一制定的'村委会主任年龄一般不超过五十五周岁'这个规定，改为'不超过五十七周岁'。因为原村主任贺国藩今年正好五十七周岁，这种随心所欲地'因人设制'、'因人改制'破坏了正常选举。"

黄主任听到这里，便对李副局长问："民政局的文件有这个规定吗？"李副局长道："我们也是根据省上的规定制定的，村民委员会主任的年龄一般不超过五十五周岁，但考虑到个别地方中、青年人都到外面打工去了，怕找不出人，所以又规定了乡选举工作指导小组可以根据本乡实际情况，做适当的调整！"黄主任道："又是一般，又是不超过，又是可以做适当调整，又生瑜，又生亮，叫下面怎么操作？"李副局长听了，没有解释，只在纸上假意装作记录。

贺端阳等黄主任说完，便又继续往下说了第四、第五、第六几点。第四点说的是乡、村干部对选举干预过度，甚至以利诱、胁迫等手段来操作选举，严重违反选举法精神。第五点说的是在选票的发放与登记上漏洞重重。有的选民没有得到选票，工作人员在村干部的授意下将选票扣留在自己手中，自己帮忙代填，所选的人都是村支部定好的人。第六点是选委会以"保障全村行动不便的老人和残疾人的选举权和被选举权"为由，滥用流动票箱。在使用流动票箱时，不严格按照规则来操作，甚者严重作弊，为一些人大开了方便之门！端阳刚把第六点说完，黄主任又道："看来这个村的选举问题还不少！"说完又看着李副局长问："怎么现在还在使用流动票箱，不是早就不允许搞流动票箱了吗？"李副局长答道："从政策上来讲是早就不允许搞了！可从选举实践来看，确实有一些行动不便的老年人不能到中心投票站投票。上面又规定委托投票不能超过三张，因此一些地方搞了流动票箱！"黄主任道："原来是这样！"说完又对端阳道："你继续说！"

端阳听了，又道："第七，委托投票不规范。许多人代填票数超过三张，一些工作人员在发放选票时，往往将全家的票交到一个人手里，使得一人一票的选举成了'户代表'选举。更有甚者，有的选民在别人不知情的情况下，擅自越俎代庖，对此一些工作人员也不闻不问。第八，画票没有严格遵循秘密原则。一些选民填票时十分随意，拿到选票就在会场上填了。还有一些选民随便抄别人的或请人代填，有的人则站在其村民身边观看其画票。一些竞选人及帮他拉选票的人更刻意影响别人填票，他们暗示、怂恿村民填某某某，或站在选民身边形成压力，迫使其碍于情面，填自己或所支持的人……"

说到这里，李副局长问道："你们村里没有设秘密画票间？"端阳道："设了的，可根本没人到秘密画票间去画票！"李副局长道："这是选民的素质问题，怎么能怪村上和乡上的人呢？"端阳马上道："怎么不怪他们呢？一怪他们没有认真地组织，二怪他们是有意这样做，好浑水摸鱼！说我们老百姓素质低，是因为有人根本不了解我们老百姓！难道老百姓不想民主？恰恰是老百姓太想民主了，又得不到民主，所以才对选举不感兴趣，甚至和干部唱反调，在选票上画猫画狗！因为那种选举只是一种假民主！对假民主老百姓又没有办法，便只有通过不合作或用其他方式来发泄心中的不满了！如果我们老百姓的选举权益都能顺利得到实现，让他们放心选举自己信得过的当家人，你看他们积极不积极呢？"黄主任听了端阳这话，立即赞同地说道："你说得不错！老百姓连根本的选举权和被选举权都得不到保障，想要他们有多大参与的热情是不可能的！你刚才说的大家不愿到秘密画票间去画票，便是对选举没热情的表现！大家虽然也来开会了，却并不是心甘情愿的，而是在少数选举组织者完全漠视他们的政治参与权的情况下，被迫的，所以他们才那样做！"说完，又对李副局长说："以后，我们可不能随便说农民素质低，不懂民主，不会履行权利和义务的话了！中国农民确实缺乏民主的实践，对民主选举制度没有太深的认识，这不能怪他们，只能怪我们这些选举的组织者嘛！"李副局长听了这话，立即说："那是，领导说得极是！我们也反复强调要正确引导农民的民主意识和民主权利，可一些地方总是出现这样或那样的问题！"黄副主任道："有问题不要紧！有问题就纠正呗！"说完又对端阳问："你说完没有？"端阳道："还有最后一点！第九，正式投票前，没安排竞选人发表竞选演说，更没让村民提问。支书贺春乾公开说那是脱了裤子打屁——多一道手续，哪个还不认识哪个？"说完端阳又看了看兴成、贺毅等人，最后说："我以上所说的完全是事实，如有不实，我情愿承担法律责任，希望领导为民做主！"黄主任听了，又对贺兴成、贺毅等人道："你们还有什么补充的？"话音一落，贺兴成等人便纷纷举起手，道："有！有！"说完便你一语、我一言地说了起来。

这一说，便拉拉杂杂地说到了十一点多钟，人大法工委主任一看时间太晚了，便对端阳们道："好了，时间不早了，领导坐了一上午，情况也非常清楚了，现在听听领导的行不行?"贺兴成、贺毅们果然便不再说什么了,看着端阳。端阳急忙拿出昨天世海公司里那个小邓制成的幻灯片光碟,对黄主任道:"我这里还有些照片和录音,领导还看不看了?"黄主任忙说:"不看了,你们说的情况我都知道了!简直是乱弹琴,上面把选举当成一件大事,一些同志则把大事当儿戏!这反映了我们一部分同志对选举的认识还没到位!"说完又对端阳们说:"对你们反映的问题,我们马上组织相关人员下来调查。如果选举确实存在问题,该纠正的一定纠正,该重选的也一定重选!总之,我们必须依法办事!"说完,便让秘书进来,将贺端阳们带到下面的大会议里,让他们先休息。然后又叫法工委主任给伍书记打了一个电话,让伍书记到县人大来一趟!民政局的李副局长因为在做村委会换届选举的具体工作,这样的事见得太多。他本想对黄主任说,这十几个村民反映的情况在全县还有很多,就别把伍书记叫来了,而是给这十几个村民做点解释工作,把他们劝回去算了。这样说,不是说他想放纵基层干部胡来,而是根本管不过来!因为在乡村实行这样大范围的民主政治,囿于现有的社会历史条件,哪个人都难以做到尽善尽美。可见黄主任也没征求他的意见便表了态,便把话闷在了心里,各自回去了不提。

隔了一天,县上果然组织了有县人大法工委、民政局、监察局、县换届选举工作指导小组等部门参加的联合调查组,来贺家湾调查村民委员会换届选举中的违法事实。调查组很快得出了结论:贺家湾村村委会换届选举工作确有诸多地方违反了《村民委员会组织法》和《选举法》的规定,宣布第一次选举结果无效。并在县换届选举工作指导小组的亲自主持下,择日进行第二次选举!

二

十天后,贺家湾村委会的第二次选举,仍然在村小学外面的操场上进行。县民政局的李副局长亲自带了县换届选举工作指导小组的人来指导和观察选举。并且还叫了县电视台的一个摄像记者,带了摄像机准备把选举过程拍摄下来。因为是第二次选举,又有县上换届选举工作指导小组的领导现场观察和县电视台的摄像，乡上伍书记自然也不敢小觑，动员了乡上所有干部，这天都到贺家湾村负责重新选举工作。选举前做了精心准备，秘密画票间仍然设在里面的教室里。为了节约时间，秘密画票间由原来的一间增加到了两间。而且做出规定，秘密画票间可以一家人进去，但画票在几个不同的角落。每个秘密画票间都有一名县换届选举工作指导小组的人和一名乡干部在门口守着。从会场到秘密画票间，大约有五十米长的距离，两边用绳子拉起了一条线，隔出了一条专用通道，也分别有县上和乡上的干部守着。这样就没有任何人可以接触到画票的选民了。又由于是全村选民都集中到村小学统一投票，因此在头一天，贺端阳和贺兴成、贺毅等人就分别到小房那些行动不便的老人和残疾人家里，动员他们家里人第二天一定要把他们扶到村小学投票。对几个实在不能走动的人，端阳、兴成、贺毅和长军、贺勇等人便做了分工，第二天一人去背一个，把他们背到会场。贺春乾、贺国藩一见，耳语一阵，便也叫贺通良、贺良礼等人将大房几个行动不便的老人也背到了会场。县上来的李副局长一看，便笑着道："选民的热情蛮高的嘛，怎么说大家不积极呢？"刚好这话被端阳听到了，便回答道："因为他们今天才是真正做主人！"李副局长听了端阳的话，装作没有听见，与伍书记一边说闲话去了。没多久，会场上便是黑压压一片人群。端阳看见来参加选举的人是这样多，秩序又是这样好，非常高兴，这就更加坚定了他的一个判断：中国的老百姓，只要法律赋予他们的神圣权利能得到充分保障，他们不但有积极的参与热情，而且也一定能够用好手中这份来之不易的神圣权利和机会！

在贺端阳政治家般的思考和想象中，会议正式开始。按下领导讲话、竞选人演讲、推举监票人、计票人等等程序不表，只说郑全福前次参加竞选，只是在贺春乾怂恿下的一次赌气行为，自己并无真正参加竞选的意图。这次听说县上要来人监督选举，又听说这次是真正让大家发扬民主，郑全福不是傻瓜，想上次参选自己得了一百多票，大多数都是郑家塝人投的。可这次在秘密画票间里选民不受任何影响，他们难道还会像过去赌气一样随便画一个人出来当他们的"父母官"么？郑全福是农民，农民平时想什么、盼什么，他太了解了！还是几年前他就听见贺贵说了一句的话，叫作依法选不乱、农民不乱选！这话说得太好了，别看农民平常做事有些吊儿郎当的样子，可真正让他在秘密画票间里不受任何干扰地表达自己的意志，他们一定会选一个好的村官出来！因为都在一个湾里住着，家中有金银，隔壁的戥秤，何况一个人是什么能力、什么脾性，哪个能做他们的村官，能把村里的事情办好，哪个不能，只是绣花枕头——中看不中用，他们心里都清楚！郑全福这样一想，便不想去凑这个热闹了，一则害怕这次得票比上次少了，脸上反倒没了面子！二则怕自己一掺和，真的搅乱了选举，把该选的人没选出来，不该选上的人又选上了，自己岂不成了一个罪人？于是，郑全福在选举前左思右想，最后还是决定退出竞选。这样一来，这天村主任的竞选便只在贺国藩和贺端阳两个人之间进行了。

闲话少说，只说这天选举结果，贺端阳得了七百八十六张选票，高票当选为贺家湾村村民委员会主任。总监票员宣布结果后，会场上立即响起一片热烈的掌声。贺兴成、贺毅等人高兴得在场上跳了起来。等众人的掌声和欢呼声停下来后，会议主持人、村选委会主任贺劲松叫贺端阳上台发表就职演说。会场又是一片热烈的掌声。在掌声中，端阳走上台去。他盼这个日子已经盼了十多年，就职演说自然也是在心里温习了十多年，早已滚瓜烂熟，不需任何思索，便可以出口成章的。可是，当他一走到台上，却说不出话了，只呆呆地看着台下。台下的一看端阳这个样子也都愣住了。兴成、贺毅等人又叫了起来："端阳，你说呀！"端阳又站了一会儿，方才说道："场上的各位长辈子、矮辈子和平辈的兄弟们，我实在不知道该说什么？我刚才一听得了七百多票，我以为自己听错了！我原先估计，我最多能得五百多张选票，超过半数就不得了了！可现在得了七百多票，这说明什么呢？说明不仅是小房和郑家塝人投了我的票，大房也有很多人投了我的票，要不然我是得不到这么多票的！我想起大房的很多人投了我的票，我心情就特别激动！过去大家在说话做事时，往往都把房份放在前面！同一个祖宗下来的，却分了许多彼此。可我今天看出来了，在对待选举这件大事上，不管是小房还是大房，也不管是大姓还是小姓，大多数村民都能够从公心出发，而不是从房份和血缘出发。所以，我现在最想说的是，我们选民没有从房份和血缘出发！那在以后的工作中，我贺端阳也一定要打破大房、小房、大姓、小姓的界线，把所有贺家湾的人都当成我的亲人！我要像尊敬父母一样，尊敬湾里所有的老人！要像爱护自己的子女那样，爱护湾里所有的孩子！要像尊敬兄弟姐妹一样，尊敬所有和我同龄的人！要把贺家湾所有的房份观念、大姓小姓观念，都扔到河里去！我贺端阳不说假话……"话音未落，场下又是一阵更猛烈的掌声和欢呼声，打断了端阳的话。县上来的李副局长受了感染，便走过去握住贺端阳的手道："说得好！说得好！现在中央正在提倡建设和谐社会，只有社会和谐了，才有干事创业的环境！祝贺你！"说罢，亲自去填了《当选证书》，双手捧着交给了贺端阳。

第二天，端阳便去贺春乾那儿要村委会的公章，可贺春乾却对端阳说："你忙个什么？按照上面文件要求，还有一个检查验收阶段呢！"端阳道："还检查验收什么？昨天县上的李副局长不是当场就填了《当选证书》发给我了吗？难道我这个村委会主任还有哪儿不合法？"贺春乾道："我没说你这个村委会主任合法不合法？反正上面有这个规定，要以乡为单位，对新成立的村委会班子要检查验收！验收的标准当然也包括村委会干部是否真正由村民民主选举产生，更重要的是要检查村委会下属各委员会、村民小组是否建立，村民代表是否同步选出，各项规章制度是否建立健全，村委会班子是否制定了切实可行的任期目标和年度工作计划，只有这些都具备了，你这届村委会班子才算真正符合上面的要求了！"端阳道："你说得很对，正因为这样，村委会才急需要公章，好尽快开展工作。譬如说，村委会订立一个新的村规民约，如果连公章都没有一个，有什么公信力？"贺春乾道："你们把规章制度讨论好了，拿来我给你们盖吧！"端阳一听这话，有些控制不住了，道："你这是什么意思？村委会的公章不由村委会掌握，而由你掌握到，你是村委会主任还是我是村委会主任？"贺春乾自知理亏，便道："我又不是说不把公章交给你？可贺国藩向你交接工作了吗？贺国藩向你交接工作的时候，我自然要把公章交给你！"

端阳一听贺春乾这话，也觉得有理，便去叫贺国藩到村里来交接工作，包括将村委会办公室的钥匙也一并拿来。可端阳一连去了几次，贺国藩先是推口说不空，今天推明天，明天又推后天，一直都不来交接。最后一次去，胡琴干脆对端阳道："他已经不在家里了！"端阳急忙问："他到哪里去了？"胡琴说："出去打工了！"端阳又问："到哪里打工去了？"胡琴道："我知道他到哪里打工去了？他现在一个农民，法律又没有规定他走哪里一定要跟你请假呢！"端阳一听这话，便知贺国藩是有意躲起来了，却又没有办法，只得回去了。

贺国藩不来交接工作，公章要不回来，连村委会办公室的钥匙贺春乾也没给端阳，端阳便无法正常开展村里的工作。端阳着了急，知道全村一两千双眼睛都在看着他,这其中不但有支持他的,还有等着看笑话的。端阳这时才明白,选上了比没有选上时困难还大得多!实在没办法了,端阳只好到乡上找到伍书记,要求乡党委和乡政府帮助贺家湾村把工作理顺。伍书记又借口自己工作忙,把球又踢给了谢乡长。谢乡长便又对贺端阳说:"有什么交接的?我到这个乡来的时候,也没搞过什么交接,不也干得挺好吗?"说完又道:"各人干就是了嘛!"端阳道:"我干,起码也要有个地方办公哟!难道到露天坝坝里搭张桌子办公?"谢乡长道:"他不交钥匙,你不知道把锁砸了?"端阳听后一愣,道:"好嘛,领导叫我这样干,我就这样干嘛!"说完又说:"没有公章,村委会还叫啥子村委会?"谢乡长道:"公章放到贺书记那里也一样嘛,你跟着党支部干就是了!"贺端阳正要反驳,却听见谢乡长又说道:"也不是我批评你的话,年轻人才上来,就去计较个人权力的大小,这是很不好的!要谦虚一些,以大局为重,搞好团结才对!"端阳一听这话,便什么也不说了,离开乡上回到了贺家湾。

端阳回到家里,却见李正秀正往竹篮里装香蜡供果和火纸,便对母亲道:"妈,你要做什么?"李正秀道:"做什么?你现在当了村主任,就忘了去跟你那死老汉烧个香?不是他保佑你你就当成了?"端阳因工作上的事,心里正不好受,便道:"妈,你信那些干什么?什么爹保佑,他要真保佑我,我又不会像这个样子了。"李正秀一听这话,便生了气,道:"你哪个样子了?不是已经选上了吗?总不能选上了就不认人了吧?"又说:"妈信这些又怎么了?那年我去找你凤山叔给你算命,你凤山叔就说你今后有前程,这不就实现了?按说,你还该去感谢一下你凤山叔才是!"端阳心里着急,便道:"好,妈,就算爹在阴间保佑了我,凤山叔也算准了,你想怎么去做去做就是了!不过眼前要耽搁你一会儿,你先去帮我把兴成、贺毅、长军、善怀等人叫来,我有急事跟他们说!"李正秀像是不相信地道:"你有什么急事?像个三脚猫一样,才从外面回来就又有急事了?"端阳道:"妈,我真的有急事,你要不愿意去,只有我亲自去喊嘛!"说着就要往外走。李正秀一见,这才道:"回来,妈去就是嘛!"说完放下篮子,一边往外走,一边嘴里又道:"妈成了跟你跑路的了是不是?"说着走了。

没一时,兴成、贺毅、长军、善怀等人都来了,端阳便把贺国藩不交工作、贺春乾不交公章,连村委会办公室的钥匙也没给他一把的事,和到乡上找伍书记,伍书记把球踢给谢乡长,谢乡长说的那番话统统对这几个政治盟友说了一遍。兴成、贺毅、长军等人一听，也十分愤怒，长军立即叫了起来，道："那你这个村主任还当个铲铲呀？"兴成也道："你可不能只去挂个空名！"贺毅道："这不是端阳老弟一个人的事！说实话，他们这样对待端阳老弟，实际上也是给我们难堪，和法律过不去！"长军听了这话，便对贺毅问："那你说我们现在该怎么办？没有选上时，难，选上了，还是难，难道我们就这样算了？"贺毅看着端阳道："既然乡上当官的都叫你砸锁，你为什么不能行使村主任的权力，带人把村委会办公室的锁砸了，换上一把锁？再找个借口，就说办公室小，桌子摆不下，把贺春乾那张桌子抬出来扔到走廊上！你看着，马上就有人来解决了！"端阳一听这话，眼前一亮，便道："看来只有走把事情闹大这条路了！"说完又说："明天就又只有麻烦你们了！"贺毅道："我们自然要来，可你现在是村主任了，为什么不发号施令，通知村民组长来村委会办公室开会？等大家来了后，借口莫得钥匙，这时理直气壮地砸！贺春乾要找人来说，你才有理由！"端阳一听，更高兴了，说："行，那就这样办！"

第二天，端阳果然通知了村民组长到村委会办公室开会。大家来了后，因为没有开门，便全都站在走廊上。端阳一来，便故意问："大家怎么站到外面，不怕冷呀？"众人都道："等你来开门呢？"端阳道："等我开门？我钥匙都没得，用什么开门？"众人都道："那开什么会？这样冷的天气，难道站到坝坝里开呀？"说完，嘴巴嘀咕嘀咕地便要走。端阳一见，便大叫一声，道："不要走！"说着只见他黑着一张脸，从怀里掏出了一把锤子，走过去哗哗几下，便把锁砸开了。然后走了进去，一边看，一边虎着脸道："摆这样多桌子在里面做什么？挤得路都没有！"说完走到走廊上，对下面院子里贺毅几个人道："你们上来帮个忙，给我抬张桌子出去！"贺毅们一听，果然咚咚地跑上去，专盯住贺春乾那张桌子，给抬出去扔到走廊的尽头上了。端阳又叫长军，帮忙去买了一把大锁回来，等会一结束，便将大门锁上，把钥匙往裤腰上一挂，理直气壮地回去了。

果然如贺毅所料，第二天吃过早饭，乡上伍书记、谢乡长便到贺家湾村来了。一到村上，先去了贺春乾家里，然后才叫人去通知贺端阳。一看见端阳，伍书记便黑着脸，一副盛怒的表情，却又忍着道："好哇！把支部书记的办公桌都抬来扔了，硬是不要党的领导了是不是？"端阳道："伍书记，这话你就冤枉我了！如果我不要党的领导，你喊我我就不会来了……"伍书记没等端阳说完，突然提高了声音，道："连党组织都被你扫地出门，还说要什么党的领导？"端阳马上嘲讽地说道："伍书记，我想你弄错了，一张桌子不等于就是党的组织，党的组织也不是一张桌子！况且我根本就不知道被村民抬出去的那张桌子就是贺书记的！早知道那张桌子就是党组织，我就是有天大的胆子也不敢去动组织嘛……"贺春乾听到这里，忽然道："你说你不知道那张桌子是我的，你发一个愿！你到村委会办公室来过那么多回，明明看见我在那张桌子上办过公，却说不知道，哪个相信？"端阳道："你是党，是领导一切的，屋里的每张桌子，你都可以在上面办公。但桌子上也没有刻你的名字，我怎么知道哪张桌子是你办过公的？再说，又不是我抬的桌子……"

端阳还要往下说，伍书记忽然猛地拍了一下桌子，对端阳大声道："明明是你不把党支部放在眼里，还要诡辩！"谢乡长也道："贺端阳同志，你应该深刻认识检查自己，承认错误！"端阳一听这话，也忍不住火了，冲伍书记和谢乡长道："我有什么错误啊？我又该给哪个承认错误啊？我被村民选出来这么久了，法律赋予了我这个民选村主任的神圣权利，可我的合法权益竟然得不到保障，村委会一直不能正常开展工作，我请问两位领导，哪个又该向我承认错误？《村民委员会组织法》上明明写着，各级党组织都要支持村民委员会依法开展村民自治工作，可你们支持了吗？今天打开窗子说亮话，如果你们是来协调贺家湾村党支部和村委会之间的矛盾，支持村委会开展正常工作，我贺端阳热烈欢迎，积极配合！你们怎么说，我也一定怎么听！如果你们今天是来逼迫我认错的，那么对不起，我贺端阳没有错！就是到了法庭上，我也是这样说！所以我也就不奉陪你们了！"说完转身就要往外面走。伍书记和谢乡长一看，立即傻眼了。眼看着贺端阳就要走出门了，谢乡长才道："回来，哪里那么大的脾气？你又不是哪里的皇母娘娘，就说不得你两句了？"端阳一听这话，果然又走了回来，道："不是说不得，只要领导批评得对，我贺端阳也一定会虚心接受的！"谢乡长道："如果不是为了协调你们两个之间的矛盾，让贺家湾村委会迅速开展工作，我和伍书记下来做什么？我们又不缺饭吃，要下来吃你们一顿饭？"端阳听了，就在凳子上坐了下来，道："既然领导是揣着这个目的下来的，那我贺端阳还有什么说的……"

一语未了，忽然听得门外大叫："贺端阳，贺端阳是不是在里面？"喊声未落，便从门外闯进几个人来。端阳一看，一个是贺国藩的女人胡琴，外号叫"杨贵妃"的，一个是贺国藩的女儿贺丽华，一个是贺丽华的丈夫张春。那张春三十多岁年纪，因长年在外面跑运输，面孔黧黑，皮肤粗糙，偏左边眼角又往上斜长着，看起来便有些凶狠的样子。此时嘴里喷着酒气，脚步踉跄，像是喝醉了的样子，手里还提了一瓶啤酒。端阳见了便站起来问："你们来干什么？"话音一落，胡琴便从口袋里掏出一大叠发票，猛地往端阳面前的桌子上重重一放，接着又怒气冲冲地道："要账！"端阳道："要什么账……"话还没完，张春忽然扑过去，一把抓住了端阳的衣领，打了一个酒嗝，然后才红着眼睛盯住端阳道："什么、什么账你、你不知道自、自己看、看……"端阳一边掰他的手，一边道："你想干什么，啊，今天乡上领导在场，你想干什么？"听了这话，贺丽华才走过去把丈夫拉到了一边。这时"杨贵妃"才道："什么账，村里欠我们屋里的账！这些年来，上头来人来客，村里开会办事，都是我屋里把生活费垫起的！现在他不当了，村里该还我屋里的钱了吧？这些钱也不光是我屋里的，还有我屋里欠别个的烟钱酒钱，我也要给别个！"端阳听后，便道："一共该多少钱？""杨贵妃"道："一共二万七千块，你今天把钱给我们，我们就走人，从此以后再不找你！"端阳一听二万七千多元，吃了一惊，便道："村里账务都没有交接，我知道是不是村里欠了你这样多钱？"贺国藩的女婿一听，便又马上扑过去，红着眼睛对端阳道："你想赖账是不是？"说着就举起啤酒瓶向端阳砸了过去。端阳急忙把身子往旁边一偏，啤酒瓶砸在了桌子上，碎了，满桌子溢起泡沫来。端阳明白眼前这幕闹剧，肯定是有人精心导演的，便马上又对伍书记和谢乡长道："两位领导都看见了的，你们以后要做证啊！"伍书记这才瞪了眼睛对胡琴几个人道："我们正在商量事情，你们进来胡搅蛮缠什么？有什么问题提出解决就是嘛，动手动脚干什么？把发票留下来，人全部出去！"贺春乾听了这话，这才过去连推带劝地把几个推出去了。

等"杨贵妃"母子三人出去以后，伍书记叫贺春乾去插上大门，这才黑着脸说："不像话，简直不像话！这成什么村子了，乱糟糟的，贺家湾什么时候这样乱过？"说着，拿过桌上的发票看了看，见每张发票上都有贺国藩、贺春乾和经手人的签字，想了一想，才对端阳说："刚才谢乡长说得对，我们也不是专门下来逼你认错的！既然我们是来协调两委会关系的，那我就代表乡党委和我个人说一点不成熟的看法，供你们参考。第一，砸村委会门锁和把贺支书的办公桌抬出来的事，贺端阳同志虽然做得有些欠妥，却是事出有因，过都过去了，就既往不咎，回头找人把贺支书的办公桌抬进去就是了！从今以后，两委会要精诚团结就是！第二件事，便是刚才贺国藩同志的爱人说的欠款一事。虽然是上届村委会的事，可我们不搞新官不理旧事这一套！再说，老同志，莫得苦劳也有疲劳，该还就还吧……"

端阳一听叫他还账，马上就着急了，说："村委会现在手无分文，用什么还？"伍书记道："先挪借挪借吧？"说完又说："哪届村委会上来不借一点账的？"端阳想起自己才上台，实事没给群众干一点，就要还这些不明不白的账，心里不甘，于是又说："即使要还，也要他来把村里工作交接了，把原来的账看了以后才能还嘛！"说完，又马上又补了一句，道："即使要还，村委会也该还个明明白白是不是？"伍书记一听端阳这话，又生气了，便道："贺端阳同志，你才上来，怎么就一点不买我们面子了？我们每说一件事，你都找理由搪塞，是不是我们在你眼里就一文钱不值了？"端阳一听这话，马上就说："领导想哪里去了？我怎么敢不买领导的面子？"谢乡长道："既然你买领导的面子，那领导怎么说，你就怎么办就是嘛，还多什么嘴？"端阳道："不是我不想按领导说的办，只是村上实在没有钱！再说，按照《村民委员会组织法》的规定，这样大一笔钱，必须交村民大会通过了才能开支……"谢乡长一听端阳说要开村民大会，便也一下火了，道："你少拿《村民委员会组织法》来压我们！乡政府还是你的上级，你如果承认乡政府还是你的领导，就按乡政府说的办！"

端阳一听这话也生气了，便道："按照村民自治的规定，乡政府并不是我的上级！乡政府和村委会的关系是指导和协调的关系，而不是领导与被领导的关系！我是村民选举出来的，我要对村民负责，不明不白地就要我还两万多块钱，村民问到我，我该怎么回答……"端阳的话刚完，伍书记便霍地站了起来，手在桌子上重重地擂了一下，大声说："贺端阳，你太不像话了！我们好心好意来帮村上解决问题，你倒说出这样的话来了！从你上台到现在，这才几天，不但不搞好两委团结，要职要权要公章。现在竟说乡政府不是你的领导！我问你，共产党都不是你的领导了，哪个才是你的领导？我告诉你，如果再继续我行我素，不听招呼，党委有权发动群众罢免你！"端阳一听这话，便冷笑了一声道："可以呀，你们发动群众罢免呀！你马上去召开村民大会，把今天这事跟贺家湾村民说清楚了，看哪个罢免哪个？"又说："刚才那话并不是我说的，是《村民委员会组织法》上说的，你们回去好好学学《村民委员会组织法》！"谢乡长见端阳如此顶撞伍书记和他，也重重地拍了一下桌子，站起身来，道："贺端阳，你真的不服从乡里的领导，不配合乡里的工作，而硬要自己搞一套，钻牛角尖、找麻烦，那我们也莫得什么话说了，我们走就是！"端阳一听这话也站了起来，气冲斗牛地说："走就走，我贺端阳也不留了！我看出来了，你们表面说是来协调贺家湾两委的矛盾，可一不叫原村委会交接工作，二不叫村支部交还村委会的公章，只一味地叫我服从！我没办法服从你们，别怪我不客气了！"说着咚咚地就过去开了大门，走出了贺春乾的屋子。

贺端阳没有回家，又直接去找了贺兴成和贺毅等人，把刚才和伍书记、谢乡长的交锋以及"杨贵妃"带着女儿、女婿来要钱的事，都给自己的支持者讲了。贺兴成和贺毅等人听了也十分生气，道："姓伍的一伙人，平常到村里来吃的是龙肉还是凤肉，怎么该还贺国藩二万七千多块钱？"贺长军道："饭是他们在吃，账也是他们在管，该多少钱还不是他们一句话！"贺毅道："这里面肯定有鬼！而且'杨贵妃'趁今天这个机会来要钱，说不定也是他们事先安排好了的！不然为什么姓伍的二话不说，就叫你把两万多块钱付了？"兴成道："这钱千万不能给，给了，村民就会骂你！"端阳道："钱我当然是不能给的！不过眼前这种局面，我觉得要治住他们，还得从他们过去的账目入手！"贺毅也急忙道："对！过去几年村里的财务开支，一定有很大的问题！而且我想，这问题还可能牵涉到姓伍的。要不然，他们不会这样始终捂着，而且还把村里的账拿到乡上保管了起来！"端阳道："我也是这样想的！世海叔叫我们打蛇打七寸，我们回来一要求查账，他们果然就慌了！现在，我们还是要要求查账。也只有查出了他们的经济问题，他们才会服服帖帖，我的工作才开展得起来！"兴成道："那你又打算怎么办？"端阳道："明天我们到乡上去，要求乡上归还我们村上的账务！如果他们不还，我们就抢！如果抢不出来，我们当场就坐车到县上去上访，直到把账要出来为止！"贺毅道："既然要这样做，你不如把事情闹大些！"端阳问："怎么闹大？"贺毅道："我们要账，是理直气壮的事，关系到全村人的利益。你不如开个村民组长会，叫他们广泛动员群众，明天一起到乡上去！"端阳道："有些人可能不会去！"

贺毅道："有些是可能不会去，但总有些村民会去的。加上我们背后去积极撺掇，只要全村有三分之一的人去了，那也是好的！"贺兴成也道："对，去的人越多越好！那年我跟幺爸他们到乡上去闹电，每家去一个人，就是一两百人，把乡上那几爷子围到，屙尿都走不出去，赶忙就跟我们解决！"端阳想了一会儿，便下了决心，道："也行！反正事情都闹到这个样子了，不给他们一点颜色看看，他们硬还不会把我这个民选村主任放到眼睛里！"说完又对兴成、贺毅等说："我吃了午饭就通知村民组长开会，安排这事！你们背后头分别联系我们的人。打虎还须亲兄弟，还是自己的人可靠一些！"兴成、贺毅、长军等人道："这是自然的，你放心！"说罢便离开了。

这儿端阳吃过午饭，果然召开了一个村民小组长会，号召大家回去动员村民，明天都到乡上要账去。

三

却说贺贤明参加完了端阳召开的村民小组长会议，立即一踮一踮地赶到贺春乾家里。还没有进屋，便在门外叫了起来："贺书记，不好了，又要出大事了！"中午时候，贺春乾陪伍书记、谢乡长吃饭，稍微多喝了几杯。本想借酒浇愁，却没想到愁没有浇下去，反而喝高了，心里愁绪更浓。伍书记、谢乡长走后，贺春乾便感到身子十分疲倦，头脑昏昏沉沉，什么也不想做，便坐到椅子上眯着眼打瞌睡。邓丽娟见了，道："要睡到床上去睡嘛，就这样睡，也不怕感冒了？"贺春乾既没动弹，也没吭声，只翻了一下眼皮。邓丽娟看见男人那副无精打采的样子，便进屋拿了一床毯子来盖在他身上，让他睡去了。这时一听贺贤明的叫喊，便猛地睁开眼，一下坐了起来，看着贺贤明道："要出什么大事了？"贺贤明跨进门槛，走到贺春乾旁边的一根凳子上坐下，这才道："贺端阳明天要带领全湾的人去乡上要账！如果乡上不给就抢。如果抢不出来，几百人便要全部拉到县上上访！"贺春乾一听，脸色马上变了，道："真的？"贺贤明道："我还会哄你？我才去开了会呢！"说完，便把贺端阳开村民小组长会的事原原本本地对贺春乾说了

一遍。贺春乾愣了半晌，这才对贺贤明道："你回去，千万不要动员大家跟到贺端阳造反，啊！这可是一件大事，你要拈得出轻重！"贺贤明道："我当然是不会去开村民会的！可即使是我不开，贺端阳那一伙人也会来撺掇的，那就不能怪我了！"贺春乾道："你只做你的，其他事情你不要管，我马上去跟伍书记汇报！"说罢将身上的毯子往椅背上一扔，站起来到里屋去拿了一件衣服披上，便急急地往外走去了。走到阶沿上，才回头对贺贤明说："邓丽娟到地头收菜去了，你跟她说一声，我到乡上去了！"说完，便头也不回朝外走了。

伍书记和贺春乾一样，中午喝了几杯酒，加上心情不好，回到乡上也感到打不起精神，便也关了办公室的门躺在椅子上，一边养神，一边在头脑里想着贺家湾的事。才刚刚坐下没多久，贺春乾便慌里慌张地来了。伍书记一见，便问："你又来做啥？"贺春乾也像贺贤明一样说了一句："要出大事了！"伍书记忙看着贺春乾道："出啥大事？"贺春乾道："贺端阳要带人来乡上抢账！"伍书记马上从椅子上站了起来，瞪大了眼睛问："啥？人在哪儿？"贺春乾道："不是现在，是明天！"伍书记这才松了一口气，又马上坐在了椅子上，道："我还以为人已经来了呢，吓我一跳！"说完，又对贺春乾道："是怎么一回事，你详细说说！"贺春乾便把贺贤明对他说的话对伍书记说了一遍。

伍书记听罢，却抿着嘴，愁眉苦脸地看着墙壁上石英钟，半天没吭声。屋子里只有石英钟指针的嘀嗒声。过了很久，伍书记方收回目光，突然看着贺春乾问："哎，我问你，除了贺世普，还会不会有其他人也在给贺端阳当幕后指挥？"贺春乾道："这个我就不太清楚了！湾里面除了贺世普和他们是一房的外，还有贺世海，也是和贺端阳一房的！只是从选举以来，贺世海一直没回贺家湾来过，也没听说过他帮贺端阳拉票出主意的话。至于背后头有没有什么名堂，我就不知道了！"伍书记道："这就叫作咬人的狗不龇牙，知道不？我跟你说，你们一直以为贺世普在帮贺端阳竞选，那就错了！那回贺世普和政协姓燕的回去不久，我看到贺世普，半开玩笑半认真地问他是不是回来帮贺端阳竞选的？老头子听了我的话，虽然从话语间听得出他对贺端阳有好感，但却赌咒发誓地说他从没有介入过老家和当地政府的事！过去没有，现在都是退休老头了，更不会去做这种让一方喜欢一方恨的事了！我看他不是说的假话，因此推翻了他是帮贺端阳竞选的判断。可是除了他，还有哪个在帮贺端阳出主意呢？我当时没有想到贺世海！可那天人大黄主任叫我去县上接告状的贺端阳一伙人，跟我说了一件事，我才把贺世海跟贺端阳们联系起来。你猜黄主任跟我说的什么？黄主任跟我说，贺世海要当市人大代表，但现在要走组织提名这条路可能有些困难，只有在县人代会上走人大代表提名的路。黄主任要我发动我们乡上的几名县人大代表，到时在县人代会联合提贺世海的名！姓黄的还说贺世海是全县著名的民营企业家，也是我们乡的骄傲，由我们乡的人大代表提名也是名正言顺的事！我一听了姓黄的话，便知道他和贺世海关系不一般。又一看贺端阳们一不到县信访办、二不到民政局上访，偏偏到县人大告状，而且这告状的人中，又有贺世海的亲侄儿贺兴成。更重要的是这状一告便又准了，姓黄的便叫我去接人，又是派人来查你们选举的事，我一下便猛然想到了这其中的关系。回来想跟你说，一忙又忘了！"

贺春乾听了伍书记一席话，顿时恍然大悟，道："哎呀，你不说我倒真还没有想到那里去！只是那一年，我为了削弱贺端阳的选票，叫贺兴成出来和贺端阳竞争，曾经往贺世海身上想过的。因为贺兴成是贺世海的亲侄儿，他肯定是要帮他的。但贺端阳这里我却没有想过贺世海会帮他！因为他们虽然是一房人，可平时要论往来，贺端阳和李正秀倒是经常在往贺世普屋里走，关系比贺世海亲密得多。你这一说，我倒想起一件事来，那就是贺世海和贺国藩两人有些水火不相容！当年贺世海做支部书记，贺世忠想扳倒他，巧的是县上又来了一个党建工作组，组织村民代表查村里的账，贺国藩是清账小组的组长。贺国藩人老实，又喜欢较真，上面党建工作组和贺世忠怎么说，他就怎么做，结果工作组走了，贺世海便把仇记到了贺国藩脑壳上。他想把贺国藩扳倒，让贺端阳上去，还是有这个可能的！"伍书记道："不是有这个可能，是完全可能，只是我们事先没有想到罢了！"贺春乾道："就算我们现在想到了，又能怎么样？死人的眼睛定都定了，还能扳过来？"伍书记道："你就不明白了，现在想到对我们正有利！"贺春乾不明白地道："有什么利？"伍书记道："你一时不明白就算了，我自有安排！你回到村里只需做好两件事：第一，立即发动党员、干部和你们这边的人去做好村民的工作，明天一定不要到乡上来！第二，要悄悄告诉贺国藩，心里要做好妥协和让步的准备，你也是一样，不要只知道冲冲杀杀！目前最要紧的是要让贺端阳灭了查账的念头！只要他不再提查账，我们什么都依他！否则，我们哪个都没有好果子吃！"贺春乾道："道理我明白，不然我怎么会这样急急忙忙地来跟你汇报？只是不知道用什么办法，才能让贺端阳灭了查账的念头？"伍书记道："这你不用管！真的是贺世海在背后支持贺端阳，事情就好办！我马上就进城去找贺世海，无论如何都要把他们这次行动消灭在萌芽状态中。要不然明天他们到乡上一闹，影响就出去了！"贺春乾听了这话，便站起来道："我明白了，我回去就开党员大会！"说罢又急匆匆地离开了伍书记的办公室。

伍书记等贺春乾一离开，马上就翻出电话本，给贺世海打了一个电话。贺世海也正好在县城，一听是伍书记电话，就忙问伍书记有什么事？伍书记只管嘻嘻哈哈地和贺世海开了一阵玩笑，然后才告诉贺世海自己有点事要和他面谈，等进了城再和他联系！说完放下电话，当即就拎起包进城去了。

到了县城，天已经黑了，伍书记估计这时贺世海已经吃过晚饭了，便打电话问了贺世海的家，要径直到贺世海家里去了。贺世海一听便用开玩笑的口吻道："哎呀，伍书记，怎么能让你爬楼？我出来，我们找个地方喝茶！"伍书记便约了在"临江茶楼"见面。世海答应了。没一时，贺世海到了"临江茶楼"，伍书记在茶楼门口迎住了贺世海。两人到了一个包间内，房间里茶已经泡好，一股清香扑鼻而来。贺世海深深地吸了一口气，笑问道："什么茶这样香？"伍书记道："他这里最好的茶，特级'巴山银针'！"贺世海又笑道："哎呀，我怎么配喝这样的好茶？"伍书记也笑嘻嘻地道："贺总在兄弟面前就不要这样装了！像你这样的大老板，什么样的好茶没有喝过？我就怕他这里没有像样的茶呢！"说着过去关了门，回身请贺世海在沙发上坐下，然后自己在贺世海对面坐了下来。

两人坐定，都端起杯子喝了一口茶，伍书记放下茶杯后，不想对贺世海隐瞒什么了，便先双手抱拳，朝贺世海打了一拱道："贺总，老弟在这里先祝贺你了！"贺世海故意道："我一个个体户，祝贺我什么？"伍书记道："贺总是鲇巴郎过河——牵须（谦虚）！像贺总这样的个体户越多，我们家乡人民脸上越有光！我也不哄到贺总说了，贺总想做市人大代表有没有这回事呀？"贺世海道："有倒有这个想法，可能不能做成那还难说呢！"伍书记道："有什么难说的？像贺总这样的民营企业家都不配做人大代表，还有什么人配做？你放心贺总，我已经受人之托了！你是我们家乡人民的骄傲，到时候开县人代会时，组织不提名，我们家乡的县人大代表来提你的名！我姓伍的来带这个头！私下里我们再联合一些代表，保证把你选上去！"说着，眼睛定定地看着贺世海。贺世海急忙站了起来，对伍书记道："此事当真？"伍书记道："绝无戏言！"贺世海立即双手抱拳，朝伍书记深深地鞠了一躬，道："贺某就多谢家乡的父母官大人了！"

伍书记一见，立即过去把贺世海往沙发上按，一边按，一边说着："贺总快坐！你这样折杀伍某人了！"说着把贺世海按到了沙发上，又道："贺总你喝茶，我们不能光顾了说话！"贺世海果然端起茶杯，又啜了一口茶。伍书记等贺世海喝罢，又急忙提起身边的保温瓶，往贺世海和自己的茶杯里续了一点水。然后坐下来，才又对贺世海说道："不过贺总，我今天也有一点小事要求助你了，贺总可要支持老弟的工作！"贺世海是生意人，自然知道公平交易的道理。想那姓伍的大老远跑来绝不会只是来给他说那么一番话的，于是便道："没说的，伍书记你是贺某的父母官，一方诸侯，你要我贺世海做什么，只要我做得到，还有敢不效命的？"伍书记立即笑道："贺总言重了，言重了，这只是小事一桩，对贺总来说举手之劳，一定能办得到的！"贺世海道："承蒙伍书记你的夸奖！只是不知道父母官大人究竟你要我贺世海做什么？"伍书记道："既然贺总这样爽快，那我也就巷子里扛竹竿——直来直去了！"

说着，伍书记便把贺家湾选举后贺国藩如何不交接工作，贺端阳如何又和贺春乾对立严重，贺端阳准备明天带人到乡人抢账等等事情，对贺世海说了一遍。说完，才又对贺世海笑道："一把钥匙开一把锁，我就知道贺总能把贺端阳这把锁打开，所以特别才来求老兄的！"贺世海一听，果然不出自己所料，这姓伍的确是想和自己做交易，便想把自己和贺端阳的关系隐藏起来，道："哎呀，伍书记真是太抬举我了！说个老实话，这个贺端阳虽然和我是一个祖宗下来的，可我和他并没有什么来往，他怎么会听我的？"伍书记听了这话，又笑道："贺总，真佛面前你就不要说假话了！明说吧，贺总，我来就是想和你做这个交易的！你的事，老天在上，我姓伍一定两肋插刀，如有半句假话，天打雷轰！可是我的这个事，你也就不要推三阻四了！贺总是生意人，懂得与人方便与己方便的道理！我知道贺端阳别个的话听不进去，但你的话他一定会听的！如果他连你的话都不听，那真是月亮坝坝里看鸡巴——把自己看得特大了！不哄贺总说，这老弟呀人年轻，有一股劲头，但他才入官场，还不知道在中国的官场做事，懂不懂法律还不是最重要的！贺总你原来也做过村支部书记，这阵更是经常与当官的交道，知道要想在官场里混得好，还要掌握一套技术！这技术叫作官场潜规则！正因为端阳现在还不懂这套游戏规则，所以才只知道一个劲往前冲。现实而今他虽然还没有碰得头破血流，但如果不改，总有一天会败在自己手里。这样说吧，我想让我们两个人都来做个和事佬！我呢，回去就说服贺春乾把村委会的公章交给他，叫贺国藩该交接工作的把工作交接了。以后呢，他们就各行使各的权利，打伙求财，不再这样你戳我眼睛，我戳你鼻子，和和气气共事！你呢，劝说贺端阳不要再老是缠着要清查上届村委会的账了！过去的事情就让它过去了呗！新官不理旧事，这话横说竖说也说得过去！我也不想帮上届村委会隐瞒，贺总你也是在村里做过事的，你知道村里的许多事哪会有上级要求的那么规矩？俗话都说事情认了真，水都要闹死人，何必要扭住那点账不放嘛？你今天不宽恕别人，实际上也是在给自己上紧箍咒，是不是？刚才我说到官场潜规则，这一点我想贺总你是哑巴吃汤圆——心里最有数的！你说在我们今天这种环境里，哪个人会那么干净？贺总如果你真的干净了，你就没法拿到工程！即使你拿到了，你也会有爬不完的坡坡坎坎！前几年我看过一本书，书的全名叫作《潜规则——中国历史中的真实游戏》，作者说了几句非常精辟的话，他说：凡游戏必有规则，但规则难得明说，明说的难得当真！老弟我就直来直去，把该说的和不该说的话都跟贺总说了！贺总愿不愿意给老弟一点薄面，和老弟一起当这个和事佬，那就是贺总的事了！反正我还是那句话，与人方便也与己方便！"说完那目光又紧紧地看着贺世海。

贺世海听了这话，觉得人家一方父母官把话都说到这个分上，也算是给足了自己面子！自己虽然在外面赚了一点钱，但人家毕竟是一方父母官。俗话说山不转水转，人不转路转，长期在江湖混，哪有不求人家的？何况眼下自己的事就要依靠人家了！既然姓伍的刚才已经表了这个态，为什么自己不能做这个交易？退一万步说，即使是组织今后能够提名自己当市人大代表，也还要经人代会选举。今天如果不买姓伍的这个面子，到时候姓伍的在代表中装怪，十个说客不当一个戳客，那也是很难说的！多个朋友多条路，何况人家把话都说到这个分上了？再说，他说那点事也并不是什么大事。既然贺国藩已经被拉下来了，自己也算报了当年的一箭之仇。贺端阳也如愿以偿当上村主任，也算是给小房人长了脸！加上贺春乾虽然是大房的，可当年整自己他并没有参加，自己和他也算是无冤无仇。

得饶人处且饶人，也真的没必要再缠着过去的旧账不放了！于是在听完了伍书记的话后，便马上道："哎呀，我道是什么事呀？原来还是这样的事！这是好事，我有什么不答应的！"说完又道："现在中央都在大力号召建设和谐社会，没说的，我虽然和贺端阳交往不深，不敢保证他百分之百听我的，但住到一个湾，不看僧面看佛面，我想他总要听我一点话！何况这里面还有我侄儿贺兴成，他总要听老子的！"伍书记一听这话，立即又朝贺世海打拱道："那就多谢贺总给伍某的面子了！"说完以后，才又道："不过贺总一定要抓紧做这方面的工作，贺端阳明天就要带人到乡上来，只要他们一来，我们就被动了！"贺世海道："你放心，我回去就给贺端阳打电话，把话给他讲明，先跟他打个招呼！他要是不理我的话，明天我就派侄儿兴仁回去，发动小房的人都不支持他，看他怎么工作？"伍书记听了这话，高兴得叫了起来："那太好了，贺总！只要有我们两人出马，我相信一切都会按照我们的希望发展！"说完又向贺世海伸出手，大声地道："那我们预先祝贺他们精诚合作，团结共事！"贺世海也急忙站起来，顺着伍书记的话道："对，愿他们能合作共事！"说着也把手伸过去，和伍书记的手紧紧地握在了一起。少顷松开，伍书记又从茶几上端起茶杯，举了起来，对贺世海道："来，贺总，我以茶代酒，向你表个态，你的事就是我伍某的事，我一定竭诚为你效劳！我也预先祝贺你的事成功！"贺世海听了这话，也去举起了自己的茶杯，道："那我就深谢家乡的父母官大人了！"两人碰了一下茶杯，又举到嘴边轻轻抿了一口，各自散去了。

闲话少述，只说第二天，贺端阳果然没有带人到乡上去要村里的账了。又过了两天，乡上的伍书记和谢乡长就到贺家湾来监督原来的村委会向新的村委会交接工作。这次，两位领导脸上再没有一丝怒容和愁绪，而是春风满面，笑口洞开！不但两位领导，就是贺春乾、贺国藩、贺劲松、贺端阳等人也是一脸笑容，如逢喜事一般。移交完工作后，贺春乾把村委会那枚公章郑重地交给了贺端阳。贺端阳在接了象征村委会权力的公章后，向贺春乾伸过手去。贺春乾自然领会贺端阳的意思，也马上向贺端阳伸出手，两双手紧紧地握在了一起。喜得伍书记在一旁带头鼓起了掌来。贺国藩那二万七千元欠款，由乡上伍书记裁定，乡上和村上各负责一半。乡上的一半贺国藩今天就可以把领条打好，给谢乡长签了字，随时都可以到乡财政所领取。村上的一半因为暂时没钱，可以由贺端阳给贺国藩打张欠条，什么时候有了钱就什么时候给。贺端阳听了二话没说，非常爽快地给贺国藩打了一张欠条。在将欠条递给贺国藩时，又紧紧地握住了贺国藩的手。伍书记在旁边又带头鼓起了掌来！

2011 年 5 月—8 月　初稿
2012 年 8 月　二稿
2013 年 7 月 23 日定稿于绵阳科创园